HANS WARREN

ROLF TORRING

Sammelband 1

Abenteuer 001 bis 008

COSEL VERLAG

Umschlaggestaltung: Belle Époque Verlag, Shuvo Design
Druck: BoD Norderstedt

ISBN-13: 978-3-96504-031-1

Abenteuer 001: Das Gespenst im Urwald

1. Kapitel: Der Gorilla-Mann

Rolf Torring legte leicht die sehnige Hand auf meine Schulter. Ich zuckte zusammen und blickte ihn fast erschrocken an, denn der Ton, der hinter uns im Urwald eben erscholl, war grauenhaft gewesen. Noch nie hatte ich Derartiges vernommen, obwohl ich nun schon manches Jahr mit meinem besten Freund die Welt durchstreift hatte.

„Rolf, was war das?" fragte ich leise, „ich kenne kein Tier, das so furchtbar schreit."

„Wären wir in Afrika", gab er ebenso leise zurück, „dann würde ich sagen, es war ein Gorilla. Ich habe zweimal im belgischen Kongo das Gebrüll dieser riesigen Affen gehört. Aber hier auf Sumatra leben als größte Affen nur die Orangs, die nie einen derartigen Schrei ausstoßen können. Ich weiß selbst nicht, was es gewesen sein kann!"

„Ein wütender Elefant war es auch nicht", meinte ich, „der Trompetenton eines Bullen ist nicht zu verkennen. Dieser Schrei hatte etwas Unmenschliches und gleichzeitig etwas Untierisches."

„Ja, Hans, das war richtig ausgedrückt, unmenschlich und untierisch. Schade, dass wir nicht hinkönnen, denn sonst entgeht uns der schwarze Panther, der bald kommen muss. Auch bricht die Nacht bald herein, und es wäre dunkel, ehe wir so weit in den Wald eingedrungen wären, denn der Schrei kam aus gut 500 m Entfernung."

„Wenn nur nicht der schwarze Panther auch durch dieses grauenhafte Gebrüll verscheucht worden ist", sagte ich ärgerlich, „sonst können wir uns morgen wieder den Moskitos hier aussetzen."

„Na", meinte Rolf mit leisem Lachen, „an Moskitos haben wir uns ja im Lauf der Jahre gewöhnt. Oder hast du schon die Stunden am Tanganjika-See vergessen?"
Ich schauderte bei dieser Erinnerung zusammen. Nein, diese Stunden würde ich nie vergessen. Von afrikanischen Buschkleppern waren wir halbnackt und gefesselt als wehrlose Beute für die blutgierigen Moskitos in das Schilf des Sees geworfen worden. Als der Banda-Krieger Kimbo, unser treuer Diener, den wir später durch den heimtückischen Giftpfeil eines Buschmannes verlieren sollten, uns endlich fand, sahen wir schon nicht mehr wie Menschen aus. Ich musste unwillkürlich grinsen, als ich Rolf jetzt von der Seite anblickte. Sein kühnes, vornehmes Gesicht sah damals wie ein zum Platzen bereiter Bratapfel aus; seine grauen Augen, die so drohend, aber auch so gütig blicken konnten, waren damals fast zugeschwollen, und seine sonst so schmalen Lippen mochten den Neid Kimbos erregen, der stets auf seine ausdrucksvollen Wulstlippen stolz war.
Er schien meine Gedanken zu erraten, denn er grinste und flüsterte: „Hans, du sahst damals auch nicht sehr elegant aus. Aber still, ein Tier nähert sich!"
Rolf war in jeder Beziehung ein so vollkommener Mensch, dass ich ihn stets im Inneren bewunderte und auch ganz leise beneidete. So hatte auch jetzt sein scharfes Ohr das Knacken irgendeines Zweiges gehört, das mir vollkommen entgangen war. Aber nach wenigen Minuten, die wir in äußerster Spannung, die Büchsen schussbereit, gewartet hatten, schob sich plötzlich ein großer Tapir auf die kleine Lichtung, die wir durch das schützende Bambusgebüsch vor uns überblicken konnten.
Wir hielten fast den Atem an, wussten wir doch, dass gerade der Tapir das beliebteste Beutetier für den schwarzen Panther ist. Befand sich also das erwartete Raubtier in der Nähe, dann konnten wir jede Sekunde mit seinem Angriff auf den „Saladang", wie die Malaien den Schabrackentapir nennen, rechnen.
Der wohl ein Meter zwanzig große Tapir schritt langsam und bedächtig über die Lichtung; er hielt den Kopf zur Erde gesenkt, nahm hier eine abgefallene Baumfrucht auf, pflückte dort ein zartes Blatt ab und benahm sich ganz so, als hätte er nicht die geringste Gefahr zu befürchten. Aber der ständig hin- und hergehende Rüssel und die spielenden Ohren zeugten von der ununterbrochenen Wachsamkeit des plumpen Burschen.

Wir wussten wohl, dass er beim geringsten Anzeichen einer Gefahr blitzschnell, den Kopf tief zur Erde hinab gebeugt, ins nächste Gebüsch stürzen würde. Wieder berührte Rolfs Hand leise meinen Arm. Dann deutete er mit dem Kopf zu einem riesigen Tamarindenbaum hinüber, der uns gegenüber am anderen Ende der Lichtung stand.

Langsam ließ ich meine Augen an dem mächtigen Stamm empor gleiten. Und da sah ich auf einem der unteren Äste einen riesigen Sundapanther. Es war ein „Matjang tutul itum“, wie ihn der Malaie bezeichnet, die schwarze Spielart. Fast vergaß ich über dem Beobachten den Zweck unseres Hierseins, nämlich das Schießen dieses Raubtieres. Mit dem Interesse des Naturforschers betrachtete ich den herrlichen, schwärzlichen Körper dort droben, wie er sich jetzt streckte, jetzt vorsichtig zusammenzog, jetzt die Hinterhand zum furchtbaren Sprung auf das ahnungslose Opfer hob. Die Ohren mit dem tiefschwarzen Rand legten sich eng an den mächtigen Schädel, und die Augen mit ihrer grünlich-gelben Iris waren halb zusammengekniffen. Der grausame Blick war fest auf den Tapir gerichtet, der jetzt näher kam und bald unter seinem Todfeind angelangt sein musste.

Ich hob jetzt langsam die Büchse, denn der Tapir tat mir leid. Wusste ich doch außerdem, dass er durch die rastlosen Verfolgungen seiner tierischen und menschlichen Feinde nahezu am Aussterben ist. Aber ich hielt in meiner langsamen Bewegung mit halb erhobener Büchse inne, denn der Panther schien uns trotz meiner Vorsicht gehört oder gesehen zu haben. Mit einem Ruck schnellte sein mächtiger Kopf herum, und die bösen Augen blitzten unheimlich zu uns herüber.

Gott sei Dank hatten wir unsere graugrünen Khaki-Jagdanzüge an und unterschieden uns kaum vom Stamm des hohen Rasamal-Baumes, an dem wir saßen. Und die riesige Raubkatze wandte nach wenigen, aber uns endlos lang erscheinenden Augenblicken ihren Kopf wieder dem Tapir zu, der jetzt direkt unter dem Ast angelangt war, auf dem sie lauerte.

Da hob ich meine Büchse höher, um den Sprung, der im nächsten Augenblick erfolgen musste, zu verhindern, doch Rolfs Hand drückte meinen Arm nieder. Dann wies er nur zur linken Seite auf ein mächtiges Gebüsch von Baumfarnen, aus dem der Tapir gekommen war. Und da sah ich, dass sich die freien Wedel dieser schönen Pflanzen leise bewegten, als zwänge sich ein großer Körper vorsichtig hindurch.

Im ersten Augenblick dachte ich an das Weibchen des schwarzen Panthers, das vielleicht am Mahl seines Gatten teilnehmen wollte. Aber dann kam mir sofort die Erkenntnis, dass ein Panther nie eine so starke Bewegung beim Durchschleichen eines Gebüsches verursacht hätte. Ja, das Weibchen hätte sogar ruhig gewartet, bis es den Siegesschrei des jagenden Männchens gehört hätte, um dann erst zum Fressen zu kommen. Es musste also ein viel größeres Wild sein, das sich da der Lichtung näherte. Meine Betrachtungen wurden durch einen fauchenden Schrei des schwarzen Panthers unterbrochen, der jetzt den günstigen Augenblick gekommen sah und sich auf sein Opfer stürzte. Wie ein schwarzer Pfeil flog sein geschmeidiger Körper vom Baum hinunter und landete genau auf dem Rücken des armen Tapirs.

Der Saladang quietschte hell auf und versuchte mit dem furchtbaren Feind auf dem Rücken ins nächste Gebüsch zu brechen, um ihn abzustreifen, denn mitunter gelingt es ihm, wie die bedeutenden Rissnarben zeigen, die man oft bei erlegten Tapieren findet.

Aber der riesige Panther hatte in Sekundenschnelle sein furchtbares Gebiss in das Genick des Tapirs geschlagen und zerriss gleichzeitig mit der Pranke die Halsader seines Opfers. Taumelnd brach der Saladang dicht vor dem Unterholz, das ihn vielleicht hätte retten können, zusammen. Fauchend und knurrend stand der prächtige „Matjang tutul itum" auf seiner Beute. Sein Schweif schlug einen Kreis, und er drehte den Kopf umher, als befürchte er einen Störenfried, der ihn am Genuss des frischen Wildes hindern wolle.

Es war ein Augenblick, der mich das Schießen vergessen ließ. Nun erwachte wieder der Naturforscher in mir, und ich wollte beobachten, was der Panther jetzt mit seiner Beute beginnen würde. Wie er sie anschneiden würde, ob wirklich das Weibchen hinzukäme – das waren Fragen, die mich im Augenblick bedeutend mehr interessierten als die Jagd.

Auch Rolf betrachtete gespannt den mächtigen Panther, wie ich mit kurzem Seitenblick sah, aber plötzlich schnellte sein Kopf herum, und er starrte auf das Farngebüsch, dessen Wedel sich vorher so rätselhaft bewegt hatten. Schnell blickte ich auch hin, aber kaum konnte ich einen Ausruf des Erstaunens oder, wenn ich offen sein will, des Erschreckens, unterdrücken, denn durch die äußeren Farne hatte sich ein Kopf geschoben, dessen Augen auf den schwarzen Panther starrten. Aber was für ein Kopf! Ich dachte zuerst an einen riesigen Gorilla, aber wie sollte einer dieser Menschenaffen aus seiner fernen Heimat am Kongo hierher in den Urwald Sumatras kommen? Und ein „Majas", wie der Orang-Utan auf Sumatra und Borneo genannt wird, konnte es erst recht nicht sein, denn gerade der Kopf dieses Affen hat ja nur in seiner Jugend Ähnlichkeit mit dem des Menschen.

Aber dieser furchtbare Kopf mit den glühenden Augen, die immer noch den Panther anstarrten, trug menschliche Züge. Jetzt wandte er sich und blickte einige Sekunden zu uns herüber, fletschte die Zähne und starrte dann wieder den Panther an, der begonnen hatte, sein Opfer zu zerreißen.

Jetzt beugte sich Rolf leise zu mir und flüsterte mir ins Ohr: „Hans, das ist doch ein Mensch!"

Wir starrten beide zum Farngebüsch hinüber. Das rätselhafte Wesen war dort herausgetreten, lautlos, mit Bewegungen, die an das Gleiten einer Schlange erinnerten. Ja, es war ein Mensch, aber er schien doch ein halbes Tier zu sein. Wie eine Mischung zwischen großem Affen und Neger kam er mir vor. Um die Hüften trug er einen braun und gelb gemusterten malaiischen Sarong als einziges Kleidungsstück. Der gewaltige Oberkörper war auf der Brust dicht behaart, während der Rücken und die mächtigen Arme das tiefe Schwarz eines Negers aus Zentralafrika zeigten. Dem entsprach auch seine Waffe, die er jetzt mit dem rechten Arm hob, ein riesiger Massai-Speer mit enorm breiter und schwerer Eisenspitze. Außerdem trug er noch an der Rotangschnur, die den Sarong um die Hüften zusammenhielt, einen breiten Klewang – das malaiische Schwert, und einen Kris – den malaiischen Dolch. Wir hielten fast den Atem an, denn offenbar wollte dieses rätselhafte Wesen den schwarzen Panther angreifen. Und obwohl wir beide schon oft dem größten und gefährlichsten Wild, den berüchtigten „Rogues", den wild gewordenen Elefantenbullen und den heimtückischen Kaffernbüffeln entgegengetreten waren, hätten wir uns doch reiflich überlegt, einen schwarzen Panther nur mit Speer und Säbel anzugreifen.

Der Panther war so eifrig mit seinem Opfer beschäftigt, dass er die drohende Gefahr hinter sich nicht bemerkte. Und der schwarze Riese glitt einige Schritte näher an ihn heran, hob den mächtigen Arm mit dem schweren Speer noch höher und stieß plötzlich den wilden, unheimlichen Schrei aus, den wir schon einmal aus der Ferne gehört und uns nicht zu deuten gewusst hatten.

„Matjang tutul itum!"

Der schwarze Panther schnellte bei diesem grauenhaften Gebrüll herum, aber da durchschnitt schon der schwere Massai-Speer, von dem unheimlichen Riesen mit furchtbarer Gewalt geworfen, wie eine blitzende Flamme die Luft. Die schwarze Raubkatze wurde dicht hinter dem Schulterblatt getroffen. Und so gewaltig war die Wucht des Wurfes, dass die breite Eisenspitze im aufgebäumten Körper des Panthers verschwand, der wie ein leichtes Bündel zur Seite geschleudert wurde. In das aufheulende Fauchen des tödlich verwundeten Tieres mischte sich der nochmalige, brüllende Schrei des schwarzen Riesen, der jetzt in der hoch erhobenen Faust den Klewang schwang.

Die zähe Katze suchte trotz des schweren Speeres in ihrem Leib sich dem Feinde entgegen zuwerfen, um ihn im Todeskampf noch zu zerreißen, aber ein furchtbarer Hieb mit dem breiten Schwert warf den schweren Körper leblos zur Seite.

Ich hatte meine Büchse erhoben und ließ das unheimliche Wesen, das da so schnell und sicher den gefährlichen Panther erlegt hatte, nicht aus dem Auge und war fest entschlossen, sofort zu schießen, falls der Riese irgendeine verdächtige Bewegung gegen uns machen sollte. Aber der Wilde beachtete uns gar nicht, steckte den Klewang in die merkwürdig geformte Holzscheide zurück, riss mit kräftigem Ruck seinen Speer aus dem Körper des Panthers und band sich die Waffe mit einer Rotangschnur, die er aus dem Sarong zog, schnell an die Seite, so dass sie wie ein Gewehr neben ihm hing.

Dann – kaum glaubte ich meinen Augen trauen zu dürfen – packte er den Tapir und warf sich das mehrere Zentner schwere Tier mit leichtem Ruck auf die Schulter. Es machte den Eindruck, als nähme er ein ganz unbedeutendes Paket hoch. Was musste dieser unheimliche, rätselhafte Mensch für gewaltige Kräfte besitzen! Und schon wollte ich wieder glauben, dass es doch kein Mensch, sondern vielleicht ein noch unbekannter Riesenaffe sei, der sogar den Gorilla an Größe und Kraft überträfe – aber woher kamen dann die menschlichen Waffen? Da drehte sich der Riese um, fletschte uns mit wütendem Ausdruck an und verschwand mit seiner schweren Last wie ein Wiesel im dichten Untergehölz, das die Lichtung umsäumte.

Wie ein schwarzes, unheimliches Gespenst war er urplötzlich aufgetaucht, hatte einen tollen Spuk vor unseren Augen aufgeführt und war wieder verschwunden, rätselhaft und unbegreiflich, wie es sein Erscheinen gewesen war.

Wir starrten noch einige Augenblicke auf den Fleck im dichten Bambusgebüsch dort drüben, an dem dieses Waldgespenst verschwunden war, drehten dann langsam die Köpfe zueinander und blickten uns an, und dann mussten wir beide lachen, jeder über das Erstaunen im Gesicht des anderen.

„Also wirklich, Hans", meinte Rolf endlich kopfschüttelnd, „das hätte ich nicht erwartet. Ich dachte wirklich einen Augenblick an einen der sagenhaften Affenmenschen."

„Ja, Rolf, wenn nicht seine herrliche ebenmäßige Riesengestalt und die Waffen gewesen wären, dann hätte ich ihn eher für einen Affen gehalten. Das Gesicht, das er uns vor seinem Verschwinden noch zuwandte, war ja wirklich grauenhaft, dieses starke gefletschte Gebiss, die breite Nase, die kleinen wütenden Augen unter den vorspringenden wulstigen Brauen und die niedere Stirn. Dieses Gesicht hätte wirklich einem wütenden Gorilla angehören können."

„Du hast recht", gab mein Freund zu. „Ich wurde einmal im belgischen Kongo von einem riesigen Gorilla-Männchen angegriffen und muss gestehen, dass das Gesicht des Schwarzen soeben eine außerordentliche Ähnlichkeit mit dem des wütenden Waldteufels damals hatte. Wie mag er aber aus Afrika hierher gekommen sein?"

„Die Hautfarbe und der Massaispeer ließen mich sofort ahnen", fiel ich ein, „dass dieses Riesengeschöpf in Zentralafrika erschaffen wurde!"

„Ja", nickte Rolf wie in Gedanken, „ein solches Geschöpf hier im Urwald zu entdecken, hatte ich wirklich nicht erwartet."

Aufgeregt griff ich nach seinem Arm. „Rolf, denkst du noch an Lord Abercrombie?" stieß ich hervor. „Ja, Hans, ich denke an die Erzählung und die Bitte des Lords. Und habe mir überlegt, ob der angebliche Menschenaffe, der die Tochter des verhassten Gouverneurs geraubt hat, nicht identisch mit diesem Rätselwesen sein könnte, das wir soeben gesehen haben. Komm", schnitt er die Unterhaltung ab, „die Nacht wird bald hereinbrechen, und

wir haben noch einen tüchtigen Marsch vor uns. Außerdem haben wir gewiss über eine halbe Stunde zu tun, um dem Panther das Fell abzustreifen. Wenn wir ihn auch nicht selbst erlegt haben, so möchte ich es doch als Andenken retten."
Stillschweigend und in Eile machten wir uns an die Arbeit, die wir in knapp einer halben Stunde beendet hatten. Rolf warf sich das ziemlich schwere, zusammengebündelte Fell auf die Schulter, zwängte sich durch die Büsche, von denen die Lichtung umgeben war, und fand schnell den Elefantenpfad wieder, auf dem es uns möglich war, den dichten Urwald zu durchdringen.
Vielleicht zwanzig Minuten schritten wir eilig dahin, da überfiel uns die Nacht. Mit einem Schlag wurde es finster um uns, und gleichzeitig erwachte das geheimnisvolle Tierleben des zur Tageszeit sonst stillen Waldes. Ein millionenstimmiges Konzert niederer Tiere umgab uns, in das sich von Zeit zu Zeit das gewaltige Brüllen eines Großwildes mischte. Wir kannten aber unseren Weg, waren wir ihn doch in den letzten acht Tagen regelmäßig gegangen, um dem schwarzen Panther aufzulauern, dessen Wechsel uns der Diener des Holländers gezeigt hatte, in dessen Haus wir Gastfreundschaft genossen. Und jetzt hatten wir zwar das Fell der schönen Katze, aber ein Rätselwesen hatte sie erlegt, und statt der Freude über den glücklichen Ausgang einer gefährlichen Jagd bedrückte uns das Geheimnis des schwarzen Riesen.
So schritten wir in tiefen Gedanken dahin und achteten gar nicht weiter darauf, als nicht weit entfernt das wütende Schnarren eines Tigers erklang. Sicher hatte dieser „Herr des Dschungels" irgendeinen Mundtschak, diesen Hirsch der Sundainseln, verfehlt. Zu anderen Zeiten hätten wir vielleicht versucht, auf den gefährlichen Räuber zum Schuss zu kommen, aber jetzt waren wir durch die gespenstische Erscheinung des furchtbaren Negers von jeder Jagdlust abgelenkt.
Rolf brummte nur vor sich hin: „Scheint sehr ärgerlich zu sein, der Herr", dann schritten wir schweigend weiter. Aber man soll doch im Urwald, und vor allen Dingen nachts, Augen und Ohren offenhalten und jede Sekunde schussbereit sein. Fast hätten uns die Gedanken an den Schwarzen das Leben gekostet, wenn Rolf nicht im letzten Augenblick geistesgegenwärtig einen rettenden Ausweg gefunden hätte.
Wir traten aus dem Elefantenpfad gerade auf eine kleine Lich-

tung hinaus, die hell vom Mond überflutet war. Zwei Meter waren wir vielleicht vorgedrungen, da schob sich aus den gegenüberliegenden Büschen lautlos ein mächtiger Körper.

Wir blieben sofort stehen, und ich muss gestehen, dass mir jetzt doch ein leiser Schauer über den Rücken rann. Denn der nächtliche Wanderer da vor uns, der uns jetzt ebenfalls bemerkt hatte und in höchstens fünf Metern Entfernung stehenblieb, war ein mächtiger Königstiger. Und wir hatten unsere Büchsen über die Schulter gehängt, anstatt sie, wie wir es sonst stets taten, schussbereit in der Hand zu tragen. Sicher war es dieser Tiger gewesen, der vor einigen Minuten seine Beute verfehlt hatte, denn er stieß jetzt ein gereiztes Fauchen aus und zeigte hinter den zurückgezogenen Lefzen die mächtigen, blinkenden Zähne. Ich griff langsam zu meiner Büchse, aber sofort wurde das Knurren der Bestie drohender, und so verhielt ich mich, ebenso wie Rolf, völlig reglos. Wir wussten ja, dass schon mancher Mensch sein Leben vor einer großen Raubkatze gerettet hatte, wenn er ganz unbeweglich stehengeblieben war. Die hohe Gestalt des Menschen flößt fast allen Tieren einen gewissen Respekt ein.

Und auch der unangenehme Gast da vor uns schien nicht gewillt zu sein, sich auf die beiden hohen Erscheinungen zu stürzen. Ja, wenn wir eine unvorsichtige Bewegung gemacht hätten, dann wäre er bestimmt blitzschnell in gewaltigem Satz auf uns zugeschnellt, aber so wusste er offenbar nicht, was er beginnen sollte. Es waren furchtbare Minuten, die wir da standen, und trotz der kühlen Nachtluft fühlte ich doch den Schweiß über mein Gesicht rinnen. Endlich wandte der Tiger, wie unruhig, seinen Kopf zur Seite; schon hoffte ich, dass er jetzt kehrtmachen und wieder in den Büschen verschwinden würde, da — schob sich an derselben Stelle der Büsche ein zweiter Körper heraus, das Weibchen, das an Größe seinem Herrn kaum nachstand. Auch dieses blieb sofort stehen, als es uns bemerkte, doch schien es viel kampflustiger, war vielleicht auch hungriger, denn während das Weibchen mit bösem Fauchen seine mächtigen Fangzähne zeigte, zog es langsam die Hinterpranken zum Sprung ein.

Zwar war es weiter entfernt als das Männchen, und wir hätten es vielleicht noch mit einem sicheren Schuss erlegen können, aber der Tiger schien zu ahnen, dass seine Gefährtin angreifen wollte, denn auch er setzte zum Sprung an. Ich hielt uns für verloren, und blitzschnell zogen die wichtigsten Augenblicke meines Lebens an meinem inneren Auge vorbei, schöne und schreckliche Bilder in buntem Wechsel. Und doch hob ich instinktiv die Hand zum Kolben meiner Büchse, um doch noch einen letzten, aussichtslosen Versuch zur Rettung zu wagen. Aber wie hypnotisiert starrte ich dabei auf die grünlich funkelnden Augen des Tigermännchens, die sich jetzt zu schmalen Schlitzen zusammenzogen. In den nächsten Sekunden musste schon der Sprung geschehen.

Da lachte Rolf kurz auf – er lachte tatsächlich, und ich glaubte einen Augenblick, dass ihn der Schreck verwirrt hätte. Aber Rolf hatte den einzigen, verzweifelten Ausweg gefunden. Mit schnellem Zucken seiner Schultern schleuderte er das Fell des schwarzen Panthers dem Tiger direkt vor die Füße.

„Stillstehen", flüsterte er dabei.

Die mächtige Bestie riss die Augen weit auf, und ihr Körper hob sich mit steifen Beinen. Von ihm hatten wir jetzt keinen Sprung zu erwarten, und das Weibchen glitt auch wie eine Schlange neben seinen Gebieter und beschnüffelte das schwarze Fell. Und dann – beinahe hätte ich aufgejubelt – wichen die Bestien langsam, Schritt für Schritt, die Augen immer starr auf das schwarze Fell gerichtet. Und plötzlich, dicht vor den Büschen, machten sie wie auf Kommando kehrt und verschwanden mit geschmeidigen Bewegungen zwischen den Blättern.

Einige Minuten standen wir noch reglos, dann lachte Rolf wieder kurz und sagte: „Ich wollte sie eigentlich nur einige Sekunden aufhalten, damit wir zum Schuss kommen könnten, aber sie schienen zu ahnen, dass ihren Fellen vielleicht dasselbe Schicksal blühen könnte wie ihrem schwarzen Vetter. Na, so ist es auf jeden Fall besser. Komm, Hans, wir können jetzt unbesorgt weitergehen. Aber jetzt wollen wir doch die Büchsen lieber in der Hand tragen."

Er hob das Pantherfell auf, rollte es wieder zusammen und durchquerte dann ruhig die Lichtung. Ich folgte ihm mit einem großen Dankbarkeitsgefühl und musste gleichzeitig die Ruhe und Kaltblütigkeit bewundern, mit der er an derselben Stelle in die Büsche drang, an der die Tiger verschwunden waren. Und dann befanden wir uns wieder auf dem Elefantenpfad. Nach einer knappen Stunde hatten wir den Urwaldgürtel hinter uns und kamen in die sumpfigen Niederungen des Atjeh-Flusses. Noch eine halbe Stunde schritten wir zwischen den Reisfeldern hindurch, dann erreichten wir endlich unseren augenblicklichen Aufenthaltsort, das kleine Dorf Selimeum am Fuße des Vulkans Sejawa djanten.

2. Kapitel: Der geheimnisvolle Schwarze

Der Holländer Diersch betrieb ein ziemlich großes Hotel; denn Selimeum bildet den Ausgangspunkt der meisten Jagdexpeditionen, die in den Urwäldern des Sejawa djanten auf die dort zahlreichen Elefanten jagen wollen. Der nur aus einem Geschoss bestehende barackenähnliche Holzbau stand auf niedrigen Pfählen und dehnte sich mit seinen Nebengebäuden weithin aus. Der dicke, gemütliche Diersch hatte uns anscheinend in sein Herz geschlossen, denn er unterließ es nie, an unserem Tisch Platz zu nehmen. Vielleicht hatte dazu auch die Empfehlung des Colonel van Greve, der die starke Garnison in dem zwei Stunden entfernten Kota-Radja befehligte, sehr viel beigetragen.
Auch jetzt kam er sofort herbei, als wir die große Veranda betraten, und begrüßte uns mit Freude. „Ah, meine Herren, haben Sie ihn endlich erwischt!" Dabei klopfte er auf das Fell des Panthers, das Rolf noch auf der Schulter trug. „Das freut mich sehr. Wollen Sie die Haut hier präparieren lassen? Ich kann Ihnen einen tüchtigen Chinesen empfehlen."
„Dank, lieber Diersch", sagte Rolf nach kurzem Besinnen, „ich werde das Fell lieber selbst behandeln. Wollen Sie es einmal ansehen?"
Schnell breitete er es auf dem Boden aus und deutete dabei auf den breiten Riss, den der Speer des schwarzen Riesen geschnitten hatte.
Der Holländer beugte sich tief hinab und betrachtete die große, eigenartige Verletzung. Und wir bemerkten, dass der gemütliche Dicke plötzlich zu zittern anfing, sich verfärbte und uns scheu von der Seite betrachtete. Dann faltete er das Pantherfell schnell zusammen, nahm es selbst auf den Arm und schritt ins Haus hinein. „Kommen Sie, bitte, meine Herren", sagte er dabei mit gepresster Stimme, „wir wollen uns auf Ihrem Zimmer weiter über die glückliche Jagd unterhalten." Verwundert folgten wir ihm in unser gemeinsames Zimmer, und unser Erstaunen stieg noch, als Diersch, der das Pantherfell in eine Ecke geworfen

hatte, schnell ans offene Fenster schritt, erst hinaus blickte und dann den Flügel schloss. Es sah ganz so aus, als befürchte er einen Lauscher. Dann ließ sich unser Wirt schwerfällig in einen Korbsessel nieder, der unter seinem Gewicht ächzte, blickte uns ängstlich an und flüsterte: „Haben Sie ihn gesehen, meine Herren?"

„Ja,", sagte Rolf ruhig, „wir haben ihn sogar beobachtet, als er den Panther getötet hat."

„Ja, ja, ich wusste es sofort, als ich das Loch im Fell sah. Zwei meiner schärfsten Hunde hat er mit seinem Speer erlegt, daher kenne ich den breiten Riss. Meine Herren, sprechen Sie bitte nicht darüber, sonst verlassen die Gäste mein Hotel, in dessen Nähe dieser unheimliche Bursche herumspukt. Ihnen habe ich es erzählt, weil Colonel van Greve Sie als tapfere, kühne Leute geschildert hat. Und ich wollte auch schon immer in den acht Tagen, die Sie bei mir weilen, die Sprache auf den Schwarzen bringen, aber ich fürchtete, von Ihnen ausgelacht zu werden."

„Hätte ich ihn nicht selbst gesehen, dann hätte ich allerdings zumindest an Übertreibung geglaubt, wenn Sie ihn mir so geschildert hätten, wie er wirklich ist", sagte Rolf. „Erzählen Sie uns nun bitte, wann er hier aufgetaucht ist und was er getrieben hat."

„Das war genau vor vierzehn Tagen. Es war schon sehr spät, und meine Gäste waren, Gott sei Dank, bereits zu Bett. Nur ich saß noch allein auf der Veranda und stellte eine Liste des Proviants zusammen, den mir mein Diener Baik am nächsten Morgen aus Kota-Radja holen sollte. Meine Hunde hatte ich noch nicht herausgelassen, und nur deshalb konnte es dem unheimlichen, schwarzen Riesen gelingen, plötzlich auf der kleinen Treppe zu stehen."

Diersch machte eine Pause und schloss die Augen. Er stellte sich wohl noch einmal das Bild damals vor, denn plötzlich schüttelte er sich. Dann fuhr er fort: „Nun, meine Herren, Sie haben ihn ja gesehen und können sich wohl vorstellen, wie mir zumute war, als dieses Ungeheuer plötzlich im Schein meiner Tischlampe auftauchte. Wenn ich auch dick und bequem bin, so fehlt es mir doch keineswegs an Mut, aber in diesem Augenblick war es mir doch, als sei ich erstarrt. Ich dachte im tiefsten Inneren, es sei ein Teufel, der da aus dem geheimnisvollen Urwald aufgetaucht sei, und schickte ein Stoßgebet zum Himmel empor. Dann wanderten aber meine Augen von dem grauenvollen Affengesicht dieses schwarzen Spuks an der riesigen, behaarten Brust hinunter, und ich entdeckte den Klewang und den Kris in der Gürtelschnur des Sarongs. Und da kam es mir langsam zum Bewusstsein, dass es doch wohl ein Mensch sein müsste, und ich nahm meinen rechten Arm vom Tisch, um meine Pistole aus der Hüfttasche zu ziehen.

Aber diese Bewegung schien mein Besuch auch zu kennen, denn er stieß ein warnendes Grunzen aus, und als ich aufblickte, sah ich seinen gewaltigen Arm hochschnellen und in ihm die breite, lange Klinge einer Waffe, die ich noch nie gesehen hatte."

„Es war ein Massai-Speer", erläuterte Rolf, als der Holländer wieder sinnend schwieg; „die Neger greifen mit diesen Speeren selbst den Löwen an."

„Das glaube ich, das glaube ich gern", nickte Diersch, „denn ich habe ja gesehen, wie dieser schwarze Riese seine Waffe gebrauchte. Es heißt, das war später, denn er kam noch dreimal hierher. An dem Abend nun, an dem ich ihn das erste mal erblickte, legte ich wenigstens meinen Arm schnell wieder auf den Tisch, als ich die drohende Bewegung des Unheimlichen sah. Da ließ er abermals ein Grunzen hören, aber diesmal hatte es einen befriedigten Klang. Und jetzt bemerkte ich, dass seine Augen durch die Veranda schweiften, als wollte er sich ihr Bild einprägen. Oder auch, als suchte er irgend jemand. Dann machte er plötzlich eine weit ausholende Bewegung mit der breiten Waffe gegen mich, ich schloss unwillkürlich die Augen, denn ich hielt mein letztes Stündlein für gekommen, als aber nichts geschah und ich die Lider wieder hob, war das unheimliche Wesen verschwunden, als habe es die Erde verschluckt.

Na, ich rieb mir erst für eine Weile die Augen, denn nun wollte es mir scheinen, ich hätte geträumt! Und, offen gesagt, ich hatte auch anfangs eine gewisse Scheu, mich zu erheben, denn dieses schwarze Gespenst konnte ja noch vor der Veranda im Dunkel stehen. Ich sage Ihnen, es war eine ganz unangenehme Situation, in der ich mich befand. Aber endlich ermannte ich mich, stand auf und schlich zur Haustür, die ich leider geschlossen hatte, um gänzlich ungestört zu sein. Auf dem Flur hatte ich nämlich meinen größten Hund eingesperrt, der allerdings den Gästen nichts tut, aber gegen diebisches Gesindel und gegen Raubtiere ungemein scharf ist. Nun, Pinh, wie er hieß, kam heraus, schnüffelte sofort an der Treppe umher, seine Haare sträubten sich, und es schien fast, als wollte er angstvoll zurückweichen. Als ich ihn dann aber anrief und ihm befahl zu suchen, schnellte er in den Garten hinunter und tobte bald darauf an der dichten Mangroven-Hecke, die mein Grundstück gegen den Atjeh-Fluss begrenzt. Der schwarze Riese musste also über die hohe Hecke ins Wasser gesprungen sein, und ich möchte annehmen, dass er es in der Absicht getan hat, eine Verfolgung durch Hunde unmöglich zu machen. Können Sie sich das auch denken, Herr Torring?"

„Das kann ich mir nicht nur denken, sondern das glaube ich auch", gab Rolf zurück. „Ich habe diesen Schwarzen gut beobachtet, als er den schwarzen Panther tötete, und trotz seines Affenkopfes halte ich ihn für äußerst berechnend, wie es das Leben in der Wildnis mit ihren Gefahren erfordert. Ich bin überzeugt, dass er diesen Fluchtweg nur gewählt hat, um einer Verfolgung durch Ihre Hunde zu entgehen."

„Das freut mich wirklich", versicherte Diersch. „Ich hatte immer gefürchtet, auf Unglauben mit meiner Erzählung zu stoßen. Na also, an jenem Abend vor zwei Wochen rief ich meinen Hund schleunigst zurück, ließ ihn über Nacht im Flur des Hauses, das ich sorgsam verschloss, und bestellte mir am nächsten Tage noch zwei Wachhunde aus dem Zwinger des Colonels. Sie waren zwar nicht so scharf und tüchtig wie mein Pinh, aber ich gewöhnte sie daran, nachts im Garten herumzulaufen, und hielt mich jetzt vor den Besuchen des Schwarzen für sicher. Aber am dritten Abend nach meinem ersten Zusammentreffen mit dem unheimlichen Gesellen sah ich aus meinem Schlafzimmer, als ich gerade an das Fenster trat, um die Gaze-Einsätze zu prüfen – mein sonst so tüchtiger Diener hat sie nämlich schon einige Male nicht ganz geschlossen, und ich hatte Moskitos im Zimmer – dass die beiden neuen Hunde eng aneinander geschmiegt auf dem Kies vor meinem Fenster standen. Der Mond beschien gerade diesen Weg fast taghell, und so konnte ich beobachten, dass sich ihre Haare gesträubt hatten, dass sie zitterten und alle Merkmale heftigster Furcht zeigten.
Ich dachte sofort an den unheimlichen Schwarzen und blieb wie gebannt am Fenster stehen, um sein Zusammentreffen mit den großen Hunden zu beobachten. Na, ich kann nur sagen, dass die beiden mächtigen Rüden nicht mehr lange lebten. Vielleicht ha-

ben Sie in meinem Garten schon die Gruppe der fünf Pandangs oder Schraubenbäume, wie sie auch genannt werden, gesehen – zwischen deren mächtigen Luftwurzeln sah ich plötzlich eine Bewegung. Schnell blickte ich wieder auf die Hunde und bemerkte, dass sie sich offenbar zur Flucht wenden wollten. Aber es war schon zu spät!

Als ich wieder zu den Pandangs hinschaute, durchzuckte mich ein heftiger Schreck, denn vor den Luftwurzeln, vom Mond hell beschienen, stand der unheimliche schwarze Riese mit erhobenem Arm. Die Hunde schlugen aufheulend an, und mein Pinh antwortete im Hausflur mit schaurigem Winseln. Dann zuckte der Arm des Riesen vor, wie ein funkelnder Blitz durchschnitt seine Waffe die Luft und durchbohrte beide Hunde, sie aneinander nagelnd. Die armen Tiere stießen nur einen gellenden Laut aus, dann lagen sie still. Wie ich am Morgen sah, waren die Körper fast halb gespalten. Na ja, die Schneide des Speers, den der Riese bei sich führt, ist ja auch mindestens zwanzig Zentimeter breit, wie ich nach wieder drei Tagen bemerken konnte. Da hatte ich ihn nämlich ganz dicht vor meiner Nase."

Diersch machte wieder eine Kunstpause und rieb sich nachdenklich das soeben erwähnte Organ. Wir mussten unwillkürlich lächeln, denn wir konnten uns die Gefühle des Dicken in diesem Augenblick vorstellen. Es ist ja auch kaum nach eines Menschen Geschmack, wenn ihm ein unheimlicher Riese mit einem mächtigen Massai-Speer das Gesicht bedroht. Der Dicke blickte empor, sah unser Lächeln und nickte tiefsinnig mit dem Kopf.

„Ja, ja, Sie können lächeln", meinte er dann, „Sie sind vielleicht solche Sache eher gewöhnt, während ich die Jahre, in denen ich mir aus Gefahr und Tod nichts machte, schon lange hinter mir habe, trotzdem würde ich aber auch heute noch meinen Mann stehen, wenn es gilt. Und es scheint doch, dass dieser vermaledeite Schwarze mich aus meiner Ruhe aufrütteln will. Meine Hunde waren also durch einen Wurf nebeneinander aufgespießt worden, wie so zwei Feigen, die man auf eine Schnur zieht. Mein Pinh hatte den Todesschrei seiner Kameraden mit einem langen Heulen beantwortet, jetzt war er ruhig und kratzte leise winselnd an meiner Stubentür. Ich aber starrte unentwegt auf den schwarzen Riesen, der jetzt wie eine Schlange auf den dunklen Knäuel der beiden Hunde zuglitt und seinen Speer mit einem gewaltigen Ruck aus ihren Körpern riss. Mir schien es, als blickte er zu mir herauf, und als er mit seiner furchtbaren Waffe eine ausholende Bewegung machte, trat ich schnell ins Zimmer zurück und öffnete meinem Hund die Tür. Dann nahm ich die Pistole vom Nachttisch und trat vorsichtig wieder ans Fenster. Ich war fest entschlossen, den unheimlichen Eindringling niederzuschießen.

Aber jetzt war der Teil des Gartens, den ich überblicken konnte, leer; nur die Körper meiner Hunde lagen auf dem hellen Kiesweg. Wäre ich allein gewesen, dann hätte ich ja vielleicht meine Diener geweckt und hätte mit ihnen und meinem Pinh den Garten durchsucht, aber jetzt musste ich auf mein Geschäft Rücksicht nehmen. Hätten die Gäste etwas von dem schwarzen Riesen gewusst, mein Haus wäre einfach verrufen gewesen, und ich hätte es schließen können.

So blieb ich die ganze Nacht am Fenster und beobachtete ständig die beiden toten Hunde. Vergeblich hatte ich erwartet, dass der Riese noch einmal zurückkäme. Pinh stand neben mir und winselte von Zeit zu Zeit, als wüsste er genau, was da draußen geschehen war. Endlich kam der Morgen; ich ging leise aus dem Haus, immer noch vorsichtig und mit schussbereiter Waffe. Pinh nahm plötzlich mit gesträubten Haaren eine Spur auf und raste wieder an die Mangrovenhecke. Also war der nächtliche Besucher wieder in den Fluss entwichen.

Dann begrub ich schnell die beiden Hunde. Und da sah ich in ihren Körpern dieselben Wunden, die ich vorhin am Pantherfell bemerkt habe, und bekam einen sehr großen Respekt vor der Waffe des Schwarzen. Als ich mit meiner Arbeit fertig war und ins Haus trat, stand ein kleiner hässlicher Chinese im Flur, der mir eine äußerst höfliche Verbeugung machte, mich aber so verschmitzt angrinste, dass ich sofort das Gefühl hatte, er müsste meine Arbeit beobachtet haben.“

„Entschuldigen Sie“, unterbrach Rolf, „hatte der Chinese goldene Vorderzähne im Oberkiefer?“

„Ja, allerdings, sie fielen mir auf“, gab Diersch erstaunt zu, „woher wissen Sie es? Kennen Sie den Gelben?“

„Ja, ich kenne ihn sehr gut. Und bevor Sie Ihr drittes Abenteuer mit dem schwarzen Riesen erzählen, muss ich Ihnen erst sagen, aus welchem Grund ich hauptsächlich mit meinem Freund hierher nach Sumatra gekommen bin. Das hängt nämlich mit diesem Chinesen zusammen, und ich möchte Sie bitten, sich während meiner Erzählung genau zu überlegen, was er hier getan, wie er sich benommen, ob er Besuche empfangen hat, kurzum, jede Bewegung, jedes Wort dieses Fu Dan ist mir wichtig."

„Stimmt", nickte der Holländer, „er heißt Fu Dan."

„Nun passen Sie auf", begann Rolf zu sprechen, „vor drei Wochen kamen wir von Bangkok her in Singapur an. Ich hatte eine gute Empfehlung an den vornehmsten englischen Club und lernte dort Lord Abercrombie kennen, der vor sechs Monaten als Gouverneur nach Singapur versetzt worden war. Wie alle neuen Besen so kehrte auch er scharf und war vor allen Dingen bestrebt, hinter die geheimen Schliche der Chinesen zu kommen, die ja trotz der englischen Herrschaft Leben und Handel auf der Halbinsel vollständig beherrschen. Er hatte auch damit Glück, denn er konnte zwei große Geheimklubs aufdecken und errang sich dadurch das höchste Wohlwollen seiner Regierung, gleichzeitig aber auch den tiefsten Hass der Chinesen, und was das zu bedeuten hat, wissen Sie ja selbst! Nur ein Chinese machte eine rühmliche Ausnahme, und das war Fu Dan. Er lieferte – natürlich sehr geheim – dem Gouverneur die wichtigsten Unterlagen für sein Einschreiten, verriet also seine Landsleute, wollte aber merkwürdigerweise keinen Lohn dafür annehmen. Und fast wollte ihn der Lord für einen weißen Raben halten, als doch plötzlich auch bei ihm der Pferdefuß zum Vorschein kam. Vor ungefähr vier Wochen nämlich ließ sich Fu Dan ganz offiziell beim Lord melden, trat in tadellosem Frack ein und hielt bei dem Erstaunten um die Hand Ellens, der einzigen Tochter des Lords, an. Natürlich mit dem Erfolg, dass ihn der Gouverneur einfach auslachte. Da empfahl sich der Chinese sehr höflich mit dem fatalen, immer gleichbleibenden Lächeln der Asiaten. Dem Lord war dieser Zwischenfall natürlich äußerst unangenehm, denn trotz seiner machtvollen Stellung und seiner Strenge fürchtete er die Rache des abgewiesenen Fu Dan.

Aber dieser schien sich aus der Abfuhr nichts zu machen, denn er erschien bereits am nächsten Abend – natürlich heimlich und in der Dunkelheit – beim Lord, nachdem er ihn vorher unter dem verabredeten Decknamen angerufen und sein Kommen angezeigt hatte. Er brachte auch wieder neue, wichtige Nachrichten über eine Verschwörung, die er entdeckt haben wollte, und der Lord vertiefte sich in das Gespräch mit dem Gelben, als plötzlich aus dem Garten ein heller Schrei aufgellte.

Der Lord stürzte mit seinem Besucher ans Fenster, und im hellen Mondlicht sahen sie eine riesige, dunkle Gestalt, die ein Mädchen in weißem Gewand auf den Armen hielt und schnell dem Schatten der nächsten Bäume zustrebte. Das Mädchen war Ellen Abercrombie.

Der Gouverneur alarmierte sofort die Polizei der ganzen Stadt; es wurden Razzias von noch nicht dagewesener Gründlichkeit und Ausdehnung unternommen; die Hafenpolizei untersuchte jedes Schiff, hielt jeden Sampam an, die Teestuben der Chinesen wurden genau kontrolliert – aber Ellen Abercrombie blieb verschwunden. Der Chinese Fu Dan behauptete steif und fest, dass es ein großer Menschenaffe gewesen sei, der sie geraubt hatte.

Ungefähr vier Tage nach diesem geheimnisvollen Raub kam ich mit meinem Freund an. Als wir am Abend im Klubhaus auf der breiten Terrasse am Meer saßen, ließ der Lord sich uns vom Präsidenten des Klubs vorstellen. Wie er sofort betonte, hätte er schon viel von uns gehört, und da alle Bemühungen der Polizei und des Detektivstabes nichts fruchteten, hätte er nur die eine Hoffnung noch, dass wir vielleicht etwas über seine Tochter erfahren könnten.

Wie er offen sagte, setzte er das größte Vertrauen in uns, da wir unsere eigenen, geheimen Wege gingen, auf denen uns weder die Polizei noch die staatlichen Detektive folgen könnten. Dabei bat er so verzweifelt, dass ich ihm unsere Hilfe sofort zusagte. Und jetzt sind wir hier und sehr gespannt auf Ihr drittes Erlebnis mit dem schwarzen Riesen, noch mehr aber auf Ihren Bericht über den Chinesen Fu Dan."

Diersch blickte uns erstaunt an. Dann schüttelte er den Kopf und sagte: „Auf den Kopf bin ich wirklich nicht gefallen, wie Sie es aber in Singapur herausgebracht haben, dass der schwarze Riese und der Chinese hier, ausgerechnet hier im Atjeher Land sind, das kann ich wirklich nicht begreifen. Könnten Sie mir das nicht erklären, Herr Torring?"

„Oh, das war gar nicht so schwer", lachte Rolf, „aber zuerst will ich die Fortsetzung Ihrer Geschichte hören. Vielleicht kann ich dann meinen Bericht noch ergänzen."

„Na schön. Also ich stand diesem Chinesen gegenüber und wollte im ersten Augenblick wütend werden – ich dachte noch, er hätte beobachtet, dass ich die Hunde begrub – aber der Gelbe

kam mir zuvor und fragte kriechend höflich, ob er ein gutes Zimmer haben könnte. Am selben Tag wollten mehrere Herren, die bisher in den Urwäldern am Sejawa djanten erfolglos gejagt hatten, nach Kota-Radja zurückkehren, und so wies ich dem Chinesen ein kleines Kabinett dicht neben meinem Schlafzimmer an. Vorläufig vergaß ich ihn dann völlig, denn jetzt begannen sich die Gäste meines Hauses zu regen. Und ich vergaß auch ganz den hocheleganten, neuen Koffer, den der Chinese neben einem alten Schiffs-Kleidersack mit sich geschleppt hatte. Erst am Nachmittag suchte ich ihn auf, bewaffnet mit dem Fremdenbuch, um ihn einzutragen. Er gab also an, Fu Dan zu heißen und auf dem Wege ins Innere des Landes zu sein. Er wollte zur neuen Ansiedlung da hinten an der Quelle des Atjeh-Flusses, um seinen Vater zu suchen. Das war ja glaubhaft, denn es sind viel Chinesen dort beschäftigt. Jetzt fragte ich ihn aber nach dem eleganten Koffer, und er erzählte, dass er bei seiner Reise zum Vater gleichzeitig als Vertreter eines großen, chinesischen Kaufhauses in Singapur auftrete und Muster in Kleidern und Damenwäsche mit sich führe. Er wies mir auch den Zollschein der Wache in Ohleleh vor, der tatsächlich über derartige Muster lautete. Ich fand es zwar komisch, dass er den braunen Schönen hier im Land Wäsche und Kleider verkaufen wollte, aber es ging mich ja schließlich nichts an.
In der Nacht nun kam der schwarze Teufel zum dritten mal. Ich erwachte von einem ängstlichen Kreischen, das aus dem Zimmer des Chinesen drang. Dann hörte ich ein kurzes Poltern und Schlagen. Sofort sprang ich auf, ergriff meine Pistole und Taschenlampe und stürzte auf den Flur. Mein Pinh stand schon knurrend vor der Tür des Nebenzimmers, und ich streckte gerade die Hand aus, um sie zu öffnen, als sie von innen aufgerissen wurde. Ich sah etwas Blinkendes durch die Luft schneiden, mein braver Hund brach mit kurzem Aufheulen zusammen, und im nächsten Augenblick hatte ich die breite Eisenspitze, deren Wirkung ich ja in der verflossenen Nacht an meinen Hunden kennengelernt hatte, vor meiner Nase. Plötzlich zuckte diese vermaledeite Spitze blitzschnell herunter, und meine Pistole, an die ich im ersten Schreck wirklich nicht gedacht hatte, flog mir aus der Hand. Unwillkürlich taumelte ich einige Schritte zurück, da glitt aus dem Zimmer der Schwarze, machte eine drohende Bewegung mit dem Speer gegen mich, so dass ich noch weiter zu-

rückwich, dann erreichte er mit einigen Sprüngen die Ausgangstür und war im nächsten Augenblick in der Nacht verschwunden. Und wissen Sie, was er in der freien Hand trug? Den eleganten Koffer des Chinesen, der die Damenwäsche enthielt!"
„Sehr gut." Rolfs Gesicht strahlte förmlich. „Wirklich sehr gut, lieber Diersch. Diese Nachricht erfreut mich ungemein."
„Na, das verstehe ein anderer", wunderte sich der Holländer, „den Chinesen hat der Diebstahl seines Koffers wenigstens gar nicht gefreut. Er lag bewusstlos auf seinem Bett, blaurot im Gesicht und halb erwürgt von der riesigen Pranke des Schwarzen. Am nächsten Tage reiste er zurück nach Kota-Radja. Er wollte sich neue Muster besorgen. Wieder am nächsten Tage kamen Sie, und ich hatte den Schwarzen halb vergessen, da er sich nicht mehr sehen ließ, bis Sie mir soeben das Pantherfell zeigten. So, Herr Torring, jetzt sind Sie dran, zu erzählen, wie Sie die Spur des Chinesen hierher verfolgt haben."

3. Kapitel: Auf der Suche nach dem schwarzen Riesen

Aber Rolf antwortete nicht. Er saß mit geschlossenen Augen, wie schlafend, in seinem Sessel und schien die Aufforderung des Holländers gar nicht gehört zu haben. Ich wusste aber, dass er gerade in diesem Augenblick äußerst scharf über das Gehörte nachdachte, und gab deshalb dem Wirt ein Zeichen, zu schweigen.
Dabei streifte mein Blick das Fenster, und ich riss in jähem Schreck die Augen weit auf. Denn durch die dunklen Scheiben starrte das furchtbare Affengesicht des schwarzen Riesen. Als er meinem Blick begegnete, fletschte er die Zähne, nickte mir aber zu, als erkenne er einen alten Bekannten wieder.
Das Gesicht sah wirklich grauenhaft aus, und im Schein unserer Lampe, der durch die Scheiben nach draußen fiel, und mit den blitzenden Zähnen wirkte es gespenstisch. Doch jetzt blickte ich in die Augen des unheimlichen Wesens und vergaß sofort die hässliche Grauenhaftigkeit des Gesichtes. Denn diese braunen Augen blickten unter den buschigen Brauen so gut und verstehend wie die eines treuen Tieres.
Ich schüttelte unwillkürlich den Kopf über diesen Gegensatz

und machte dadurch den Holländer aufmerksam, der jetzt der Richtung meines starren Blickes folgte.

„Ha, da ist der schwarze Teufel ja wieder!" grunzte er nur. Ihn schien dieser Spuk überhaupt nicht mehr zu schrecken.

Auch Rolf erwachte aus seinem Brüten, hob den Kopf und blickte das Gesicht am Fenster lange an. Dann nickte er dem Schwarzen freundlich zu und machte eine Handbewegung, die ihn zum Hereinkommen aufforderte.

„Lassen Sie ihn um Gottes Willen draußen", rief Diersch erschrocken.

Aber der Schwarze schüttelte selbst den Kopf, wurde plötzlich ernst und schien in den Garten zu lauschen. Dann blitzten seine Augen drohend auf, und die wulstigen Brauen zogen sich zusammen. Er schien irgendeinen nahenden Feind zu wittern. Im nächsten Augenblick nickte er uns, wieder lachend, zu und war plötzlich verschwunden.

„So was!" brummte Diersch und rief anschließend: „Herein!", denn es hatte leise an unsere Tür gepocht. Baik, der kluge Diener, trat herein. „Tuan, neuer Gast", meldete er, „ist Chinese, dem Koffer gestohlen."

„Was? Fu Dan?" Diersch war völlig verblüfft, und auch ich musste mich zusammennehmen, um einen Ausruf des Erstaunens zu unterdrücken. Nur Rolf blieb ganz ruhig, aber seine Augen weiteten sich vor innerer Spannung.

„Ja, ist Chinese", bestätigte der Malaie die bestürzte Frage seines Herrn.

Als Diersch uns jetzt ratlos ansah, neigte Rolf den Kopf, wie um zum Flur hin zu lauschen, dann deutete er auf mich und sich und legte den Finger an die Lippen. Das sollte heißen, dass der Wirt über unsere Anwesenheit schweigen sollte. Und nicht genug damit, schaltete er unsere Tischlampe aus.

„Nanu?" brummte Diersch, fragte aber, Rolfs Wink befolgend, nicht weiter und tastete sich zur Tür: Baik riss sie schnell auf, und im Flur, hell beschienen, stand Fu Dan, den wir ja auch in Singapur kennengelernt hatten. Er schien einen Augenblick verblüfft zu sein, als er das Zimmer dunkel sah, verbeugte sich aber sofort lächelnd, als der Holländer in den Schein der Flurlampe trat.

„Guten Abend", grüßte er in reinstem Englisch, „dürfte ich nochmals ein Zimmer in Ihrem Haus erhalten?"

„Guten Abend", entgegnete Diersch kurz und drückte die Tür hinter sich zu, „ein Zimmer? Gewiss, das können Sie bekommen. Na, haben Sie neue Muster geholt?"

„Nein, die Firma gibt mir keine neuen. Ich soll Sie, Herr Wirt, für den Diebstahl verantwortlich machen."

„Ach, Teufel nicht noch mal", fluchte Diersch nach einer kleinen Pause, „daran hatte ich ja noch gar nicht gedacht. Dann muss ich es ja den Behörden melden. Na, Herr Fu Dan, dann wird es mit Ihrer Weiterreise wohl nicht so schnell gehen, denn Sie müssen natürlich als Zeuge hierbleiben, wenn ich die Ansprüche bei der Versicherungsgesellschaft stelle."

„Oh, Herr Wirt, ich habe ja keine Ansprüche gestellt. Es war ja nur die Meinung der Firma in Singapur, die ich Ihnen mitgeteilt habe. Nein, ich habe keine Zeit, hier zu warten und erhebe deshalb keinen Anspruch auf Ersatz des geraubten Koffers. Vielleicht habe ich mehr Zeit, wenn ich zurückkomme, dann möchte ich selbst nach dem Dieb suchen."

Diersch lachte dröhnend: „Na, Herr Fu Dan, den werden Sie wohl nicht mehr finden. Bedenken Sie doch, es ist schon eine Woche her."

„Oh, Herr Wirt, vielleicht ist der Dieb noch immer in der Nähe Ihres Hauses", gab der Chinese mit sanfter Stimme zurück, „und ich werde ihn schon finden. Ich bin ihm doch noch die Revanche für das Würgen schuldig. Seien Sie unbesorgt, mir stehen Wege offen, auf denen ich ihn sicher finden werde. Dürfte ich jetzt um mein Zimmer bitten? Es wäre mir ganz recht, wenn ich dasselbe bekommen könnte, das ich vor zehn Tagen bewohnte."

Wir hörten, dass der Wirt etwas Unverständliches brummte, dann verloren sich seine Schritte auf dem langen Flur.

Rolf schaltete das Licht wieder ein, stand schnell auf und zog die Leinenvorhänge am Fenster zusammen. „So", meinte er dann händereibend und höchst vergnügt, „jetzt wird es interessant."

„Das finde ich auch", gab ich lachend zurück, „was mag dieser Fu Dan wieder hier vorhaben? Du scheinst also doch recht gehabt zu haben, als du in ihm den eigentlichen Urheber des Raubes vermutetest. Obwohl er sehr geschickt für sein Alibi gesorgt hatte, wie sich wohl ein Polizist ausdrücken würde."

„Natürlich ist er der Urheber, nur konnte es ihm nicht bewiesen werden. Aber er scheint einen großen Fehler gemacht zu haben, der gute Fu Dan; er hat sich in seinem Werkzeug verrechnet.“

„Aha, der Schwarze! Du, Rolf, ich glaube, wir entwickeln uns allmählich zu ganz guten Detektiven. Was das ganze Polizeikorps in Singapur nicht fertiggebracht hat, ist uns gelungen. Wir haben den Räuber der jungen Dame wenigstens schon gesehen.“

„Na, ich hoffe, ihn auch noch zu sprechen. Und wir werden ihn sicher wiedersehen, wenn wir in der Nähe des Chinesen bleiben. Fu Dan hat meiner Ansicht nach das größte Interesse, den Riesen wieder in seine Gewalt zu bekommen, und wenn wir ihn nicht selbst finden, wird er uns zu ihm führen. Aha, da scheint Diersch zurückzukommen. Ja, das ist sehr gut. – Lieber Diersch, Ihr braver Hund, der Pinh, wird wohl nach dem Schlag, den er vor zehn Tagen von dem Neger bekam, einen glühenden Hass auf ihn haben. Könnten Sie ihn mir jetzt und auch morgen den ganzen Tag über borgen? Ich möchte doch sehen, ob ich nicht die Spuren des Riesen mit seiner Hilfe weiter verfolgen kann als nur bis zum Fluss.“

„Was, meine Herren, Sie wollen in der Nacht draußen sein? Bedenken Sie doch, dass der unheimliche Kerl in der Nähe ist.“

„Deshalb möchte ich ja gerade draußen sein“, gab Rolf ruhig zurück, „ich hätte ihn zu gern gesprochen.“

„Sie haben aber wirklich sonderbare Wünsche! Glauben Sie mir, sehr angenehm wäre es nicht für mich, wenn Sie morgen früh aufgespießt hier im Garten lägen.“

„Ja, vor allen Dingen könnte es sehr dem Ruf Ihres Gasthauses schaden“, lachte Rolf, „aber Sie können ruhig sein, lieber Diersch, der Schwarze tut uns ganz bestimmt nichts.“

„Na, wenn Sie so sicher sind, kann ich ja nichts dagegen sagen“, brummte der Holländer leicht verlegen. Rolfs lachend gegebener Stich, dass seine Hauptsorge um uns wohl doch dem eventuell gefährdeten Ruf seines Hotels gälte, hatte ihn anscheinend getroffen. „Natürlich, meine Herren, ich stelle Ihnen den Pinh gern zur Verfügung. Aber eine Bitte habe ich noch, Herr Torring: Sie müssen mir noch erzählen, wie Sie auf die Spur des Chinesen gekommen sind.“

„Ach, das war wirklich ganz einfach. Im Gegensatz zur Polizei in Singapur, die Fu Dan für schuldlos hielt, sah ich in ihm den Haupttäter, das heißt den Mann, der hinter den Kulissen arbeitete. Sein Alibi war wirklich so geschickt gemacht, dass bei mir sofort Verdacht aufkam. Und außerdem kenne ich die Asiaten viel zu gut, als dass ich nicht wüsste, wie sie sich rächen. Eine solche Schande, wie der Gouverneur dem Chinesen zugefügt hat, indem er seinen Antrag lachend ablehnte, vergisst kein Gelber. Ich vermute nur, dass Lord Abercrombie versäumt oder vergessen hat, der Polizei von diesem Antrag des Chinesen Mitteilung zu machen, denn auch ich holte es erst durch geschickte Fragen aus ihm heraus, und dabei ging er halb lachend darüber hinweg. Also beobachtete ich den Chinesen, das heißt, ich befreundete mich mit einem kleinen Malaienboy, den ich mir am Hafen aufgriff, und setzte ihn auf die Spur des Chinesen. Und eines Tages brachte mir mein kleiner Bote die Nachricht, dass Fu Dan einen Dampfer nach Telok Sema-wee, der großen Militärstation hier an der Ostküste, bestiegen habe.

Einen Tag später fuhren wir ebenfalls ab, hörten im Lager der niederländisch-indischen Fremdenlegion, dass kein Chinese dort in Semawee ausgestiegen sei, und fuhren weiter nach Olehleh. Dort hatten unsere Erkundigungen den gewünschten Erfolg, und die Spur Fu Dans bis hierher zu verfolgen, war nicht schwer. Leider sind wir zu spät gekommen, aber jetzt ist der Gesuchte ja selbst wiedergekommen."

„Ich wundere mich nur, dass Sie acht Tage verstreichen ließen, ohne nach ihm zu fragen", meinte der Wirt bedenklich, „ich hätte Ihnen doch sofort Auskunft gegeben."

„Ich pflege die Menschen erst zu beobachten, ehe ich sie ins Vertrauen ziehe", sagte Rolf ernst; „außerdem interessierte mich im Augenblick die Jagd auf den schwarzen Panther sehr, und dann hatte ich noch ein Gefühl, das ich nicht näher beschreiben kann, das mir aber befahl, hierzubleiben – und, wie Sie sehen, hat dieses Gefühl recht behalten."

„Glauben Sie nur nicht, dass mein Freund Rolf das zweite Gesicht hat", lachte ich jetzt, „wir haben uns nämlich schon bei unserer Ankunft beim hiesigen Stationsvorsteher erkundigt und erfahren, dass der Chinese mit Sack und Koffer gekommen, aber am nächsten Tage ohne Koffer zurückgefahren sei. Da war es wirklich nicht schwer zu ahnen, dass er vielleicht zurückkommen würde."

„Na ja", lachte jetzt auch Rolf, „ich wusste aber wirklich nicht, dass er hier logiert hat, noch weniger sein Abenteuer mit dem schwarzen Riesen. So, und jetzt wollen wir in den Garten."

Wir hatten uns schon während unseres achttägigen Aufenthaltes mit dem riesigen Wolfshund angefreundet, und jetzt schmiegte er sich eng an uns, als Diersch ihm befahl, uns als seine Herren zu betrachten. Der Holländer ließ uns aus dem Haus und gab uns flüsternd noch einige gute Ratschläge.

„Die Haustür schließe ich wieder ab", sagte er zum Schluss; „wenn Sie wieder herein wollen, klopfen Sie bitte an mein Schlafzimmerfenster."

Knirschend drehte sich der große Schlüssel im Schloss, und wir standen nun auf der Veranda und schauten über den Garten hinweg, der vom Mondlicht hell erleuchtet war. Tropennächte habe ich besonders gern. Wie viele hatte ich schon im Freien verbracht – und wie schön waren sie. Jetzt aber war mir die Nacht unheimlich. Der große Mondschein warf scharfe Schatten der Bäume und Gebüsche über die Rasenflächen und hellen Kieswege und ließ in jedem Schatten den geheimnisvollen Riesen vermuten. Und gerade in dieser Nacht schienen alle niederen Tiere und Insekten ihre Stimmen mit einer wahren Inbrunst ertönen zu lassen, so dass wir das Heranschleichen des Negers kaum hätten hören können. Ich war missgestimmt und nervös, als Rolf an meinem Ärmel zupfte und langsam die kleine Treppe in den Garten hinunter schritt. Behutsam folgte ich ihm und fand bald meine Ruhe durch den Anblick des Hundes wieder, denn dieser treue Wächter würde niemanden unbemerkt näher kommen lassen. Rolf schritt neben dem Kiesweg bis dicht an das Gartentor, bog dann links ab und hielt sich ständig im Schatten der Büsche, die dem Schlafzimmerfenster des Wirtes gegenüberlagen. Wir wussten ja aus der Bitte des Chinesen, dass er das danebenliegende Zimmer erhalten hatte.

Dieses Fenster war dunkel, aber es schien mir, als starre das bleiche Gesicht Fu Dans in den Garten hinaus. Leise machte ich Rolf darauf aufmerksam, und nach kurzem Hinblicken sagte er, fast unhörbar: „Du hast recht, Hans, er guckt heraus. Und wenn ich mich nicht irre, hält er eine Pistole in der Hand. Siehst du den bläulichen Schimmer?"

Ja, Rolf hatte doch schärfere Augen, denn jetzt, bei ganz intensivem Hinschauen, sah ich es ebenfalls. Da zog der Wolfshund zwischen uns die Luft tief ein und stieß ein leises, drohendes Knurren aus. Gleichzeitig drängte er sich dicht an mich, als nahe eine Gefahr, die ihm unheimlich war. Und jetzt, instinktiv riss

ich meine Pistole heraus, jetzt flüsterte leise hinter uns eine tiefe, gutturale Stimme in schauderhaftem Pidgin-Englisch:
„Massers, fortgehen hier. Nicht gut sein. Chinamann böse."
„Warte auf uns", flüsterte Rolf zurück, „wir meinen es gut mit dir."
„Später, Massers, kann jetzt nicht. Aber ihr bald fortgehen!"
Unsere Unterhaltung wurde durch den Hund unterbrochen, der jetzt mit aller Kraft von uns fort strebte. Natürlich gerieten dabei die Büsche in Bewegung, und im nächsten Augenblick fielen aus dem Zimmer des Chinesen mehrere Schüsse. Ganz dicht flogen die Kugeln pfeifend über uns hinweg.
„Fort, fort, Massers!" rief jetzt die Stimme hinter uns lauter.
Das hätten wir auch ohne diese Aufforderung getan; wir hatten uns sofort lang hingeworfen und waren so schnell wie möglich zur Seite gekrochen. Der Wolfshund aber hatte sich losgerissen und stürmte über den Rasen auf das Haus zu.
Da wurde schon ein Fenster aufgerissen, und Dierschs brüllende Stimme erklang: „Was ist hier los? Ich verbitte mir das Geschieße, hier ist ein anständiges Haus!"
„Dirsch, Ihr Nachbar hat geschossen", rief Rolf zurück, „bringen Sie ihn zur Vernunft. Man wird doch wohl noch Spazierengehen können!"
Nach wenigen Augenblicken wurde das Licht im Zimmer des Chinesen eingeschaltet, und wir konnten den Wirt sehen, der aufgeregt vor dem kleinen Gast stand und lebhaft gestikulierte.
„Hallo, hallo", rief Rolf nun ins Gebüsch zurück, „bist du noch da?"
Aber niemand antwortete.
„Schade", bedauerte mein Freund, „nun hat ihn doch dieser Chinese vertrieben. Komm, jetzt ist die beste Gelegenheit, ins Haus zurückzukommen. Wir klettern einfach durch das Fenster in die Stube des Holländers."
Kaum waren wir behutsam hineingeklettert, als auch schon nebenan die Tür energisch geschlossen wurde und Diersch auf der Schwelle erschien. Schnell winkte ihm Rolf zu und legte den Finger auf den Mund. Der Holländer nickte nur, warf einen wütenden Blick zum Nebenzimmer hin und tippte mit dem Finger an die Stirn. Dann schritt er uns voran und trat in das uns angewiesene Zimmer, das dem seinen schräg gegenüberlag. „Hat der Kerl auf Sie geschossen?" erkundigte er sich leise.

„Ja, er hat wohl seinen Feind in uns vermutet, den riesigen Schwarzen. Der steckte aber hinter uns im Gebüsch und hat uns sogar gewarnt."

„Dann meinst du auch, dass es der Schwarze war?"

„Natürlich, das musst du doch sofort an der Sprache gemerkt haben."

„Was, Sie haben mit diesem unheimlichen Kerl gesprochen?" rief der Holländer verblüfft.

„Ja, aber bitte, werden Sie nicht laut", warnte Rolf. „Er meinte, dass unser Platz nicht gut sei, und gleich darauf schoss dieser Fu Dan."

„Hm, das ist— und was tat mein Pinh?"

„Der ist fortgerannt", lachte ich. „Jetzt wird er wohl vor der Haustür stehen."

„Ist so etwas möglich? Dann taugt der Hund doch gar nichts."

„Der Hund ist vorzüglich", sagte Rolf bedächtig, „aber der Schwarze wird sich mit irgendeinem scharf riechenden Kraut oder irgendeiner anderen Substanz eingerieben haben, deren Geruch jeden Hund in die Flucht jagt."

„Toll, ganz toll", murmelte der Wirt, „am liebsten würde ich den Chinesen sofort hinauswerfen. Wissen Sie, was er sagte? Er hätte geschossen, weil er glaubte, der Dieb käme wieder."

„Er wird uns doch wohl erkannt oder vermutet haben", meinte Rolf bedächtig. „Da müssen wir uns jetzt etwas vorsehen. Am liebsten würde ich gleich das Haus verlassen und im Wald schlafen."

„Und sich eine schöne Malaria zuziehen", entrüstete sich Diersch. „Glauben Sie denn wirklich, dass Ihnen der kleine Chinese hier unter meinem Dach gefährlich werden kann?"

„Man sollte es nicht glauben, aber ich habe diese Gelben schon besser kennengelernt. Doch wir werden schon aufpassen, und morgen früh gehen wir in den Wald, denn ich muss den Schwarzen sprechen."

„Meinetwegen", brummte Diersch, „aber jetzt werde ich Pinh hereinlassen und schlafen gehen. Gute Nacht, meine Herren."

„Gute Nacht, lieber Diersch, schlafen Sie gut."

4. Kapitel: In den Urwäldern des Sejawa djanten

Ich blickte dem Wirt lachend nach, als er wütend aus der Tür stampfte, wurde aber ernst, als Rolf leise sagte: „Wir wollen lieber abwechselnd wachen, Hans, ich traue diesem Chinesen absolut nicht."

„Ich möchte nur wissen, weshalb wir uns wieder in diese Sache gemischt haben", meinte ich nachdenklich, „anstatt ruhig und zufrieden auf den Fang von Großwild auszugehen, auf das Filmen von Tieren in ihrer verschwiegenen Einsamkeit, was uns doch wirklich Vergnügen gemacht hätte; müssen wir unsere Nase wieder einmal in eine Sache stecken, bei der wir höchstens einen kräftigen Klaps drauf bekommen können?"

„Ja, ja, ich weiß schon", lachte Rolf, „Detektiv spielen ist nichts für dich. Und dabei bist du doch Feuer und Flamme, wenn wir mal einen ‚Fall' bekommen. Übrigens habe ich diesen Jagdzug nur unternommen, weil mir das junge Mädchen leid tut. Hast du ihre Photographie auf dem Schreibtisch des Gouverneurs gesehen? Nun denke sie dir in den Händen dieses Chinesen."

„Du, den Kerl möchte ich zerreißen", sagte ich wütend.

„Na, siehst du", lachte Rolf, „wir wollen aber lieber sehen, dass wir sie dem Vater zurückbringen können. Und dann interessiert mich außerordentlich dieser schwarze Riese."

„Ja, ich halte ihn sogar für einen ganz guten Menschen, obwohl er das junge Mädchen geraubt hat." „Hoffentlich treffen wir ihn bald. So, jetzt wirst du dich hinlegen und schlafen, denn wir brauchen morgen unsere Kräfte. Nach zwei Stunden werde ich dich wecken."

Gehorsam kroch ich unter meine Decke und war nach wenigen Minuten eingeschlafen. Das hatten wir uns in den Jahren unseres Abenteuerlebens schon angewöhnt, dass wir jeden Augenblick schlafen konnten. Dafür mussten wir auch sehr oft mehrere Nächte hintereinander die Ruhe entbehren.

Ich schreckte sofort empor, als sich eine Hand leise auf meinen Arm legte.

„Vorsicht", flüsterte Rolf an meinem Ohr, „hörst du, dass im Haus irgendwo ein Fenster geöffnet wird?"

Obgleich meine Sinne sich nicht mit denen Rolfs vergleichen konnten, waren sie doch durch den jahrelangen Aufenthalt in der Wildnis so geschärft, dass auch mein Ohr jetzt ein ganz feines Klirren vernahm. Es war ein Fensterflügel, der wohl leise geöffnet, aber doch durch eine unvorsichtige Bewegung gegen die Hauswand gestoßen sein musste. „Es ist drüben an der anderen Seite", flüsterte Rolf weiter, „ich schätze, dass Fu Dan sein Zimmer durch das Fenster verlassen will, weil hier auf dem Flur der Hund liegt, der ihn, ohne anzuschlagen, kaum hinauslassen würde."

„Dann wird er uns wohl einen Besuch abstatten wollen", meinte ich nach kurzer Überlegung. „Er wird uns also doch wiedererkannt haben, obwohl uns Lord Abercrombie bei dem einmaligen Zusammentreffen in seinem Arbeitszimmer dem Chinesen nur sehr flüchtig als durchreisende Bekannte vorgestellt hat."

„So wird es sein, und du kannst daraus ersehen, dass er ein sehr schlechtes Gewissen hat. Umsonst hat er auch nicht auf uns geschossen; er wird uns sicher beobachtet und erkannt haben. Nur der Mondschein und das Dunkel unter den Büschen verschuldete wohl den Fehlschuss."

Ich hatte mich inzwischen erhoben, und wir schlichen jetzt auf unser Fenster zu.

„Komm, wir wollen es ihm leichter machen und das Fenster ruhig öffnen", flüsterte Rolf, „ich bin neugierig, was er tun will."

Mein Freund öffnete unser Fenster so leise, dass es kein Mensch gehört hätte, auch wenn er dicht dabei gestanden hätte. Dann schoben wir vorsichtig unsere Köpfe aus der Fensteröffnung und versuchten – ich nach rechts, Rolf nach links – den erwarteten Chinesen zu erspähen. Leider war es vor unserem Fenster sehr dunkel, denn der Mond warf den Schatten des Hauses bis hinüber zu den dichten Büschen, die an dieser Stelle den Garten begrenzten. Andererseits aber konnten wir auch schwer entdeckt werden, und so hob sich dieses Missgeschick wieder auf. Jetzt mussten wir uns völlig auf unser Gehör verlassen, und es galt, mit angespanntesten Sinnen zu lauschen, denn sicher würde Fu Dan zum Anschleichen chinesische Schuhe mit Filzsohlen benutzen.

Die Sekunden gingen dahin. Jeden Augenblick konnten wir einen heimtückischen Angriff des Chinesen erwarten. Mir wäre es, offen gestanden, lieber gewesen, auf einen „Man-eater", einen menschenfressenden Tiger zu lauern, als hier auf einen

Menschen, der vielleicht gefährlicher und grausamer als ein Tiger war.

Gott sei Dank fiel das Mondlicht an beiden Seiten des Hauses in breiter Bahn in den Garten hinaus, also war eine Gestalt, die vielleicht vorsichtig um die Ecke schleichen wollte, ohne weiteres zu erkennen. Aber das Unangenehme und Gefährliche war, dass Fu Dan auch in weitem Bogen, gedeckt durch das Gebüsch, in den schützenden Schatten des Hauses schleichen konnte.

„Du, das ist mir hier zu unangenehm", flüsterte Rolf, „ich glaube, es ist besser, wir gehen einfach hinaus. Kommt er uns draußen zwischen die Finger, dann wird es für ihn sicher unangenehmer werden."

Und ohne meine Antwort abzuwarten, schwang er sich leise und geschmeidig aus dem Fenster. Mir blieb natürlich nichts anderes übrig, als ihm zu folgen, und es war mir jetzt im Freien wirklich auch angenehmer zumute.

„Krieche du zur rechten Hausecke", raunte Rolf wieder, „dann müssen wir ihn auf jeden Fall sehen, auch wenn er von vorn kommen sollte."

Ich befolgte sofort seinen Rat und legte mich dicht an der rechten Hausecke auf den schmalen Grasstreifen, der meterbreit rings das Gebäude umgab.

Sollte Fu Dan jetzt von der Seite kommen, dann müsste er mit mir zusammentreffen, sollte er von der linken Seite anschleichen, musste er auf Rolf treffen, kam er von vorn, dann musste ich ihn gegen den hellen Streifen sehen, den das Mondlicht an der linken Hausecke vorbei in den Garten warf. Und ebenso musste ihn Rolf gegen den Lichtstreifen auf meiner Seite sehen.

Bald sollte es sich zeigen, wie gut der Ratschlag Rolfs war. Fu Dan hatte doch den zwar längeren, aber sichereren Weg gewählt und kam direkt uns gegenüber aus den Büschen gekrochen. Ich entdeckte ihn, als er ungefähr fünf Meter aus den schützenden Büschen vor gekrochen war, und fasste meine Pistole fester, denn jetzt musste bald die Entscheidung kommen.

Sie kam aber ganz anders, als ich mir vorgestellt hatte. Fu Dan hatte sich gerade halb aufgerichtet und starrte zu unserem Fenster hinüber, als plötzlich, wie aus der Erde gewachsen, eine riesige Gestalt hinter ihm stand. Ich hörte einen dumpfen Schlag, ein tiefes Aufstöhnen, dann war der Riese wieder verschwunden, und die Gestalt des Chinesen lag reglos auf dem Rasen.

„Komm, Hans!" rief da Rolf, der aufgesprungen war und auf den stillen Körper zueilte.

Nach wenigen Augenblicken standen wir neben dem Chinesen. Rolf beugte sich nieder und untersuchte ihn flüchtig.

„Er lebt noch", flüsterte er dann etwas verwundert, „er hat einen tüchtigen Hieb über den Kopf bekommen; am Scheitel prangt eine sehr hübsche Beule. Komisch, dass der schwarze Riese ihn geschont hat, ich glaubte, er würde ihn erschlagen. Komm, Hans, wir tragen ihn jetzt einfach in seine Stube zurück und legen ihn ins Bett. Wenn er aus seiner Betäubung nach einigen Stunden aufwacht, wird er sich sehr wundern. Und ich hoffe auch, dass er durch die Nachwirkung des Hiebes so geschwächt sein wird, dass er uns nicht nachspionieren kann, wenn wir auf die Suche nach dem Schwarzen gehen."

Wir hoben den schmächtigen Körper hoch und trugen ihn leise ums Haus herum. Rolf kletterte ins offene Fenster der Stube Fu Dans, und ich schob den Bewusstlosen hinein. Nach einigen Minuten kam Rolf wieder heraus, drückte leise den Fensterflügel zu und wir gingen um das Haus herum zu unserem Fenster zurück.

„Ich möchte tatsächlich sein Gesicht sehen, wenn er morgen erwacht", lachte er dabei; „schade, wenn die Beule nicht wäre, könnte er meinen, er hätte nur geträumt. Nun können wir jetzt doch einige Stunden ruhig schlafen; wenn die Sonne aufgeht, wollen wir aber unbedingt den Garten schon verlassen haben. Ich habe dem Malaien Baik schon Bescheid gesagt, dass er uns Proviant zusammenpackt und zur rechten Zeit weckt."

Als die Sonne den Garten mit rotem Gold überschüttete, hatten wir bereits gefrühstückt. Ich schnallte mir den Rucksack mit Proviant um, warf meine Büchse über die Schulter und folgte Rolf, der bereits auf den Flur getreten war, um den Wolfshund an die Leine zu nehmen. Rolf trug nur seine Büchse und im Gürtel ein breites Haumesser, das ihm einst ein brasilianischer Farmer geschenkt hatte. Er vermutete nämlich, dass wir uns oft einen Weg durch das Dickicht schlagen müssten, um der Spur des schwarzen Riesen zu folgen.

Als wir das Haus verlassen wollten, trat Diersch aus dem Zimmer des Chinesen und rief uns leise an.

„Was sagen Sie dazu, meine Herren", flüsterte er, „der Chinese liegt halb bewusstlos in seinem Bett. Am Kopf hat er eine riesige Beule, die durch einen Schlag hervorgerufen sein muss. Ich hörte sein Stöhnen und bin deshalb zu ihm hineingegangen. Was soll ich jetzt tun?"

„Lassen Sie ihm von Ihrem Diener kalte Umschläge machen", riet Rolf, „und wenn er zu Bewusstsein gekommen ist, wird er Ihnen schon erzählen, was ihm zugestoßen ist. Sehr wahrscheinlich wird er gegen irgendeinen Schrank gelaufen sein."

„Dann müsste der Schrank in Trümmer gegangen sein", meinte der Holländer misstrauisch, „sonst könnte er nicht eine derartige Beule davongetragen haben. Ich glaube, meine Herren, Sie wissen mehr von der Sache, als Sie sagen wollen."

„Passen Sie auf, lieber Diersch, Fu Dan wird Ihnen sicher erzählen, dass er irgendwo gegen etwas gelaufen ist. Jetzt müssen Sie uns aber entschuldigen, wir haben unter Umständen einen weiten Weg vor uns. Guten Morgen, lieber Diersch."

Der Holländer rief uns noch einige Worte nach, die wir aber nicht mehr verstanden, denn wir hatten Eile, vom Haus fortzukommen. Es konnte ja leicht sein, dass Fu Dan doch nicht bewusstlos war, sondern es nur vortäuschte. Ich wusste zwar nicht, ob Rolf dadurch veranlasst wurde, einen so schnellen Schritt einzuschlagen, aber mir kam dieser Gedanke so plötzlich, dass ich dicht am Gartentor stehenblieb und mich mit einem Ruck umdrehte. Und da glaubte ich am Fenster des Chinesen eine Gestalt zu sehen, die mit den Armen eigenartige Bewegungen machte. Aber gerade als ich Rolf darauf aufmerksam machen wollte, war die Gestalt plötzlich verschwunden.

„Nun komm doch, was stehst du denn noch da?" rief Rolf im gleichen Augenblick ärgerlich auf der Straße. Ich trat schnell aus dem Gartentor hinaus, beschleunigte meine Schritte, bis ich neben ihm war, und teilte ihm meine Beobachtung mit.

„Donnerwetter", meinte er nachdenklich, „das erweckt den Anschein, als hätte er irgendeinem Kumpan Signale gegeben. Lieber Hans, jetzt müssen wir ganz besonders vorsichtig sein, denn es ist leicht möglich, dass wir ungebetene Gesellschaft bekommen, die uns unter Umständen sehr unangenehm werden kann. Hoffentlich können wir im Wald merken, ob meine Vermutung stimmt, und dann die Verfolger abschütteln."

Er schritt noch weiter aus, aber ich blieb an seiner Seite. „Rolf, meinst du wirklich, dass du den Hund auf irgendeine Spur des Schwarzen setzen kannst? Du sagtest doch selbst, dass der Riese sich mit einem Mittel eingerieben haben wird, dessen Geruch jeden Hund verscheucht."

„Ja, Hans, das hat er bei seinen Besuchen hier im Garten getan. Ich glaube aber kaum, dass er es gestern Abend bei der Jagd auf den Tapir schon getan haben wird. Und dort will ich den Hund ansetzen. Außerdem wird er beim Transport des schweren Tieres sicher ziemlich deutliche Spuren in den Büschen hinterlassen haben."

„Ja, das wird stimmen, und dann wird Pinh seine Spur verfolgen. Ich bin überzeugt, dass er seinen Schlupfwinkel ganz in der Nähe hat."

„Das glaube ich nicht, Hans; wenn ich an seiner Stelle wäre, würde ich mich möglichst weit von jeder menschlichen Ansiedlung verbergen, denn sonst kann er ja immer mit einer zufälligen Entdeckung rechnen, gegen die er nicht gewappnet ist. Nun haben wir ja schon den Urwaldgürtel des Vulkans Sejawa djanten erreicht; in einer Stunde werden wir auf der Lichtung sein, auf der wir den Schwarzen zum ersten Mal erblickten, und dann wird uns Pinh hoffentlich zeigen, wer von uns beiden recht hat."

Auf dem uns schon bekannten Elefantenpfad schritten wir in das feuchtwarme Halbdunkel des Urwaldes hinein. Der Pfad stieg langsam an, und ich hätte es mit Rücksicht auf meinen schweren Rucksack gar nicht ungern gesehen, wenn Rolf das Tempo etwas verringert hätte. Aber er schien nur noch schneller auszuschreiten. Jetzt war er mir schon einige Schritte voraus und verschwand an einer Biegung des Weges. Als ich wenige Augenblicke später den Knick umschritt, blieb ich verblüfft stehen, denn – Rolf war verschwunden. Etwas unbehaglich wurde es mir im ersten Augenblick doch zumute. Was mochte da geschehen sein? Sollte etwa der unheimliche Riese wieder seine Hand im Spiel gehabt und Rolf lautlos vom Weg gerissen haben? Schnell zog ich meine Pistole und spähte in die Büsche zu beiden Seiten des Pfades.

Da ertönte über mir eine lachende Stimme: „Hans, komm auch herauf. Ich wollte nur erproben, ob man mich schnell entdecken kann. Das ist offenbar nicht der Fall, und so halte ich diesen Platz für gut. Aber, bitte, beeile dich, vielleicht ist unser Verfolger – das heißt, wenn wir einen haben – uns schon dicht auf den Fersen."

Ich blickte empor und sah Rolf auf dem untersten Ast eines riesigen Tamarindenbaumes sitzen. Er nickte mir fröhlich zu und flüsterte: „Reich mir den Rucksack herauf. Mach doch schnell, der Stamm ist leicht zu ersteigen."

Rolf war inzwischen noch einige Äste höher gestiegen, und als ich ihn erreichte, hatte er es sich in dem dichten Laub schon bequem gemacht. Ich setzte mich dicht neben ihn und konnte jetzt den Pfad gut überblicken, während uns von unten wohl kaum ein Mensch entdecken konnte, selbst wenn er es geahnt hätte, dass wir hier oben saßen. Da fiel mir der Hund ein.

„Rolf, wo hast du Pinh gelassen?" fragte ich flüsternd. „Hinter uns im dichten Gebüsch habe ich ihn angebunden und ihm befohlen, ruhig zu sein. Das Tier hat vorzügliche Dressur und wird sich nicht rühren, mag kommen, was will."

„Na, dann bin ich wirklich neugierig, ob uns ein Helfershelfer des Chinesen folgt. Was wollen wir in diesem Fall machen?"

„Ja, das weiß ich selbst noch nicht. Jedenfalls folgen wir ihm dann nach einiger Zeit und sehen, was er beginnt. Da, siehst du ihn? Donnerwetter, ein kleiner Malaien-Boy! Sehr schlau von Herrn Fu Dan; dieser Junge kann nirgends auffallen. Wollen mal sehen, was er macht."

Ein kleiner, sehniger Bursche, nur mit kurzer Hose und gelbem Käppi bekleidet, aber mit einem mächtigen Kris bewaffnet, den er im Gürtel trug, schlich lauernd und lauschend den Pfad entlang. Jetzt kam er um die Biegung und war direkt unter uns. Da blieb er stehen und musterte aufmerksam den Boden. Sollte er wirklich aus unseren doch fast unsichtbaren Spuren ersehen können, was da auf dem Pfad geschehen war?

Und doch schien das Unglaubliche wahr zu werden, denn plötzlich richtete der Malaie seine Augen auf das Gebüsch, in das wir eingedrungen waren, und ließ dann seinen scharfen Blick am Stamm des Tamarindenbaumes hinauf gleiten.

Da steckte Rolf seine Pistole aus den Blättern, die uns verbargen, hinaus und sagte gemütlich in malaiischer Sprache, die ja von allen Sprachen auf der Welt am leichtesten zu erlernen ist:

„Bleib stehen, mein Junge, sonst bist du tot!"

Dann wandte er sich an mich: „Hans, jetzt musst du schon hinunter klettern und den Kleinen festhalten, bis ich auch kommen kann. Entwischen darf er uns auf keinen Fall; wenn er fliehen will, muss ich ihn schon durch eine Kugel daran hindern."

Schnell glitt ich an dem mächtigen Stamm hinab, durchbrach

das trennende Gebüsch und sprang auf den kleinen Malaien zu. Der Boy machte einen verdächtigen Griff nach seinem Kris, da packte ich seine Arme, riss sie mit kräftigem Griff auf den Rücken und hielt sie eisern fest. Trotzdem es fast ein Knabe war, den ich da in meinen Fäusten hielt, wäre irgendwelche Rücksicht töricht gewesen, denn einen heimtückischen Stich mit dem scharfen Kris in den Unterleib wollte ich doch nicht riskieren. Nach wenigen Augenblicken stand Rolf neben mir und zog dem Burschen die gefährliche Waffe aus dem Gürtel. Jetzt erst ließ ich ihn los, aber Rolf ergriff dafür schnell seinen Arm.

„Warum verfolgst du uns?" eröffnete Rolf das Verhör. Der Malaie versuchte ein völlig unschuldiges Gesicht zu ziehen. „Tuan, ich nur in Wald gegangen, will Mangustans suchen."

Dabei streiften aber seine Augen scheu an der hohen Gestalt meines Freundes empor, und als sie das Gesicht und den zwingenden Blick der Augen trafen, senkten sie sich schnell wieder auf die eigenen Fußspitzen.

„Wie heißt du?"

„Tomo, Tuan."

„Gut, Tomo, jetzt will ich dir etwas sagen, wenn du nicht sofort die volle Wahrheit gestehst, dann werden wir dich hier an dem schönen Tamarindenbaum aufhängen. Als Warnung für jeden, der mich belügen will."

Rolf hatte so ernst gesprochen, dass der Bursche zu zittern anfing.

„Tuan, ich darf nichts sagen, es wäre mein Tod, schrecklicher als von deiner Hand."

„Nun, Tomo, das ist wenigstens ehrlich gesprochen, und deshalb werde ich dir das Leben schenken. Aber ich verlange, dass du zurückgehst und deinem Herrn unser Zusammentreffen erzählst. Sage ihm, dass ich auf meiner Hut bin. Geh, ich habe dir einmal das Leben geschenkt, treffe ich dich zum zweiten mal hinter mir, dann bist du des Todes. Geh!"

Der Malayenboy warf einen scheuen Blick auf meinen Freund, machte dann plötzlich eine tiefe Verbeugung und verschwand wie ein Wiesel den Pfad hinunter. „Glaubst du wirklich, dass er uns nicht mehr folgen wird?" fragte ich.

„Ich hoffe es, denn sonst müsste ich wirklich zu schärferen Maßnahmen greifen. Aber jetzt müssen wir uns beeilen; wir haben viel Zeit durch den kleinen Kerl verloren, der mir übrigens ganz gut gefiel."

Ziemlich nachdenklich zwängte sich Rolf in das Gebüsch und holte den Wolfshund, der sich völlig still verhalten hatte, während ich den Rücksack vom Baum herunterholte. Dann folgten wir, fast im Trab, dem Elefantenpfad weiter, bis wir die Lichtung erreichten, auf der sich am vergangenen Abend das blutige Drama der Wildnis abgespielt hatte.

Pinh nahm sofort an der Stelle, an der unser Riese mit dem Tapir in die Büsche gebrochen war, eine Spur auf und folgte ihr leise knurrend und mit gesträubten Haaren. „Siehst du, ich hatte doch recht", lächelte Rolf. Dann ging es im Hetztempo mitten in den furchtbaren Urwald hinein.

5. Kapitel: Eine Katastrophe

Es war ganz gut, dass Rolf sein schweres Haumesser mitgenommen hatte. Denn wenn auch der schwarze Riese mit seiner schweren Last einen Pfad gebrochen hatte, so legten sich doch von allen Seiten wieder Lianen und Dornenranken über den nur angedeuteten Pfad, die Rolf zur Seite schieben oder abhauen musste, um mir freien Weg zu schaffen. Und wenn ich zuerst auch nur mit stillem Missvergnügen das Amt des Trägers übernommen hatte, so freute ich mich jetzt doch, als ich ihn so eifrig und schweißtriefend arbeiten sah.

Unser Weg stieg nicht an, wie ich erwartet hatte, sondern er hielt sich stets in gleicher Höhe und schien langsam um den Kegel des Vulkans in nördlicher Richtung herumzulaufen.

Auch Rolf sprach diese Vermutung aus, als er Pause machen musste, um einige besonders starke Lianen zu beseitigen.

„Hans", meinte er nachdenklich, „mir scheint, wir kommen langsam auf die Ostküste zu."

„Ja", bestätigte ich, „irgendwo in der Nähe muss hier die Militärstation Segli an der Küste liegen." „Nein", widersprach er, „Segli liegt ein bedeutendes Stück östlicher. Wir müssen erst um den ganzen Vulkankegel herumlaufen, um in die Ebene zu gelangen. Schade, wir hätten uns einen landeskundigen Führer nehmen sollen."

„Na", tröstete ich ihn, „schließlich wollen wir ja diesmal nicht das Land kennenlernen, sondern den schwarzen Riesen finden, und da kann es uns ja schließlich ganz gleich sein, wo wir herauskommen."

„Da hast du auch recht", lachte Rolf, „also folgen wir ruhig der Spur des Unheimlichen weiter. Ich muss allerdings bemerken, dass er mir persönlich gar nicht mehr unheimlich erscheint."

„Das stimmt", gab ich zu; „er hätte uns doch gestern Abend leicht töten können und hat uns statt dessen vor dem Chinesen gewarnt. Ich wäre wirklich sehr erfreut, wenn wir ihn kennenlernen würden."

„Das hoffe ich ganz be..."

Rolf brach plötzlich ab und blieb stehen. Wir waren aus dem dichten Untergehölz in eine kleine Lichtung getreten, und da lag dicht vor uns der Kadaver des Tapirs. Das heißt, es waren nur noch die Überreste vorhanden, denn Raubwild und Insekten hatten sich schleunigst an die Arbeit gemacht, das Fleisch zu verzehren. Trotzdem konnten wir noch deutlich erkennen, dass die besten Stücke des Wildes vorher kunstgerecht herausgetrennt worden waren.

„Was denkst du jetzt von unserem unbekannten Freund?" fragte Rolf lächelnd.

„Dass er entweder ein ganz besonderer Feinschmecker ist, oder für jemand zu sorgen hat, dem er nur das Beste bieten will."

„Bravo", rief mein Freund, „dasselbe habe ich auch gedacht. Und weißt du, wer dieser Jemand ist, für den er zu sorgen hat?"

„Das ist nicht schwer zu erraten. Es wird Ellen Abercrombie sein."

„Ja, es ist Ellen Abercrombie. Und jetzt weiß ich auch, weshalb der schwarze Riese seinen Hass auf den Chinesen geworfen hat. Sicher ist er von Fu Dan zum Raub der jungen Engländerin angestiftet worden, hat ihn auch ausgeführt, ist aber wahrscheinlich durch die Schönheit des Mädchens gerührt worden und will sie jetzt beschützen. Ich verstehe nur nicht, weshalb er sie nicht einfach dem Vater zurückgebracht hat, sondern sie hier im Urwald verbirgt."

„Meinst du wirklich, dass der Lord diesem schwarzen Ungetüm ein Wort glauben würde, wenn er ihm auch die Tochter zurück brächte? Würde der Schwarze nicht sofort wegen Mädchenraubes abgeurteilt werden? Und wäre dann Ellen nicht immer wieder in neuer Gefahr, von dem rachsüchtigen Chinesen unter Benutzung eines neuen Werkzeugs entführt zu werden!"

„Hallo, Hans", rief Rolf lachend, „du hast dich ja tatsächlich zu einem Detektiv entwickelt, der seine Hauptstärke in der Kombinationsgabe besitzt. Tadellos hast du diesen Gedankengang entwickelt, und ich muss offen sagen, dass ich ihn gar nicht übel finde. Nur verstehe ich nicht, dass der schwarze Beschützer den Chinesen nicht getötet hat; zweimal war er doch schon in seiner Hand. Und er hätte nur etwas kräftiger zuzugreifen brauchen, dann hätte der brave Fu Dan sicher keine Kopfschmerzen mehr."

„Aber sonst", fuhr Rolf nach kurzem Überlegen fort, „hat dein Gedanke wirklich Hand und Fuß. Vielleicht gibt uns der Riese Aufklärung über sein merkwürdiges Verhalten!"

Noch eine Viertelstunde lang mussten wir uns durch die dichten Büsche drängen, dann erreichten wir plötzlich einen Pfad, den Rolf für einen alten Kriegspfad der Atjeher in ihren Kämpfen gegen die Holländer hielt.

„Kommandant van Greve in Kota-Radja zeigte mir eine sehr genaue Karte des Atjeher-Landes", meinte er, „und wenn ich nicht ganze irre, war auch dieser Pfad darauf verzeichnet. Wir müssen jetzt bald über einen kleinen Fluss kommen und können dann, wenn wir noch einige Kilometer vorgehen, die Ebene sehen, die sich neben dem ganzen Gebirge an der Ostküste entlangzieht. Allerdings wüsste ich dann nicht, wo unser schwarzer Freund geblieben sein könnte."

Aber Pinh, der famose Wolfshund, zog uns unermüdlich weiter. Wir mussten uns also auf der richtigen Spur befinden. Bald kam auch der kleine Fluss, den Rolf vermutet hatte, und wir überschritten ihn auf einem langen, schlüpfrigen Balken, auf dem wir recht vorsichtig balancieren mussten.

Als wir am anderen Ufer festen Fuß gefasst hatten, wurde Pinh merklich unruhig. Er schnüffelte hin und her, lief zurück, wieder vor, und setzte sich endlich mit kläglichem Winseln hin.

Da wurde uns klar, dass er die Spur verloren hatte.

„Pass auf", meinte Rolf, „der Schwarze ist im Fluss ein Stück bergauf gegangen. Wir wollen ruhig hier am Ufer entlanggehen, dann werden wir schon wieder auf seine Spur stoßen."

„Ebenso gut kann er bergab gegangen sein", warf ich ein. „Nein, da käme er bald in die Ebene, und dort kann er Ellen Abercrombie nicht verbergen."

„Hm, du kannst recht haben, also gehen wir doch bergauf."

Mühsam bahnten wir uns einen Weg durch die überhängenden Luftwurzeln der Mangroven, die sich natürlich hier besonders zahlreich angesiedelt hatten. Wohl eine halbe Stunde mühten wir uns so ab, dann blieb Rolf stehen und deutete mit erleichtertem Aufatmen auf eine schmale Lücke, die in das Unterholz gebrochen war.

„Ich glaube, hier wird er eingedrungen sein", lachte er, und schon sprang Pinh vor, schnüffelte aufgeregt am Boden umher und zog dann mit freudigem Winseln meinen Freund in diese Lücke hinein.

„Siehst du", rief er triumphierend zurück, „er ist doch bergauf ge..."

Da war es still, ich hörte ein Rauschen und Poltern, einen halb erstickten Aufschrei und ein Winseln des Hundes... dann war alles still. Ohne zu überlegen, sprang ich vor und drang schnell in die Lücke ein. Da hörte ich irgendwoher die merkwürdig dumpf klingende Stimme Rolfs: „Nimm dich in acht, Hans, unser schwarzer Freund hat hier eine Fallgrube angelegt. Lege dich auf die Erde und krieche vorsichtig vor."

Jetzt bemerkte ich auch, dass der schmale Pfad vor mir mit verdorrten Blättern bestreut war, und zwei Meter entfernt befand sich ein großes Loch in dieser künstlichen Laubdecke. Ich legte mich lang hin und schob mich vorsichtig vor, dabei jeden Zoll des Bodens auf seine Haltbarkeit prüfend. So gelangte ich endlich an das Loch und konnte hinunterblicken.

Da saß Rolf ganz gemütlich auf dem Boden einer fast drei Meter tiefen Grube, hatte den Wolfshund im Arm und winkte vergnügt hinauf.

„Meinst du nicht auch, Hans, dass wir jetzt in der Nähe des Schlupfwinkels sind?" rief er eifrig. „Sonst hätte sich unser Riese doch nicht die Mühe gegeben, diese Fallgrube anzulegen. Ich bin nur froh, dass er sie nicht mit angespitzten Pfählen gespickt hat, sonst wäre es vielleicht doch unangenehm für mich abgelaufen. Hier, nimm zuerst den Hund nach oben, dann musst du mir deine Büchse hinunterreichen."

Es war zwar für mich ein hartes Stück Arbeit, aber nach wenigen Minuten standen die beiden Eingebrochenen wieder auf festem Boden.

„Die Grube bringen wir aber wieder in Ordnung", entschied mein Freund. „Sollte uns doch Fu Dan oder eine seiner Kreaturen folgen, dann kann sie ruhig noch einmal in Funktion treten."

Der gefährliche Teil des Pfades war ungefähr zwei Meter lang. Wir passierten ihn, indem wir uns dicht in die Seitenbüsche drängten, brachten die zerstörte Öffnung wieder in Ordnung und folgten unserem Hund weiter, der jetzt ganz ungestüm vorwärts zog.

Plötzlich verloren sich die Büsche zur rechten Seite, der kahle Fels kam zum Vorschein, und einige fünfzig Meter weiter standen wir vor einer schmalen Öffnung im Felsen. Pinh wollte sich hineinzwängen, wurde aber von Rolf zurückgehalten.

„Aha", meinte mein Freund, „hier ist also der Schlupfwinkel. Erinnerst du dich, dass Kommandant van Greve von einer tiefen Felsspalte an der Westseite in der Nähe der Militärstation Loknja erzählte? Sie soll sich kilometerlang in den Berg hineinziehen. Vielleicht haben wir hier ein ähnliches Naturwunder vor uns, nur kann es sehr gefährlich für uns sein, einzudringen, da wir nicht wissen, welche Überraschungen der Schwarze hier vorbereitet hat. Horch, was kann das gewesen sein?"

Ein dumpfes Rollen aus weiter Ferne erschütterte die Luft; gleichzeitig schien auch der Boden unter unseren Füßen ganz leicht zu zittern.

„Ein Gewitter?" meinte ich zweifelnd.

Rolf schüttelte den Kopf.

„Ganz ausgeschlossen. Nein, es wird ein Felssturz gewesen sein. Wenn wir Glück haben, wird der Schwarze dadurch mit seinem Schützling aus dem Schlupfwinkel getrieben. Wir wollen ruhig hier warten."

„Nein, Rolf", protestierte ich, „wir wissen doch nicht, ob er schon zurückgekehrt ist. Und vielleicht befindet sich das Mädchen in einer Lage, dass sie nicht selbst heraus kann. Nein, wir müssen unbedingt in den Felsspalt hinein."

Damit legte ich energisch den Rucksack ab und machte Anstalten, in die schmale Öffnung einzudringen. Aber Rolf schob mich zur Seite, zog seine Taschenlampe und Pistole heraus und zwängte sich in den engen Spalt des Felsens. Ich folgte ihm etwas ärgerlich, denn ich wäre gern als Erster zur Rettung Ellen

Abercrombies in den Berg eingedrungen. Aber der Anblick, den Rolfs Laterne jetzt enthüllte, ließ mich schweigen und meinen Unmut schwinden. Wir standen in einem hohen Gewölbe, dessen Kalkfelswände gezackt, zerfressen, ausgehöhlt und mit Tropfsteinbildungen überzogen waren. Fledermäuse flogen auf und schwirrten uns um die Köpfe, riesige Felsblöcke sperrten uns häufig den Weg und mussten umgangen werden, und verschiedentlich bemerkte ich deutliche Reste uralter Feuerstellen, die wohl aus einem längst entschwundenen Zeitalter herrühren mochten. Fast hätte ich über dem Interesse des Forschers an solchen Dingen ganz den Zweck unseres Hierseins vergessen und bückte mich schon hinab, um einen alten Scherben aufzuheben, den ich im Vorbeigehen entdeckt hatte, als wieder dieses ferne Rollen und Schmettern erscholl und wieder der Boden unter unseren Füßen zu zittern schien.

Rolf blieb stehen und drehte sich mir zu. Der Schein seiner Lampe fiel grell auf sein Gesicht, und ich bemerkte einen eigenartig gespannten Ausdruck in seinen kühnen Zügen, wie ich ihn ähnlich nur gesehen hatte, wenn uns eine fast unabwendbare Todesgefahr bedroht hatte. Langsam hob er die Hand mit der Pistole hoch und sagte eindringlich: „Hans, wenn wir weiter vorgehen, kann es leicht sein, dass wir nie wieder herauskommen, denn wenn mich nicht alles täuscht, ist diese Erschütterung soeben ein zweiter Bergrutsch im Inneren des Vulkans gewesen. Die Folgen kannst du dir ja selbst ausmalen. Steht dieser Spalt mit dem Trichter in Verbindung, dann können wir leicht durch einen dritten Stoß verschüttet werden, oder, wenn es ganz schlimm kommen und etwa ein Ausbruch dieses alten Vulkans stattfinden sollte, dann könnte es uns passieren, dass wir in die glühende Lava geraten, die natürlich zuerst diesen Spalt füllen würde. Ich glaube, wir machen lieber kehrt, denn der Schwarze wird die Gefahr auch schon gemerkt haben und seinen Schützling in Sicherheit bringen!"

„Rolf, wir wollen lieber annehmen", erklärte ich, „dass Ellen Abercrombie allein ist und sich nicht retten kann. Also bleibt uns doch nichts anderes übrig, als weiter vorzudringen. Wenn du anderer Meinung bist, dann werde ich es allein tun."

„Aber Hans", lächelte Rolf, „selbstverständlich bin ich immer dabei, wenn es gilt, ein Menschenleben zu retten, das weißt du doch. Nur gerade in diesem Fall müssen wir ungemein vorsichtig sein, denn es wird tatsächlich äußerst gefährlich, sowohl für uns, wie auch für das junge Mädchen – wenn es sich hier befindet, was ja noch immer sehr zweifelhaft ist. Aber", unterbrach er sich plötzlich, „hier, siehst du diese Spur? Es ist der Abdruck eines riesigen, nackten Fußes, der nur von unserem geheimnisvollen Riesen herrühren kann. Vorwärts, Hans, wir müssen weiter!" Er schritt schnell vor, und ich folgte ihm auf dem Fuße. Jetzt war die gewaltige, domartige Höhle zu Ende, und ein enger Spalt, der in den Kalkfelsen eingerissen war, zeigte den weiteren Weg an. Einen Augenblick zögerte Rolf noch, in diese unheimliche Enge einzudringen, dann gab er sich aber einen sichtlichen Ruck und zwängte sich durch den zackigen Spalt hindurch.

Nun sah es allerdings nicht mehr so schön aus. Die Felswände umschlossen den niedrigen Gang beängstigend eng, und die zahlreich herabhängenden Tropfsteingebilde bedrohten mit scharfen Spitzen unsere Köpfe. Jetzt wurde es mir selbst unheimlich, und ich fragte mich im stillen, ob es wirklich möglich sei, dass der schwarze Riese ein blühendes, schönes Mädchen in das Grauen dieses dunklen Berginnern hätte schleppen können.

Schon wollte ich Rolf anrufen, dass ein weiteres Vordringen kaum zweckmäßig sei, als mein Freund plötzlich über einen der zahlreich im Weg liegenden Felsblöcke stolperte, und dabei flog seine Taschenlampe in weitem Bogen gegen die Felswand und zerbarst klirrend. „Das ist ja sehr schön", meinte Rolf grimmig lachend, „da scheine ich mir das Schienbein tüchtig zerschlagen zu haben. Und meine Lampe ist unbrauchbar geworden. Au, ich liege auch hier mitten zwischen diesen verdammten Felssplittern. Nun schalte doch endlich deine Lampe ein. Au, diese Splitter schneiden ja tatsächlich wie Messer."

„Du, Rolf", sagte ich da ziemlich kläglich, „ich habe meine Taschenlampe draußen im Rucksack gelassen."

„Das ist sehr nett", brummte mein Freund nach einer Weile, „sehr nett ist das, dann wollen wir uns ruhig wieder hinaus tasten, denn ohne Licht können wir unmöglich weiter vordringen. So, jetzt stehe ich ja endlich, nun muss ich mich zu dir hin tasten. Aha, da habe ich dich ja glücklich. Komm, Hans, ich bin erst froh, wenn wir im Dunkel die große Höhle passiert haben. Wir müssen immer darauf achten, dass wir nicht die Fühlung mit der Felswand verlieren, sonst finden wir uns überhaupt nicht hinaus. Vorwärts!"

Langsam tasteten wir uns hinaus. Jetzt war es wirklich sehr unangenehm, denn in einer Finsternis, dass wir tatsächlich nicht die Hand vor Augen sehen konnten, mussten wir, nachdem wir den engen Gang verlassen hatten, eine Höhle passieren, durch die wir den Weg nicht kannten, die mit Felsblöcken übersät war und deren Wände zerrissen und zerklüftet waren. Außerdem mussten wir erwarten, jeden Augenblick in irgendeinen verborgenen Abgrund zu stürzen.

Aber wir kamen vorwärts, und übermütig rief ich Rolf, der meinen Gurt gefasst hatte, und hinter mir schritt, zu: „Du, mir scheint, jetzt haben wir es geschafft.“

Da dröhnte es wieder irgendwo im Berg, diesmal aber stärker und nachhaltiger. Jetzt bebte der Boden unter unseren Füßen, und wir gerieten ins Taumeln.

„Ein Erdbeben, Rolf“, rief ich entsetzt, „der Gang wird einstürzen. Die arme Ellen Abercrombie!“ Aber ein Erdbeben wäre noch nicht so schlimm gewesen. Plötzlich schien es, als befänden wir uns in der Hölle. Scharfer beißender Schwefelqualm erfüllte in Sekundenschnelle die Luft, ohne dass wir sehen konnten, woher er kam, ohne dass wir den rettenden Ausgang erspähen konnten.

Aber der tödliche Schwefeldunst war unerbittlich. Er legte sich beklemmend auf unsere Lungen, zwang uns zu qualvollem, kräfteraubendem Husten, ließ unsere Augen tränen und wirbelte schließlich die Gedanken durcheinander — und damit schwand die Energie, die uns immer noch vorwärts gerissen hatte.

Ich kam ins Taumeln, stolperte, fiel hart nieder und fühlte einen Anprall gegen mich.

„Hans“, klang es noch auf, dann schienen mir die Sinne zu schwinden. Und doch merkte ich noch, dass ein schwerer Tritt meinen Leib traf, hörte einen halblauten Ausruf, rasches, eilendes Trappen. Hörte ganz in der Nähe schweres, angstvolles Stöhnen. Dann träumte ich, dass mich eine kräftige Hand am Arm griff und mich schmerzhaft über zackiges Geröll zog. Ich spürte helles Funkeln in den Augen, fühlte mich fliegen und in weicher Tiefe versinken, ... dann schwand mir das Bewusstsein völlig...

Ich erwachte. Fast wollte ich es nicht glauben, dass sich da droben über mir ein leuchtender Himmel spannte. Und als ich den Kopf hob, vermeinte ich zu träumen, denn ich lag inmitten eines

Bambusgebüsches und neben mir Rolf, der jetzt auch die Augen aufschlug und mich lange anblickte. Dann richteten wir uns gleichzeitig auf. Uns gegenüber, wenige Meter entfernt, ragte die Felswand des alten Vulkans Sejawa djanten empor. Ein Riss klaffte in dieser Wand, in den wir eingedrungen waren – ich wusste nicht, wann es geschehen war. Und aus diesem Riss drangen in gewaltigen Stößen dichte Wolken gelben Schwefelqualms, der sich langsam emporhob und die Höhe des Berges verdunstete.

Also war es doch kein Traum, wir waren doch im geheimnisvollen Inneren des Berges von den Schwefelwolken überrascht und geheimnisvoll gerettet worden.

„Hans", keuchte da Rolf neben mir, „das war der schwarze Riese. Er allein konnte uns dem sicheren Tod entreißen! Aber konnte er sich auch selbst retten? – Und was ist mit Ellen Abercrombie?"

Abenteuer 002: Chinesische Ränke

1. Kapitel: Am Kratersee

Eintausendsiebenhundert Meter hoch ist der Vulkan Sejawa djanten an der Nordostspitze Sumatras. Wir lagen auf halber Höhe in einem Bambusgebüsch und starrten noch immer verblüfft auf die schmale Spalte im Fels, aus der die dichten Schwefeldämpfe krochen.

„– das war der schwarze Riese. Er allein konnte uns dem sicheren Tod entreißen."

Ja, niemand anders konnte es gewesen sein. Er hatte sich sicher in den unterirdischen Gängen und Hallen des Vulkans verborgen, denn der Hund Pinh hatte ja seine Spur hinein verfolgt. Und wie Rolf vermutete, befand sich das geraubte junge Mädchen bei ihm.

Pinh – jetzt fiel mir plötzlich unser Hund wieder ein. Ich hatte ihn hinter dem Gebüsch festgebunden, bevor wir in den Felsen eindrangen, und meinen Rucksack mit unserem Proviant neben ihn gelegt. Mühsam – noch immer etwas schwindelig, erhob ich mich, um nach ihm zu sehen. Aber auch Rolf schien im gleichen Augenblick denselben Gedanken gehabt zu haben, denn er stand ebenfalls auf und sagte: „Wollen mal sehen, was Pinh macht. Hoffentlich hat er nicht versucht, den Riesen anzugreifen, als dieser uns hier ablegte. Der Schwarze könnte ihm ja mit einem Faustschlag den Schädel zertrümmern!"

Schnell gingen wir hinter das Gebüsch. Da saß der intelligente Wolfshund neben meinem Rucksack und begrüßte uns schweifwedelnd.

„Ganz ausgezeichnet", rief Rolf erfreut und kraulte das brave Tier am Hals, „jetzt können wir die Spur weiterverfolgen."

Das war mir nun allerdings gar nicht recht, und ich gab meiner Missbilligung auch Ausdruck.

„Rolf, hat es denn wirklich Zweck, diesem unheimlichen Riesen weiter zu folgen? Gut, wir können mit voller Bestimmtheit annehmen, dass Ellen Abercrombie sich bei ihm befindet. Du weißt doch aber selbst, dass er anscheinend seinen Sinn geändert hat und das junge Mädchen jetzt beschützt. Er hat uns doch auch vor dem Chinesen Fu Dan gewarnt, bevor dieser auf uns schoss. Also wird er das Mädchen sicher auch zurückbringen – vielleicht hat er seine besonderen Gründe, dass er es noch nicht getan hat. Wir müssen aber jetzt an etwas anderes denken. Wird sind doch eigentlich nach Sumatra gekommen, um unsere Reisekasse aufzufüllen – weil wir wissen, dass der zoologische Garten in London gern ein Sumatra-Nashorn hätte. Wollen wir uns nicht lieber mit dem Fang beschäftigen? Gerade hier in den tiefer gelegenen Urwäldern des Sejawa werden wir sicher ein Jungtier fangen können. Liefern wir es dann in Edi ab, wird uns der Agent bestimmt eine größere Summe dafür anweisen."

„Du bist wirklich ein Spaßvogel", schalt Rolf lachend, „auf einmal ist es dir nicht mehr wichtig, dass sich dieses arme Mädchen in den Händen eines unheimlichen Wilden befindet. Glaubst du denn wirklich, dass sie mit ihrem Los sehr glücklich ist, auch wenn es der Riese noch so gut mit ihr meinen sollte? Fest steht doch, dass er sie im Auftrag des Chinesen geraubt hat, und sollte er indessen, wie es ja allerdings scheint, seine Gesinnung geändert haben, so ist es doch wirklich für dieses stolze, in Luxus aufgewachsene Mädchen nicht sehr angenehm, in Gesellschaft dieses unheimlichen Riesen hier im Dschungel zu leben. Wir müssen sie unbedingt zurückbringen, das haben wir dem Gouverneur versprochen – und vielleicht können wir den Schwarzen auf unsere Seite ziehen, dann werden wir sicher alle Tiere fangen können, die wir haben wollen."

„Ich begreife nur nicht, weshalb dieses schwarze Untier das Mädchen hier in den Urwald schleppt, anstatt es zu ihrem Vater nach Singapur zurückzubringen", beharrte ich. „Er muss doch seine schwerwiegenden Gründe für diese Handlungsweise haben."

„Ja, Hans, das hat er bestimmt. Und ich vermute, dass er um die Sicherheit des Mädchens besorgt ist, so paradox es auch klingen mag. Er wird sich sagen, dass Ellen doch nicht vor einem neuen Raub sicher ist, wenn er sie jetzt zurückbringt."

„Das könnte doch höchstens durch einen neuen Anschlag von

Seiten Fu Dans geschehen, und dann begreife ich nicht, dass er den Chinesen hat leben lassen, obwohl er ihm doch nun bereits zweimal die Hand um die Kehle gelegt hat. Er hätte ja nur etwas kräftiger zuzudrücken brauchen!"

„Er wird aber wissen oder ahnen, dass Fu Dan Helfershelfer hat, die dennoch den Raub ausführen würden, auch wenn er selbst tot wäre."

„Nun, dann können wir doch mit gutem Gewissen die unnötige Verfolgung des Schwarzen aufgeben und lieber ein Nashorn fangen."

„Nein, nein, Hans, wir wollen lieber sehen, dass wir mit dem Riesen sprechen können. Ich sage nochmals, wenn wir ihn auf unsere Seite ziehen können, werden wir sicher Jagderfolge haben, die wir uns jetzt kaum träumen lassen können."

„Na ja", lachte ich, „jetzt hast du mich gefangen. Unter diesen Umständen bin ich selbst dafür, dass wir den Riesen aufstöbern. Wir müssen wirklich versuchen, uns diesen Beistand für unsere Fangexpeditionen zu sichern. Weit kann er ja nicht gekommen sein, denn wir haben meiner Uhr nach nur zehn Minuten hier gelegen. Komm, wir wollen Pinh sofort auf die Fährte setzen."

Ich bemerkte wohl das verschmitzte Lächeln Rolfs, der mich nun auf seine Art wieder einmal gefangen hatte, aber ich war jetzt selber so Feuer und Flamme, den schwarzen Riesen zu sprechen, dass ich jede Bemerkung unterdrückte und schnell den Rucksack wieder umschnallte. Das mulmige Gefühlt, dass ich angesichts der lebensgefährlichen Situation in der Vulkanhöhle bekommen hatte, war verflogen. Rasch band ich auch den Wolfshund los und wollte um das Bambusgebüsch herum wieder auf den schmalen Weg zurückgehen, der an der Felsspalte vorbeiführte.

„Halt!" flüsterte da Rolf und packte meinen Arm, „wenn ich nicht irre, kommen da Leute den Pfad herauf. Schnell, wir kriechen in das Gebüsch, so tief wir können, denn sie müssen schon ziemlich nahe sein."

Jetzt hörte ich ebenfalls das Rollen kleiner Steinchen. Sofort zwängten wir uns mit äußerster Vorsicht in das Bambusgebüsch hinein. Den Rucksack hatte ich wieder abgelegt, zog ihn auch ein Stückchen unter die schützenden Zweige und befahl Pinh, der wie eine Schlange hinter uns hergekrochen kam, neben unserem Proviant zu wachen und keinen Laut von sich zu geben.

Dann schob ich mich weiter vor und legte mich neben Rolf, der so weit vorgedrungen war, dass wir durch einige Lücken in den Zweigen den schmalen Pfad überblicken konnten. Wir selbst konnten kaum entdeckt werden, denn das grüne Halbdunkel, in dem wir steckten, würden selbst sehr scharfe Augen kaum durchdringen können.

Einige Augenblicke vergingen, die uns wie Stunden vorkamen, dann hörten wir leise Schritte. Gespannt spähten wir durch das Unterholz. Jetzt tauchten Gestalten auf, die im Gänsemarsch hintereinander gingen.

Der erste war – der kleine Malaienboy ‚Tomo', den wir bereits einmal auf unserer Spur im Wald erwischt und mit Drohungen zurückgeschickt hatten. Er schien sehr ängstlich zu sein, denn seine Augen schweiften mit besorgtem Ausdruck umher. Er fürchtete wohl, dass wir unsere Drohungen wahr machen würden, wenn wir ihn wieder fingen. Rücksichtslos wurde er von einem Chinesen angetrieben, der ihn mit einem langen Dolch bedrohte, und dieser Chinese war – Fu Dan. Er hatte sich also vom Faustschlag des schwarzen Riesen schnell erholt.

Hinter ihm schlichen zwei weitere Chinesen mit überaus widerlichen, grausamen Gesichtern. Die Kerle sahen derartig zu allen Schandtaten fähig aus, dass ich ihnen nicht allein und ohne Waffen hätte begegnen mögen. Auch sie ließen ihre Augen umherschweifen, und unwillkürlich duckte ich mich, als sie das Bambusgebüsch betrachteten, in dem wir steckten. Aber der kleine Trupp ging vorüber, ohne dass es ihnen eingefallen wäre, das Gebüsch näher zu untersuchen – was ihnen allerdings auch schlecht bekommen wäre, denn wir hatten unsere Pistolen schussbereit in der Hand.

Noch fünf Minuten lagen wir völlig reglos, denn es konnte ja sein, dass einer der Chinesen zurückkam, dann krochen wir zurück. Ich nahm den Rucksack wieder auf, während Rolf den braven Wolfshund herauszog.

„So, Hans", meinte er dann, „jetzt wollen wir hinter ihnen hergehen. Ich bin neugierig, was wohl der schwarze Riese mit den Chinesen anstellt, wenn sie zusammentreffen – ich möchte nicht in ihrer Haut stecken. Komm, wir können ganz gemütlich gehen, wollen aber vorläufig unsere Waffen schussbereit halten, denn vielleicht werden sie bald in voller Flucht zurückkommen, wenigstens der Rest von ihnen. Aha, da scheint Pinh die Spur des Riesen wieder aufgenommen zu haben."

Der Wolfshund hielt seine Nase knapp über dem Boden und zog mit aller Kraft vorwärts, so dass wir doch unwillkürlich schneller schritten, als wir beabsichtigt hatten. Der Weg führte um eine scharfe, vorspringende Ecke des Berges herum, die wir beim Näherkommen misstrauisch betrachteten. Wie leicht konnte hinter ihr, die uns jede Aussicht nahm, ein Chinese stehen und uns kaltblütig erdolchen, ehe wir an Gegenwehr denken könnten. Rolf verlangsamte das Tempo und hielt Pinh mit eiserner Gewalt zurück.

Aber auch der Hund wollte anscheinend gar nicht um diese gefährliche Biegung herum, sondern strebte mit aller Kraft auf einen Bananenstrauch zu, der rechts vom Weg in einer Felsspalte seine Wurzeln geschlagen hatte. Hinter ihm wuchsen Bambusse und Farne wie eine grüne Zunge wenigstens hundert Meter den sonst kahlen Vulkankegel hinauf.

„Folgen wir lieber dem Hund", entschied Rolf leise, „sicher ist der Schwarze hier in diesen kleinen Pflanzenhain eingedrungen. Die Chinesen werden dem Pfad gefolgt sein, auf dem sie ihn sicher nicht treffen."

Mir war dieser Vorschlag natürlich sehr angenehm, denn so wenig ich mich scheue, einer offenen Gefahr entgegenzutreten, so hielt ich es doch für besser, die unangenehme Felsennase zu vermeiden.

Pinh zog jetzt ungestüm vorwärts, als wir auf den Bananenstrauch zugingen.

„Wir müssen auch hier vorsichtig sein", flüsterte Rolf, „denn der Schwarze hat vielleicht Vorkehrungen getroffen, die jeden Menschen hindern sollen, ihm zu folgen. Denk an die Fallgrube, aus der du mich und unseren Hund herausholen musstest. Deshalb heißt es für uns, jeden Schritt des Bodens zu prüfen und außerdem genau auf die Zweige und Bäume zu achten, denn die Wilden haben oft eigentümliche Vorrichtungen, die wir Europäer kaum kennen. Ich denke nur an vergiftete Dornenzweige, die plötzlich vorschnellen, oder an umstürzende Bäume, die den Vorbeischreitenden hinterrücks erschlagen. Auch Schlingen aus zähen Ranken sind mitunter beliebt. Also, es heißt jetzt die Augen offenhalten."

Einen Augenblick überlegte ich, welcher Weg wohl angenehmer

sei, denn mit derartigen Scherzen hätte ich nie gerechnet. Und vielleicht war dann ein Mensch, auch wenn er heimtückisch aus dem Hinterhalt kam, doch noch harmloser als solche Dinge, die Rolf eben erwähnt hatte. Aber mein Freund war schon einige Schritte in das dichte Gebüsch eingedrungen, und so musste ich wohl oder übel folgen. Als wir das Bananengebüsch durchquert hatten, stießen wir auf einen schmalen, kaum sichtbaren Pfad, der erst in den letzten Tagen angelegt worden sein konnte. Er stieg erst etwa zwanzig Meter den Berg hinauf, machte dann aber einen Knick und lief parallel mit dem unteren Felsenpfad der scharfen Biegung entgegen. Und stets waren wir durch Büsche oder Felsblöcke gegen Sicht von unten geschützt.

Als wir den scharfen, vorspringenden Grat des Berges umschritten hatten, nahm uns ein wunderbares Bild gefangen. Kaum zwanzig Meter unter uns glänzte die grünblaue Wasserfläche eines fast kreisrunden Kratersees, der einen Durchmesser von nahezu einem Kilometer hatte. Ganz deutlich konnten wir sehen, wie die Ufer trichterförmig abfielen, bis geheimnisvolle schwarze Tiefe dem Auge Grenzen setzte.

Der untere Pfad musste direkt neben dem See entlanglaufen. Wir mussten auf dem oberen Pfad wohl ein beträchtliches Stück abgeschnitten haben, vielleicht waren auch Fu Dan und seine Begleiter sehr langsam und vorsichtig vor geschritten, wenigstens hörten wir plötzlich einen halblauten Ausruf, fast unter unseren Füßen. Sofort legten wir uns lang auf den Boden und krochen an den Rand des weit vorspringenden Felsens vor. Direkt unter uns lief der Felsenpfad, auf dem die Chinesen weiter geschritten waren, dicht am Rand des Kratersees entlang. Jetzt konnten wir auch sehen, dass der See sehr fischreich war, denn an den steil abfallenden Ufern wimmelten ganze Schwärme seltsamer Fische. Wie mochten sie hier in tausend Meter Höhe hinaufgekommen sein? Es war wohl ein früherer, jetzt mit Wasser gefüllter Nebenkrater des Sejawa, denn dieser erhob sein Haupt rechts neben dem See noch siebenhundert Meter höher. Schwache, bläuliche Wolken umflatterten die Höhe und gaben Zeugnis von der Katastrophe, die sich im Inneren des Berges ereignet hatte.

Da erklang wieder eine menschliche Stimme, und als wir nach links blickten, sahen wir die Chinesen und den kleinen Malaienboy, die gerade um die Biegung des Felsens herumkamen. Sie schienen sich also wirklich sehr viel Zeit genommen zu haben, was auch sehr erklärlich durch ihre Furcht vor dem Riesen und uns war. Jetzt schritten die beiden Chinesen voran, die uns durch ihr abschreckendes Äußeres, durch die Brutalität ihrer Gesichter aufgefallen waren. Der kleine Tomo hielt sich am Schluss des Zuges, drängte sich jetzt aber an einer breiteren Stelle des Weges an dem vor ihm schreitenden Fu Dan vorbei und ging hinter den beiden Chinesen mit den abstoßenden Gesichtern. Dem kleinen Boy mochte es unheimlich sein, als letzter im Zug zu laufen. Das schien auch Fu Dan zu empfinden, denn er rief ihm ziemlich erregt zu, sofort wieder auf seinen Platz zurückzugehen. Doch Tomo weigerte sich entschieden. Und dann geschah etwas, das Fu Dan und den Boy ihren Streit vergessen ließen und uns als Zuschauer mit Schrecken und Grauen erfüllte.

Die beiden vorderen Chinesen, die sich dicht aneinander hielten, hatten gerade eine längliche, etwas zum See geneigte Felsplatte betreten, die mir schon vorher durch ihre eigentümliche, grünliche Färbung aufgefallen war. Plötzlich rutschte der vorderste aus, stieß einen halblauten Ruf der Überraschung aus und glitt auf der schrägen Platte in den Kratersee.

Sein Genosse lachte unwillkürlich höhnisch auf, brach aber mit leisem Schrei ab und rutschte plötzlich ebenfalls ins Wasser. Auf der Felsplatte bemerkten wir jetzt die Stellen, an denen die Füße der Kerle ausgerutscht waren. Es waren da lange, glitzernde Streifen entstanden, also war der Fels mit irgendeinem Moos bewachsen, das schlüpfrig und schleimig wie Seife war.

Die beiden Chinesen platschten unbeholfen im Wasser herum, während Fu Dan sich vorgebeugt hatte und sie erregt anzischte. Der erste der beiden Abgerutschten hatte jetzt mit einer Hand das Felsufer erreicht, klammerte sich fest und streckte den anderen Arm seinem Genossen entgegen, der offenbar nicht gut schwimmen konnte. Da stieß Tomo, der sich ebenfalls vorgebeugt hatte und die beiden Chinesen betrachtete, einen entsetzten Schrei aus, rief ein uns unverständliches Wort und sprang plötzlich vorwärts über die gefährliche Felspatte hinweg. Fu Dan starrte ihm einen Augenblick verblüfft nach, als der Boy wie ein Wiesel den weiteren Pfad am Seeufer entlangraste. Dann wurde aber seine Aufmerksamkeit, ebenso wie die unsrige, auf die beiden Chinesen gelenkt. Hatte ich ihnen vorher im stillen nichts Gutes gewünscht, so nahm ich jetzt alles schleunigst zurück, denn das Schicksal schien meine Gedanken erraten zu haben und nun den beiden armseligen Kerlen alle Schandtaten vergelten zu wollen, die sie jemals im Leben begangen hatten. Aus Spalten, Rissen und Löchern der Uferwand schössen plötzlich unter Wasser Schlangen hervor. Sie waren nicht groß, höchstens einen halben Meter lang, so dass ich sie erst für Aale hielt, weil sie einen breiten Ruderschwanz besaßen. Dann sah ich aber die merkwürdige, rot-schwarze Zeichnung und wusste sofort, dass es sich um eine seltene, wohl nie gesehene Abart der furchtbaren Korallennatter, dieser überaus giftigen Wasserschlange, handeln musste.

Wie wütende Bestien fielen die Schlangen über die Chinesen her, bissen sich in die nackten Beine und Arme fest, ja, schnellten förmlich über den Wasserspiegel hinaus, um das unbedeckte Gesicht zu erreichen.

Mochten nun Schreck oder Grauen oder auch das schnell wirkende Gift die Kräfte der beiden Überfallenen lähmen, jedenfalls stießen sie nur einige schreckliche Schreie aus, dann ließ der erste die Felsspalte, die er umklammert hielt, los und versank mit seinem Genossen langsam in der unheimlichen Tiefe. Irgendein unterirdischer Wirbel mochte sie ergriffen haben, denn die Körper verschwanden in drehender Bewegung immer schneller, bis das grauenhafte Dunkel sie verschlang.

Die schönen, graziösen Giftnattern aber schwammen zierlich ihren Schlupfwinkeln zu, und wenige Minuten nach diesem entsetzlichen Geschehnis lag die Oberfläche des Kratersees ruhig und still da, als wäre nichts geschehen.

2. Kapitel: Die neue Urwaldsiedlung

Ich zog langsam den Kopf zurück. Sicher war ich totenblass geworden, denn auch Rolf, der doch stärkere Nerven hatte als ich, wischte sich über die Stirn und murmelte irgend etwas vor sich hin. Dann stieß er mich an und deutete nach rechts zum Kratersee hinunter. Der schmale Pfad, der dicht am Wasser entlangführte, war in seinem weiten, geschwungenen Bogen völlig zu übersehen. Auf ihm rannte der kleine Malaienboy dahin, von Entsetzen und Grauen vor dem Bild, das er erblickt hatte, vorwärts gepeitscht. Und er näherte sich einer Stelle des Pfades, die ebenfalls eine tückische, grüne Farbe aufwies. Sollte er dasselbe Schicksal wie die beiden Chinesen erleiden? Schon wollte ich rufen und ihn warnen, als der kleine Tomo einen gellenden Schrei ausstieß. Ich glaubte, er wäre ausgerutscht und würde jetzt in das Wasser mit seinen furchtbaren Bewohnern fallen, aber da sah ich, dass aus dem Felsen heraus ein riesiger, schwarzer Arm gegriffen hatte. Die enorme Faust, die ich wiederzuerkennen glaubte, hielt den Oberarm des Boys umklammert, und im nächsten Augenblick wurde er in den Felsen hineingerissen. Verblüfft starrte ich auf die leere Stelle, an der soeben noch der Malaienboy geschrien hatte. Da lachte Rolf leise neben mir.

„Das war sehr gut", raunte er, „der schwarze Riese wollte den armen Kleinen nicht in den Tod laufen lassen. Ich glaube, Fu Dan hätte er nicht gehindert – oder vielleicht doch, denn wenn ich nicht irre, wird er den Chinesen noch so lange schonen, bis er alle seine Helfershelfer in diesem Drama kennt. Dann allerdings möchte ich nicht mehr für sein Leben garantieren. Eigentlich bewundere ich den Chinesen, der es wagt, diesem Riesen zu folgen; natürlich will er ihm Ellen Abercrombie entreißen, aber ich glaube, selbst ich würde mir dieses Vorhaben sehr überlegen."

„Donnerwetter", brachte ich jetzt, noch immer verblüfft, hervor, „wo kann denn der Schwarze nur gesteckt haben?"

„Ja, lieber Hans, dieser alte Vulkan scheint seine Geheimnisse zu haben, die wir natürlich nicht sofort ergründen können. Sehr wahrscheinlich werden wir auf der weiteren Verfolgung der Spur von Pinh in eine neue Höhle des Berges geführt werden, die einen Ausgang zu diesem unheimlichen Pfad am See hat. Von dort aus hat der Schwarze den kleinen Boy ins Innere des Vulkans hineingerissen. Aha, Fu Dan macht kehrt, sogar schleunigst. Ihm scheint der Aufenthalt hier nicht mehr sehr sicher zu sein. Schade, ich wüsste gern, wohin er jetzt geht. Sollen wir uns trennen? Ich verfolge den Schwarzen und du den Chinesen?"

„Nein, Rolf", widersprach ich energisch, „allein lasse ich dich den Schwarzen nicht verfolgen, sonst kann ich womöglich lange Zeit warten, ehe du zurückkommst, wenn du überhaupt wiederkommst. Den Chinesen werden wir wohl immer wieder aufstöbern können, ja, wenn wir den Schwarzen verfolgen, werden wir auch sicher immer wieder auf den Chinesen stoßen."

„Da hast du allerdings recht, Hans. Der geheimnisvolle Riese wird Fu Dan ja immer auf den Fersen bleiben. Also los, setzen wir Pinh weiter auf die Spur des Schwarzen. Da, Fu Dan ist auch verschwunden, sicher wird er schleunigst nach Selimeum zurückkehren. So, der Hund scheint ja die Spur wiedergefunden zu haben. Also vorwärts!"

Pinh zog ungestüm weiter, machte aber nach ungefähr fünfzig Metern halt und schnüffelte unruhig hin und her, um schließlich in ein Winseln auszubrechen, wobei er uns kläglich anblickte. Das hieß, dass er die Spur verloren hatte. Rolf überlegte einen Augenblick, dann zeigte er auf einige Sträucher, die sich neben dem Pfad in den Felsen geklemmt hatten.

„Da, das ist eine Art Pfefferkraut. Der Schwarze hat sich damit eingerieben, wie du aus den vielen abgerissenen Zweigen erkennen kannst. Jetzt ist Pinh, wenigstens für lange Zeit, vollkommen nutzlos für uns. Erst wenn der Schwarze den Geruch der Pflanzen verloren hat, wird Pinh die Spur wieder aufnehmen können. Na, wir wollen jetzt ruhig dem Pfad folgen und genau aufpassen, ob wir irgendeine Felsenspalte entdecken, in der unser geheimnisvoller Wilder verschwunden sein könnte."

Langsam schritten wir weiter, den Felsen zu unserer rechten Seite ganz genau prüfend. Aber lücken- und spaltenlos zog sich die Felswand bis zum rauchenden Gipfel empor. Auch kein Gebüsch zeigte sich mehr, hinter dem der Riese verschwunden sein könnte.

Und doch hatte er gar keinen anderen Weg gehabt als den, auf dem wir jetzt entlang schritten. Rolf prüfte ganz genau jede Möglichkeit, vom Weg abweichen zu können, trotzdem waren wir plötzlich schon weit über den Punkt hinaus gekommen, an dem er den kleinen Malaienboy vom unteren Pfad in den Berg hineingezogen hatte. Rolf blieb stehen.

„Wir müssen doch den Punkt übersehen haben, an dem der Schwarze gelauert hat", sagte er missmutig. „Schade, vielleicht haben wir den Pfefferstrauch nicht genügend untersucht, mit dessen Blättern er sich eingerieben hat. Sicher befand sich dort wieder hinter den Zweigen eine Felsspalte, die zu den unterirdischen Gängen führt."

„Ist es nicht am besten, wenn wir an den See hinunter klettern und an jener Stelle nachsuchen, wo Tomo, der kleine Malaienboy, von dem schwarzen Riesen gefasst wurde?" schlug ich vor. „Dort sind keine Gebüsche, und wir werden sicher den Eingang finden."

„Ja, da hast du recht. Es sind ja höchstens zwanzig Meter, die wir hinabzuklettern brauchen, und wir haben so viel Schrunden und Vorsprünge im Fels, dass wir auch Pinh bequem mitnehmen können. Ein Stückchen müssen wir allerdings zurückgehen, denn wir müssen vor der Stelle landen, die anscheinend ebenso schlüpfrig ist wie die Felsspalte, von der die beiden Chinesen in den grausigen Tod gerutscht sind. Ich möchte wenigstens nicht probieren, wie es zwischen diesen Giftnattern ist." Fünfzig Meter ungefähr mussten wir zurückgehen, dann befanden wir uns über der Stelle, an der Tomo verschwunden war. Rolf kletterte zuerst hinunter, nahm mir nach wenigen Metern, als er auf einem ziemlich großen Vorsprung festen Fuß gefasst hatte, den Wolfshund ab und setzte ihn neben sich auf die schmale Felsnase. Dann kletterte er bis zum nächsten Vorsprung und zog den Hund hinterher. So gerreichte er nach wenigen Minuten den schmalen Pfad, der am Seeufer entlanglief.

Ich folgte ihm sehr vorsichtig, da der schwere Rucksack mich stets hintenüber ziehen wollte. Ich musste mich ganz eng an die Felswand pressen und mich mit aller Kraft anklammern, um nicht rücklings in den grauenhaften See zu stürzen. So konnte ich nicht sehen, was unter mir vorging, hörte nur einen halblauten Ausruf Rolfs, und, als ich auf dem schmalen Felspfad anlangte, waren er und der Hund verschwunden.

Einige Augenblicke stand ich im wahrsten Sinne des Wortes schreckerstarrt, denn mein erster Gedanke war, mein Freund wäre abgerutscht und hätte den furchtbaren Tod der beiden Chinesen geteilt.

Dann sah ich aber sofort ein, dass diese Befürchtung jeder Grundlage entbehrte, da die Zeit meines Hinabkletterns ja viel zu kurz war, um eine derartige Katastrophe unbemerkt vorübergehen zu lassen. Jetzt flutete mir das Blut, das wirklich einen Augenblick gestockt hatte, wieder warm durch die Adern, denn es wurde mir klar, dass Rolf den geheimen Eingang in den Berg gefunden haben musste. Aber der halblaute Ausruf störte mich doch wieder. Irgend etwas musste ihm doch zugestoßen sein, sonst hätte er nicht gerufen, sondern auf mich gewartet. Mir wurde es unheimlich zumute, denn was für furchtbare Geheimnisse mochten noch in und um diesen Vulkan schlummern? Dicht vor mir schillerte die grünliche Stelle des Pfades, die wohl jeden, der sie ahnungslos betrat, rettungslos in die Tiefe rutschen lies. Ich trat einige Schritte zurück, da traf mich vom Felsen her ein kühler Lufthauch. Ein enger Spalt klaffte dort, in den ich mich natürlich sofort hineinzwängte. Aber im nächsten Augenblick stieß ich auch einen halblauten Ruf des Schreckens aus, denn plötzlich wich der Boden unter meinen Füßen, und ich rutschte mit unangenehmer Schnelligkeit auf einer schrägen Bahn ins Innere des Berges hinunter.

Es dauerte nur einige Sekunden, bis ich unten hart aufprallte, aber mein ganzes Leben zog in diesem Augenblick an meinem inneren Auge vorbei. Glaubte ich doch jetzt mitten in das Lager der Giftnattern zu rutschen und von den furchtbaren Reptilien im Dunkel überfallen zu werden.

Kaum war daher mein schnelles Gleiten durch den heftigen Anprall angehalten, als ich auch schon meine Taschenlampe aus der Tasche riss und den hellen Schein auf dem Boden umher huschen ließ.

„Na, bist du auch angelangt?" lachte Rolf da neben mir, „ich dachte es mir doch, dass du auch in die Felsspalte eindringen würdest. Schade, dass meine Lampe oben in dem Gang zerschellt ist, aus dem uns der Schwarze vor dem Erstickungstod gerettet hat. Sonst hätte ich schon eine kleine Untersuchung unseres Gefängnisses hier vorgenommen."

„Gefängnis? Wie kommst du darauf?" stieß ich betroffen hervor.

„Nun, ich denke mir, dass es etwas Ähnliches sein wird. Das heißt, es kann auch der allerdings dann etwas merkwürdige Eingang zu dem gesuchten Stollen sein."

Er hatte mir die Lampe aus der Hand genommen und ließ sie geradeaus ins Dunkle fallen. Und da zeigte es sich, dass wir in einem Gang standen, den einst furchtbare Naturgewalten in den Berg gerissen haben mussten. Die zackigen Wände waren mit Schwefel- und Kristallablagerungen bedeckt, und von der Decke hingen seltsame Tropfsteingebilde herab. Langsam folgten wir dem Gang, der immer tiefer in den Berg hinunterzuführen schien, und dabei bemerkten wir, dass wir einen weiten Bogen machten. „Gott sei Dank", meinte Rolf, „vom Kratersee kommen wir ab; es ist nicht angenehm, eine solche Nachbarschaft wie diese Giftnattern zu haben! Pass auf, wir kommen bestimmt weit oberhalb des Sejawa, ungefähr an der Quelle des Atjeh-Flusses heraus."

„Dann kämen wir ja in die Nähe der neuen Siedlung, in der sich so viele Chinesen befinden sollen", warf ich ein, „aber Rolf, ich möchte noch einmal hier zum See zurück. Wir müssen doch unbedingt versuchen, einige dieser Nattern zu fangen. Ich glaube, es ist eine bisher unbekannte Art."

„Ja, das sind sie bestimmt, und ich bin auch dafür, dass wir einige fangen. Es wundert mich nur, dass sie bisher noch nicht entdeckt sein sollten."

„Sicher hat sich noch kein einheimischer Führer gefunden, der irgendeinen Forscher an den See gebracht hat", meinte ich. „Denn sicher wird diese unheimliche Bewohnerschaft des Wassers den Eingeborenen bekannt sein."

„Das wird stimmen. Ich glaube, jeder Eingeborene wird sich scheuen, in die Nähe dieses unheimlichen Sees zu gehen. Na, zuerst wollen wir aber unsere Aufgabe zu Ende führen, dann haben wir immer noch Zeit, Schlangen und Nashörner zu fangen."

„Richtig, ein Nashorn müssen wir auch haben", überlegte ich, „möglichst ein junges, das wir an der Küste einige Monate aufziehen lassen können."

„Ja, ja", lachte Rolf, „das wird dann alles gemacht. Aber augenblicklich befinden wir uns im Inneren des Sejawa-Vulkans. Und ich glaube, es ist besser, wenn wir uns etwas ruhiger verhalten. Wir können nicht wissen, wer sich hier im Berg aufhält."

„Na, ich glaube kaum, dass der Schwarze irgendeinen anderen hier duldet", brummte ich. Dann schritten wir stumm weiter.

Unserem Wolfshund war die Rutschpartie anscheinend ganz gut bekommen, denn er lief munter vor uns her und fing jetzt auch an, kräftig zu ziehen. Anscheinend hatten die Blätter des Strauches, mit denen sich der Riese eingerieben hatte, ihre Wirkung schon verloren. Er hatte wohl auch nicht geahnt, dass wir beobachten würden, wie er den Malaienboy wegfing. Denn nur dadurch hatten wir ja den Eingang in den Berg gefunden.

Pinh zog jetzt immer ungestümer, also konnte sich der Schwarze nicht mehr weit vor uns befinden. Er war ja auch sicher durch Ellen Abercrombie, falls er sie bei sich hatte, und jetzt noch durch den Malaienboy sehr gehindert. Aber Rolf hielt den Hund zurück. Er wollte wohl dem Unheimlichen gerade hier im Dunkel des Berges nicht zu nahe kommen und blieb oft sogar stehen und lauschte angestrengt, denn wenn der Schwarze vielleicht Feinde in uns vermuten würde, hätten wir bestimmt nichts zu lachen.

Seltsame Geräusche erklangen überall: da tropfte Wasser, und es klang wie das leise Seufzen eines Menschen, da fiel ein Steinchen herunter, und es war wie ein schleichender Schritt irgendwo. Unheimliche und drohende Geheimnisse schien der alte Vulkan zu bergen, die uns rings umgaben. Wir schlichen weiter. Der Lichtschein unserer Lampe tanzte an den rissigen Wänden auf und ab. Und es schien mir, als würde der Bergriss, der uns als Gang diente, immer breiter und höher. Und so war es auch, denn plötzlich kamen wir in eine gewaltige, domartige Höhle, deren Ausmaße wir im Schein der Lampe gar nicht schätzen konnten. Und von dieser Höhle aus führten nach allen Seiten Gänge. Welchen mussten wir nun wählen?

„Rolf, jetzt wird es anscheinend etwas schwieriger", brummte ich verdrießlich, „oder weißt du, welchen Gang wir jetzt gehen müssen?"

„Ich denke doch, dass Pinh uns führen wird", lautete seine ruhige Antwort, „das heißt, Donnerwetter, dieser Schwarze ist doch ein raffinierter Kerl. Da, er hat sich einige Zweige des Pfefferstrauches mitgebracht und hier seine Spur wieder verwischt."

Rolf deutete bei seinen letzten Worten auf einige Zweige des Strauches, die mit zerriebenen Blättern am Boden lagen. Und unser Hund fing auch im gleichen Augenblick an, unruhig hin und her zu schnuppern. Dabei winselte er leise, womit er andeuten wollte, dass er die Spur verloren hätte. Wir standen ziemlich ratlos und musterten nacheinander die dunklen Risse in den Wänden der Höhle, hinter denen sich Gänge irgendwohin ins Innere des Vulkans hinzogen.

„Ich glaube, wir müssen diesem Gang hier folgen, der sich nach links ungefähr bis zum Mittelpunkt des Berges hinzuziehen scheint", meinte Rolf endlich, indem er an den nächsten Riss in der Höhlenwand herantrat.

„Ja, Hans, es scheint, dass ich recht habe, denn dieser Gang fällt ebenso ab, wie der von uns durchschrittene, also werden wir hoffentlich am Fuße des Sejawa herauskommen. Sonst, wenn wir gar keinen Ausgang finden können, müssen wir zurück und versuchen, wieder hinauf zum See zu gelangen."

„Oh weh, also die schöne Rutschbahn hinauf", lachte ich, „na, das wird nicht so einfach sein. Dann wollen wir doch lieber erst mit diesem Gang hier unser Glück versuchen."

Als wir die enge Öffnung passiert hatten, zog Pinh plötzlich wieder lebhaft vorwärts.

„Prima", meinte Rolf leise, „da scheint er doch die Spur des Wilden wiedergefunden zu haben – es kann allerdings auch eine alte Spur sein. Ja, offenbar wird der Riese diesen Gang stets benutzt haben, um aus dem Berg ins Freie zu gelangen. Nun, das können wir ja gerade gebrauchen. Er selbst wird sicher noch irgendwo hier im Vulkan stecken!"

„Hm, das ist auch nicht sehr angenehm, ihn hinter uns zu wissen", brummte ich, „wer weiß, ob er noch immer seine gute Meinung von uns hat, da wir ihm so hartnäckig folgen. Na, dir wird es ja gleich sein, weil du voran gehst, und demnach ich zuerst einen kleinen Hieb von diesem unheimlichen Kerl auf den Kopf bekommen kann."

Rolf lachte: „Aber Hans, ich glaube wirklich, dass du mit deinem Schwarzen doch etwas zu schwarz siehst. Ich bin nach wie vor der festen Meinung, dass er es ebenso wie mit dem jungen Mädchen, auch mit uns sehr gut meint. Aber wir können ja lieber etwas schneller gehen, damit du so bald wie möglich aus der Gefahr herauskommst."

Damit schritt er schneller aus, und ich nahm dieses Tempo ebenfalls gar nicht ungern an.

Beinahe eine Stunde schritten wir so still und hastig weiter, da schaltete Rolf die Lampe aus und rief leise: „Wir haben den richtigen Gang gefunden. Da vorn blinkt Tageslicht."

Ja, als ich an ihm vorbeiblickte, sah ich den winzigen, grünlichen Schimmer, der uns das Ende des unheimlichen Ganges anzeigte. Merkwürdigerweise ging Rolf jetzt langsamer, trat leise auf und schien zu zögern, dem ersehnten Ausgang entgegenzueilen.

„Was ist Rolf?" fragte ich leise, „willst du denn nicht endlich aus diesem scheußlichen Gang hinaus?"

„Natürlich will ich es", raunte er zurück, „nur habe ich soeben bedacht, dass doch Fu Dan um den Berg herumgelaufen sein und jeden Augenblick hier auftauchen kann. Deshalb wollen wir lieber nicht so plötzlich ins Freie stürmen, sondern uns erst überzeugen, ob uns auch niemand sehen kann."

„Na, weißt du, dann müsste aber Fu Dan so gerannt sein, dass er gut mit Nurmi konkurrieren könnte", lachte ich, „denn er hat doch um den Berg herum einen mindestens doppelt so langen Weg, wie wir ihn im Inneren des Vulkans zurückgelegt haben."

„Das glaube ich gar nicht einmal, Hans, denn unser Weg lief auch im großen Bogen um den Kern des Sejawa, der jetzt noch in Tätigkeit ist, wie wir bemerkt haben, herum. Und Du Fan wird im Freien bedeutend schneller gelaufen sein als wir. Nein, ich erwarte ihn hier, wenn er nicht bereits vorbei ist."

„Gut, dann wollen wir uns vorsehen, wenn wir den Ausgang passieren. Pinh wird ja hoffentlich melden, wenn sich etwas Verdächtiges nähert."

Rolf erwiderte nichts, sondern schlich jetzt auf den nahen Ausgang zu, den Wolfshund dabei dicht an der Seite haltend. Jetzt blieb er stehen, und als ich herantrat, sah ich, dass wir an einer schmalen, zackigen Spalte standen, die ins Freie führte.

Ein dichter Muskatstrauch schützte die Stelle vor den Blicken Vorübergehender, hinderte aber leider auch uns, den Pfad, der dicht vorbeiführen musste, zu übersehen. Und das wäre sehr notwendig gewesen, denn wir hörten deutlich, dass draußen jemand näherkam. Steine rollten, und Zweige knickten.

„Das muss Fu Dan sein", flüsterte Rolf, „er ist durch den grässlichen Tod seiner Kreaturen so aufgeregt, dass er blindlings daherläuft. Komm, wir wollen vorsichtig in den Strauch eindringen, denn sehr wahrscheinlich wird er gar nicht darauf achten, wenn wir auch wirklich irgendein unvorsichtiges Geräusch hervorrufen."

Wir schoben uns leise in die duftenden Zweige, bis wir ein Stückchen des Weges überblicken konnten. Die Schritte kamen näher, und endlich tauchte tatsächlich Fu Dan auf. Er lief eilig, aber wie ein Trunkener hin und her schwankend.

Sein blasses Gesicht war schweißüberströmt, und die hervorquellenden Augen, die unruhig umherschweiften, zeigten deutlich die furchtbare Angst und das Entsetzen, die den Chinesen bei dem schrecklichen Tod seiner beiden Landsleute gepackt hatten.

Keuchend stolperte er an unserem Versteck vorbei, ohne dem

Muskatstrauch die geringste Beachtung zu schenken. Er wurde von dem entsetzlichen Bild oben im Kraterse vorwärtsgetrieben. Rolf gab mir einen Wink, und wir krochen schnell aus dem Strauch auf den Weg heraus. Fu Dan lief in ungefähr fünfzig Meter Entfernung vor uns.

„Komm hier auf diese Seite", raunte Rolf mir zu, „wenn er sich wirklich umdrehen sollte, können wir uns schnell in den Gebüschen zur Seite des Pfades verbergen. Aber wir wollen den Abstand doch ruhig etwas größer werden lassen, entgehen kann er uns ja auf keinen Fall mehr." Vielleicht eine halbe Stunde folgten wir dem Chinesen, der sich nicht ein einziges Mal umdrehte, dann führte der Felsenweg vom Vulkan fort in den Urwald, der die unteren Abhänge des Sejawa in kaum vorzustellender Üppigkeit und Dichte bedeckt. Wir mussten näher an Fu Dan heran, denn jetzt bestand die Gefahr, dass er irgendeinen verborgenen Seitenpfad einschlug.

Aber der Chinese dachte offenbar gar nicht daran. Unermüdlich lief er in seinem schnellen Trab weiter. Jetzt mochte ihn allerdings nicht nur das Grauen vorwärtstreiben, sondern auch die Furcht, von der herannahenden Nacht überrascht zu werden. Denn dann machen sich die großen Raubkatzen, Tiger und schwarze Panther, aus ihren Tagesverstecken auf, um Beute zu holen. Und ihnen dann unversehens zu begegnen, ist nicht zu den Annehmlichkeiten des Lebens zu rechnen.

Aber bevor der Urwald uns freigab, wollte er uns doch noch seine Schrecken zeigen. Fu Dan war gerade wieder um eine Biegung unseren Blicken entschwunden, und wir beeilten uns, um an den Knick zu gelangen, da hörten wir einen hellen Schreckensschrei des Chinesen. Und dann folgte ein Ton, der uns zusammenzucken und nach den Büchsen greifen ließ: der furchtbare Angriffsschrei eines wütenden Elefantenbullen.

„Schnell hin!" flüsterte Rolf und sprang in langen Sätzen auf die Biegung zu: „Fu Dan muss leben bleiben." Ich beeilte mich und erreichte fast gleichzeitig mit ihm die Biegung. Da sahen wir, höchstens zwanzig Meter von uns entfernt, einen riesigen Elefanten, der dicht am Stamm eines Tamarindenbaumes stand und mit hoch empor gerecktem Rüssel den Chinesen zu ergreifen suchte. Fu Dan hatte mit einer Kraft und Gewandtheit, wie sie nur äußerste Todesnot verleiht, die untersten Äste des mächtigen Urwaldbaumes erklettert und befand sich in Sicherheit. Aber er zitterte so, dass ich sein Herabstürzen befürchtete, und wie gebannt blickte er auf den wütenden Elefanten hinab. Aber sein maßloses Entsetzen war gut, denn er dachte gar nicht daran, einen Blick zur Seite zu werfen. Hätte er uns bemerkt, dann wäre ein Erfolg unseres Unternehmens sicher in Frage gestellt gewesen.

Hilfe konnten und brauchten wir ihm nicht zu bringen, denn der Elefant würde die Belagerung aufgeben, wenn er das Erfolglose seiner Bemühungen einsah. Aber es konnte auch ziemlich lange dauern, und dann wurden wir von der Nacht überrascht. Fu Dan würde dann den Baum sicher nicht verlassen, und wir mussten hinter ihm bleiben, um seine geheimen Pläne aufdecken zu können.

Der Elefant ließ jetzt den Rüssel sinken und trat von einem Bein auf das andere. Es sah aus, als überlege er sich, ob er noch bleiben oder weitergehen sollte. Aber plötzlich schnellte er den Rüssel wieder hoch, so heimtückisch und blitzschnell, dass Fu Dan unter schrillem Schreckensruf die Beine anzog, trotzdem es nicht nötig war. Aber durch diese schnelle, unvorsichtige Bewegung verlor er beinahe das Gleichgewicht und musste sich mit verzweifelter Kraft anklammern, um nicht hinterrücks vom Ast zu fallen. Trotz des Ernstes der Lage musste ich grinsen, so komisch sah der kleine Mann aus, der jetzt wieder wie ein Häufchen Unglück auf dem Ast kauerte. Aber dann schien es ihm doch einzuleuchten, dass sein furchtbarer Belagerer kaum fortgehen würde, wenn er so nahe über ihm saß. Mühsam erhob er sich und zog sich auf den nächsten Ast. Der Elefant trompetete wütend, und das bewog Fu Dan, immer höher zu klettern, bis er endlich im dichten Blätterdach verschwand.

„Ausgezeichnet", sagte ich leise zu Rolf, „jetzt wird der Elefant bald fortgehen."

„Ja, wir aber auch", brummte Rolf und drehte sich um. Erst jetzt dachte ich daran, dass wir ja ganz offen und frei dem gewaltigen Riesen gegenüberstanden. Schnell machte auch ich kehrt, um außer Sicht des wütenden Bullen zu kommen, da tönte auch schon wieder sein brüllender Wutschrei, und als ich schnell zurückblickte, sah ich ihn wie ein Ungewitter hinter uns her stürmen.

Ich schnellte dicht gefolgt von Rolf um die Biegung des Pfades.

Rasch suchte ich mir einen passenden Baum aus, während ich Sätze machte wie wohl noch nie im Leben.

Aber erst zwanzig Meter weiter sah ich einen Rasamal, dessen unterste Äste dicht am Boden begannen. Wieder brüllte unser Verfolger, diesmal schon dicht hinter uns, und ich glaubte den Boden unter seinen wuchtigen Tritten zittern zu fühlen.

Ich wusste gar nicht, wie ich auf den Baum gekommen war, aber als dicht unter mir der enttäuschte Wutschrei des Bullen erklang, bemerkte ich, dass ich schon in Sicherheit war. Und dicht neben mir sagte Rolf auf einem anderen Ast: „Ich hätte nie gedacht, dass du so klettern kannst, Hans."

„Nun, du warst ja noch hinter mir und bist doch ebenso schnell heraufgekommen", gab ich lachend zurück. „Aber dieser Teufel, uns so zu hetzen!"

Wir betrachteten unseren riesigen Feind, der wuterfüllt nach oben starrte. Mit leisem Bedauern mussten wir darauf verzichten, ihn zu erledigen, denn wir durften uns Fu Dan gegenüber auf keinen Fall verraten. Und so sagte Rolf nach einigen Minuten:

„Schade, er hat so wunderbare Zähne. Komm, wir wollen auch ins Laubdach klettern, sonst lässt er uns nicht frei." Bald waren wir den Blicken des intelligenten Belagerers entschwunden. Und nach wenigen Minuten hörten wir ihn den Pfad zurück galoppieren und unter dem Baum, auf dem Fu Dan versteckt war, laut brüllen. Dann erschien er nach kurzer Zeit wieder unter unserem Baum, und so trieb er es mehrmals. Endlich aber, es mochte eine halbe Stunde vergangen sein, brüllte er noch einmal und verschwand dann in der Richtung, aus der wir gekommen waren. Natürlich warteten wir noch geraume Zeit, ehe wir vorsichtig hinabkletterten, dann schlichen wir an die Biegung und blickten nach Fu Dan aus. Und gerade kletterte der kleine Chinese mühsam und ängstlich herunter und rannte wie gehetzt den Pfad entlang. Er fürchtete wohl, dass der wütende Bulle doch zurückkommen könnte. Und nicht immer stand dann ein Baum in der Nähe, auf den man sich retten konnte.

Aus diesen Erwägungen heraus beschleunigten wir unsere Schritte ebenfalls und hatten nach jeder Biegung des verschlungenen Elefantenpfades Fu Dan stets wieder vor uns. Endlich lichtete sich der Wald, und gleichzeitig drang ein leises Rauschen an unser Ohr.

„Aha, wir nähern uns dem Atjeh-Fluss", flüsterte Rolf. Plötzlich
fiel der Pfad steil ab, und es war fast lächerlich, mit welcher Eile
Fu Dan die abschüssige Stelle hinunter glitt. Wir mussten uns
auch ordentlich dagegen stemmen und hintenüber legen, um
nicht ebenfalls diese unerwünschte Geschwindigkeit zu entwickeln. Der Pfad machte einen scharfen Knick, und dann sahen
wir vor uns eine Ansiedlung, die auf einem weiten, freien Platz
gelegen war. Mitten durch die Reihen der Häuser schoss der Atjeh-Fluss mit starkem Gefälle. „Aha", meinte Rolf, „das ist die
neue Ansiedlung, in der hauptsächlich Chinesen beschäftigt sein
sollen. Diersch, unser holländischer Wirt in Selimeum, sagte uns
ja, dass Fu Dan ihm erzählt hatte, er wolle hierher. Und jetzt
glaube ich auch, dass Fu Dan in dieser Urwaldsiedlung seine
Genossen und Kreaturen hat. Selbstverständlich werden wir
auch hineingehen, aber wir müssen uns vorsehen, denn wenn
auch ein Holländer das Gasthaus hat, so werden doch die Chinesen im geheimen den Ort beherrschen. Komm, es wird bald
Nacht."
Wir erreichten die Ansiedlung, als das Tageslicht gerade schlag-
artig verschwand. Einen herumlungernden Kuli fragte Rolf nach
einem Gasthaus, das uns mürrisch gezeigt wurde. Der rundliche,
massive Wirt begrüßte uns anfangs sehr misstrauisch, als wir
ihm aber erzählten, dass wir bei seinem Kollegen Diersch mehrere Tage übernachtet hätten, wurde er freundlicher, stellte sich
als Master Meerkerk vor und wies auf unsere Bitten uns ein
Zimmer an, dessen Fenster auf den Atjeh-Fluss hinausführten.

3. Kapitel: Fu Dan geht in die Offensive

Nach holländischer Sitte wurden die Hauptmahlzeiten erst nach
neun Uhr eingenommen. Wir hatten die Zeit bis dahin im dunklen Zimmer verbracht, denn wir konnten mit großer Bestimmtheit auf irgendeinen Anschlag des Chinesen rechnen, der unsere
Ankunft sicher schon wusste. Als uns der Gong in den großen
Speisesaal rief, ließen wir Pinh im Zimmer zurück und schärften
ihm die nötige Wachsamkeit noch extra ein. Wir konnten uns
jetzt auf den intelligenten Hund völlig verlassen. Am Abend-
brottisch war außer uns beiden nur noch der Wirt. „Die Regierungsvertreter, die hier ständig wohnen, sind auf einer zweitägi-

gen Tour weiter ins Innere", erklärte er auf eine Frage Rolfs, „deshalb sind wir heute allein. Dürfte ich fragen, was Sie vorhaben, und wo Sie hin wollen?"

„Wir wollen ein junges Nashorn fangen", erklärte Rolf. „Da ich hörte, dass gerade die Urwälder am Sejawa reich an wilden Tieren sind, haben wir uns entschlossen, hierher zu kommen."

„Und damit haben Sie auch das richtige getroffen", fiel der Holländer eifrig ein, „Sie werden in unseren Wäldern eine ganz vorzügliche Jagd finden. Irgendwo in der Nähe hier befindet sich auch ein Sommerlager eines Atjehstammes; Sie werden bestimmt bei Ihren Streifen auf einen der Burschen treffen. Wenn Sie gut zahlen und vor allen Dingen gut reden können, dann werden Sie an diesen Leuten eine ganz großartige Unterstützung finden."

„Das ist ja ganz großartig", freute sich Rolf offensichtlich, „dann wollen wir gleich morgen früh aufbrechen. Aber sagen Sie, Herr Meerkerk, aus welchem Grunde ist eigentlich diese Siedlung hier entstanden? Ihr Kollege Diersch konnte uns leider keine nähere Auskunft darüber geben, da wir sehr schnell wieder aufbrachen."

„Es sollen hier Kohlenlager vorhanden sein", belehrte uns daraufhin unser Wirt, „deshalb besteht auch die ganze Ansiedlung fast durchweg aus Chinesen, die hier schürfen sollen. Es sind aber ziemlich unruhige Gesellen, und ich habe schon mehrmals den holländischen Regierungsvertretern empfohlen, doch lieber einen Zug ihrer Fremdenlegion hierher legen zu lassen. Schaden könnte es wenigstens auf keinen Fall."

„Aber bisher ist es selbstverständlich noch nicht geschehen, nicht wahr?" lachte Rolf. „Meistens ist es doch bei den Regierungsbeschlüssen so, dass der Brunnen erst zugedeckt wird, wenn mehrere Kinder darin ertrunken sind."

„Ja, da haben Sie leider recht", seufzte der Wirt. „Die Herren haben mich bisher einfach ausgelacht, wenn ich ihnen meine Besorgnisse mitteilte. Und ich bin schon beinahe ein Menschenleben hier auf Sumatra und weiß, was los ist. Aber natürlich, diese Herren, die frisch aus dem Mutterland zu uns herüberkommen, wissen immer besser Bescheid. Na, ich bin nur froh, dass Sie, meine Herren, heute Nacht in meinem Haus sind, denn Sie scheinen mir nicht die Leute zu sein, die vor einer

Handvoll Chinesen ausreißen, wenn die Gelben wirklich über die Stränge schlagen sollten."

„Nun, das glaube ich auch", sagte Rolf ruhig, „und ich halte es gar nicht einmal für ausgeschlossen, dass heute Nacht irgend etwas passiert. Sagen Sie, Herr Meerkerk, woher stammen diese chinesischen Kulis, und wer ist ihr Anführer?"

„Sie sind alle aus Singapur gekommen. Den Arbeitsvertrag mit der holländischen Regierung hat ein gewisser Fu Dan geschlossen, der übrigens in den nächsten Tagen hierherkommen will." Rolf sprang erregt auf.

„Herr Meerkerk, wie viele Chinesen sind hier im Lager?" stieß er aufgeregt hervor.

„Nun, es werden an hundertfünfzig sein", lautete die erstaunte Antwort des phlegmatischen Holländers. „Hundertfünfzig?! Dann können wir uns unmöglich gegen sie hier im Haus halten", rief mein Freund noch aufgeregter. „Los, Hans, hole unseren Rucksack und Pinh. Herr Meerkerk, ich rate Ihnen dringend, uns in den Urwald zu folgen. Denn dieser Fu Dan ist wenige Minuten vor uns in die Ansiedlung gekommen und hatte alle Veranlassung, uns zu vernichten, da wir seinen Plänen im Weg stehen. Selbstverständlich wird er auch auf Sie gar keine Rücksicht nehmen. Ich bin fest überzeugt, dass Fu Dan jetzt bereits dabei ist, die Kulis gegen uns aufzuwiegeln. Kommen Sie..."

Das hörte ich noch, als ich aus der Tür zu unserem Zimmer eilte. Ich wusste genau, dass Rolf mit seinen Ahnungen und Mutmaßungen meistens recht hatte, und hielt mich deshalb nie mit langen Fragen und Einwendungen auf. In unserem Zimmer angelangt, schnallte ich mir schnell den Rucksack auf, legte meinen breiten Gurt mit Messer und Pistole um, nahm Rolfs Sachen und zog den Wolfshund mit hinaus, „...darauf verlassen", hörte ich Rolfs Stimme, als ich den Speisesaal wieder betrat. „Wirklich, Herr Meerkerk, unsere Situation ist äußerst ernst. Da, hören Sie?" Undeutliches Stimmengemurmel war durch die geöffneten Fenster zu hören. Und aus diesem Gemurmel stiegen von Zeit zu Zeit anfeuernde, gellende Rufe empor. Und dieses verworrene, drohende Geräusch kam immer näher. „Da hören Sie es, Meerkerk", rief Rolf, „die Kulis kommen bereits. Los, Mann, überlegen Sie nicht lange, für uns bleibt nur die Flucht."
Der Holländer schien plötzlich ein anderer Mensch geworden zu sein. Er sprang mit jugendlicher Behendigkeit auf und eilte ins

Haus. Und er kam schon zurück, ehe Rolf seinen Waffengurt umgeschnallt hatte. „Hier, meine Herren", rief er, „ich schenke sie Ihnen. Hoffentlich können Sie gelegentlich Gebrauch davon machen. Es sind Parabellum-Pistolen, die mir ein Freund aus Deutschland mitgebracht hat!"

Er drückte jedem von uns eine dieser Waffen, die, auf einen Schaft geschoben, wie ein Gewehr gebraucht werden können, in die Hand.

„So", fuhr er fort, „wir steigen am besten den Berg hinauf, dann können wir sie von oben unter Feuer nehmen. Kommen Sie, meine Herren."

Er eilte die wenigen Stufen der Holzveranda in den dunklen Garten hinunter und war bereits im nächsten Augenblick zwischen den Büschen verschwunden. Zwar rief er uns leise an, um uns die Richtung anzugeben, doch hätten wir ihn wohl kaum eingeholt, wenn nicht Pinh sofort die Spur aufgenommen und uns zwischen den Büschen hindurchgeführt hätte. So waren wir bald dicht hinter ihm und drangen hinter dem Garten in einen engen Urwaldpfad ein.

„Jetzt geht es ganz steil empor", flüsterte der Holländer. „Es ist eine Art Engpass, in dem wir uns tadellos verteidigen können, wenn die Kerle es wirklich wagen sollten, uns zu folgen."

Er bog scharf nach rechts in den Engpass ein, der aber leider ziemlich breit war, soweit ich es in der Dunkelheit beurteilen konnte. Sollten uns die Kulis folgen, so hätten doch mindestens fünf von ihnen nebeneinander anstürmen können.

Aber der Weg ging sehr steil in die Höhe, und plötzlich standen wir auf einem kleinen Felsplateau, das nur diesen einzigen Zugang hatte, denn rings war es von schwarzer, undurchdringlicher Urwaldwand umgeben. Zur Ansiedlung hin gab es eine Lücke zwischen den Stämmen, und wir konnten jetzt einen Feuerschein bemerken, der schnell und schneller aufflammte und größer wurde. „Da! Die Schufte haben mein Haus in Brand gesetzt", fluchte Meerkerk, „Gott sei Dank, habe ich vorgestern mein Geld nach Selimeum geschafft. Aber, passen Sie auf, das Haus des Zahlmeisters wird auch sicher noch in Flammen aufgehen. Zweifellos vermuten die Kulis dort eine größere Geldsumme, aber ich glaube, sie werden nichts finden, da der Zahlmeister die Lohngelder stets am Freitag, das wäre also übermorgen, erhält."

„Für uns ist das bedauerlich", meinte Rolf trocken, „denn die Kulis werden uns dann aus Wut gewiss nicht schonen. Da, Sie haben recht, Herr Meerkerk, dort drüben geht ein zweites Haus in Flammen auf."

„Ja, es ist das Blockhaus des Zahlmeisters", bestätigte der Holländer; „nun werden sie wohl bald kommen!"

„Wie sollen sie uns hier finden?" warf ich ein; „es führen doch sicher mehr Wege aus der Ansiedlung hinaus. Zum Beispiel hätten wir doch auch den Wasserweg auf dem Atjeh-Fluss nehmen können."

„Hm, eigentlich haben Sie recht, Herr Warren", brummte der Holländer, „doch ich habe einen dummen Fehler gemacht. Denn die Kulis wissen genau, dass ich gern auf diesem Plateau bin. Ja, ich habe diesem Fu Dan gegenüber sogar einmal gesagt, dass ich mich hier oben verteidigen würde, wenn seine Kulis einmal revoltieren sollten. Donnerwetter, zu dumm, natürlich hätten wir mit meinem Boot den Atjeh-Fluss hinabfahren sollen. Dann wären wir in einigen Stunden nach Selimeum gekommen und hätten von dort aus Militär herbeirufen können."

„Vorausgesetzt, dass wir mit dem Boot fortgekommen wären", meinte Rolf, „denn ich bin der Ansicht, dass Fu Dan uns diesen Fluchtweg vor allen Dingen gesperrt hat, und sicher hat er auch das Boot sofort unbrauchbar gemacht. Jetzt ist es ja für diese Überlegung auch zu spät, denn wenn ich mich nicht irre, kommen die Kulis." Leider hatte Rolf mit seiner Befürchtung recht, denn im Schein des brennenden Wirtshauses sahen wir, dass sich die Kulis in dichten Haufen sammelten. Immer wieder schrillte dabei eine gellende Stimme auf, die anscheinend Kommandos gab, vor allen Dingen aber wohl die noch Säumigen anzufeuern schien.

„Das ist Fu Dan", zischte Meerkerk wütend, „hoffentlich kommt er mir vor die Pistole."

„Das glaube ich kaum", lachte Rolf, „er wird wohl nur seine Befehle aus sicherem Hintergrund geben. Aber ich möchte auf keinen Fall in seiner Haut stecken, denn er hat einen furchtbaren Feind, dem er kaum entkommen wird. Na, aber jetzt müssen wir uns erst unserer Haut wehren, denn Fu Dan scheint seine Leute zum Sturmangriff überredet zu haben."

Das Felsplateau, auf dem wir Posten gefasst hatten, befand sich ungefähr zwanzig Meter über dem schmalen Tal, in dem die neue Siedlung verstreut lag und das jetzt durch die beiden brennenden Gebäude erhellt wurde. Aus dem Garten des lodernden Wirtshauses wälzte sich jetzt die dunkle Masse der Kulis dem Wald entgegen, genau auf die Stelle zu, an der wir auf dem Pfad eingedrungen waren. Die vordersten Chinesen hielten brennende Holzlatten in der Hand, und wir konnten ihre wilden, von Blutgier erfüllten Mienen erkennen.

„Das wird allerdings hart hergehen", brummte Meerkerk; „hier, meine Herren, ich vergaß, Ihnen vorhin Munition für die Parabellum-Pistolen zu geben; es sind für jeden dreihundert Schuss. Damit werden wir ja hoffentlich auskommen."

„Das glaube ich auch", lachte Rolf, „nur müssen wir unsere Verteidigung so einteilen, dass stets nur einer schießt, und zwar fangen Sie an, dann folge ich und dann Hans. Dadurch gewinnen wir Zeit, neu zu laden, und können das Feuer ohne Unterbrechung durchführen. Für den äußersten Notfall haben wir ja auch noch unsere Pistolen im Gurt."

„Sehen Sie", rief da der Holländer, „ich habe Ihnen auch Halter für die großen Pistolen mitgebracht, die Sie am Gurt befestigen können. Hier, es ist so entschieden bequemer, als wenn Sie die Waffen dauernd in der Hand behalten müssen."

„Na, vorläufig müssen wir das ja machen", lachte Rolf, „aber wenn wir die Kulis zurückgeschlagen haben, können wir die schönen Halter benutzen. Ich möchte übrigens noch empfehlen, dass wir nicht die Fackelträger abschießen, sondern die Nachfolgenden, denn sonst haben wir nicht genügend Licht zum Zielen. Achtung, Herr Meerkerk, machen Sie sich fertig, die Kulis kommen." Es war für uns kein schönes Bild, das sich jetzt bot, so abenteuerlich und seltsam es auch dem unbeteiligten Zuschauer erschienen wäre. Sechs Mann nebeneinander kamen die Chinesen den Engpass herauf, in der linken Hand eine Fackel tragend, in der rechten Pistole oder Messer. Ihre Schweiß überströmten Gesichter glänzten unheimlich im flackernden Lichtschein, die sonst schmalen Augen waren weit aufgerissen, und bei den meisten blinkten die gelblichen Zähne unter den wütend zurückgezogenen Lippen.

„Natürlich haben sie Reisschnaps getrunken", murrte Meerkerk, „dieser verdammte Fu Dan wird schon gesorgt haben, dass sie ihn in gehöriger Menge bekommen haben. Na, Herr Torring, was meinen Sie, ob wir anfangen?" Die ersten Kulis waren nur noch einige Meter vom Plateau

entfernt. Es war also höchste Zeit, dass wir mit dem Feuer auf die sinnlos Wütenden begannen, wenn wir nicht den Tod unter ihren Messern finden wollten. „Ja, Herr Meerkerk", sagte Rolf ruhig, „schießen Sie die zweite Reihe nieder. Wenn die Fackelträger vorn dann nicht haltmachen, werde ich sie erledigen." Wir hoben die Waffen; Meerkerk ließ die erste Patrone in den Lauf schnellen und schob die Sicherung zurück. Aber bevor er den ersten Schuss abgeben konnte, trat ein Ereignis ein, das wir wirklich nie erwartet hätten. In dem dichten Urwald hinter uns, den wir für völlig undurchdringlich gehalten hatten, knackten Zweige und tappten Schritte näher, als zwänge sich ein gewaltiger Körper durch das furchtbare Dickicht.

„Verdammt", rief Meerkerk erregt, „da scheint irgendein Raubtier zu kommen. Ausgerechnet in unserem Rücken. Torring, was machen wir da?"

Wir hatten vor dieser neuen, drohenden Gefahr in unserem Rücken die Kulis ganz vergessen, hatten uns umgedreht und starrten auf die dunkle Wand des Urwaldes, die hinter uns emporragte.

Ich konnte kaum einen Ausruf des Erstaunens unterdrücken, als vom Rand des Dickichts eine uns bekannte Stimme erscholl: „Massers nicht schießen, Massers ganz ruhig sein. Chinesen werden laufen, wenn komme."

Und er kam auch, unser bekannter und doch unbekannter Riese. Er brach wie ein Elefant aus dem Unterholz hervor, stieß uns zur Seite und sprang an den Rand des Plateaus vor.

Durch die Fackeln der Kulis, die jetzt auf wenige Schritte herangekommen waren, wurde seine enorme Gestalt hell beleuchtet. Einzelne Schreckensrufe aus dem anstürmenden Haufen der Chinesen wurden laut, aber sie wurden durch den furchtbaren Kriegsschrei übertönt, den der Unheimliche jetzt ausstieß.

Dann sahen wir auch, dass er ein gewaltiges Stück Baumstamm, offensichtlich von einem gefallenen Urwaldriesen, in den Händen hielt. Er hob das wohl zentnerschwere Stück jetzt hoch über den Kopf und schleuderte es mit furchtbarer Gewalt in den Engpass hinein. Dann stieß er nochmals einen entsetzlichen Schrei aus. Im Engpass und unten auf dem Urwaldpfad erhob sich nach sekundenlangem Schweigen ein furchtbares Geschrei. Das gellende Todes- und Schmerzensgebrüll der Getroffenen wurde von dem Schreckensgeheul der anderen Kulis übertönt, die jetzt in rasender Flucht ihr Heil suchten. Deutlich konnten wir hören, dass sie in wildem Ungestüm davon jagten, und plötzlich erscholl wieder der brüllende Schrei des unheimlichen Schwarzen, diesmal aber unten im Wald. Also war er ihnen nachgesprungen und beschleunigte ihre Flucht.

Kaum drei Minuten waren vergangen, seit der Schwarze aus dem Dickicht gebrochen war, wir hatten noch unsere schussbereiten Parabellum-Pistolen in der Hand, da war das Getöse der fliehenden Kulis schon unten in der Ansiedlung verklungen. Sicher hatten sie in panischem Schrecken ihre Hütten aufgesucht und sich im Reisstroh verkrochen.

„Donnerwetter, lieber Herr Torring", rief Meerkerk nach geraumer Zeit endlich aus, „was war denn das für ein Ungetüm? Herrgott, ich habe vor Schreck meine Pistole einfach vergessen. Was war denn das? Dieser unglaubliche Riese schien Sie ja sogar zu kennen. So etwas habe ich wirklich noch nie erlebt."

„Das glaube ich gern, Herr Meerkerk", lachte Rolf. „Aber wir kennen diesen rätselhaften Riesen auch nicht näher. Wir wollten ihn allerdings sprechen und sind ihm deshalb mit Hilfe unseres Hundes gefolgt; doch hat er es immer verstanden, seine Spur zu verwischen. Und jetzt ist er wieder aufgetaucht und dazu als Retter in der Not! Ich muss ganz offen sagen, dass ich nicht weiß, was ich aus ihm machen soll."

Er erzählte dem staunenden Holländer unsere Erlebnisse seit dem Zeitpunkt, an dem wir Singapur betreten hatten. „Donnerwetter, das ist ja wirklich interessant", rief Meerkerk, als Rolf geendet hatte, „da möchte ich am liebsten mitmachen! Passen Sie auf, die Sache mit den Kulis hier in der Ansiedlung kommt mir schon längere Zeit sehr komisch vor. Einmal glaubte ich einen nächtlichen Transport beobachtet zu haben, der ganz geheimnisvoll von Selimeum kam und hier den Fluss hinauf noch weiter in den Urwald ging. Von den Beamten hatte natürlich niemand etwas bemerkt, und ich wurde ausgelacht. Aber ich sage Ihnen, es bereitet sich irgend etwas vor. Denn die Kisten, die leise an meinem Garten vorbeigefahren wurden, schienen mir Waffen zu enthalten. Ob nicht die Chinesen hier einen Aufstand der Atjeher anzetteln wollen und sie mit Geld und Waffen unterstützen? Die Atjeher als frühere Herren des Landes sind natürlich stets bereit, um ihre Freiheit zu kämpfen. Dieser Fu Dan scheint einer der Führer zu sein, die im Hintergrund sitzen und einen derartigen Aufstand finanzieren, um dadurch ordentlich zu verdienen. Schon an Lieferungen für die Legion lässt sich in einem derartigen Falle viel Geld herausschlagen."

Rolf brummte nachdenklich vor sich hin. Dann meinte er, sich mir und dem Holländer zuwendend: „Das wäre ein ganz neues Licht, in dem sich dieser Chinese zeigt. Erst als angeblicher Verräter seiner Landsleute dem englischen Gouverneur gegenüber, dann als Mädchenräuber und nun noch als Kriegshetzer. Er wird sich nur in dem Schwarzen verrechnet haben, da sich dieser plötzlich gegen ihn gewandt hat. Und der Schwarze scheint zu ahnen oder zu wissen, dass Fu Dan einer geheimen Gesellschaft angehört, und will deshalb das geraubte Mädchen nicht zurückbringen, da es doch stets in Gefahr schwebt. Vielleicht will er selbst die ganze Gesellschaft vernichten, ehe er den Gelben packt.

Und es ist nicht ausgeschlossen, dass sich diese Führer oder sagen wir Aufwiegler ganz in der Nähe befinden, sonst würde er sich mit seinem Schützling nicht hier in den Urwäldern aufhalten. Und er muss Ellen die Lage erklärt oder irgendwie ihr Vertrauen gewonnen haben, denn ich glaube bestimmt, dass sie freiwillig bei ihm bleibt. Natürlich sind das nur Vermutungen von mir, die auch völlig verkehrt sein können, denn ich bin kein Detektiv."

„Aber trotzdem haben Ihre Vermutungen Hand und Fuß", meinte Meerkerk; „nur schade, dass dieser geheimnisvolle Schwarze sich Ihnen gegenüber nicht zu erkennen gibt. Sie meinen, er muss aus Zentralafrika stammen? Worauf stützt sich Ihre Annahme?"

„Seiner Hautfarbe und Bewaffnung nach. Auch spricht er das gebrochene Englisch der afrikanischen Neger, die viel mit Weißen zusammengekommen sind. Es muss sehr interessant sein, seine Schicksale zu wissen, die ihn hierher nach Indien verschlagen haben."

„Na, vielleicht lernen Sie ihn doch noch kennen, und er erzählt es Ihnen", lachte der Holländer, „aber ich glaube, für uns ist es jetzt wichtiger, einen Entschluss zu fassen, was wir beginnen. In die Ansiedlung können wir nicht zurück, denn mein Haus ist abgebrannt, und die Kulis werden bei unserem Anblick vielleicht sogar die Furcht vor dem Riesen vergessen. Der genossene Alkohol und Fu Dan's Hetzereien haben sie zu sinnloser Wut aufgeregt. Ja, jetzt ist guter Rat ziemlich teuer. Nach Selimeum möchte ich in der Nacht nicht zurück. Der Urwald wimmelt von großen Raubkatzen; außerdem gibt es auch noch Nashörner und Elefanten in Menge. Und diese sind gerade nachts meist sehr unliebenswürdig, wenn man ihnen unversehens in den Weg kommt. Na, das werden Sie ja selbst wissen."

„Dann bleiben wir doch einfach hier auf dem Plateau bis zum Morgen", schlug Rolf vor, „außer vor Moskitos sind wir vor anderen Tieren und auch Menschen hier oben sicher. Morgen früh machen wir uns zeitig auf den Weg."

„Das wollte ich auch schon vorschlagen. Also abgemacht, wir bleiben hier", freute sich Meerkerk. „Hier hinten gibt es eine Fläche Moos, auf dem wir gut schlafen werden. Es genügt ja, wenn einer wacht; wir wechseln dann ab."

„Gut", entschied Rolf, „zeigen Sie uns unser Moosbett und nehmen Sie gleich die erste Wache. Nach zwei Stunden wecken Sie mich. Dann kommt Hans an die Reihe."

„Schön. Hier ist Ihr Bett, schlafen Sie gut." Meerkerk nickte mir und Rolf freundlich zu und wies einladend auf ein dichtes, grünes Moospolster. Mit einem wohligen Grunzen ließen wir uns nieder, streckten behaglich die müden Glieder und versanken fast augenblicklich in tiefen Schlaf.

Und trotz der summenden Moskitos schliefen wir auf dem weichen Lager doch ganz prächtig.

4. Kapitel: Urwald-Abenteuer

Als der Tag anbrach, hielten wir neuen Kriegsrat. Es hieß für uns, ob wir nach Selimeum zurück oder den Atjeh-Fluss weiter hinauf wollten, zu den holländischen Beamten, die dort oben nach neuen Kohlenlagern suchten. Der holländische Wirt war dafür, sofort nach Selimeum zu marschieren und von dort aus einen Zug der niederländisch-indischen Fremdenlegion telefonisch aus Kota-Radjah herbeizurufen.

Rolf dagegen wollte lieber ins Innere des Landes vordringen, um die Regierungsvertreter zu warnen, gleichzeitig aber, um das Lager des Atjehstammes aufzusuchen, von dem uns Meerkerk gesprochen hatte. Er vermutete, dass diese Leute mehr über den geheimen Waffentransport wüssten.

Nach ziemlich langer Diskussion einigten wir uns endlich dahin, dass der Holländer sofort nach Selimeum aufbrach, während wir weiter vordringen wollten. „Wenn Sie morgen früh hierher zurückkommen, werden Sie die Soldaten schon vorfinden", meinte Meerkerk, als wir uns verabschiedeten, „hoffentlich können Sie die Regierungsvertreter davor bewahren, dass Sie gefangengenommen werden, denn es scheint mir, als ginge der Aufstand jetzt bald los. Das haben wir ja an den Kulis gesehen."

„Ja, das glaube ich auch", gab Rolf zu, „denn Fu Dan ist zu vorsichtig, als dass er seinem Hass so die Zügel hätte schießenlassen, ohne zu wissen, dass es dem Gesamtunternehmen nichts schaden würde. Ihre Regierungsmitglieder da vorn werden in schwerer Gefahr sein, und wir wollen möglichst rasch hineilen, um sie warnen oder retten zu können. Sollten wir bis morgen früh nicht zurück sein, dann würde ich Ihnen empfehlen, mit den Soldaten vorzustoßen. Vielleicht können Sie uns dann noch herausholen. Also auf ein glückliches Wiedersehen, mein lieber Meerkerk."

Mit herzlichem Händedruck trennten wir uns von dem Holländer, der vorsichtig den Engpass hinunter kletterte, um den Weg nach Selimeum einzuschlagen. Als er verschwunden war, meinte Rolf: „Wir wollen nicht denselben Weg hinuntergehen, Hans, sondern hier hinten in den Wald eindringen. An derselben Stelle, aus der in der Nacht unser Riese gekommen ist. Vielleicht kann Pinh sogar jetzt noch seine Spur aufnehmen."

„Dass du immer noch den Schwarzen durchaus aufstöbern willst," schalt ich lachend, „du musst doch selbst eingesehen haben, dass er schlauer ist als wir. Und er wird sich schon melden, wenn er die richtige Zeit für gekommen hält. Aber ich hoffe, dass wir hier hinten einen Pfad finden, der uns den Atjeh-Fluss hinauf zur Quelle führt. Wichtiger als der Schwarze ist doch jetzt die Rettung der Holländer, die sicher in großer Gefahr dort oben schweben."

„Natürlich ist dieser Umstand im Augenblick der wichtigste", gab Rolf zu, „aber ich hoffte, dass der Schwarze vielleicht auch schon in der Nähe der Holländer und auch der Atjeher dort oben herum gestrichen ist, und dann brauchten wir ihn nicht lange zu suchen, sondern könnten uns von Pinh hinführen lassen. Deshalb war ich so erpicht darauf, dass der Hund die Spur wiederfände.“

„Donnerwetter,“ sagte ich etwas beschämt, „daran hatte ich allerdings nicht gedacht, ich werde es mir in Zukunft immer erst überlegen, ehe ich gegen deine Meinung protestiere. Aber trotzdem glaube ich, dass wir die Holländer und auch das Atjeher-Lager auf jeden Fall finden werden, denn wenn wir dem Lauf des Flusses folgen, müssen wir unbedingt auf eine der Parteien stoßen.“

„Ja, da hast du recht, aber wir werden mehr Zeit gebrauchen, denn ich glaube kaum, dass wir von hier aus einen bequemen Promenadenweg haben werden. Na, wir werden ja gleich sehen, ob wir Glück haben. Hier muss die Stelle sein, aus der dieser Riese hervorgebrochen ist. Ja, du kannst sehen, wie er hier das Bambusgestrüpp durchbrochen hat.

Donnerwetter, tatsächlich, als sei ein Urwaldriese hindurch gestampft! Also, gehen wir. Aber, halt, erst wollen wir uns die Parabellum-Pistolen umschnallen. Hier in diesem Dickicht können wir unsere Mauserbüchsen doch schlecht gebrauchen, denn es hat keinen Zweck, sie stets schussbereit im Arm zu tragen. Wollen sie also auf dem Rücken tragen. Schließlich hat die Parabellum-Pistole an Durchschlagskraft denselben Erfolg.“

„Na, ein Nashorn möchte ich gerade nicht mit dieser Pistole angreifen“, lachte ich, „in solchem Fall ist mir die Büchse doch lieber.“

„Oh, ich glaube kaum, dass wir jetzt Dickhäuter treffen werden“, meinte Rolf, „höchstens Raubkatzen, und gegen diese genügen die Pistolen.“

„Wollen es hoffen. So, ich habe Rucksack und Büchse gut verstaut, sie werden mich kaum beim Durchschlüpfen durch die Wildnis hindern. Ah, die Halter für die Parabellum-Pistolen sind vorzüglich, man hat die Waffe mit einem schnellen Griff schussbereit. Die dreihundert Schuss Munition habe ich auch gut im Gürtel untergebracht, jetzt können meinetwegen Tiger, Panther und auch die Atjeher mit den Chinesen kommen.“

„Donnerwetter, du bist ja ordentlich kriegerisch gestimmt“, lachte Rolf, „na, hoffentlich wirst du dich nicht zu betätigen brauchen. Ah, der Schwarze hat einen sehr schönen Pfad gebrochen, so dass wir gut vorwärts kommen werden.“

„Und Pinh scheint seine Spur auch wiedergefunden zu haben", meinte ich, „denn er zieht ja ganz ungestüm vorwärts."
„Aber jetzt stehen wir auch auf dem Kreuzweg", sagte Rolf nach wenigen Schritten, „hier zieht sich ein alter Dschungelpfad hin, den wohl ein Elefantenbulle gebrochen hat. Der Schwarze ist von links, vom Vulkan her gekommen, wie uns Pinh zeigt, der durchaus diese Richtung einschlagen will, wir müssen aber nach rechts. Und es ist noch sehr fraglich, ob uns dieser Pfad zum Ziel führt. Aber wir haben ja keine andere Wahl. Also los!"
Der Pfad, den wir jetzt entlang schritten, schlängelte sich durch wildestes Dickicht hindurch. Gott sei Dank schien er noch nicht lange gebrochen zu sein, sonst hätte ihn die üppige Vegetation wohl schon wieder mit Lianen und Dornenzweigen geschlossen. So kamen wir aber ganz gut vorwärts.
Natürlich war unser Vorwärtsdringen nicht mit einem Spaziergang in deutschen Wäldern zu vergleichen, auf deren weichem Boden man mit Vergnügen geht. Wir rutschten oft aus, versanken bis zum Knöchel in feuchten Löchern, kippten auf irgendeiner Baumkante oder brachen sogar in den morschen Stamm eines gefallenen Urwaldriesen ein, den wir überklettern wollten.
Einmal blieb Rolf jäh stehen, riss erst seine kleine Pistole aus dem Gurt und schlug an, dann schob er aber mit kurzem Kopfschütteln die Waffe zurück, zog sein breites Messer und sprang einen Schritt vor. Blitzschnell zuckte sein Arm mit der blitzenden Waffe herab, dann ging er ruhig weiter, und ich musste nach ihm über den zuckenden, kopflosen Körper einer riesigen Kobra hinweg schreiten. „Ich wollte nicht schießen", sagte er nach einiger Zeit erklärend über die Schulter zurück, „denn es kann doch sein, dass hier schon Späher der Chinesen oder der Atjeher aufpassen."
Still, möglichst jedes Geräusch vermeidend, schritten wir weiter. Aber wir sollten doch nicht ungehindert an unser Ziel gelangen. Denn plötzlich pfiff ein großer Gegenstand von oben durch die Luft und klatschte dicht neben uns nieder. Wir blieben stehen und betrachteten uns das runde, grüne Ding, das die Größe einer Kokosnuß hatte und sich halb in den weichen Boden eingegraben hatte. „Eine Durian", rief dann Rolf, als er die kurzen, scharfen Stacheln bemerkte, mit denen die Frucht bedeckt war, „ich danke, wenn sie uns auf den Kopf gefallen wäre! Aber komisch, ich kann keinen Baum entdecken." Wir blickten beide

empor, da sauste von einem hohen Zibetbaum eine zweite Frucht hernieder, der ich nur durch schnelles Zurseitespringen ausweichen konnte. „Komm schnell weiter“, rief da Rolf, „es ist ein Maya, ein Orang-Utan, der uns zu seinem Vergnügen bewirft. Ich habe soeben seinen mächtigen Arm gesehen. Sicher haben wir ihn durch unser Erscheinen beim Frühstück gestört.“ Wir beschleunigten unser Tempo im Augenblick sehr bedeutend, denn schon kam eine dritte Frucht, mit unheimlicher Sicherheit geschleudert, herab geflogen. Und der furchtbare Bursche da oben schien sich ein besonderes Vergnügen daraus zu machen, dass er uns noch eine weite Strecke folgte und immer wieder seine schweren Geschosse herunter warf. Nun mussten wir beim Laufen auch noch stets rückwärts nach oben blicken, um den stachligen schweren Früchten auszuweichen.

„Donnerwetter“, rief Rolf im Laufen, „ich möchte doch vermeiden zu schießen, hoffentlich hört der alte Bursche da oben bald auf zu werfen.“

Als wären seine Worte für den Maya ein Kommando gewesen, warf er noch eine wohl gezielte Frucht zwischen uns, stieß dann einen Kehllaut aus, der wie höhnisches Lachen klang, und ließ uns in Ruhe. Aber wir verringerten unser Tempo erst, als wir ganz sicher waren, dass uns der unangenehme Geselle nicht mehr oben in den Bäumen folgte. Rolf blieb stehen und wischte sich den Schweiß von der Stirn.

„Armer Hans“, lachte er dann, „du hattest auch noch den Rucksack zu schleppen. Komm, ich werde ihn mal eine Weile tragen. Allerdings musst du dann vorausgehen und für unsere Sicherheit sorgen.“

Auch ich lachte und rieb mir dabei die Stirn mit dem Taschentuch.

„Ja, Rolf, der Urwald hier scheint sehr unangenehme Bewohner zu haben. Ich muss sagen, der alte Bursche konnte gut werfen. Hier, den Rucksack kannst du gern bekommen.“

Ich drehte mich um, damit Rolf mir helfen sollte, den breiten Tragegurt auszuhaken, aber schnell fuhr ich wieder herum und starrte meinen Freund an. Denn ganz in unserer Nähe war ein Laut aufgeklungen, bei dem wohl auch das Herz des kühnsten Jägers geklopft hätte. Ein fauchendes Schnarren, das gar nicht falsch gedeutet werden konnte. „Sehr nett“, flüsterte Rolf, indem er gleichzeitig an seinen Gurt tastete, „jetzt scheinen wir

auch noch den Besuch eines Tigers zu bekommen. Vielleicht kommt er aber nicht diesen Pfad entlang, sondern überquert ihn nur. Wollen ruhig stehen bleiben."
Ich sah, dass Rolf aus alter Gewohnheit seine Mauserpistole gezogen hatte, gegen einen Tiger gerade nicht die geeignetste Waffe. Deshalb zog ich die Parabellum und segnete im stillen den Holländer, der sie uns geschenkt hatte. Der Pfad machte in einer Entfernung von vielleicht dreißig Metern vor uns eine scharfe Biegung, und hinter diesem Knick war der furchtbare Urwaldlaut erklungen. Wie gebannt starrten wir auf diese Ecke. Es musste sich ja jeden Augenblick entscheiden, ob die Raubkatze den Pfad benutzen würde. Dann wäre allerdings ein Kampf nicht zu umgehen gewesen. Und hier in dieser Enge ging es auf Leben und Tod.
Sekunden verstrichen, dann stand er plötzlich auf dem Pfad. „Er, den man nicht nennt", wie der Malaie in scheuer Ehrfurcht den Tiger bezeichnet. Es war ein riesiger Bursche, der jetzt verblüfft stillstand und uns musterte. Seine grünlichen Augen schlössen sich dabei zu schmalen Schlitzen, und sein Kopf sah dadurch fast hochmütig aus. Als wollte er sagen: „Was macht Ihr hier in meinem Reich?"
Immer noch hatten wir die Hoffnung, dass er durch unsere hohen Gestalten eingeschüchtert würde und vielleicht die Flucht ergreifen würde. Aber dieser Herr schien keine Furcht zu kennen. Er kauerte sich mit unmerklichen Bewegungen zusammen und hob sich dann langsam auf seine Hinterpranken. Das war für uns das untrügliche Zeichen, dass er im nächsten Augenblick mit furchtbarem Gebrüll auf uns einspringen würde.
Rolf hatte seine Pistole erhoben und wartete auf den richtigen Augenblick, denn kurz vor dem Sprung pflegen die Raubkatzen die Augen plötzlich aufzureißen, und dann ist es Zeit für den kaltblütigen Jäger, in die blitzenden Lichter zu schießen – sonst hat er wahrscheinlich ausgejagt. Ich hatte inzwischen leise meine Parabellum entsichert, um auf jeden Fall in Reserve zu sein, wenn Rolf mit dem Untier nicht fertig würde.
Und da riss der Tiger die grünen Augen weit auf. Jetzt! ... schon peitschten zwei Schüsse aus Rolfs Pistole. Der Tiger stieß ein furchtbares, schmerzerfülltes Gebrüll aus, aber er hatte schon den Sprung angefangen und schoss wie eine riesige, gelbe Flamme auf uns zu.

Wir wussten genau, dass er die Entfernung mit einem Sprung nie hätte überbrücken können, sondern mindestens zweimal hätte niedersetzen müssen. So blieben wir ruhig stehen und warteten ab, welche Wirkung Rolfs Schüsse haben würden.

Gut acht Meter flog der Körper der riesigen Katze durch die Luft. Dann prallte sie hart nieder und wälzte sich mit lautem Aufheulen. Mit den Vorderpranken strich er dabei über den blutenden Kopf.

„Du hast ihn durch deine Schüsse geblendet", rief ich, „Donnerwetter, das waren Meisterschüsse! Aber ich werde ihn erlösen."

Damit schob ich meinen Freund zur Seite, lief bis auf zehn Meter an den rasenden Tiger heran und jagte ihm eine wohl gezielte Kugel aus der Parabellum in die Schläfe. Sofort rollte er auf die Seite, zuckte noch zwei-, dreimal und lag dann still.

„Eine wunderbare Waffe", sagte ich ehrlich begeistert; „wenn deine Kugeln auch schon vorgearbeitet haben, so ist die Wirkung doch ganz überraschend." Rolf war herangekommen, und wir traten jetzt an den Körper der mächtigen Bestie. Wir befanden uns also von dem Knick des Pfades knapp zehn Meter entfernt, dachten aber an nichts Böses, sondern betrachteten bewundernd die riesigen Maße des Tigers.

„Schade", meinte Rolf, „wir haben wohl keine Zeit, ihn abzustreifen. Ich hätte das Fell gern gerettet."

„Wenn wir ihn gut mit Zweigen bedecken", schlug ich vor, „dann können wir ihn auf dem Rückweg abstreifen. Wir wollen uns doch nicht lange da vorn aufhalten."

„Ja, das ginge vielleicht. Hoffentlich kommen inzwischen keine Ameisen über ihn. Aber, hast du gehört? Da scheinen wir noch einen Besuch zu erhalten. Sicher das Weibchen. Komm schnell zurück!"

Aber wir konnten nicht mehr die Entfernung bis zum Knick des Pfades vergrößern.

Fauchend und knurrend kam der zweite Tiger um die Biegung gesprungen, stutzte, als er uns erblickte, und duckte sich sofort zum Sprung.

Da gab es kein langes Überlegen. Rolf feuerte in rascher Reihenfolge vier Schüsse aus seiner Mauser ab, während ich bedächtiger, und nach Möglichkeit gut zielend, zwei Schüsse aus der Parabellum auf den furchtbaren Feind abgab.

Wieder schnellte der gelbe Körper hoch und auf uns zu, rasch gaben wir noch jeder einen Schuss auf ihn ab, während er in der Luft schwebte, dann sprangen wir einen Schritt zurück und gleichzeitig zur Seite. Dicht vor uns prallte die riesige Bestie auf, knapp einen Meter hinter dem Körper des Erschossenen. Wohl wälzte sie sich auch hin und her, aber doch erkannten wir sofort, dass sie immer noch Kraft hatte, einen zweiten Sprung zu tun. Und sofort feuerten wir ruhig und wohl gezielt auf den mächtigen Schädel.

Ich muss offen sagen, dass ich doch erleichtert aufatmete, als sich der gewaltige Körper mit letztem Aufheulen streckte.

„Donnerwetter, das war ein nettes Intermezzo!" lachte Rolf. „Aber jetzt müssen wir zwei Felle abstreifen. Na, erst wollen wir Zweige abschlagen und die Körper bedecken."

Wir zogen unsere Messer und schritten auf den nächsten Bambusstrauch zu. Da knackte hinter uns ein Zweig, wir schnellten herum und sahen... den kleinen Malaienboy Tomo, der uns ängstlich anstarrte und flehend die Hände erhob.

5. Kapitel: Im Lager der Atjeher

„Na, du kleiner Schurke", rief Rolf ihm halb lachend, halb ärgerlich zu, „bist du uns wieder einmal nachgeschlichen?"

„Tuan, nein, Tomo nicht nachgeschlichen", versicherte der Kleine in drolligem Kauderwelsch. „Tomo jetzt bei dir bleiben, nicht mehr bei bösem Chinesen. Tomo treu sein!"

„Nanu, mein Junge, woher mit einem mal dieser Umschlag? Hat dich Fu Dan geärgert?"

„Fu Dan schlechter Mann", stieß der Malaie wütend hervor, „hat Tomo oft geschlagen. Tomo jetzt treu zu Tuan sein, hat ‚Er' befohlen."

Bei diesem „Er" trat ein Ausdruck furchtbarsten Entsetzens in die Augen und das intelligente Gesicht des kleinen Boys.

„Er? wer ist dieser ‚Er' ?" fragte Rolf gespannt. „Oh, Tuan, es ist der große Schwarze mit dem Kopf, furchtbarer als ein Majas. Er nennt sich ‚Pongo'."

„Pongo?" Wir blickten uns überrascht an. Das war ja ein afrikanischer Name, und zwar bezeichneten die Völker am inneren Kongo so den furchtbarsten Bewohner ihrer Wälder, den Gorilla. Also musste doch der geheimnisvolle Schwarze in Afrika geboren sein und dort auch längere Zeit gelebt haben, da er von seinen Stammesgenossen diesen Namen bekommen hatte.

Pongo, der Gorilla, das war wohl die richtigste Bezeichnung für ihn. Ich konnte mir wohl vorstellen, wie er seines Kopfes wegen von allen gemieden und verhöhnt wurde, bis er vielleicht die Heimat floh und auf abenteuerlichen Wegen nach Singapur in die Hände des Chinesen geriet. Aber jetzt war keine Zeit, darüber nachzudenken.

„Weißt du, wo Pongo ist?" fragte Rolf. „Überall", flüsterte der Malaie ängstlich. „Er hat zu mir gesagt: ‚Pongo dich auffressen, wenn nicht treu zu weißen Massers bist. Weiße Massers bist du, Tuan, und dein Freund. Tomo euch treu ist.'"

„Gut, Tomo, ich glaube dir", sagte Rolf ernst, trotzdem er vielleicht innerlich ebenso lachen musste wie ich, „bleibe uns treu, sonst werde ich es Pongo sagen, dass er dich auffrisst. Jetzt hilf uns die beiden Tiger beiseite schaffen und mit Zweigen zu bedecken. Wir wollen ihnen das Fell abziehen, wenn wir zurückkehren."

Der Kleine schnitt eifrig Zweige ab, während wir die mächtigen Körper der beiden Bestien mühselig unter die nächsten Dornenzweige wälzten. Sehr geschickt bedeckte der kleine Malaie sie dann so, dass sie von keinem zufällig Vorbeikommenden entdeckt werden konnten.

„Wenn wir auch bis zum Abend zurückkehren sollten", sagte Rolf, „so wird es vielleicht doch zu spät sein, die Felle zu retten. Die Hitze wird das Fleisch schnell verderben und damit natürlich auch die Haut. Schade, gerade diese beiden Felle hätte ich gern gehabt. Na, hilft nichts, wir haben jetzt wichtigere Dinge vor. Kommt."

Aber jetzt drängte sich Tomo vor und setzte sich an die Spitze unseres kleinen Zuges.

„Tomo kennt Weg", versicherte er eifrig. „Tomo gut führen."

„Na, meinetwegen, mein Junge", lachte Rolf, „aber pass' nur auf, damit du uns nicht irreführst, sonst sage ich es dem Pongo."

„Tomo gut führen, Tomo treu sein", versicherte der Kleine nochmals eifrig.

Mir kam plötzlich ein Gedanke.

„Rolf", meinte ich, „wollen wir den Hund immer noch mit uns nehmen? Wäre es nicht ganz gut, wenn wir ihn mit einer Meldung an seinen Herrn nach Selimeum zurückschicken? Er wird sicher eher da sein als Meerkerk, und Diersch könnte dann immer schon von Kota-Radjah Truppen anfordern. Was meinst du?"

„Ich meine, dass deine Idee ganz tadellos ist, Hans", versicherte Rolf. „Der Hund ist so intelligent, dass er geradewegs zurücklaufen wird, wenn ich es ihm befehle. Warte, ich werde kurz die Situation aufschreiben und diese Meldung an seinem Halsband befestigen." Rolf warf einige Zeilen auf ein Notizblatt, rollte es zusammen und band es am Halsband des klugen Pinh fest. Dann löste er die lange Leine, die er sich um den Leib schlang, und flüsterte dem Wolfshund scharf zu: „Lauf, such den Herrn. Such den Herrn!"

Pinh blickte ihn fragend an, und als Rolf nochmals den Befehl wiederholte und in die Richtung auf Selimeum deutete, kläffte er kurz auf und schoss den Pfad zurück. „Ausgezeichnet", freute sich mein Freund, „jetzt können wir unbesorgt sein. Diersch wird schon dafür Sorge tragen, dass möglichst schnell Hilfe kommt. Jetzt habe ich wirklich die größte Hoffnung, die holländischen Regierungsvertreter da vorn im Atjeherland retten zu können."

„Und Pongo haben wir auch hinter uns", meinte ich befriedigt. Ich drehte mich bei diesen Worten unwillkürlich um und stieß einen leisen Ruf des Erstaunens aus. Wir waren gerade an der Biegung, aus der die beiden Tiger hervorgekommen waren, und beim Zurückblicken schien es mir, als stände der riesige Schwarze an der Stelle, wo die beiden Tiger unter den Zweigen lagen; ich glaubte sogar, auch die blitzschnelle, schlangengleiche Bewegung zu sehen, mit der er verschwand.

„Was gibt es?" fragte Rolf.

„Ich glaube, Pongo war soeben bei den Tigern", rief ich, „wollen wir zurückgehen?"

„Ich kann ihn nicht entdecken", meinte Rolf, „also wird er, wenn er wirklich dort war, sich wohl in die Büsche zurückgezogen haben. Und da das doch ein klares Zeichen ist, dass er uns noch nicht sprechen will, so wollen wir uns ihm nicht aufdrängen. Pongo wird schon wissen, wann er sich uns zeigen will. Komm ruhig weiter, wir müssen uns jetzt um die Holländer kümmern."

„Ja, ja, und ausgezogen sind wir, um ein geraubtes Mädchen

wiederzufinden", lachte ich. „Weiß Gott, wir rutschen immer wieder von einem Abenteuer in das andere hinein."

„Na, ich bin es ganz zufrieden", meinte Rolf, „sonst wäre doch das Leben entschieden zu langweilig. Nanu, was hat denn Tomo? Er scheint irgendeine Gefahr entdeckt zu haben."

Der kleine Malaie war stehengeblieben, hatte den Kopf lauschend vorgestreckt und winkte lebhaft mit der Hand rückwärts zu uns hin, offenbar zum Zeichen, dass wir uns still verhalten sollten. Das taten wir auch sofort, denn in unserer Lage mussten wir die äußerste Vorsicht bewahren. Waren wir doch im Rücken von den Kulis bedroht, während vor uns sich die Atjeher befanden, denen wir auch keineswegs trauen durften. Im Gegenteil, vielleicht würde unser Erscheinen und die Warnung der Holländer den Ausbruch des Aufstandes beschleunigen. Da machte Tomo kehrt und sprang in langen Sätzen auf uns zu.

„Tuan, fort, fort, sie kommen!" stieß er dabei leise, aber scharf hervor. Und im nächsten Augenblick war er ohne weitere Erklärung an uns vorbei geschlüpft und hinter der Biegung des Pfades verschwunden.

Wir blickten uns einige Augenblicke verdutzt an, denn wir konnten uns das Verhalten des kleinen Burschen gar nicht erklären. Wir hörten und sahen doch absolut nichts. „Was meinst du, Rolf", flüsterte ich, „sollen wir dem Burschen folgen?"

„Ja, ich weiß selbst nicht. Ob es nicht nur eine Finte von ihm war, um auf gute Art und Weise von uns loszukommen?"

„Na, hoffentlich läuft er dabei Pongo in die Arme", meinte ich mit einer gewissen Schadenfreude, „denn ich glaube doch ganz bestimmt, ihn gesehen zu haben."

„Dann bringt er ihn vielleicht wieder zu uns zurück", lachte Rolf.

Aber das Lachen erstarb ihm jäh. Denn plötzlich waren wir von sehnigen, halbnackten Gestalten umgeben, die uns wortlos breite Klewangs und scharfe Kris – furchtbare malaiische Dolche – entgegenstreckten. Sie trugen die charakteristische Tracht des Archipels, den Sarong, ein breites, braun und gelb gemustertes Tuch, um die Hüften gewickelt, darunter eine kurze Hose. Den Oberkörper trugen sie nackt, dafür bedeckten aber farbige Kopftücher turbanähnlich die Köpfe. Die Situation war für uns äußerst peinlich, denn gerade in der stummen Drohung lag ein so schwerer Ernst, dass jeder Widerstand unsinnig gewesen wäre.

Jetzt trat ein älterer Mann aus dem stummen Kreise hervor, musterte uns mit finsteren Blicken und sagte kurz: „Ihr unsere Feinde. Ihr gefangen. Bringt sie fort." Die hinter uns stehenden näherten sich daraufhin so unangenehm mit den Spitzen ihrer Waffen, dass wir notgedrungen vorgehen mussten, zwischen den Reihen der finsteren Gesellen hindurch, die uns eine schmale Gasse freigaben. Und während wir zwischen ihnen hindurch schritten, zogen sie uns mit taschendiebhafter Gewandtheit unsere Pistolen aus dem Gürtel. Auch waren blitzschnell unsere Gewehrriemen durchschnitten und die Büchsen verschwunden. „Sehr nett", brummte Rolf, „Gott sei Dank, dass wir den Hund zurückgeschickt haben."

„Ruhig sein", befahl da der alte Atjeher. Und da im gleichen Augenblick die Waffen der dicht hinter uns Schreitenden verdächtig neben uns empor zuckten, befolgten wir dieses Gebot sofort.

Wir schritten vor den Eingeborenen, durften uns aber nicht einmal umdrehen, denn als ich es probierte, funkelte sofort eine Stahlklinge vor meinen Augen auf, so dass ich mich sehr schnell wieder nach vorn drehte und ruhig weiterging. Da wir schon oft in ähnlichen Situationen auf unseren Streifzügen in der ganzen Welt gewesen waren, nahmen wir diesen Zwischenfall für unsere Personen gar nicht so tragisch. Desto größere Unruhe hatten wir aber um die holländischen Regierungsmitglieder. Sie waren bestimmt schon in die Hände der Aufständischen gefallen, und es war die Frage, ob sie überhaupt noch am Leben waren. Dann hatten wir uns natürlich unnötig in diese Gefahr begeben, denn sehr wahrscheinlich hielten uns die Eingeborenen ebenfalls für Holländer, und wir mussten das Schicksal der bereits Gefangenen teilen. Eine Aussicht, die wahrscheinlich nichts Angenehmes hatte. Aber wir hatten ja Pongo hinter uns. Pongo, der es wohl leicht mit einem ganzen Stamm Malaien aufnehmen würde. Dafür garantierte schon sein furchtbares Gesicht, ganz abgesehen von seiner übermenschlichen Kraft. Und wenn ich bedachte, dass der kleine Tomo die Annäherung der Feinde gemerkt hatte, während wir absolut nichts hören konnten, so musste Pongo erst recht gehört haben, dass wir überwältigt wurden, wenn es ihm Tomo nicht schon gemeldet hatte.

Ich wurde in meinen Erwägungen durch die Beschaffenheit des Weges unterbrochen. Der schmale Pfad fiel plötzlich äußerst steil ab, so dass wir uns Mühe geben mussten, um nicht ins Laufen oder sogar Fallen zu kommen. Etwa dreißig Meter ging es hinab, dann kam ein scharfer Knick, und wir standen am Ufer des Atjeh-Flusses. Einige Kähne lagen dort, in deren ersten wir hineingeschoben wurden. Das war allerdings sehr unangenehm, denn jetzt konnten Pongo und Tomo uns kaum folgen. Selbst die Spürnase eines Polizeihundes musste jetzt ja versagen! Missmutig nahm ich neben Rolf auf dem Boden des schmalen Fahrzeuges Platz, das rasch sechs Eingeborene besetzten, während die übrigen die anderen Boote bemannten. Als ich unauffällig zum Ufer zurückblickte – wir waren schnell abgestoßen und befanden uns schon auf der Mitte des Flusses -, musste ich mich sehr zusammennehmen, um nicht einen Ruf der Freude auszustoßen, denn aus einem dichten Strauch guckte der Kopf des kleinen Tomo, der mir vergnügt zunickte und lachend seine blendenden Zähne zeigte.

Bei seinem Anblick hatte ich sofort die feste Zuversicht, dass auch Pongo in der Nähe wäre, und ich war überzeugt, dass der schwarze Riese uns auf jeden Fall befreien würde. Ich hätte meine Beobachtungen gern Rolf mitgeteilt, durfte es aber nicht wagen, ihm einige Worte zu sagen. Doch als ich ihn anblickte, blinzelte er mir vergnügt zu und winkte dann unauffällig mit dem Kopf zum Ufer hinüber. Also hatte er auch den kleinen Boy bemerkt! Jetzt sahen wir mit großer Ruhe den weiteren Ereignissen entgegen. Fast drei Stunden ruderten die geübten Bootsleute gegen den ziemlich starken Strom, bis sie endlich ans rechte Ufer lenkten und die Kähne befestigten. Wieder wurden wir durch nicht misszuverstehende Zeichen mit verschiedenen Klewangs, diesen breiten Schwertern, gezwungen, an Land zu steigen. Dann mussten wir eine Stunde lang an der Spitze des stillen, unheimlichen Zuges einen schmalen, gewundenen Dschungelpfad entlang schreiten, bis sich eine weite Lichtung vor uns auftat. Eine große Anzahl plumper Laubhütten zeigte uns, dass wir hier gesuchte Sommerlager der Atjeher vor uns hatten.

Merkwürdigerweise konnten wir keine Frau im Lager entdecken, sondern nur schwerbewaffnete Krieger – die meisten sogar mit modernen Militärgewehren – ein Zeichen, dass Meerkerk mit der Vermutung des geheimen Waffentransportes doch recht gehabt hatte. Vor einer größeren Hütte inmitten der Lichtung drängten sich besonders viele Eingeborene, die bei unserer Annäherung eine Gasse bildeten und stumm auf den Eingang des lockeren Baues wiesen.

Dieser höflichen Einladung zum Nähertreten konnten wir uns schlecht entziehen. Als wir ins Innere der Hütte stolperten – denn es war ziemlich dunkel da drin – fluchte eine verärgerte Stimme auf holländisch: „Geht zum Teufel, ihr Halunken, aber lasst uns in Ruhe. Ihr werdet schon sehen, was ihr von eurem dummen Aufstand habt."

„Oh, zum Teufel würde ich schon gern gehen", lachte Rolf, „das wäre doch einmal etwas anderes, und schlimmer als hier auf der Erde könnte es bei ihm auch kaum sein. Aber ich freue mich, die Herren getroffen zu haben. Mein Name ist Rolf Torring, und mein Begleiter ist mein Freund Hans Warren-Holm. Wir kommen aus Selimeum und zuletzt aus der neuen Ansiedlung, wollten Sie, meine Herren, vor dem drohenden Aufstand warnen und sind jetzt selbst hineingefallen. Aber ich hoffe, dass wir nicht lange in dieser Lage sein werden."

Nach kurzem, überraschtem Schweigen riefen vier Stimmen durcheinander. Und es dauerte eine ganze Weile, bis sich die Herren so weit beruhigt hatten, dass sie sich jetzt nacheinander vorstellten. Es waren zwei Regierungsräte aus Kota-Radjah, ein Sekretär und der Zahlmeister aus der neuen Ansiedlung.

„Wir sind sehr schön hereingefallen", erzählte uns der älteste Regierungsrat, „als wir hier auf dieser Lichtung ankamen, machte unser Begleitpersonal sofort gemeinsame Sache mit den Atjehern, wir wurden entwaffnet und hier eingesperrt. Jeden Tag, ja jede Stunde erwarten wir, dass sie uns ermorden."

„Na, das werden sie jetzt sicher bleibenlassen", tröstete Rolf. „Ich glaube nicht, dass wir morgen früh noch gefangen sind. Ich habe wenigstens dieses bestimmte Gefühl, ohne es Ihnen näher erklären zu können."

Ich wusste sofort, dass Rolf nichts sagen wollte, weil es ja sehr wahrscheinlich war, dass die meisten unserer Überwältiger Holländisch verstanden. Aber unsere Leidensgenossen dachten nicht so weit und bestürmten meinen Freund mit Fragen, die er aber so geschickt zu beantworten wusste, dass die Holländer nicht einmal beleidigt sein konnten. Plötzlich entstand eine Bewegung vor dem Zelt. „Aha", meinte der Zahlmeister, „jetzt wird es Essen geben: Reis mit Huhn, oder Huhn mit Reis, das

kennen wir schon seit zwei Tagen. Die Speisekarte unserer Wirte ist auf keine weitere Speise eingerichtet. Da, sagte ich es nicht, der gute alte Eisentopf, und gefüllt mit Reis und Huhn."
Ein großer eiserner Kochtopf wurde in den Eingang der Hütte geschoben. Wie der Zahlmeister richtig vermutet hatte, bestand sein Inhalt aus Reis mit Huhn. Wir hatten in unserem Rucksack Eßbestecke und auch Aluminiumteller, während die Holländer mit Holzstäben und löffelartigen Holzstücken, die ihnen die Atjeher geliefert hatten, essen mussten. Aber es schmeckte sehr gut, denn wir hatten inzwischen tüchtigen Hunger bekommen.
„So", meinte der Zahlmeister, der nach beendeter Mahlzeit den Topf hinausschob, „jetzt werden wir kurz vor Einbruch der Nacht denselben Topf wieder erblicken. Dann gibt es Huhn mit Reis. Hier, meine Herren, in diesem Tontopf befindet sich ein ganz guter Palmwein. Ja, wir leben hier ganz erträglich, bis wir abgeschlachtet werden."
„Das wird sicher nicht geschehen", sagte Rolf bestimmt. „Aber ich schlage vor, meine Herren, dass wir jetzt schlafen. Wir brauchen ganz bestimmt in der Nacht unsere Kräfte. Unsere Wirte werden uns schon wecken, wenn sie das Abendessen herein stellen."
Und wir brachten es trotz unserer bedrohlichen Situation doch fertig, fest und wohltuend zu schlafen, bis das Poltern und Klirren uns verriet, dass die Abendmahlzeit – Huhn mit Reis – herein geschoben wurde. „So", sagte der Zahlmeister, als er nach dem Essen den Topf hinausgeschoben hatte, jetzt bin ich neugierig, Herr Torring, ob sich Ihre Prophezeiung erfüllen wird. Es wird dunkel; passen Sie auf, jetzt werden sich vier Atjeher vor dem Eingang unserer Hütte postieren, während rings an den Seiten der Lichtung mehrere Doppelposten aufstellt sind – wie Sie da herauskommen wollen, ist mir ein Rätsel."
Wir konnten durch den schmalen Eingang die Lichtung überblicken, die jetzt in hellstem Mondschein dalag. Der Zahlmeister hatte richtig vorausgesagt, drüben schlenderten zwei Atjeher mit geschulterten Büchsen dicht am Rande des dunklen Urwaldes entlang. Und dicht vor dem Hütteneingang saßen vier Wächter mit gezogenen Klewangs, deren Klingen im Mondlicht blinkten. „Na?" Der Zahlmeister schien sich sogar noch zu freuen, dass wir so scharf bewacht wurden. „Habe ich nicht recht, Herr Torring? Wie wollen Sie da hinauskommen? Selbst wenn Sie einen

ganzen Zug Legionäre hinter sich hätten, wären wir hier in der Hütte schon längst erledigt, ehe sie uns Hilfe bringen könnten. Nein, nein, ich halte unsere Situation für aussichtslos."

„Und ich hoffe trotzdem, dass wir morgen früh frei sind, vielleicht sogar noch in der Nacht."

„Na, dann müssen Sie Hilfe vom Himmel haben", brummte der Zahlmeister. „Ich kenne diese Burschen doch. Kommt wirklich Hilfe, sind wir schnell abgetan und verschwunden. Und sie sind dann ganz unschuldig und wissen von nichts."

„Aber dann hätten sie es doch schon längst getan."

„Das ist ja, was mich ärgert", ereiferte sich der Zahlmeister. „Weshalb füttern sie uns dann hier noch mit ihrem Huhn und Reis? Wir hätten es schon längst hinter uns haben können."

„Vielleicht wollen sie uns als Geiseln behalten, um einen besseren Frieden herauszuschlagen, wenn sie angegriffen werden."

„Hm, das ist allerdings eine ganz gute Erklärung – dann könnten wir ja wirklich noch einmal mit dem Leben davonkommen! Aber trotzdem müssen Sie mir doch recht geben, dass ein Entkommen unmöglich ist. Wenn der Mond nicht so hell schiene, würden sie ringsum Feuer anzünden. Also auch da gäbe es kein Fortschleichen. Oder, wie ich schon sagte, es müsste Hilfe vom Himmel kommen."

Jetzt lachte Rolf. „Vielleicht sagen Sie später, dass diese Hilfe aus der Hölle gekommen sei."

„Was, aus der Hölle?"

Der Zahlmeister schwieg. Am betroffenen Ton seiner Frage war deutlich zu erkennen, dass er sich zumindest sehr wunderte. Wahrscheinlich glaubte er, dass mein Freund durch den Schreck der Gefangennahme nicht mehr richtig im Kopf sei. Denn vorsichtig meinte er nach längerer Pause:„Hm, na ja, man könnte ja auch meinen, dass man hier unter diesen Burschen in der Hölle ist. Aber von ihnen kommt keine Hilfe, darauf können Sie sich verlassen." Rolf lachte wieder.

„Ich bin schon bei mir, und Sie werden noch sagen, dass ich recht hatte. Da, betrachten Sie die Posten drüben am Rand der Lichtung."

Die beiden Posten an der dunklen Urwaldwand, hinter der wir den Atjeh-Fluss hinaufgekommen waren, standen wie aus Stein gehauen und schienen in den Wald zu lauschen. „Da wird irgendein Tier umher schleichen", brummte der Zahlmeister;

„hoffentlich ist es ein Tiger, der sich die beiden Burschen vornimmt.“
Rolf hob den Arm. „Da“, flüsterte er, „das war Pongo!“
Lautlos, von einer unheimlichen Gewalt in das Dunkel des Waldes hineingerissen, waren die beiden Posten da drüben am Rand verschwunden.

Abenteuer 003: Gelbe Haie

1. Kapitel: Pongo befreit uns

Eine geheimnisvolle Gestalt hatte die beiden Wachtposten drüben am Rand des Urwaldes ins Dickicht gerissen, und Rolf meinte sofort: „Das war Pongo."
Es konnte ja auch niemand anders fertiggebracht haben als dieser riesige Afrikaner mit dem grässlichen Kopf, der verblüffende Ähnlichkeit mit dem eines Gorillas hatte. Und sein Name ‚Pongo', den wir erfahren hatten, bedeutete ja auch in der Sprache Tansanias ‚Gorilla'.
Um unsere Situation zu erklären, muss ich kurz den Inhalt der beiden vorigen Abenteuererzählungen „Das Gespenst im Urwald" und „Chinesische Ränke" streifen.
Wir, das heißt mein Freund Rolf Torring und ich, waren auf einem unserer Streifzüge durch die Welt in Singapur gelandet. Dort lernten wir in einem britischen Club Lord Abercrombie kennen, dessen Tochter vor wenigen Tagen geraubt worden war, angeblich von einem Menschenaffen. Rolf ahnte aber sofort, dass der eigentliche Urheber dieses Raubes ein Chinese namens Fu Dan war, dessen Werben um die Hand seiner Tochter Ellen der Lord lachend abgewiesen hatte. Wir hatten mit Hilfe eines kleinen Malaien-Boys die Spur des Chinesen bis nach Selimeum verfolgt, einer Ansiedlung am Fuß des Vulkans Sejawa djanten auf Sumatra.
Als wir dort eintrafen, war Fu Dan schon wieder fort, aber wir blieben, um einen mächtigen schwarzen Panther zu schießen. Und dabei, mitten im Urwald, sahen wir den riesigen Afrikaner zum ersten mal. Er erlegte die gefährliche Raubkatze mit einem Massaispeer. Später erzählte uns Diersch, der Wirt des Hotels in Selimeum, dass dieser Schwarze ihn auch bereits dreimal aufge-

sucht hätte. Und weiter erfuhren wir, dass Pongo dem Chinesen Fu Dan einen Koffer mit Damenwäsche geraubt hätte. Da kombinierte Rolf ganz richtig, dass wohl Pongo zuerst auf Fu Dans Befehl das junge Mädchen geraubt, sich dann aber wohl mit dem Chinesen entzweit und seine Beute hier in den Urwäldern verborgen hätte.

Mit Hilfe Pinhs, eines wunderbaren Wolfshundes des Wirtes, verfolgten wir die Spur Pongos bis in eine riesige Felsenspalte des Vulkans Sejawa djanten, nachdem wir in der Nacht vorher noch einem Mordanschlag Fu Dans entronnen waren – allerdings mit Hilfe Pongos, der merkwürdigerweise als unser Beschützer auftrat. Und er rettete uns zum zweiten mal, als wir in einer Felsenspalte von Schwefeldämpfen überrascht wurden und bewusstlos zusammenbrachen. Wieder folgten wir dann seiner Spur mit Hilfe Pinhs quer durch unterirdische Gänge des Vulkans, nachdem wir noch den grässlichen Tod zweier Kreaturen Fu Dans, der uns gefolgt war, gesehen hatten. Sie waren im Kratersee von Giftnattern getötet worden. Als wir dann aus dem Inneren des Berges ins Freie traten, hastete Fu Dan, durch den Tod seiner Leute entsetzt, in planloser Flucht an uns vorbei. Wir folgten dem alten Nashornpfad und gelangten so in eine Ansiedlung in der Quellennähe des Atjeher-Flusses. Die holländische Regierung hatte einige Beamte mit hundertfünfzig Kulis dorthin geschickt, um nach Kohlen zu schürfen. Die Beamten trafen wir nicht an, sie waren landeinwärts gegangen. Nur der Wirt des dortigen Hotels war anwesend, der uns von geheimen nächtlichen Transporten erzählte, hinter denen er Waffenschiebereien vermutete.

Plötzlich geschah ein Überfall der Kulis, die von Fu Dan mit Reisschnaps bestochen worden waren. Wir flüchteten in den Urwald, auf eine kleine Anhöhe und wurden im kritischsten Augenblick wieder von Pongo gerettet, der durch sein grauenhaftes Äußeres und seinen schrecklichen Angriffsschrei die Kulis in die Flucht jagte. Wir trennten uns dann von Meerkerk, dem Wirt, der nach Selimeum wollte, um von dort aus Fremdenlegionäre aus der Küstengarnison Kota-Radja herbeizurufen. Wir beide aber wollten zum Atjeher-Fluss weiter hinauf, um die holländischen Beamten zu warnen, denn sicher hatten Chinesen, unter ihnen Fu Dan, einen allgemeinen Aufstand der Atjeher geplant, um das Durcheinander für kriminelle Machenschaften nutzen zu können. Und so war es auch. Die Atjeher, die alten Herren des Landes, waren ja jederzeit zum Aufstand geneigt.

Auf schmalem, von irgendeinem Großwild gebrochenem Pfad längs des Flusses hatten wir noch ein Abenteuer mit einem Tigerpaar zu bestehen, das wir mit den Parabellum-Pistolen, die uns Meerkerk geschenkt hatte, erlegten. Während wir noch berieten, wie wir die schönen Felle retten könnten, erschien plötzlich hinter uns Tomo, ein kleiner Malaien-Boy, der sich auf Seiten Fu Dans befunden hatte. Jetzt erklärte er uns zitternd, dass er uns treu wäre, da „Er" es befohlen hätte. Und auf unsere Frage, wer „Er" denn wäre, hatte es uns den Namen des Schwarzen genannt: „Pongo". Ein Name, der wahrlich bezeichnend war.

Wir konnten jetzt auf den kleinen Tomo rechnen, denn die Furcht vor dem geheimnisvollen schwarzen Riesen hätte ihm sicher keine Untreue erlaubt. So liefen wir denn weiter, nachdem Rolf noch den klugen Pinh zurückgesandt hatte, damit er eine Meldung in seinem Halsband nach Selimeum brächte. Wir konnten damit rechnen, dass der Hund eher eintreffen würde als Meerkerk. Auf unserem Weitermarsch verschwand plötzlich Tomo unter Warnrufen, und ehe wir uns recht besinnen konnten, waren wir von einer Anzahl Atjeher umgeben, die uns gefangen nahmen. Sie schleppten uns bis an den Fluss und luden uns dort in einen Sampan. Damit war scheinbar jede Möglichkeit verschwunden, dass uns Tomo und Pongo folgen könnten, aber beim unwillkürlichen Zurückblicken zum Ufer sah ich zu meiner Freude das verschmitzte Gesicht des kleinen Malaienboys durch die Wurzeln der Mangroven lugen.

Wir landeten schließlich im Lager der Atjeher und wurden in ein Zelt gebracht, in dem wir die holländischen Beamten trafen, die wir hatten warnen wollen. Es waren zwei Regierungsräte, ihr Sekretär und der Zahlmeister. Alle vier erklärten uns, dass ein Entkommen aus den Händen der Aufständischen unmöglich wäre, da wir zu scharf bewacht würden. Und sie schienen auch recht zu haben, da bei Einbruch der Nacht vier Eingeborene mit ihren fatalen Klewangs, diesen breiten, scharfen Schwertern, vor unserem Hütteneingang Platz nahmen, während rings um die kleine Lichtung, auf der sich das Lager befand, Doppelposten Streife gingen.

Und jetzt waren die beiden Posten unserem Zeltlager gegenüber lautlos im Urwald verschwunden. Unwillkürlich hielten wir den

Atem an, denn die vier Atjeher vor unserem Zelt mussten ja das Verschwinden ihrer Kameraden bemerken. Dann würden sie natürlich sofort Alarm schlagen, und unser Leben war vielleicht dadurch aufs höchste bedroht.

Wenn wir nur Waffen gehabt hätten! Aber anscheinend hatte nur Rolf, der auf ähnliches vorbereitet war, das plötzliche Verschwinden der Posten bemerkt, und wir, durch seine Handbewegung aufmerksam gemacht, mit ihm. Denn die vier Atjeher vor unserem Zelt rührten sich nicht.

„Donnerwetter", murmelte der eine Regierungsrat, „was war denn das? Wohl ein Freund von Ihnen, Herr Torring? Aber wie will er die verteufelten vier Posten hier erledigen und uns heil aus dem Lager herausholen? Das bekommt doch kein Mensch fertig."

„Warten Sie nur ab", gab Rolf leise zurück, „Freund Pongo bekommt noch ganz andere Sachen fertig. Wir wollen uns aber ruhig verhalten, denn ich vermute, dass er bald bei uns sein wird."

Einige Minuten verstrichen unter atemlosem Schweigen. Da klang hinten an unserer Zweighütte ein leises Geräusch auf. Unendlich vorsichtig schien sich jemand damit zu beschäftigen, die Zweige auseinanderzuziehen. Gerade wollte ich Rolf zuflüstern, dass wir noch unbedingt ein harmloses Geräusch hervorbringen müssten, um die Laute zu übertönen, die der heimliche Besucher – sicher war es Pongo – hervorbrachte, als ein morscher Ast laut knackte. Sofort sprangen die vier Wächter auf, und während zwei dicht vor den Eingang unserer Hütte traten und uns die Klewangs entgegenhielten, eilten die beiden anderen um die Hütte.

Wir zogen uns schnell in den Hintergrund der Hütte zurück, und ich merkte dabei, dass Rolf den schweren eisernen Topf aufnahm, in dem uns das Essen gebracht worden war. Kaum standen wir an der hinteren Wand, als wir draußen zwei schwache Ausrufe vernahmen, denen ein dumpf krachendes Geräusch folgte. Dann gab es einen schweren Fall auf dem grasbedeckten Boden.

„Er hat sie mit den Köpfen zusammengeschlagen", stellte Rolf leise fest. „Jetzt werde ich aber wohl die beiden anderen Wächter beschäftigen müssen."

Er stand vor mir, und gegen den Schein des Lagerfeuers vor dem Hütteneingang sah ich, dass er den schweren Topf hochhob. Und im nächsten Augenblick kamen die beiden Atjeher auch schon mit vorgestreckten Klewangs ins Innere der Hütte.

Da schleuderte Rolf ihnen mit aller Kraft den eisernen Topf entgegen. Die beiden schlanken Burschen wurden mit voller Wucht getroffen und taumelten zurück, stießen dabei aber gellende Alarmrufe aus. Aber bevor sie sich noch zusammenraffen und uns angreifen konnten, tauchte hinter ihnen die Gestalt Pongos auf. Im lodernden Feuerschein war er wie ein Sendling der Hölle anzusehen, als er mit furchtbarem Griff die beiden Wächter packte und zusammenschmetterte. Lautlos knickten beide zusammen und hingen als leblose Bündel in den riesigen Fäusten.

Das Lager geriet in Aufruhr. Überall sprangen die dunklen Körper der Atjeher auf und stürzten auf unsere Hütte zu. Aber mit Schreckensrufen blieben sie stehen, als sie die Gestalt Pongos im flackernden Feuerschein sahen. Und der schwarze Riese zeigte sich jetzt in seiner ganzen Furchtbarkeit. Er ließ einen der toten Posten fallen, hob den anderen wie ein leichtes Bündel über seinen Kopf und schleuderte ihn mit furchtbarer Wucht in den dichtesten Haufen der Eingeborenen. Dann stieß er seinen brüllenden Kampfschrei aus und sprang mit hoch geschwungenem Speer über das lodernde Feuer auf die Atjeher zu. Da flohen die abergläubischen Eingeborenen unter Schreckensrufen in den Urwald hinein. Die Waldlichtung war im nächsten Augenblick völlig leer. „Massers, schnell kommen!" drängte Pongo jetzt.

„Kommen Sie, meine Herren", rief Rolf den Holländern zu, die völlig reglos an der hinteren Wand der Hütte standen. „Freund Pongo sieht zwar nicht schön aus, aber er meint es gut."

„Herrgott", flüsterte jetzt der ältere Regierungsrat, „das ist ein furchtbares Wesen."

„Schnell, schnell", drängte ich jetzt ebenfalls, „ehe sich die Atjeher aufraffen."

Das wirkte, und wir verließen rasch die Hütte. Rolf war schon vorausgeeilt und rief uns zu, um die Hütte herumzukommen. Dort gab es eine neue Überraschung, denn eine kleine Gestalt tauchte plötzlich auf, und Tomo, der Malaienboy, begrüßte uns mit der Aufforderung, ihm zu folgen. Und gleichzeitig gab er uns unsere Waffen, die er aus der Hütte des Anführers geholt hatte. Pongo wollte den Schluss des kleinen Zuges machen, der sich jetzt quer durch den nächtlichen Urwald mit all seinen Gefahren begeben musste.

Ich ging hinter dem kleinen Tomo mit schussbereiter Parabellum, in der Linken die elektrische Taschenlampe zum sofortigen Gebrauch bereit. Hinter mir folgten die holländischen Beamten, während Rolf vor Pongo den Schluss machte. Der riesige Neger selbst war ein beträchtliches Stück zurückgeblieben, um ein Nachdringen der Atjeher zu verhindern.

Durch den dichten Urwaldgürtel am Rande der Lichtung war eine schmale Lücke gebrochen — sicher von der gewaltigen Kraft Pongos. Und diese Lücke endete auf einem Elefantenpfad, der nach seiner Beschaffenheit – es waren keine hindernden Zweige oder Lianen vorhanden – noch recht häufig von den Dickhäutern benutzt werden musste. So hatten wir zwar ein angenehmes Gehen, aber ständig die Gefahr vor uns, dass uns plötzlich ein wütender Elefantenbulle attackierte. Das schien auch der kleine Tomo zu fürchten, denn er schlug ein Tempo an, das fast in Trab ausartete.

Wortlos eilten wir in dichter Reihenfolge dahin, während ringsum geheimnisvolles Leben sich regte. Vögel, kleine Affen, Flughunde, Eidechsen und Insekten ließen ihre mannigfaltigen Stimmen erschallen oder brachten zirpende und schnarrende Geräusche hervor. In der Tiefe des Urwaldes dröhnte manchmal ein gewaltiger Laut auf, die drohende Stimme irgendeines gefährlichen Großwildes, das auf Raub auszog. Und jedes mal schien Tomo seinen Gang dann zu beschleunigen. Plötzlich schimmerte ein heller Schein vor uns.

„Tuan, der Fluss!" rief der kleine Tomo erfreut, brach aber mit einem Schreckenslaut ab und blieb so jäh stehen, dass ich hart auf ihn prallte. Ich wollte ärgerlich fragen, was es gäbe, da sah ich schon das Hindernis. Der Urwald zeigte uns noch seine Schrecken, ehe er uns freigab. Ungefähr einen Meter über dem Boden glühten da zwei grünliche Punkte – die Augen einer mächtigen Raubkatze auf nächtlichem Schleichpfad.

Die Holländer stießen inzwischen zu mir, und leise Fragen schwirrten auf. Schon wollte ich ärgerlich völlige Ruhe verlangen, da klang die Antwort bereits vor mir – das ärgerliche Schnarren eines Tigers. Die Beamten verstummten sofort, denn hinter diesem Laut verbarg sich der Tod. „Leuchte ihm in die Augen!" rief Rolf mir leise zu, und sofort schaltete ich meine

Taschenlampe ein. Der grelle Schein beleuchtete ein furchterregendes und doch schönes Bild. Mitten auf dem Pfad stand ein riesiger Tiger, dessen Augen sich jetzt zu schmalen Schlitzen zusammenzogen, während er gleichzeitig die Lefzen hob und das funkelnde Gebiss entblößte.

Langsam hob ich meine Parabellum, aber ich muss offen gestehen, dass mir absolut nicht behaglich zumute war. Gewiss, meines Schusses war ich völlig sicher, aber jetzt war die Situation doch fast aussichtslos. Wenige Meter vor mir die riesige Bestie, die sich langsam zum Sprung anschickte, rechts und links dichtes Gestrüpp, in das ich nicht entweichen konnte, und hinter mir die Holländer, die ein Zurückspringen unmöglich machten.

Und wenn meine Kugel auch das Auge des Tigers traf, so hatte er doch sicher noch Kraft genug, um mich niederzureißen und im Todeskampf zu töten. Diese Erwägungen zogen blitzschnell durch meinen fiebernden Sinn, während ich – äußerlich fest und ruhig – mein Ziel suchte.

Da entstand eine leise Bewegung hinter mir, und im nächsten Augenblick berührte eine Hand meinen Arm. „Drücke dich etwas seitwärts in die Büsche“, flüsterte Rolf, „dann nimmst du das rechte, ich das linke Auge.“

Jetzt auch innerlich völlig beruhigt, presste ich mich so weit in einen Bambusstrauch, dass Rolf neben mich treten konnte. An Schießfertigkeit übertraf er mich ganz beträchtlich, und so wollte ich ihm ein möglichst weites Feld geben.

Langsam duckte sich jetzt der Tiger zum Sprung nieder. Wir wussten, dass er jetzt erst die Augen fast völlig schließen und dann – kurz vor dem Sprung – weit aufreißen würde. Dann war unser Augenblick zum Abdrücken gekommen.

Sekunden verstrichen in atemloser Spannung. Jetzt schloss die Bestie die funkelnden Augen bis zu kleinem Spalt – gleich würden wieder die grün funkelnden Sterne aufleuchten und im nächsten Augenblick der Sprung erfolgen. Da wurden wir unsanft zur Seite geschoben.

„Nicht schießen, Massers“ knurrte die Stimme Pongos. „Feinde hinter uns. Pongo wird ‚Sabaa' töten.“

Blitzschnell kam mir der Gedanke, dass Pongo wohl nicht lange auf Sumatra sein konnte, da er den Tiger als Sabaa, das heißt Herdenwürger, bezeichnete: ein Name, den die Araber dem Löwen gegeben haben. Und gleichzeitig war es auch ein Beweis, dass er weit herumgekommen sein und wohl unbedingt längere Zeit bei arabischen Stämmen verbracht haben musste (diese Mutmaßung bestätigte sich auch, als wir später Näheres über sein Leben erfuhren). Aber jetzt war keine Zeit, diesem Gedanken nachzugehen, denn Pongo nahm den Kampf mit dem Tiger auf. Einen halben Schritt sprang er vor, so dass er vom Schein meiner Lampe getroffen wurde, und hob den mächtigen Arm mit dem riesigen Massaispeer. Ich musste den Kopf schütteln, denn ich konnte mir nicht denken, dass ein Tiger mit einem Speer schwer verwundet, geschweige denn getötet werden könnte. Doch ich kannte noch nicht die übermenschliche Kraft des schwarzen Riesen. Pongo schleuderte den Speer. Es gab einen kurzen, pfeifenden Ton, so gewaltig war die Wucht, mit der die schwere Waffe die Luft durchschnitt, dann traf die breite Eisenspitze die Kehle der Bestie und grub sich tief ein. Der Tiger wurde durch die Gewalt des Wurfes hochgerissen und schwankte sekundenlang auf den Hinterpranken.

Und da sprang Pongo mit hoch erhobenem Klewang vor und warf mit furchtbarem Schräghieb über den Hals den mächtigen Körper der Raubkatze zur Seite, als wäre er ein leichtes Kleiderbündel. Schon der Speer mochte dem Tiger bis ans Rückgrat durch den Hals gedrungen sein, und der Hieb mit dem breiten, malaiischen Schwert hatte ihm den Rest gegeben. Ein wildes, kurzes Toben folgte unter den Dornenbüschen, dann streckte sich der gestreifte Körper mit dumpfem Jaulen. Pongo sprang hinzu, riss seinen Speer aus dem leblosen Körper und winkte uns, ruhig weiterzugehen.

„Massers, schnell“, flüsterte er, „Boot auf Fluss.“

Damit glitt er schnell voraus, und wir folgten ihm natürlich in möglichst beschleunigtem Tempo. Besonders die Holländer, die jetzt den Schluss des Zuges bildeten, hatten es sehr eilig und drängten uns förmlich vorwärts. Und während des Laufens stieß der ältere Regierungsrat wieder keuchend hervor: „Herrgott, Herr Torring, sagen Sie mir doch nur, wer und was unser Beschützer ist. Er ist ja ein furchtbares, fast übernatürliches Wesen.“

Ich wollte ihm gerade antworten, dass ich ihm später eine Erklärung geben würde, als schon von vorn die Stimme Pongos grollte, der mit scharfen Sinnen die leisen Worte gehörte hatte: „Massers still sein, Feinde auch vor uns.“

Das war ja eine sehr angenehme Aussicht! Dann hatten die Atjeher sich doch offenbar von ihrem panischen Schrecken erholt und waren uns auf schnellerem Weg vorausgeeilt. Wir hatten ja unsere Waffen, doch die Holländer waren schutzlos. Aber es waren andere Feinde, die Pongo vor uns wusste.

Nach wenigen Minuten gelangten wir ans Ufer des Atjeher-Flusses. Hier lag ein großer Sampan, und Pongo drängte zum Einsteigen. Ich saß mit Rolf an der Spitze, hinter uns hatte sich der kleine Tomo niedergekauert, während sich die Holländer in der Mitte auf den Boden des flachen Bootes gesetzt hatten. Am Heck stand Pongo aufrecht und stieß das Fahrzeug jetzt vom Ufer ab. Er hatte ein langes Ruder – übrigens das einzige im Boot – in der Hand und lenkte den Sampan geschickt in die Mitte des Flusses. Hier wurden wir von der Strömung ergriffen und langsam flussabwärts getrieben.

„Ich glaube, jetzt sind wir endlich in Sicherheit“, flüsterte der ältere Regierungsrat, „jetzt können Sie mir doch endlich sagen...“

Aber er wurde wieder von Pongo unterbrochen, der ihm scharf zuflüsterte: „Masser still sein. Feind vor uns.“

Und da ertönte ein Ruf vom rechten Ufer: „Fu... Fu.“

Eigenartig, fast unheimlich wirkte dieser Ruf aus menschlicher Kehle hier mitten im Urwald. Und es kam Antwort vom linken Ufer: „Dan... Dan.“

Ah, also die Chinesen waren vor uns! Fu Dan war ihr Erkennungsruf, und dieser listige Chinese leitete offenbar den ganzen Aufstand der Kulis und Atjeher. Dann hatten wir allerdings jetzt einen schweren Stand, denn sicher standen die Kulis auf beiden Seiten des Flusses Posten bis nach Selimeum hinunter, dem kleinen Ort am Fuß des Sejawa djanten, in dem unsere Abenteuer begonnen hatten. Und wenn es Tag wurde, konnten sie uns ganz bequem aus dem Hinterhalt abschießen. Eine Aussicht, die wirklich nicht sehr angenehm war. Wir mussten also unbedingt an ein Ufer und versuchen, im Schutz des Urwaldes zu entfliehen.

Ich flüsterte Rolf diese Meinung ganz leise zu und erhielt eine zustimmende Antwort von ihm. Da merkten wir, dass der Sampan sich langsam dem rechten Ufer näherte.

Pongo wusste also ganz genau, was zu tun war, und diese Erkenntnis befestigte unseren Glauben an ihn immer mehr.

2. Kapitel: Fu Dans Hinterlist

Wir glitten jetzt ganz dicht am Ufer dahin, im Schatten der überhängenden Büsche und Sträucher. Pongo hatte sich geduckt, und ich merkte, dass er plötzlich das Ruder leise in den Sampan legte und seinen Speer ergriff. Zum Glück hatten die Holländer nichts gesehen, denn unbedingt näherten wir uns jetzt irgendeiner Gefahr. Ich hob unwillkürlich meine Parabellum, als Rolf, der diese Bewegung gemerkt hatte, seine Hand auf meinen Arm legte.

„Lass nur“, raunte er, „Pongo wird es schon machen.“ Da klang direkt neben uns ein leises Rascheln im Gebüsch auf, dem der Ruf folgte: „Fu … Fu.“

Und am anderen Ufer antwortete es: „Dan... Dan.“

Also wieder ein Doppelposten auf beiden Seiten des Flusses, der unser Entkommen weitermelden sollte! Ich war überzeugt, dass weiter unten vielleicht eine größere Menge der Kulis wartete, um uns gemeinschaftlich abschießen zu können. Jetzt waren wir noch im Schatten des Waldes, aber bald würde der Mond so weit herumgewandert sein, dass sein Licht den Fluss überfluten und uns deutlich zeigen würde. Durch eine heftige Bewegung, die den Sampan ins Schaukeln brachte, wurde ich aus meinen Gedanken gerissen.

Pongo hatte eingegriffen. Kaum war der Antwortruf vom anderen Ufer verklungen, als er seinen Speer mit aller Kraft in das Dickicht neben uns schleuderte. Er musste den Posten irgendwie entdeckt haben, denn ein schwaches Röcheln zeigte uns, dass er sein Ziel getroffen hatte. Im nächsten Augenblick hielt er das Boot an den Zweigen des Busches fest und flüsterte: „Massers halten.“

Schnell griffen wir auch zu, hielten den Sampan fest, und Pongo verschwand wie eine Schlange zwischen den Zweigen. Nach wenigen Augenblicken rief er aus dem Gebüsch: „Massers alle kommen.“

„Hans, geh du als erster“, entschied Rolf, „dann kommen die Herren, und ich werde mit Tomo den Schluss machen. Bitte, schnell, meine Herren.“

Ich kroch bereits durch das Gebüsch und stieß plötzlich auf einen reglosen Körper. Es war der chinesische Wachtposten, den Pongos Speer schnell ins Jenseits befördert hatte. Der schwarze

Riese selbst war nicht zu sehen, aber ich hörte in kurzer Entfernung wieder seinen Ruf. So schob ich mich weiter vor und leitete ebenfalls mit leisen Zurufen die mir folgenden Holländer.

Da die holländischen Regierungsvertreter diese Art Fortbewegung – auf dem Bauch durch dichtes Urwaldgestrüpp zu kriechen – absolut nicht gewöhnt waren, ging es natürlich nur langsam vorwärts, anscheinend sehr zum Verdruss Pongos, dessen Rufe immer dringender wurden. Endlich stieß ich auf einen schmalen Wildpfad und konnte mich aufrichten. Nach wenigen Minuten traf ich auf den schwarzen Riesen.

„Massers viel langsam“, grollte er. „Pongo weiter müssen. Tomo soll Massers führen.“

Und im nächsten Augenblick war er verschwunden. Nur einige schwache Geräusche verrieten mir die Richtung, in der er sich entfernt hatte. Aber ich merkte, dass er den Weg zum Vulkan eingeschlagen hatte. Nach wenigen Minuten war unsere kleine Gesellschaft auf dem engen Pfad versammelt, und Tomo übernahm vor mir die Führung, während Rolf wieder den Schluss machte. Auf den Rat des kleinen Malaien-Boys fassten jeder dem Vordermann an einem Kleiderzipfel und konnten auf diese Art leise, ohne Zurufe, unseren Weg verfolgen. Wieder schlug Tomo ein Tempo an, dass der ältere Regierungsrat hinter mir bald stöhnte, aber trotzdem hielten die Holländer die schnelle Gangart durch, denn sie hofften, wohl bald den Schrecken des nächtlichen Urwalds zu entkommen. Unsere Lage war ja auch scheußlich, denn nicht nur die großen Raubkatzen bedrohten uns, sondern außerdem die Atjeher und Chinesen.

Der Weg stieg plötzlich scharf an, und das Dickicht zu beiden Seiten des Pfades wurde lichter. Wir näherten uns also den oberen Regionen des Vulkans. Ich wollte bereits eine unwillige Bemerkung darüber machen, denn es schien mir besser, wenn wir uns nach Selimeum durchschlagen würden, da die Legionäre von Kota Radja vielleicht schon unterwegs waren. Da blieb Tomo plötzlich stehen und stieß einen leisen Warnungsruf aus.

Sofort nahm ich meine Taschenlampe in die linke Hand und zog mit der Rechten meine Parabellum, denn ich hörte im gleichen Augenblick das Brechen von Zweigen. Ein schwerer Körper näherte sich uns mit großer Geschwindigkeit.

Die Holländer hinter mir wurden erregt, denn anscheinend war es ein Dickhäuter, der da auf uns zustürmte. Und ein Elefant

oder Rhino würde sich wohl schwerlich durch die Kugel einer Parabellum aufhalten lassen, wenn ich nicht zufällig das Auge treffen würde. Aber nach wenigen Augenblicken hatte sich Rolf schon neben mich gedrängt, lauschte kurz und meinte dann leise: „Es ist ein Mensch, der sich uns in großen Sprüngen nähert."
Und wie zur Bestätigung seiner Worte klang da in einiger Entfernung die Stimme Pongos auf, die keuchend rief: „Massers, wo seid?"
„Hier, Pongo", rief Rolf, „was ist geschehen?"
„Massers!" stieß er hervor, „Fu Dan hat Missis geraubt!"
Wir waren sekundenlang wie erstarrt, dann fragte Rolf aufgeregt: „Hast du Spuren bemerkt, wohin er sich gewandt hat?"
„Ja, Masser, Pongo hat Fährte, wird ihr folgen."
„Dann gehen wir mit dir", entschied Rolf sofort. „Tomo kann die Herren nach Selimeum führen."
Dieser Entschluss erregte natürlich bei den Holländern lebhaften Widerspruch, und auch Pongo war damit nicht einverstanden.
„Andere Massers allein verloren", brummte er erregt, „Tomo alle Massers zu Askaris (damit meinte er die Legionäre) bringen, dann beide Massers (womit Rolf und ich gemeint waren) in Höhle führen. Pongo wird Zeichen machen."
Dieser Vorschlag war der vernünftigste. Wir mussten unbedingt zuerst die Holländer in Sicherheit bringen, ehe wir dem schwarzen Riesen folgen konnten. Die Höhle, zu der uns Tomo führen sollte, war sicher ein Unterschlupf, aus dem der hinterlistige Fu Dan die Tochter des Lords geraubt hatte. Nun, bei den Spürfähigkeiten Pongos würde er wohl schwerlich weit mit ihr kommen. Die Legionäre mussten schon längst auf dem Marsch sein, denn sowohl Pinh, der Wolfshund, als auch Meerkerk, der Wirt aus der zerstörten Ansiedlung, hatten die Nachricht vom Aufstand und die Bitte um schleunigste Hilfe sicher schon überbracht. Es hieß also für uns, den Atjehern und chinesischen Kulis, die Fluss und Wald besetzt hatten, zu entgehen, ein Vorhaben, das zwar nur wenige Stunden in Anspruch nahm, aber äußerst gefährlich war, zumal jetzt unsere beste Hilfe, Pongo, fehlte. Soweit war ich mit meinen Überlegungen gekommen, als Rolf schon das leise Kommando zum Weitermarsch gab. Ich sollte diesmal den Schluss des Zuges machen, während er mit Tomo voranging. Jetzt merkte ich auch erst, dass Pongo spurlos verschwunden war. Nun, ich hätte jetzt nicht in der Haut Fu

Dans stecken mögen. Die holländischen Beamten drängten sich mit merklicher Eile an mir vorbei und folgten Rolf, der durch leise Rufe zu schnellem Lauf antrieb. Es war für mich ein eigenes Gefühl, jetzt als letzter unseres kleinen Zuges durch den dunklen Urwald zu hasten, der ringsum von Gefahren erfüllt war, mochten sie nun von Großwild oder den menschlichen Feinden drohen. Das Leben der niederen Tiere mit seinen mannigfachen Geräuschen wirkte unheimlich, denn stets dachte ich beim Schrei des Nachtvogels oder beim Gackern einer Baumechse, dass die Feinde uns eingeholt oder gar umzingelt hätten.

Aber sie schienen unsere Spur verloren zu haben, denn ungestört setzten wir unseren eiligen Marsch beinahe zwei Stunden fort, bis plötzlich der Tag hereinbrach. Wir befanden uns jetzt in der Nähe der zerstörten Siedlung, und nach einer halben Stunde endete der Pfad plötzlich auf der kleinen Anhöhe, auf die wir uns beim Angriff der Kulis zurückgezogen hatten, bis uns Pongo gerettet hatte. Wir konnten die weite Lichtung zu unseren Füßen übersehen. Die Brandruinen der Häuser des Wirtes und des Zahlmeisters rauchten noch leicht, aber die Kulis schienen die Siedlung verlassen zu haben, denn niemand war zwischen den leichten Holzhütten zu sehen. So wurden wir unvorsichtig und traten dicht an den Rand der Anhöhe. Von dort aus konnten wir einen Teil des Atjeher-Flusses übersehen, in der Hoffnung, dass bereits Boote mit den Legionären kämen. Aber der Fluss lag ebenfalls still und ruhig da. Und doch wussten wir an beiden Ufern die Wachtposten verteilt. Plötzlich gellte ein Schrei zwischen den Hütten auf. Ein Kuli war aus dem Inneren einer Hütte dicht unter uns getreten, und sein erster Blick war auf uns gefallen. Im Nu wimmelte das Lager von den gelben Gestalten, die vor Wut laut brüllten, als sie uns entdeckten. Eine mächtige Stimme schaffte augenblicklich Ruhe, dann bemerkten wir einen riesigen Chinesen, der einen kurzen Befehl gab und zu uns hinauf deutete. Sofort setzten sich die Kulis mit lautem Geschrei in dichten Haufen in Bewegung, direkt auf uns zu. Aber im nächsten Augenblick krachte Rolfs Parabellum, und der Riese, der die Führung der Horde übernommen hatte, warf die Arme hoch, drehte sich langsam halb herum und stürzte schwer aufs Gesicht. Die Kulis hielten inne und starrten sich bestürzt an. Diese Pause benutzte Rolf, um leise zu sagen: „Vielleicht war dieser Schuss unsere Rettung, so ungern ich ihn auch abgegeben habe. Jetzt haben sie keinen besonnenen Anführer, und gegen eine wütende Menge, die planlos anstürmt, können wir uns besser verteidigen. Ah“, er riss wieder den Arm mit der Pistole hoch, „den muss ich unschädlich machen.“

Er meinte einen schlanken, hochgewachsenen Atjeher, der plötzlich dicht unter uns aus dem Wald aufgetaucht war und den Kulis einige Worte mit befehlender Stimme zurief.

Dann wandte er sich um und stieß einige gellende Schreie aus, die hinter uns im Wald von verschiedenen Seiten beantwortet wurden. Jetzt hob er den Arm – da fasste ihn Rolfs Kugel und warf ihn um. Aber die Kulis stürmten jetzt vor.

Unsere Lage war ziemlich aussichtslos. Wohl hatten wir unsere beiden Gewehre und vier Brownings an die Holländer verteilt, während wir uns auf die Parabellumpistolen verließen, aber die Beamten waren bestimmt keine große Hilfe, denn sie zitterten derartig, dass sie wohl kaum einen guten Schuss abgeben konnten. So lag die Verteidigung des Plateaus nur in unseren Händen, und wir mussten uns nach zwei Seiten wenden.

„Ich werde versuchen, die Kulis aufzuhalten“, sagte Rolf ruhig zu mir, „behalte du den Pfad hinter uns im Aug. Die Atjeher müssen ihn ja benutzen, denn durch das Dickicht können sie unmöglich dringen.“

Mit einem letzten Blick sah ich die Chinesen wie eine Brandungswelle anstürmen, dann ging ich schnell zum Waldesrand zurück, suchte mir hinter einem starken Urwaldriesen Deckung und starrte den schmalen Pfad hinunter, den ich ungefähr auf dreißig Meter übersehen konnte. Jetzt fielen die ersten Schüsse aus Rolfs Waffe, die mit einem erhöhten Wutgebrüll der Kulis quittiert wurden. Aber auch die Holländer schienen sich ermannt zu haben, denn ich hörte jetzt auch unsere Brownings und Gewehre. Umdrehen durfte ich mich auf keinen Fall, obgleich es mir schien, als kämen die Kulis immer näher, während sich das Feuer verstärkte.

Plötzlich zuckte ich zusammen. Wie aus der Erde gewachsen standen da zwei dunkle Gestalten auf dem Pfad und spähten vornübergebeugt zum Plateau hinüber. Und jetzt tauchte ein dritter Atjeher hinter ihnen auf, wohl ein Unterführer, denn er zeigte kurz nach vorn, worauf sich die beiden ersten näher schlichen. Da ließ ich meine Waffe sprechen. Die beiden vorderen stürzten sofort aufs Gesicht, während der dritte zwar fiel, sich dann aber aufraffte und taumelnd um die Biegung des Weges verschwand, ehe ich ihm einen weiteren Schuss nachsenden konnte. Und jetzt wurde es im Wald lebendig. Ein kurzes Wutgebrüll erscholl direkt hinter dem Knick des schmalen Weges, dann ertönten einige Rufe, offenbar Signale, die zu meinem Schrecken von allen Seiten her beantwortet wurden. Wir waren also ringsum von den aufständischen Atjehern eingeschlossen, während vor uns die Meute der rasenden Kulis tobte. Jetzt konnte es sich nur noch um Minuten handeln, dann würden die Atjeher auch in Massen angreifen, und ich konnte wohl die ersten niederschießen, musste aber der Menge dann doch erliegen.

Doch es blieb merkwürdig ruhig im Wald. Offenbar fand erst noch eine Beratung der Eingeborenen statt, aber diese Ruhe wirkte unheimlicher als hinter mir das Toben der Chinesen und das Krachen der Schüsse. Ich schnellte herum, denn plötzlich berührte eine Hand meinen Arm. Es war der kleine Tomo, an den ich fast gar nicht mehr gedacht hatte. Mit großen, starren Augen blickte er in den Wald und flüsterte ängstlich: „Tuan, wir sind verloren. Da und da und da, Feuer."

Jetzt durchzuckte mich doch ein furchtbarer Schreck. An mindestens fünfzehn Stellen flammte Feuer im Wald auf, das am dürren Unterholz reiche Nahrung fand. Und der schwache Wind trieb die unheimlich schnell wachsende Glut direkt auf unsere Anhöhe zu. Die Atjeher hatten das sicherste Mittel gewählt, uns ohne Verluste zu vernichten, denn das Flammenmeer, das mit jeder Sekunde wuchs, trieb uns hinunter, den rasenden Kulis in die Arme. Ich sprang auf und eilte an den Rand des Plateaus. Vor den Atjehern selbst war ich ja sicher, sie lauerten hinter dem Flammengürtel, bis das furchtbare Element seine Schuldigkeit getan hätte.

„Feuer hinter uns!" schrie ich den Kameraden zu, dann gab es sofort Arbeit für meine Parabellum, denn die Kulis hatten sich bis auf wenige Meter an uns herangearbeitet. Wohl hatten sie große Verluste erlitten, aber sie benutzten die jetzt Gefallenen als Schild und schoben die reglosen Körper immer höher in den schmalen Engpass hinauf. Nur die Kugeln der Gewehre und der Parabellumpistolen durchschlugen diese grausigen Schutzwehren. Jetzt hatten die Chinesen das Feuer hinter uns bemerkt. Sie stießen ein misstönendes Freudengeheul aus und zogen sich eilfertig zurück. Jetzt brauchten sie ja keine Opfer mehr zu bringen, denn jetzt mussten wir von unserem sicheren Hort herunter, und sie konnten uns aus dem Hinterhalt erschießen.

Aufatmend traten wir einige Schritte vom Engpass zurück. Nach den anstrengenden Minuten des Kampfes trat jetzt eine gewisse Benommenheit ein, und erst die ängstlichen Rufe des kleinen Malaienboys brachten uns wieder die drohende Gefahr im Rücken so recht zum Bewusstsein. Und als wir uns dem Wald zuwandten, wussten wir, dass jetzt das Ende nahte. Nur noch wenige Meter Gehölz waren zwischen uns und der Glut, die sich gierig heran fraß. Der Wind hatte sich verstärkt und strich glühend heiß über uns hin, so dass wir unwillkürlich bis an den Rand der Anhöhe traten. Und da stieß der Zahlmeister einen Schrei aus und ließ seine Waffe fallen. Der Schuss eines versteckten Chinesen hatte seinen Arm durchschlagen. In Sekundenschnelle folgten noch zwei weitere Schüsse des unsichtbaren Schützen, aber da hatten wir uns schon hingeworfen, und die Kugeln zischten über uns hinweg.

Wieder fauchte ein heißer Windstoß über die Anhöhe, dass wir die sengende Glut im unseren Rücken spürten. Da befahl Rolf ruhig: „Wir müssen den Engpass hinunter. Ich werde hier am Rand aufpassen und sofort das Feuer erwidern, wenn auf euch geschossen wird. Ihr müsst vor allen Dingen blitzschnell Deckung hinter den Gefallenen und am Rand des Platzes suchen. Lasst euch einfach hinunterfallen, dann werdet ihr kaum von einem Schuss getroffen."

Sein Rat war die einzige Rettung, und der kleine Tomo befolgte ihn zuerst. Er kroch an den Rand der Anhöhe und rollte einfach den steilen Pfad hinunter. Das ging so schnell, dass die Chinesen wohl gar nicht zum Zielen gekommen waren, denn es fiel kein Schuss. Als zweiter folgte der verwundete Zahlmeister. Er war nicht so flink, und sofort krachte ein Schuss aus dem Wald heraus, der aber zum Glück nicht traf. Doch Rolf hatte den Schützen entdeckt; blitzschnell warf er seinen Schuss hinunter, und ein gellender Aufschrei bewies, dass dieser gefährliche Feind erledigt war. Auf die anderen Kulis wirkte der Tod ihres Scharfschützen offenbar sehr einschüchternd, denn die anderen Holländer ließen sich unbehelligt von der Anhöhe hinab. Inzwischen hatten wir Zeit gefunden, neue Patronen in unsere Waffen zu schieben, und das zu unserem Glück. Offenbar dachten die

Kulis, dass wir jetzt alle in dem engen Pfad wären, denn plötzlich stürmten sie unter gellendem Geschrei aus dem Wald und hinter ihren Hütten hervor. Hätten Rolf und ich nicht zufällig noch am Rand der Anhöhe gelegen, so wären wir wohl verloren gewesen, so aber empfingen wir die Anstürmenden mit einem rasenden Schnellfeuer. Unter Zurücklassung einiger Genossen stürzte die Horde wieder in Deckung zurück. Diesen Widerstand hatten sie doch nicht mehr erwartet. Aber auch wir mussten jetzt von unserem Standpunkt herab, denn die Glut hatte bereits den Waldrand erfasst, und die Temperatur war höllenmäßig. Ich hatte das Gefühl, dass sich meine Haut in Blasen zog, so glühend strichen die Windstöße über uns hinweg.

„Hinunter!" rief Rolf auch im gleichen Augenblick, und ohne weiteres Besinnen ließen wir uns in den steilen Pfad hinunter gleiten. Glücklicherweise wuchsen an den Rändern einige dichte Bambusbüsche, hinter denen wir Deckung nehmen konnten. Auch die Holländer und Tomo hatten sich dort zusammengedrängt und blickten uns nun ängstlich, mit stummer Frage in den Augen an. „Es gäbe noch eine Rettung für uns", sagte Rolf plötzlich, „wir müssen den Wald hier unten rechts vor uns gewinnen. Die Kulis stecken zwar dort hinter den Bäumen, aber wir können uns dann auch hinter den riesigen Stämmen schützen. Es ist das einzige Mittel, denn der Brand hinter uns wird bald den Engpass hier erfasst haben. Und jetzt im Augenblick sind die Kulis noch durch unsere letzten Schüsse so erschreckt, dass wir jetzt die beste Aussicht haben, unverletzt in Sicherheit zu kommen. Los, meine Herren, hier können wir uns nicht lange besinnen."

Wohl knallten jetzt noch verschiedene Schüsse, und die Kugeln zischten von allen Richtungen her um uns herum, aber in der Geschwindigkeit, mit der wir auf den Wald zusprangen, boten wir ein schlechtes Ziel und kamen unverletzt unter den Bäumen an. Sofort schmiegten wir uns eng an die Stämme, peinlich darauf bedacht, völlige Deckung zu finden. Denn rings waren wir von Kulis umgeben, vielleicht nur wenige Schritte entfernt, die jetzt natürlich alles daran setzen würden, um uns eine wohl gezielte Kugel senden zu können.

Ein lauter Schrei ließ mich um den mächtigen Baum, an den ich mich geschmiegt hatte, herum schauen. Ein furchtbares Bild bot sich mir. Der kleine Tomo hatte Unglück gehabt. Er war unter

einen Baum gesprungen, hinter dem bereits ein Kuli auf der
Lauer lag. Jetzt hatte ihn der gelbe Bursche mit der Linken fest
im Genick gepackt und schwang mit der Rechten ein großes
Messer, um es ihm durch die Kehle zu stoßen. Schreckerfüllt
riss ich meine Parabellum heraus, aber da krachte schon dicht
hinter mir Rolfs Waffe – und Tomo war frei. Jetzt zeigte der
kleine Bursche seine Unerschrockenheit, denn kaum aus drohender Lebensgefahr befreit, nickte er Rolf vergnügt lachend zu,
bückte sich dann über seinen toten Gegner und nahm ihm die
Waffen ab.

3. Kapitel: Auf Pongos Spuren

Ich lächelte noch über den tapferen Kleinen, als dicht neben
meinem Kopf eine Kugel in den Baum einschlug und Holzsplit-
ter um meine Ohren flogen. Da zog ich es doch vor, mich in Sicherheit zu bringen, das heißt, ich schlüpfte schnell auf die andere Seite des Urwaldriesen. Aber hier schien ich vom Regen in
die Traufe gekommen zu sein, denn kaum hatte ich meinen neu-
en Posten eingenommen, als schon drei Schüsse fielen, von verschiedenen Seiten auf mich abgegeben. Die Kugeln zischten unangenehm nahe an meinem Gesicht vorbei. Da warf ich mich
schnell auf den Boden. Hier bot mir das dichte Gestrüpp guten
Schutz. Auch Rolf und die Holländer musste sich hingeworfen
haben, denn es fiel kein Schuss mehr.
Jetzt verstrichen sehr unangenehme Minuten. Die Feinde waren
ringsum und wussten unseren Standort. Lebend wollten sie uns
auf keinen Fall entkommen lassen, und so konnten wir mit sehr
gefährlichen Überraschungen rechnen. Auch die Atjeher waren
sehr zu fürchten, denn jetzt hatte der von ihnen angelegte Wald-
brand sein Ende erreicht, nachdem alles Holz auf dem Plateau
ausgebrannt war. Sicher näherten sie sich jetzt von beiden Seiten des Engpasses, durch den wir uns gerettet hatten, der Ansiedlung und schlossen uns dadurch im Rücken ein. Es schien
mir wirklich, als wenn sich meine Ahnungen auch stets im Augenblick bestätigten, denn jetzt klangen plötzlich die bekannten
Rufe auf, mit denen sich die Eingeborenen verständigten. Und
die Rufe näherten sich von beiden Seiten dem Engpass in unserem Rücken. Gleichzeitig wurde es rings um uns im Wald le-

bendig, denn die chinesischen Kulis gaben jetzt ihren Verbünde-
ten durch schrille Rufe Nachricht von dem Geschehenen und
deuteten vor allen Dingen den Ort an, an dem wir versteckt lagen. Jetzt schien es also doch zum letzten Kampf zu kommen.
Ich füllte schnell wieder die Magazine meiner Pistolen, fest entschlossen, mein Leben so teuer wie möglich zu verkaufen. Aber
da wandelten sich die anfeuernden Rufe der Kulis plötzlich in
schrille Angstschreie, und jetzt brachen einige der Burschen sogar in wilder Flucht dicht an meinem Versteck vorbei. Die Erklärung dieser jähen Wendung wurde uns bald offenbar, denn
nun schmetterte eine Trompete ein Angriffssignal, und im
nächsten Augenblick rollte eine schwere Salve durch den Wald.
Wilde Todes- und Schmerzschreie folgten, und immer mehr Gestalten suchten ihr Heil in kopfloser Flucht.
Wir blieben ruhig liegen, denn es widerstrebte uns, auf die Fliehenden zu schießen. Sie würden ja auch kaum ihrem Schicksal
entgehen, denn die Legionäre würden sie planmäßig so lange
verfolgen, bis der letzte sein wohlverdientes Schicksal gefunden
hätte. Auch die Atjeher würden ihren Aufstand bitter zu bereuen
haben, denn in dieser Beziehung verstanden die Holländer keinen Spaß. Diesen Stamm, der ständig zu kriegerischen Aktionen
bereit war, bekämpften sie stets mit äußerster Energie. Eine
zweite Salve prasselte durch den Wald, und die Kugeln sausten
wie ein Bienenschwarm über uns hinweg. Jetzt wurde die Situation sogar bedenklich für uns, denn wenn die Soldaten uns entdeckten, konnten wir leicht einen Schuss erhalten, ehe wir Gelegenheit fanden, uns zu erkennen zu geben. Da wurde der ältere
Regierungsrat unser Retter, der jetzt, kaum dass die Salve verklungen war, mit lauter Stimme rief, dass er sich mit den anderen Herren hier befände.
Nach wenigen Augenblicken waren wir von Legionären umringt, die offenbar sehr erstaunt waren, uns noch am Leben zu
finden. Und plötzlich brach auch Meerkerk, der frühere Wirt
dieser Siedlung, durch die Büsche und schüttelte uns erfreut die
Hände. Wie es sich dann im Lauf des Gesprächs herausstellte,
war er zwei Stunden nach Pinh in Selimeum eingetroffen. Der
dortige Wirt, Diersch, hatte telefonisch bereits die Küstenstation
Kota-Radjah benachrichtigt, und Colonel van Graeve war bereits mit einer Kompanie Legionäre unterwegs. Aber alle hatten
weder Hoffnung für die Regierungsbeamten noch für uns ge-

habt. Während die Soldaten die Verfolgung wieder aufnahmen, verabschiedeten wir uns von den Holländern. Auch van Graeve war hinausgekommen und wollte es gar nicht zulassen, dass wir wieder in den Urwald gingen.

Als er aber hörte, dass es sich um die Rettung eines jungen Mädchens handelte, stellte er sich sogar selbst mit einigen Leuten zur Verfügung. Wir schlugen es aber ab, denn wir wollten Pongo allein folgen. Der schwarze Riese wog in unseren Augen gut eine halbe Kompanie Soldaten auf. Wir mussten einen großen Bogen um den ausgebrannten Teil des Waldes machen, dessen Boden immer noch glühte, und hauptsächlich dem Spürtalent des kleinen Tomo war es zu verdanken, dass wir bald den Pfad wiederfanden, auf dem wir uns von Pongo getrennt hatten. Wir verfolgten ihn aber nicht lange, denn plötzlich bog der kleine Malaie scharf nach links um ein großes Bambusgebüsch ab. Und da zeigte sich ein anderer, schmalerer Pfad, der offenbar nicht von einem Großwild, sondern von der gewaltigen Kraft Pongos gebrochen war. Und dieser Pfad führte direkt auf den Vulkan zu, wie wir an der Richtung bald feststellten. Pongo hatte ja auch von einer Höhle gesprochen, in der er offenbar die junge Engländerin verborgen gehalten hatte.

Anderthalb Stunden folgten wir dem Pfad, der zuletzt anstieg, dann wurde das Unterholz lichter, und bald sahen wir auch die Felswand aus dem Grün hervor schimmern.

„Tuan, dort ist die Höhle", sagte Tomo und zeigte auf ein dichtes Gebüsch, das aus den feinen Wedeln der Baumfarne gebildet war. Dann blieb er mit weit vorgestrecktem Arm stehen, wandte langsam den Kopf und blickt uns mit groß gewordenen Augen ängstlich an. So spaßig er auch in diesem Augenblick aussah, so war uns doch gar nicht zum Lachen zumute.

Denn aus dem Gebüsch, höchstens fünf Meter vor uns, schob sich langsam der Körper eines mächtigen „Matjang tutul itum", des schwarzen Sudanpanthers. Und ein kurzes Fauchen hinter dem Gebüsch belehrte uns, dass dort noch das Weibchen dieses riesigen Herrn steckte. Mit halbem Leib hatte sich der Panther durch das Gebüsch geschoben, da witterte er uns. Sofort stand er ebenso reglos wie wir und starrte uns aus seinen großen, grünen Augen an.

Offenbar war er so überrascht, dass er nicht wusste, was er tun sollte.

Für uns war die Situation mehr als peinlich. Gewiss, mit einem sicheren Schuss aus der Parabellum hätten wir ihn leicht erlegen können, aber dann hätte uns das Weibchen mit derartigem Ansturm angegriffen, dass wenigstens einer von uns schwer verwundet, wenn nicht gar getötet worden wäre. Jetzt fauchte es wieder, als wollte es seinen Herrn auffordern, doch weiterzugehen.

Der riesige Panther wandte seinen Kopf halb zurück, und sofort hob ich die Pistole, denn jetzt hatten wir das beste Ziel. Aber Rolf flüsterte leise: „Warte!"

Sofort schnellte der mächtige Kopf unseres Gegners bei diesen leisen Worten herum, und die grünen Augen starrten wieder argwöhnisch und gereizt auf die fremden Gestalten, die hier in sein Reich eingedrungen waren. Jetzt erwartete ich ganz bestimmt seinen Angriff und freute mich, dass ich meine Waffe schon schussbereit erhoben hatte – da fauchte das Weibchen zum dritten mal, aber jetzt war es mehr ein kurzes, gereiztes Brüllen. Und, dann erfolgte ein entsetzlicher Schrei aus menschlicher Kehle, der in einem dumpfen Fall abbrach und in stöhnendem Röcheln ausklang. Das Pantherweibchen hatte also einen Menschen, der ahnungslos von der anderen Seite gekommen war, niedergerissen.

Ich blickte Rolf entsetzt von der Seite an. Wer mochte das gewesen sein? Etwa Pongo, der uns vielleicht erwarten wollte und nun dem heimtückischen Angriff der Raubkatze zum Opfer gefallen war? Da deutete Rolf mit dem Kopf auf das Farngebüsch, und als ich wieder hinblickte, da sah ich gerade den mächtigen Körper des Panthers mit schlangengleichen Bewegungen verschwinden.

„Rolf, ob es Pongo war?" flüsterte ich jetzt.

„Nein, der schwarze Riese hätte sich nie und nimmermehr von einem Panther niederreißen lassen. Ich vermute, dass es ein Mitglied der Bande Fu Dans war, der vielleicht noch irgend etwas aus der Höhle holen sollte."

„Was machen wir aber jetzt? Wir können doch unmöglich durch das Gebüsch dringen, denn dann laufen wir ja den Panthern direkt in die Fänge."

„Oh, das können wir doch, denn ich denke, dass sie sich verzogen haben. Du musst bedenken, dass noch vor wenigen Stunden Pongo hier war, also kann das Pantherpärchen erst jetzt hierher-

gekommen sein. Vielleicht wollte es die Höhle in Besitz nehmen, wird sich aber jetzt durch unseren und den Besuch des
Chinesen zu sehr gestört fühlen. Komm, wir können es ruhig
wagen." Und ehe ich ihn hindern konnte, drängte er sich schon
durch das Farngebüsch. Natürlich folgte ich ihm sofort, um bei
einem eventuellen Zusammenstoßen mit den schwarzen Panthern sofort zur Stelle zu sein. Doch Rolf sollte recht behalten.
Das Gebüsch war nicht sehr tief, schon nach einigen Schritten
traten wir auf eine kleine, halbkreisförmige Lichtung, die vor
uns von der hohen Felswand des Vulkans Sejawa djanten begrenzt war. In der Mitte der Wand zeigte sich eine schmale
Spalte – der Eingang zur Höhle Pongos.
Wenige Schritte rechts von uns lag der Körper eines chinesischen Kulis. Von den Panthern war nichts zu sehen, so traten
wir näher und beugten uns über den Toten. Ein unbekanntes,
verzerrtes Gesicht mit gebrochenen Augen starrte uns entgegen.
Hals und Brust waren von den scharfen Pranken der Raubkatze
zerrissen; der Tod musste aber durch Bruch des Genicks erfolgt
sein, denn der Kopf hing unnatürlich weit nach hinten gebeugt.
„Schade, dass er nicht mehr reden kann", brummte Rolf, „das
heißt, er hätte uns wohl doch nichts verraten. Wollen aber mal
seine Sachen untersuchen, vielleicht finden wir irgend etwas,
was uns Aufschluss über die Bande des Fu Dan gibt."
Er zog die Waffen des Toten aus dem breiten Tuch, das sich der
Chinese um die Hüften geschlungen hatte: zwei schwere, moderne Browningpistolen und einen malaiischen Kris mit eigenar-
tigem, kunstvoll geschnitztem Holzgriff. In dem schwarzen
Holz leuchteten drei chinesische Schriftzeichen, die in Perlmut-
ter eingelegt waren, Rolf betrachtete den Griff genau.
„Ob dieser Dolch vielleicht ein Zeichen der Bande ist?" meinte
er endlich nachdenklich. „Ich habe wenigstens noch nie eine
derartige Verzierung des Griffes bei einem malaiischen Kris gesehen. So etwas bekommen nur die Chinesen mit ihrer unendlichen Geduld fertig. Jedenfalls werde ich diesen Kris aufbewah-
ren."
„Die Bande scheint sehr gut ausgerüstet zu sein", sagte ich, indem ich die Browningpistolen betrachtete. „Wollen wir sie mitnehmen?"
„Na, wir haben zwar unsere Waffen sämtlich wieder, haben
noch dazu die Parabellumpistolen Meerkerks bekommen, aber

ich glaube, dass wir augenblicklich gar nicht genug Waffen bei uns haben können. Also wollen wir uns jeder eine Pistole nehmen."

Damit schob er sich die Waffe in seinen Gürtel, und ich folgte seinem Beispiel. Auch dreißig Patronen, die wir in einem kleinen Lederbeutel im Gürtel des Toten fanden, teilten wir uns. Dann trugen wir den leblosen Körper an den Rand der Lichtung und bedeckten ihn mit breiten Farnwedeln.

Der kleine Tomo war inzwischen einige Schritte vor der Felsenspalte stehengeblieben und starrte ängstlich in die dunkle Öffnung. Auf die Frage Rolfs, was er befürchte, meinte er, dass die beiden Matjangs sich leicht in der Höhle verborgen haben könnten. Da zeigte ihm aber Rolf nur die lockere Erde vor dem Eingang, die zwar Spuren menschlicher Füße – darunter auch Pongos, die an ihrer Größe leicht zu erkennen waren –, aber keine Pantherfährte zeigte. Jetzt war der Kleine beruhigt und schlüpfte in die Spalte. Wir zwängten uns hinterher und schalteten unsere Taschenlampen ein.

Der Gang war echt vulkanischer Natur, unregelmäßig in den Fels gerissen. Er führte weit ins Innere des Berges, wobei wir viele Seitengänge bemerkten, an denen aber Tomo vorbeiging. Sie wären „nicht gut" zu begehen, erklärte er uns, womit er wohl meinte, dass dem achtlosen Eindringling dort der Tod drohe. Endlich gelangten wir in eine gewaltige, domartige Höhle.

Während Tomo aufmerksam die Gänge an der rechten Seite abzählte, meinte ich zu Rolf: „Weshalb sind wir eigentlich hier so weit eingedrungen? Es ist schade um die schöne Zeit. Pongo ist ja doch nicht hier, und womöglich werden seine Zeichen, die er uns hinterlassen hat, durch menschliche Hände – wie des Chinesen da oben – oder durch Tiere zerstört. Wir hätten ruhig von der Lichtung seinem Weg folgen sollen."

„Umsonst wird er dem kleinen Tomo nicht befohlen haben, uns in die Höhle zu führen", entgegnete mein Freund. „Vielleicht hat er seine Zeichen hier unten angebracht und hat den Berg auf einem anderen Weg verlassen. Vielleicht gibt es einen anderen Gang, der den Weg Fu Dans abschneidet."

„Ah, du meinst, dass sich Fu Dan mit seinem Raub schleunigst der Küste zugewandt hat?"

„Ja, ich vermute, dass er sich in der Nähe von Segli einschiffen will, sicher auf einem Fahrzeug der Bande. Denn im Hafen

selbst wird er mit Miss Abercrombie kaum einen Dampfer betreten können. Und er muss um den ganzen Vulkan herum flüchten, während Pongo ganz sicher einen kürzeren Weg durch das Innere des Berges kennt."
Der kleine Malaie war stehengeblieben und winkte uns eifrig zu kommen. Wir bogen nach rechts in den wenige Meter entfernten Gang und gelangten nach kurzer Zeit in eine kleine Höhle, die sich durch merkwürdig frische, angenehme Luft auszeichnete.
„Hier müssen enge Spalten ins Freie führen", stellte Rolf fest, „ah, und dort ist auch ein ganz praktischer Herd eingerichtet. Und hier ein wunderbares Lager aus weichsten Fellen! Nun, Pongo hat für seinen Schützling sehr gut gesorgt, das kann man wohl ruhig behaupten. Sieh da, Tomo hat den Koffer der jungen Dame hervorgeholt. Nanu, willst du ihn denn mitnehmen?"
„Ja, Tuan, hat Pongo befohlen", sagte der Kleine.
„Richtig", gab Rolf zu, „wenn wir die Dame retten, muss sie auch sicher ihre Garderobe haben, denn Fu Dan wird ihr nicht lange Zeit zum Ankleiden gelassen haben. Ah, und jetzt kann ich mir auch denken, dass er den Kuli, der dem Pantherweibchen in den Weg gelaufen ist, nur geschickt hat, um den Koffer zu holen. Dann wird er sich aber sehr sicher fühlen, denn er kann sich doch denken, dass Pongo ihm auf der Spur ist."
„Er wird nicht gedacht haben, dass Pongo uns im Atjeherlager so schnell befreien konnte. Und dann wird er sich auch auf seine Leute in der Siedlung verlassen haben, die uns auch sicher erledigt hätten, wenn die Legionäre nicht gekommen wären", warf ich ein.
„Stimmt, und an der Küste wird sicher ein Schoner mit einem großen Teil seiner Bande liegen, da fühlt er sich selbst vor Pongo sicher."
„Hoffentlich erfahren wir auch bald, weshalb Pongo den Chinesen so oft geschont hat, obwohl es ihm ein leichtes gewesen wäre, ihn unschädlich zu machen."
„Ja, das hoffe ich auch. Aber komm, Tomo wird schon ungeduldig."
Der kleine Malaie hatte den Koffer auf die Schulter gehoben und war bereits in den Gang getreten, der zur großen Höhle führte.
„Tuan, schnell, Pongo wartet", drängte er. Anscheinend war ihm der riesige Neger mit dem furchtbaren Gorillakopf eine Art

Übermensch, ein Halbgott, vor dem er entsetzliche Angst hatte. Aber diese Angst hatte ihn auch aus unserem Gegner zu einem sehr treuen Gehilfen werden lassen.

Jetzt lief er im Schein unserer Lampen schnell vor uns her. Nach wenigen Schritten bemerkten wir auch die Zeichen Pongos: verdorrte Zweige, die er im Abstand von einigen Metern in die rissige Wand gesteckt hatte. Wir durchquerten fast die ganze Höhle in ihrer gewaltigen Ausdehnung, dann war an einem engen Nebengang ein Zweig so gesteckt, dass seine geknickte Spitze in den Gang hineinragte.

Ohne auch nur einen Augenblick zu zögern, schlüpfte Tomo in die enge Öffnung, und wir folgten ihm, allerdings ziemlich mühsam. Der Gang war sehr niedrig und schmal, und die mannigfaltigen Zacken und Spitzen, mit denen Wände und Decken besät waren, ließen manches schmerzhafte Andenken auf unseren Körpern zurück. Wie der riesige Pongo hier durchgekommen war, konnte ich mir nur damit erklären, dass er auf Händen und Füßen gekrochen sein musste.

Eine lange Strecke war kein Zeichen zu sehen, und schon befürchtete ich, dass wir doch in einen falschen Gang geraten seien, da war wieder ein Zweig angebracht, dessen Spitze auf ein Loch zeigte, das, groß genug zum Durchkriechen, dicht über dem Boden in der linken Felswand gähnte.

Tomo hatte haltgemacht und blickte nachdenklich in die Öffnung. Rolf schob ihn zur Seite, streckte Arm und Kopf in die Öffnung und leuchtete hinein. Dann schob er sich vollends hinein, rief uns zu, „ihr könnt kommen!" und verschwand völlig. Schnell schob Tomo den Koffer hinein und folgte, während ich den Schluss machte. Staunend blickte ich mich um, als ich mich aufgerichtet hatte. Wieder standen wir in einer riesigen Höhle, deren Ausmaße die zuerst durchschrittene noch bei weitem zu übertreffen schienen. Welch ein Fund wäre das für die Höhlenforscher gewesen, die sich ja gerade jetzt so lebhaft betätigten. Aber ich hatte nicht lange Zeit zu derartigen Erwägungen, denn Rolf und Tomo hatten sich bereits eine ziemliche Strecke entfernt. Schnell eilte ich ihnen nach, und nun wanderten wir fast zwei Stunden durch die gigantische Höhle, von Zeit zu Zeit durch die Zeichen Pongos belehrt, dass wir auf dem rechten Weg waren. Endlich waren wir am Ende dieses Naturwunders angelangt, und hier wies ein Zweig in eine enge Spalte, deren Boden nach dem Betreten ziemlich steil emporstieg.

„Jetzt werden wir ins Freie kommen!" meinte Rolf. Und richtig, wir waren höchstens fünfzehn Minuten emporgestiegen, als uns Tageslicht entgegen schimmerte. Es war bereits heller Tag, weshalb wir unsere Lampen ausschalten konnten. Bald standen wir auf einem engen Pfad, anscheinend von einem Nashorn getreten, der sich am Felsen hinzog, während um uns der undurchdringliche Urwald aufragte. Undurchdringlich im wahrsten Sinne des Wortes. Man kann sich nur schwer einen Begriff von einem derartigen Urwald machen, wie er speziell auf dem Alluvialboden Sumatras gedeiht. Ein Gewirr von Zweigen und Ranken, Dornen und dicken Lianentauen. Jeder Zoll müsste hier mit dem Hackmesser erobert werden. Nur ein Dickhäuter kann sich hier einen Weg schaffen, den er dann beim ständigen Wechsel immer fester stampft. Ja, in weichem Fels gibt es sogar tiefe Höhlungen auf einem derartigen Nashornpfad, die durch die Urwaldriesen tief ins Gestein hineingetreten sind. So ähnlich war es auch hier.

„Wir müssen hier nach links abbiegen", entschied Rolf, „denn hier scheint sich der Weg zu senken. Ah, da hat Pongo auch die junge Sagopalme geknickt und ihren Wipfel in diese Richtung gedreht. Ich schätze, wir sind hier höchstens zweihundert Meter hoch, denn in den oberen Regionen ist der Wald lichter. Dann werden wir vielleicht in zwei Stunden zügigen Marsches das Flachland erreicht haben."

Rolf schritt jetzt voran, während ich wieder den Schluss machte. Zwischen uns ging der kleine Tomo mit dem Koffer. Mein Anerbieten, ihm seine Last abzunehmen, hatte er energisch abgelehnt mit dem Bemerken, dass Pongo es verboten hätte, da wir stets unbehindert zum Gebrauch unserer Waffen sein müssten. Das war ja auch richtig und von Pongo sehr wohl überlegt, denn abgesehen von Großwild und Raubkatzen, die hier in diesen Wäldern massenhaft vorkommen, hatten wir ja auch die hinterlistigen Chinesen vor uns, und die Leute, die Fu Dan persönlich um sich versammelt hatte, waren sicher die verwegensten und schlauesten Mitglieder der Bande.

Längere Zeit führte der Pfad dicht am Felsen entlang, dann bog er tiefer in den Urwald und senkte sich immer stärker. Mehrfach wurde er von anderen Wechseln durchkreuzt, aber immer hatte

Pongo dann ein Zeichen angebracht, das uns den richtigen Weg wies.

Plötzlich stand mitten im Pfad ein Zeichen, das wir zuerst nicht erklären konnten. Es waren zwei Zweige, die so in die Erde gesteckt waren, dass sich ihre Spitzen kreuzten. Sie waren aber wieder geknickt und wiesen geradeaus auf eine kleine Lichtung, in die der Pfad mündete.

„Was kann das bedeuten?" fragte ich leise.

„Zwei gekreuzte Zweige?" brummte Rolf, „hm, bei dem doch ziemlich einfachen Denkweise Pongos soll es wohl heißen, dass wir aufpassen sollen, das heißt vor irgendeiner Gefahr auf der Hut sein sollen. Vielleicht ist hier auf dieser Lichtung ein beliebter Aufenthaltsort der Chinesen?"

Wir hatten natürlich so leise gesprochen, dass wir selbst uns mehr an der Bewegung der Lippen als aus den Tönen verstanden hatten. Ein längeres Zögern hatte auch keinen Zweck, denn ich musste Rolf recht geben, dass Pongos Zeichen wohl auf irgendeine Gefahr aufmerksam machen sollte. So zogen wir unsere Browningpistolen und betraten vorsichtig die Lichtung. Der kleine Tomo hielt sich jetzt hinten, da er bei einem eventuellen Zusammentreffen mit den Chinesen uns sonst hinderlich gewesen wäre. Unendlich behutsam, auf jedes Geräusch achtend, schritten wir weiter. Wir beobachteten auch genau die Gebüsche auf irgendeine verdächtige Bewegung, denn wie leicht hätte uns ein heimtückisch verborgener Schütze niederstrecken können. Aber kein verdächtiges Geräusch, keine Bewegung in den Zweigen war zu merken. „Die Chinesen werden sich schon verzogen haben", meinte ich halb lachend, als wir uns in der Mitte der Lichtung befanden. Doch da kam die Gefahr schon, aber es waren nicht die Kulis.

Denn urplötzlich stürmte von der linken Seite hinter einem dichten Bambusgebüsch hervor ein riesiger Schatten unter gefährlichem Schnauben auf uns zu. Gott sei Dank hatte uns das lange Leben in der gefährlichen Wildnis gelehrt, keinen Augenblick die Geistesgegenwart zu verlieren, und so sprangen wir sofort mit gewaltigem Satz auseinander und zur Seite, und zwischen uns hindurch schoss der mächtige Angreifer.

„Ein Banteng-Stier!" brüllte Rolf, „Parabellum heraus!"

Jetzt hieß es schnell die Browning-Pistole in ihr Futteral zurückzuschieben und die Parabellum herauszureißen. Wenn diese Pistolen infolge ihrer Länge auch etwas unbequem zu tragen waren, so wirkten ihre schweren Kugeln doch durch ihre enorme Durchschlagskraft, selbst beim stärksten Großwild.

Und wir hatten jetzt einen äußerst gefährlichen und starken Gegner vor uns. Es war ein Banteng, das Urwild Sumatras, und ein riesiger, alter Stier, ein sogenannter Einsiedler. Diese Gesellen sind infolge ihrer Unverträglichkeit von der Herde ausgestoßen, leben mürrisch und ständig gereizt im dichtesten Urwald und erklären jedem Lebewesen, das unbedacht ihren Weg kreuzt, den Krieg. Durch die Wucht seines Angriffs war er einige Meter weitergeschossen, Zeit genug für uns, um unsere Pistolen zu wechseln und noch einen Satz rückwärts zu springen. Da warf sich schon der Stier herum und stürmte auf Rolf los, der ihm am nächsten stand.

4. Kapitel: Die Schmuggler-Dschunke

Rolf feuerte einen Schuss auf die anstürmende Bestie ab, doch hörte ich keinen Anschlag der Kugel. Die Bewegungen waren zu schnell vor sich gegangen, so dass der sonst so treffsichere Freund einen Fehlschuss abgegeben hatte. Jetzt warf er sich zur Seite und setzte in gewaltigen Sprüngen auf den nächsten Baum zu. Der Stier stürmte sofort hinterher. Ich hatte den mächtigen Schädel seitwärts von mir und feuerte nach blitzschnellem Zielen auf die Schläfengegend meinen ersten Schuss ab. Aber ich merkte am Klang der einschlagenden Kugel sofort, dass ich einen starken Knochen getroffen hatte; der Stier war also nicht schwer verletzt, sondern jetzt nur noch mehr gereizt. Er warf sich sofort herum und stürmte auf mich los. Zwar gab ich noch einen Schuss mitten auf den einstürmenden Schädel ab, hörte auch Rolfs Waffe zweimal krachen, dann musste ich aber das Feld räumen. Ich drehte mich um und sprang auf einen mächtigen Tamarindenbaum zu. Hinter mir donnerte der Boden unter den Hufen des Stieres, ein Geräusch, das meine Eile erheblich vergrößerte. Blitzschnell schlug ich einen Haken um den mächtigen Stamm, wobei ich allerdings in verschiedene, sehr unangenehme Dornenranken geriet, aber der gefährliche Verfolger raste dicht an mir vorbei und brach in ein hohes Farngebüsch. Sofort nahm ich hinter dem Stamm Deckung und feuerte, zwar atemlos, aber doch wesentlich ruhiger, zwei Schüsse dicht hinter das Auge des herum schnellenden Burschen. Und da krachte auch rechts von mir Rolfs Waffe. Der Stier quittierte die Kugeln mit wütendem Gebrüll und, obwohl er schwer verwundet sein musste, gab er noch keineswegs den Kampf auf, sondern stürmte jetzt dicht an dem Baum, hinter dem ich mich gedeckt hatte, vorbei auf Rolf los, der, völlig frei, mitten auf der Lichtung stand. Und der Stier entwickelte eine derartige Schnelligkeit, dass mir um meinen Freund bange wurde. Der nächste Baum, hinter dem er sich hätte schützen können, war ein riesiger Rasamal, ungefähr zwanzig Meter von ihm entfernt. Aber dessen Stamm war derartig mit verwuchertem Dornengestrüpp umgeben, dass er unmöglich eindringen konnte. Auch musste ihn der rasende Stier auf dieser Strecke schon eingeholt haben.

Ich überblickte die Gefährlichkeit der Situation sofort und sprang einen Schritt seitwärts, um ein besseres Schussfeld zu haben. Und während Rolf in Sätzen, wie ich sie noch nie von ihm gesehen hatte, auf den Rasamal zustürmte, zielte ich ruhig auf die Hinterhand des Banteng. Zwei Schüsse schickte ich ihm nach und hatte gut getroffen, denn der Koloss zuckte zusammen, machte noch einen schwerfälligen Sprung und knickte dann hinten ein. Die schweren Kugeln mussten ihm also das Rückgrat zerschlagen haben. Dann sah ich, dass Rolf noch immer in seinen gewaltigen Sprüngen auf den Rasamal zuschnellte, und musste unwillkürlich laut auflachen.

„Hallo, Rolf!" rief ich; „du kannst ihm den Gnadenschuss geben."

Mein Freund blieb sofort stehen und drehte sich rasch um.

„Du hast gut lachen", rief er zurück; „ich glaube, er hätte mich doch erwischt, wenn du ihn nicht so gut getroffen hättest."

Dann trat er ganz dicht an den Stier heran, zielte einen Augenblick und gab ihm die erlösende Kugel ins Auge. Mit kurzem Aufbäumen stürzte der schwere Körper zur Seite, zuckte noch wenige Augenblicke und lag dann still. Staunend betrachteten wir das riesige Wild. Es war ein ganz enorm großes Stück, und wir bedauerten tief, dass wir die Decke und das Gehörn nicht für ein Museum retten konnten. Ein solch prächtiges Exemplar dieses Wildrindes besaß wohl keine zoologische Schau. Endlich rissen wir uns von diesem für uns schönen Bild los und wandten uns zum Weitergehen. Da erst bemerkten wir, dass der kleine

Tomo mit seinem Koffer fehlte. Wohin er beim Angriff des wütenden Stieres geflüchtet war, hatten wir nicht bemerkt. Leise rief ihn Rolf, und sofort kam von oben Antwort. Als wir jetzt hochblickten, mussten wir doch an uns halten, um nicht in lautes Lachen auszubrechen. Es war auch ein urkomisches Bild, das sich uns da bot. Der kleine Boy saß in mindestens zehn Meter Höhe auf dem Ast eines riesigen Tamarindenbaumes am Eingang der Lichtung. Aber er hatte – krampfhaft den Koffer in der Hand. Wie es ihm möglich gewesen war, mit dem ziemlich schweren Gepäckstück so hoch hinaufzuklettern, ist mir heute noch ein Rätsel, aber wir konnten daraus sehen, dass die Furcht vor Pongo, der ihm offenbar den Koffer auf die Seele gebunden hatte, selbst die Angst vor dem Stier überwog. Jetzt saß der kleine Kerl da und traute sich offenbar mit der hindernden Last nicht herabzuklettern. Erst als wir unter den Baum getreten waren und ihm zuriefen, er solle uns den Koffer herunter werfen, hellten sich seine Züge auf und strahlten wieder die vergnügte Pfiffigkeit aus, die sie sonst erfüllte. Wir fingen das herunterfallende Gepäckstück auf, und Tomo kletterte flink wie ein Wiesel von Ast zu Ast herunter. Unten nahm er uns sofort den Koffer wieder ab und bedankte sich für unsere Hilfe. Wir überquerten dann die Lichtung und sahen uns plötzlich in einer sehr unangenehmen Lage. Wir entdeckten nämlich wieder ein Zeichen Pongos an einer Stelle, an der außer dem geraden Pfad noch zwei andere abzweigten. Und eben dieses Zeichen hatte der Bantengstier zertrampelt. Der geknickte Zweig war aus der Erde gerissen und fort geschleudert worden. Jetzt war guter Rat teuer, denn Pongo hätte das Zeichen sicher nicht mitten auf die Pfadkreuzung gesetzt, wenn unser Weg geradeaus führen sollte. Dann hätte er nur einen Zweig in entsprechender Richtung umzuknicken brauchen. Also sollten wir einen der abzweigenden Wildwechsel benutzen. Aber welchen nun? Rolf brummte leise vor sich hin. Ich wusste, dass er jetzt scharf überlegte. Auch ich dachte eine Weile völlig nutzlos nach, bis es mir einfiel, den kleinen Tomo zu fragen, der vielleicht zufällig den richtigen Weg wusste. Als ich mich zu ihm umdrehte, machte er eine warnende Bewegung und legte den Finger auf die Lippen. Sofort stieß ich Rolf an, der mit seinem Brummen aufhörte und sich ebenfalls dem Malaien zuwandte.
Tomo lauschte angestrengt in den links abzweigenden Pfad hin-

unter, dann winkte er uns plötzlich zu und zog uns über die Lichtung hinter ein mächtiges Bambusgebüsch. „Tuan, Mann kommt leise", flüsterte er dabei.

Wir duckten uns unter die schützenden Zweige, gaben aber acht, dass wir die Lichtung und den Pfad überblicken konnten. Geraume Zeit verstrich, und schon wollte ich Tomo fragen, ob er sich nicht getäuscht hätte, als plötzlich ein Chinese auf dem Pfad auftauchte. Es war ein hünenhafter Mensch mit Augen, die unruhig und misstrauisch hin und her wanderten. Er trug einen schmutzig-weißen Leinenanzug mit breitem Ledergurt, aus dem die Kolben zweier Pistolen und der Griff eines Messers ragten. Er machte den Eindruck eines gefährlichen Gegners, mit dem absolut nicht zu spaßen war.

Jetzt betrat er die Lichtung, stutzte einen Augenblick beim Anblick des toten Stieres und riss dann sofort eine Pistole aus dem Gürtel. Wir wagten kaum zu atmen, als sein Blick über das Gebüsch hinweg streifte, hinter dem wir kauerten; er schien aber endlich zu der Überzeugung zu kommen, dass sich die Leute, die den Stier getötet hatten, nicht mehr auf der Lichtung befanden, und ging langsam auf den mächtigen Körper zu. Kopfschüttelnd betrachtete er die verschiedenen Einschlagstellen unserer Kugeln, die ihm wegen ihrer Kleinheit wohl auffallen mussten. Plötzlich schien ihm ein Gedanke zu kommen. Er richtete sich mit jähem Zusammenzucken auf, drehte sich schnell um und spähte den Pfad entlang, der geradeaus hinabführte. Dann nickte er befriedigt und verließ mit leisen, aber weit ausholenden Schritten die Lichtung, indem er den linken Pfad einschlug, den er heraufgestiegen war.

Wir warteten noch eine geraume Zeit, ehe wir das schützende Gebüsch verließen. Dann sagte Rolf: „Ich bin überzeugt, dass dieser Pfad, der hier geradeaus führt, irgendein Geheimnis birgt, das dem, der es nicht kennt, den Tod bringt. Vielleicht irgendeine Fallgrube für Wild mit spitzen Pfählen oder auch irgendeine große Raubkatze, die dort ihr Revier hat. So ähnlich wie der berüchtigte ‚Menschenfresser' Ostindiens. Warum sollte es hier nicht auch solche Tiger geben? Nun, wir werden wenigstens diesen Pfad vermeiden und dem Chinesen folgen. Also Ruhe und Vorsicht."

Langsam schlichen wir den Pfad hinunter. Es war sehr unangenehm, dass er sich in dauernden Windungen hinzog, denn hinter

jeder Biegung konnten wir auf einen Feind treffen. Stets hieß es, erst vorsichtig horchen und dann um die Ecke schauen, ob das nächste, gerade Stück des Weges auch frei und gefahrlos sei. Rolf hatte diese gefährliche Aufgabe übernommen, und obwohl er sich sehr beeilte, kamen wir doch für meine Empfindungen unendlich langsam vorwärts. Aus dem Erscheinen des Chinesen konnten wir schließen, dass sich Fu Dan in der Nähe befand, selbstverständlich mit Ellen Abercrombie, der geraubten Tochter des Lords. Und da drängte es mich förmlich, ihr zu Hilfe zu eilen und sie aus den Händen der gelben Kerle zu befreien.
Beinahe zwei Stunden dauerte unser Abstieg. Während dieser Zeit aßen wir gedörrtes Fleisch aus dem Vorrat, den uns die Legionäre mitgegeben hatte, denn jetzt waren wir seit Tagesanbruch bereits weit über acht Stunden unterwegs, die Zeit abgerechnet, in der wir mit den Atjehern und Chinesen an der Ansiedlung im Kampf gelegen hatten. Endlich blickte Rolf nach seinem üblichen Lauschen wieder um eine Biegung des Pfades und hob den Arm. Ein Zeichen, dass er etwas Auffälliges bemerkt hatte. Einige Minuten spähte er, während ich vor Unruhe und Neugierde schon ganz nervös wurde und ihn wiederholt anstieß. Dann schob er sich ein Stück zurück, drehte sich um und sagte ernst: „Schau selbst, Hans, aber nimm dich zusammen. Gib keinen Laut von dir!"
Langsam und zögernd schob ich mich auf Händen und Füßen an den Rand des Pfades und spähte um den Knick. Es war gut, dass Rolf mich gewarnt hatte, sonst hätte ich wohl doch irgendeine Unvorsichtigkeit begangen. Wir waren am Strand angekommen, der sich ungefähr hundert Meter weit bis zum Meer hinzog. Ein kleines Zeltlager befand sich dicht am Wasser, und gerade führten zwei Chinesen eine Gestalt in weißem Gewand, die sich heftig sträubte, auf ein Boot zu, das im seichten Wasser lag. Es musste Ellen Abercrombie sein, denn hinter der kleinen Gruppe ging eine Gestalt, die ich nur zu gut wiedererkannte – Fu Dan.
Vielleicht wieder hundert Meter von Ufer entfernt lag eine chinesische Dschunke, wie man sie oft in den Gewässern des malaiischen Archipels trifft. Trotz der Entfernung erkannte ich an ihrem Bug drei eigentümliche Zeichen in weißer Farbe und wusste plötzlich, dass es genau dieselben waren, die sich auf dem Kris befanden, den Rolf jenem Chinesen abgenommen hatte, den das Pantherweibchen getötet hatte. Dann wandte ich den

Blick wieder auf die Gruppe am Strand, die jetzt das Boot erreicht hatte. Unwillkürlich griff ich zum Gürtel, an den Kolben meiner Parabellum, als ich sah, wie heftig sich das junge Mädchen sträubte, da zog mich Rolf energisch zurück. „Es nutzt alles nichts", flüsterte er, „wir können gegen die Übermacht mit Gewalt nichts ausrichten. Und wir wollen vor allen Dingen auf Pongo warten, der sich schon melden wird. Du kannst weiter beobachten, aber bleibe auf dem Boden liegen. Ich werde mich über dich kauern, dann können wir beide spähen, ohne allzu große Gefahr zu laufen, entdeckt zu werden."
Ich schob mich wieder vor und griff dabei mit dem rechten Arm unwillkürlich tiefer unter den Strauch, um den wir blicken mussten. Dabei stießen meine Finger an einen harten Gegenstand, der sich wie Eisen anfühlte. Ich machte Rolf leise darauf aufmerksam, und jetzt untersuchten wir den Gegenstand genauer, indem wir uns halb unter den Strauch zwängten und unsere Taschenlampen gebrauchten. Und da fanden wir zu unserer Verblüffung – Pongos Massaispeer und seinen Klewang.
Langsam schoben wir uns zurück und blickten uns draußen verdutzt an.
Dann meinte Rolf: „Ich möchte wissen, wo er augenblicklich steckt – Pass auf, der ist da unten, mitten im Zeltlager der Chinesen. Komm, wir wollen schnell um die Ecke schauen, ob er vielleicht die junge Dame schon befreit."
Schnell, aber doch vorsichtig, kroch ich vor und lugte um die Ecke. Aber da schwamm schon das Boot mit den Chinesen und Ellen Abercrombie weit vom Strand und hielt auf die Dschunke zu. Im Zeltlager aber herrschte reges Treiben. Kisten und Fässer wurden dicht an den Strand gerollt und die leeren Zelte zusammengeschlagen und verschnürt.
„Aha, mit Schmuggel befasst sich die Gesellschaft auch!" brummte Rolf über mir, „nun, dann werden wir sie vielleicht in Singapur fassen. Wir können nicht weit von Segli sein, und ein holländisches Kanonenboot von dort erreicht die Malakka-Halbinsel drüben viel schneller als die alte Dschunke. Ein Telegramm an die dortige englische Polizei möchte ich nicht aufgeben, denn wer weiß, ob es nicht von der Bande aufgefangen wird. Hast du die Zeichen am Bug der Dschunke bemerkt? Es sind dieselben, die hier auf dem Kris des toten Chinesen mit

Perlmutt eingelassen sind. Da werden wir die Dschunke in Singapur wiedererkennen."

„Wenn sie nicht womöglich die Zeichen unterwegs übermalen", warf ich ein. „Das ist doch ein Kniff, den die Schmuggler und Seeräuber oft anwenden."

„Donnerwetter, da hast du recht! Dann müssen wir sehen, dass wir uns das Fahrzeug an anderen Kennzeichen merken können. Aber leider haben ja die Dschunken meistens dieselbe Bauart. Doch halt, da sind mittschiffs drei Bullaugen eingebaut, die ich sonst bei derartigen Schiffen nie gesehen habe. Aha, da wird die ehrenwerte Bande wohl Aufenthaltsräume für entführte Mädchen geschaffen haben. Das scheint ja eine sehr vielseitige Gesellschaft zu sein. Und pass' weiter auf, die ganze Bauart scheint mir viel schnittiger zu sein, als es sonst der Fall ist. Ob sie nicht einen starken Motor haben, der dem Fahrzeug eine hohe Geschwindigkeit verleiht?"

„Dann wird uns wohl auch das Kanonenboot nicht viel nützen."

„Doch! Denn selbst wenn wir später ankommen, erkennen wir die Dschunke jetzt doch auf jeden Fall wieder. Und zweiunddreißig Knoten, wie ein modernes Kanonenboot, wird sie auch bestimmt nicht machen. Ah, da kommt das Beiboot zurück! Jetzt werden sie wohl die Schmuggelware an Bord bringen und dann in See stechen. Dann können wir uns schnellstens auf den Weg machen."

Es dauerte vielleicht noch eine Stunde, während der das Beiboot noch zweimal zur Dschunke ruderte und zehn Kulis neben der Schmuggelware und den Zelten hinüber brachte. Dann wurde das Boot an Deck gehievt, und die Mannschaft machte Anstalten, den Anker zu heben. Ich muss noch erwähnen, dass wir – um bequemer liegen und beobachten zu können – unsere Winchesterbüchsen dicht neben uns griffbereit gelegt hatten. Wir sollten sie bald gebrauchen, denn jetzt trat ein Ereignis ein, wie ich es aufregender wohl kaum wieder erlebt habe. Der Anker tauchte gerade aus der Flut empor, und die Dschunke wurde von der eintretenden Ebbe langsam abgezogen, als plötzlich die helle Gestalt Ellen Abercrombies an Deck erschien. Hinter ihr zwei Kulis, offenbar bestrebt, die Flüchtige wieder einzufangen.

„Hans, schnell, die Winchester bereit!" brüllte Rolf, indem er aufsprang und mit der Büchse in der Hand aus dem Pfad herausstürzte. Ich packte meine treue Büchse und folgte ihm sofort,

während Tomo sich dicht hinter uns aufstellte und sagte: „Tomo wird schnell laden, wenn Tuan Patronen gibt."
Schnell drückten wir dem kleinen Burschen mehrere Ladestreifen in die Hand und hoben unsere Waffen. Ellen Abercrombie war dicht an der Reling angelangt, und es schien, als hätten ihre Verfolger sie schon erreicht. Und wir konnten nicht schießen, weil das junge Mädchen in der Schusslinie war. Da machte sie eine jähe Bewegung zur Seite, erreichte die Reling, schwang sich kurz entschlossen hinüber und sprang ins Wasser.
Die beiden Kulis beugten sich über die Reling und starrten ihr verblüfft nach. Da stieß ein dritter Chinese zu ihnen, in dem wir sofort Fu Dan erkannten. Er schien seinen Kreaturen die heftigsten Vorwürfe zu machen und schrie dann Befehle über das Deck, worauf mehrere Leute an das Beiboot rannten.
„Daran müssen wir sie hindern!" rief Rolf und hob seine Büchse.
Aber ehe wir ein Ziel suchen konnten, hörten wir laute Schreie von der Dschunke herüberklingen, und mehrere Kulis deuteten aufgeregt ins Meer hinaus. Wir blickten ebenfalls hin, und ein eisiger Schreck durchzuckte uns. Denn dort kam für Ellen Abercrombie der unerbittliche Tod. Es war die hohe schwarze Dreieckflosse eines Haies, die in rasender Eile das Meer durchschnitt, als hätte der gefräßige Mörder sein Opfer bereits erspäht.
„Schießen!" stieß Rolf rasch hervor und richtete seine Waffe auf diese Flosse, unter der sich der Tod verbarg. Aber wieder ließen uns furchtbare Schreie zur Dschunke blicken.

5. Kapitel: Pongos Heldentat

Auf dem Deck des durch die starke ablandige Strömung immer weiter abtreibenden Fahrzeuges herrschte hellste Aufregung. Und plötzlich sahen wir die beiden Kulis, die das junge Mädchen gehetzt hatten, in weitem Bogen durch die Luft fliegen und schwer auf die Deckplanken aufschlagen, wo sie reglos liegen blieben. Und dann schwang sich eine riesige, schwarze Gestalt über Bord und flog in gewaltigem Satz ins Meer. Es war Pongo. Nach wenigen Sekunden tauchte er auf und schwamm in mächtigen Stößen dem herannahenden Hai entgegen. Er wollte sich

also opfern, um das junge Mädchen, das er doch selbst geraubt hatte, vor dem grausigen Tod zu bewahren. „Achtung, aufgepasst!" rief da Rolf, „er will den Hai angreifen. Hast du nicht gesehen, dass er seinen Kris zwischen den Zähnen trägt?"
Tatsächlich. Rolf hatte recht gesehen. Jetzt, bei einer halben Wendung, die Pongo machte, um besser über eine gewaltige Welle zu kommen, sah ich es auch deutlich. Auch auf Deck der Dschunke mussten die Kulis das Vorhaben des tollkühnen Negers bemerkt haben, denn sie standen dicht beieinander an der Reling und starrten ins Wasser.
Ellen Abercrombie aber schwamm indessen mit aller Kraft auf den rettenden Strand zu, aber der Weg war weit, und die Ebbe zog sie mächtig hinaus. Nur sehr, sehr langsam kam sie vorwärts.
Der schwarze Riese dagegen hatte ein leichteres Schwimmen, und seine mächtigen Arme brachten ihn dem gefürchteten „Tiger der Meere" schnell näher. Und jetzt – unwillkürlich hielt ich den Atem an –, jetzt prallten sie zusammen.
Der Hai – ein kolossaler Bursche, ein Exemplar der größten Art von gut neun Meter Länge – hatte seine Schnelligkeit verringert und kam jetzt langsam, fast spielend, auf sein vermeintliches Opfer zu. Nur noch drei, noch zwei Meter trennten die ungleichen Gegner, da legte sich der Hai gemächlich auf den Rücken, um sein furchtbares Gebiss, das bekanntlich an der Unterseite des Kopfes liegt, gebrauchen zu können. Und da schnellte Pongo vor, um ihm den Kris in den Leib zu stoßen. Aber der Hai schien die blitzschnelle Bewegung bemerkt zu haben, denn mit gewaltigem Schwanzschlag warf er sich zur Seite und schoss knapp an dem schwarzen Riesen vorbei. Dann warf er sich herum und stürmte in gewaltigem Schwung auf sein Opfer, das sich noch wehren wollte, zu.
Doch Pongo behielt die Ruhe. Mächtig wassertretend, dass sein halber Oberkörper über den Wellen tanzte, erwartete er den wütenden Feind. Jetzt war der Hai heran und warf sich mitten im Ansturm herum. Wohl kaum ein anderer Mensch hätte sich jetzt noch retten können, aber Pongo war seiner Sache sicher. Er sprang förmlich im Wasser seitwärts, tauchte. Dann hob sich sein Arm und zuckte blitzschnell wieder hinab.
Der Hai schoss so schnell an seiner erwählten Beute vorbei, dass er unbedingt den Riesen berührt haben musste, aber der scharfe

Kris Pongos saß bereits tief in seinem Leib. Und durch die Wucht, mit der die beiden Körper aneinander vorbeischössen, riss der scharfe Stahl, von der unlöslichen Hand des Schwarzen gehalten, den riesigen weiß schimmernden Leib des furchtbaren Seeräubers bis zur Schwanzflosse auf.

Der tödlich verletzte „Tiger der Meere" warf in rasendem Toben blutige Wellen hoch und zerschlug sie im Todeskampf zu Schaum. Pongo aber hatte den blutigen Kris wieder zwischen die Zähne genommen und schwamm nun in mächtigen, weit ausholenden Stößen auf den Strand zu. Jetzt kam Leben in die Kulis, die bisher – genau wie wir – dem aufregenden Schauspiel atemlos zugeschaut hatten. Sie stießen ein Wutgebrüll aus, dass ihnen ihr Opfer wieder entgehen sollte. Denn jetzt war nicht mehr daran zu denken, dass sie ihr Beiboot zu Wasser lassen und Ellen Abercrombie einholen konnten. Das junge Mädchen war höchstens noch fünfzig Meter vom Strand entfernt, und hinter ihr kam schon Pongo angeschossen, der sie bald erreicht haben musste. Und dass der schwarze Riese sie nicht gutwillig wieder herausgab, das hatten sie ja soeben zur Genüge erfahren.

„Achtung, Hans, die Kulis!" brüllte Rolf, und ich sah es auch im gleichen Augenblick, dass verschiedene von ihnen jetzt mit Gewehren an Deck erschienen, um die beiden Schwimmer abzuschießen. Und wenn die Chinesen auch im allgemeinen sehr schlechte Schützen sind, so befanden sich doch gerade bei dieser Bande einige Scharfschützen, wie wir es bei dem Kampf im Engpass bemerkt hatten. Wir hatten gutes Zielen, denn die Chinesen standen dichtgedrängt nebeneinander an der Reling. Und so fingen wir nach kurzer Verständigung an – ich von der linken Seite, Rolf von der rechten – das Deck mit den Schnellfeuergewehren zu bestreichen. Kaum hatten wir die zehnschüssigen Magazine geleert, so nahm uns Tomo die Gewehre ab, um sie neu zu laden, während wir aus unseren Parabellumpistolen weitere Bleigrüße hinüber schickten. Die Wirkung war besser, als wir erhofft hatten. Mehrere Kulis wälzten sich schreiend an Deck, einige lagen auch ganz still, die anderen aber suchten ihr Heil in der Flucht oder nahmen hinter Aufbauten und Mast Deckung. Wir hatten gerade unsere Pistolen ausgeschossen und nahmen die neu geladenen Winchester wieder in Empfang, als auch kein Feind mehr zu sehen war, der eine drohende Bewegung machte.

Jetzt konnten wir unsere Aufmerksamkeit wieder auf das junge Mädchen und Pongo richten, warfen aber doch alle paar Sekunden einen Blick auf die Dschunke. Pongo hatte die schon halb ermattete Schwimmerin jetzt eingeholt, nahm sie am Arm und riss sie förmlich durch das Wasser auf den Strand zu. Er schwamm mit äußerster Anstrengung, und das wollte bei seinen übermenschlichen Kräften schon etwas bedeuten, aber nach unglaublich kurzer Zeit hatte er festen Fuß gefasst, hob die Erschöpfte wie eine Feder auf seine mächtigen Arme und setzte in weiten Sprüngen über den Strand auf uns zu. Die Dschunke war inzwischen so weit abgetrieben, dass wir nichts mehr, selbst von guten Schützen, zu befürchten hatten.

Und da war auch Pongo heran, wir zogen uns um die Biegung in den Pfad zurück, und der Riese setzte das junge Mädchen behutsam nieder.

Ellen Abercrombie war noch hübscher, als die Fotografie auf dem Schreibtisch ihres Vaters gezeigt hatte. Und ihr Körper zeichnete sich durch das durchnässte Kleid so deutlich ab, dass man seine Fantasie kaum bemühen musste. Jetzt sank sie allerdings völlig erschöpft und weinend zusammen, denn die Ereignisse der letzten Stunden hätten wohl auch eine starke Männernatur überwältigen können. Aber sie streichelte dabei unter abgerissenen Dankesworten die Hand Pongos, der dazu ein ganz unbeschreibliches Gesicht machte.

Endlich hatte sie sich etwas beruhigt, und Rolf gab ihr einen Trinkbecher voll Tee, der mit ein wenig Rum vermischt war. Fast gierig genoss sie die belebende Flüssigkeit, sprang dann elastisch auf und reichte uns die Hand. Schnell stellten wir uns vor und berichteten, dass ihr Vater uns gebeten hätte, nach ihr zu forschen, dass aber Pongo allein der Preis ihrer Rettung gebühre.

„Dafür hat er mich aber auch zuerst geraubt“, lächelte sie, wurde dann aber ernst und fuhr fort: „Fu Dan hat ihm erzählt, dass ich im Haus meines Vaters völlig fremd sei und dort als Gefangene gehalten würde. Erst langsam dämmerte ihm die Wahrheit, und er entführte mich einfach in den Urwald. Denn er wusste genau, dass ich in Singapur nicht sicher war, solange Fu Dan und seine Anhänger nicht unschädlich gemacht seien. Aber in der Nacht holte Fu Dan mich aus der Felsenhöhle, in der ich mich so sicher glaubte. Es waren furchtbare Stunden, die ich durchmachte, bis ich endlich aus der Kabine, in die sie mich gesperrt hatten, entfliehen konnte. Aus Verzweiflung sprang ich dann über Bord. Es war entsetzlich, als ich beim Zurückblicken sah, dass Pongo im Kampf mit dem Riesenhai war. Aber der gute Mensch ist ja unvergleichlich!"

„Das ist er allerdings", gab Rolf zu.

„Massers, schnell machen", brummte da Pongo, der sich seine Waffen unter dem Strauch hervorgeholt hatte. „Müssen schnell Singapur, Fu Dan im ‚Blauen Hai' fangen."

„Ah, ist das ein Restaurant?"

Der Schwarze nickte eifrig. „Pongo gehört, als sich allein glaubten."

„Oh, dann werden wir sie ja fassen. Komm, Pongo, wir fahren von Segli, das hier links ganz in der Nähe liegen muss, mit einem schnellen Boot."

„Pongo hierbleiben", murrte der Riese, „Pongo nicht nach Singapur. Gute Massers wiederkommen, mit Pongo große, gute Jagd machen."

„Willst du nicht mithelfen, Fu Dan zu fangen?"

„Pongo nicht bei Askaris wollen."

„Du bist mehr wert als die meisten von ihnen", sagte Rolf ernst.

„Askaris lachen, wenn Pongo sehen", beharrte der menschenscheue Afrikaner.

„Du bekommst eine Uniform wie die Askaris, dann wird niemand lachen", versprach Rolf.

„Nicht Uniform, Anzug wie Massers!" verlangte Pongo.

Rolf sah ihn für einen Augenblick nachdenklich an. Der Schwarze hatte sich als treuer Freund und unschätzbare Hilfe in verschiedenen hochgefährlichen Situationen erwiesen. Es war sicher angemessen, ihn auf diese Weise als Gleichrangingen auszuzeichnen.

„Gut – du sollst einen Tropenanzug bekommen, mit allem, was dazugehört."

Da fing Pongo laut an zu lachen und wie ein Kind im Kreis zu hüpfen vor lauter Freude.

Wir sahen ihm dabei zu und mussten selbst grinsen. Tomo klatschte lachend in die Hände.

Nach einer Weile räusperte sich Rolf. „Nun aber schnell, wir wollen vor Abend in Segli sein."

Da klagte die junge Engländerin: „Oh, Herr Torring, bitte nicht schon wieder, ich kann kaum gehen! Ich wurde von den Kulis so schnell den Berg hinabgezogen."

„Dann werde ich Sie tragen", entschied mein Freund. Aber ehe er Anstalten dazu machen konnte, hatte schon Pongo die kichernde Ellen hochgehoben und setzte sich in schnellen Trab, so dass wir ihm kaum folgen konnten. Wir nahmen unseren Weg direkt am Strand entlang, und wenn auch der weiche Sand einige Schwierigkeiten bereitete, so hatten wir dafür kein Hindernis durch Zweige oder Dornen. Zum Schluss unseres Zuges stapfte der kleine Tomo keuchend mit dem Koffer, den er inzwischen auf dem Kopf trug, aber er weigerte sich selbst jetzt entschieden, ihn mir zu geben, und heftete seine Augen immer wieder scheu auf den schwarzen Riesen. Viel eher, als wir dachten, tauchten die langgestreckten Wellblechschuppen der Militärstation auf. Jetzt machte Pongo halt und setzte seine leichte Bürde nieder.

„Pongo hier bleiben, Tomo Anzug bringen", erklärte er. Dabei warf er dem Boy einen Blick zu, der den kleinen Burschen erzittern ließ.

„Und ich werde ich mich auch umziehen", meinte Ellen; „ich habe im Koffer ein hübsches Kostüm entdeckt."

Damit verschwand sie mit dem Koffer hinter einem dichten Gebüsch. Also selbst nach diesen Aufregungen und Strapazen verleugnete sich die Evastochter doch keinen Augenblick. Und sie sah auch ganz reizend aus, als sie nach kurzer Zeit im neuen, schneeweißen Leinenkostüm erschien. Selbst Rolf meinte lachend, dass wir uns nun eigentlich einen Frack anziehen müssten, um neben ihr bestehen zu können. Nach einer halben Stunde trafen wir im Lager ein und wurden vor den Kommandanten, Colonel Daendels, geführt. Er wollte erst unsere Erzählung kaum glauben, ließ sich aber doch überzeugen und stellte uns sein schnellstes Motorboot zur Verfügung, das mit zwei Maschinengewehren ausgerüstet war. Er schätzte, dass die chinesische Dschunke selbst mit starkem Motor kaum vor dem nächsten Morgen in Singapur eintreffen könnte, während wir mit dem Motorboot wenigstens fünf Stunden früher einträfen. So konnten wir das liebenswürdig angebotene Mahl nicht abschlagen und schickten nur Tomo mit dem größten Anzug, den wir auftreiben konnten, zu Pongo. Passende Schuhe konnten wir keine organisieren – das mussten wir also in Singapur nachholen.

Die Legionäre wurden vom Colonel auf das Aussehen des Schwarzen vorbereitet, aber gleichzeitig wurde ihnen befohlen, keine Überraschung zu zeigen. Daendels erzählte dabei auch, dass der Riese den Hai mit dem Messer erlegt hätte. Trotzdem sahen wir vom Fenster des Speisezimmers aus verschiedene Soldaten zusammenzucken, als Pongo kam. Und dabei sah er halb so furchterregend aus wie im Sarong. Daendels ging ihm entgegen, als er ins Zimmer trat, und begrüßte ihn herzlich. Wir sahen, dass der arme, bisher wohl nur verlachte und verspottete Riese förmlich auftaute. Er weigerte sich aber entschieden, mit uns am selben Tisch zu sitzen, und der Colonel musste für ihn in einem Nebenzimmer besonders decken lassen.

Endlich sah unser liebenswürdiger Wirt ein, dass wir darauf brannten, nach Singapur zu kommen, denn wir wollten Ellen ihrem Vater zurückbringen und Fu Dan mit seiner Bande unschädlich machen. So fuhren wir nach einer halben Stunde in dem schnellen Boot aus dem kleinen Hafen. Kaum fassten uns die leichten Wellen der Malakka-Straße, so ließ der Führer den Motor mit voller Kraft laufen. Und jetzt schienen wir fast über das Meer zu fliegen, eine derartige Geschwindigkeit entwickelte der Renner.

Kurz nach Mitternacht sahen wir die Lichter von Singapur auftauchen. Wieder gab es bei der Hafenpolizei ein langes Verhör, und unsere Angaben wurden mit sichtlichem Misstrauen entgegengenommen. Aber da wurde Ellen energisch und sagte den Herren ziemlich unverblümt ihre Meinung, dass nämlich die gesamte Polizei Singapurs nicht das fertiggebracht hätte, was uns so schnell gelungen sei. Sie rief auch sofort ihren Vater an, und nach kurzer Zeit hielt der Lord seine schluchzende Tochter im Arm.

Jetzt wurden wir plötzlich mit ausgezeichneter Höflichkeit behandelt. Die Beamten erboten sich zu jeder Hilfeleistung, als Rolf erklärte, dass wir den Rest der großen Verbrecherbande noch unschädlich machen wollten. Rolf zeigte den Kris und fragte, ob irgendeine Dschunke die eingelegten Zeichen am Bug trüge. Aber keiner der Beamten konnte darüber Auskunft geben. Also hatte ich mit dem Übermalen doch recht gehabt. Erst als wir das Fahrzeug genau beschrieben und vor allen Dingen die drei Bullaugen erwähnten, sprangen die Beamten auf und riefen einstimmig: „Das ist die Dschunke Ki Lungs.“

„Wer ist Ki Lung?"

„Ein Spediteur, der nebenbei das Restaurant ‚Zum blauen Hai' besitzt."

„Dann sind wir an der richtigen Stelle", atmete Rolf auf: „wir müssen Ki Lung unschädlich machen und sein Restaurant besetzen, noch ehe die Dschunke hier eintrifft."

Die Beamten machten bedenkliche Mienen. Auf Rolfs Frage, was sie hätten, sagte endlich ein baumlanger Sergeant, indem er sich verlegen das Kinn kraulte: „Tja, das ist nicht so einfach mit dem ‚Blauen Hai'. Verschiedene Kollegen sind da schon verschwunden, aber eine Razzia hat nie Erfolg gehabt. Wir können diesem Ki Lung nicht beikommen, obwohl wir alle überzeugt sind, dass er ein ganz schwerer Verbrecher ist."

„Wir können ihn aber jetzt überführen", rief Rolf energisch. Und da fiel Pongo, den auch die Polizisten scheu betrachteten, ein: „Pongo ‚Blauen Hai' kennen. Pongo Askaris führen."

„Dann haben wir schon gewonnen, meine Herren", rief Rolf wieder aufmunternd, „ich habe ihnen ja erzählt, was mein schwarzer Freund hier alles vollbracht hat. Selbstverständlich müssen wir noch Verstärkung anfordern. Vielleicht sind Sie so liebenswürdig, Mylord, und rufen den Polizeichef an. Wenn Sie es ihm vorschlagen, wird er sicher viel geneigter für eine größere Aktion sein."

„Selbstverständlich, Herr Torring." Lord Abercrombie rief den ihm bekannten Chef an, der ihm auch sofort eine größere Menge Polizisten zusagte. Dann verließen wir die Hafenwache mit der dort entbehrlichen Mannschaft. Insgesamt waren wir jetzt sechzehn Mann, die sich unter Führung Pongos auf den Weg zum ‚Blauen Hai' machten. Unterwegs stießen von allen Seiten weitere Mannschaften zu uns. Das Kommando übernahm ein tüchtiger, energischer Offizier, während wir mit unserer Hafenwache unter Pongos Führung blieben. Der englische Offizier sollte hauptsächlich die Speicher- und Restaurationsräume Ki Lungs abriegeln und jeden Chinesen festnehmen, der dort angetroffen wurde. Wir aber wollten in die geheimen Gänge eindringen und dort die Besatzung der Dschunke empfangen.

Pongo führte uns durch die winkligen Gassen des Hafenviertels. Er blieb endlich vor einem kleinen Haus stehen, riss plötzlich mit einem Ruck die Tür auf und griff in den dunklen Hausflur hinein. Es gab da drinnen ein kurzes Scharren und Kratzen, dann zog der Riese seinen Arm zurück und warf einen leblosen Körper aufs Pflaster. „Posten!" brummte er lakonisch.

„Donnerwetter, den brauchen wir nicht mehr zu fesseln", staunte der Polizeisergeant, der sich über den Chinesen gebeugt hatte, „Ihr schwarzer Freund hat ihm das Genick gebrochen."

Pongo lauschte ins Haus hinein, indem er gleichzeitig die Hand erhob, um uns völliges Schweigen zu gebieten. Trotzdem konnte es sich der Sergeant nicht versagen, uns ganz leise zuzuflüstern: „Kennt Ihr schwarzer Freund den ‚Blauen Hai' genau, meine Herren? Ich sagte ja schon, dass sich bestimmt hier Fallen befinden, in denen schon mehrere unserer Kollegen spurlos verschwunden sind. Wir können ohne größere Vorsichtsmaßnahmen gar nicht hinein."

„Ich glaube, Pongo kennt das Haus", gab Rolf ebenso leise zurück, „aber es ist nicht sehr wahrscheinlich, dass er alle Geheimnisse kennt. Sie haben recht, es ist sehr gefährlich, in die Verbrecherhöhle einzudringen."

„Ja, es wäre schade, wenn tapfere Leute wegen dieser Halunken ihr Leben lassen müssten, vielleicht auf grausame Weise, indem sie sich aufspießen oder ertrinken. Mit Falltüren arbeiten die Chinesen ja sehr gern. Am besten wäre es vielleicht, wenn wir diesen Fu Dan am Hafen mit seinen Leuten abfingen und sie dann durch Drohungen zwängen, uns die Geheimnisse dieser Mörderhöhle zu verraten."

„Ich glaube nicht, dass sie es verraten würden, selbst wenn Sie die Leute foltern könnten. Sie wissen genau, dass sie ja doch aufgehängt werden."

„Wenn man nun einem Mann das Leben versprechen würde?"

„Dann wüsste er genau, dass ihn für diesen Verrat seine Landsleute grausam ermorden würden. Denn ich glaube, dass alle Chinesen im stillen gegen die englische Herrschaft sind, und einen derartigen Verrat werden selbst völlig Unbeteiligte rächen. Sein Tod wäre auf jeden Fall sehr unangenehm, da würde er das Hängen doch vorziehen. Nein, wir müssen schon in das Haus hinein. Und ich glaube, dass Pongo selbst die Fallen entdecken wird. Er ist ja mit unvergleichlichen Sinnen begabt."

„Na, eine Falltür kann er unmöglich riechen, und wenn er sie bemerkt, liegt er schon unten. Wir hätten uns ein Seil mitnehmen sollen, dann hätten sich die ersten anbinden und einen Abstürzenden retten können."

„Ja, das wäre vielleicht ganz gut gewesen, aber jetzt ist es schon zu spät!"

„Warum, Herr Torring? Ich schicke schnell einen Mann zurück. Er kann in wenigen Minuten wieder da sein. Vielleicht fragen Sie erst Ihren Pongo, ob er es auch für gut hält."

„Nein, ich möchte ihn jetzt nicht stören", gab Rolf nach kurzem Blick auf den schwarzen Riesen zurück; „er scheint irgend etwas zu hören. Sehen Sie nur, wie gespannt er lauscht."

Pongo drückte in seiner ganzen Haltung Spannung und Aufmerksamkeit aus. Er stand unbeweglich, hatte nur den Kopf vorgestreckt und schien die Dunkelheit des Eingangs mit Auge und Ohr förmlich zu durchdringen.

„Ach, ich werde den Mann ruhig zurückschicken", raunte der Sergeant wieder, „denn anscheinend will unser schwarzer Kamerad noch nicht ins Haus hinein. Entschuldigen Sie, bitte, einen Augenblick."

Während der Sergeant an einen seiner Leute herantrat und mit ihm flüsterte, fragte ich Rolf leise: „Glaubst du, dass selbst ein Seil helfen wird, wenn die Fallgrube mit spitzen Pfählen ausgestattet ist? Es wäre doch schrecklich, wenn Pongo, der doch sicher als erster eindringen wird, auf so grausige Art ums Leben käme. Lässt sich die Bande nicht auf andere Art überrumpeln?"

„Ich habe bisher vergeblich darüber nachgedacht, aber ich glaube auch, dass unser Eindringen in die Höhle der Bande unbedingt notwendig ist. Es kann ja auch sein, dass Pongo wenigstens die gefährlichsten Fallen kennt, denn er war doch sicher längere Zeit bei Fu Dan. Ich wundere mich nur, dass er noch nicht hineingegangen ist. Worauf mag er nur warten?"

„Vielleicht weiß er, dass noch ein Posten weiter im Inneren steht und wartet, bis er in seine Nähe kommt."

„Na, dann wird dieser Posten auch schnell erledigt sein. Aber aus welchem Grunde sollte er seinen Standort verlassen und herauskommen? Ja, wenn Pongo ihn durch irgendein Geräusch herauslocken würde, aber so?"

„Halt, ich habe es", flüsterte ich aufgeregt; „Pongo wird wissen, dass dieser Posten, den er getötet hat, jetzt bald abgelöst wird. Pass auf, so wird es bestimmt sein."

„Ja, du wirst recht haben; anders kann ich mir sein Verhalten auch nicht erklären. Aber dann wäre es vielleicht besser, wenn wir von dem Eingang fortgingen, denn der zweite Posten kann uns sicher vom Inneren des Hauses aus sehen. Und dann wird er natürlich sofort ein Alarmsignal geben.“

„Das müsste Pongo doch eigentlich wissen“, wandte ich ein; „ich glaube nicht, dass er eine derartige Unvorsichtigkeit begehen wird. Sicher wird der Aufpasser aus einer Seitentür des Hauseinganges herauskommen und gerade in Pongos Bereich laufen.“

„Dann werden sich seine Ahnen über sein plötzliches Erscheinen in ihrem Kreis freuen“, meinte Rolf in bitterem Spott. „Bekanntlich haben ja die Chinesen diesen schönen, festen Glauben, dass sie nach dem Tod sofort in den Himmel zu ihren Vorfahren eingehen. Und deshalb lachen sie auch, wenn sie zur Hinrichtung geführt werden.“

Es war ja eigentlich verwunderlich, dass wir in unserer Situation noch anfingen, über den Glauben der Chinesen zu philosophieren, aber es half uns wenigstens über die furchtbare Spannung hinweg. Deshalb griff ich seinen Gedanken sofort auf und erwiderte: „Ja, das weiß ich auch, und eigentlich ist das Hängen gar keine Strafe für sie. Die Engländer sollten lieber das Köpfen einführen, denn die Gelben glauben ja, dass sie in diesem Fall, also ohne Kopf, nicht ins Jenseits gelangen. Ich glaube, es würden nicht so viele Verbrechen verübt werden, wenn diese Todesstrafe eingeführt würde.“

„Vielleicht schlägst du es dem Lord Abercrombie vor“, meinte mein Freund; „er hat jetzt am eigenen Leibe erfahren, wie gewalttätig und listig die Gelben sein können.“

Mir wurde die Antwort durch das Hinzutreten des Sergeanten abgeschnitten.

„Ich habe meinem Mann die größte Eile empfohlen“, berichtete er, „und wir können in einigen Minuten das Seil haben. Donnerwetter, lauscht Ihr schwarzer Freund immer noch auf die unbekannte Gefahr?“

Schnell teilte ich ihm meine Meinung mit, und der brave Beamte sagte staunend: „Herrgott, dann scheint diese Bande ja ganz militärisch organisiert zu sein. Es ist doch unglaublich, dass sie so etwas direkt unter unseren Augen wagen. Man müsste eigentlich allen Chinesen das Betreten Singapurs verbieten. Dann hätten wir endlich Ruhe, denn die Malaien machen uns kein Kopfzerbrechen.“

„Das wäre allerdings eine sehr rigorose, aber auch gründliche

Lösung“, meinte Rolf; „nur wird dann der Handel Singapurs an jeder Bedeutung verlieren. Denn die Chinesen sind doch die größten Kaufleute hier, so traurig es auch für die Europäer klingen mag.“

„Stimmt, wir haben hier Chinesen, die sich ruhig mit amerikanischen Multimillionären messen können. Und ich glaube, dass die Holländer die Chinesen gern, sehr gern in dem gegenüberliegenden Riouw aufnehmen würden, wenn sie dadurch unseren Handel totmachen könnten. Herrgott, was macht Ihr schwarzer Freund so lange da?“ Der Sergeant hatte bestimmt nicht unsere Ruhe, denn er trat nervös von einem Fuß auf den anderen.

„Seien Sie doch froh“, meinte Rolf ruhig, „es ist doch besser, Ihr Mann ist mit dem Seil zurück, ehe Pongo eindringt. Aber...“ Rolf brach in seinem Flüstern plötzlich ab, als Pongo eine ungeduldige Handbewegung machte und sich – anscheinend sehr erbost – zu uns umdrehte. Anscheinend kam jetzt ein Chinese aus dem Inneren des Hauses, denn unser schwarzer Freund winkte uns energisch zu, dass wir zur Seite treten sollten. Er selbst schmiegte sich eng an die Hausmauer, und sein gewaltiger Körper zog sich sprungbereit zusammen.

Unsere Spannung stieg ins Unerträgliche, denn jetzt konnte vielleicht die Entscheidung kommen. Ein Schrei des Postens, und unser Plan war bestimmt gescheitert. Wir konnten uns zwar auf Pongo verlassen, aber trotzdem hätte wohl jeder von uns lieber an seiner Stelle gestanden, denn dann hätte er wenigstens gewusst, welche Gefahr da nahte. Aber untätig zur Seite stehen müssen, war noch aufregender.

Wir zuckten unwillkürlich zusammen, als im Inneren des Hauses eine Tür knarrte. Dann rief eine Stimme leise einen Namen. Jetzt wurde es sehr kritisch, denn der Rufer war, dem Klang nach zu urteilen, ziemlich weit vom Eingang entfernt. Und wenn jetzt der andere Posten nicht antwortete, dann musste er ja Verdacht schöpfen und würde vielleicht ein Alarmsignal geben.

Wieder rief der Mann, diesmal aber näher, und erleichtert stellten wir fest, dass er offenbar so leichtsinnig war, zum Eingang zu kommen. Pongo duckte sich noch mehr zusammen, er machte mir jetzt ganz den Eindruck eines sprungbereiten Tigers. Und furchtbarer konnte ein solcher „Herr des Dschungels“ wohl auch nicht sein als dieser Riese mit seinen übermenschlichen Kräften. Denn so lautlos wie Pongo konnte selbst ein Tiger nicht töten.

Langsam hob Pongo jetzt den rechten Arm, und da klang der Ruf ganz dicht vor der offenen Tür, jetzt aber besorgt und ängstlich, wie wir deutlich am Klang hörten. Sicher würde der zweite Chinese nicht heraustreten, sondern jetzt zurücklaufen und Alarm schlagen. Ich musste mich mit aller Kraft zurückhalten, um nicht selbst vorzuspringen, und ich war überzeugt, dass es den Gefährten ebenso erging, denn die am nächsten stehenden atmeten tief und schwer.

Urplötzlich schnellte Pongo vor. Sein Arm zuckte in die dunkle Türöffnung hinein; es gab einen gurgelnden Laut, dann wieder ein Scharren und Kratzen, wie beim ersten Posten. Dann zog der Riese seinen Arm zurück und warf den leblosen Körper neben den ersten Chinesen.

Der Sergeant beugte sich sofort über ihn. „Donnerwetter", brummte er, während er einen scheuen Blick auf Pongo warf, „auch ihm ist das Genick zermalmt. Herrgott, hat Ihr Freund furchtbare Kräfte."

„Massers kommen", klang da die Stimme Pongos aus dem Inneren des Hauses. Schnell traten wir ein und stiegen im Schein unserer Taschenlampen eine schmale, steile Treppe hinab. Endlich standen wir in einem kleinen Raum, dessen Wände zwei Türen aufwiesen. Ein Polizist wollte die erste öffnen, als Pongo flüsterte: „Nicht gut, lassen. Eingang hier."

Damit steckte er seinen Kris in eine kleine Fuge dicht über dem Boden, und mit leisem Schnarren öffnete sich eine kleine, kunstvoll angelegte Tür in der anscheinend massiven Mauer vor uns. Schnell schlüpften wir hindurch und befanden uns in einem breiten Gang, auf den viele Türen mündeten. Pongo bog nach rechts ab, und wir gelangten in einen großen, runden Raum. Jetzt verteilte der schwarze Riese die Polizisten auf einer Seite dieses Raumes, indem er je zwei Mann in die tiefen Nischen der Türen drückte, die sich auf dieser Seite befanden. Uns beiden nebst Tomo und dem Sergeanten wies er einen Platz am Anfang des Raumes an, deutete dann zum anderen Ende und sagte: „Fu Dan dort kommen. Massers Chinamänner hereinlassen, dann angreifen. Pongo hinten aufpassen."

Dann ging er schnell, ohne eine Widerrede abzuwarten, durch den Raum und verschwand am anderen Ende. Sein Plan war ja sehr einfach und vielversprechend, nur hatte er wieder den schwersten Teil auf sich genommen, den Kulis den Rückweg abzuschneiden.

Totenstille herrschte im Raum. Die Leute wagten kaum zu atmen, standen in fieberhafter Erwartung, die Pistolen und Gummiknüppel in den Händen. Es kam den Engländern darauf an, möglichst viele Gefangene zu machen – vielleicht um durch ein scharfes Strafgericht ihr Ansehen zu steigern.

Während ich darüber nachdachte, blickte ich zufällig über den Boden des großen Raumes hinweg. Und da – ich glaubte meinen Augen nicht trauen zu dürfen – da hob sich plötzlich in der Mitte eine Falltür. Lautlos und gespenstisch ging das breite und lange Stück des Fußbodens in die Höhe, und dann tauchte der Kopf eines Chinesen auf, der argwöhnisch und spähend umherblickte. Ich wagte nicht, einen Finger zu rühren, und flehte im stillen, dass nur die Kameraden diesen Kopf auch bemerkt hätten und sich ebenfalls völlig unbeweglich verhielten. Das schien auch Gott sei Dank der Fall zu sein, denn langsam schob sich der Chinese weiter heraus. Endlich stand er neben der Falltür und ließ die Bretter vorsichtig zurück sinken. Es war ein riesiger Mann, der sicher nicht so einfach zu überwältigen war. Jetzt richtete er sich hoch auf und blickte umher. Aber die Polizisten hatten sich so gut in den tiefen Nischen verborgen, dass der unerwartete Gegner nichts bemerkte.

Und jetzt kam er direkt auf unsere kleine Gruppe am Anfang des Raumes zu. Ich muss gestehen, dass meine Gefühle in diesem Augenblick nicht die angenehmsten waren, denn an den leisen, schleichenden Bewegungen des Chinesen konnten wir so recht erkennen, welch riesige Kraft in diesem mächtigen Körper steckte: nicht nur robuste Kraft, sondern zähe, gefährliche Geschmeidigkeit. Sicher beherrschte er die chinesische Kunst des Boxens, die man in Südchina allgemein als ‚Gung Fu‘ bezeichnete. Das war ein Gegner, der wahrlich nicht zu verachten war, hauptsächlich, da es hieß, ihn lautlos unschädlich zu machen – Sonst hätte ich wirklich lieber zur Pistole gegriffen.

Ich beneidete jetzt den Sergeanten um seinen Gummiknüppel; denn das war unter Umständen die beste Waffe. Ein gut geführter Hieb, selbstverständlich mit aller verfügbaren Kraft, musste selbst diesen Riesen umwerfen. Auf jeden Fall zog ich meine Parabellum und packte sie am Lauf. Ein Hieb mit dem Kolben musste ja auch wirken und, durch die Länge und Schwere der Waffe, vielleicht ebenso gut wie ein Gummiknüppel.

Der Chinese war vielleicht noch sechs Meter von uns entfernt. Ich hörte den Sergeanten schneller atmen; auch ihn hatte die Aufregung gepackt. Und dieses Geräusch, so leise es auch war, musste unser Gegner gehört haben, denn er blieb plötzlich stehen, spähte argwöhnisch in den dunklen Gang und zog dann in einer eleganten Bewegung ein riesiges Messer aus dem Gürtel, während er gleichzeitig leicht in die Knie ging und das Gewicht verlagerte. Jetzt wurde es tatsächlich ungemütlich für uns, denn dieser zähe Riese würde sicher noch einen furchtbaren Stich führen, selbst wenn ihm durch einen Hieb von uns schon das Bewusstsein schwand.

Da stand plötzlich Pongo hinter ihm, der sich so lautlos angeschlichen hatte, dass ich zusammenzuckte, seine mächtige Gestalt tauchte hinter dem argwöhnischen Chinesen auf, als sei er aus dem Boden gestiegen. Der Chinese hob jetzt die Rechte mit dem Messer und machte einen Schritt vorwärts.

Da packte Pongo sein Handgelenk und legte gleichzeitig seine Linke um den Hals des gefährlichen Gegners. Der mächtige Mann röchelte leise und wand sich krampfhaft unter diesem entsetzlichen Griff. Aber in Pongos Fäusten war er wie ein Kind. Ich sah, wie der schwarze Riese plötzlich mit beiden Armen eine schnelle Bewegung machte. Und es gab zwei dumpfe Krache, als ginge ein Tontopf in Scherben. Der Chinese klappte zusammen und hing reglos in den mächtigen Armen Pongos, während gleichzeitig sein Messer klirrend zu Boden fiel. Pongo hatte ihm mit seinen gewaltigen Kräften des Handgelenk gebrochen und das Genick umgedreht.

Ruhig trug er den Toten zur Falltür, öffnete sie und ließ den leblosen Körper langsam hinunter gleiten. Dann schloss er die Klappe, nahm das Messer des Getöteten auf und verschwand wieder auf seinen Posten im Hintergrund des Raumes.

Wieder standen wir – erstaunt und entsetzt über Pongos Tat – und warteten in äußerster Spannung auf Fu Dan und seine Leute.

Endlich knarrte irgendwo ganz leise eine Tür. Und dann huschten die Kulis in den Raum. Immer mehr. Sie kamen direkt auf uns zu, und die vordersten hatten uns beinahe erreicht, als hinten ein entsetzlicher Schrei erscholl. Die Kulis blieben stehen und

schnellten herum. Da stand am anderen Ende des Raumes Pongo. In der linken Hand hielt er den leblosen Körper Fu Dans, hob jetzt den rechten Arm mit dem mächtigen Speer und schleuderte die schwere Waffe in die Gruppe der Nächststehenden hinein. Dann stieß er seinen Angriffsschrei aus, warf den toten Fu Dan zur Seite und stürmte mit geschwungenem Klewang vor.
Die Kulis wichen vor dem Afrikaner zurück. Ihren abergläubischen Gemütern mochte er als irgendeine ihrer Gottheiten erscheinen, wozu sein furchtbares Gesicht ja auch allen Anlass gab. Dann stürmten auf ein Kommando des Sergeanten die Polizisten von der Seite auf die Überraschten zu. Es gab einen kurzen, erbitterten Kampf, aber die Chinesen waren zu verblüfft, um sofort Widerstand zu leisten, auch taten die Knüppel der Engländer ihre Schuldigkeit in vollstem Maß. Nur ab und zu krachte ein Pistolenschuss, dem meist ein Todesschrei folgte.
Nach zehn Minuten war die ganze Bande unschädlich gemacht. Außer Fu Dan waren noch acht Mann teils erschossen, teils von Pongo erledigt worden. Die anderen wurden gefesselt abgeführt. Es war ein großer Fang, den die Engländer gemacht hatten, denn bei der näheren Untersuchung stellte sich heraus, dass Ki Lung alle möglichen schweren Verbrechen mit seiner Bande begangen hatte. Und wie ich es vorausgeahnt hatte, wurden alle Mitglieder eines Tages gehenkt.

Zu dieser Zeit befanden wir uns aber schon wieder auf Sumatra, denn eine Depesche des Amsterdamer Zoos veranlasste uns, den Fang eines Schuppen-Nashorns zu wagen. Diese Rhinos leben in den entlegensten, unzugänglichsten Sümpfen; und es waren bisher überhaupt nur zwei Stück geschossen worden, aber dafür hatten viele Jäger ihr Leben lassen müssen. Lebend war es noch nie gefangen worden. Das war so recht eine Aufgabe für uns, und da Pongo uns helfen wollte, gingen wir gut gelaunt an dieses neue, gefahrenvolle Vorhaben.

Abenteuer 004: Im Todessumpf

1. Kapitel: Expedition ins Ungewisse

„Halt!" kommandierte der Sergeant. Als die zwölf Soldaten der niederländisch-indischen Fremdenlegion auf der weiten Lichtung stillstanden, wandte er sich uns zu. „Herr Torring, der Befehl des Colonels lautet, Sie an den Rand der großen Sümpfe zu bringen. Wir sind an Ort und Stelle. Gestatten Sie, dass meine Leute hier das Lager aufschlagen?"
„Aber gern, lieber Vaasen", entgegnete Rolf freundlich, „richten Sie sich hier nur häuslich ein. Colonel Daendels hat Sie ja für vier Wochen mit Ihren Leuten zu unserer Verfügung gestellt. Nun, ich denke in den nächsten Tagen tief in die Sümpfe einzudringen, um ein Schuppennashorn aufzuspüren. Dann müssen Ihre Leute mit, um die Fanggruben auszuheben. Wenn wir Glück haben, können wir noch vor Ablauf der Frist nach Telok Semawee zurückkehren."
„Herr Torring, ich habe bereits dreimal Expeditionen ins Innere des Landes begleitet. Auch auf dieser Lichtung hier habe ich bereits einmal mit meinen Leuten gelegen und auf drei englische Naturforscher gewartet, die ein solches Nashorn erlegen wollten. Nun, die Herren sind nie wiedergekommen. Die Sümpfe sind gefährlich, wir nennen sie nicht umsonst ‚Todessumpf'. In allen Gestalten lauert dort der Tod, sei es durch Fieber, giftige und reißende Tiere oder durch Eingeborene, die hier noch in verschiedenen wilden Stämmen leben sollen. Ich warne Sie wirklich aus vollster Überzeugung, Herr Torring. Es täte mir unendlich leid, wenn ich auch auf Ihre Rückkehr vergeblich warten müsste."
„Darüber können Sie beruhigt sein, lieber Vaasen", sagte Rolf, „ich kenne die Gefahren, die auf uns lauern, sehr genau. Denn

wir waren schon in afrikanischen Sümpfen, die vielleicht noch gefährlicher sind. Und außerdem haben wir die beste Hilfe in Pongo."

Der Sergeant streifte Pongo, der gerade mit dem Aufschlagen unseres großen Zeltes beschäftigt war, mit scheuem Blick. Selbst ihm, als ziemlich gebildetem Europäer, mochte die Gestalt des schwarzen Riesen mit dem furchtbaren Gorillagesicht immer noch ein gewisses Grauen einflößen, trotzdem er auch erfahren hatte, wie treu und zuverlässig Pongo sich im Kampf gegen die chinesische Verbrecherbande gezeigt hatte. Und dabei machte Pongo jetzt im Khakianzug einen bedeutend besseren Eindruck als in der ersten Zeit, als er noch mit nacktem Oberkörper die Wildnis durchstreift hatte. Nur seine Waffen hatte er behalten, den riesigen, schweren Massaispeer, den Klewang und den Kris. Von Feuerwaffen hielt er offenbar nicht viel, und wir hatten ja auch gesehen, wie leicht er mit seinem Speer selbst die größten Raubkatzen erlegte.

Auch seine Menschenscheu hatte er noch nicht abgelegt und war nur durch unser Zureden und eine gewisse Anhänglichkeit, die er für uns fühlen mochte, dazu bewogen worden, mit den Legionären zu marschieren. Er hielt sich aber stets abseits, und kein Soldat hatte auch bisher gewagt, ihn anzusprechen. Vaasen nickte und meinte: „Ja, Herr Torring, in diesem rätselhaften Neger haben Sie allerdings eine äußerst wertvolle Hilfe. Ich habe zwar nur wenig über ihn gehört, aber das genügt schon, um mir das richtige Bild von ihm zu machen. Es müsste für Sie sehr interessant sein, im Lauf der Zeit seinen Lebensweg zu erfahren."

„Darauf freue ich mich auch schon. Er muss aus dem Kongogebiet stammen, das besagt sein Name. Aber er muss auch in Arabien und den Küstenstädten gewesen sein, denn er bezeichnet den Tiger mit ‚Sabaa', dem arabischen Ausdruck für den Löwen, und spricht das Pidgin-Englisch. Und jetzt hat es ihn nach Sumatra verschlagen. Der arme Kerl muss viel durch seinen hässlichen Kopf erduldet haben."

„Es ist wirklich schade, dass er bei seiner wunderbaren Riesengestalt dieses grauenhafte Gesicht hat. Wodurch mag das geschehen sein?"

„Ich denke mir, dass seine Mutter durch einen Gorilla angefallen wurde, als sie ihn unter dem Herzen trug. Man hat ja oft derartige Vorkommnisse gehabt. Es ist meiner Meinung nach die naheliegendste Erklärung."

„Und Sie werden bestimmt damit recht haben, Herr Torring. Anders kann es ja gar nicht sein. Doch jetzt müssen Sie mich, bitte, entschuldigen, ich muss den Leuten Anweisungen zum Aufschlagen der Zelte geben."

Mit höflichem Gruß entfernte sich der liebenswürdige Sergeant. Wir gingen zu unserem Zelt, das Pongo soeben vollendet hatte. Jetzt machte sich der schwarze Riese daran, eine Feuerstelle anzulegen, denn wir hatten die Mittagszeit bereits weit überschritten. Während ich einige Konservenbüchsen öffnete, betrachtete ich ihn sinnend. Er hatte uns während der Überfahrt von Singapur, einen Tag nachdem wir im Endkampf die chinesische Bande im „Blauen Hai" unschädlich gemacht hatten, eine neue Überraschung gebracht. Sonst hatte er sich nämlich nur in dem schauderhaften Pidgin-Englisch unterhalten, auf dem Dampfer aber, als wir uns gerade in deutscher Sprache über unsere Heimat unterhielten, hatte er auch plötzlich Deutsch gesprochen. Allerdings sehr unvollkommen und gebrochen, aber es war uns doch ein Beweis, dass er auch in unseren früheren deutschen Kolonien gewesen sein musste. Und aus der Freude, die er dabei zeigte, konnten wir schließen, dass er bei den Deutschen wohl eine sehr gute Aufnahme gefunden hatte. Rolf trat jetzt zu mir meinte: „Hans, wir sollen doch noch für den Londoner Zoo zwei Tiger fangen. Ob wir erst damit beginnen, ehe wir in den Sumpf gehen? Ich bin überzeugt, dass hier viele Tiger hausen."

„Das könnten wir gut machen", gab ich zu; „wenn wir Glück haben und heute noch eine Grube ausheben, könnten wir morgen vielleicht schon ein Pärchen gefangen haben."

„Na, so schnell wird es wohl nicht gehen", lachte Rolf, „aber schließlich können auch die Legionäre die Tiere aus der Grube holen, wenn sich während unserer Abwesenheit einige fangen sollten. Sergeant Vaasen wird sicher verstehen, die Sache gut zu leiten und auch die Gruben neu herzurichten."

Da mischte sich Pongo ein, der uns aufmerksam gelauscht hatte. „Massers Sabaa fangen wollen? Pongo wird gehen und aufspüren. Massers heute noch Grube machen, dann morgen Sabaa haben."

Das war allerdings eine sehr willkommene Nachricht. Während der Zeit, die wir unbedingt in den Sümpfen verbringen mussten,

konnten die Tiger in den Transportkäfigen bleiben und sich schon an Menschen gewöhnen. Die Legionäre – alles ausgesuchte Leute – würden sich ihrer schon trefflich annehmen.
„Wann willst du gehen, Pongo?" erkundigte sich Rolf.
„Wenn gegessen haben. Pongo glauben, dass Sabaa in der Nähe ist."
„Das wäre ja ganz großartig, lieber Pongo. Können wir nicht gleich mitkommen, oder willst du die Tiger allein aufspüren?"
„Pongo allein gehen, Massers zu laut. Pongo schnell zurück, dann Grube machen."
Er beendete schnell sein Essen, nahm seine Waffen und verließ die Lichtung. Ich beobachtete, dass er nicht die direkte Richtung auf die Sümpfe einschlug, sondern sich etwas nördlicher hielt. Sergeant Vaasen erkundigte sich lebhaft, was Pongo vorhätte, und schüttelte auf unseren Bericht hin erstaunt den Kopf. Dass ein einzelner Mensch wagte, in diese Wildnis einzudringen, um ein Tigerpaar aufzusuchen, wollte ihm nicht recht in den Sinn. Wir waren aber von den Fähigkeiten Pongos so überzeugt, dass wir sofort die leichten, aber stabilen Käfige zusammensetzen ließen, in denen sich die Tiger bis zum Abtransport aufhalten sollten. Dann wurden zum Bau der Fanggrube sechs Leute ausgesucht, die nach Aussage des Sergeanten bereits anderen Expeditionen beim Fang von Tieren geholfen hatten und in derartigen Arbeiten geübt sein sollten.
Das Zusammensetzen der Käfige nahm vielleicht zwei Stunden in Anspruch, da erschien Pongo wieder. Sein Gesicht strahlte vor Freude, wodurch es allerdings einen beinahe teuflischen Ausdruck erhielt, denn sein starkes, blendendes Gebiss war dabei entblößt und sah ganz gefährlich aus. Eifrig sprudelte er hervor: „Massers kommen, viel schnell. Pongo Sabaa gefunden, Mann und Frau."
Es war fast nicht zu glauben, dass Pongo so schnell Erfolg gehabt hatte. Aber wir konnten uns auf den Riesen doch voll verlassen und machten uns auch deshalb sofort mit den sechs Legionären auf den Weg. Jeder Soldat nahm außer dem Spaten noch eine Zeltbahn mit, um die ausgeschaufelte Erde beiseite bringen zu können. Eine große Strecke mussten wir uns durch die üppige Wildnis förmlich hindurch winden, denn hier hatte nur Pongos übermenschliche Kraft eine Art Pfad gebrochen. Dann kamen wir aber auf einen gut ausgetretenen Wildpfad, von dem

man allerdings zur Seite nicht hätte abweichen können, so dicht standen an beiden Seiten die Büsche und waren mit Lianen und Dornen umrankt und verstrickt. Ein solcher Pfad lässt sich wohl gut beschreiten, er birgt aber auch seine großen Gefahren, denn beim plötzlichen Zusammentreffen mit irgendeinem wehrhaften Wild ist man in der Enge übel daran. Und unwillkürlich atmete ich erleichtert auf, als wir endlich eine kleine Lichtung betraten. Hier blieb Pongo stehen.

„Massers, still sein", flüsterte er, „Sabaa in der Nähe. Askaris hier Grube machen, dann viel schnell fort. Pongo jetzt Sabaa aufsuchen."

Ehe wir noch weitere Fragen an ihn stellen konnten, hatte er sich schon umgewandt und war im Hintergrund der Lichtung zwischen den dichten Büschen verschwunden. Die Legionäre – Pongo nannte sie immer Askaris aus seiner afrikanischen Zeit her – begannen jetzt mit dem Ausheben der Grube. Da meinte ich nach genauer Musterung der Lichtung leise zu Rolf: „Wollen wir nicht lieber zwei Gruben ausheben lassen? Eine hier am Ende des Pfades, den wir soeben durchschritten haben, und die andere dort drüben an den Büschen, zwischen denen Pongo verschwunden ist?"

Ehe Rolf antworten konnte, erschien plötzlich der riesige Schwarze wieder zwischen den Büschen und schritt schnell auf uns zu.

„Massers hier warten, wenn Grube fertig, Askaris fortschicken. Massers dort auf Baum bleiben." Er zeigte dabei auf einen riesigen Tamarindenbaum. „Massers warten, bis Nacht kommt, Pongo dann Sabaa bringen."

Und wieder verschwand er, ehe wir uns von unserem Staunen erholen konnten. Was sollte das heißen, er wollte die Tiger bringen? Wollte er sie etwa auf seine Spur lenken und dadurch in die Grube locken? Das war aber ein Unternehmen, wie es gefährlicher und tollkühner wohl kaum gedacht werden konnte. Aber Pongo musste ja wissen, was er sich zutrauen konnte. Jetzt kam Rolf auf meinen Vorschlag zurück. „Du hast recht, Hans, wir wollen zwei Gruben ausheben lassen. Bitte überwache du das Ausheben dieser Grube, ich werde es drüben tun."

Die Legionäre stellten sich sehr geschickt an. Die ausgehobene Erde trugen sie sorgsam in ihren Zeltbahnen zur Seite unter die Büsche, und obwohl die Arbeit dadurch sehr verzögert wurde, arbeiteten sie doch mit derartiger Anstrengung, dass wir zwei Stunden vor Sonnenuntergang mit den Gruben fertig waren. Das heißt, die Erde war ausgeworfen, jetzt kam noch die Arbeit der Zweigdecke, die sehr geschickt angefertigt werden musste, um die Tiger nicht misstrauisch zu machen. Dabei zeichnete sich ein Legionär, der schon oft Expeditionen begleitet hatte, besonders aus. Wir waren ja in derartigen Arbeiten wahrlich auch keine Neulinge mehr, und so konnten wir kurz vor Einbruch der Dunkelheit mit großer Befriedigung feststellen, dass unser Werk außerordentlich gut gelungen war.

Die Legionäre entfernten sich in größter Eile, denn sie wollten eine möglichst weite Strecke noch bei Tageslicht zurücklegen. Sie waren zwar auch mit Fackeln ausgerüstet, aber angenehm ist ein nächtlicher Marsch durch den Urwald nie.

Wir standen jetzt allein auf der Lichtung und musterten noch einmal unser Werk. Wir konnten wirklich zufrieden sein, denn die Gruben hoben sich absolut nicht vom Boden der Lichtung ab. Wir hatten die Zweigdecken so geschickt mit Gräsern und Laub bedeckt, dass auch das Auge des misstrauischsten Wildes nichts gemerkt hätte. Voll Zuversicht und froher Erwartung kletterten wir auf einen der untersten Zweige des Tamarindenbaumes und richteten uns häuslich ein.

Es war ja nichts Neues für uns, eine Nacht mitten im Urwald zu verbringen. Unsere Tropenhelme hatten wir mit dichten Schleiern versehen und über die Hände feste Handschuhe gezogen, zum Schutz gegen die Stiche der Moskitos, die hier in diesem Sumpfgebiet sicher die Malaria trugen.

Plötzlich brach die Nacht herein, und sofort erhob sich das millionenstimmige Konzert der niederen Tiere und Insekten. Auch in dem nächtlichen Laubdach über uns wurde es lebendig. Da geckerte irgendeine Baumechse, da grunzte ein gewaltiger Frosch. Große Leuchtkäfer und Zykaden taumelten um uns herum und wurden oft dicht vor unseren Köpfen von einer riesigen, gaukelnden Fledermaus weggeschnappt. Und tief im Urwald klang oft der Schrei eines großen Raubtieres auf, das sich zur Jagd von seinem Lager erhoben hatte.

Wir saßen ganz still und überließen uns dem Zauber der wundersamen Tropennacht mitten im Urwald. Endlich kam der Mond hoch und warf sein bleiches Licht über die Blöße vor uns. Deutlich konnten wir nun die beiden Stellen beobachten, an denen unsere Fallgruben lagen. In äußerster Spannung warteten wir jeden Augenblick auf das Erscheinen Pongos, vielleicht gefolgt von dem Tigerpaar, das sich dann in den Gruben fangen sollte.

Da fiel mir plötzlich ein großer Unterlassungsfehler ein. „Rolf", raunte ich ihm kaum hörbar zu, „wir hätten doch die Gruben irgendwie für Pongo bezeichnen sollen. Wenn er – vielleicht auf der Flucht vor dem Tigerpaar – die Lichtung betreten will, kann er leicht in die erste Grube dort drüben fallen."

„Donnerwetter, da hast du recht", gab mein Freund betroffen zu, „am liebsten würde ich schnell hinabklettern und vor jede Grube einen kleinen Zweig stecken. Er wird diese Zeichen bestimmt deu ..."

Rolf brach ab und lauschte angestrengt in den Teil des Urwaldes hinüber, in dem Pongo verschwunden war. Und jetzt hörte ich auch, weit in der Ferne, eigentümliche Töne, die ich mir nicht erklären konnte. Es waren wimmernde, pfeifende und knurrende Laute, die von mehreren Tieren herzurühren schienen. „Was kann das sein?" flüsterte ich.

Mein Freund machte nur eine ungeduldige Handbewegung und streckte den Kopf noch weiter vor, um besser lauschen zu können. Gegen den hellen Mondschein auf der Lichtung konnte ich erkennen, dass seine Gesichtszüge hart und straff vor innerer Spannung waren.

Die sonderbaren Laute kamen inzwischen immer näher, und zwar, wie es mir schien, mit enormer Geschwindigkeit. Und plötzlich zuckte Rolf zusammen, drehte mir sein jetzt strahlendes Gesicht halb zu und flüsterte: „Hans, vielleicht haben wir Glück und sehen ein sehr seltenes Schauspiel. Wenn ich nicht sehr irre, kommt da hinten aus dem Urwald ein Rudel Adjags, die Wildhunde der Sundainseln. Anscheinend jagen sie irgendein Stück Wild, und wenn wir dies beobachten könnten, haben wir etwas gesehen, was vorher wohl noch kein Mensch gesehen hat. Es ist mir wenigstens nicht bekannt, dass ein Naturforscher oder Jäger die Adjags auf der Jagd beobachtet hat. Ja, selbst die Eingeborenen haben es noch nie gesehen, sonst hätte man davon schon gelesen."

Jetzt freute ich mich auch. Die Adjags sind ja so schwer zu erbeuten, geschweige denn zu beobachten, so dass wir wirklich großes Glück hätten, wenn das Rudel tatsächlich auf die Blöße käme. Dem eigenartigen, wilden Lärm, der sich immer mehr näherte, nach zu urteilen, musste es eine Meute von wenigstens zwanzig Stück sein. Dann fielen mir aber plötzlich unsere Fallgruben ein. Wenn die Hunde etwa einen Mundtschak, diesen häufig anzutreffenden Hirsch der Sundainseln, jagen sollten, dann konnte es sehr leicht passieren, dass Wild und auch einige Jäger in eine der Gruben stürzten. Dann war es natürlich mit der Tigerjagd für heute vorbei. Aber vielleicht waren einige Exemplare dieser scheuen Wildhunde noch interessanter und wertvoller.

Und so lauschte ich mit immer größerer Freude auf das eigenartige Geläute der Meute, die sich uns von der gegenüberliegenden Seite der Blöße näherte. Sie konnten höchstens noch fünfzig Meter von uns entfernt sein, also musste das gejagte Wild jeden Augenblick auf die Lichtung und damit in die erste Grube springen. Und hoffentlich wenige Sekunden später auch einige der Wildhunde. Kaum hatte ich es gedacht, da geschah es schon. Aber das Wild, das da in gewaltigem Satz auf die Lichtung schnellte, war – Pongo. Also ihn hatte die jagende Meute aufgestöbert und in wilder Blutgier verfolgt. Auf der rasenden Flucht hatte er keine Zeit gefunden, irgendeinen Baum zu erklettern, hier auf der Lichtung wusste er aber uns und wusste auch, dass einige Schüsse die furchtbaren Verfolger abschrecken würden.

„Pongo, hierher!" rief ich schnell. Ich hatte in diesem Augenblick völlig unsere Fallgrube vergessen. Pongo landete genau in der Mitte der dünnen Zweigdecke und war im nächsten Augenblick zwischen den brechenden Ästen verschwunden.

„Herrgott", rief Rolf aufgeregt, „jetzt müssen wir unbedingt die ersten Hunde abschießen. Denn wenn einige ebenfalls in die Grube fallen, greifen sie den armen Pongo bestimmt an."

Mit diesen Worten schob er die Sicherung seiner Büchse zurück und hob die Waffe schussbereit an die Schulter. Ich tat dasselbe, und so erwarteten wir die Meute, die höchstens noch zwanzig Meter entfernt war. Wenn die ersten Schüsse gut saßen, würden die anderen Hunde bestimmt umkehren.

Aber die Adjags kamen noch nicht. Es ist bekannt, dass selbst die wehrhaftesten Dschungelbewohner vor einer Meute Wildhunde fliehen, denn ebenso wie der Kolsun, der Wildhund des nördlichen Indiens, so versteht es auch der Adjag, seinem verfolgten Opfer während des rasenden Laufes durch blitzschnelle Bisse den Unterleib aufzureißen.

Und ein wehrhafter Dschungelbewohner war es, der jetzt in gewaltigem Satz aus den Büschen sprang und in der Fallgrube verschwand. Dieser Vorgang spielte sich so schnell ab, dass wir gar nicht zum Schuss kamen, auch waren wir durch den augenblicklichen Schreck zu verwirrt, um ans Schießen zu denken.

Denn jetzt hatte Pongo dort unten in der vier Meter langen, ebenso tiefen und zwei Meter breiten Grube einen schlimmen Genossen – nämlich einen riesigen Königstiger.

„Er, den man nicht nennt", wie die Bewohner der Sundainseln in tiefster Scheu diese furchtbare Raubkatze bezeichnen, war ebenfalls – wohl dicht hinter Pongo vor der Adjag-Meute geflohen und bedrohte jetzt Pongo in der engen Grube mit einem grässlichen Tod.

2. Kapitel: Ein geheimnisvolles Volk

„Hans, schnell die Hunde abschießen!" stieß da Rolf erregt hervor, „dann müssen wir sofort Pongo helfen. Wenn es nicht schon zu spät ist."

Ich riss meine Büchse, die ich im ersten Schreck hatte sinken lassen, wieder hoch, denn jetzt erschienen die ersten, wolfsähnlichen Wildhunde am Rande der Lichtung. Sie waren vorsichtiger und misstrauischer als Pongo und der Tiger, denn sie stutzten sofort und witterten erst argwöhnisch auf die Waldblöße, die wohl Gefahren für sie bergen konnte.

Das war der richtige Augenblick für uns, und sofort schickten wir vier Kugeln hinüber, die ihr Ziel nicht verfehlten. Die ersten Hunde brachen unter kurzem Aufheulen zusammen und, wie wir erwartet hatten, wandten sich die übrigen auf jaulend zurück und waren blitzschnell im Dickicht verschwunden.

Sofort glitten wir an dem mächtigen Stamm hinab und sprangen in weiten Sätzen über die Lichtung zur Grube. Es war nur ein ziemlich kleines Loch in der Mitte der Zweigdecke entstanden, so dass wir weder Pongo noch den Tiger sehen konnten. Aber wir hörten das gereizte Schnarren des mächtigen Rächers.

Pongo war auf jeden Fall in höchster Gefahr, denn der wütende

Tiger konnte jeden Augenblick über ihn herfallen, und dann hätten ihm auch seine übermenschlichen Kräfte wenig genützt.
Rolf kniete dicht am Rande der Grube nieder und hob seine Büchse.
„Hans, der Tiger scheint hier links in der Ecke zu sitzen", flüsterte er, „du musst schnell möglichst viele Zweige an dieser Stelle hochheben, damit ich ihn sehen kann. Halt, erst meine Lampe noch, so, ich werde mit der rechten Hand schießen, während ich ihn mit dem Lichtschein blende. Los, mach schnell!"
Ich kniete neben ihm nieder, schob meine Arme unter die nächsten Zweige und sie riss mit kräftigem Ruck hoch. Leider konnte ich nicht in die Grube hineinschauen, aber Rolf stieß schnell hervor: „Sehr gut, ich leuchte ihm direkt in die Lichter."
Und im nächsten Augenblick peitschten zwei Schüsse aus seiner Winchester auf.
Ein kurzes, stöhnendes Aufjaulen der Bestie zeigte mir, dass beide Kugeln tödlich getroffen hatten. Dann stieß Rolf ein verblüfftes „Donnerwetter!" hervor und fügte hinzu: „Pongo hat den Tiger, der sich mit letzter Kraft auf ihn stürzen wollte, mit seinem Speer durchbohrt und zurückgeworfen. Da, jetzt streckt das Raubtier die Beine von sich. Pongo reißt seinen Speer zurück. Und jetzt – Herrgott – jetzt packt er den schweren Tiger. Achtung, er wirft ihn hoch."
Rolf sprang zurück, und auch ich wich mit dem Oberkörper erschreckt zur Seite, denn dicht neben mir flog die Zweigdecke in die Höhe, und inmitten der entstehenden Staub-, Erd- und Blätterwolke landete der halbe Körper des Tigers auf dem Rand der Grube.
„Massers fortziehen", klang die keuchende Stimme des Riesen dumpf aus der Grube. Schnell packten wir zu und zogen das schwere Tier zur Seite. Pongo hielt dann seinen Speer hoch, den ich ihm abnahm, sprang mit gewaltigem Satz hoch, umkrallte mit den mächtigen Fäusten den Rand der Grube und schnellte in geschmeidigem Satz aus dem engen Gefängnis heraus. Verächtlich musterte er den Tiger, verneigte sich dann vor Rolf und sagte: „Guter Masser Sabaa schießen, Pongo retten. Pongo viel danken."
„Gern geschehen, lieber Pongo", lachte Rolf, „denn wir sind ja schuld, dass du in die Grube gefallen bist. Wir hätten sie kenn-

zeichnen sollen. Und jetzt glaube ich, dass du auch allein mit dem Tiger fertig geworden wärest."

„Tiger ... Tiger", sprach der Riese das ungewohnte Wort mühsam nach, „ist anderer Tiger. Mann und Frau von Tiger noch in Nähe, können kommen."

Das war allerdings eine wichtige Nachricht. Wenn sich noch ein Tigerpaar, vielmehr das Tigerpaar, das wir fangen wollten, hier befand, dann könnten wir allerdings noch Glück haben.

„Wir müssen die Gruben in Ordnung bringen", meinte Rolf.

„Wird Pongo machen. Massers schnell Tiger fortziehen. Hinten unter Baum."

Wir bückten uns, um die Weisung Pongos zu befolgen, da erklang hinter uns ein Laut, der uns herum schnellen ließ. Das gefährliche, gereizte Schnarren eines Tigers.

Am anderen Ende der Lichtung stand ein mächtiger Königstiger, ein ungewöhnlich großes Exemplar. Er musterte uns einige Augenblicke, setzte dann blitzschnell zum Sprung an und flog im nächsten Moment über die noch unberührte Grube hinweg auf uns zu. Sein zweiter Sprung musste uns unbedingt erreichen, und wir hatten keine Zeit, unsere Büchsen, die wir neben den toten Tiger gelegt hatten, zu ergreifen. Und schon schnellte die Bestie im zweiten Sprung hoch.

Da wurden wir gewaltsam zur Seite geschleudert. Pongo, der hinter uns an der Grube gekniet hatte, verlor selbst in solchen Situationen keine Sekunde seine Geistesgegenwart. Durch einen blitzschnellen Schwung seiner gewaltigen Arme hatte er uns zwar sehr unsanft, dafür aber um so sicherer vor den Pranken der riesigen Bestie bewahrt, und er selbst warf sich, nur wenige Zentimeter von den Pranken des Tigers entfernt, in gewaltigem Satz rückwärts über die Grube. Wohl fiel er am jenseitigen Rand auf den Rücken, aber bevor er sich noch aufraffen konnte, landete der Tiger auf der zerstörten Zweigdecke der Grube und verschwand aufheulend in dem engen Gefängnis. Im nächsten Augenblick stand Pongo wieder auf den Beinen und nickte uns, die wir uns jetzt auch mühsam aufrafften, vergnügt zu.

„Tiger groß Vieh, aber dumm", meinte er, „Pongo viel mehr schlau. Massers schnell herkommen, Frau von Tiger kommt."

Das hörten wir jetzt allerdings auch, denn auf das dumpfe Aufbrüllen des gefangenen Tigers, der jetzt in der Grube tobte, antwortete das Weibchen in kurzer Entfernung mit wütendem Fauchen. Und bevor wir uns noch umdrehen konnten, um in die Nähe Pongos zu eilen, durchbrach sie auch schon die Büsche, schnellte auf die Lichtung – und brach sofort in die erste, noch unberührte Grube ein. Pongo fing vor Freude an zu tanzen. „Oh, Massers, sehr gut sein. Tiger und Frau gefangen. Massers jetzt mit Pongo in Lager gehen, Askaris herschicken. Morgen Monuhu suchen."

„Monuhu" nannte er das Nashorn, ein Beweis, dass er auch in Südafrika gewesen sein musste, denn diesen Namen haben die Kap-Kaffern dem Stumpfnashorn gegeben.

„Gut, lieber Pongo", sagte Rolf, „aber wir wollen doch zuerst den Tiger hier und die vier Wildhunde abziehen. Die Felle möchte ich unbedingt haben."

„Massers Hunde abziehen, Pongo Tiger", entschied der Riese und machte sich auch sofort ans Werk. Und er war mit seiner schwierigen Arbeit eher fertig als wir mit den leicht abzustreifenden Hunden. Dann nahm er die schwere Tigerdecke auf den Arm und ging uns voraus zu Lager zurück, während wir mit den leichten Fellen folgten.

Der Marsch durch den nächtlichen Urwald auf dem engen Wildpfad war zwar unheimlich, wir blieben aber von wehrhaften Bewohnern unbehelligt und erreichten wohlbehalten kurz vor Sonnenaufgang das Lager. Der Ruf des Wachtpostens alarmierte sofort die Schläfer, und bald waren wir von den Legionären umringt, die staunend das Tigerfell betrachteten und völlig verblüfft waren, als Rolf ihnen in schlichter Weise unsere Abenteuer erzählte.

Der Sergeant wollte es kaum glauben, dass wir bereits ein Tigerpaar gefangen hätten, war aber sofort voll Eifer bereit, mit seinen Leuten aufzubrechen, um die Gefangenen mit Hilfe starker Netze aus den Gruben zu holen und in die Transportkäfige zu stecken. Aber Rolf erklärte, dass wir erst einige Stunden ruhen wollten, um dann persönlich bei dieser schwierigen Arbeit zu helfen. Während am hoch angefachten Lagerfeuer schnell Tee bereitet wurde, machte der Sergeant plötzlich ein ernstes Gesicht und sagte fast verlegen: „Herr Torring, ich möchte Ihnen allen Ernstes raten, nicht in die Sümpfe einzudringen. Es war nämlich der Abgesandte eines Stammes, der dort haust, hier, und hat das Betreten des Landstriches verboten."

Rolf machte erst ein verblüfftes Gesicht, lachte dann aber hell auf.

„Nanu, lieber Vaasen, Sie als Vertreter der holländischen Macht lassen diesen Mann wieder laufen, anstatt ihn einfach gefangen zunehmen? Ich denke doch, dass alles Land hier unter holländischer Regierung steht?“

„Auf dem Papier wohl“, sagte Vaasen ernst, „aber wir haben jetzt noch immer Streitigkeiten mit den verschiedensten aufsässigen Stämmen. Und ich wäre mit meinen wenigen Leuten schnell erledigt gewesen, wenn ich dem Boten gegenüber eine feindliche Haltung eingenommen hätte. Wenigstens behauptet das Hasting, der sich am besten auf die verschiedenen Dialekte versteht und auch die Verhandlung mit dem Boten geführt hat.“

Er zeigte dabei mit dem Kopf auf einen Legionär, der etwas abseits von den Kameraden am Feuer saß und tiefsinnig seinen Tee bereitete. Dieser Legionär war uns bereits aufgefallen. Er mochte vielleicht fünfunddreißig Jahre alt sein, hatte ein sehr sympathisches, intelligentes Gesicht und auch ein Benehmen, das ihn sofort als gebildeten Menschen erkennen ließ. Er hielt sich stets von seinen Kameraden etwas abseits, tat seinen Dienst wohl korrekt und eifrig, aber ich hatte ihn noch nie lachen oder scherzen sehen. Er mochte irgendein schweres, geheimes Leid mit sich tragen. Dem Namen nach war er Deutscher, und so fragte Rolf jetzt auch: „Hören Sie, lieber Vaasen, dieser Hasting hat mich bereits auf dem ganzen Marsch interessiert. Ich hatte leider noch keine Zeit, mit Ihnen über ihn zu sprechen. Er ist doch Deutscher? Wissen Sie vielleicht, was ihn in die Fremdenlegion getrieben hat?“

„Nein, das weiß ich leider nicht. Aber Sie haben recht, er ist ein sehr interessanter Mann. Ich muss ohne weiteres zugeben, dass er viel gebildeter ist und eine viel bessere Kinderstube genossen hat als wir anderen Legionäre. Und vom Militärischen versteht er so viel, dass ich ihn unbedingt für einen früheren Offizier im Ersten Weltkrieg halte.“

„Stimmt, diesen Eindruck machte er“, gab Rolf zu. „Nun, vielleicht komme ich einmal mit ihm ins Gespräch und kann ihn veranlassen, mir sein Schicksal zu erzählen. Jetzt muss ich ihn aber auch über diesen Boten sprechen. Würden Sie ihn bitte an unser Feuer rufen?“

Der große schlanke Soldat sprang sofort auf, als Vaasen ihn rief, und trat an unser Feuer. Er nahm eine korrekte, militärische Haltung an, aber Rolf stand sofort auf und bot ihm die Hand, die er nach kurzem Zögern ergriff. „Ich habe Sie bitten lassen, Herr Hasting, um über den Boten zu hören, der uns im Namen seines Stammes das Betreten des Sumpfgebietes verboten hat", begann Rolf. „Meinen Sie, dass wir diese Drohung ernst nehmen sollen?"

„Sie tun gut daran, Herr Torring", sagte Hasting. „Es war der Abgesandte eines Bata-Stammes, der sich dort im Sumpfgebiet festgesetzt hat. Ich vermute, dass dieser Stamm mit der holländischen Regierung oder seinen Nachbarn Streitigkeiten gehabt hat und deshalb in das unwegsame Gelände geflüchtet ist. Jetzt verbieten sie einfach das Betreten ihres angeblichen Landes und erklären nach ihrer uralten Sitte jeden Fremden, der so gewarnt das Land betritt, für vogelfrei."

„Das ist allerdings sehr unangenehm. Dann können wir damit rechnen, dass wir einfach aus dem Hinterhalt erschossen werden?"

„Es könnte Ihnen noch Unangenehmeres passieren, Herr Torring. Ob die Sitte jetzt noch besteht, weiß ich allerdings nicht, aber früher wurden Kriegsgefangene – und als solche würden Sie bei einer eventuellen Gefangennahme sicher betrachtet werden – lebendig zerstückelt."

„Das scheint ja ein menschenfreundliches Volk zu sein", sagte Rolf trocken, „also müssen wir uns in acht nehmen, nicht lebendig in ihre Hände zu fallen. Ich kann mir nicht denken, dass der Stamm besonders groß sein wird, und mit unseren Waffen können wir uns gegen eine beträchtliche Zahl halten."

„Sie bedenken aber nicht, dass die Bata Ihnen gegenüber im Vorteil sind, denn Sie werden vom ersten Schritt an, den Sie auf das Gebiet setzen, beobachtet, ohne es zu wissen. Im Schlaf sind Sie leicht überrascht und überwältigt."

„Hm, das könnte ja vielleicht passieren", brummte mein Freund, „aber ich glaube, dass wir in Pongo einen Beschützer haben, der diesen Bata-Leuten weit überlegen ist. In jeder Beziehung."

„Das unbedingt, Herr Torring, aber trotzdem bleibt die Gefahr für Sie sehr groß. Denn Sie verstehen nicht einmal diesen Dialekt und können nicht in Verhandlungen über einen eventuellen Loskauf treten, wenn Sie mit ihnen zusammentreffen, respektive in ihre Hände fallen."

„Ah, einen Loskauf gibt es auch? Nun, dann ist die Sache ja nicht so schlimm. Und mit meinem Malaiisch werde ich mich schon verständigen können. Im schlimmsten Falle muss die Zeichensprache herhalten.“

„Das glaube ich nicht, Herr Torring. Die Sprache der Bata ist sehr eigentümlich, wenn auch mit den Sprachen der übrigen Völker des indischen Archipels verwandt. Und sprechen müssen Sie unbedingt sehr überzeugend, wenn Sie sich von der Hinrichtung loskaufen wollen. Wenn ich mir deshalb einen Vorschlag erlauben darf: nehmen Sie mich mit ins Sumpfgebiet. Ich bin bereits dem Boten bekannt, der sich offenbar sehr wunderte, dass ich seine Sprache so gut beherrsche, und ich kann Ihnen sicher von großem Nutzen sein, wenn wir gefangen genommen werden. Und das werden wir ganz bestimmt.“

„Das ist ja eine nette Aussicht“, lachte Rolf. „Nun, wenn der Sergeant nichts dagegen hat, würde ich mich über Ihre Begleitung sehr freuen.“

„Ich habe gar nichts dagegen“, meinte Vaasen, „im Gegenteil, ich freue mich auch, dass Hasting Sie in dieser Gefahr begleiten will. Ich habe ja vom Colonel den Befehl, Sie in jeder Weise zu unterstützen und möglichst vor Schaden zu bewahren.“

„Na, dann ist ja diese Sache auch zur Zufriedenheit erledigt. Jetzt wollen wir ein paar Stunden schlafen und dann aufbrechen, um die Tiger zu holen. Ich hoffe, dass wir um Mittag zurück sein werden.“

Als wir uns in unser Zelt zurückzogen, sahen wir, dass sich Pongo bereits neben dem Feuer zum Schlafen niedergelegt hatte. Jetzt merkten wir doch die Strapazen und Aufregungen, die wir hinter uns hatten, und warfen uns schnell auf die Feldbetten. Dann sanken wir sofort in tiefen Schlaf.

Eine Stunde nach Sonnenaufgang wurden wir geweckt. Der Marsch durch den Urwald ging in größter Schnelligkeit vonstatten, und bereits nach zwei Stunden trafen wir auf der Lichtung ein. Die beiden Gefangenen tobten noch immer in ihren Gruben, und es war keine leichte Arbeit, sie in den mitgebrachten Netzen zu verstricken und emporzuziehen. Je vier Legionäre trugen die schweren Gefangenen dann an einer langen, starken Bambusstange ins Lager zurück. Dort kamen die Tiger in die Transportkäfige und hatten jetzt Zeit, sich an Menschen zu gewöhnen.

Wie Rolf richtig kalkuliert hatte, war es gerade Mittag, als wir mit dieser schweren, gefährlichen Arbeit fertig waren.

Einer der zurückgebliebenen Legionäre hatte inzwischen einen Mundtschak geschossen, und das frische Fleisch schmeckte uns doch besser als die ewigen Konserven, die wir in letzter Zeit zu uns genommen hatten. Nach dem Essen fragte uns der Sergeant: „Meine Herren, wenn Sie wirklich alle Gefahren im Todessumpf überwinden und wirklich dieses sagenhafte Nashorn fangen sollten, wie wollen Sie es hierher transportieren? Denn ich kann unmöglich mit meinen Leuten sehr weit in das Sumpfgebiet eindringen, sonst bringe ich kaum ein Drittel zurück. Die Leute sind gegen die Fieberluft, die dort herrscht, sicher nicht widerstandsfähig genug."

„Ich habe schon meinen Plan", lachte Rolf, „obgleich Sie denken werden, ich sei nicht recht bei Sinnen. Beim Transport sollen mir die Bata-Leute helfen, die uns ja bisher allerdings das Betreten ihres Landes verboten haben. Ich denke aber, dass wir sie dazu schon bewegen werden."

Jetzt lachte auch der Sergeant.

„Unglaublich, Herr Torring. Wenn man Sie so hört, dann begreift man allerdings, dass Sie derartige Erfolge auf Ihren Jagden und Fängen haben konnten. Ich glaube, Sie würden noch den Teufel bitten, Ihnen irgendeinen Gefallen zu tun, wenn er kommt, um Sie zu holen."

„Nun ja, wenn ich noch eine dringende Sache zu erledigen hätte, würde ich ihn schon um Hilfe bitten. Übrigens, Herr Hasting", wandte er sich an den Legionär, der auf unseren Wunsch bereits jetzt stets um uns war, „wo beginnt eigentlich das verbotene Terrain?"

„Ungefähr zwei Kilometer südlich von hier. Es soll dort, auf einer Lichtung ein mächtiger Rasamalbaum stehen; dieser bildet die Grenze. Im übrigen bin ich überzeugt, dass wir jetzt schon dauernd beobachtet werden, und die Kunde unseres Aufbruches wird uns schnell vorauseilen. Es sollte mich gar nicht wundern, wenn irgendwo hinter den nahen Büschen ein Späher der Bata liegt." Pongo, der etwas abseits vom Feuer gesessen und dem Gespräch aufmerksam gelauscht hatte, erhob sich jetzt langsam und schlenderte unserem Zelt zu. Ich beobachtete ihn unwillkürlich und wunderte mich einen Augenblick sogar, dass er das Zelt nicht betrat, sondern herum schritt und im dahinter liegenden

Wald verschwand. Dann nahm mich das Gespräch zwischen Rolf und dem Legionär wieder gefangen.

„Sie meinen wirklich, dass die Bata so raffiniert und vorbeugend handeln?" fragte mein Freund. „Sicher. Ich habe mich eingehend mit diesem Volk beschäftigt und habe mich überzeugt, dass es außerordentlich intelligent ist und in durchaus geordneter Organisation lebt. Speziell der kriegerische Sinn ist bei ihnen stark ausgeprägt, und sie haben seit natürlich seit Generationen an das Leben hier angepasst."

„Hm, jetzt wäre es mir sogar sehr recht, wenn wir von ihnen gefangen würden, ich möchte den Stamm gern kennenlernen."

„Nun, dieser Wunsch kann schneller in Erfüllung gehen, als Sie ahnen", sagte Hasting ernst. „Und ich glaube, es wird sehr teuer werden, wenn wir unser Leben retten wollen. Da sie ja keine Wertgegenstände wie Ochsen usw. von uns fordern können, werden sie uns sicher Aufgaben stellen, die dem Stamm Nutzen, uns aber höchste Gefahr bringen. Na, das werden wir ja bald sehen. Wann wollten Sie aufbrechen?"

„Ich dachte morgen früh bei Tagesanbruch. Wir können dann bis Mittag ein tüchtiges Stück in den Sumpf eingedrungen sein und uns einen Platz zum Übernachten auswählen. Bis zum Abend können wir die Umgebung nach Nashornspuren durchstreifen, um am nächsten Tage wieder bis Mittag vorzudringen. Auf diese Weise überanstrengen wir uns nicht und versäumen auch die gründliche Durchsuchung des Gebietes nicht. Ich wollte ungefähr acht Tage so vordringen und dann in großem, südlichem Bogen zurückkehren."

„Der Plan ist gut und wird auch sicher Erfolg haben – das heißt, wenn nicht durch Fieber oder Unglücksfälle eine wesentliche Änderung eintritt – aber jetzt hat sich die Sachlage durch das Auftauchen der Bata arg verschoben. Nun, wenn wir Glück haben, dann kommt es wirklich so, wie Sie vorher lachend gesagt haben: dass uns der Stamm noch hilft. Aber es wird sehr schwie ..." Er brach ab und sprang gleichzeitig mit uns empor. Denn hinter uns war ein lautes Rascheln im Gebüsch aufgeklungen, dem ein schwacher, erstickter Schrei folgte. Und jetzt brach es durch die Zweige wie ein gewaltiger Dickhäuter, und auf die Lichtung trat – Pongo, hinter sich einen reglosen Körper schleifend.

„Mann sitzen im Busch", lachte er. „Pongo Augen sehen. Pongo hin schleichen, ihn packen und bringen." Damit warf er den Bewusstlosen neben das Feuer und kauerte sich an seinen alten Platz, als sei nichts weiter geschehen. Wir betrachteten erstaunt Pongos Beute.

Es war ein junger Eingeborener, mit fast kaukasischer Gesichtsbildung. Er war unbedingt attraktiv zu nennen. Seine Gestalt war groß und schlank. Der Legionär Hasting stieß plötzlich einen Freudenruf aus.

„Da hat Pongo einen sehr guten Fang gemacht", rief er, „das ist sicher ein Häuptlingssohn, denn zu dieser Würde selbst ist er noch zu jung."

„Woran sehen Sie das?"

„Er trägt einen Sarong, im Gegensatz zu den gewöhnlichen Stammesgenossen, die eine weite, halblange Hose, Serroar genannt, tragen. Und sein Schal ist besonders schön mit Korallen geschmückt. An diesem Zeichen ist die Häuptlingswürde zu erkennen. Pongo hat uns einen sehr großen Dienst erwiesen, denn wir wären völlig berechtigt, den Bata jetzt hinzurichten, da er mit den Waffen in der Hand als Späher ergriffen wurde. Mit ihm haben wir eine gewichtige Geisel in der Hand. – Da, jetzt regt er sich."

3. Kapitel: Im Sumpf

Der Gefangene schlug langsam die großen, dunklen Augen auf. Im nächsten Augenblick stand er schon auf den Füßen und blickte umher. Da er aber sah, dass eine Flucht unmöglich war, legte er seine Waffen – Speer, Kris und moderne Selbstladepistole – vor sich auf den Boden. Dann kreuzte er die Arme und stand ruhig da. Hasting sprach mit ihm. Er hatte recht; manche Worte hatten wohl Ähnlichkeit mit malaiischen, aber im ganzen wich die Sprache so ab, dass sie für uns unverständlich war.

Die Unterredung wurde sehr lebhaft, und endlich wandte sich Hasting zu uns und sagte: „Er ist tatsächlich der Sohn des Häuptlings. Er sollte sich seine Lorbeeren auf diesem Spähergang holen. Na, er ahnte natürlich nicht, dass wir einen Kameraden mit den Fähigkeiten Pongos haben. Er ist bereit, sich teuer loszukaufen, doch habe ich ihm erklärt, dass wir trotz des Verbotes in den Sumpf eindringen und ihn als Geisel benutzen wollen, falls wir in die Hände des Stammes fallen. Er ist überzeugt, dass wir dann gegen ihn ausgetauscht werden, und will uns als Zeichen seiner Gefangennahme seinen Kris mitgeben. Ich glaube, Herr Torring, dass wir jetzt die Hauptschwierigkeiten überwunden haben."

„Das ist wirklich eine sehr erfreuliche Nachricht, und wir können wieder einmal sehen, was wir Pongo alles zu verdanken haben."

Rolf ging bei diesen Worten um das Feuer herum und reichte dem aufspringenden Riesen, der rührend verlegen wurde, die Hand. „Ja", fuhr er dann fort, „jetzt haben wir tatsächlich gewonnen, denn die Hauptschwierigkeit ist beseitigt. Mit dem Fieber und anderen Gefahren des Sumpfes werden wir schon fertig werden. Es bleibt also dabei, morgen bei Sonnenaufgang brechen wir auf. Jetzt wollen wir unser Gepäck fertigstellen."

Wir hatten den ganzen Nachmittag mit unseren Vorbereitungen zu tun. Denn wir mussten möglichst leichtes Gepäck haben, durften aber nichts vergessen, was wir später vielleicht dringend brauchten. Da war Wäsche, Arzneien, leichter Spaten, Axt, Haumesser, Wolldecke und Zeltbahn, neben reichlicher Munition für unsere Waffen, handgerecht zu verschnüren. Unsere großen Rucksäcke wurden schnell voll, und als wir noch einige Konserven, Kochgeschirr und Hartspiritus verpackten, hatten wir jeder reichlich zu tragen.

Unser Gefangener war der Obhut des Sergeanten übergeben worden, der versprach, ihn nicht aus den Augen zu lassen. Hing doch von ihm viel für unsere Sicherheit ab. Endlich waren wir mit unseren Vorbereitungen so weit fertig, dass wir uns sagen konnten, wir hätten nichts außer acht gelassen, was vielleicht den Erfolg unseres sehr gewagten Unternehmens hätte gefährden können. Nun war es schon Zeit zum Abendessen geworden, und am lodernden Lagerfeuer besprachen wir noch einmal genau unser Vorhaben, gaben dem Sergeanten noch gute Ratschläge bezüglich des Gefangenen und legten uns endlich todmüde zum Schlaf nieder.

Am nächsten Morgen nahmen wir schon vor Sonnenaufgang unseren Morgentee ein. Als dann der Tag anbrach, war es nicht das schöne, strahlende Licht, das uns sonst stets erfreut hatte, sondern eine fahle, dunstige Dämmerung, die sich nur langsam, wie widerwillig, erhellte. „Das sieht nach Regen aus", meinte Vaasen, „ich würde ihnen raten, lieber noch einen Tag mit dem Aufbruch zu warten, Herr Torring.“

Aber dagegen protestierten wir beide gemeinschaftlich, denn sicher würden wir unterwegs noch manchmal Regen bekommen, und wir brannten darauf, endlich in die geheimnisvollen Sümpfe eindringen zu können. So schulterten wir denn unsere schweren Rucksäcke und schlugen nach herzlichem Abschied von dem braven Sergeanten einen alten, schon wieder halb verwachsenen Wildpfad ein, der in südlicher Richtung auf die Sümpfe zuführte. Pongo schritt voraus und schaffte mit seinem scharfen Haumesser blitzschnell eine gute Bahn. Ich musste ihn bewundern, wie gleichmäßig er sich vorarbeitete, ohne eine Spur von Ermüdung zu zeigen. Dank seiner gewaltigen Kraft kamen wir so gut vorwärts und gelangten bereits nach einer halben Stunde auf die kleine Lichtung, die von dem riesigen Rasamal beschattet wurde. Hier war also die Grenze des verbotenen Gebietes.

Ein eigenartiges Gefühl beschlich mich doch, als wir ohne Zögern an dem mächtigen Stamm vorbei schritten. Und meine angeregte Phantasie zeigte mir sogar ein dunkles Gesicht, das sekundenlang über einem niedrigen Gebüsch auftauchte und zu uns hinüber starrte. Als ich aber einen halblauten Ruf ausstieß und auf den Busch zeigte, da war die Erscheinung verschwunden, und ich rieb mir verdutzt die Augen.

„Was gab es, Hans?“ erkundigte sich mein Freund.

„Ach, ich sehe schon am hellen Tag Gespenster“, lachte ich leicht verlegen, „ich glaubte soeben dort drüben über dem Gebüsch einen Kopf gesehen zu haben.“

„Und Sie werden recht gesehen haben“, fiel Hasting ernst ein, „denn wir befinden uns bereits als Gewarnte, das heißt Vogelfreie, auf feindlichem Gebiet. Und wie ein Späher sogar an unser Lagerfeuer geschlichen ist, so wird hier der Übergang auf jeden Fall ebenfalls bewacht werden. Die Nachricht von unserem Kommen läuft uns jetzt schon voraus. Ah, und jetzt fängt der Regen an.“

Ja, es regnete. Aber nicht so, wie wir es in der Heimat gewöhnt waren, sondern mit einer Wucht, als wäre der ganze Himmel geborsten, und seine Wasser stürzten nun mit furchtbarem Anprall herab. Wir konnten uns gegenseitig kaum sehen, so nahe wir auch zusammenstanden, und unter dem dröhnenden Rauschen der Wassermassen hätten wir kaum das eigene Wort verstehen können. Wir standen jetzt am äußersten Rand der Lichtung. Schattenhaft sah ich Pongo hin und her gleiten, um nach einem weiteren Weg zu suchen. Dann hob er seinen Arm und hieb einige Äste fort. Im nächsten Augenblick war er verschwunden. Rolf und Hasting folgten ihm sofort, während ich durch mein augenblickliches Zögern jetzt den Schluss machte. Ich merkte mir die Stelle, an der Hasting verschwunden war, und stand nach wenigen Schritten vor einer Öffnung, die in die Wildnis hineinführte. Pongos unvergleichlicher Spürsinn hatte selbst unter diesen Schwierigkeiten einen Wildpfad gefunden, ohne den ja auch ein Eindringen nur schrittweise unter größten Anstrengungen möglich gewesen wäre.

Ich beeilte mich jetzt, vorwärts zu kommen, und stieß bald auf Hasting. Weiter vorn sah ich undeutlich Rolf und vor ihm Pongo, der auf dem ziemlich guten Pfad munter ausschritt. Ich dachte gar nicht mehr an die Bata-Leute, denn bei diesem unheimlichen Regen würden sie auch nicht viel unternehmen können. Wussten sie doch vielleicht gar nicht, an welcher Stelle wir in ihr Gebiet eingedrungen waren. Beinahe zwei Stunden schritten wir den gewundenen Pfad entlang, da schien der Regen plötzlich noch stärker zu werden, so unglaublich das auch erscheinen mochte. Doch bald merkte ich auch die Ursache. Wir waren aus dem Wald herausgetreten und befanden uns jetzt inmitten mannshohen Bambusrohrs, über das nur manchmal wie ein grauer Hügel irgendein einsamer Urwaldriese hervorragte, der mit den vielen Schmarotzerpflanzen einen kleinen Wald für sich bildete. Wenn wir Rast machen und unseren Lagerplatz für die Nacht aussuchen wollten, taten wir doch schon am besten, uns unter das gewaltige Dach eines solchen Riesen zu flüchten. Aber vorläufig schienen Rolf und Pongo nicht daran zu denken, denn unermüdlich ging es weiter durch den trommelnden fast schmerzhaften Regen. Wieder verstrich über eine Stunde, da schien es mir, als würde der Boden weich und nachgiebig. Sollten wir schon so weit in das Sumpfgebiet eingedrungen sein? Oder hatten die unendlichen Wassermassen, die der Himmel herab schickte, den Boden so aufgeweicht, obgleich er durch das Großwild steinhart getreten war?

So plötzlich, wie er gekommen, hörte der Regen auch wieder auf, und die Sonne prallte mit voller Wucht auf uns herab. Dieser plötzliche Übergang wirkte fast schmerzhaft, denn unsere

Ohren hatten sich schon an das Trommelgeräusch, unsere Augen an die graue Dämmerung gewöhnt. Pongo und Rolf blieben jetzt stehen, und wir konnten endlich das erste Wort miteinander reden. „Wir nähern uns ganz entschieden dem sumpfigen Gebiet“, sagte Rolf, „denn der Boden ist nicht durch den Regen so elastisch geworden, sondern es ist bereits trügerischer Untergrund. Ihr könnt auch an den üppigen Moosen sehen, dass sie viel Feuchtigkeit aus der Erde saugen. Nun, solange der Pfad hier weiterführt, sind wir vor dem Einsinken sicher. Aber wir wollen jetzt zur Vorsicht einige Chinintabletten schlucken und die Moskitoschleier nehmen. Da, sie fangen schon an zu schwirren.“ Schnell gebrauchten wir diese Vorsichtsmaßnahmen, die auch Pongo nicht verschmähte, denn die gefährlichen Fieberträger hoben sich jetzt in dichten Mengen unter den Blättern hervor, unter denen sie Schutz vor dem Regen gesucht hatten. Über die Hände zogen wir dünne, aber feste Lederhandschuhe.

„Wir wollen dem Pfad noch möglichst bis Mittag folgen“, schlug Rolf wieder vor, „dann suchen wir uns einen Standplatz bis morgen unter einem der Urwaldriesen, die vereinzelt aus dem Bambusfeld hervorragen. Ich glaube, dass wir dort einen ganz guten Lagerplatz finden. Es ist übrigens möglich, dass die Bata-Leute durch den Regen von unserer Spur abgekommen sind. Was meinen Sie, Herr Hasting?“

„Ich denke mir, dass sie diesen Pfad genau kennen und auch wissen, dass wir ihn benutzt haben. Sie haben im Regen nur nichts gegen uns unternommen, aber ich bin fest überzeugt, dass wir sie bald auf dem Hals haben werden.“

„Nun, je eher, desto besser. Es ist nämlich ein unangenehmes Gefühl, ständig von dieser Gefahr bedroht zu sein. Aber jetzt weiter, die Sonne wirkt sonst zu unangenehm.“

In der alten Reihenfolge setzten wir uns wieder in Marsch. Jetzt waren wir umschwirrt von dichten Wolken Moskitos, die blutgierig nach irgendeinem kleinen Loch in unseren Schleiern suchten, um uns Fieber und Krankheit zu bringen. Unsere Kleidung begann jetzt unter den sengenden Sonnenstrahlen zu rauchen, und es sah spaßig aus, wie die vor mir Schreitenden von Wolken umhüllt wurden. Aber auch der Boden dunstete jetzt, und dieser Dunst legte sich schwer und beklemmend mit modrigem Geruch auf die Lungen. Der Sumpf schickte uns seine ersten, drohenden Boten.

Die Hitze wurde immer unerträglicher, der Boden weicher, und der Dunst stärker. Unter dem dichten Schleier rann mir der Schweiß in dicken Tropfen über das Gesicht und biss schmerzhaft in den Augen. Ich musste alle Kraft zusammennehmen, um den Vorausschreitenden zu folgen, die sicher ebenso litten, aber unverdrossen tiefer in das gefährliche Gebiet vordrangen.

Endlich, ich war nahezu völlig erschöpft, gab es wieder ein Halt. Wir waren an eine Stelle gekommen, an der sich mehrere Wildpfade nach verschiedenen Richtungen kreuzten. Hier fand eine kurze Beratung statt. „Ich glaube, wir suchen uns hier in der Nähe einen Lagerplatz und setzen morgen von diesem Punkt aus unsere Nachforschungen an. Hier, dieser Pfad zum Beispiel, erscheint mir oft begangen, vielleicht führt er uns auf die Spur des gesuchten Wildes."

Rolf deutete dabei auf einen Weg, der fast direkt südlich in das üppige Rohrdickicht hineinlief.

„Wie wäre es mit dem mächtigen Baum hier links?" schlug ich vor. „Er ist höchstens fünfzig Meter entfernt, und wir können bald einen Pfad zu ihm schlagen."

Aber auch Pongo hatte sich schon diesen Baum als Lagerplatz ausgesucht. Mit seinem Haumesser ging er ans Werk und schlug mit großer Schnelligkeit, unter Einsatz seiner vollen, gewaltigen Kraft, eine Bahn in das zähe Rohr. Wir konnten ihm bei dieser schweren Arbeit nicht helfen und mussten uns damit begnügen, die abgehauenen Rohre vom Weg fort ins Dickicht zu schleudern. Plötzlich stieß Pongo einen leisen Ausruf des Erstaunens aus. Er hatte sich ungefähr sechs Meter durch die mannshohe Wand gearbeitet, da hörte der Bambus plötzlich auf, und wir sahen bis zu dem mächtigen Baum hin eine Lichtung, die wohl fußhoch mit langen Moosen und Schlingpflanzen bedeckt war. Pongo stapfte hindurch, und wir traten getreulich in seine Fußspuren. So gelangten wir bald zum Baum, einem weiteren riesigen Rasamal.

Er war über und über mit Orchideen und Luftgewächsen bedeckt. Zehn bis zwölf verschiedene Gattungen konnte ich im Augenblick entdecken, viele in palmenartiger Form, die meisten aber in traubenartigen Blattmassen, mit lang herunterhängenden, blütenbeschwerten Zweigen. Um den Stamm wucherte Gestrüpp, das aber bald unter den mächtigen Hieben Pongos verschwand. Jetzt hatten wir einen herrlichen, schattigen Lager-

platz, der nur durch die Unmenge Moskitos mehr als ungemütlich gemacht wurde. Wir hatten großen Hunger, konnten aber
nicht wagen, unsere Gesichtsschleier zu entfernen. Und ein rau-
chiges Feuer, um die Quälgeister zu vertreiben, durften wir nicht
anzünden, denn dann hätten wir die Bata-Leute sofort auf unsere
Spur gelenkt.

Da wurde Pongo wieder unser Retter. Er ging, scharf zu Boden
spähend, rings um den Baum, hielt plötzlich an und riss einige
Kräuter aus. Freudestrahlend kam er zurück und gab jedem von
uns einige der dicken, fleischigen Blätter.

„Massers reiben“, sagte er, indem er seinen Moskitoschleier zu-
rückschlug und sich Gesicht und Nacken kräftig mit den Blättern einrieb. „Moskito fortgehen.“

Auch die Hände, die er von den ungewohnten Handschuhen –
wir hatten sie extra für ihn in Singapur aussuchen müssen – befreit hatte, rieb er ein, und wir folgten seinem Beispiel. Die Blätter gaben einen nelkenartigen Geruch von sich, der ziemlich
durchdringend wirkte. Gespannt warteten wir auf die Wirkung,
und wirklich, die blutgierigen Sauger, die uns vorher in Scharen
umtanzt hatten, flüchteten jetzt förmlich.

Pongo legte jetzt eine Feuergrube so an, dass der Rauch, der
sich ja nicht gänzlich vermeiden ließ, weil die abgebrochenen
Äste des Rasamals von der Bodenfeuchtigkeit angezogen waren,
in die Laubkrone des gewaltigen Riesen zog und dort aufgefangen und verteilt wurde. Dass aber diese Methode ihre Schatten-
seiten hatte, merkten wir bald. Denn plötzlich entstand eine wilde Bewegung hoch über uns, und dann glitt pfeilschnell ein
mächtiger gelbbrauner Körper am Stamm entlang, wand sich rasend schnell mitten zwischen uns hindurch und verschwand im
fußhohen Gestrüpp der Lichtung. Es war ein Python, eine der
großen Riesenschlangen gewesen, die unser Rauch aus ihrer be-
schaulichen Ruhe in der Baumkrone aufgescheucht hatte.

Nach dem kurzen Schreck, über den wir bald lachten, wärmten
wir unsere Konserven auf und ließen es uns gut schmecken. Wir
hatten auch einige Mineralwasserflaschen mitgenommen, die in
der ersten Zeit ausreichen sollten, bis wir Wasser fanden, das
abgekocht und nachgefüllt werden konnte.

„So“, meinte Rolf nach dem Essen, „jetzt wollen wir uns ausruhen und am Abend unsere Pläne für morgen besprechen. Zuerst
wollen wir aber losen, wie die Wache verteilt wird. Diese Vor-

sichtsmaßnahme müssen wir unbedingt, auch in der Nacht, einhalten."

Hasting bekam durch das Los die erste Wache, dann folgte ich, Rolf, und zum Schluss Pongo. Wir breiteten unsere Zeltbahnen und Wolldecken auf das weiche Polster am Fuß des Baumes und waren nach dem anstrengenden Marsch bald eingeschlafen. Nach einer Stunde weckte mich Hasting mit der Meldung, dass nichts Auffälliges geschehen sei, und ich vertrieb mir nun meine Stunde Wache damit, dass ich langsam rings um den Rasamal schlenderte und scharf das Gebüsch rings am Rand der Lichtung beobachtete. Aber auch ich konnte nichts Ungewöhnliches bemerken. Nur kurz vor Ende meiner Wache war es mir, als knackte ein Zweig an der Stelle, durch die wir den Bambusgürtel passiert hatten. Ich stand sofort still und lauschte mehrere Minuten angestrengt hinüber, aber jetzt blieb alles still. Ich glaubte, dass irgendein kleines Wild dieses Geräusch verursacht hätte, passte aber die wenigen Minuten, die ich noch zu wachen hatte, scharf auf. Dann weckte ich Rolf und teilte ihm pflichtgemäß meine angebliche Beobachtung mit.

„Schade", meinte er trocken, „das werden wohl die Bata-Leute schon sein. Ich dachte, wenigstens noch heute Nacht als freier Mann schlafen zu können. Na, macht auch nichts; je eher unsere Lage geklärt ist, desto besser."

„Dann hätten wir auch ruhig an der Grenze des Gebietes den Posten, den ich gesehen habe, anrufen und uns sofort ins Dorf des Stammes führen lassen können."

„Na, da werden wir schon schnell genug hinkommen", tröstete mich Rolf, „schlafe nur weiter, bis sie kommen."

Diese Prophezeiung war ja nun kein gutes Schlafmittel, aber schließlich siegte die Müdigkeit doch über die Gedanken. Etwas unsanft wurde ich aufgeschreckt.

„Achtung, auf!" rief Rolf, „sie sind da!"

Wir sprangen sofort in die Höhe, sahen aber beim ersten Rundblick, dass jeder Widerstand sinnlos gewesen wäre. Eng nebeneinander standen rings um die Lichtung hohe, schlanke Gestalten, in weiten, kurzen Hosen, einen Schal um die Schultern gelegt. Einige hatten Speere erhoben, einige drohten mit Pistolen, und die übrigen hielten Gewehre im Anschlag.

„Sie haben sich so geräuschlos angeschlichen, dass ich nichts bemerkt habe", meinte Rolf entschuldigend, „und plötzlich brachen sie auf einen Schlag durch die Büsche."

„Nun, dann werde ich die Verhandlungen eröffnen", sagte Hasting ruhig. Er legte sein Gewehr und die Pistolen auf den Boden, hob beide Hände flach hoch und schritt auf einen älteren Mann zu, der als einziger einen Sarong trug und dessen Schulterschal reich mit Korallen besetzt war. Die Unterhaltung dauerte lange und nahm ziemlich heftigen Charakter von Seiten des Häuptlings an. Da zeigte Hasting plötzlich den Kris unseres Gefangenen. Bei seinem Anblick prallte der Häuptling zurück, fasste sich aber schnell und rief die ihm zunächst stehenden Krieger heran. Eine eifrige Beratung erfolgte, deren Resultat dann Hasting mitgeteilt wurde. Der Legionär nickte nur, machte kehrt und kam zu uns, die wir ihn in voller Spannung erwarteten, zurück.

„Es ist unangenehm, aber nicht zu ändern, meine Herren", berichtete er. „Der Häuptling, ein sogenannter ‚Ompum', was man mit Oberhaupt des Dorfes übersetzen kann, hätte uns natürlich sofort gegen seinen Sohn freigelassen. Aber nach den Sitten der Bata-Leute ist der Rang des Ompum zwar erblich, er kann aber wichtige Sachen nicht selbständig entscheiden, sondern es findet darüber stets eine Volksberatung statt, bei der jeder freie Mann seine Stimme hat. Wir müssen uns also als Gefangene betrachten, werden jetzt ins Dorf geführt und müssen die Beratung über unser Schicksal abwarten. Aber wenigstens habe ich erreichen können, dass wir nicht gefesselt werden, und sogar unsere Waffen behalten können."

„Nun, dann haben Sie doch sehr viel erreicht, Herr Hasting", meinte Rolf.

Schnell rollten wir unsere Wolldecken und Zeltbahnen zusammen und schnallten sie an die Rucksäcke. „Es wird schon nicht so schlimm werden", flüsterte ich Rolf zu, „ich hatte mir das Zusammentreffen eigentlich unangenehmer vorgestellt."

„Warte nur ab", brummte Rolf, „noch ist nicht aller Tage Abend."

4. Kapitel: Als Gefangene

Der Häuptling schritt uns mit mehreren Kriegern voraus, ohne uns beachtet zu haben, die übrigen Bata schlössen sich uns an, und so ging es durch die Lücke in der Bambushecke, die Pongo geschlagen hatte. So gelangten wir wieder an die Stelle, an der sich die verschiedenen Wildpfade kreuzten, und der Ompum schlug südliche Richtung ein, also direkt in die Sümpfe hinein. Der Weg war aber nicht lang. Es mochte höchstens eine Stunde vergangen sein, da tauchte eine dichte Hecke aus Stachelbambus vor uns auf, vor der ein Graben aufgeworfen war und hinter der ein hoher Palisadenzaun hervorlugte. Die Bata hatten also ihr Dorf gut befestigt. Wie Hasting uns später erzählte, war dies eine allgemeine Sitte dieses weit verbreiteten Volkes.
Das Dorf bestand aus zwei Reihen Häuser, die auf Pfählen von gut anderthalb Meter Höhe errichtet waren. Wir wurden zwischen den staunenden Frauen, die nur einen kurzen Sarong trugen, hindurchgeführt und mussten auf einem freien Platz stehen bleiben, an dem sich ein größeres Gebäude erhob.
„Das ist das Gemeindehaus, Sopo genannt", flüsterte Hasting, „dort werden die wichtigsten Angelegenheiten verhandelt."
„Das freut mich, dass wir eine wichtige Angelegenheit sind", meinte Rolf trocken, „hoffentlich beraten sie nun nicht zu lange."
Es war wirklich nicht angenehm, in der prallen Sonne auf dem freien Platz zu stehen, und so folgten wir dem Beispiel Pongos, der seinen Rucksack abschnallte und ihn als Schemel benutzte. Pongo schien überhaupt wegen seines Aussehens eine gewisse Scheu, die ja leicht erklärlich war, unter den Bata hervorgerufen zu haben, denn sie hüteten sich, ihm zu nahe zu kommen, und warfen oft furchtsame Blicke auf ihn.
Endlich, es waren mindestens zwei Stunden verstrichen, trat der Ompum aus dem Haus und schritt, gefolgt von sämtlichen Kriegern, langsam und würdevoll auf uns zu. Wir taten ihm den Gefallen, uns zu erheben, um so den Richterspruch anzuhören. Wir hatten wirklich nie daran gedacht, dass unsere Lage sehr ernst werden könnte, aber wir blickten uns doch bedenklich an, als Hasting übersetzte: „Die Volksberatung hat entschieden, dass nur einer von uns gegen den gefangenen Häuptlingssohn freigelassen werden soll. Wir können darüber losen, wer dieser Glück-

liche sein soll. Die übrigen drei sind dem Tode verfallen, weil sie trotz der Warnung durch den Boten das Gebiet der Bata betreten haben. Aber sie können sich loskaufen, zwar nicht durch Geld oder Geldeswert, sondern dadurch, dass sie einen Teufel verjagen oder töten, der schon längere Zeit das Dorf bedroht und mehrere Leute getötet hat. So, meine Herren, das ist der Entscheid, und nun können wir über ihn beraten."

„Gegen den Häuptlingssohn werden Sie natürlich ausgetauscht", entschied Rolf sofort, „denn Sie haben uns ja nur zu unserem Besten begleitet. Und wir drei werden schon mit dem ‚Teufel' fertig werden. Ich vermute, dass es irgendeine besonders schlaue Bestie ist, eine Art ‚man eater', wie die Engländer die menschenfressenden Tiger bezeichnen."

„Nein, Herr Torring, es muss ein Mensch sein, denn man hat Tote gefunden, die mit einem Kris getötet waren. Im übrigen möchte ich aber gleich bemerken, dass ich mich nicht austauschen lasse. Ich bleibe bei Ihnen, um Ihnen beim Aufspüren dieses Unmenschen zu helfen." Hasting brachte seinen Entschluss so energisch vor, dass ein Abraten auf jeden Fall zwecklos war.

Rolf sah dies auch ein und sagte freundlich: „Ich danke Ihnen, Herr Hasting. Dann sagen Sie also bitte dem Ompum, dass er seinen Sohn abholen lassen soll. Ich werde ihm ein Schreiben an den Sergeanten mitgeben. Wir werden unsere Freiheit selbst wiedergewinnen, indem wir diesen ‚Teufel' unschädlich machen. Vielleicht können wir dann auch auf die Unterstützung des Stammes rechnen."

Der Legionär sprach längere Zeit mit dem Dorfoberhaupt. Dann folgte wieder eine kurze Beratung, diesmal Gott sei Dank ohne das Sopo, das Gemeindehaus aufzusuchen, dann verkündete der Ompum seinen Entschluss. „Also, meine Herren, die bedingungslose Freigabe des Häuptlingssohnes hat einen sehr großen Eindruck gemacht. Es ist jetzt beschlossen worden, dass wir nicht getötet werden sollen, selbst wenn wir den ‚Teufel' nicht erlegen können. Nur müssen wir dann als Gefangene, das heißt Sklaven, hier bleiben, während wir bei der Erfüllung der Aufgabe frei sind. Und die Bata wollen uns mit allen Kräften dann unterstützen."

„Das ist ja ganz tadellos. Dann erkundigen Sie sich aber, bitte, genau, wo sich die rätselhaften Mordfälle ereignet haben."

Als Hasting jetzt einige Fragen an das Dorfoberhaupt richtete, schwirrten ihm von allen Seiten Antworten entgegen, bis der Ompum energisch Ruhe verlangte und ruhig erzählte. Hasting schüttelte dabei verschiedentlich den Kopf, dann berichtete er uns: „Die Morde sind sowohl am hellen Tage als auch nachts geschehen. Nachts sind ihnen besonders Wachtposten zum Opfer gefallen, die sich unerklärlicherweise aus dem Dorf entfernt haben. Der Grund dieser merkwürdigen Tatsache erklären sich die Bata damit, dass die Leute von dem Teufel behext worden sind. Die rätselhaften Untaten haben vor ungefähr drei Monaten begonnen und bisher fünfzehn Opfer gefordert. Von diesen sind neun spurlos verschwunden, während man sechs gefunden hat. Also eine sehr lohnende Aufgabe für uns.“

„Na, es lohnt sich schon mehr für die Bataleute, wenn wir den Unhold erwischen“, meinte Rolf trocken. „Können wir uns nun frei bewegen und unsere Waffen behalten?“

„Wir können mit unseren Waffen frei umher gehen, werden aber stets scharf bewacht. Bei einer eventuellen Flucht werden wir bestimmt mittels Giftpfeiles getötet, wenn wir eingeholt werden. Und ich glaube wirklich nicht, dass wir den Leuten entkommen können.“

„Nun, das wollen wir ja auch gar nicht. Dieser Teufel interessiert mich in hohem Maße. Noch mehr bin ich aber auf die spätere Hilfe der Bata aus. Dann können wir doch unsere Aufgabe vielleicht durchführen. „Wir haben das Haus neben dem Sopo als Wohnung. Wenn Sie wollen, können wir uns ruhig zurückziehen.“

„Ja, wir wollen unsere Sachen auspacken. Vor allen Dingen aber könnten wir unsere Wohnung erst einmal reinigen, denn es wird sich wohl allerlei Getier angesammelt haben, wenn das Haus längere Zeit leer stand.“

„Das Haus steht seit ungefähr sechs Tagen leer. Das letzte Opfer des Teufels hat es bewohnt“, erklärte Hasting nach einer Frage an den Ompum. „Neben uns in dem kleineren Haus, wohnt übrigens auch ein Gefangener, der bei einem Fluchtversuch durch einen Giftpfeil verletzt wurde. Wir sollen ihn ansehen, um die Wirkung der Pfeile kennenzulernen.“

„Hm, das ist also eine kleine Warnung. Nun, sagen Sie ihm, dass wir gar nicht an Flucht denken. Und jetzt wollen wir uns einrichten.“

Während Pongo nun unsere Lagerstätten bereitete, schrieb Rolf einen Brief an den Sergeanten Vaasen, in dem er um Freilassung des Gefangenen bat und gleichzeitig mitteilte, dass wir uns in Sicherheit befänden. Als wir mit diesem Schreiben die Hütte verließen – Pongo blieb im Inneren – kam der Ompum eilfertig heran und nahm Rolf den Brief, der die Freiheit seines Sohnes bedeutete, mit einer tiefen Verbeugung ab. Dann sprach er zu Hasting und zeigte dabei schräg hinter uns.

Wir drehten uns um und sahen die Leiter des kleinen Nachbarhauses eine furchtbare Gestalt herunterklettern. Es war ein großer, erschreckend magerer Mann von unbestimmbarem Alter, denn sein Gesicht war von tiefen Falten durchfurcht, und das lange Haar schimmerte silbergrau. Die Augen hielt er halb geschlossen, schien sich um uns gar nicht zu kümmern, sondern ließ sich mühsam die steile Bambusleiter hinab gleiten. Und jetzt bemerkten wir erst, dass seine Beine gelähmt waren. Haltlos, steif ausgestreckt, baumelten sie herab. Als der Mann den Boden erreicht hatte, wälzte er sich auf den Leib und arbeitete sich mit den Händen weiter, während die langen kraftlosen Beine nachschleiften.

„Das ist Mango, der Kriegsgefangene, den ein Giftpfeil so zugerichtet hat", erklärte Hasting leise. „Der Pfeil hat seine Ferse getroffen und das Gift hat ihm neben der Kraft seiner Beine auch das Gedächtnis geraubt. Er ist also wahnsinnig geworden, und deshalb lassen ihn die Bata auch am Leben, weil ja fast alle Naturvölker die Geisteskranken als tabu, also unverletzlich betrachten. Diesen Mango also sollen wir uns als Beispiel nehmen, wenn wir etwa wirklich die Flucht ergreifen wollen."

„Pfui Teufel", brummte Rolf, „das ist allerdings nicht schön. Na, wir hatten ja von Anfang an nicht an Flucht gedacht, sonst könnte dieser Anblick einen wirklich davon abhalten."

Wir blickten dem Krüppel nach, bis er im nächsten Durchgang zwischen den Häusern verschwand. Als uns jetzt der Ompum fragend anblickte, ließ ihm Rolf durch Hasting nochmals versichern, dass wir auf keinen Fall an Flucht dächten, sondern alles daransetzen würden, um den „Teufel" unschädlich zu machen. Dann schlenderten wir langsam durch das ziemlich große, langgestreckte Dorf und beobachteten die Bewohner bei ihrer Beschäftigung. Das heißt, eigentlich beschäftigt waren nur die Frauen, während die Krieger meistens ihre langen Messingpfeifen rauchten oder höchstens einmal die Kinder warteten.

Die Bata betrachteten uns interessiert, aber auch mit einer gewissen Scheu. Waren wir doch jetzt das Mittel, um den „Teufel“ zu verjagen, und die meisten sahen uns wohl schon als neueste Opfer dieses rätselhaften Wesens. Wir betrachteten auch genau den hohen Palisadenzaun und fanden ihn undurchdringlich. Der „Teufel“ konnte also seine Opfer nur durch die beiden, sich gegenüberliegenden Tore herauslocken.

„Vielleicht könnte Herr Hasting erfahren, ob sich aus irgendeinem Grund mehrere Parteien im Dorf gebildet haben?“ warf ich ein. „Vielleicht soll der Ompum gestürzt werden und die Gegenpartei mordet seine Anhänger auf geheimnisvolle Weise?“

„Solche politische Finessen gibt es hier nicht“, erklärte der Legionär. „Wenn das Volk oder ein Teil einen anderen Ompum haben will, dann wird einfach eine Versammlung einberufen und abgestimmt.“

„Schade“, meinte ich enttäuscht, „ich glaubte schon die Lösung des Rätsels gefunden zu haben. Na, dann müssen wir wohl in der Nacht aufpassen. Weiß der Ompum, dass wir nachts hier herumlaufen wollen?“

„In der Beratung ist sogar beschlossen worden, dass wir es tun sollen. Die Wachen fühlen sich dadurch sicherer, denn es hat bisher schon immer Schwierigkeiten gemacht, die Posten zum Dienst zu bewegen. Übrigens habe ich mich schon nach einer geschickten Färberin erkundigt, – die Batafrauen verstehen es ausgezeichnet, da sie auch Farbstoffpflanzen auf ihren Feldern ziehen, und wir müssen unsere Reserveanzüge dunkel färben lassen. Sonst haben wir kaum Aussicht, das Mordgespenst zu erwischen.“

„Richtig, Herr Hasting, ich hatte bereits auch daran gedacht. Wir wollen es sofort tun, damit die Sachen am Abend fertig sind. Pongo allerdings braucht seinen Anzug wohl nicht färben zu lassen, denn ich vermute, dass er seine alte Tracht, das heißt, nur einen Sarong anlegen wird.“

Wir gingen zu unserer Hütte zurück und nahmen die Reserveanzüge aus den Rucksäcken. Wie Rolf vermutet hatte, erklärte Pongo, dass die Färbung seines Anzuges nicht nötig sei. Offenbar freute er sich, wieder in seiner gewohnten Tracht, das heißt, fast nackt, herumlaufen zu können. Mir fiel auf, dass unser schwarzer Freund während des Gesprächs oft misstrauische Blicke um sich warf, als ahne oder fürchte er eine unbekannte Gefahr. Und plötzlich flüsterte er: „Massers, nicht gut hier. Pongo hören ...“

Er unterbrach sich und eilte zur Türöffnung. Schnell glitt er die Leiter hinab, um gleich darauf kopfschüttelnd und verlegen lachend wieder heraufzukommen.

„Pongo viel dumm“, erklärte er, „hört Gefahr, ist nur Mann ohne Beine. Kriecht unter Hütte durch.“

Ich trat in die Tür und sah den bedauernswerten Mango, der sich gerade mühsam die Leiter zu seiner Hütte emporzog. Der arme Gefangene hatte sich den Weg abgekürzt, indem er unter unserer Hütte hindurch gekrochen war, und Pongo hatte das gleitende Geräusch als Zeichen einer Gefahr aufgefasst. Nun erklärte er eifrig: „Pongo jetzt kochen. Nacht bald kommen.“ Er kletterte hinab, um auf dem freien Platz vor der Hütte ein Feuerloch zu graben. Wir nahmen schnell unsere Anzüge, denn es war höchstens noch eine Stunde bis zum Einbruch der Dunkelheit. Die Färberin wohnte nicht weit und versprach Hasting, dass wir bis Einbruch der Nacht die Anzüge dunkel gefärbt zurückbekommen könnten. Als wir wieder zu unserer Hütte zurückgingen, kam der Sohn des Häuptlings mit dem entsandten Boten an. Er bedankte sich aufrichtig bei uns und war sehr erfreut, als Rolf ihm seinen Kris zurückgab. Wir sahen, dass die bedingungslose Freigabe des Jünglings uns in ihm und seinem Vater wahre Freunde geschaffen hatte, während die übrigen Stammesgenossen zumindest sehr versöhnlich dadurch gestimmt waren. Er kam später, nachdem er seinen Vater begrüßt hatte, noch einmal zu uns und erklärte, dass er die zweite Wache, die ungefähr um Mitternacht begann, übernommen hätte. Diese Wache war die gefährlichere, denn es waren nur diese Posten ermordet worden. Der Häuptlingssohn wollte dadurch das Ansehen, dass er durch seine Gefangennahme verloren hatte, wieder zurückgewinnen.

Nach dem vorzüglichen Abendbrot – die Bata hatten uns ein kleines Ferkel geschlachtet – holte Hasting die dunklen Anzüge, und wir kletterten in unsere Hütte, um uns umzukleiden.

„Ich schlage vor, dass wir erst kurz vor Mitternacht unsere Hütte verlassen“, riet Rolf uns. „Es hat gar keinen Zweck, jetzt schon nutzlos herumzulaufen.“

Wir stimmten ihm zu, nur Pongo erklärte, dass er schon bald gehen wollte. Das konnte uns nur recht sein, denn der schwarze Riese hatte sicher seine eigenen Methoden, mit denen er vielleicht eher zum Ziel kam. Als er dann geräuschlos die Bambusleiter hinab glitt, legten wir uns auf unsere Lagerstätten, um noch in Ruhe rauchen zu können. Wir hatten beschlossen, uns nichts mehr zu erzählen, um einen eventuellen Lauscher irrezuführen. Mochten die Bata ruhig denken, dass wir schliefen. Ich muss sagen, dass ich auch wirklich – ebenso wie Rolf und Hasting – etwas eingeduselt war. Aber wir wurden sehr unsanft aufgeschreckt. Denn plötzlich stand unsere Hütte in hellen Flammen. Sicher war einer von uns mit der brennenden Pfeife unvorsichtig umgegangen und hatte den ausgetrockneten Bambusboden entzündet. Zu langen Überlegungen war keine Zeit. Schnell warfen wir unsere Waffen, Rucksäcke und Decken aus der Türöffnung, mitten unter die von allen Seiten herbeieilenden Bata, dann sprangen wir selbst hinab, ohne die Leiter zu benutzen. Es war höchste Zeit, denn kaum hatte Rolf als Letzter den Boden berührt, als das Haus schon zusammenbrach. Während die Dorfbewohner schnell löschten, um ein Weitergreifen des Feuers auf die Nachbarhütten zu verhindern, sammelten wir unsere Sachen zusammen. Wir hatten auch nicht vergessen, Pongos Rucksäcke und Decken hinauszuwerfen, und konnten befriedigt feststellen, dass wir nichts durch den Brand verloren hatten. Ich guckte einmal zufällig zur Hütte des armen Mango und sah die Jammergestalt eiligst die Leiter hinabrutschen. Seine Hütte war ja durch das Feuer mit am meisten bedroht. Und er schien vor dem Feuer riesige Angst zu haben, denn er arbeitete sich schnell aus dem Schein der Flammen und verschwand zwischen den dunklen Hütten.

„Wer mag nun von uns seine Pfeife unbedacht ausgeklopft haben?“ fragte ich jetzt.

„Niemand“, erklärte Rolf ernst. „Wenn du genau hingeguckt hättest, bevor die Hütte zusammenbrach, dann hättest du auch bemerken müssen, dass die hohen Pfähle, auf denen sie stand, von unten her lichterloh brannten. Das Feuer ist also angelegt worden, und ich bin überzeugt, dass es der ‚Teufel' getan hat, der uns ausschalten wollte.“

„Donnerwetter“, stieß ich nach einigen Augenblicken, in denen ich mich erst von dieser Überraschung erholen musste, hervor, „das hätte ich allerdings nie erwartet. Dann muss es also doch ein Dorfbewohner sein, aber wie wollen wir ihn herausfinden?“

„Er wird wohl weitere Attentate auf uns versuchen, und deshalb tun wir vielleicht ganz gut, hier aus dem Feuerschein herauszutreten."

Schnell traten wir in den Schatten einer Arengpalme, die sich auf dem großen Platz erhob. Da flüsterte über uns, in den Zweigen, eine Stimme: „Massers, im Dunkel bleiben. Feuer nicht gut. Schlechter Mann schleicht umher. Pongo ihn gesehen."

„Was, du hast den Brandstifter gesehen?"

„Pongo ihn sehen als fort schleichen. Jetzt unter uns, Pongo ihn fangen, wenn zurückkommt."

Die brennenden Reste unserer Hütte wurden jetzt durch die Bata gelöscht. Aber die Nacht war inzwischen hell geworden, denn der Mond warf jetzt sein volles Licht über die Ansiedlung.

„Viel gut", flüsterte Pongo wieder oben im Baum. „Pongo gut sehen können. Massers unten bleiben."

Wir blieben reglos in äußerster Spannung stehen. Wenn Pongo den Brandstifter fing, dann hatten wir auch den Mörder, denn nur dieser konnte ein Interesse daran gehabt haben, uns durch das Feuer rasch zu vernichten.

„Es kommt jemand. Haltet die Pistolen bereit." Ich flüsterte es Hasting zu, der nach seinem Gürtel tastete, wie ich an seinen Bewegungen merkte. Jetzt hörte ich auch leise tappende Schritte, die sich links von uns, im Schatten der nächsten Häuser näherten. Dann löste sich eine schlanke, dunkle Gestalt aus den tiefen Schlagschatten und trat auf den hell beschienenen Platz. Vorsichtig um sich spähend kam der Bata direkt auf unseren Baum zu. Jetzt erkannten wir ihn auch. Es war der erste Posten, der die Wache bis Mitternacht übernommen hatte. Sollte er der Brandstifter und Mörder sein? Da hatte er uns auch gesehen und rief uns an. Hasting antwortete, worauf der Bata zu uns trat und etwas fragte. Dann wandte er sich wieder zurück und trat wieder in den Schatten der Häuser.

„Er fragte mich nach dem Häuptlingssohn", erklärte Hasting, „der ihn jetzt ablösen soll. Wenn er der Attentäter gewesen wäre, hätte Pongo ihn sicher gefasst."

„War nicht schlechter Mann", brummte der Riese oben. „Da, das war er."

Drüben aus dem Schatten der Häuser, in den soeben der Posten getreten war, klang ein röchelnder Laut auf. Wir wussten sofort, dass es der erstickte Todesschrei eines Menschen gewesen war. Also wieder hatte sich der Mörder ein neues Opfer geholt, diesmal in unserer allernächsten Nähe. Sofort rannten wir der Stelle zu, an der dieser grässliche Schrei erklungen war.

Aber Pongo war schneller. Wie eine Schlange glitt er an der Palme hinab, hatte uns mit wenigen Sätzen überholt und verschwand im Dunkel vor uns.

5. Kapitel: Gefährliche Gegner

Wir mussten einige Augenblicke still stehen, um uns an die plötzliche Dunkelheit zu gewöhnen. Angestrengt lauschten wir dabei auf die Tritte Pongos, die aber jetzt plötzlich erstarben. Und im nächsten Augenblick stieß der Riese einen leisen Schrei der Überraschung und Wut aus. Offenbar hatte ihn der heimtückische Mörder verletzt. Schnell liefen wir vor, doch nach wenigen Schritten stolperte ich über einen menschlichen Körper und schlug vornüber. Zugleich fühlte ich aber einen heftigen Schmerz im Bein. Unwillkürlich stieß ich auch einen leisen Schrei aus, denn es war ein Messerstich, den ich bekommen hatte.

„Eine große Schlange!" rief Hasting im gleichen Augenblick, „sie ist blitzschnell an mir vorbeigeschossen."

Da kam Pongo in eiligen Sprüngen näher und rief: „Das schlechter Mann sein. Pongo ihn jetzt fassen." Rolf hatte sich zu mir hinab gebeugt und richtete mich in die Höhe. Mein Fuß schmerzte zwar sehr, und ich fühlte das warme Blut hinab laufen, aber ich konnte gehen. Wir wandten uns um und blickten dem schwarzen Riesen nach, der sich gegen den mondbeschienenen Platz deutlich abhob. Plötzlich stießen wir einen Ruf der Überraschung aus.

Denn aus dem dunklen Schatten der Häuser glitt eine Gestalt auf dem Boden im Mondlicht. Hasting hatte doch wohl recht, das konnte nur die Schlange sein, eine enorm dicke, an zwei Meter lange Schlange, die pfeilschnell über den Platz schoss. Da hob Pongo den Arm und schleuderte seinen mächtigen Massaispeer. Blitzend durchzischte die schwere Waffe die Luft und traf die dunkle Gestalt. Die vermeintliche Schlange stieß einen lauten Schrei aus. Rolf und Hasting eilten sofort über den Platz, während ich etwas langsamer folgte. Auch aus den Häusern strömten jetzt die Bata heraus, denn der gellende Schrei hatte das

Dorf alarmiert. Fackeln wurden herbeigetragen, und in ihrem Schein erkannten wir – Mango den Krüppel. Pongos Speer hatte ihn in der Achselhöhle getroffen und ihm den linken Arm fast abgetrennt. Die Bata bildeten schweigend einen Kreis um den Unglücklichen und blickten drohend auf den schwarzen Riesen, der gleichgültig dastand und die breite Eisenspitze seiner Waffe mit einem Büschel Gras säuberte. Dabei brummte er: „Ist schlechter Mann. Hat Posten erstochen, hat Masser Warren gestochen, hat Pongo gestochen." Mango richtete sich plötzlich auf seinem gesunden Arm hoch, blickte mit glühenden Augen rings umher und stieß dann mit kreischender Stimme einige Sätze hervor. Dann rollte er zur Seite, zuckte noch kurz und lag dann still.

„Er ist der Mörder", sagte Hasting leise. „Er hat den Bata zugerufen, dass er sich gerächt hätte, weil sie ihm die Beine genommen haben. Da, die Stimmung gegen Pongo ist plötzlich umgeschlagen, und jetzt wird der Ompum wohl eine kleine Ansprache halten."

Richtig, das Dorfoberhaupt näherte sich würdevoll und hielt eine längere Rede, die Hasting dahin übersetzte, dass wir nun frei seien und dass die Bata uns helfen würden, soweit es in ihren Kräften stände.

Während einige Bata den Körper Mangas fortschafften, wurden wir zu einer neuen Hütte geführt, die uns jetzt als Aufenthalt dienen sollte. Sie war eigentlich für den Sohn des Häuptlings bestimmt gewesen, sehr geräumig gehalten und neu errichtet, dann wuschen und verbanden wir meinen Fuß und Pongos Armwunde. Gott sei Dank nur unbedeutende Stiche, und legten uns zur endgültigen Nachtruhe nieder.

Am nächsten Morgen gab es eine große Beratung auf dem freien Platz vor dem „Sopo", dem Gemeindehaus. Da ich ja doch erst später durch Hasting hören würde, was das Ergebnis war, benutzte ich die Zeit, um den Kris-Stich, der ziemlich brannte, noch einmal auszuwaschen und neu zu verhindern. Als ich mit großer Verspätung auf den Versammlungsplatz kam, wurden noch immer lebhafte Reden zwischen Hasting und dem Ompum getauscht. Endlich konnte er uns das Ergebnis mitteilen. „Herr Torring, die Bata weigern sich ganz entschieden, uns bei der Jagd eines Nashorns – Badak nennen sie es – zu unterstützen. Soviel habe ich gehört, dass hier ganz in der Nähe ein gewaltiges Tier hausen muss, das aber den Leuten durch öftere Angriffe, bei denen auch verschiedene Krieger ums Leben gekommen sind, eine derartige Furcht eingeflößt hat, dass niemand uns begleiten will."

„Donnerwetter, das ist fatal", meinte Rolf, „können Sie den Leuten nicht klarmachen, dass sie bei unseren Waffen nichts zu fürchten haben?"

„Ich werde es probieren, glaube aber nicht an irgendeinen Erfolg."

Aber schon nach kurzer Unterredung mit dem Häuptling wandte er sich lächelnd an uns: „Ja, meine Herren, die Waffen haben die Leute schon bewundert, weil sie soviel Verständnis dafür haben, um sofort den Unterschied gegenüber ihren veralteten Modellen zu sehen. Sie wollen aber auch sehen, wie Sie schießen, und deshalb müssen Sie schon eine Probe Ihrer Fertigkeit ablegen. Ich glaube, dass wir bei gutem Gelingen dann genügend Leute bekommen."

„Nun, dann ist mir nicht bange", lachte Rolf, „schießen können wir schon ganz gut."

Rolf kann man nämlich ruhig als Kunstschützen ansprechen, der wohl auf jeder Varietébühne vollsten Erfolg hätte. Und ich kann behaupten, dass ich auch über dem Durchschnitt stehe. So fiel denn die Probe nicht nur zur Zufriedenheit der Bata aus, sondern die guten Leute, die so etwas wohl noch nie gesehen hatten, betrachteten uns ganz scheu. Vielleicht dachten sie, es ginge nicht mit rechten Dingen zu, jedenfalls aber meldeten sich jetzt genügend Begleiter, die uns in die Nähe des berüchtigten „Badak" bringen wollten.

Am nächsten Tag war das Dorf schon lange Zeit vor der Aufbruchstunde lebendig. Unsere Begleiter feierten noch Abschied von ihren Angehörigen, wobei das Verzehren eines Schweines die Hauptsache war. Aber sie waren zur festgesetzten Stunde bereit, und wir verließen durch das südliche Tor den Palisadenzaun. Es ging also direkt in die Sümpfe hinein. Vorsichtigerweise hatten wir wieder Chinin genommen und uns zum Schutz gegen die Moskitos mit den Blättern eingerieben, die Pongo uns besorgt hatte. Auch die Bata schienen diese Pflanzen zu kennen, wenigstens rieben sie sich mit einem Fett ein, das ähnlich roch. Der Häuptlingssohn hatte es sich nicht nehmen lassen, den Zug zu führen. Wir schritten direkt hinter ihm, während uns noch sechs Batas folgten. Eine größere Begleitung hatten wir abgelehnt, denn wir konnten mehr Arme erst gebrauchen, wenn es uns gelingen sollte, das Nashorn in einer Grube zu fangen.

Der Weg war furchtbar. Die ersten tausend Meter gingen noch. Nach dem Durchschreiten der schmalen Felder des Stammes, auf denen Mais und Reis gezogen wurden, gelangten wir in einen Bambusrohr-Gürtel, durch den ein schmaler Pfad geschlagen war. Dann fing aber eine so üppige Vegetation an, dass man sie kaum beschreiben kann. Am unangenehmsten war der Stachelbambus, der überaus häufig vorkam und es hauptsächlich auf unsere Anzüge abgesehen hatte.

Wir benutzten einen schmalen Nashornpfad, der aber ziemlich alt und schon wieder halb zugewachsen war. Pongo und der Häuptlingssohn arbeiteten zwar kräftig mit ihren Haumessern, es blieben aber noch genügend Lianen und Dornenzweige übrig, um das Marschieren beschwerlich zu machen. Endlich wurde es besser. Wir stießen auf einen Pfad, der recht häufig benutzt zu werden schien, denn die Pflanzenwände an beiden Seiten waren glatt geschnitten. Dafür wurde aber der Boden weich, dann schlüpfrig und endlich sumpfig.

Immer langsamer ging der Häuptlingssohn und blieb jetzt auch oft stehen, um zu lauschen. Wir mussten uns also ganz in der Nähe des Nashorns befinden, und das war wirklich kein angenehmes Gefühl. Wenn das Untier jetzt den Pfad entlang stürmte, wie sollten wir auf so kurze Entfernung – wenn es vielleicht fünf Meter vor uns um eine der zahlreichen Biegungen auftauchte – einen Schuss anbringen, der den Koloss sofort umwarf? Selbst mit einer absolut tödlichen Kugel hätte der Dickhäuter noch Kraft genug und vor allen Dingen Schwung, um uns zu erreichen.

Jetzt blieb der Führer wieder stehen, winkte Hasting heran und flüsterte mit ihm. Der Legionär wandte sich dann an uns: „Meine Herren“, raunte er leise, „hinter der nächsten Biegung geht es noch zwanzig Schritte geradeaus. Dann kommt eine größere Lichtung, in deren Mitte sich ein Duriobaum erhebt. Auf diese Lichtung münden nun verschiedene Nashornwechsel, die noch jetzt benutzt werden. Das Untier, das hier haust, hält sich sehr oft auf dieser Lichtung auf. Wir müssen uns also auf ein Zusammentreffen in den nächsten Sekunden gefasst machen.“

Sofort nahmen wir unsere Büchsen schussbereit in die Hand, der

Häuptlingssohn winkte, noch besonders vorsichtig zu sein, dann verschwand er um die Biegung, von Pongo und Rolf gefolgt. Ich passierte als vierter den Knick.

Sofort sah ich die Lichtung in ungefähr zwanzig Meter Entfernung und auf ihr den mächtigen Duriobaum. Unendlich vorsichtig schlichen wir weiter, bis wir alle am Ausgang des Pfades auf der Lichtung standen. Der Duriobaum war vielleicht fünfzig Meter entfernt. Da seine Äste tief herunter reichten, schien er mir ein sehr sicherer Zufluchtsort, falls wir plötzlich von dem Nashorn angegriffen würden. Ich blickte Rolf an, um ihm meine Meinung zu sagen, da flüsterte er schon Hasting zu: „Sagen Sie bitte dem Häuptlingssohn, dass wir zum Baum wollen. Dort sind wir auf jeden Fall sicher."

Aber die Bata schienen das Nashorn ganz vergessen zu haben. Der Häuptlingssohn hatte sie zu sich heran gewinkt, und sie betrachteten jetzt eifrig den Boden der Lichtung. Schnell traten wir hinzu, und nun sahen auch wir den Abdruck vieler, nackter Füße, die auf den Baum zuliefen. Es waren also mindestens zwanzig Leute – Eingeborene, nach der fehlenden Fußbekleidung zu urteilen – über die Lichtung gegangen. Und es konnte noch nicht lange Zeit verstrichen sein, denn die Fährten waren sehr deutlich ausgeprägt.

Jetzt flüsterte der Häuptlingssohn mit Hasting, und dieser übersetzte uns: „Die Bata vermuten, dass diese Fährten von Leuten eines anderen Stammes herrühren, mit denen sie in Todfeindschaft leben. Und es ist leicht möglich, dass die Feinde drüben auf dem Durio sitzen und uns mit ihren Speeren erledigen, wenn wir herankommen. Am besten ist, wir machen kehrt, denn wir sind in der Minderheit."

Unwillig schüttelte Rolf den Kopf. Es passte ihm natürlich absolut nicht, dass er so kurz vor dem Ziel umkehren sollte. Während er noch überlegend dastand, flüsterte Pongo, der von der Mitteilung Hastings nichts gehört hatte: „Massers, aufpassen, Monuhu."

Das Nashorn, an das hatten wir gar nicht mehr gedacht. Schnell blickten wir nach links und zuckten doch zusammen. Denn dort schob sich aus einem Wildpfad ein Nashorn, wie ich es noch nie gesehen hatte. Es mochte gut fünf Meter lang und zwei Meter hoch sein. Das gewaltige, gerade Horn schätzte ich auf über einen Meter Länge. Wir standen völlig reglos, denn jetzt waren wir in äußerster Gefahr. Der Baum war jetzt zu weit entfernt, denn das Untier müsste uns eingeholt haben, ehe wir drei Viertel des Weges selbst bei schnellstem Lauf zurückgelegt hätten. Und vielleicht wären wir aus dem Regen in die Traufe gekommen, wenn wirklich Eingeborene auf dem Baum saßen.

Uns unbemerkt in den Pfad zurückziehen, war auch ausgeschlossen, denn das riesige Tier stand höchstens dreißig Meter von uns entfernt. Wenn wir nur eine Bewegung machten, würde es uns sicher angreifen, und auf dem engen Pfad war an eine wirksame Verteidigung nicht zu denken.

Immer weiter schritt das Untier. Schon hoffte ich, dass es vorbeigehen würde, ohne uns zu bemerken. Dann hätten wir eine Fallgrube auf seinem Weg ausheben und es vielleicht bei der Rückkehr fangen können. Aber meine geheimen Wünsche wurden jäh zerstört. Das Nashorn wandte den Kopf zu uns, blieb eine Sekunde stehen, warf sich blitzschnell herum und stürmte auf uns ein. Das geschah so schnell, dass wir kaum unsere Büchsen hochreißen konnten.

Da rettete uns wieder Pongo.

„Nicht schießen, Massers", schrie er, „Pongo Monuhu fortbringen."

Und ehe wir begreifen konnten, was er vorhatte, stürmte er dem rasenden Koloss schon entgegen. Vergeblich schrien wir ihm nach, er setzte unbeirrt seinen Weg fort. Jetzt waren die beiden Riesen noch fünf Meter voneinander entfernt, da machte Pongo einen kleinen Bogen. Das Nashorn erblickte ihn und warf sich sofort zu ihm herum. Und da schien Pongo seine Schnelligkeit noch zu verdoppeln. Dicht vor dem Horn des heranstürmenden Untiers schlüpfte er vorbei und raste in gewaltigen Sätzen auf den Duriobaum zu. Und jetzt erkannten wir erst die Absicht des treuen Riesen. Das Nashorn hatte uns scheinbar vergessen, denn es stürmte hinter ihm her. Wir hielten vor Aufregung den Atem an. Es war auch ein Schauspiel, wie man es sich aufregender gar nicht vorstellen kann. Pongo flog förmlich durch das niedrige, dichte Gestrüpp der Lichtung, aber hinter ihm raste, höchstens vier Meter entfernt, der wütende Koloss, dessen gewaltiges Horn den sicheren Tod bedeutete. Und das Nashorn kam dem Fliehenden näher, da Pongo durch die Büsche und das Gras zu sehr gehindert wurde.

Pongo war am Baum angelangt, das Nashorn vielleicht einen

halben Meter hinter ihm. Da schnellte der schwarze Riese in gewaltigem Satz aus vollstem Lauf hoch, um einen starken Ast zu fassen, der vielleicht zweieinhalb Meter vom Erdboden entfernt war.

Doch das rasende Nashorn war schon heran und schleuderte den Kopf der schwarzen Gestalt nach. Deutlich sahen wir, dass Pongo am linken Oberschenkel getroffen wurde. Doch dieser furchtbare Stoß wirkte anders, als wir gedacht hatten. Pongo wurde höher geschleudert, als er durch seinen Sprung beabsichtigt hatte, und er ergriff mit der linken Hand einen Ast, der gut vier Meter hoch war. Mit eisernem Griff klammerte er sich fest und blickte auf seinen Feind hinab, der sich vor Wut mit dem Oberkörper hochwarf.

Vielleicht hätte das Untier bei einem zweiten Sprung Pongo erreichen können, aber der riesige Neger wusste einem weiteren Angriff vorzubeugen. Er hatte trotz des rasenden Laufes und des furchtbaren Hochschleuderns seinen mächtigen Massaispeer in der Rechten behalten. Jetzt hob er den Arm, und als das Nashorn, das beim Herunterfallen eingeknickt war, sich aufrichtete und emporblickte, da schleuderte er die schwere Waffe mit voller Wucht hinab. Und er hatte gut getroffen. Der Koloss fing plötzlich an, sich schnaubend und pustend blitzschnell um die eigene Achse zu drehen. Dabei sahen wir, dass Pongo den rüsselartigen Fortsatz der Oberlippe und auch teilweise die Unterlippe mit dem scharfen Eisen gespalten hatte.

Der Schmerz aber machte das gewaltige Tier völlig wehrlos. Es drehte sich noch einmal rasend herum, dann stürmte es nach rechts über die Lichtung und verschwand dröhnend in einem der dort einmündenden Wechsel. Pongo guckte ihm lachend nach, dann zog er sich auf den Ast hoch. Dabei sahen wir, dass sein linker Oberschenkel stark blutete. Die scharfe Spitze des langen Hernes mochte ihm doch eine tiefe Wunde geschlagen haben. Jetzt verschwand er in dem dichten Laubwerk – und blieb verschwunden.

Vergeblich warteten wir einige Minuten, der Riese zeigte sich nicht. Wir riefen – keine Antwort.

„Vielleicht ist er durch die Verwundung ohnmächtig geworden und liegt jetzt auf einem Ast?" meinte ich.

„Dann wollen wir nachsehen", entschied Rolf. An die Feinde,

die dort oben sein konnten, dachten wir gar nicht mehr, und alle drängten auf die Lichtung.

Da peitschte ein Schuss – Hasting griff mit lautem Schmerzensruf an seine Schulter und wankte. Eine Kugel hatte ihn getroffen. „Zurück", rief Rolf, „wir können gegen die Übermacht nichts ausrichten."

Schnell stützten wir den taumelnden Legionär und zogen ihn eilig über die Lichtung zurück, während immer noch Schüsse fielen und die Kugeln unangenehm nahe an uns vorbeipfiffen. Die Bata waren bereits in dem Wildpfad verschwunden, doch warteten sie hinter der ersten Biegung auf uns. Der Häuptlingssohn rief Hasting etwas zu, und mit schwacher Stimme übersetzte er: „Wir müssen schnellstens ins Dorf zurück. Die Feinde werden uns ganz bestimmt verfolgen. Lassen Sie mich ruhig zurück, meine Herren, ich möchte nicht Ihr Verderben werden."

„Unsinn", sagte Rolf ruhig, „Sie kommen mit. Angefasst, Hans, wir tragen ihn."

Es war auch genau das richtige, denn jetzt knickte Hasting ein. Schnell packten wir ihn unter den Armen und an den Beinen und liefen so schnell wie möglich hinter den Bata her. Und jetzt zeigte sich die Dankbarkeit des Häuptlingssohnes im wahren Licht. Als er zurückblickte und unsere Lage sah, rief er seinen Leuten sofort einen Befehl zu. Und zwei Mann nahmen uns die Last ab und eilten mit dem Bewusstlosen voran.

Als wir eine ziemlich lange, gerade Strecke zurückgelegt hatten, blickten wir uns an der nächsten Biegung um. Und da erschienen, vielleicht achtzig Meter hinter uns, die Feinde. Sie hatten Hasting schwer verletzt und unseren Pongo vielleicht hinterlistig getötet, als er ins Blätterdach kroch. So blieben wir stehen, zielten kurz – und die beiden Vordersten warfen die Arme hoch und stürzten zusammen. Die Nachfolgenden aber machten sofort kehrt und verschwanden hinter der Biegung. Jetzt konnten wir damit rechnen, dass sie uns wohl nicht so schnell folgen würden, denn sie konnten ja bei jeder Biegung auf Verluste rechnen. Und wir sahen und hörten auch nichts von ihnen, bis wir das Dorf erreichten. Die Bata hatten schon auf den Feldern durch gellende Schreie alles alarmiert. Jetzt strömten alle Frauen, die draußen beschäftigt waren, in die schützende Umzäunung. Der Ompum berief sofort eine Versammlung ein, bei der wir nur leider nicht teilnehmen konnten, da wir den Bewusstlosen verbinden mussten, und ohne seine Übersetzungskunst auch nichts verstanden hätten. Zum Glück hatte die Kugel die Schulter glatt durchschlagen und nur der Blutverlust die Ohnmacht herbeigeführt. Wir wuschen die Wunden und wollten gerade einen Verband anlegen, als der Häuptlingssohn mit einigen Kräutern erschien. Wir überließen ihm jetzt ruhig die weitere Behandlung, denn wir wussten, dass die Naturvölker darin große Erfahrung und eine Kenntnis der Heilkräuter haben, die wir kaum besitzen. Wir machten schnell einen Rundgang um das Dorf. Überall standen Posten, die auf kleinen Bambusleitern über die Palisade blicken konnten. Also schienen die Bata bestimmt einen Angriff ihrer Feinde zu erwarten, und wir konnten nur sagen: „Mitgefangen, mitgehangen!“

„Ob sie unseren Pongo getötet haben?“ fragte ich endlich Rolf.

„Dann würde ich nicht ruhen, bis er furchtbar gerächt ist“, sagte mein Freund ernst. „Der Wunsch ist ja der Vater des Gedankens, und so hoffe ich trotz allem, dass wir ihn wiedersehen.“

„Ja“, gab ich zu, „mir geht es genauso. Ich würde auch nicht ruhen, bis der letzte des feindlichen Batastammes getötet wäre. Was hatte ihnen denn unser Pongo getan?“

„Sie werden ihn vielleicht im ersten Schreck, als er so plötzlich im Baum erschien, erstochen haben.“

„Oder er hat sie doch bemerkt und sich sofort ganz still verhalten“, mutmaßte ich. „Du musst doch selbst zugeben, dass er über einfach übernatürliche Sinne und Begabungen verfügt. Ich kann es mir einfach nicht vorstellen, dass er nun kalt und starr da oben im Baum hängen soll. Denn ich habe den schwarzen Riesen wirklich sehr liebgewonnen.“

„Mir geht es genauso“, sagte Rolf ernst. „Weißt du noch, wie wir ihn zum ersten Mal sahen, als er mit seinem Massaispeer den schwarzen Panther erlegte? Damals hätte ich wirklich nicht geglaubt, dass dieses Urwaldgespenst noch einmal unser treuer Freund werden würde. Und er ist uns doch wirklich ein treuer Freund geworden, den ich sehr ungern missen möchte.“

„Rolf“, sagte ich, „lache nicht, aber außer dir wüsste ich keinen Menschen, dem ich so zugetan bin wie diesem hässlichen Schwarzen. Da sieht man doch, was ein gutes treues Herz ausmacht. Es ist mehr wert, als alle Schönheit des Gesichts. Und doch fallen die meisten Menschen gerade immer darauf herein.“

„Ja, und speziell bei Frauen“, lachte mein Freund, „da ist das

Äußere stets die Hauptsache. Ich glaube, es gäbe weniger unglückliche Ehen, wenn die Frauen hässlicher, dafür aber charakterlich besser wären."

„Es ist doch zu komisch, Rolf", meinte ich, „wir sind rings von Feinden umgeben, die uns jeden Augenblick angreifen können, und wir philosophieren ganz gemütlich über Frauenschönheit und Charakter. Ich glaube, man könnte lange suchen, ehe man zwei Menschen wiederfindet, die sich in einer solchen Situation genauso verhalten."

„Das stimmt, aber es ist immer noch besser, als vor der Gefahr zu zittern, wie es viele tun würden. Und wir haben wenigstens einige Augenblicke nicht an unseren Verlust gedacht. Denn es wäre für uns der größte Verlust, den wir erleiden würden, wenn Pongo nicht wiederkäme."

„Ich glaube einfach nicht daran, dass er dort oben ermordet worden sein soll", sagte ich fest, „pass' auf, ehe wir es ahnen, taucht er plötzlich wieder auf."

„Nun, das kann aber lange Zeit dauern, denn das Nashorn hat ihm eine erhebliche Wunde am Bein beigebracht."

„Die Wucht des Stoßes war zum Glück durch das Hochspringen Pongos sehr abgemildert", warf ich ein. „Ich vermute, dass er nur eine, allerdings tüchtige Fleischwunde davongetragen hat."

„Das vermutest du, weil du es hoffst", gab Rolf ernst zurück; „in Wirklichkeit aber ist unser schwarzer Freund bestimmt vier Meter hoch geschleudert worden. Und das will etwas bedeuten."

„Er wäre selbst ungefähr zweieinhalb Meter hoch gesprungen", beharrte ich, „das heißt, er hätte den Ast in dieser Höhe erfasst, ist also vom Nashorn nur anderthalb Meter höher geschleudert worden."

„Na ja, wenn du es so drehst, magst du auch recht haben", lachte Rolf. „Aber es ist schade, dass uns dieses Nashorn entgangen ist. Wenn wir wenigstens schnell eine Aufnahme von ihm hätten machen können. Hast du den mächtigen, eigenartigen Bau des Leibes gesehen? Den starken Nacken, den riesigen, plumpen Kopf und das gewaltige Horn? Es erinnerte mich unwillkürlich an die Abbildungen der vorsintflutlichen Nashörner, die man in alten Höhlen des Kaplandes gefunden hat. Nun ja, ich würde mich auch gar nicht wundern, wenn in diesen furchtbaren Sümpfen wirklich noch vorsintflutliche Tiere leben würden. Speziell Amphibien."

„So ein kleiner Ichtyosaurus oder Plestosaurus vielleicht", meinte ich trocken. „Wenn wir solch ein Vieh fangen könnten, dann
wären wir allerdings gemachte Leute. Aber, Spaß beiseite, wir
geben doch etwa den Fang des Nashorns nicht auf, weil uns die
feindlichen Bata dazwischengekommen sind? Wenn wir sie zurückgeschlagen haben, dann werfen wir auf der Lichtung da hinten mehrere Fanggruben auf, die wir täglich kontrollieren. Vielleicht hat das Untier sich doch eines Tages gefangen. Mit dieser
Aussicht würde ich es ruhig mehrere Wochen in dem Batadorf
hier aushalten. Wir wären dann tatsächlich die ersten Forscher,
die ein Schuppennashorn lebendig gefangen hätten."
„Ich glaube, wir sind sogar schon die ersten, die es so nahe gesehen haben. Das heißt, die ersten, die noch leben."
„Vielleicht sind die anderen den Bata in die Hände gefallen und
lebendig zerschnitten worden", meinte ich schaudernd.
„Oder sie sind vom Schuppennashorn zermalmt worden. Auch
das Fieber und giftige Tiere werden ihr möglichstes getan haben, um sie zu vernichten. Wir hatten großes Glück, dass wir
den Legionär Hasting getroffen haben, der die Sprache der Bata
versteht, und dass wir unseren Pongo hatten, sonst hätte uns das
Nashorn auch bestimmt erwischt. Mindestens einen von uns.
Ach ja, um auf Hasting zurückzukommen, ich hoffe, dass uns
die gemeinsamen Gefahren etwas näherbringen und er uns seine
Geschichte erzählt. Es wäre sehr schade, wenn dieser intelligente, gebildete Mann hier als Legionär weiter sein Leben verbringen müsste."
„Hoffentlich wird seine Wunde bald heilen", meinte ich; „wenn
es auch ein glatter Durchschuss ist, so kann doch die Hitze zu
allerlei Komplikationen führen. Und das Wundfieber wird seine
Temperatur ganz enorm steigern. Wollen wir ihm nicht lieber
etwas Chinin einflößen?"
„Ich verlasse mich in dieser Beziehung ganz auf die Bata. Diese
Naturvölker können Wunden behandeln, dass unsere Ärzte unter
Umständen davon lernen könnten. Wenigstens werden sie nie
sofort mit dem Messer zur Hand sein. Und wie furchtbare Wunden kommen bei ihren Kämpfen und Jagden doch manchmal
vor, die sie blendend heilen, ohne sogar die Wunden zu nähen.
Hast du in Telok den Malaien gesehen, den ein tödlich verwundeter Tiger mit letzter Kraft noch niedergerissen hatte? Meinst

du, dass ein Europäer es fertiggebracht hätte, diese furchtbaren Risswunden so zu heilen?"

„Du musst aber auch bedenken, Rolf, dass die Naturvölker eine ganz andere Gesundheit und Widerstandskraft haben als wir Europäer. Wir sind durch Generationen hindurch verweichlicht, durch die Kultur. Hier haben sich die Menschen noch natürlicher erhalten."

„Na ja, hier in den Sümpfen vielleicht, obwohl sie auch schon mit modernen Selbstladepistolen schießen. Aber lange wird es auch nicht mehr dauern, bis die Zivilisation ihren Siegeszug auch hierher ausgedehnt hat. Dann wird vielleicht ein ‚Doktor‘ seinen Patienten einfach das Bein abschneiden, wo er früher einen Kräuterverband gemacht hätte. Also über die Wunde Hastings brauchen wir uns wirklich nicht zu beunruhigen; er ist in den besten Händen. Aber wir reden so, als befänden wir uns hier in vollster Freiheit. Dabei müssen wir doch unbedingt mit einem Angriff der feindlichen Bata rechnen. Wir haben ihnen ihre Leute getötet, das werden sie unbedingt rächen wollen."

„Ich glaube nicht, dass wir sie zu fürchten haben. Gegen unsere Waffen kommen sie doch nicht an, wenn sie auch selbst Gewehre und Pistolen besitzen. Du hast doch gesehen, wie schön sie am Duriobaum vorbeigeschossen haben."

„Desto besser werden sie aber ihre Speere über die Bambushecke hier schleudern können. Wir wissen ja leider nicht, wie stark sie sind. Vielleicht überrennen sie uns einfach."

„Aber Rolf", wandte ich ein, „wenn sie wirklich in derartiger Übermacht wären, dann hätten sie das Dorf hier doch schon längst vernichtet und nicht ausgerechnet gewartet, bis wir herkamen. Das wäre ja sonst wirklich eine Ironie des Schicksals gewesen, dass wir uns mit dem einen Stamm erst vertragen, um dann als Kriegsgefangene in die Hände des anderen zu fallen. Und dann hätten wir vielleicht das Vergnügen, elend umzukommen."

„Ja, du hast recht", gab Rolf zu; „sie werden jetzt aus Rache angreifen. Aber sie können höchstens gleich stark sein, und wir können uns sicher mit Erfolg verteidigen. Wäre Hasting gesund und Pongo hier, dann könnten sie ruhig doppelt so stark sein."

„Ja, ja, Pongo", nickte ich traurig, „jetzt sind wir ja wieder bei ihm. Herrgott, war das ein kraftvoller Anblick, als er sich mit der linken Hand festhielt und dem Untier die Nase mit seinem schweren Speer spaltete. Ich glaube gern, dass das Nashorn daraufhin fortgerannt ist. Und es ist sehr fraglich, ob es an diesen Ort zurückkehren wird.“

„Oh doch, wenn die Schmerzen vergehen und die Wunde heilt, dann wird sich vielleicht sein Rachegefühl regen. Ich bin überzeugt, dass wir es sicher dort wiederfinden werden, wenn hier alles glücklich abläuft und unser Pongo zurückkommt. Denn ohne ihn würde ich nicht hingehen; doch sollte ich von seinem Tod erfahren müssen, dann wäre mir ganz Sumatra verleidet.“

„Aber ich würde erst die Holländer alarmieren und mit der Strafexpedition selbst hinausgehen. Und ich würde dafür sorgen, dass kein Bata heil davonkäme.“

„Ja, diesen Strafzug würde ich allerdings auch mitmachen. Aber dann würde ich den Smaragdinseln der Südsee, wie diese Inselgruppe so schön und poetisch genannt ist, den Rücken kehren. Dann würde ich Tibet aufsuchen, um dieses geheimnisvolle Land zu studieren.“

„Das können wir später auf jeden Fall“, meinte ich begeistert; „ich hoffe, nein, ich bin fest überzeugt, dass unser Pongo zurückkommt, dann muss er natürlich mit.“

„Tibet ist zu kalt; er ist die Hitze des tropischen Urwaldes gewöhnt. Er würde uns dort oben in den eisigen Schneestürmen umkommen.“

„Pongo, bei dieser Riesennatur?“ lachte ich. „Aber, Rolf findest du denn die afrikanischen Nächte so warm? Ich glaube, wir haben schon mehrere Grad Kälte im Kapland gemessen.“

„Das stimmt, aber das ist nichts gegen vielleicht 20 Grad Kälte bei einem Schneesturm, wie sie im Bereich des Himalaja häufig vorkommen. Nun, wir sind wieder bei Zukunftsmusik; wir wollen uns lieber mit der unangenehmen Gegenwart beschäftigen. Jetzt heißt es, erst hier herauszu ... ah, sie sind da!“

Er brach ab und wandte sich der Umzäunung zu. Draußen wurde eine Salve abgeschossen, und überall splitterten die obersten Spitzen der Palisaden unter den Kugeln der Feinde. Wir waren eingeschlossen. Der Krieg hatte begonnen.

Abenteuer 005: Kämpfe im Urwald

1. Kapitel: Die Belagerung

Die Spitzen des Palisadenzaunes zersplitterten unter den Kugeln der Feinde. Auch einige Speere, mit großer Wucht geschleudert, fanden ihren Weg über die hohe Umzäunung und fielen auf den freien Platz vor dem Sopo, dem niederen Gemeindehaus.
Der Angriff des feindlichen Bata-Stammes auf das mitten im Todes-Sumpf gelegene Dorf hatte begonnen. Und zu allem übrigen Unglück war Pongo, dieser treue Riese mit dem furchtbaren Gorillakopf, verschwunden, nachdem ihn das Schuppennashorn in den Duriobaum geschleudert hatte, in dessen Laubdach die Feinde sich verborgen hatten. Und auch Hasting, der tapfere Legionär der niederländisch-indischen Fremdenlegion, der allein von uns die Sprache der Bata verstand, lag in Fieberphantasien, die nach Rolfs Ansicht wohl noch einige Tage dauern würden. Er war von den versteckten feindlichen Bata angeschossen worden, als wir auf dem Duriobaum zuliefen, um nach Pongo zu sehen.
Aufgeregt lief der Ompum, der Häuptling des Stammes, auf uns zu. Leider verstanden wir nicht, was er lebhaft hervor sprudelte, aber seinen Bewegungen – er deutete oft auf uns und dann auf unsere Waffen – konnten wir entnehmen, dass er große Hoffnung auf unsere Hilfe setzte. Und da wir absolut nicht die Absicht hatten, uns durch den feindlich gesinnten Stamm abschlachten zu lassen, nickten wir natürlich eifrig. Rolf übernahm auch jetzt sofort die Organisation der Verteidigung.
Er winkte dem Ompum, ihm zu folgen, und schritt langsam rings um die zwei Meter hohe Umzäunung. An jeder Stelle, die ihm etwas schwach erschien, deutete er auf die uns folgenden Krieger und zeigte durch Hochheben der Finger an, wie viele er zur Bewachung der Stelle für nötig hielt. Ich merkte dabei auch,

dass er Stellen aussuchte, die von innen völlig befestigt und uneinnehmbar erschienen. Er mochte sich bei diesen Stellen nach der Stärke des Feuers richten, das die Belagerer gegen sie abgaben. Sicherlich erschien von außen eine solche Stelle geschwächt, und die Feinde glaubten, dort am ersten eindringen zu können.

Vielleicht ist es für den Leser interessant, wenn ich hier eine kurze Schilderung über die Bata einflechte. Sie werden auch Batta oder Batak genannt, haben eine fast kaukasische Gesichtsbildung mit rundlicher Gesichtsform, freier Stirn und großen, etwas geschlitzten Augen. Ihre Hautfarbe ist lichter als die der Malaien, so dass das Wangenrot durchscheint, ihr Haar ist weich und fein, meist von brauner Farbe. Sie sind durchschnittlich ungefähr 1,70 Meter groß, überragen also an Körpergröße die Malaien. Von Charakter sind sie träge, sorglos, gutmütig, aber schnell in Zorn zu versetzen und dazu zank- und rachsüchtig. Ihre Sprache scheint mit den übrigen Idiomen des indischen Archipels verwandt zu sein, hat aber doch ihre Eigentümlichkeit, so dass wir sie nicht verstehen konnten.

Lesen und Schreiben ist von alters her unter ihnen verbreitet. Ihre Schrift wird von unten nach oben, und zwar Buchstabe über Buchstabe, in Reihen von links nach rechts auf Bambus geschnitten. Forscher haben Schriftstücke gefunden, die noch aus der Vorzeit stammen und mit tiefschwarzem Firnis auf Bast geschrieben sind. Diese Schriften werden Pustaba genannt und gelten als heilig. Die Bata haben auch eine eigentümliche Zeitrechnung und eigene Monatsnamen. Sie glauben an ein höchstes Wesen, Dibata, dessen Wohnsitz sie in den höchsten der sieben Himmel verlegen. Sie haben auch eine große Zahl guter und böser Geister, die dem Dibata untergeben sind, und glauben auch, dass die Vornehmen ihres Volkes nach ihrem Tod in Götter übergehen. Priester gibt es bei ihnen nicht, auch keine Ärzte, statt dessen wenden sie Zaubermittel und Talismane an. Sie kennen zwar an religiösen Zeremonien nichts als Opferhandlungen, haben aber doch eine Vorstellung von einem künftigen Leben. Der Gott Tuang dan batari richtet die Gestorbenen. Ist das Urteil günstig, so bleiben sie in den verschiedenen Himmeln der Oberwelt, im anderen Falle kehren sie zu ihren Gräbern und früheren Wohnsitzen zurück und verbreiten als Geister endloses Elend. Ihre Kleidung besteht beim Mann in weiter, halblanger Hose,

Serroar genannt, in einem Schal, der allerdings mehr zur Zierde um die Schultern gelegt wird, und dem „Bungas", einem turban-ähnlichen Kopftuch. Die Häuptlinge haben ein weites Unter-kleid – Sarong – mit Schärpe oder Gürtel und einen besonders schönen, mit Korallen besetzten Schal.

Die Frauen tragen das Haar offen und den ganzen Oberkörper nackt, sonst nur einen Sarong, die Jungfrauen sind durch Ringe aus Messing um den Hals und solche aus Kupfer an den Armen gekennzeichnet.

Die Wohnungen der Bata sind von denen der Malaien sehr ver-schieden. Sie ruhen auf vier Pfählen von anderthalb bis zwei Meter Höhe und haben eine rechteckige Gestalt von ca. sechs zu acht Metern. Der innere Raum ist in kleine Fächer geteilt; die Höhe der Wände, die meist aus Baumrinde bestehen, beträgt un-gefähr anderthalb Meter. Von da an beginnt das steile Dach aus „Idschu", den Fasern der Arengpalme, dessen First in der Mitte ausgeschweift ist und an den beiden Ecken weit hervorragt. Die meisten Häuser werden von mehreren Familien bewohnt. Sie sind in Dörfer zusammen geordnet, die man „Huta" nennt.

Außer den Wohnhäusern sieht man noch gleich gebaute Scheu-nen und ein Gemeindehaus, Sopo genannt, in dem die öffentli-chen Angelegenheiten verhandelt und die Kostbarkeiten des Stammes verwahrt werden. Fast alle Arbeit ruht auf den Frauen. Sie besorgen den Feldbau, dessen Erträge Mais, Reis, Gemüse, Tabak und Farbstoffe sind, sie weben Tuch, flechten Säcke und Matten, kochen Farbstoff und bereiten in Kriegszeiten sogar das Pulver. Die Männer dagegen rauchen meist aus langen Messing-pfeifen, betätigen sich höchstens mit Baumfällen und Hausbau und – beaufsichtigen manchmal die Kinder. Doch sie sind sehr geschickt, verstehen Metalle zu schmelzen, Elfenbein zu drech-seln, in Holz zu gravieren usw. Ihre Waffen bestehen aus Spee-ren mit eisernen Spitzen oder sind ganz aus Bambus. Aber die chinesischen Händler haben schon dafür gesorgt, dass sie teil-weise auch mit modernen Gewehren und Selbstlade-Pistolen ausgerüstet sind.

Ihre Nahrung besteht gewöhnlich aus Reis und Mais. Fleisch, Eier und Fisch werden nur bei festlichen Gelegenheiten ver-zehrt. Sie ziehen aber unter dem Haus oft Schweine und Hühner – wenn sie nicht zu arm dazu sind. Ihr Getränk ist Wasser oder „Tuak", der berauschende Saft der Arengpalme.

Interessant ist ihre Art zu heiraten. Auf zweierlei Art kann es geschehen: erstens auf „Mangoli"- oder „Tuhor"-Art, indem der Mann die Frau, meist für einen recht hohen Preis, von den Eltern kauft. Die auf „Mangoli" geheiratete Frau kann nichts erben und geht nach dem Tod des Mannes auf die Söhne über. Der Mann kann sie auch fortjagen, verliert aber dann den Brautschatz. Will aber die Frau sich vom Mann trennen, so müssen die Eltern das Kaufgeld zurückgeben und unter Umständen sogar noch ein Geschenk hinzufügen. Die zweite Art ist auf „Sumondo", indem der Mann in die Hausgemeinschaft der Schwiegereltern eintritt. Das Begräbnis geschieht für gewöhnlich ohne weitere Förmlichkeiten bald nach dem Tod. Dagegen werden große Feierlichkeiten bei der Bestattung eines Häuptlings abgehalten. Ein Häuptling darf nicht eher begraben werden, als bis der Reis, der an seinem Sterbetag gesät wird, reif geworden ist. Dann werden aus dem ganzen Land die befreundeten Häuptlinge zusammengerufen. Jeder erscheint zur Feier mit einem Büffel, und alle diese Büffel werden feierlich geschlachtet.

Auf einem mächtigen, an den Ecken mit Holzstatuen besetzten Gestell wird der Sarg aus massivem Durioholz zu Grabe getragen. Der Tote ist völlig angekleidet und mit Baroskampfer bestreut. Am Grabe wird der Sarg noch einmal geöffnet unter den Worten des Sohnes oder der nächsten Verwandten, dass der Tote jetzt zum letzten mal die Sonne erblicke, die er nun nie mehr sehen werde, dann wird der Sarg in die Gruft gesenkt. Die Holzbilder werden neben dem Grab aufgerichtet und dabei auch die Hörner und Kinnbacken aller geschlachteten Tiere an Stangen aufgehängt.

Freundschaft und Einverständnis wird bei den Bata durch Auswechslung des an der Seite getragenen Messers bekräftigt. Bei einem Schwur setzen sich alle Anwesenden in einen Kreis, in dessen Mitte ein Schwein oder eine Kuh geschlachtet wird. Das Herz des Opfers wird herausgerissen, und jeder verschlingt ein Stück davon, indem er dabei gelobt, ebenso verschlungen zu werden, wenn er je sein Wort bräche.

Das Volk der Bata lebt in Familienstämmen – Suku genannt – ohne Kontakt zu den anderen. Nur vorübergehend, zu besonderen Zwecken, vereinen sich einzelne Stämme. Jedes Dorf ist unabhängig und selbständig, und hat ein erbliches Oberhaupt (Ompum), das jedoch, was das Allgemeinwohl betrifft, ohne Volksberatung nichts ausführen darf. Jeder freie Mann hat eine Stimme, und es wird nach Stimmenmehrheit entschieden. Unbedingter Gehorsam wird dem Häuptling nur im Krieg geleistet. Jeder männliche, dem Knabenalter entwachsene Bewohner des Dorfes gilt als waffenfähig und muss zum Kampf ausziehen, sobald der Kriegsruf ertönt. Abgaben werden nicht erhoben, ebenso wenig gibt es einen Gemeindesäckel. Die einzigen Vorzüge, die der Ompum besitzt, bestehen darin, dass das Volk seine Wohnung baut und seine Felder bestellt. Außerdem ist der Handel mit Vieh meist in seinen Händen.

Die Gesetze der Bata, „Hadat" oder „Adat" genannt, sind nicht geschrieben, sondern sind nur herkömmlicher Brauch. Ihre Bestimmungen sind vielfacher Deutung fähig, daher kommt es häufig zu weitläufigen Verhandlungen im „Sopo", im Gemeindehaus. Fast alle Vergehen können mit Geld oder Sachwerten abgefunden werden. Nur für den Ehebruch eines Gemeinen mit der Frau eines Ompum ist unwiderruflich die Todesstrafe festgesetzt. Landesverräter und Spione werden ebenfalls hingerichtet – wenn sie sich nicht mit dem Gegenwert eines Büffels loskaufen können; dasselbe gilt für Feinde, die außerhalb ihres Dorfes mit Waffen in der Hand ergriffen werden, während man die in Dörfern bei friedlicher Beschäftigung gefangenen meistens wieder entlässt. Ehebrecher und Landesverräter müssen erst durch Lanzenstiche getötet werden, während der Kriegsgefangene lebendig zerschnitten wird. Jeder Fremde, der gewarnt das Land betritt, gilt als vogelfrei.

Die niederländisch-indische Regierung hat bis jetzt nur einen kleinen Teil des Bata-Landes unterworfen. In den selbständigen Distrikten herrscht ständige Kriegswirren. Der einheimische Handel der Bata erstreckt sich auf die gewöhnlichen Lebensmittel und wird auf bestimmten Marktplätzen betrieben, zu denen die Bewohner mit Weib und Kind und stets bewaffnet ziehen. Eine Ausfuhr findet nur von der Südwestküste statt und besteht hauptsächlich in Elfenbein, Schildpatt, Dammarharz, Kassiazimt, Rohr, Pfeffer, Kampfer und Benzoe. Vom Ausland werden Salz, Eisenwaren, Messingdraht und Glaskorallen bezogen.

Diese Angaben über das interessante Volk verdanken wir Hasting, der die Sitten und Gebräuche der Bata ebenso wie ihre Sprache studiert hatte.

Wir hatten leider in den vorangegangenen Tagen versäumt, einen Rundgang außen um das Dorf zu machen, da wir ja auch nicht ahnen konnten, dass wir – erst als Gefangene, nun als Freunde der Dorfbewohner – jetzt von Feinden belagert würden. Sonst hätten wir noch den Graben und die Stachelbambus-Hecke, die vor der Palisade lagen, genauer nach schwachen Stellen betrachtet.

„Hoffentlich ist die Palisade überall in einem solchen Zustand wie hier", meinte ich, als wir am südlichen Tor angelangt waren, das direkt in die Sümpfe führte. Durch dieses Tor waren wir bei Tagesanbruch gegangen, um das überaus seltene Schuppennashorn zu fangen. Und nun, es war am frühen Nachmittag, hatten wir Pongo verloren, den die feindlichen Bata oben im Blätterdach des Duriobaumes sicher ermordet hatten; Hasting hatte einen schweren Schulterschuss bekommen, und es war sehr fraglich, ob wir uns gegen die Feinde halten konnten, die sicher in großer Übermacht erschienen waren.

„Wenn wir wenigstens mit dem Häuptling reden könnten", sagte ich jetzt, „dann würden wir einen Boten an den Sergeanten Vaasen schicken, der uns mit seinen Leuten zu Hilfe kommen könnte."

„Ich glaube nicht, dass ein Bote jetzt durchkäme. Die Feinde haben doch sicher sämtliche Wildpfade, die hier vom Dorf durch die Bambusdickichte führen, besetzt. Hallo", unterbrach sich Rolf, als im gleichen Augenblick durch zwei Schüsse ein langes Stück Bambus aus dem hohen Tor gerissen und dicht vor unsere Füße geschleudert wurde, „jetzt möchte ich den Herrschaften da draußen aber doch zeigen, dass wir uns verteidigen können. Und außerdem ist der Verlust unseres braven Pongo noch nicht gerächt. Komm hier dicht neben das Tor. Sie scheinen, Gott sei Dank, keine modernen Gewehre zu besitzen, sonst würden die Kugeln selbst durch den zähen Bambus schlagen. So, und jetzt musst du mich auf die Schultern nehmen, darfst dich aber erst dann aufrichten, wenn ich es sage."

„Was willst du denn machen, Rolf?" fragte ich besorgt, „wenn du deinen Kopf über den Palisadenzaun streckst, bekommst du doch sicher einige Kugeln ab."

„Das werde ich schon vermeiden und mir deshalb den Zweig hier abbrechen. So, jetzt musst du dich bücken, und ich setze mich auf deine Schultern. Gut, jetzt werde ich meinen Tropenhelm auf dem Zweig in die Höhe strecken und hoffe, dass die

Feinde ihn sofort beschießen. Ehe sie dann Zeit zum Laden gefunden haben, musst du dich schnell aufrichten. Dann werde ich schon sehen, ob ich ein Ziel für meine Parabellum finde. Gott sei Dank haben die Leute da draußen keine Repetiergewehre, also wird die Sache vielleicht gelingen."

Jetzt war ich selbst äußerst gespannt auf das Ergebnis dieses Versuches. Ich nahm Rolf auf meine Schultern und richtete mich halb auf, bis er mir ein Halt zurief. Als ich dann nach oben zu ihm hinauf schielte, sah ich, dass er den Zweig mit seinem Tropenhelm langsam in die Höhe hob. Sofort fielen draußen vier Schüsse, deren Kugeln aber den Helm nicht trafen.

„Hoch!" rief Rolf, und ich richtete mich schnell auf. Kaum stand ich aufrecht, da peitschten vier Schüsse in rasender Reihenfolge aus Rolfs Parabellum. Und draußen gab es zwei gellende Todesschreie und ein zeterndes Schmerzgebrüll von zwei anderen Stimmen.

„Ab!" kam das Kommando, und ich ließ meinen Freund schnell auf den Boden hinunter.

„Zwei sind tot", sagte er ernst, „die beiden anderen, die halb verdeckt im Bambus zur Seite standen, sind mindestens schwer verletzt, wie du aus ihren Schreien hören kannst. Angenehm ist es mir ja nicht, aber hier darf man keine Rücksicht nehmen. Gerade diese vier Schüsse geben uns vielleicht eine längere Frist, denn jetzt werden sie kaum einen Angriff wagen."

„Sie werden aber so erzürnt sein, dass sie doch vielleicht in der ersten Wut anstürmen", wandte ich ein, „da, sie haben ihre Leute gefunden."

Draußen erscholl ein furchtbares Wutgeheul, dann fielen mehrere Schüsse, die aber blindlings abgegeben waren und nicht einmal die Bambustür durchschlugen. Der Ompum, der Rolfs tollkühnes Stück erst freudestrahlend beobachtet hatte, machte jetzt ein besorgtes Gesicht und erzählte uns eine lange Geschichte, auf die wir allerdings nur mit einem Achselzucken antworten konnten. Da kam der Häuptlingssohn, der sich besonders um Hasting bemüht hatte, und winkte uns eifrig, ihm zu folgen. Wie ich im vorigen Band erwähnte, hatten wir Hasting den Bata-Leuten zur weiteren Behandlung überlassen, nachdem wir ihm die tiefgehende Schulterwunde gereinigt hatten. Wir wussten, dass die Naturvölker Kräuter kennen, deren wunderbare Wirkung wir kaum ahnen. Und hier wurden unsere Erwartungen sogar noch übertroffen. Als wir in unsere Hütte hinaufgeklettert waren, hatte sich der tapfere Legionär auf seinem Lager aufgerichtet und lächelte uns schwach entgegen.

„Sie werden mich doch bestimmt als Dolmetscher gebrauchen, meine Herren, denn der Häuptlingssohn erzählte mir, dass der feindliche Stamm das Dorf eingeschlossen hätte. Ich habe auch gleich von ihm erfahren, dass dieser Stamm über ungefähr hundert Krieger verfügt, uns also überlegen ist. Ich hörte schießen; haben Sie einen Feind getroffen?“

„Zwei tot, zwei schwer verwundet“, sagte Rolf kurz. „Nun, dann werden sie sicher alles versuchen, um sich an uns zu rächen. Es wäre vielleicht am besten, wenn ich mich auf den freien Platz vor dem Sopo hinaustragen lasse, dann kann ich Ihre Anordnungen, Herr Torring, sofort den Bata übermitteln.“

„Wenn es Ihnen nichts schadet, wäre es allerdings sehr gut“, meinte Rolf. „Ich kenne ja nicht genau die Sitten der Bata, aber ich denke mir, dass wir vielleicht mit den Angriffen und Sturmversuchen in der Nacht rechnen können.“

„Das können Sie ganz bestimmt. Gott sei Dank hat mir der Häuptlingssohn erzählt, dass die Palisaden erst vor einer Woche ausgebessert worden sind, als die erste Kunde vom Auftauchen der Feinde in bedrohlicher Nähe eintraf. Auch der Wassergraben ist neu ausgeschachtet. Und die Stachelbambushecke ist durch die sumpfige Erde genügend feucht, um einem Brandversuch zu widerstehen.“

„Hoffentlich kennen sie nicht die Kunst, Brandspeere zu werfen. Wenn die Hütten in Brand gesetzt werden, sind wir verloren.“

„Leider ist ihnen diese Kampfart nicht unbekannt. Es wundert mich eigentlich, dass sie damit noch nicht begonnen haben. Das ist eigentlich die einzige Gefahr, der wir wirklich ausgesetzt sind, denn an ein Stürmen ist schwer zu denken. Brennen aber die Hütten, dann müssen wir aus der Umzäunung heraus und sind ihren Kugeln ausgesetzt.“

„Nun, dann müssen wir unsere Gegenmaßnahmen treffen“, rief Rolf energisch; „wir werden Sie hinaustragen, und Sie raten dem Häuptling, sofort sämtliche Hütten einreißen zu lassen. Die Trümmer werden in der Mitte des Dorfes aufgeschichtet. Dann haben wir freie Übersicht zu den Palisaden und brauchen uns vor keinem Brandspeer zu fürchten!“

„Großartig!“ rief Hasting, „das ist allerdings der einzige Rettungsweg. Tragen Sie mich, bitte, sofort hinaus, ich werde es dem Ompum sagen. Gott sei Dank geht das Zerlegen der Häuser mit den Klewangs schnell. Und die Bewohner werden sich bestimmt nicht weigern, ihre Wohnstätten zu zerstören, wenn sie damit ihr Leben retten können. Ah, hören Sie die Schreie? Das bedeutet Feuer. Die Feinde haben also bereits ihre Brandspeere geschleudert. Schnell, schnell, wir müssen helfen." Wir hoben ihn mit der Decke, auf der er lag, hoch und trugen ihn schnell, aber vorsichtig die steile Bambusleiter hinunter. Im nördlichen Teil des Dorfes, dort, wo der Weg zum Lager unserer Legionäre führte, loderten helle Flammen hoch. Sie gaben keinen Rauch, ein Zeichen, dass das Bambusholz der brennenden Hütte völlig ausgetrocknet war.

„Schnell, meine Herren", stöhnte Hasting, den der Transport doch sehr mitnahm, „wir sind verloren, wenn das Feuer weiter um sich greift."

Bald gelangten wir an die Brandstelle. Zwei Hütten waren es, die da in Feuer standen. Jammernd drängten sich die Frauen in weitem Kreis um die wabernde Glut, während einige überlegte Männer bereits begannen, die nächsten Hütten einzureißen. Gerade holte uns der Ompum, der eiligst herbeilief, ein, und Hasting rief ihm aufgeregt Rolfs Vorschlag zu.

Jetzt bewährte sich die alte Sitte der Bata, dass zwar das Dorfoberhaupt bei allgemeinen Fragen nicht selbständig ohne Volksberatung handeln darf, dass ihm aber im Krieg unbedingter Gehorsam geleistet werden muss. Die Männer nahmen ihre Klewangs und fingen an, ihre Hütten einzureißen. Wie Hasting vorausgesagt hatte, ging die Arbeit sehr schnell vor sich. Da hatte Rolf wieder ein neues Bedenken.

„Hans, du wirst jetzt die rechte Palisadenseite bewachen, während ich die linke schütze. Und, Herr Hasting, sagen Sie, bitte, dem Ompum, dass er sofort seinen Sohn mit einigen Kriegern ans Südtor schickt. Sehr wahrscheinlich werden doch die Feinde jetzt einen Sturm versuchen, da sie die Dorfbewohner mit dem Brand beschäftigt glauben. Aber schnell!"

Ich nahm meine Winchester von der Schulter und sprang zwischen zwei gerade zusammengefallenen Hütten an die rechte Palisadenseite. Ich stellte mich so in die Ecke, dass ich sowohl die Nord- als auch die Ostseite übersehen konnte, obwohl es fraglich war, ob die Feinde an der Nordseite einen Sturm versuchen würden, da ja dort das Feuer brannte und sie die meisten Bewohner dort versammelt glauben mussten.

So nahm ich speziell die Ostseite ins Auge, warf aber doch ab und zu einen Blick entlang der Nordseite. Und da sah ich plötzlich einen rauchenden Speer in großem Bogen über die Palisaden fliegen und in einer Hütte landen, die gerade abgerissen wurde. Sofort loderten helle Flammen hoch und fraßen gierig weiter. Die beiden Bata, die mit dem Abreißen beschäftigt waren, sprangen entsetzt zur Seite. Und im gleichen Augenblick stürzte die brennende Hütte zusammen. Schon wollte ich erleichtert aufatmen, da sah ich zu meinem Schrecken, dass einige brennende Teile bis zur nächsten noch stehenden Hütte flogen und diese sofort in Brand setzten. Jetzt wurde es gefährlich, denn dicht aneinandergedrängt standen hier noch sechs Hütten, da die meisten Männer mit dem Abreißen der Hütten im unteren Teil des Dorfes beschäftigt waren. Und wenn diese Hütten Feuer fingen, dann würde auch der nahe Palisadenzaun in Flammen aufgehen und sicher auch die dahinterstehende Stachelbambushecke so in Mitleidenschaft gezogen werden, dass die Feinde leicht eindringen konnten.

Ratlos blickte ich umher, ob ich irgendwo Hasting entdecken könnte, der den Bata hätte sagen können, was sie jetzt tun sollten. Und da fiel mein Blick auf die Palisade der Ostseite. Instinktiv riss ich meine Winchester hoch, denn dort tauchten plötzlich dunkle Köpfe auf, Arme und Oberkörper folgten; jetzt schwang der erste Feind schon das Bein herüber – da feuerte ich. Sechs Schüsse gab ich ab, von denen fünf trafen, denn die dunklen Körper fielen mit lautem Schrei hinten hinunter. Dann waren die Feinde verschwunden. Sie hatten wohl doch nicht einen solchen Widerstand erwartet. Nur Sekunden hatte dieser Angriff gedauert, da hörte ich Rolfs Büchse. Und während ich mechanisch die abgeschossenen Patronen ersetzte, begann auch der Kampf an der Südseite, an welcher der Häuptlingssohn mit einigen Kriegern stand. Rolf feuerte acht Schuss ab, dann war es dort still, für mich ein Zeichen, dass er ebenfalls den Angriff abgeschlagen hatte. Unten beim Häuptlingssohn dauerte es aber länger, und schon wollte ich hinunter eilen, da merkte ich, dass Rolf bereits eingegriffen hatte, denn der scharfe Klang seiner Parabellum peitschte dort auf. Und bald folgte ein Triumphgeschrei unserer Bata.

Aber inzwischen hatte das Feuer die sechs Hütten erfasst. Es war eine Glut, die mich bald von meinem Posten verjagt hatte, denn ich stand nur wenige Meter von der ersten Hütte entfernt. Und noch hatte das Feuer die Hütten nicht völlig ergriffen. Da sah ich Hasting, den zwei Bata auf einer Decke näher trugen. Er rief seinen Trägern jetzt etwas zu, die ihn darauf sofort auf die Erde legten, ihre Klewangs zogen und auf die brennenden Hütten zuliefen. Es waren mutige Leute, denn trotz der Gefahr, unter den brennenden Trümmern begraben zu werden, sprangen sie doch dicht heran und hieben mit kräftigen Streichen die beiden vorderen Träger durch. Dadurch neigten sich die Gebäude nach vorn und stürzten zusammen, genügend weit von der Palisade entfernt, um sie nicht mehr zu gefährden.

Ich atmete sehr erleichtert auf, als diese Gefahr beseitigt war. Und die Feinde schienen vom ersten Angriff völlig genug zu haben, denn wir hörten ihr Wutgeschrei in der Ferne verklingen. So konnten wir es jetzt auch wagen, unsere Posten zu verlassen. Der Ompum stellte aber zur Vorsicht vier Posten an jede Seite der Palisaden, während wir zu einer Beratung neben dem mächtigen Trümmerberg der zerstörten Hütten zusammentraten. Unsere Lage war sehr ernst, denn es war ja auch nur eine Frage der Zeit, dass die Feinde das Dorf stürmten. Rolf und ich, als einzige gute Schützen, konnten nicht überall sein. Wenn Hasting wenigstens noch hätte helfen können, aber er machte jetzt nach den Aufregungen einen sehr schwachen Eindruck. Trotzdem versäumte er nicht seine Pflicht als Dolmetscher und übermittelte dem Ompum Rolfs Vorschlag, einige kleinere Holzhaufen rings am Palisadenzaun aufschichten zu lassen, um bei einem nächtlichen Angriff sofort genügend Licht machen zu können. Wie ich bereits erwähnte, war das Wutgeschrei der Feinde in der Ferne verebbt, und wir konnten sie durch unseren unerwarteten Widerstand für so erschreckt halten, dass sie eine längere Pause im Kampf eintreten lassen würden. Aber wir hatten die Ausdauer und vor allen Dingen die Wut der Angreifer unterschätzt.

Als sich die ersten Bata mit ihrer Holzlast den Palisaden näherten, fielen plötzlich über den Rand mehrere Schüsse, und gleichzeitig zischte eine Wolke Speere herüber. Die listigen Feinde hatten nur die Hälfte ihrer Mannschaft abziehen lassen, während die andere auf eine günstige Gelegenheit zum Angriff gewartet hatte. Und die Überraschung war ihnen gut gelungen.

Verschiedene Träger und auch einige Posten brachen tot oder verwundet zusammen. Und ehe wir unsere Büchsen empor reißen konnten, schwangen sich schon die dunklen Gestalten der Angreifer über die Palisaden und sprangen ins Innere hinab. Mit gezogenen Klewangs stürzten sie auf die überraschten Dorfbewohner los. Aber unsere Bata erholten sich schnell von ihrem augenblicklichen Schreck. Auf ein Kommando des Ompum sammelten sie sich und warfen sich den Feinden entgegen. Wir konnten uns am Kampf nicht beteiligen, denn wir durften nicht schießen, da wir sonst die befreundeten Bata gefährdet hätten. Dafür nahmen wir aber die Palisaden unter Feuer, über die sich immer neue Gestalten schwingen wollten. Auch der brave Hasting, der neben dem mächtigen Trümmerhaufen lag, beteiligte sich mit gutem Erfolg an der Verteidigung. In den kurzen Pausen, die wir zum Laden benötigten, hörte ich seine Pistole in rasender Schnelligkeit arbeiten.

Es war ein wildes Kampfgetümmel an allen Seiten. Vielleicht zwanzig Feinde waren eingedrungen, denen aber fünfzig Dorfbewohner entgegenstanden. Da wir nun mit unseren Kugeln ein weiteres Eindringen der Feinde energisch verhinderten, lichtete sich die Zahl der Angreifer. Die Dorfbewohner wussten ja, dass es um ihr Leben ging, und sie kämpften mit großer Verbissenheit. Die Eindringlinge sahen bald ein, dass ihr Heil nur in schneller Flucht lag, und so versuchten die restlichen zehn von ihnen, wieder über die Palisaden zu gelangen. Aber es glückte nur einem einzigen, die anderen fielen unter unseren Kugeln oder den Streichen der Dorfbewohner. Leider wurden die Verwundeten von den erbitterten Bata sofort niedergemacht, denn wir hätten sie gern ausgefragt. Neunzehn Tote mussten so die Feinde nur bei diesem Angriff beklagen. Aber auch auf unserer Seite zählten wir acht Tote und ebenso viele Verwundete, darunter fünf sehr schwer. So war unsere Zahl auch auf siebenunddreißig herabgesunken, während uns noch immer doppelt so viele Feinde entgegenstanden.

Hätten wir die Folgen geahnt, so würde der eine Eindringling sicher nicht entkommen sein. Er hatte genügend Zeit gehabt, um unsere Lage zu überblicken, wusste also, dass wir den mächtigen Trümmerhaufen in der Mitte des Dorfes aufgeschichtet hatten. Und plötzlich flogen wenigstens dreißig Brandspeere in weitem Bogen über die Palisaden und fuhren in die Hüttentrümmer. Sofort stand der riesige Scheiterhaufen in hellen Flammen. Schnell sprangen die nächsten Bata hinzu und trugen Hasting aus der bedrohlichen Nähe der furchtbaren Glut. Aber auch wir mussten vor der sengenden Lohe bis dicht an die Palisaden zurückweichen, und trotz der Entfernung nahm uns die Glut fast den Atem. Und jetzt brach noch zu allem Unglück die Nacht herein.

2. Kapitel: Flucht in die Sümpfe

Durch den Brand war unsere Lage völlig hoffnungslos geworden. Wir waren von dem Riesenfeuer hell beschienen, und unsere Feinde konnten unbemerkt an den Palisaden hochklettern und uns von oben unschädlich machen. Ich war im Augenblick ziemlich ratlos, aber Rolf fand sofort den rettenden Ausweg.
Neben uns lagen noch die kleinen Holzhaufen, die er zur eventuell nötigen Beleuchtung an die Palisadenwand hatte schaffen lassen. Jetzt gab Hasting, der neben uns auf einer Decke lag, dem Ompum Rolfs Vorschlag weiter, dieses Holz anzubrennen und über die Palisaden nach außen zu werfen, damit die Feinde nicht im Dunkel anschleichen konnten. Lange Zeit konnte diese Verteidigungsbeleuchtung allerdings nicht vorhalten, aber inzwischen war auch vielleicht der große Scheiterhaufen in der Mitte des Dorfes ausgebrannt, und dann standen die Chancen ziemlich gleich. Denn dann konnten wir die Feinde ebenso wenig sehen wie sie uns.
Die Bata erkannten sofort, dass dieser Vorschlag vernünftig war. Kaum hatte Hasting mit dem Ompum gesprochen, da standen auch schon an jeder Seite der Umzäunung je zwei Krieger auf den Schultern eines Kameraden, und die anderen reichten ihnen die flackernden Brände hinauf, und das Wutgeschrei der Feinde bewies, dass durch dieses Abwehrmittel einen neuen Angriff vereitelt wurde. Zu allem Überfluss ließ sich Rolf auch schnell von einem stämmigen Bata hochheben, und nun knallte seine Winchester dreimal. Jeder Schuss wurde von einem gellenden Schrei beantwortet.
Wohl fielen jetzt auch von den Angreifern verschiedene Schüsse, aber sie hatten offenbar schlechte Sicht oder schlechte Waf-

fen, und so wurde nur ein Bata an der Nordseite verwundet, als er gerade einen neuen, mächtigen Feuerbrand in die Nacht hinauswerfen wollte. Ein feindlicher Speer durchbohrte ihm den Arm.

Dabei machten wir die Bemerkung, dass die Feinde wohl keine Speere mit Eisenspitzen mehr besaßen, denn dieser Speer, den Rolf dem Verwundeten herauszog, war ganz frisch aus Bambus geschnitten. Sie mussten ihre mitgebrachten Waffen schon verschleudert haben, denn sie hatten ja damit bereits am Duriobaum, in dessen Ästen unser Pongo verschwunden war, damit begonnen. Das machte aber leider nicht viel aus, denn bei einem Sturm würden sie durch ihre Übermacht die Oberhand gewinnen. Und sicher würden sie diesen Angriff bei Tagesanbruch wagen. Durch den unerwarteten Widerstand und ihre vielen Verluste war ihre Wut und ihr Rachedurst bestimmt aufs äußerste angestachelt.

Das war auch Rolfs Meinung, denn er sagte jetzt: „Wir können uns bestimmt nicht länger als bis zum Morgen halten. Erfolgt dann ein allgemeiner Angriff der Feinde, dann sind wir trotz aller Gegenwehr verloren. Hören Sie, Herr Hasting, Sie müssen dem Ompum folgenden Vorschlag machen: Wie ich gesehen habe, führt der Graben, der das Dorf rings umgibt, in einen schmalen Wasserlauf. Dieser Wasserlauf geht zwar nach Süden, also direkt in diese verteufelten Sümpfe hinein, aber er ist, wie mir scheint, doch unser einziger Rettungsweg. Wir müssen, sobald das Feuer innen und außen erloschen ist, im Schutz der Nacht aus dem Palisadenzaun kleine Flöße herstellen, auf denen wir in Gruppen entfliehen können. Wenn jedes Floß zehn Mann trägt, benötigen wir ungefähr acht Flöße, um auch die Frauen und Kinder fortzuschaffen. Natürlich müssen die Frauen darauf achten, dass ihre Kinder nicht schreien. Auch die Bauarbeiten müssen ganz leise erfolgen. Ich weiß ja nicht, wohin dieser Wasserlauf führt, aber auf jeden Fall könnte es uns gelinge, uns auf ihm davon zu schleichen. Was meinen Sie zu diesem Plan?“

„Es wird nicht einfach werden, unbemerkt durch den Belagerungsring zu schlüpfen, Herr Torring, aber wir werden es wohl versuchen müssen, wenn uns unser Leben lieb ist. Ich werde mit dem Ompum diesbezüglich sprechen. Hoffentlich ist der Verlauf des kleinen Flusses günstig für unsere Flucht.“

Es gab eine sehr erregte Diskussion, an der sich auch nach und nach die meisten Krieger beteiligten. Und schließlich trennten sich die meisten jüngeren Leute von dieser Versammlung und traten zur Gruppe der Frauen, die in einer Ecke kauerten und ihre weinenden Kinder beschwichtigten. Bei uns blieben außer dem Ompum und seinem Sohn nur noch acht Bata stehen.

Jetzt sprach der Ompum lange auf Hasting ein, und endlich übersetzte uns der Legionär: „Meine Herren, das Bild hat sich gerade vollkommen verändert. Die Feinde, die uns angegriffen haben, stehen unter dem Kommando eines Verwandten unseres Ompum. Nun wissen die Bata genau, dass nur er, sein Sohn, und die acht Krieger, die hier bei uns stehen, die Hauptursache dieses Angriffs sind, da der feindliche Anführer einen alten Groll gegen diese zehn Leute hat. Die anderen Dorfbewohner werden mit ihren Frauen und Kindern bestimmt geschont, wenn sie sich ergeben. Und dazu sind sie jetzt entschlossen.

Wenn wir aber mit dem Ompum und den anderen Kriegern hier gefangen werden, blüht uns ein sehr schlimmes Los. Deshalb wollen die zehn Bata mit uns auf einem Floß entfliehen, so wie Sie es vorgeschlagen haben, Herr Torring. Die übrigen Dorfbewohner, die sich ergeben wollen, haben sich, Gott sei Dank, einverstanden erklärt, unsere Flucht zu gestatten, ja uns sogar beim Bau des Floßes zu helfen. Sehen Sie, dort beginnen einige Leute bereits den Palisadenzaun zu lösen. Sowie das Feuer erloschen ist, können wir durch das Südtor entweichen, während die hierbleibenden Krieger unsere Feinde vom Nordtor aus anrufen und sich ergeben."

„Und wohin führt der Flusslauf?" erkundigte sich Rolf.

„Wie Sie vermuten, direkt in die Sümpfe. Es wird ein sehr gefährlicher Weg werden, denn bisher haben sich die Bata über einen gewissen Punkt nicht hinaus getraut. Sie erzählen ständig von irgendeinem Spukwesen, das tief im Inneren der Sümpfe hausen soll."

„So, das ist ja sehr interessant! Wenigstens werden wir dann auf der Flucht eine kleine Abwechslung bekommen", sagte Rolf trocken. „Sagen Sie den Bata aber, dass sie sich für wenigstens zwei Tage Proviant mitnehmen sollen. Unsere Konserven dürften nicht lange reichen, wenn alle davon essen müssen. Ah, die anderen Dorfbewohner bauen bereits das Floß. Da wollen wir uns also fertig machen, denn die Feuer werden bald erloschen sein."

Während Hasting dem Ompum bezüglich des Proviants Bescheid sagte, trugen wir unsere Rucksäcke – auch Hastings und Pongos – zur Südpforte. Dann traten wir zu den Dorfbewohnern, die das Floß anfertigten, und überzeugten uns, dass sie ihre Arbeit ganz vorzüglich verstanden. Das Floß wurde nicht sehr breit – es konnten höchstens zwei Mann nebeneinander sitzen – aber es war durch eine doppelte Lage der starken Bambusrohre sicher außerordentlich tragfähig. Die Hölzer wurden durch dicke, unzerreißbare Rottangschnüre zusammengehalten. Da sich viele fleißige Hände regten, war die Arbeit schnell getan, und als die Feuer draußen und innen nur noch schwach aufzuckten, packten die Bata, die uns begleiten wollten, das Floß und trugen es zum Südtor. Dort wurde es mit unseren Rucksäcken und dem Proviant der Bata beladen, und wir warteten nun auf den günstigen Moment, um unbemerkt fliehen zu können. Jetzt wurde auch Hasting herbeigetragen und vorsichtig auf das Floß gelegt; sein Gewicht machte in den kräftigen Fäusten unserer Begleiter nicht viel aus.

Vom Nordrand des Dorfes hörten wir jetzt langgezogene Rufe. Die Dorfbewohner, die sich ergeben wollten, nahmen also die Verhandlungen mit den Feinden auf. Bald kam Antwort von den Feinden, und es gab einen lebhaften Austausch. Wir lauschten aufmerksam und hörten, dass sich leise Rufe rings um das Dorf fortpflanzten. Also benachrichtigten sie die verschiedenen Posten, dass die Friedensverhandlungen im Gang wären. Und bald konnten wir deutliche Schritte hören, die sich vom Südtor nach den Seiten entfernten. Wie wir also gehofft, überwog bei den Posten die Neugierde gegenüber ihrem Pflichtgefühl, und sie zogen sich langsam auf die Nordseite zu, um etwas von den Verhandlungen zu hören.

Jetzt war für uns der geeignete Augenblick gekommen. Die Feuer glühten nur noch schwach, und der Mond würde sein bleiches Licht erst in einer Stunde über die Sümpfe werfen. Dann konnten wir aber schon genügend weit entfernt sein, um keinen Feind mehr befürchten zu müssen.

Behutsam wurde das starke Tor geöffnet, und zwei Bata schlüpften hinaus, um sich zu überzeugen, dass kein Posten mehr in der Nähe war. Nach wenigen Minuten kehrten sie zurück und meldeten dem Ompum, dass wir unbesorgt entfliehen könnten. Mir kam zwar die Zeit, in der sie sich vom Fehlen jedes Feindes überzeugt hatten, reichlich kurz vor, aber bevor ich eine diesbezügliche Bemerkung machen konnte, war das Tor bereits weit geöffnet, und die Bata trugen das Floß hinaus. Schnell folgten wir, die Pistolen schussbereit in den Händen, und schritten über die leise knarrende Brücke hinweg, die den Schutzgraben überspannte. Da dieser Graben erst in weitem Bogen um die südlichen Felder lief, ehe er in den kleinen Flussarm mündete, hatten wir beschlossen, die Felder zu Fuß zu überqueren und das Floß direkt in den Wasserarm zu setzen. Es waren wenigstens dreihundert Meter Felder, die wir überwinden mussten, und es war mir nicht ganz wohl zumute, wenn ich daran dachte, dass uns zufällig doch ein Feind entdecken könnte.

Aber auch die Bata schienen ähnliches zu empfinden, denn nur die ersten fünfzig Meter schlichen sie leise dahin, dann setzten sie sich unbekümmert um das ziemlich starke Rascheln, das die Reishalme beim Niedertreten machten, in schnellen Trab. Wir mussten ihnen sofort folgen, denn wir wussten nicht genau die Richtung, und es war noch zu dunkel, um ihre Gestalten auf größere Entfernungen sehen zu können. Mochte aber auch dieser Wunsch, möglichst schnell den rettenden Fluss zu erreichen, sehr menschlich sein, so zeigte sich aber doch sofort der große Fehler, den die Bata damit begangen hatten. Wir waren sicher völlig unbemerkt entkommen, so wurde aber das laute Rascheln unser Verräter.

Ein durchdringender Schrei dicht hinter uns bewies, dass die beiden Bata, die nach einem Posten ausgespäht hatten, doch nicht sorgfältig genug gewesen waren. Immer wieder stieß der Posten seinen Alarmschrei aus, während er uns folgte. Er hatte es leicht, denn unsere Bata schienen jetzt von einem panischen Schrecken ergriffen zu sein. Sie verdoppelten noch ihre Geschwindigkeit – leider aber dadurch auch den Lärm, während wir von unserem Verfolger außer den Schreien, die er von Zeit zu Zeit ausstieß, nichts wahrnehmen konnten.

Es war vielleicht ein Glück, dass der arme Hasting bereits auf dem Floß lag, das die Bata ja zum Entkommen dringend benötigten. Vielleicht hätten sie ihn sonst einfach liegen lassen, nur um schneller vorwärts zu kommen. Für den Verwundeten war dieser Gewaltlauf sicher eine Tortur, denn wir hörten ihn oft laut stöhnen, wenn der rasende Lauf durch einen kleinen Bewässerungsgraben ging. Ich wäre ja gern stehengeblieben, um den schreienden Posten, der die Richtung unserer Flucht angab, zum Schweigen zu bringen, aber dann lief ich Gefahr, dass die Bata ohne mich auf dem Fluss abfuhren. Auch Rolf schien dieser Ansicht zu sein, denn er stieß keuchend allerlei Bezeichnungen hervor, die für die Bata nicht gerade sehr schmeichelhaft waren. Inzwischen mehrten sich die Schreie hinter uns. Die Feinde hatten die Verfolgung aufgenommen, und der Posten, der uns entdeckt hatte, kam jetzt immer näher. Schon wollte ich trotz der Gefahr, dann zurückbleiben zu müssen, stehenbleiben, um diesen gefährlichen Verfolger auszuschalten, da prallte ich mit dem letzten Bata hart zusammen. Wir waren endlich am Rande des Flussarmes angelangt.

„Herr Hasting, sagen Sie den Leuten, dass sie sich möglichst ruhig verhalten", flüsterte Rolf, „unsere Verfolger werden stehenbleiben, wenn sie uns nicht mehr hören."

Mit schwacher Stimme übersetzte der Legionär diesen Ratschlag, und wirklich hatten die Bata jetzt Besonnenheit genug, ihm zu folgen. Behutsam ließen sie das Floß ins Wasser gleiten. Kaum ein leises Plätschern verriet dann, dass sie Platz nahmen, und auch wir als letzte gelangten ohne lautes Geräusch auf das schwankende Fahrzeug. Rolf hatte mit seiner Vermutung recht behalten. Der hartnäckige Posten, der uns so dicht auf den Fersen geblieben war, hatte haltgemacht, als er das Geräusch unserer Flucht nicht mehr hörte. Er stieß jetzt nur von Zeit zu Zeit einen anfeuernden Ruf aus, der aber immer von derselben Stelle kam, vielleicht dreißig Meter von uns entfernt.

Einige unserer Bata hatten dünne lange Bambusstangen mitgenommen. Mit deren Hilfe wurde jetzt unser Floß leise vom Ufer abgestoßen und in die Mitte des vielleicht acht Meter breiten Flusses gelenkt. Dort ergriff es die schwache Strömung und führte es langsam nach Süden, mitten in die furchtbaren Sümpfe hinein, auf die Region zu, in der ein Spukwesen hausen sollte.

Ungefähr fünfzig Meter waren wir so getrieben und fühlten uns bereits in Sicherheit, da flammten hinter uns helle Fackeln auf. Die feindlichen Bata hatten das einzige Mittel ergriffen, um uns doch noch in ihre Gewalt zu bekommen. Jetzt brauchten sie im Schein der Leuchten nur unserer Spur zu folgen, die an den Fluss führte, dann wussten sie auch sofort, dass wir nur mit der Strömung nach Süden in die Sümpfe entkommen sein konnten.

Und es sollte ihnen dann leicht fallen, uns vom Ufer aus unter Feuer zu nehmen und zu vernichten.

Rolf ließ eine diesbezügliche Frage an den Ompum richten. Als Antwort erfuhren wir zu unserer Beruhigung, dass in ungefähr dreihundert Metern Entfernung ein völlig undurchdringliches Bambusdickicht begann, das die Feinde auch nicht so schnell umgehen konnten, da es sich kilometerlang neben dem Fuß hinzog. Dieses Dickicht mussten wir schnellstens erreichen, denn das Geschrei, das unsere Verfolger jetzt erhoben, zeigte uns, dass sie unsere Spur gefunden hatten.

Die Bata gebrauchten eifrig ihre Stangen, mit denen sie das Floß weiter schoben, und wirklich erreichten wir auch bald eine bemerkenswerte Geschwindigkeit. Aber leider verursachte dieses gewaltsame Vorwärtsstoßen auch ein lautes Platschen. Die Feinde drüben standen einige Augenblicke still, dann aber stürmten sie unter anfeuernden Rufen quer durch die Felder auf uns zu. Sie hätten uns bald erreichen müssen, denn sie konnten dreimal so schnell laufen, wie unser Fahrzeug sich trotz der größten Anstrengung bewegen konnte, aber sie machten den argen Fehler, ihre Fackeln nicht auszulöschen. Und so boten uns bald die vordersten, als sie ungefähr noch fünfzig Meter entfernt waren, ein vorzügliches Ziel. Je zwei Schüsse gaben Rolf und ich ab, und vier Fackelträger sackten zusammen. Sofort wurde es bei den Feinden dunkel, denn die anderen löschten schleunigst ihre Fackeln, um nicht das Schicksal ihrer Stammesgenossen zu teilen.

Nun ließ Rolf dem Ompum energisch mitteilen, dass seine Leute mit dem Rudern aufhören sollten, und bald waren die verräterischen Laute, die den Feinden unseren Standort angeben konnten, verklungen. Lautlos, aber natürlich sehr langsam, trieben wir wieder dahin. Aber doch war dieser Befehl unsere Rettung, denn die Verfolger blieben jetzt unschlüssig stehen. Sie durften ja nicht wagen, heranzukommen, da sie sich dann durch das Geräusch ihrer Schritte verraten hätten. Und unsere Schießfertigkeit schien ihnen doch sehr imponiert zu haben. Aber eine neue Gefahr entstand jetzt. Der Mond warf bereits sein Licht über den Rand des fernen Urwaldes, und bald mussten seine Strahlen auch den Fluss erfasst haben. Dann boten wir den Feinden ein gutes Ziel, während sie selbst noch einige Zeit im Dunkel blieben. Und das schützende Bambusdickicht war wenigstens noch zweihundert Meter entfernt. Bei unserem Tempo brauchten wir noch mindestens zehn Minuten, um gerettet zu sein, das Mondlicht musste uns aber bereits in fünf Minuten erfasst haben.

Auf Rolfs leisen Vorschlag legten wir uns jetzt mit den Oberkörpern vor, so dass wir weniger emporragten, gleichzeitig mussten die rechts Sitzenden durch vorsichtiges Rudern mit den Händen das Floß ans linke Ufer, also dort, wo sich die Feinde befanden, treiben. Das hatte aber seinen guten Grund, denn das Ufer war mit ziemlich hohen Gräsern bestanden, die uns immerhin eine kleine Deckung gegen die forschenden Blicke der Feinde boten. Langsam glitten wir weiter. Jetzt warf der aufgehende Mond seine Strahlen auf das gegenüberliegende Ufer. Hätten wir noch aufrecht auf dem Floß gesessen, dann hätten uns die Feinde jetzt schon sehen müssen. Sie waren anscheinend durch unser rätselhaftes Verschwinden arg enttäuscht, denn wir hörten aus gar nicht zu weiter Entfernung laute Rufe. Aber trotzdem schienen sie sich nicht ans Ufer heranzutrauen, denn wir hörten keine nahenden Schritte.

Immer weiter glitten wir. Jetzt mussten wir bald das schützende Bambusdickicht erreicht haben; vielleicht sollten wir also doch dem Schicksal entgehen, in die Hände der erbitterten, grausamen Feinde zu fallen. Aber wir hatten weder mit der Umsicht der Feinde noch mit der Unvorsichtigkeit unserer eigenen Leute gerechnet.

Jetzt war der ganze Wasserlauf hell beschienen, und nur die hohen Gräser am linken Ufer warfen einen schmalen Schatten, in dessen Schutz wir – in sitzender Stellung, aber mit dem Kopf auf dem Floß liegend – dahinglitten. Wir waren, meiner Schätzung nach, höchstens noch zehn Meter vom Bambusdickicht entfernt – da richtete sich der vor mir kauernde Bata auf, um nach den Feinden zu spähen. Das war die Unvorsichtigkeit der eigenen Leute, und die Umsicht der Feinde sollten wir sofort kennenlernen. Denn dicht neben uns ertönten erstaunte Ausrufe, denen aber sofort der Wurf eines Speeres folgte. Der Unvorsichtige vor mir warf die Arme hoch und rollte mit unartikuliertem Schrei nach rechts ins Wasser. Im letzten Moment sah ich noch im Dämmerlicht, dass der Speer seine Kehle durchbohrt hatte. Der feindliche Anführer hatte also auf jeden Fall einen Posten an den Rand des Dickichts geschickt, und jetzt waren wir entdeckt. Drei Stimmen stießen gellende Alarmrufe aus. Da krachte Rolfs Pistole zweimal schnell hintereinander, und zwei röchelnde Schreie zeigten, dass er gut getroffen hatte. Schnell richtete ich mich auch auf, musste mich aber sofort wieder hinwerfen, da ein blitzender Speer direkt auf mich zuflog. Da gab Rolf einen dritten Schuss ab, dem ein Aufschrei und dann tiefe Stille folgten. Die feindlichen Posten waren unschädlich gemacht. Jetzt richteten sich unsere Bata schnell auf und griffen wieder zu ihren Bambusstangen. Das Floß erhöhte ruckartig seine Geschwindigkeit, und nach wenigen Sekunden hatten wir das schützende Dickicht gewonnen. Hinter uns aber schwoll der Lärm immer gewaltiger an.

Dann erklang dreimal hintereinander ein lautes Klatschen im Wasser, und da rief der Ompum Hasting erschreckt etwas zu. Der Legionär übersetzte uns sofort: „Sie haben aus dem übrigen Palisadenzaun drei Flöße angefertigt und verfolgen uns jetzt. Leider haben wir nur sechs Bambusstangen zum Vorwärtsstoßen unseres Floßes, und so werden sie uns bald einholen.“

„Müssen sie nicht befürchten, dass die Dorfbewohner, die sich ergeben haben, jetzt über den schwachen Rest herfallen?“

„Nein. Nach den Sitten der Bata müssen die Überwundenen jetzt den Siegern helfen. Denn sonst würden sie bei einer nochmaligen Eroberung einen furchtbaren Tod sterben. Sie sehen ja schon daraus, dass die Flöße so schnell fertig geworden sind, dass unsere früheren Freunde jetzt bereits den Feinden kräftig geholfen haben. Und wenn sie sich auch nicht auf den Flößen befinden, so können unsere Gegner ruhig ihre Krieger hinter uns herschicken, ohne einen Aufstand der Besiegten befürchten zu müssen.“

„Hm, dann sind unsere Aussichten allerdings sehr betrüblich geworden“, meinte Rolf, „aber wir sind doch insofern im Vorteil, als wir die Feinde beim Näherkommen gut abschießen können. Ihre Kugeln fürchte ich wirklich nicht, denn sie werden kaum die Einwirkungen des Mondlichts beim Zielen kennen. Aber was hat denn der Ompum, er ist ja ganz aufgeregt?“

Wieder sprach der frühere Häuptling eifrig auf Hasting ein, während seine kleine Kriegsschar sogar mit dem Vorwärtsstoßen des Floßes aufhörte. Hasting sprach laut kommandierend, und endlich ergriffen sie wieder zögernd die Stangen, um das Floß weiterzutreiben. „Es ist wirklich, als habe sich alles gegen uns verschworen“, meinte Hasting mit bitterem Lachen. „Jetzt kommt bald ein Knick des Flussarmes nach Osten, und dort soll

der Spukgeist hausen. Vor ihm haben die Bata sogar noch mehr
Angst als vor ihren Feinden. Da, sehen Sie nur, wie langsam sie
arbeiten, nur um nicht zu schnell in die Nähe dieses Fabelwe-
sens zu kommen. Ich habe sie nur mit dem Hinweis auf den ver-
krüppelten Mango, den sie ja auch erst als Teufel ansprachen,
und unsere Schießfertigkeit dazu bewegen können, weiterzufah-
ren. Ah, da hinten kommt ja schon das erste Floß der Feinde.
Sehen Sie nur, wie schnell es aufrückt."
„Komm, Hans", sagte Rolf ruhig, „wir rutschen hinten ans Floß,
damit wir besser schießen können. Und Herr Hasting, sagen Sie
bitte den Leuten, je schneller sie vorwärtskommen, desto eher
sind wir auch an dem angeblichen Spukwesen vorbei."
Vorsichtig rutschten wir an den Bata, die plötzlich wie irrsinnig
zu stoßen anfingen, vorbei und setzten uns ans Ende des Floßes.
Und da sahen wir ungefähr fünfzig Meter hinter uns das erste
Floß der Feinde, das jetzt zuerst etwas zurückblieb, aber plötzlich doch wieder mit großer Schnelligkeit aufholte. Weiter hinten konnten wir noch dunkle Flecken bemerken, also noch zwei
Flöße.

3. Kapitel: Das Spukwesen

Ruhig ließen wir die Feinde bis auf dreißig Meter herankommen. Dann hoben wir unsere Winchester, mit denen wir im
Mondlicht besser schießen konnten, und nahmen die beiden vordersten Bata aufs Korn. Aber bevor wir abdrücken konnten, verschwand uns plötzlich das Ziel, und gleichzeitig fielen wir auf
die Seite. Es hätte nicht viel gefehlt, und Rolf wäre ins Wasser
gerutscht. Unsere Bata hatten, von panikartiger Angst vor dem
Fabelwesen, in dessen Bereich sie jetzt kamen, unser Floß mit
aller Gewalt um den Knick des Flusses nach Osten geworfen.
Jetzt waren wir aber auch wirklich gespannt, was für ein Untier
sich wohl zeigen würde. Die sechs Leute an den Stangen arbeiteten wie die Rasenden, und nur ihr gepresstes Stöhnen war außer dem Plätschern der Stangen zu hören. Aber plötzlich gab es
dicht neben uns im Bambusdickicht ein zweimaliges, gewaltiges
Plätschern, dem ein mächtiges Rauschen neben den Bambuss-
tauden folgte. Entsetzt schrien die Bata auf und verdoppelten
noch ihre Anstrengungen, so unmöglich mir diese Tatsache auch

im ersten Augenblick erschien. Ich war sehr gespannt, was für ein Fabeltier sich wohl zeigen würde. Aber das Rauschen und Knistern zwischen den starken Halmen hörte plötzlich auf.

Aber dafür schoss jetzt das Floß der Feinde um die Biegung. Die vordersten vier Krieger schleuderten sofort ihre Speere, die dicht über unsere Köpfe flogen. Leider wurden zwei Bata, die hinter uns mit den Stangen standen, so getroffen, dass sie ächzend zur Seite taumelten und im aufspritzenden Wasser verschwanden. Und zum Unglück konnten wir die Stangen, die ihren kraftlosen Händen entfallen waren, nicht mehr erreichen. So waren wir nur noch auf vier Ruderer, wenn ich so sagen darf, angewiesen, und die Geschwindigkeit unseres Floßes verringerte sich merklich.

Jetzt war unsere Zeit zum Schießen gekommen. Das feindliche Floß war höchstens noch zwanzig Meter entfernt und holte schnell auf. Die Feinde – es waren ungefähr zehn Mann, wie ich in der Eile schätzen konnte – standen so dicht, dass wir mit unseren Kugeln, die eine enorme Durchschlagskraft hatten, mit einem Schuss vielleicht mehrere treffen konnten. Wieder hoben wir unsere Büchsen, aber wieder brauchten wir nicht abzudrücken, da jetzt das „Fabelwesen" eingriff.

Das feindliche Floß befand sich gerade an der Stelle, an der wir das starke Plätschern und Rauschen im Bambus gehört hatten. Die Feinde schrien plötzlich entsetzt auf, und im gleichen Augenblick teilten sich die Bambushalme, und zwei riesige Untiere schossen auf das Floß zu. Wir konnten im flirrenden Mondlicht und bei der Schnelligkeit des Vorfalls nicht erkennen, ob es wirklich bisher unbekannte Fabelwesen waren, die der geheimnisvolle Sumpf da erschaffen hatte.

Die gefährlichen, mächtigen Tiere prallten gegen das schmale Floß, das unter der furchtbaren Wucht sofort in Trümmer ging. Und dann folgte ein entsetzlicher Kampf der Feinde gegen die geheimnisvollen Wesen. Wir hörten gellende Schmerzens- und Todesschreie, während die vier Bata auf unserem Floß wie rasend ihre Stangen gebrauchten und unser leichtes Fahrzeug wieder mit beträchtlicher Geschwindigkeit dahintrieben. Es war ja jetzt auch leichter geworden, da wir bereits drei Mann Verlust hatten. Immer kleiner wurde der Punkt dort hinten, an dem das blitzende Wasser hochgeworfen wurde, immer schwächer wurden die Schmerzensschreie. Die ganze Besatzung des ersten Floßes musste also diesen beiden Spukwesen zum Opfer gefallen sein.

Die beiden anderen Flöße, die jetzt schon längst die Biegung hätten passieren müssen, hatten sicher kehrt gemacht, denn auch unseren Feinden mochte dieser Spuk im Sumpf bekannt sein. Wir sahen und hörten nichts mehr von ihnen und gewannen endlich die Überzeugung, dass sie die Verfolgung endgültig aufgegeben hatten. Aber trotzdem hielten die vier Bata in ihrer rasenden Anstrengung nicht inne, bis sie endlich völlig erschöpft buchstäblich zusammenbrachen. Und wieder hatten wir das Unglück dabei, zwei weitere Stangen zu verlieren. Wir hätten unser Floß anhalten und auf das Zutreiben der so nötigen Stangen warten müssen, aber davon wollten die Bata nichts wissen. Sie erklärten Hasting, der auf Rolfs Anregung mit ihnen sprach, dass wir noch lange nicht aus dem Bereich des furchtbaren Spukes seien. Zwei Krieger sprangen sofort auf und fingen an, das Floß mit den restlichen Stangen weiterzutreiben.

Die Strömung hatte fast völlig nachgelassen. Ja, mir schien es sogar, als staue sich das Wasser jetzt. So kamen wir nur sehr langsam vorwärts, aber das hatte auch insofern seine Vorteile, als wir ja in völlig unbekanntem Gebiet fuhren und bei größerer Geschwindigkeit leicht mit einem unvorhergesehenen Hindernis zusammenstoßen konnten. Hasting musste den Ompum fragen, ob er oder einer seiner Krieger schon jemals hier gewesen wäre, aber es stellte sich heraus, dass niemals jemand gewagt hatte, die gefährliche Stelle, an der die Untiere hausten, zu passieren, nachdem die ersten Opfer verschwunden waren. Der Wasserarm verbreiterte sich etwas, und der Bambus an den Seiten wurde höher und fester. Vielleicht würden wir bald etwas von der Sorte zu sehen bekommen, aus der man neue Stangen schneiden konnte.

Mir schien es, als schwenkten wir langsam immer mehr nach Norden, ein Zeichen, dass wir jetzt in Richtung auf die ferne Küste zutrieben. Aber wie lange mochte es wohl noch dauern, bis wir wirklich aus allen Gefahren waren, die uns durch Feinde, durch wilde Tiere und Krankheiten drohten? Und wie leicht konnte es sein, dass der Fluss gar nicht aus den Sümpfen herausführte, sondern vielleicht in unergründlichem Morast endete.

Während ich so vor mich hinbrütete, schweifte mein Blick über die hell schimmernde Wasserfläche hinter uns. Und da glaubte ich ganz hinten in der Ferne zwei dunkle Punkte zu bemerken. Ich machte Rolf darauf aufmerksam, doch konnte ich die fragliche Stelle jetzt selbst nicht mehr entdecken. Und Rolf meinte nach scharfem Hinschauen, dass ich mich entschieden geirrt hätte. Ich war nun auch dieser Meinung, unterließ es aber nicht, meine Blicke jetzt ständig und sehr aufmerksam über die blitzende Fläche schweifen zu lassen.

Und da tauchten die beiden Punkte wieder auf, diesmal aber bedeutend näher. Schnell stieß ich Rolf an, der leise sagte: „Ja, jetzt habe ich sie auch gesehen. Ob es tote Bata vom feindlichen Floß sind, die durch die Strömung nach getrieben werden? Aber es kann nicht sein, wir fahren zu schnell. Und, sieh nur, die Punkte kommen näher. Vielleicht sind es unverwundete Schwimmer, die aus der Katastrophe dort hinten entkommen sind?“

„Oder es sind die Fabelwesen, die uns verfolgen“, meinte ich lachend. „Das hätte eigentlich noch gefehlt.“

„Was gibt es, meine Herren?“ fragte jetzt Hasting mit schwacher Stimme. Er lag mit dem Gesicht nach vorn und war durch unser Sprechen aufmerksam geworden. „Hinter uns kommen zwei dunkle Punkte geschwommen. Wir wissen nicht, um was es sich handeln könnte“, sagte Rolf. „Freund Hans meint soeben, ob es vielleicht die Fabelwesen seien, die das feindliche Floß zertrümmert haben.“

„Dann möchte ich unsere Bata sehen“, meinte Hasting. „Wenn Sie erkennen können, was es ist, dann werde ich das Floß dicht an eine Bambuswand treiben und dort festhalten lassen. Falls Sie schießen müssen, haben Sie dann eine bessere Möglichkeit zu Zielen.“

„Das könnten wir sofort machen“, sagte Rolf. „Die beiden Verfolger kommen sehr schnell näher. Und … Herrgott, hast du es gesehen, Hans?“

Ich konnte nur nicken, so hatte mich der augenblickliche Schreck gepackt. Jetzt wussten wir wohl, welche Tiere sich hinter den Fabelwesen verbargen, denn soeben hatte das eine seinen riesigen Rachen über das Wasser erhoben. Es waren zwei Leistenkrokodile, diese gefährlichsten und fürchterlichsten Raubtiere des indonesischen Inselreiches. Es mag wenig bekannt sein, stellt aber doch eine kaum zu leugnende Tatsache dar, dass in Südostasien jährlich fast ebenso viel Menschen durch die Leistenkrokodile wie durch Tiger ihr Leben verlieren. Es sind Tiere von neun Metern Länge erlegt worden, und es ist amtlich beglaubigte Tatsache, dass schon viele Menschen von größeren Krokodilen aus Kähnen herausgerissen wurden und ertrunken sind.

Nach dem mächtigen Rachen, der sich da ungefähr zwanzig Meter hinter uns über die glitzernde Fläche erhoben hatte, konnten wir auf eine ganz außergewöhnliche Länge der beiden Untiere schließen. Und dass sie uns ohne weiteres angreifen würden, hatten wir ja schon durch die Vernichtung des feindlichen Floßes gesehen.

„Was gibt es?" fragte Hasting wieder.

„Leistenkrokodile, mindestens zehn Meter lang", gab Rolf kurz zur Antwort.

„Ah, crocodilus porosus", brummte Hasting erstaunlich ruhig; „ist sehr gefährlich. Ich werde dem Ompum Bescheid sagen."

Aber seine Mitteilung hatte den entgegengesetzten Erfolg. Anstatt schnell an den Bambus zu fahren und das Floß dort festzuhalten, legten sich die beiden Bata auf einen gellenden Ruf des Häuptlings wie Rasende in ihre Stangen. Vergeblich schrie Hasting in äußerster Wut – die Bata mussten die Gefährlichkeit der Tiere kennen oder sie sogar, wie es ja fast überall in Indonesien vorkommt, als heilig betrachten. Auf verschiedenen Inseln verfolgen doch sogar die Eingeborenen die Krokodile nicht, auch wenn sie ihre Kinder verschlingen. Sie glauben, dass die Seele eines ihrer Vorfahren in dem furchtbaren Raubtier wohne, die gleichsam das Recht habe, den Enkel zu sich zu nehmen. An ein sicheres Zielen war im Augenblick für uns nicht zu denken, denn unser Floß schwankte unter den gewaltigen Anstrengungen der beiden Bata ganz bedenklich. Und auch die anderen suchten einen Blick nach hinten zu werfen und brachten das schmale Fahrzeug durch ihre Bewegungen fast zum Kentern. Hasting brach sein Fluchen plötzlich mit einem heftigen Hustenanfall ab. Dann stöhnte er leise: „Jetzt scheinen wir doch verloren zu sein", und war dann still. Sicher hatte die Aufregung und Anstrengung eine Ohnmacht herbeigeführt, bei seiner schweren Verwundung auch gar nicht verwunderlich. Die beiden gefährlichen Verfolger blieben erst etwas zurück. Vielleicht waren sie auch durch die plötzliche Bewegung unseres Floßes erschreckt, dann schäumte aber plötzlich das Wasser hinter ihnen unter den gewaltigen Schwanzschlägen hoch, und wie zwei Torpedos schössen sie auf uns zu. Jetzt feuerten wir schnell mehrere Kugeln auf die mächtigen Schädel ab, allerdings ohne sorgfältig zielen zu können, und wir schienen auch keinen edlen Teil getroffen zu haben, denn die Untiere kamen mit unverminderter Geschwindigkeit näher. Aber eine Wirkung hatten unsere Schüsse doch. Der Bata an der linken Stange vergrößerte durch den Schreck noch seine Anstrengungen, da brach aber das überlastete Holz.

Sofort schlug das Floß förmlich durch die Anstrengungen des rechts arbeitenden Bata herum und flog mit der Spitze in die dichte Bambuswand zur Linken des Flusses. Wir hatten uns aber schon vorher, als das Floß so bedenklich zu schwanken anfing, so hingesetzt und unsere Beine zwischen den Bambusstangen so festgeklemmt, dass wir wohl bei diesem plötzlichen Ruck mit dem Oberkörper zur Seite flogen, uns aber doch halten konnten. Aber drei von den Bata, die auf der rechten Seite des Floßes saßen, rollten bei der plötzlichen Schwenkung in den Fluss.

Unser leichtes Fahrzeug neigte sich jetzt durch die Überbelastung bedenklich nach links, doch rettete diese Bewegung den bewusstlosen Hasting vor dem Hinuntergleiten, und die Bata stellten schnell das Gleichgewicht wieder her, indem sie sich quer über das Floß warfen. Und da waren auch schon die beiden riesigen Ungeheuer heran! Der Vorgang mit unserem Floß hatte sich so schnell abgespielt, dass sie dicht vor uns vorbeischossen. Wäre die Stoßstange nicht gebrochen, so hätten sie wohl in den nächsten Sekunden das Floß, und damit uns beide zuerst, erreicht. So wurden zwei der unglücklichen Bata, die soeben auftauchten, ihre Opfer. Nur einen gellenden Schrei konnten die Bedauernswerten noch ausstoßen, dann schnappten die riesigen Rachen zu, und die Ungeheuer zogen ihre Opfer in die Tiefe. Bebend kroch der dritte Bata auf das Floß und kauerte sich neben seine Stammesgenossen, die untätig und zitternd auf den nächsten Angriff der Untiere warteten.

Und dieser Angriff konnte leicht erfolgen, da die Leistenkrokodile ihre größeren Opfer gern an einer Uferstelle verstecken, um sie später in Ruhe zu verzehren. Und aus ihrem wütenden Angriff auch auf unser Floß konnten wir ersehen, dass sie wohl alle Störenfriede vernichten wollten.

Durch schnelles Zurückblicken hatte ich mich überzeugt, dass

Hasting ruhig in der Mitte des Floßes lag. Zum Glück hatte sich unser leichtes Fahrzeug durch die Wucht des Anpralles mit dem vorderen Ende so tief in das Bambusdickicht gebohrt, dass es festlag. Denn die Bata dachten gar nicht daran, irgendwas zu ihrer Verteidigung zu unternehmen. Sie erwarteten den unvermeidlichen Tod. Unsere Situation war äußerst gefährlich, denn wir wussten ja nicht, wo die riesigen Panzerechsen wieder auftauchen würden. Das konnte auch sehr leicht direkt unter unserem Floß geschehen, und dann war allerdings eine Rettung ziemlich ausgeschlossen. Hätten wir uns allein auf dem Floß befunden, so hätten wir versucht, vielleicht durch das Bambusdickicht zu entkommen, aber so durften wir den bewusstlosen Hasting nicht schutzlos zurücklassen.

„Aufstehen", sagte da Rolf leise.

Sein Vorschlag war sehr richtig, denn wir konnten von dem gefährlichen Rand des Floßes etwas zurücktreten und vor allen Dingen die Wasserfläche besser übersehen. Wir wandten natürlich unsere besondere Aufmerksamkeit der Seite des Flusses zu, an der die beiden Ungeheuer mit ihren Opfern verschwunden waren.

Einige Minuten vergingen in qualvoller Erwartung. Wo mochten die gefährlichen Gegner wohl auftauchen?

„Da", flüsterte Rolf und hob seine Winchester. Ich spähte auf die Seite, die er kurz angedeutet hatte, und sah, vielleicht zwanzig Meter entfernt, eine dunkle Gestalt, die langsam größer wurde.

„Es ist eins der Krokodile", flüsterte Rolf wieder. Ja, jetzt konnte ich auch im Mondlicht deutlich den langen Schädel des Ungetüms erkennen, das regungslos im Wasser lag und zu uns herüber glotzte. Vielleicht wartete es auf seinen Gefährten, um mit ihm zusammen unser armseliges Floß anzugreifen und sich die letzten Opfer zu holen. Das war sehr günstig für uns. Leise kommandierte Rolf: „Du das rechte, ich das linke Auge. Achtung, Feuer!"

Die beiden Schüsse peitschten über die Wasserfläche hin. Am scharfen Schlag der Kugeln hörten wir sofort, dass beide Geschosse ihr Ziel getroffen hatten. Und im nächsten Augenblick tobte das tödlich verwundete Ungetüm rasend auf derselben Stelle umher. Fast meterhoch warf es die Wassergischt, und die schweren Schläge des Schwanzes knallten fast wie schwache

Kanonenschläge. Jetzt hieß es besonders aufpassen, denn jetzt würde bald das andere Krokodil erscheinen. Und in dem aufgepeitschten Wasser konnten wir seinen Kopf schlecht erkennen. Plötzlich deutete Rolf zum rechten Ufer hinüber.

„Dort, schnell schießen!"

Aus dem Bambusdickicht schoss der riesige Körper der zweiten Bestie heraus, auf die Stelle zu, an der ihr Gefährte im Todeskampf lag. Sofort krachten unsere Büchsen. Jeder von uns sandte schnell hintereinander zwei Kugeln auf den langen Körper, und trotz der Beweglichkeit der Tiere saßen die Kugeln gut. Die riesige Echse schnellte förmlich aus dem Wasser heraus, fing ebenso an zu toben wie das erste Ungeheuer, warf sich dann aber herum und kam in schäumendem Ansturm direkt auf unser Floß zu. Aber jetzt waren seine Bewegungen doch etwas langsamer, und ruhig eröffneten wir das Feuer auf den mächtigen Schädel. Als ich den zweiten Schuss abgab, krachte Rolfs Büchse bereits zum dritten Mal, und dieser letzte Schuss gab dem anstürmenden Ungetüm den Rest. Es warf sich im Wasser herum, wenige Meter von uns entfernt, und fing dasselbe Toben an wie sein Gefährte, dessen Bewegungen schon schwächer geworden waren. Unser Floß geriet durch das aufgewühlte Wasser in heftiges Schwanken, und sofort stießen die Bata, die während unserer Schüsse totenstill gewesen waren, laute Schreckensrufe aus.

„Schade, dass ich ihre Sprache nicht kann", rief Rolf, „ich würde ihnen schon nette Sachen erzählen."

Wir beobachteten gespannt den Todeskampf der beiden Ungetüme, die so lange Zeit den „Spuk" des Sumpfes gebildet hatten. Das erste Krokodil war jetzt still, und langsam sank der riesige Leib unter.

„Das ist wirklich zu bedauern", meinte Rolf wieder, „ich hätte zu gern die Haut dieser beiden Burschen gerettet. Schade, dass wir sie nicht mitnehmen können. So, der zweite Riese ist auch still, bei ihm hat es nicht so lange gedauert, bis er sein Ende gefunden hat. Pass du jetzt auf, ob nicht doch noch unsere Feinde kommen oder gar noch mehr solche Ungetüme. Ich werde mich um Hasting kümmern. Hoffentlich bedeutet seine Ohnmacht keine Verschlimmerung seines Zustandes." Während ich aufmerksam den Fluss zurückblickte, wandte sich Rolf dem bewusstlosen Legionär zu. Er fuhr erst einige Bata, die ihm wohl im Weg waren, unsanft an, dann hörte ich, dass er seine kleine

Whiskyflasche entkorkte, um dem Bewusstlosen die Schläfen zu bestreichen. Und dadurch wurden meine Gedanken wieder auf Hasting gelenkt. Ich erwähnte ja bereits, dass wir in diesem Legionär, der uns vom Lager in die Sümpfe begleitet hatte, einen früheren deutschen Offizier vermuteten. Das war an seiner ganzen Sprache und seinem Benehmen zu erkennen. Natürlich hatten wir noch nicht versucht, in ihn zu dringen, doch jetzt packte mich die Neugierde, über diesen rätselhaften Menschen mehr zu erfahren. „Crocodilus porosus" hatte er gesagt, als Rolf ihm vor seiner Ohnmacht mitteilte, dass hinter uns Leistenkrokodile wären, den Untieren also im Augenblick höchster Gefahr ruhig ihren lateinischen Namen gegeben. Nun, selbst wenige deutsche Offiziere sind in der Zoologie bewandert, und so konnte ich gut annehmen, dass Hasting vielleicht Zoologie studiert hatte und dann vom Weltkrieg überrascht wurde. Uns war es ja ähnlich ergangen, nur hatten wir die Möglichkeit, nach dem Krieg Forschungsreisen zu unternehmen, bis wir als gute Fänger bekannt wurden und große Aufträge bekamen, während Hasting in die Fremdenlegion gegangen war. Ich wurde in meinen Gedanken durch einen Ausruf Rolfs unterbrochen. „Ah, er wacht wieder auf!"

Und bald hörte ich die Stimme des Legionärs. „Herr Torring, wo sind die Krokodile?"

„Erschossen. Sie haben uns aber zwei Mann genommen."

„Die armen Burschen, das ist kein schöner Tod. Aber ich bewundere Sie, meine Herren, Ihre Lage war gefährlich. Doch jetzt werde ich den Bata sagen, dass sie weiterfahren. Sind Sie denn von selbst hier im Bambus gelandet?"

Rolf erzählt ihm jetzt kurz den Verlauf unseres Kampfes. Dann sprach Hasting mit dem Ompum, wurde sehr energisch, und endlich schnitten sich die Bata neue Stoßstangen und trieben das Floß langsam weiter. Doch immer wieder warfen sie scheue Blicke umher, als befürchteten sie, dass die spukhaften Ungeheuer doch wieder auftauchen könnten.

4. Kapitel: Der letzte Kampf

Es waren außer dem Ompum und seinem Sohn noch acht Bata gewesen, die uns begleitet hatten. Fünf davon waren nun tot –

drei von feindlichen Speeren getroffen, zwei von den furchtbaren Krokodilen zerrissen. Der Ompum selbst beteiligte sich nicht am Vorwärtsstoßen des Floßes, aber sein Sohn hatte sich auch eine Stange geschnitten und gebrauchte sie eifrig. So wurde unser Fahrzeug von vier Paar kräftigen Armen getrieben und fuhr mit beachtlicher Geschwindigkeit über die ruhige Wasserfläche.

Die Bata schienen sich langsam zu beruhigen oder ihr Vertrauen in unsere Waffen war beträchtlich gestiegen. Jedenfalls fingen sie an, sich halblaut zu unterhalten. Wie Hasting uns leise mitteilte, sangen sie unser Lob in höchsten Tönen.

Auch unsere Laune hob sich. Der Flusslauf schien doch direkt auf die Küste zu zu führen, wenigstens würden wir sicher aus dem gefährlichen Sumpfgebiet herauskommen. Wie ich bereits erwähnte, hatte uns der arme Pongo, über dessen Schicksal wir nichts Genaues wussten, ein Kraut gegeben, dessen Geruch die lästigen und vor allen Dingen gefährlichen Moskitos fernhielt. Auch die Bata hatten sich vor unserer unglücklichen Jagd auf das Schuppen-Nashorn mit einem Fett eingerieben, zu dessen Bereitung dasselbe Kraut verwendet zu sein schien. Jetzt ließ aber die Wirkung des Krautes entschieden nach, denn die geflügelten Plagegeister kamen in bedrohliche Nähe. Da gab uns der Ompum ein dickes Stück Bambusrohr, das als Büchse verarbeitet war und das schützende Fett enthielt. Sofort rieben wir Gesicht und Hände ein und konnten zu unserer Freude feststellen, dass sich die Moskitos schleunigst aus unserer Nähe verzogen. Auch die Bata rieben sich die Körper mit diesem vorzüglichen Schutzmittel ein und nahmen dann mit unverminderter Kraft ihre Arbeit wieder auf.

Jetzt verengte sich der Wasserlauf, und die Bambuswände an den Seiten wurden immer höher und stärker. Meine leise Befürchtung, dass der Flussarm vielleicht in undurchdringlichem Morast enden würde, meldete sich leise wieder. Ich teilte Rolf und Hasting meine Bedenken mit. „Dann müssten wir einfach wieder umkehren“, meinte Rolf nach kurzem Überlegen. „Vielleicht können wir aber, wenn der Flusslauf wirklich endet, uns einen Weg durch das Bambusdickicht aufs feste Land schlagen. Nach all den Gefahren, die wir bisher glücklich überstanden haben, dürfen wir uns durch nichts mehr aufhalten lassen.“

Da sagte Hasting bedächtig: „Soweit ich die innere Beschaffen-

heit der Sumpfländer auf diesen Inseln kenne, wird vielleicht jetzt eine sehr sumpfige Stelle kommen, aber sicher führt ein anderer Wasserlauf wieder heraus. Sonst könnte die Vegetation im ganzen Umkreis des sogenannten ‚Todes-Sumpfes', in dessen Mitte wir uns ungefähr befanden, nicht so üppig sein. Wir müssen uns jetzt nur vor Giftschlangen in acht nehmen."
„Nun haben Sie ja auf Ihren anfänglichen Trost einen kleinen Dämpfer gesetzt", lachte Rolf. „Aber die Schlangen sind erst zu fürchten, wenn wir gezwungen wären, das Floß zu verlassen und zu Fuß weiter zu marschieren. Ah, die Fahrrinne verengt sich immer mehr. Jetzt bin ich sehr gespannt, ob hinter der schmalen Lücke dort vorn ein Weg für uns weiterführt."
Ungefähr fünfzig Meter vor uns schlossen sich die Bambuswände so eng zusammen, dass wir gerade noch mit unserem Floß die Enge passieren konnten. Zwar blinkte hinter dieser Lücke auch heller Mondschein, aber es konnte leicht eine Moos- oder Schlingpflanzendecke sein, die dem Floß das Weiterfahren unmöglich machte und uns das Betreten verwehrte. In diesem Fall hätten wir allerdings umkehren oder uns seitwärts durch das Bambusdickicht einen Weg schlagen müssen. Auf einen Zuruf Hastings, dem Rolf Bescheid sagte, verlangsamten die Bata die Fahrt. Wir durften nicht wagen, die Lücke zu schnell zu passieren. Vor allen Dingen balancierten wir beide auf Rolfs Vorschlag jetzt an die Spitze des Floßes, um einer vielleicht drohenden Gefahr als erste entgegentreten zu können. Dicht vor der Lücke hielten die Bata auf ein leises Kommando Hastings mit dem Vorwärtsstoßen ein, und langsam glitt unser Floß durch die Enge. Was mochten die nächsten Sekunden bringen? Auf jeden Fall hatten wir unsere Winchesterbüchsen schussbereit im Arm, und während ich meine Blicke sofort nach links schweifen ließ, wusste ich, dass Rolf dasselbe nach der rechten Seite hin tat.
So gelangten wir – auf einen kleinen, fast kreisförmigen See mit stillem, dunklem Wasser. Kein Laut war ringsum zu hören, es schien, als mieden sogar die Tiere diese geheimnisvolle Wasserfläche im Herzen der Todessümpfe. Und das Wasser war tief. Als unsere Bata ihre Stangen wieder gebrauchen wollten, fanden sie plötzlich keinen Grund mehr.
„Sicher ein alter Krater", meinte Rolf leise. „Es bleibt nichts übrig als mit den Händen zu rudern. Wenn es auch langsam geht, so werden wir wenigstens ans andere Ufer kommen."

Hasting rief es den Bata zu, und die braunen Burschen, denen es jetzt wieder sehr unheimlich zu sein schien, setzten sich schnell hin und trieben unser Fahrzeug langsam mit den Händen vorwärts. Der See hatte ungefähr einen Durchmesser von sechzig Metern, aber wir schienen kaum von der Stelle zu kommen, so unendlich langsam ging es vorwärts, obwohl die Krieger sich aufs äußerste anstrengten. Aber nach einigen Minuten, die uns beinahe wie Stunden vorkamen, hatten wir doch endlich die Mitte des Sees passiert und erblickten jetzt vor uns wieder eine schmale Lücke im Bambusdickicht.

„Dort wird bestimmt ein Flussarm weiterführen", meinte Rolf erfreut. „Aber was haben die Bata, sie sind ja plötzlich so aufgeregt?"

Lebhaft schwatzten die Leute auf Hasting ein und zeigten ihm dabei ihre Hände. Und der Legionär sagte erstaunt zu uns: „Die Bata behaupten, dass das Wasser dick und heiß wird. Würden Sie einmal hineingreifen, meine Herren?"

Schnell bückten wir uns und fassten in die Flut, die noch dunkler geworden zu sein schien. Aber erschreckt zogen wir unsere Hände zurück. Das Wasser war tatsächlich „dick" geworden, das heißt, es fühlte sich wie halbflüssiger Schlamm an, und es war heiß, siedend heiß. Wie hatte doch Rolf gesagt? „Sicher ein alter Krater!" Oder sollte er doch noch tätig sein?

Kaum hatte ich das gedacht, da geriet die dicke Flut um uns in Wallung. Dicht hinter unserem Floß hob sich unter zischenden Geräuschen eine schwarze, kochende Schlammsäule beinahe acht Meter hoch. Dann fiel sie hinunter, zum Glück zur anderen Seite geneigt. Im Augenblick war die Luft siedend heiß. Unser Floß geriet in wilde Bewegung, und wir mussten uns mit aller Kraft anklammern, obwohl siedende Schlammtropfen unsere Hände trafen, was den Bata gellende Schmerzensschreie entlockte. Dann packte uns aber eine gewaltige Welle, die durch das Herabfallen der mächtigen Schlammsäule entstanden war, und trieb uns auf die schmale Lücke zu, auf die unsere Fahrt gerichtet gewesen war.

Als wir dicht am Bambusdickicht waren, ergriffen Rolf und ich je eine Bambusstange, da die Bata noch zu erschreckt waren, um ihre Arbeit wieder aufnehmen zu können. Wir fanden auch Grund und lenkten das schwankende Fahrzeug in die Enge, hinter der wir den Weg der Rettung erhofften.

Die schwarze Welle trieb uns gut dreißig Meter in einen neuen Flusslauf hinein, während sich zu beiden Seiten die Bambusrohre unter der Wucht der rollenden Schlammmassen neigten. Nach und nach beruhigte sich dann das Wasser, und wir trieben unser Floß langsam weiter, immer nach Nordosten, der rettenden Küste entgegen.

Aber wir waren noch mindestens achtzig Kilometer von der Küste entfernt, und unser Weg führte durch tiefsten Urwald, wenn wir die Sümpfe glücklich passiert hatten. Hasting sprach jetzt eifrig auf die Bata ein, und endlich erhoben sie sich, außer dem Ompum, und lösten uns im Vorwärtstreiben des Floßes ab. Die armen Burschen schienen jetzt aber durch die rasche Folge der gefährlichsten Situationen völlig geknickt zu sein, denn sie verrichteten ihre Arbeit mit müden Bewegungen, wie sie nur Hoffnungslose haben. Und Hasting sagte, als wir uns neben ihn setzten: „Die Bata sind überzeugt, dass sie doch nicht mit dem Leben davonkommen. Sie sprachen von irgendwelchen Geistern, die ihr Verderben beschlossen hätten. Was wir bisher erlebten, seien nur kleine Vorboten der großen Katastrophe gewesen, die jetzt wohl erfolgen müsste. Na, wenigstens treiben sie unser Floß weiter; ich glaube nämlich, dass wir die große Katastrophe auch überwinden werden. Da, sehen Sie, das Bambus-dickicht wird schon niedriger und lichter, jetzt werden wir bald auf festeres Land kommen. Die feindlichen Bata sind wir sicher endgültig los, nun, und mit dem Urwald, den wir ja noch durchqueren müssen, werden wir auch schon fertig werden. Das heißt, Sie, meine Herren, müssen das Fertigwerden schon besorgen, denn ich bin ja augenblicklich leider nur ein unnützes Anhängsel.“

„Nun, lieber Hasting, ich wüsste wirklich nicht, was wir ohne Sie hätten beginnen sollen. Trotz der schweren Verwundung noch den Dolmetscher auch in den gefährlichsten Situationen zu spielen, das bekommt nur ein Mann fertig, wie Sie es sind.“

„Nun, Komplimente wollen wir doch nicht austauschen, meine Herren“, lachte Hasting, „sonst müsste ich noch mehr erzählen. Aber sehen Sie nur die Bata, sie tun wirklich, als müsste jeden Augenblick der Tod kommen.“

„Sie werden sich schon wieder aufraffen, wenn wir erst weitergefahren sind“, meinte Rolf, „und wenn wir gar festes Land gewonnen haben, dann werden sie wieder die alten sein. Wir haben ja auch ..."

Rolf wurde unterbrochen, und in sehr unangenehmer Weise. Der Tod war wirklich gekommen. Auf der linken Seite, an der ich saß, war im Bambusdickicht eine breite Lücke, die wir aber erst bemerken konnten, als wir uns direkt vor ihr befanden. Und aus dieser Lücke kam eine Wolke Speere, von mindestens zehn feindlichen Bata geschleudert, die plötzlich dort auftauchten. Der feindliche Stamm kannte also das Terrain doch besser und musste wissen, dass wir hier vorbeikommen würden, falls uns vorher die Gefahren des Sumpfes oder die Verfolger auf den Flößen nicht vernichtet hätten.

Durch die Plötzlichkeit des Angriffes und bei der kurzen Entfernung hatten die Speere eine furchtbare Wirkung. Drei Bata ließen die Stangen fallen und stürzten mit gellendem Aufschrei in das dunkle Wasser. Der Ompum aber, der dicht vor mir saß, krümmte sich schreiend. Ein Speer war ihm dicht unter dem Brustkasten durch den Leib gefahren. Nur sein Sohn und wir Europäer waren unverletzt. Sofort rissen wir unsere Pistolen heraus, während der Häuptlingssohn einen Speer ergriff, der dicht vor ihm niedergefallen war, und ihn auf die Feinde schleuderte. Und dann peitschten unsere Schüsse in die dichtgedrängte Masse der Feinde, die gerade ihre Reservespeere zum zweiten Wurf erhoben hatten. Die Wirkung unseres rasenden Schnellfeuers, an dem sich auch Hasting beteiligte, war furchtbar. Die sechs vordersten Bata knickten sofort zusammen, während sich die restlichen vier, nachdem sie schnell ihre Speere geschleudert hatten, zur Flucht wandten.

Und das Geschick wollte es wohl, dass alle Bata, die uns begleitet hatten, fallen sollten, denn so unsicher und schnell die Feinde auch ihre Waffen geschleudert hatten, so verfehlte sie doch nicht ihr Ziel. Der Häuptlingssohn warf mit ersticktem Schrei die Arme hoch, wankte und stürzte dann rücklings in die schlammige Flut. Aus seiner Kehle ragte weit der Schaft eines Speeres. Wir waren über den Tod des jungen, tapferen Burschen, den wir alle liebgewonnen hatten, so ergrimmt, dass wir die vier restlichen Feinde auf keinen Fall entkommen lassen wollten. Sie mussten ungefähr dreißig Meter geradeaus laufen, ehe sich das Bambusdickicht ausreichend lichtete, um ein Beiseitespringen zu ermöglichen, und sie hatten gerade die Hälfte der Strecke zurückgelegt. Ruhig hoben wir unsere Pistolen – da klang ein Laut auf, der unsere Hände schnell wieder sinken ließ. Das war doch ... Die vier fliehenden Bata waren stehengeblieben und blickten hilflos umher. Dann versuchten sie seitwärts in das Bambusdickicht einzudringen, doch die zähen Rohre ließen es nicht zu. Und dann klang derselbe Laut nochmals auf, diesmal näher, und es erschien am Ende des breiten Pfades eine hohe Gestalt in grünlichem Khakianzug. Und eine wohlbekannte Stimme rief uns zu: „Massers, nicht schießen, Pongo Feinde töten."

Ja, es war wirklich unser treuer, totgeglaubter Pongo, der sich jetzt – allerdings stark hinkend – auf die vier entsetzten Bata stürzte. Sein furchtbares Gorillagesicht war grauenhaft verzerrt, und die Feinde standen erst wie gelähmt, ehe sie ihre Klewangs heraus rissen, um ihr Leben zu verteidigen. Doch gegen einen Riesen wie Pongo war jede Verteidigung ein Versuch, als wollte ein Mensch mit bloßen Händen einen rasenden Tiger abwehren. Noch im Heranspringen schleuderte er seinen mächtigen Massaispeer, mit dem er noch vor ungefähr zehn Stunden das rasende Schuppennashorn in die Flucht geschlagen hatte, und die sausende Waffe durchbohrte den erste Bata und presste ihn an die Bambuswand. Dann riss der schwarze Riese seinen Klewang heraus und sprang auf die Überlebenden zu, die blindlings mit ihren Waffen auf ihn einschlugen. Doch Pongo führte nur einige blitzschnelle Hiebe, wir hörten das Klirren der zusammenschlagenden Klingen, dann folgten kurz hintereinander drei Todesschreie, unser schwarzer Freund riss seinen Massaispeer aus dem Körper des ersten Toten und humpelte dann freudestrahlend auf uns zu. Schnell sprangen wir auf und drückten das Floß dicht ans Ufer.

„Pongo, du guter, treuer Mensch", rief Rolf und schüttelte dem Riesen, der wieder sehr verlegen wurde, bewegt die Hand, „wie hast du dich gerettet, wie kommst du hierher?"

Auch ich schüttelte dem prächtigen Menschen, den wir unter so eigenartigen Umständen kennengelernt hatten, die Hand, dann beugte sich Pongo besorgt über Hasting und betrachtete ihn mit scheuem Mitleid. „Masser, böse Wunde?" erkundigte er sich, „Pongo Kraut suchen, wenn im Wald."

Damit kletterte er auf das Floß, ließ den Ompum, der jetzt still und zusammen gekrümmt dalag, leise ins Wasser gleiten und ergriff eine Stoßstange. Im nächsten Augenblick flog das Floß förmlich unter dem Druck seiner gewaltigen Arme über das aufgurgelnde Wasser. Trotz seines lebhaften Widerspruches unterstützten wir ihn doch bei der Arbeit, und ich glaube nicht, dass uns jetzt ein feindliches Floß eingeholt hätte, so sehr wuchs unsere Geschwindigkeit.

„Nun erzähle aber, Pongo", rief Rolf, „ich kann es kaum glauben, dass du wirklich wieder bei uns bist. Hat das Nashorn dich sehr verwundet?"

„Monuhu sehr viel dumm", lachte der Riese. „Pongo kleines Loch in Bein, Monuhu großes in Nase. Feinde in Baum schießen auf Massers, rennen hinterher, fünf suchen Pongo. Pongo dann nichts wissen, lange dauern, bis aufwachen. (Damit meinte er, dass er in Ohnmacht gefallen war. Also musste die Wunde in seinem Bein wohl doch nicht so klein sein.) Dann fünf Feinde fassen, Speer holen, hinter Spur gehen."

Vielleicht hätte ein anderer über dieses Abenteuer, das der Riese mit wenigen Worten erledigte, ein kleines Buch schreiben können, aber so war Pongo, bei ihm galt mehr die Tat als das Wort. Ich konnte mir lebhaft vorstellen, dass die fünf Bata keinen Ton mehr gesagt hatten, als die riesige Faust erst ihre Hehle gepackt hatte. Auch Rolf schien diese kurze Erzählung nicht zu befriedigen, denn er fragte: „Haben dich die fünf Feinde gemeinsam angegriffen?" Pongo schüttelte den Kopf.

„Kam einer, Pongo ihn packen, war still. Feind fallen, kamen zwei, Pongo packen, waren still. Andere zwei waren auch still, Pongo sie suchen und packen."

Offenbar war ihm diese Erzählung nun lang genug gewesen, denn er fuhr gleich fort: „Pongo Dorf kommen, Feinde schießen, Masser schießen, Nacht kommen, Feuer brennen. Feinde oben Dorf laufen, dann unten Schreie. Pongo wissen, Massers geflohen. Feinde folgen, trennen sich. Pongo wissen, Massers durchkommen, folgt zehn Feinden. Pongo fallen, liegen bleiben, Schüsse hören, herkommen und Feinde töten."

Das war allerdings kurz und summarisch erzählt, zeugte aber von den seltenen Fähigkeiten des schwarzen Riesen, der trotz seiner schweren Verwundung den zehn Bata gefolgt war, die uns einen Hinterhalt gelegt hatten. Er hatte also sofort erkannt, dass diese Gruppe für uns die schwerste Gefahr bedeutete. Aber wie er es fertiggebracht hatte, ihnen in der Dunkelheit und im

fremden Terrain zu folgen, das erzählte er nicht, das konnten
wir nur ahnen. Und obwohl wir mit der Wildnis, auch mit der
nächtlichen, vertraut sind wie wohl wenige Europäer, das hätten
wir ihm doch nie nachgemacht.
Und für Pongo war jetzt die Erzählung seiner Abenteuer endgültig erledigt. Er legte sich wieder mit voller Wucht in seine Stoßstange und meinte keuchend: „Bald Wald kommen. Massers
dann sicher." Das war allerdings eine erfreuliche Nachricht,
denn wir sehnten uns jetzt wirklich nach Ruhe. Auch für die
Wunden Hastings und Pongos war eine längere Rast unbedingt
erforderlich, denn wir hatten noch den weiten Marsch durch den
Urwald bis zur Küste vor uns. Zurück zu unserem Lager konnten wir nicht, denn wir waren zu weit nach Osten abgekommen,
und sicher würden die feindlichen Bata noch längere Zeit sämtliche Wildpfade, die in der Nähe des eroberten Dorfes vorbei-
führten, bewachen. Sie mussten ja aus den Erzählungen der
übergetretenen Dorfbewohner schon wissen, dass sich Soldaten
dort befänden, zu denen wir vielleicht stoßen wollten. Es blieb
uns also nichts übrig, als irgendeine Küstenstation zu erreichen
und von dort aus dem Standlager des Sergeanten Vaasen Bescheid zu geben. Er würde schon für guten Abtransport der gefangenen Tiger sorgen. Wir strengten uns jetzt kräftig an, um
endlich aus diesen furchtbaren Sümpfen herauszukommen. Und
bald merkten wir auch, dass wir uns dem Waldgelände näherten,
denn das Bambusrohr verschwand jetzt völlig, und wir gelangten auf eine Niederung, die mit hohen Moosen und Farnen bestanden war. In der Ferne hob sich ein dunkler Strich von der
mondüberfluteten Fläche ab – der Wald, den wir als letztes Hindernis durch-queren mussten. Wie von Menschenhand gestochen, führte der Wasserlauf in gerader Richtung auf diesen
Strich zu. Es war jetzt eine Freude, aus den engen, drohenden
Bambuswänden heraus zu sein und über die glitzernde Fläche zu
fahren. Aber bald sollten wir merken, dass auch die Schönheit
ihre Gefahren birgt.

5. Kapitel: Der Schoner

Wir waren vielleicht fünfhundert Meter von dem Bambusdickicht entfernt, da erklangen hinter uns langgezogene Rufe, die

sich weiter fortpflanzten, bis sie weit in der Ferne erstarben.

„Feindliche Posten!" meinte Rolf kurz. „Gott sei Dank können sie uns nicht mehr einholen."

„Massers nicht sagen", fiel Pongo ein, „Feinde Floß bauen, schnell folgen."

Ja, daran hatten wir allerdings nicht gedacht. Die Rufe der Posten mussten ja bald eine genügend große Anzahl Krieger zusammenbringen, denen es ein leichtes war, neue Flöße zu bauen und uns zu folgen. So sollten wir also doch nicht zur Ruhe kommen, bis wir die Küste erreicht hatten, denn der Zorn der Bata auf uns, denen sie so viele Opfer zu verdanken hatten, machte sie sicher zu unerbittlichen Verfolgern.

Und wir konnten den Wald auch nicht so schnell durchqueren, denn Pongo war durch seine Beinwunde stark behindert und musste vielleicht sogar einen Pfad schlagen, während wir beide Hasting tragen mussten. Dann war es allerdings leicht möglich, dass uns die Bata trotz unseres Vorsprunges bald einholten und es zu neuen, schweren Kämpfen kam.

Während mich diese nicht gerade sehr angenehmen Gedanken bewegten, arbeiteten wir fast ingrimmig weiter, und der ferne Strich wuchs schon bedeutend und kam näher und näher. Doch da rief Hasting, der sich halb aufgerichtet und zurück gespäht hatte.

„Ich sehe viele dunkle Punkte, die sich am Wasserlauf sammeln. Sicher bauen sie jetzt Flöße, um uns zu folgen. Oh, es sind wenigstens zwanzig Mann, also werden die früheren Dorfbewohner auch dabei sein. Und sie dürfen uns nicht schonen, wenn sie nicht selbst einen furchtbaren Tod erleiden wollen."

„Na, diese Nächstenliebe können wir ihnen nicht zumuten", meinte Rolf trocken, „im Gegenteil, sie werden sich gerade bei unserer Tötung hervortun wollen. Aber legen Sie sich ruhig wieder hin, Herr Hasting, ich werde von Zeit zu Zeit zurückschauen. Jetzt heißt es vor allem für uns, den Wald zu erreichen, vielleicht können wir ihnen in der Dunkelheit doch entkommen."

„Massers und Pongo auf Baum gehen", war Pongos lakonische Antwort. „Feinde suchen, nicht finden, Pongo morgen Feinde töten."

Das war allerdings sehr einfach gesagt, aber wie er es bewerkstelligen wollte, konnte ich mir wirklich nicht ausmalen. Aber seine Idee war gut, denn wir konnten uns in den Ästen eines Urwaldriesen unbesorgt ausruhen und am Tag mit frischen Kräften den Kampf gegen die Verfolger aufnehmen.

Schweigend trieben wir unser Fahrzeug weiter, immer näher und näher kam der Wald, schon konnten wir einzelne Bäume erkennen, die riesenhaft ihre Kronen über die anderen Riesen emporstreckten. Da rief Rolf, der sich kurz umgedreht hatte: „Ich sehe auf dem Fluss zwei Flecken. Das werden sie wohl sein, also auf zwei Flößen. Schade, dass es hier keine Leistenkrokodile gibt.“

„Ja, die würden uns bestimmt zuerst angreifen“, lachte ich, „und wer weiß, was uns noch im Wald erwartet. Ich glaube wirklich, wir sollen hier noch allerlei erleben, ehe wir sagen können, dass wir endgültig in Sicherheit sind.“

„Und wenn Sie das sagen können“, fiel Hasting ein, „dann schauen Sie sich schon wieder nach neuen Abenteuern um. So habe ich Sie wenigstens in der kurzen Zeit unseres Zusammenseins kennengelernt.“

„Na ja, das kann schon sein“, gab ich zu, „sonst wäre das Leben ja auch zu langweilig. Nun, Rolf, wie weit, vielmehr wie nahe sind unsere Feinde da hinten?“ Rolf hatte wieder einen Blick zurückgeworfen und sagte: „Sie sind nicht näher gekommen. Also können sie doch nicht schneller fahren als wir. Und wenn wir den Wald erreichen, wird unser Vorsprung ausreichen, um uns auf einem Baum vorläufig in Sicherheit zu bringen.“

„Haben Sie schon überlegt, wie Sie mich hinauf bekommen wollen?“ fragte Hasting. „Denn klettern kann ich auf keinen Fall.“

„Das sollen Sie auch gar nicht“, meinte Rolf, „wir ziehen sie in der Decke hinauf.“

„Das wird nicht so einfach sein“, widersprach Hasting, „vielleicht können Sie mich aber am Fuß des Baumes im Gebüsch verbergen?“

„Das können wir erst entscheiden, wenn wir im Wald sind. In Sicherheit bringen wir Sie auf jeden Fall.“

Auf beiden Seiten des Flusses tauchten jetzt Sträucher auf, und der bisher so gerade Wasserlauf machte einen Knick nach links. Und da rief Pongo: „Massers hier halten. Wald nahe. Pongo Falle für Feinde bauen.“

Damit lenkte er schon das Floß mit einem gewaltigen Ruck an die linke Uferseite und sprang hinaus. Er hielt das Floß fest, bis wir Hasting heruntergetragen hatten, und holte dann die Rucksäcke. „Massers warten."

Schnell löste er vier starke Bambusstangen aus dem Floß, bestieg wieder das leichte Fahrzeug und stieß es auf die Mitte des Fußlaufes. Dort steckte er die vier Stangen in kurzen Abständen mit aller Kraft in den weichen Grund, und zwar so geneigt, dass ihre sich Enden unseren Verfolgern entgegen neigten. Er presste sie so tief hinein, dass sie kaum über den Wasserspiegel ragten. Das war allerdings ein ganz gutes Hindernis, denn das erste Floß würde mit voller Geschwindigkeit auf die Stangen prallen und vielleicht sogar zerbersten, zumindest aber würden die Bata durch den plötzlichen Ruck ins Wasser geschleudert werden. Und dann würden sie nur sehr vorsichtig weiter vordringen, denn sie konnten stets mit neuen Fallen rechnen. Das gab für uns aber immer einen guten Zeitgewinn. Schnell nahmen wir unsere Rucksäcke – Pongo trug außer seinem noch Rolfs – hoben die Zeltbahn mit dem Verwundeten hoch und folgten dem schwarzen Riesen, der eilig, so schnell es sein Bein erlaubte, auf den nahen Wald zustrebte. Er hielt sich dabei stets so, dass wir durch Büsche gegen Sicht der Feinde gedeckt waren. Gerade erreichten wir den Rand des Waldes, als lautes Geschrei vom Fluss zu uns herüber klang. Also hatte Pongos Falle doch gut gewirkt, und jetzt würden sich die Bata schon hüten, uns allzu schnell zu folgen. Unser Floß hatte Pongo natürlich an Land gezogen und hinter einem dichten Gebüsch verborgen.

Die Bata würden aber sicher dem Fluss bis zum Wald folgen und an einer weit entfernten Stelle eindringen. Wir gingen ruhig am Rand des Urwaldes dahin und entfernten uns dabei immer mehr vom Fluss. Endlich fand Pongo eine Stelle, an der wir eindringen konnten. Es war kein ausgesprochener Wildpfad, sondern eine schmale, natürliche Lichtung, die sich in seltsamen Krümmungen in die Wildnis hinzog. Natürlich behinderten uns Lianen und Dornenranken sehr stark, aber Pongo hieb sie nicht ab, sondern bog sie zur Seite, damit wir keine Spuren hinterließen, die unseren Weg zu schnell verraten hätten. Von den Feinden hörten wir nichts mehr, dafür wirkte und webte aber rings um uns das geheimnisvolle nächtliche Leben des Urwaldes. Immer tiefer führte die schmale Lücke in das finstere Dickicht, und nur dem Mondlicht, das spärlich durch den schmalen Spalt in den Baumkronen fiel, hatten wir es zu verdanken, dass wir uns nicht mühsam vor tasten mussten. Endlich blieb Pongo stehen und flüsterte: „Massers, guter Baum hier."

Rechts neben uns ragte ein riesiger Tamarindenbaum hoch, dessen gewaltige Äste weit über die schmale Lichtung reichten und das Mondlicht abschirmten. Pongo zwängte sich durch das dichte Unterholz, und wir hörten am Rascheln, dass er bereits emporkletterte. Und dann ertönte seine Stimme plötzlich über uns in vielleicht drei Metern Höhe vom untersten Ast: „Masser Hasting hochheben, Pongo abnehmen."

Er hatte sich mit dem Leib quer über einen Ast gelegt und streckte seine mächtigen Arme nach unten. Das konnten wir gegen das Mondlicht, das jenseits der Äste wieder in die Lücke fiel, gut sehen. Vorsichtig hoben wir den Verwundeten hoch über unsere Köpfe, und im nächsten Augenblick hatte Pongo die Enden der Zeltbahn ergriffen und zog den Legionär wie ein Spielzeug hinauf. Als wir uns zum Stamm durch das Unterholz gezwängt hatten und emporkletterten, fanden wir Pongo, der seine Last mit einer Hand getragen hatte, bereits ein großes Stück höher. Dort ragten drei Äste dicht nebeneinander aus dem mächtigen Stamm, und diese Stelle bot ein Lager, das zwar nicht sehr bequem, aber unter unseren Verhältnissen geradezu ideal war. Schnell breiteten wir unsere Decken aus und konnten uns quer über die starken Äste legen, ohne ein Herabfallen befürchten zu müssen. Und da Pongo versicherte, dass er beim leisesten Geräusch, das etwas Ungewöhnliches bedeuten könnte, aufwachen würde, so überließen wir uns ruhig dem Schlaf, der jetzt mit aller Macht sein Recht forderte.

Wir wachten erst auf, als der Tag schon angebrochen war. Unsere Glieder schmerzten zwar von dem harten Bett, aber wir waren doch erfrischt und neu gekräftigt. Hasting schlief noch tief, aber Pongo war bereits verschwunden.

Erst nach langer Zeit kam er mit mehreren Kräutern zurück und meldete: „Feinde fort, suchen unten im Wald. Pongo jetzt Masser Hastings Wunde heilen."

Vorsichtig löste er den Verband und träufelte den Saft der Pflanzen, die er zwischen seinen riesigen Fäusten zerquetschte, in die Wunde, die bereits durch die Behandlung der Bata ein bedeutend besseres Aussehen bekommen hatte. Hasting erwachte jetzt und begrüßte uns munter. Er erklärte, dass die Wunde fast gar nicht mehr schmerze, und wollte sogar selbst vom Baum hinabklettern. Das verhinderte aber Pongo, der ihn einfach wieder in die Decke packte, ihn mit einer Hand hochhob und nun vorsichtig an den zahlreichen Ästen hinabkletterte. Unten am Baum nahmen wir schnell ein Morgenfrühstück ein, das aus getrocknetem Fleisch und einem Schluck Mineralwasser bestand. Wir mussten aber erst aus der Nähe der Feinde, ehe wir daran denken konnten, ein Feuer zu entfachen, um Konserven zu wärmen. Wir hofften ja auch, bis zum Abend die Küste erreichen zu können, denn Pongo erklärte jetzt, dass er auf der Suche nach den Kräutern einen Wildpfad gefunden hätte, der direkt in gewünschter Richtung in die Wildnis lief. Wir mussten nun aber zuerst in Richtung auf den Fluss und damit in die Richtung der Feinde gehen, und Pongo drückte wieder alle Hindernisse zur Seite, während wir mit Hasting folgten. Dann stießen wir endlich auf einen breiten Pfad, den riesige Dickhäuter gebrochen haben mussten, und marschierten in flottem Tempo auf die ferne Küste zu. Den verwundeten Hastings trugen wir jetzt zwischen uns auf der Zeltbahn. Pongo hielt die vordere Seite, in die die Beine gewickelt waren, in einer kräftigen Faust zusammengerafft, während Rolf und ich die Kopfseite um ein dickes Bambusrohr geschlungen hatten und so zwischen uns trugen. Und so kamen wir ohne Übermüdung gut vorwärts.

Bis zum Mittag hatten wir fast die Hälfte unseres Weges zurückgelegt, soweit ich beurteilen konnte. Auch aus der wachsenden Anzahl der Nippapalmen konnten wir schließen, dass wir uns der Küste näherten. Jetzt machten wir halt, um Mittag zu essen. Pongo hatte schnell trockenes Holz gesammelt, das keinen verräterischen Rauch von sich gab, und bald verbreiteten die Konserven einen angenehmen Duft, der allein schon dem hungernden Magen wohltat. Leider hatten wir kein frisches Quellwasser, um uns Tee zu kochen, sondern mussten uns wieder mit dem lauwarmen Selterswasser begnügen. Nach einem Aufenthalt von vielleicht Dreiviertelstunden ging es weiter.

Ich hatte mich aber in der Entfernung doch geirrt, denn als die Dunkelheit hereinbrach, hatten wir noch nicht mal den Mangrovengürtel erreicht, der die Küsten einsäumt. Wieder mussten wir auf einem Baum übernachten, da wir nicht wagen durften, ein Feuer zum Schutz gegen Raubtiere anzuzünden und auf dem Erdboden zu kampieren. Und erst am nächsten Mittag kam der

Mangrovengürtel, den wir in einer Stunde durchschritten. Und da lag vor uns das Meer.

Wir waren geradewegs auf eine kleine Bucht gestoßen, die ihre bewachsenen Landzungen weit ins Meer hinaus stieß. Und in dieser Bucht lag – dicht am Strand – ein kleiner Schoner. Nun waren wir gerettet, denn sollten wirklich die Bata noch hinter uns sein, dann würde uns die Besatzung des kleinen Fahrzeuges zweifellos aufnehmen und in Sicherheit bringen. Schnell liefen wir an den Strand und riefen das Schiff laut an.

Aber keine Antwort ertönte. Wieder und wieder riefen wir, bis Rolf endlich meinte: „Die Besatzung wird auf Jagd gegangen sein. Wir wollen das Fahrzeug ruhig besteigen, denn es ist doch nicht ausgeschlossen, dass die Bata noch kommen. Die Seeleute werden unser eigenmächtiges Verhalten schon entschuldigen, wenn sie den Grund erfahren."

Damit stieg Rolf ins Wasser und ging auf den Schoner zu, der vielleicht zwanzig Meter entfernt lag. Zwar reichte ihm das Wasser bald bis zur Brust, und die letzte Strecke musste er schwimmen, aber er fand ein herabhängendes Seil und schwang sich gewandt hinauf. Nach kurzer Zeit erschien er wieder auf Deck und rief: „Es ist tatsächlich keine Menschenseele an Bord. Ich werde das Beiboot hinab lassen, dann können wir Herrn Hasting besser hinüber bringen."

Rolf schwenkte das kleine Beiboot aus und ließ es am Flaschenzug hinab. Dann kletterte er hinunter und ruderte an den Strand. Schnell wurde Hasting hineingetragen, und wir stießen ab, immer noch in gewisser Befürchtung, dass uns die Bata dicht gefolgt sein könnten. Wir wanden uns mit dem Boot am Flaschenzug hoch, und Hasting wurde sofort in die Kabine getragen. Dann schickte mich Rolf in den Maschinenraum, da ich mit Motoren gut umzugehen weiß. Ich fand einen tadellosen, kräftigen Dieselmotor, der dem kleinen Schoner eine beträchtliche Geschwindigkeit verleihen musste. Der große Tank war noch dreiviertel voll Benzin, und ich überzeugte mich bald, dass ich nur noch den Anlasser zu betätigen brauchte, um den Motor in Gang zu bringen.

Befriedigt über die Tatsache wollte ich wieder nach oben, als plötzlich Rolf hinunter brüllte: „Motor anwerfen, die Bata kommen!"

Ich drückte auf den Anlasserknopf, und sofort sprang der Motor an. Ohne ein weiteres Kommando abzuwarten, ließ ich die Schraube sofort rückwärts schlagen, denn wir hatten zu unserer Verwunderung festgestellt, dass der Schoner nicht einmal verankert war.

„Vorwärts!" kam nach einiger Zeit das Kommando durchs Sprachrohr. Ich stellte die Schraube um, gab dreiviertel Gas und ging nach oben. Pongo stand neben Rolf auf der kleinen Brücke. Am Strand aber sprangen wenigstens zwanzig Bata umher und gebärdeten sich wie toll, dass ihre Beute im letzten Augenblick entkommen war. Rolf winkte ihnen lachend zu und drehte den Bug des Schoners in die See. Schnell wurde der Strand kleiner und kleiner, und endlich verschwamm er völlig.

„Ich musste uns aus ihrer Sicht entfernen", meinte jetzt Rolf, „denn sonst würden sie nie aufgeben. Hoffentlich treffen sie nicht mit der Besatzung zusammen und lassen ihre Wut an den Nichtsahnenden aus. Wir wollen nach einer Stunde wieder zurückkehren."

„Na, dann werde ich Hasting Bescheid sagen", meinte ich. „Und Pongo könnte indessen in der Küche Tee kochen."

„Ja, das ist ein vernünftiger Gedanke. Komm nachher ruhig wieder auf die Brücke; der Motor kann so weiterlaufen."

Ich betrat die hübsch eingerichtete Kajüte, in deren Bett der Legionär lag. Als er mich erblickte, winkte er eifrig und legte den Finger an den Mund. Behutsam näherte ich mich ihm und neigte mich hinab.

„Hören Sie", flüsterte er da, „hier muss ein Mensch in der Nähe sein."

Aufmerksam lauschte ich, und wirklich, jetzt hörte ich deutlich ein qualvolles, halb ersticktes Stöhnen. Es kam aus der Wand, die zum Innenraum führte, und sofort legte ich mein Ohr gegen das Holz. Ja, dahinter stöhnte ein Mensch. Tastend ließ ich meine Finger über die Verzierungsleisten des Mahagoniholzes gleiten, und plötzlich gab ein Ast, über den ich streifte, nach, und mit leisem Knarren wich ein schmales Stück der Holzwand zurück. Ein dunkler Raum lag dahinter, aus dem mir furchtbar schlechte Luft entgegenschlug. Schnell holte ich meine Taschenlampe und erblickte in deren Licht nun eine zweite Kajüte, die sehr üppig eingerichtet war. Wie das Boudoir einer Weltdame wirkte der Raum. Auf dem schwellenden Seidensofa mir gegenüber aber lag eine menschliche Gestalt. Schnell trat ich näher und erblickte einen schwarzbärtigen Mann, der in tiefer Ohnmacht zu sein schien. Er war gefesselt, und ein dicker Knebel schnürte ihm fast den Atem ab. Wie mechanisch stöhnte er ab und zu auf, ohne sich zu regen.

Ich machte mir keine weiteren Gedanken über diesen sonderbaren Schoner, sondern fasste den Bedauernswerten von hinten unter den Armen hindurch und schleppte ihn aus der schlechten Luft heraus in die Nebenkajüte. Dann rief ich Pongo, er solle Rolf ablösen und hinunter schicken. Schnell durchschnitt ich die Fesseln und entfernte den Knebel aus dem Mund des Bewusstlosen. Als Rolf erschien, stellte er gar keine Frage, sondern entkorkte sofort eine Whiskyflasche, um die Schläfen des Mannes einzureiben. Es dauerte auch nicht lange, da bewegte sich der Schwarzbärtige, schlug endlich die Augen auf und stöhnte in französischer Sprache: „D'eau – Wasser!"

Schnell holte ich aus der Küche einen Becher, und wir flößten ihm vorsichtig das belebende Nass ein. Er starrte uns groß an, schloss dann die Augen und schien von neuem in Ohnmacht zu fallen. Als wir ihn aber auf das Sofa in der Kajüte legten, flüsterte er plötzlich: „Ich bin Kapitän Larrin. Meine Leute haben gemeutert und mich dem Hungertod überlassen. Retten Sie mich, fahren Sie den Schoner ins Meer hinaus."

„Wir sind bereits auf dem Meer", beruhigte ihn Rolf, „Sie sind in Sicherheit. Schlafen Sie jetzt; ich werde eine kräftige Brühe kochen lassen."

Während Rolf wieder ans Steuer ging und Pongo in die Küche schickte, säuberte ich die Wunden an den Handgelenken des Kapitäns. Die Stricke hatten die Haut durchgescheuert. Er fragte mich jetzt, wie wir auf den Schoner gekommen seien, und ich erzählte ihm von unserer Flucht.

„Das ist gut", nickte er, „wir können zusammen den nächsten Hafen anlaufen. Ich werde mich bald erholt haben, dann werde ich feststellen, wo wir sind."

Der Kapitän schien wirklich eine eiserne Natur zu haben. Bereits eine Stunde, nachdem wir ihm die kräftige Brühe eingeflößt hatten und ihn schlafend glaubten, erschien er plötzlich an Deck, wieder sauber angezogen und unerwartet kräftig.

„Wie Sie sehen, meine Herren, bin ich schon wieder wohlauf", lächelte er. „Es sei Ihnen nochmals gedankt. Jetzt werde ich unseren Standort feststellen."

Er ging zum Sextanten und sagte nach einigen Augenblicken, ohne die Karten konsultieren zu müssen: „Wir befinden uns in der Malakkastraße, auf der Höhe von Delhi. Wollen wir umkehren und die Station anlaufen, oder wollen wir weiter nach Singapur fahren?"

„Wir würden gerne Delhi anlaufen. Mein Freund hat Ihnen wohl unsere Abenteuer schon erzählt. Wir müssen die Legion verständigen, damit der Sergeant im Urwald benachrichtigt wird."

„Gut, meine Herren, dann werden wir wenden."

Kapitän Larrin trat ans Steuer. Aber bevor er das Rad herumdrehte, ließ er seinen Blick prüfend ringsum schweifen. Und plötzlich zuckte er zusammen, blickte längere Zeit scharf nach Nordwest und sagte dann mit gepresster Stimme: „Meine Herren, wir können jetzt nicht an Land. Wir müssen im Gegenteil mit äußerster Kraft in die hohe See. Walte Gott, dass es nicht schon zu spät ist." Erstaunt blickten wir ebenfalls nach Nordwest. Der Himmel hatte dort allerdings ein sonderbares, schwefeliges Aussehen, aber das war doch kein Grund, um nicht zu wenden.

„Es scheint wohl Sturm zu kommen?" fragte Rolf endlich.

„Gehen Sie schnell in den Maschinenraum", wandte sich Larrin an mich, „der Motor muss mit vollster Kraft laufen. Das ist kein schwerer, Sturm, der da kommt, das ist ein Taifun. In einer halben Stunde ist er hier. Dann Gnade uns Gott."

Abenteuer 006: Kapitän Larrins Entlarvung

1. Kapitel: Im Taifun

„Das ist kein schwerer Sturm, der da kommt, das ist ein Taifun.
In einer halben Stunde ist er hier. Dann gnade uns Gott!"
Diese Worte hatte Kapitän Larrin, der Besitzer des kleinen
Schoners, auf dem wir uns befanden, gerufen. Wir hatten das
Schiff am Strand einer kleinen Bucht herrenlos aufgefunden und
unter dem Zwang uns verfolgender Bata einfach in Besitz genommen. Später, als wir schon unterwegs waren, fanden wir in
einem Geheimversteck den Kapitän an Händen und Füßen gebunden auf. Er erzählte uns, dass seine Leute gemeutert hätten
und ihn dem Hungertode überliefern wollten. Mehr sagte er
nicht. Zu einer richtigen Aussprache war es nachdem auch nicht
mehr gekommen, da uns das Unwetter überraschte. Vieles war
noch zu klären, so zum Beispiel das Vorhandensein einer Geheimkajüte, die wie ein Damenboudoir ausgestattet war.
Jetzt aber hieß es für uns zunächst, den Kampf mit dem Taifun
aufzunehmen. Ein Taifun!
Dieses Wort hat für jeden Seemann einen schrecklichen Klang.
Selbst der Kapitän des größten Ozeanriesen weicht dieser gewaltigen Naturkatastrophe nur zu gern aus. Und wir befanden
uns nur auf einem kleinen Schoner, der nicht einmal genügend
bemannt war. Die ganze Besatzung bestand augenblicklich aus
dem Kapitän Larring, meinem Freund Rolf, unserem treuen
Pongo und mir. Zwar war das Schiff sehr stabil gebaut und hatte
wohl auch schon manchen Sturm ausgehalten, aber einem Taifun gegenüber blieb es doch nur eine „Nußschale". Unsere einzige Rettung bestand wohl in dem starken Dieselmotor, denn an
ein Setzen der Segel war nicht zu denken. Sie wären wie mor-
sche Lappen im Sturm zerrissen. Ich eilte hinunter in den Ma-

schinenraum. Zwar wäre ich lieber an Deck geblieben, um am Ruder gegen die Naturgewalten mitzukämpfen, aber ebenso wichtig war der Posten im Maschinenraum, so entsetzlich auch die Aussicht war, ihn nicht wieder verlassen zu können, falls der Schoner plötzlich absacken sollte.

Der Motor arbeitete schon mit halber Kraft. Ich stellte aber sogleich den Gashebel vor, und der gute Diesel trieb sofort den Schoner mit doppelter Geschwindigkeit voran.

Mich hielt es jedoch nicht lange unter Deck, ich musste sehen, wie es oben stand. Im Augenblick war ja meine Anwesenheit im Maschinenraum nicht so sehr notwendig, erst wenn uns der Taifun gepackt hatte und die Schraube infolge des hohen Seeganges oft in der Luft herumwirbeln würde, hieß es für mich scharf aufzupassen und den Motor richtig zu bedienen.

Ich steckte den Kopf durch die Luke und blickte zurück. Da erschrak ich. In den wenigen Minuten hatte sich der Himmel völlig verändert. Das schweflige Gelb war einem tiefen, drohenden Blauschwarz gewichen, und nur an einer Stelle blinkte in dieser dunklen Wand ein helles, fast kreisrundes Loch, von dessen Rändern oft zackige Strahlen das unheimliche Schwarz durchzuckten. Das Meer schimmerte wie graues Blei, und nur jene Strahlen warfen ihren Widerschein über die kaum bewegte Fläche. Die schwarze Himmelswand breitete sich mit unheimlicher Geschwindigkeit aus. Es wurde dunkel um uns. Dann zuckten plötzlich die ersten Blitze auf, denen brüllend der Donner folgte. Es krachte und rollte ringsum. Dann tat sich der Himmel auf. Ein wolkenbruchartiger Regen setzte ein. Mit ihm kam der Sturm. Ein hohles Brausen und Sausen erfüllte die Luft. Und dann türmte es sich hinter uns auf. Die erste große Woge, der erste Wellenberg raste heran und hob unser kleines Schiff wie einen Spielball hoch, um es im nächsten Augenblick wieder in die Tiefe schießen zu lassen. Ich flog die Treppe hinunter, denn jetzt musste ich mich beeilen. Hinter mir schloss sich der Lukendeckel. Das Schiff wurde förmlich vorwärts gerissen, so dass der Motor kaum so schnell arbeiten konnte. Mühsam tastete ich mich in den Maschinenraum zurück. Überall musste ich mir Halt suchen, um nicht wie ein Stück Holz herumgeschleudert zu werden.

Aus dem Sprachrohr drangen von oben wirre Töne, der Widerhall des Tobens der entfesselten Elemente. Dazwischen vernahm ich die brüllende Stimme meines Freundes.

„Achtung, aufpassen – immer Vollgas!" Das war leicht gesagt, aber für mich hieß es erst einmal, in die Nähe des Motors zu kommen und dort einen Halt zu finden, um nicht in die arbeitende Maschine geworfen zu werden.

Endlich gelang mir dies, und ich erfasste den Gashebel. Mochte nun kommen, was wollte, ich war entschlossen, bis zum letzten Augenblick auf meinem Posten auszuharren.

Das Gefährlichste für uns war, dass wir uns in der engen Malakkastraße befanden. Wenn an ein Steuern nicht mehr zu denken war, konnten wir leicht an eine der felsigen Küsten geworfen werden oder mit einem anderen Schiff zusammenstoßen. Und weiter unten bei Singapur, etwa sechshundert Kilometer entfernt, mussten wir durch den Riouw- und Lingga-Archipel mit den vielen kleinen, zerstreut liegenden Inselgruppen. Der Sturm trieb uns gerade darauf zu, und bei der enormen Geschwindigkeit, mit der wir vorwärts gerissen wurden, konnten wir dort sein, ehe sich das Unwetter gelegt hatte. Das Schiff ächzte, stampfte und tanzte auf den haushohen Wellenbergen. Es schien jeden Augenblick aus den Fugen springen zu wollen, und ich dachte nur noch daran, wie lange es dann noch mit uns dauern würde, bis alles aus war.

Schließlich wurde ich ganz stumpfsinnig und tat nur mechanisch meine Arbeit, rückte den Gashebel zurück, wenn die Schraube in der Luft wirbelte, und gab wieder Vollgas, wenn sie Widerstand fand. Stunden stand ich so schon ganz benommen von dem monotonen Geräusch des Motors, obgleich dieser oft einen Lärm verursachte, dass einem Hören und Sehen vergehen konnte. Da wurde plötzlich die Tür zum Maschinenraum aufgerissen. Mühsam kämpfte sich eine hohe Gestalt zu mir heran. Es war Pongo, der sich mit der einen Hand am Tank festklammerte und mir mit der anderen eine Konservenbüchse hinhielt. „Masser essen!" brüllte er.

Der gute Schwarze hatte es tatsächlich fertiggebracht, auf einer elektrischen Herdplatte Konserven zu erwärmen. Er hatte auch Rolf und den Kapitän schon versorgt, wie er mir erzählte.

Ich stärkte mich schnell. Die kräftige Brühe tat mir unendlich gut und gab mir neuen Mut. Ich blickte auf die Uhr. Acht Stunden waren schon seit dem Ausbruch des Unwetters vergangen, und während dieser Zeit hatte ich auf meinem Posten ausgeharrt. Wie mochte es Rolf und dem Kapitän auf der Brücke ergangen sein? Ein Gedanke schreckte mich auf. Bei unserer hohen Geschwindigkeit mussten wir ja schon im Gewirr der Inselgruppen sein, und da inzwischen die Nacht hereingebrochen war, konnte es leicht geschehen, dass unser Schiff auf einer Klippe auflief und zertrümmert wurde.

Ich hatte kaum diesen Gedanken gedacht, als sich der Schoner plötzlich auf die Seite neigte. Es war, als hätte ihn eine gewaltige Riesenhand einfach aufs Wasser gedrückt. Ich flog auf Pongo und mit ihm zusammen in einen Winkel des Raumes. Jetzt war sicher das Ende gekommen. Der Sturm hatte plötzlich seine Richtung geändert und brauste nun nach Norden. Und wenn sich das Schiff wirklich wieder aufrichten sollte, dann würden wir an die Küste der Malakka-Halbinsel geworfen werden, wenn – wir nicht bereits Singapur passiert hatten, was ich mir aber nicht denken konnte. Und tatsächlich richtete sich der Schoner dank der Kunstfertigkeit des Kapitäns Larrin wieder auf und machte eine scharfe Linkswendung. Ich taumelte wieder zum Motor, um erneut wieder den Gashebel zu bedienen. In der nächsten halben Stunde musste es sich entscheiden, ob wir gegen die Küste geschleudert oder an den Anambas-Inseln vorbei ins Südchinesische Meer getrieben wurden. Als Pongo den Maschinenraum verlassen hatte, harrte ich in fieberhafter Erregung auf meinem Posten aus. Es war ein Glück, dass die kleine elektrische Lampe, die ihren Strom von einer am Motor angeschlossenen Lichtmaschine erhielt, durch die gewaltigen Stöße noch nicht zersprungen war.

Zwanzig Minuten – fünfundzwanzig Minuten – dreißig Minuten. Ich zählte eifrig. Immer noch wurden wir mit unheimlicher Geschwindigkeit vorwärtsgetrieben. Der Sturm schien noch an Kraft zugenommen zu haben, denn der Eisenleib des kleinen Schoners erzitterte immer mehr unter den mächtigen Stößen der anprallenden Wellen.

Jetzt konnte es meiner Ansicht nach nur noch Sekunden dauern, bis sich unser Schicksal entschieden hatte. Es waren furchtbare Augenblicke für mich, in denen ich förmlich den zerschmetternden Aufprall erwartete. Aber – wir hatten Glück, unbeschreibliches Glück. Singapur lag bereits hinter uns, und wir trieben nun auf das Südchinesische Meer zu. Zwar drohte jetzt noch das Gewirr der Anambas-Inseln, aber ich gewann immer mehr die Hoffnung, dass auch diese gefährlichen Felseninseln unsere Sturmfahrt nicht aufhalten und ihr ein plötzliches Ende setzen würden.

Wieder vergingen zwei Stunden. Ich konnte mich kaum mehr aufrecht halten, denn die heiße, stickige Luft im Maschinenraum erhöhte noch meine Müdigkeit. Und nur der Gedanke an meinen Freund Rolf, den Kapitän Larrin, die oben an Deck ebenso ausharren mussten wie ich hier unten, spannte meinen Willen zum äußersten an. Immer seltener wirbelte die Schraube durch die Luft, ein Zeichen für mich, dass der Sturm nachließ. Meine Uhr zeigte jetzt die neunte Morgenstunde, als sich der Orkan plötzlich legte. Zwar warf uns das aufgeregte Meer immer noch hin und her, aber für uns war jetzt alle Gefahr vorüber. Ich richtete mich aufatmend auf und ließ den Motor auf Vollgas weiterlaufen. Dann kletterte ich die schmale Eisenleiter hinauf und hob die geschlossene Luke. Eine kräftige Brise wehte mir entgegen. Mit vollen Zügen atmete ich die herrliche Luft ein. Ha, wie das erfrischte!

Ich wurde wieder munter und schwang mich an Deck hinauf.

Doch wie sah es hier oben aus! Beide Masten waren gebrochen, und alles, was nicht niet- und nagelfest war, war über Bord gerissen worden. Der Sturm hatte „Deck rein" gemacht, wie es in der Seemannssprache heißt. Ich lief schwankend zur Brücke, auf der Kapitän Larrin stand. Mein Freund kam soeben von achtern und begrüßte mich mit einem müden Lächeln. Sein Haar war vom Wind zerzaust und hing ihm wirr in die Stirn.

„Es ist ein Wunder, dass wir davongekommen sind", brummte Kapitän Larrin. „Ich habe schon viel durchgemacht, aber einen solchen Taifun noch nicht. Wir wussten nicht einmal, wo wir uns befanden."

Das glaubte ich ihm ohne seine Bestätigung.

„Wo sind wir denn jetzt?" erkundigte ich mich.

„Nahe den Anambas-Inseln, sie werden bald auftauchen. Bis dahin müssen wir schon durchhalten. Wir werden die erste Insel, die wir sichten, anlaufen, ganz gleich, ob sie bewohnt ist oder nicht. Wir müssen erst mal zur Ruhe kommen, sonst brechen wir zusammen."

Die See ging immer noch hoch, und Larrin erklärte, dass sie sich erst nach Stunden beruhigen werde. Mit Hilfe des Motors konnten wir jedoch schnelle Fahrt machen, so dass wir schon in kurzer Zeit eine Insel erreichen mussten. Larrin stellte dann mit dem Sextanten fest, wo wir uns genau befanden. Er sah sehr übermüdet aus und konnte sich ebenfalls kaum mehr auf den Beinen halten. Ich selbst wäre am liebsten in die Kajüte hinunter geeilt und hätte mich auf das Sofa geworfen.

Bei diesem Gedanken fiel mir Hasting, unser verwundeter Begleiter, plötzlich ein. Er hatte während unserer Sturmfahrt allein in der Kajüte gelegen und musste Qualen ausgestanden haben.

Ich bat Pongo in den Maschinenraum zu gehen und mich sofort zu rufen, falls der Motor zu arbeiten aufhörte. Dann eilte ich hinunter in die Kajüte. Auf dem Bett lag Hasting. Er war gleichfalls arg mitgenommen. Seine Augen suchten die meinen und lächelten schwach. Er war auf dem Bett fest angebunden, was sicher unser treuer Pongo getan hatte.

„Wie steht es?" fragte er leise.

„Alles gut, Herr Hasting, das Wetter ist vorüber, und wir werden an einer Insel vor Anker gehen. Sie haben nichts mehr zu befürchten und können nun ruhig schlafen."

„Gott sei Dank, es war wirklich nicht mehr auszuhalten. Ich glaubte hier unten mein Grab zu finden, Herr Warren."

„Das glaubten wir alle, Herr Hasting, doch es sollte nicht sein. Jetzt ist wenigstens alle Gefahr vorüber. Hat Pongo Ihnen schon etwas zu essen gebracht?"

„Ja, Ihr Pongo ist ein tüchtiger Kerl. Trotz des Unwetters brachte er mir warmes Essen. Wie er das angestellt hat, ist mir ein Rätsel."

„Das wird er uns später erzählen müssen. Jetzt muss ich leider wieder in den Maschinenraum. Noch ist unsere Arbeit nicht beendet, das können wir erst sagen, wenn wir an einer Insel vor Anker liegen."

Ich eilte wieder hinauf. Mein Freund Rolf winkte mir erfreut zu und deutete nordwärts, wo soeben eine Insel auftauchte, auf die Larrin zuhielt.

Gott sei Dank, nun war es soweit, dass wir uns ausruhen konnten. Nur noch wenige Minuten, dann waren wir ganz geborgen.

Ich musste wieder hinunter in den Maschinenraum, um den Motor abermals zu bedienen. Ich schickte Pongo hinauf, damit er bei unserer Landung helfen konnte. Dann wartete ich gespannt auf die durch das Sprachrohr kommenden Befehle, auf das erlösende Wort 'Stop!' Und es kam auch endlich. Ich warf den Gashebel zurück, und der Motor verstummte. Dann aber hielt mich nichts mehr unten. Mit letzter Kraft turnte ich die Eisenleiter hinauf und trat an Deck.

Der Schoner ankerte in einer kleinen Bucht, die zu einer bewaldeten Insel gehörte. Palmen standen leicht dem Wasser zugeneigt am Ufer, dahinter begann dichtes Gebüsch. Schildkröten von riesigem Ausmaß sonnten sich in der heißen Sonne. Langbeinige Vögel stolzierten gravitätisch umher, und in den Zweigen der hinter den Palmen stehenden Bäume schaukelten sich bunte Papageien. Es war ein so friedliches Bild, dass ich sofort die Schrecken der Sturmfahrt vergaß. Das Wasser in der Bucht wurde nur mäßig bewegt, da durch die schmale Einfahrt der draußen herrschende hohe Seegang nicht eindringen konnte. Leicht wiegte sich der Schoner auf dem Wasser. Die Insel schien unbewohnt zu sein. Wären wir nicht so übermüdet gewesen, hätten wir sie wohl durchstreift. Aber dazu waren wir jetzt ganz unfähig. Ich schlich mehr, als ich ging zur Treppe und stolperte die Stufen hinunter. Als ich die Kajüte betrat, lag Hasting schon in tiefem Schlaf. Ich hatte nicht mehr die Kraft, seine Stricke zu lösen, sank auf das Sofa nieder, drehte mich zur Wand und war sofort eingeschlafen.

Als ich nach langem Schlaf erwachte, wusste ich zuerst nicht, wo ich mich befand und was geschehen war. Ich lag in einem dunklen Raum, der leise hin- und herschwankte.

Die Ereignisse der letzten Stunden kamen mir wie ein Traum vor. Hatten wir wirklich diese entsetzliche Fahrt mitgemacht, oder war alles nur Hirngespinst meiner überreizten Nerven gewesen?

Ich richtete mich im Dunkeln auf. Neben mir fühlte ich einen Körper. Ja, richtig, ich lag ja auf dem breiten Sofa in der Kajüte des Schoners. Also war doch alles wahr.

Vorsichtig, um den Schläfer neben mir nicht zu wecken, griff ich in die Tasche und holte meine elektrische Lampe hervor, die ich einschaltete, nachdem ich sie mit der Hand abgedeckt hatte.

Neben mir lag Rolf. Er schlief noch fest. Seine Gesichtszüge waren jetzt entspannt. Aber sie verrieten noch deutlich, was er in den letzten Stunden durchgemacht hatte. Langsam und behutsam, um ihn nicht zu wecken, turnte ich über ihn hinweg. Auf dem Bett lag immer noch Hasting. Auch er schlief noch, doch waren seine Stricke entfernt worden.

Suchend glitt der Strahl meiner Taschenlampe durch den Raum. Ich vermisste Kapitän Larrin. Er war wahrscheinlich schon wieder oben an Deck.

Leise verließ ich die Kajüte und stieg langsam die steile Treppe hinauf in die sternenklare Nacht.

Das Deck schien leer zu sein, vergeblich blickte ich mich nach Larrin um. Da fiel mir die Geheimkajüte ein. Nun war ich überzeugt, dass er sich dahin zurückgezogen hatte und wahrscheinlich ebenfalls noch schlief. Doch wo war
Pongo?

Gerade als ich an ihn dachte, tauchte er als ein riesiger Schatten hinter dem Heckaufbau auf.

Er begrüßte mich leise.

„Masser warten, Nacht bald um sein wird", sagte er zu mir. „Pongo auch an Deck geschlafen hat. Pongo glaubt, Insel nicht gut ist."

„Warum nimmst du das an?" fragte ich überrascht. „Hast du etwas bemerkt?"

„Pongo glaubt Schatten an Ufer gesehen zu haben, Pongo aber nicht erkannt hat, ob Menschen oder Tiere. Schatten hinter den dichten Bäumen standen. Pongo auch sehr müde war, sonst Pongo gegangen wäre ans Ufer, um nachzusehen."

„Wenn es hell wird, wollen wir die Insel durchstreifen, Pongo. Wie spät ist es eigentlich?"

Ich warf einen Blick auf meine Armbanduhr. Im selben Augenblick sagte mir unser schwarzer Begleiter schon die Zeit. Er hatte einen Blick zu den Sternen hinauf geworfen.

„In zwei Stunden Nacht vorbei ist, Masser Warren."

Es stimmte, es war fünf Uhr in der Frühe. Ich hatte also fast achtzehn Stunden geschlafen und fühlte mich dementsprechend auch wieder frisch. Am liebsten hätte ich jetzt in der Bucht ein Bad genommen, aber damit wollte ich noch warten, bis es hell geworden war.

„Könntest du schon ein Frühstück zubereiten, Pongo," schlug ich vor. „Ich habe einen Bärenhunger – du sicher auch."

Pongo nickte. Er wandte sich der Kombüse zu und verschwand darin. Ich aber schritt langsam über das Deck, um mir in aller Ruhe die Sturmschäden anzusehen. An ein Segeln war überhaupt nicht mehr zu denken, da beide Masten verlorengegangen waren. Die Reling hatte ebenfalls an einigen Stellen gelitten, und auch sonst war viel auszubessern. Immerhin aber hatte der Eisenkasten den Taifun ganz gut überstanden.

Nun holte ich mein Fernglas hervor und suchte das Ufer ab. Zwischen dem Schiff und dem Strand lagen noch etwa zwanzig Meter. Wenn jemand also das Schiff erreichen wollte, hätte er schwimmen müssen. Außerdem war es ohne Strickleiter schwer zu erklettern. Ich war also in dieser Beziehung ganz beruhigt.

Als ich zu Pongo zurückging, trat gerade Larrin aus dem Heckaufbau. Er begrüßte mich kurz. Mir kam es so vor, als sei es ihm gar nicht recht, mich hier getroffen zu haben.

„Haben Sie eigentlich eine Funkstation an Bord?" erkundigte ich mich.

„Leider nicht, Herr Warren, und wenn ich eine gehabt hätte, so wäre sie jetzt untauglich. Sie sehen ja selbst, dass die Masten über Bord gegangen sind. Wir mussten sie schließlich kappen, sonst wäre die Katastrophe da gewesen."

„Es ist nur gut, dass Sie einen ausgezeichneten Motor eingebaut haben, Herr Larrin, ohne ihn wäre das Schiff verloren gewesen. Doch was wollen Sie nun unternehmen? Wie Sie uns erzählten, hat Ihre Besatzung gemeutert. Sie sind uns noch den Bericht schuldig."

„Später, später, Herr Warren, jetzt haben wir an anderes zu denken. Ich werde versuchen, den nächsten Hafen an der Küste zu erreichen, dort können Sie an Land gehen und Ihre Reise fortsetzen."

„Und Sie?" Verwundert blickte ich ihn an. Sein Gebaren gefiel mir nicht. Der Mann machte jetzt auf mich den Eindruck, als wollte er uns gern loswerden.

„Um mich brauchen Sie sich jetzt nicht weiter zu kümmern, Herr Warren, ich lasse meinen Kahn ausbessern, heuere eine neue Mannschaft an und gehe dann wieder auf Reisen. Doch ich glaube, es gibt schon Frühstück – Ihr Neger winkt uns."

„Er ist unser Freund, nicht unser 'Neger'," entgegnete ich mit Nachdruck.

„Wie auch immer," meinte Larrin desinteressiert.

Wir gingen zur Kombüse. Pongo hatte sich hier schnell zurechtgefunden. Er hatte einen starken Kaffee aufgebrüht, wie Rolf es ihm gezeigt hatte. Er bot ihn uns an, dann einige Schiffszwiebacke mit Büchsenfleisch, die mir herrlich mundeten. Der Kaffee erfrischte mich angenehm.

2. Kapitel: Eine merkwürdige Entdeckung

Eine halbe Stunde später erschien Rolf an Deck. Ihm erging es ebenso wie mir. Er fühlte sich wieder frisch und munter und trank mit Behagen den starken Kaffee. Kapitän Larrin war auch ihm gegenüber sehr mürrisch. Rolf tat jedoch so, als merke er nichts davon, war zu ihm höflich und machte einige Vorschläge, die Larrin indessen fast schroff zurückwies. Er meinte, dass er schon wisse, was er zu tun habe.

Achselzuckend wandte sich mein Freund von ihm ab und schritt langsam über das Deck. Pongo war zu Hasting hinuntergegangen, um ihn neu zu verbinden und mit Essen zu versorgen.

Ich folgte Rolf und holte ihn vorn am Bug des Schoners ein.

„Was hat Larrin nur?" erkundigte ich mich ärgerlich. „Er ist heute wie verwandelt. Er müsste uns doch dankbar sein, dass wir ihn aus seiner unangenehmen Lage befreiten."

„Ich bin ebenfalls verblüfft, Hans. Sein Benehmen gefällt mir gar nicht. Ich mache mir so meine Gedanken. Bisher hat er uns nicht erzählt, wie er in die für ihn so unangenehme Lage gekommen ist. Nur die Meuterei erwähnte er."

„Er vertröstete mich auf später, als ich ihn heute fragte. Es schien ihm gar nicht zu passen, dass ich mich danach erkundigte. Das Vorhandensein der Damenkajüte gibt mir zu denken."

„Mir auch – immerhin ist es möglich, dass ihn auf einer früheren Fahrt eine Frau begleitete. Hat er etwas zu verbergen, dann wird er es uns bestimmt nicht verraten. Hat er dir schon gesagt, was er jetzt zu tun beabsichtigt?"

„Er will den nächsten Hafen an der Küste anlaufen und uns dort absetzen, das ist alles, was er mir mitteilte."

„Und er? Was will er dann unternehmen?"

„Das geht uns nichts an, Rolf, er hat es mir deutlich genug zu verstehen gegeben."

„Es ist notwendig, dass Hasting in ein Hospital kommt, Hans, das ist das erste, was wir veranlassen müssen. Ich habe aber keineswegs die Absicht, mich nicht mehr um Kapitän Larrin zu kümmern. Mein Gefühl sagte mir, dass wir —" Mein Freund unterbrach sich. Lautlos war Larrin näher gekommen. Rolf hatte ihn zum Glück noch rechtzeitig bemerkt.

„Haben Sie Lust, die Insel zu durchsuchen, meine Herren?" fragte er, sich bemühend freundlich zu uns zu sein.

„Natürlich, daran dachte ich auch schon", erwiderte Rolf. „Sie werden uns doch begleiten, nicht wahr?"

„Nein, ich muss auf meinem Schiff bleiben. Es genügt, wenn Sie allein gehen. Nehmen Sie Ihren Neger mit, dann wird Ihnen unterwegs nichts zustoßen. Sie können doch nicht von mir verlangen, dass ich meinen Schoner dem Neger anvertraue."

Rolf stieß mich leise an.

„Unser Pongo kann gleichfalls zurückbleiben", schlug Rolf vor, „wir brauchen unterwegs keinen Schutz. Außerdem muss er Hasting betreuen. Wir werden also allein gehen."

„Ihrem Freund unten wird schon nichts geschehen, meine Herren, ich möchte Ihnen jedoch raten, Ihren Neger mitzunehmen. Man kann nicht wissen, wen man auf diesen Inseln findet."

„Wir gehen allein", erklärte mein Freund mit aller Bestimmtheit.

Larrin brummte etwas und wandte sich von uns ab. Langsam schritt er zurück und verschwand nach unten. Gleich darauf tauchte unser Pongo auf. Er kam schnell zu uns.

„Massers, Kapitän nicht gut ist", sagte er leise. „Pongo bösen Blick in seinen Augen bemerkt hat."

„Ach Unsinn, Pongo", versuchte Rolf den Schwarzen zu beruhigen. „Larrin ist erregt, weil er beinahe sein Schiff verloren hätte. Nun muss er es wieder instand setzen lassen."

„Masser, Kapitän nicht gut ist", wiederholte unser schwarzer Begleiter. „Massers sehen werden, dass Pongo recht hat."

Wir hatten schon öfter festgestellt, dass Pongo, wenn er etwas behauptete, auch stets recht behielt. Hier aber glaubten wir nicht an den „bösen Blick", obwohl wir das Benehmen des Mannes ebenfalls recht merkwürdig fanden.

Eine halbe Stunde später brach der Tag an. Das Meer hatte sich wieder beruhigt und lag fast spiegelglatt da. Ein leichter Morgenwind hatte sich aufgemacht und brachte eine erfrischende Kühle. Ich beschloss jetzt ein Bad zu nehmen. Rolf beteiligte sich. Schnell zogen wir uns aus, ließen eine Strickleiter hinunter und stiegen ins Wasser. Das war wirklich eine Wohltat. Wir umschwammen den Schoner. Dabei stellte ich fest, dass das Schiff überhaupt keinen Namen führte. Das war etwas, was ich noch nie beobachtet hatte. Ich machte meinen Freund darauf aufmerksam.

Nochmals umschwammen wir das Fahrzeug. Rolf zeigte mir an beiden Seiten des Bugs Stellen, die sich etwas dunkler von dem Rumpf abhoben.

„Dort hat der Name gestanden, Hans. Wahrscheinlich wird er mittels einer Tafel angebracht, um gelegentlich wieder entfernt zu werden", meinte er.

„Oder um durch einen anderen ersetzt zu werden", fuhr ich erklärend fort.

Mein Freund nickte mir zu. Unwillkürlich warf ich einen Blick zu dem Bullauge, hinter dem die Kajüte des Kapitäns lag. Ich sah Larrins Gesicht, der uns schon eine ganze Weile beobachtet zu haben schien. Jetzt zog er sich schnell wieder zurück.

„Hier stimmt etwas nicht, Rolf", raunte ich meinem Freund zu. „Komm, wir wollen wieder an Bord gehen und uns anziehen. Der Schoner und sein Kapitän kommen mir recht merkwürdig vor."

Wir schwammen zurück zur Strickleiter und stiegen sie hinauf. Minuten später waren wir wieder angekleidet.

„Nun wollen wir der Insel einen Besuch abstatten", schlug ich vor. „Pongo muss inzwischen die Augen offenhalten und hauptsächlich darauf achten, dass Hasting nichts geschieht. Ich traue jetzt Larrin nicht mehr über den Weg."

„Na, so schlimm wird es nicht sein, Hans. Aber komm nur, wir wollen Pongo und Hasting sagen, dass wir das Schiff verlassen." Wir stiegen hinunter in die Kajüte. Hasting lag wach auf dem Bett. Auf unsere Frage nach dem Kapitän deutete er auf die Geheimtür zur Damenkajüte.

„Er ist da hineingegangen, Herr Torring."

Rolf klopfte gegen die Tür, erhielt jedoch keine Antwort. Als er einen zweiten Versuch unternahm, ging die andere Tür der Kajüte auf, und Larrin trat ein.

„Suchen Sie mich?" erkundigte er sich.

„Ja, wir wollten Ihnen nur Bescheid sagen. „Wir werden jetzt die Insel durchstreifen. Ich denke, dass wir gegen Mittag wieder zurück sein werden", erwiderte mein Freund. „Mit etwas Glück bringen wir frisches Fleisch mit."

Larrin nickte nur. Wir verabschiedeten uns von Hasting und versprachen ihm, dass Pongo für ihn sorgen würde. Dann folgten wir Larrin, der schon vorausgegangen war, nach oben.

Das kleine Beiboot wurde zu Wasser gelassen, und Pongo ruderte uns ans Ufer. Wir schärften ihm nochmals ein, ja recht wachsam zu sein und Larrin nicht aus den Augen zu lassen. Wir hatten auch unsere Büchsen mitgenommen, weil wir sie nicht auf dem Schoner zurücklassen wollten. Wie gut das war, sollten wir erst später feststellen.

Vom Ufer aus beobachteten wir noch einige Minuten das Schiff. Larrin war wieder hinuntergegangen, aber ich war überzeugt, dass er uns durch das Bullauge heimlich beobachtete. Wir winkten nochmals Pongo zu, der inzwischen den Schoner wieder erreicht hatte. Dann drangen wir in das Dickicht ein.

Ich möchte hier noch bemerken, dass die Bucht von steilen Felserhebungen umgeben war, so dass der Schoner nur durch die schmale Einfahrt von draußen erkannt werden konnte. Einen idealeren Ankerplatz hätte das Schiff nicht finden können.

Ich machte jetzt Rolf auf die verdächtigen Schatten, die Pongo gesehen haben wollte, aufmerksam und riet, ja recht vorsichtig zu sein. Ich nahm an, dass sich Eingeborene vielleicht sogar Wilde auf der Insel aufhielten, also Menschen, die den Weißen nicht wohlgesinnt waren. Da das Eiland nicht groß war, wurde es sehr wahrscheinlich selten von Schiffen angelaufen, so dass die Menschen, die hier lebten, mit Fremden fast gar nicht in Berührung kamen. Deshalb stellte jedes Stück Ausrüstung eines Fremden eine kleine Kostbarkeit dar, und wir mussten jederzeit mit Überfällen rechnen.

„Soviel mir bekannt ist, werden die Anambas-Inseln von Malaien bewohnt", bemerkte ich, „wir werden es also nur mit diesem Volksstamm zu tun bekommen, falls die Insel wirklich bewohnt ist. Tiere scheint es hier, abgesehen von den Vögeln und Schildkröten, nicht zu geben."

Die Insel hatte nach Rolfs Ansicht einen Durchmesser von drei bis vier Kilometern. Wir konnten sie also in einer Stunde gut durchqueren. Es war jedoch noch nicht die Hälfte der Zeit vergangen, als wir plötzlich auf eine freie Stelle des urwaldartigen Dickichts stießen, auf der ein fest gezimmertes Haus stand. Vorsichtig blieben wir hinter den Büschen stehen. Der Anblick des Hauses sagte uns, dass nur Weiße es errichtet haben konnten. Lebte hier etwa zurückgezogen von aller Welt ein Einsiedler?

Wir hatten bisher keinen Pfad oder desgleichen bemerkt. Um vorwärts zu kommen, hatten wir freie Stellen des Dickichts benutzt und uns teilweise mit unseren Messern einen Weg gebahnt. Um so überraschter waren wir beim Anblick des fest gezimmerten Bungalows.

Aber obgleich wir wohl eine Viertelstunde hinter den Büschen versteckt standen, zeigte sich uns kein Mensch. Nichts deutete darauf hin, dass hier jemand wohnte. Kein Rauch drang aus dem niedrigen Schornstein.

„Komm, wir wollen hinübergehen“, schlug mein Freund vor. „Der Mann, der hier haust, wird uns hoffentlich nicht feindlich gesinnt sein. Eingeborene bauen sich nicht solche Häuser.“

Wir wollten gerade unseren Standort verlassen, als plötzlich aus dem Wald gegenüber zwei Malaien hervortraten. Ich erkannte sofort an der Kleidung, dass der eine der Diener und der andere der Herr war. Letzterer war nämlich für einen Malaien sehr vornehm gekleidet. Er trug ein leichtes seidenes Gewand und einen golddurchwirkten Gürtel, in dem ein kostbarer, mit Edelsteinen besetzter Kris steckte.

Der Diener schritt hinter seinem Herrn, der langsam auf das Haus zuging und es betrat. Wir erkannten, dass der Malaie hier zu Hause war, denn er nahm auf der kleinen Veranda Platz, während der Diener im Inneren verschwand.

Rolf und ich blickten uns überrascht an.

„Ein Malaie, der mit der Kultur schon stark in Berührung gekommen ist“, meinte mein Freund leise. „Von seiner Seite werden wir wohl keine Feindseligkeiten zu erwarten haben. Wir wollen hinübergehen und ihn begrüßen.“

Das war auch meine Ansicht. Wir verließen also unser Versteck und betraten die Lichtung. Der Malaie sah uns sofort. Er erhob sich und fasste unwillkürlich nach seinem Kris. Rolf hob jedoch die Hand zum Zeichen, dass wir in friedlicher Absicht kämen.

Stehend erwartete uns der Mann. Als wir die Veranda erreichten, grüßten wir. Hoheitsvoll neigte der Malaie leicht den Kopf und lud uns durch eine Handbewegung ein, die Veranda zu betreten. Rolf sprach ihn auf englisch an.

„Wir mussten an dieser Insel notlanden“, erklärte er, „und sind überrascht, jemanden hier zu treffen.“

Wir saßen dem Malaien gegenüber, der uns mit seinen scharfen

Augen musterte. Zu unserer Verblüffung sprach er ebenfalls ein gutes Englisch.

„Toeba hat durch seine Diener erfahren, dass ein fremdes Schiff die kleine Bucht an der Südseite der Insel aufsuchte. Toeba glaubte aber nicht, dass die fremden Männer es wagen würden, die Insel zu betreten."

„Wagen?" fragte Rolf verwundert. „Ist es verboten, diese Insel zu betreten?"

„Allen weißen Männern ist es verboten", war die Antwort.

„Davon wissen wir nichts. Wem gehört denn diese Insel?"

„Toeba."

„So sind Sie also der Besitzer? Gestatten Sie, dass wir uns Ihnen vorstellen?"

Rolf nannte unsere Namen. Mir machte das Gebaren des Malaien großen Spaß, der tat, als sei er ein eingeborener Fürst. Wenn diese Insel aber sein Reich war, so konnte er mir wirklich leid tun.

Rolf dachte wohl das gleiche, denn er fügte noch hinzu: „Wir freuen uns, den Herrscher dieser Insel kennenzulernen."

Das Gesicht des Malaien verzog sich nicht, er behielt seine starre Maske bei, obgleich er den leisen Spott meines Freundes herausgehört haben musste. „Sie werden sich nicht freuen, meine Herren, wenn Sie erfahren, dass Sie die Insel nicht wieder verlassen dürfen."

„Sie scherzen. Wer will uns daran hindern, Toeba? Etwa Sie?"

„Ja. Die Insel gehört mir, sie wird von allen Seefahrern gemieden. Sie sollen meine Gäste bleiben, ich lasse Ihnen einen Bungalow erbauen, aber Sie dürfen die Insel nicht mehr verlassen."

„Sie scherzen wirklich, Toeba, ich sagte es schon einmal. Glauben Sie, uns hindern zu können, zu unseren Freunden zurückzukehren?"

„Blicken Sie sich um, meine Herren!"

Wir taten es. Ich fuhr erschrocken auf, als ich vor der Veranda etwa zwanzig Malaien stehen sah, die jeder mit einem Kris bewaffnet waren. Es schien mir, als warteten sie nur auf einen Wink ihres Herrn, um sich auf uns zu stürzen.

Ich griff zur Pistole. Da legte mir Rolf lächelnd die Hand auf den Arm und schüttelte den Kopf.

„Lass gut sein, Hans, auch diese Malaien können uns nicht hindern, auf das Schiff zurückzukehren."

Er hatte es deutlich genug gesagt, so dass Toeba ihn verstehen musste. Jetzt erst zeigte sich ein finsterer Zug im Gesicht des Malaien.

„Versuchen Sie es, meine Herren, ich brauche nur die Hand aufzuheben, dann leben Sie nicht mehr."

„Tun Sie es, Toeba, aber – sehen Sie hier diese kleine Waffe? Ja, Sie kennen sie. Ein kleiner Druck meines Fingers, und auch Sie leben nicht mehr. Sie vergessen, dass Sie es mit weißen Männern zu tun haben, die sich Ihren Befehlen nicht unterwerfen. Augenblicklich schicken Sie Ihre Leute fort, sonst lasse ich meine Pistole sprechen. Ich zähle bis drei!"

Die Augen des Malaien flammten vor Wut auf. Er erkannte, dass er sich verrechnet hatte. Rolf hatte auch scharf genug gesprochen und schien nicht zögern zu wollen, seine Drohung wahr zu machen. Er zählte laut: „Eins – zwei -"

Da hob der Malaie seine Hand und gab seinen Leuten einen Wink. Sie verschwanden daraufhin ebenso lautlos, wie sie gekommen waren. Sie drangen in das Dickicht ein. Ich war überzeugt, dass sie dort erneut auf ein Zeichen ihres Herrn warteten. Rolf steckte seine Pistole wieder fort: „Sind Sie nun davon überzeugt, dass wir uns nicht zurückhalten lassen, Toeba?" fragte er den Malaien. „Wir werden jetzt -" Rolf und ich fuhren gleichzeitig von unseren Sitzen hoch. Aus dem Inneren des Bungalows drang ein gellender Hilfeschrei aus weiblicher Kehle zu uns. Die Frau bediente sich der englischen Sprache. „Hilfe! Retten Sie mich, Hilfe!"

Es war eine weiße Frau, die geschrien hatte. Rolf und ich erkannten das sofort. Wir rissen unsere Pistolen heraus und schlugen sie auf den Malaien an. Der war gleichfalls aufgestanden, und seine Hand ruhte am Griff des Kris.

„Wer ist die Frau?" forschte Rolf mit zusammengezogenen Augenbrauen.

„Eine – eine Irre, meine Herren." Der Mann versuchte seinen Worten einen gleichgültigen Tonfall zu geben. „Es ist meine Frau, eine Eingeborene. Sie ist nicht richtig im Kopf."

„Wir wollen sie sehen", forderte mein Freund. Der Malaie richtete sich stolz auf.

„Die Frau bekommt kein Mensch zu sehen, es ist meine Frau", betonte er.

Ich hatte plötzlich eine Vision. Ich sah die Damenkajüte, in der wir Kapitän Larrin gefunden hatten, vor mir. Im selben Augenblick verwarf ich den aufsteigenden Gedanken jedoch wieder. Das war ja Unsinn, dass ich diese um Hilfe rufende Frau mit der Damenkajüte des Schoners in Verbindung brachte. Wir hatten das Schiff viele hundert Meilen von hier entfernt gefunden und waren nur durch Zufall hierher verschlagen worden.

„Hans, halte den Mann in Schach, ich werde ins Haus gehen und nach der Frau sehen", bestimmte Rolf. Da fuhr die Waffe des Malaien blitzschnell aus dem Gurt. Rolf hätte ihn jetzt niederschießen können, ohne dass wir ein Unrecht begangen hätten.

Wir waren die Angegriffenen. Aber mein Freund tat es nicht, sondern sprang blitzschnell zurück, so dass der blanke Stahl unschädlich durch die Luft fuhr.

Ehe der Malaie den Kris nochmals heben konnte, hatte ihm Rolf die Faust derart auf den Arm geschlagen, dass der Malaie unfähig war, ihn zu heben. Im nächsten Augenblick setzte er ihm die Pistole auf die Brust. „Noch eine Bewegung, und Sie sind tot", warnte er.

Reglos blieb der Malaie stehen. Ich entwand ihm den Kris und nahm ihn in die linke Hand. „Durchsuche du das Haus, Hans, aber beeile dich!" drängte mich mein Freund.

Ich trat zu der Tür, die in den Innenraum führte, und stieß sie auf. Im Zimmer traten mir drei Malaien mit erhobenen Waffen entgegen. Ich gab einen Warnschuss in die Decke ab. Da wandten sich die Diener zur Flucht. Im nächsten Augenblick befand ich mich allein in dem Raum, den ich nun gründlich durchsuchte.

Von einer Frau war nichts zu sehen, auch in dem kleinen Nebenraum nicht. Und mehr Zimmer enthielt der Bungalow nicht. Ich untersuchte auch den Boden, vermochte jedoch keine Klappe oder dergleichen festzustellen. Auch fiel mir ein, dass ja der Bungalow auf Pfählen errichtet war und demnach keinen Keller besitzen konnte. Wo aber war die Frau geblieben? Hatten die Malaien sie schnell fortgeschafft?

Ich stieß die hintere Tür, die ins Freie führte, auf. Kaum jedoch ließ ich mich hier sehen, als aus dem Dickicht ein malaiischer Dolch geflogen kam. Wäre ich nicht schnell seitwärts getreten, hätte er mich getroffen. Ich gab kurzerhand noch zwei Schüsse ins Dickicht hinein ab und vernahm ein lautes Knacken und

Brechen von Zweigen und Ästen, ein Zeichen, dass die Männer, die hinter den Büschen gestanden hatten, sich schnell entfernten. Sie zu verfolgen hatte keinen Zweck. Ich verschloss die Tür und kehrte zur Veranda zurück. Das Bild hier hatte sich nicht geändert. Rolf hatte den Malaien gezwungen, auf seinem Sitz wieder Platz zu nehmen, und hielt ihn mit der Waffe in Schach. Als ich ihm meldete, dass ich keine Frau finden könne, ging ein ironisches Lächeln über das Gesicht des Malaien.

„Die Malaien sind uns zahlenmäßig überlegen, Hans", sagte Rolf in deutscher Sprache zu mir, „wir können leider nichts unternehmen. Wir müssen zurück zum Schoner. Aber ich werde, sowie wir die Küste erreicht haben, veranlassen, dass diese Insel durchsucht und nach der Frau geforscht wird."

„Wenn wir uns zurückziehen, werden uns die Malaien überfallen, Rolf", warnte ich.

„Wir nehmen Toeba als Geisel mit, er muss uns als Deckung dienen. Ich hätte auch große Lust, ihn mit zur Küste zu nehmen, aber ich glaube, dazu habe ich keine Berechtigung."

Wir hatten den Malaien keine Sekunde aus den Augen gelassen. Er war ruhig sitzengeblieben, als wüsste er, dass wir ihm nichts anhaben konnten. Gerade als Rolf ihn auffordern wollte, uns zur Bucht zu begleiten, tauchte unvermutet unser Pongo auf. Er kam mit weiten Sätzen auf den Bungalow zugestürmt.

„Massers geschossen haben?" fragte er atemlos.

„Ja, doch du hättest ruhig auf dem Schiff bleiben können, Pongo, wir haben nur Schreckschüsse abgegeben. Hilf uns jetzt, diesen Mann zur Bucht zu bringen, wir lassen ihn dann wieder laufen."

Toeba war offensichtlich erschrocken, als er Pongo erblickte. Er starrte ihn wie einen Übermenschen an. Als er dann von Rolf erfuhr, dass er uns begleiten solle, wollte er sich sträuben. Doch Pongo machte kurzen Prozess. Er trat hinter den Malaien, der sich nun freiwillig erhob und uns langsam voranschritt.

3. Kapitel: Larrins Hinterlist

Pongo folgte ihm auf dem Fuß, Rolf und ich blickten uns immer wieder um, um festzustellen, ob uns die anderen Malaien folgten. Aber das war nicht der Fall. Wir überquerten die Lichtung und drangen in den Wald ein. Wenn Toeba stehenbleiben wollte, stieß ihn Pongo nur an. Sofort setzte er sich dann wieder in Bewegung. Ohne Zwischenfall erreichten wir die Bucht. Das kleine Boot, mit dem Pongo gekommen war, lag noch am Ufer. Wir bestiegen es. Toeba wurde gezwungen, ebenfalls darin Platz zu nehmen. Sein Gesicht verriet deutlich die innere Wut, und er hätte sich wohl am liebsten auf uns gestürzt, wenn nicht – Pongo gewesen wäre. Vor Pongo schien er große Furcht zu haben.

Kapitän Larrin stand an der Reling. Ich beobachtete ihn scharf, als wir an der Backbordseite anlegten. Als Toeba zu ihm aufblickte, erschrak er offensichtlich. Sein Gesicht verriet Staunen und Angst zugleich. Unwillkürlich dachte ich wieder an die seltsame Damenkajüte. Toeba musste gleich hinter Rolf die Strickleiter hinaufklettern. Ich hörte, wie mein Freund zu Larrin sagte: „Wir haben eine merkwürdige Entdeckung gemacht. Auf dieser Insel hält sich eine weiße Frau auf, die laut um Hilfe rief, als sie uns hörte."

Larrin brummte etwas, was ich nicht verstand. Dann, als ich hinter Toeba die Leiter erkletterte, sah ich, wie beide Männer, Larrin und Toeba, sich groß anblickten. Mir kam es so vor, als kenne der Kapitän den Malaien.

„Was soll der Mann an Bord?" fragte Larrin. „Ich werde in einer Stunde die Bucht verlassen. Wie ich erst jetzt festgestellt habe, dürfen wir diese Insel gar nicht betreten, sie gehört dem malaiischen Fürsten Toeba!"

„Er steht vor Ihnen, Kapitän", erwiderte Rolf lächelnd. „Erweisen Sie ihm alle Ehren, die ihm gebühren!"

„Ich dulde es nicht, dass Sie den Fürsten derart behandeln, meine Herren. Schließlich bin ich hier der Kapitän und habe zu bestimmen. Lassen Sie den Mann sofort wieder an Land!"

„Und die weiße Frau?" warf Rolf ein.

„Ist doch Unsinn, hier hält sich keine weiße Frau auf. Sie wollten mir wohl große Unannehmlichkeiten bereiten, meine Herren? Bedenken Sie, wenn der Fürst sich beschwert, dann – "

„Wir übernehmen jede Verantwortung, Kapitän", unterbrach ihn mein Freund. „Es handelt sich hier um eine weiße Frau, die unsere Hilfe angefleht hat. Wir nehmen den Mann mit zur Küste."

Rolf hatte wohl nicht die Absicht, diese Äußerung wahr zu machen, er wollte nur die Wirkung seiner Worte auf Larrin beobachten. Der Kapitän fuhr sofort auf.

„Nein, das dulde ich nicht. Ich befehle Ihnen, als Kapitän, den Mann sofort wieder an Land zu bringen. Nicht eher fahren wir ab, als bis das getan ist."
Wir sahen ein, dass wir gegen den Kapitän nichts unternehmen konnten, und mussten leider gehorchen. Zuerst hatten wir auch nicht die Absicht gehabt, Toeba mit an Bord zu nehmen. Rolf tat es nur, weil – auch er an die Damenkajüte gedacht hatte, wie er mir später sagte. Er wandte sich jetzt nochmals an Toeba und erkundigte sich: „Wo ist die weiße Frau? Sagen Sie es uns, sonst erhalten Sie Ihre Freiheit nicht wieder."
Der Malaie drehte meinem Freund einfach den Rücken zu und antwortete nicht. Ich hätte ihn am liebsten herumgerissen und ihm eine derbe Lektion erteilt, aber Rolf lachte nur.
„Gut, Pongo, bring den Herrn bitte wieder an Land, es wird wohl im Augenblick das beste sein." Pongo nickte. Langsam mit einem ironischen Lächeln im Gesicht, kletterte Toeba die Strickleiter wieder hinunter, gefolgt von Pongo, dem man ansah, dass er damit gar nicht einverstanden war. Er ruderte den Malaien zum Strand hinüber. Als dieser ausgestiegen war, wartete er noch einige Minuten, bis Pongo zurückgefahren war, dann hob er drohend gegen uns den Arm. Gleich darauf war er im Dickicht verschwunden. Nun tobte der Kapitän los. Er überhäufte uns mit schweren Vorwürfen und beklagte sich, dass wir ihn ins Verderben gestürzt hätten, falls der Malaie sich beschwerte. Rolf winkte nur mit der Hand ab.
„Er kennt Sie ja gar nicht, und Ihr Schiff führt nicht einmal einen Namen", erklärte mein Freund. „Was, mein Schiff hat keinen Namen, meine Herren! Sie können wohl nicht lesen. Allerdings, es ist richtig, der Sturm hatte die Namensschilder abgerissen, und ich befestigte vor einer Stunde neue. Also weiß der Malaie sehr wohl, mit wem er es zu tun hatte."
Rolf warf mir einen eigentümlichen Blick zu. Jetzt wollten wir die Reise zur Küste antreten, und das Schiff führte plötzlich einen Namen. Ich erinnerte mich jetzt auch, dass ich keinen entdeckt hatte, als wir den Schoner in der einsamen Bucht fanden. Damals waren die Schilder ebenfalls entfernt worden.
„Wir können doch sofort abfahren", schlug Rolf vor, „warum wollen Sie noch eine Stunde warten, Kapitän? Je eher wir von hier fortkommen, desto schneller können wir etwas unternehmen, um die weiße Frau zu retten."

„Das ist ja heller Unsinn mit der weißen Frau, meine Herren. Wahrscheinlich hat eine Dienerin oder die Frau des Fürsten gerufen. Wie sollte eine Europäerin auf diese Insel kommen!"

„Das kann ich nicht sagen, Kapitän. Aber da die Frau um Hilfe gerufen hat, wird sie sich gezwungenermaßen hier aufhalten. Also muss sie verschleppt worden sein. Bedenken Sie nur, wie viele junge Mädchen und Frauen regelmäßig allein in Singapur verschwinden."

Kapitän Larrin funkelte Rolf mit hasserfüllten Augen an. „Nun lassen Sie mich endlich mit Ihrem Unsinn in Frieden! In einer Stunde verlassen wir die Bucht, und Sie werden wieder fleißig mitarbeiten müssen, wollen wir die Küste erreichen. Was Sie dann unternehmen, soll mir gleichgültig sein."

Mit diesen Worten wandte er uns den Rücken zu und schritt davon. Mein Freund blickte ihm lächelnd nach und nickte mir dann zu.

„Er scheint von der weißen Frau mehr zu wissen, als er zugibt, Hans, und es müsste mit dem Teufel zugehen, wenn wir das Rätsel der Damenkajüte nicht lösen sollten."

„An sie habe ich auch schon gedacht, Rolf, aber ich halte es für ausgeschlossen, dass Kapitän Larrin mit der Frau, die auf der Insel gerufen hat, etwas zu tun hat."

„Hat er dir schon erzählt, wie er in die unangenehme Lage geriet, Hans? Ich glaube, er wird es wohl nie tun oder uns jedenfalls nicht die Wahrheit sagen. Wir können jetzt leider gegen Toeba nichts unternehmen, und ich befürchte, dass die Frau wohl nun ganz verschwinden wird."

„Die englische Polizei könnte gegen Toeba vorgehen, Rolf."

„Die Inseln sind niederländischer Besitz, wir müssten uns an diese Regierung wenden. Aber ich habe nicht die Absicht, es zu tun. Ich werde selbst die Frau suchen. Nur können wir das nicht allein tun und vor allem nicht im Beisein des Kapitän Larrin. Ich werde Leute anwerben, die mich begleiten."

Ich schüttelte den Kopf, denn ich hatte keine Hoffnung, die Frau jemals zu finden. Toeba würde schon dafür sorgen, dass wir sie nie mehr zu sehen bekamen. Die Stunde verging, und noch immer traf Kapitän Larrin keine Anstalten, die Insel zu verlassen. Es war inzwischen Mittag geworden. Pongo hatte wieder für das Essen gesorgt und befand sich gerade in der Kajüte, um Hasting zu versorgen.

Da tauchte plötzlich vor dem Buchteingang ein anderer Schoner auf, der große Ähnlichkeit mit dem des Kapitän Larrin hatte. An Bord standen etwa zwölf Personen, die erwartungsvoll zu uns herüberblickten. Gleich darauf stand Kapitän Larrin neben uns.

„Wenn Sie die weiße Frau suchen wollen, dann können Sie es mit diesen Leuten dort tun", meinte er ironisch, auf die Besatzung des anderen Schoners deutend, „ich habe nichts dagegen."

Erstaunt blickte ich ihn an. Seine Worte waren mir unverständlich. Doch ich hatte jetzt keine Zeit, lange darüber nachzudenken. Der andere Schoner kam längsseits und machte an unserem Schiff fest. Im nächsten Augenblick sprangen die Matrosen über, und wir waren umringt. Ein großer, bärtiger Mann trat auf Larrin zu, deutete auf uns und fragte: „Sind das die Männer, die du meinst, Larrin?"

„Ja, macht es kurz mit ihnen, sie dürfen das Festland vorläufig nicht erreichen."

Ich erkannte die Gefahr und wollte meine Pistole ziehen, aber da wurde ich schon gepackt. Viele Hände hielten mich fest, und im Handumdrehen war ich gefesselt. Meinem Freund Rolf erging es nicht anders. Und als dann Pongo auftauchte, warfen sich alle Matrosen auf ihn. Pongo wehrte sich und schlug zwei Männer nieder, aber gegen die Übermacht konnte auch er nichts ausrichten. Er wurde gleichfalls gefesselt und an einem Maststumpf außerdem noch festgebunden.

Rolf und mich ließ man einfach da liegen, wo wir niedergerungen worden waren. Ganz in unserer Nähe blieben der Bärtige und Larrin stehen. Larrin erzählte laut von seiner Sturmfahrt. Ich hoffte, dass er auch davon sprechen würde, wie er in seinen gefesselten Zustand kam, aber darüber schwieg er sich aus.

Dann entfernten sich die Männer, um in die Kajüte hinunterzugehen.

Mir tat Hasting aufrichtig leid. Ich machte mir darüber Gedanken, wie sie ihn wohl behandeln würden. Da vernahm ich Rolfs leise Stimme neben mir. In deutscher Sprache flüsterte er mir zu: „Larrin muss doch ein Funkgerät an Bord haben, er rief den zweiten Schoner herbei, damit wir überfallen werden sollten. Larrin und der Bärtige arbeiten zusammen. Nun ist mir verschiedenes klar."

„Du denkst an Piraten, Rolf?"

„An Piraten nicht, aber an Schmuggler, die nebenbei auch ande-

re Geschäfte machen. Ich glaube – " Rolf unterbrach sich. Vom Ufer war ein Zuruf erfolgt. Larrin und der Bärtige traten an die Reling und winkten hinüber. Gleich darauf wurde das kleine Beiboot an Land geschickt. Zehn Minuten später betrat Toeba das Deck des Schoners. Als er an uns vorüber schritt, warf er uns einen verächtlichen Blick zu, dann trat er zu Larrin und dem anderen Mann und begrüßte beide wie alte Bekannte.
„Da haben wir es", murmelte mein Freund, „ich ahnte, dass sie sich kennen. Jetzt ist mir die Damenkajüte kein Rätsel mehr. Larrin ist ein Schuft, den wir erst zu spät erkannt haben."
Ich erwiderte nichts, sondern beobachtete die Männer, die eifrig miteinander sprachen. Mehrmals deutete Larrin zu uns hinüber. Schließlich gab der Bärtige seinen Leuten einen Befehl. Vier Männer traten zu uns, hoben uns auf und trugen uns auf den anderen Schoner hinüber. Dort wurden wir in einer Kajüte untergebracht. Hier lagen wir nun hilflos und vermochten uns nicht selbst zu befreien. Unseren Pongo hatte man anderswo untergebracht, und was aus Hasting geworden war, wussten wir nicht. Mehrere Stunden lagen wir so. Der Schoner war wieder in See gegangen, was wir aus den Bewegungen des Schiffes feststellten. Niemand ließ sich bei uns sehen. Es war nur gut, dass wir noch kurz vor unserer Überrumpelung Mittag gegessen hatten, denn hier dachte niemand daran, uns Essen zu bringen.
Stunden später warf der Schoner Anker. Ich glaubte nun, dass wir endlich unser Schicksal erfahren würden, sah mich jedoch getäuscht. Es wurde Nacht, und noch immer kümmerte sich kein Mensch um uns. Ich wurde schließlich müde und war gerade im Einschlafen, als endlich die Riegel vor unserer Kajüte fort geschoben wurden und der Bärtige bei uns eintrat. Er trug in der Hand eine alte Laterne, die er auf den Tisch stellte. Dann gab er vier ihm folgenden Männern einen Wink. Abermals wurden wir hochgehoben und wieder an Deck getragen. Von hier schaffte man uns hinunter in ein kleines Beiboot. Ich hatte bisher nur feststellen können, dass der Schoner irgendwo an einer Küste ankerte. Ich sah Palmen und Buschwerk sowie einige Felserhebungen.
Ehe wir im kleinen Boot fort gerudert wurden, zog man uns alte Säcken über unsere Köpfe, so dass wir nun überhaupt nichts mehr sehen konnten. Warum das getan wurde, blieb mir völlig ein Rätsel. Wahrscheinlich sollten wir nicht wissen, welchen

Weg unsere Träger nahmen. Ja, wir wurden getragen, denn kaum hatte das kleine Boot den Strand erreicht, als wir aufgehoben wurden. Kräftige Männer trugen uns im Eilschritt fort. Es ging immer im Trab. Die Leute schienen es sehr eilig zu haben, denn nicht eine einzige Pause wurde gemacht. Zum Glück war der Weg nicht weit. Immerhin dauerte es über eine halbe Stunde, ehe wir niedergelegt wurden. Die Tücher wurden von unseren Köpfen entfernt. Undurchdringliche Dunkelheit umgab uns. Kräftige Arme rissen uns hoch und ließen uns in Sessel fallen. Dann wurden die Stricke an unseren Füßen entfernt und gleich darauf auch unsere Handfesseln. Rolf und ich waren plötzlich frei. Wir hörten, dass sich unsere Träger schnell entfernten. Ich wollte aufspringen, doch mein Freund warnte mich. „Vorsicht, Hans, bleib ruhig sitzen. Nicht umsonst wurden unsere Fesseln gelöst. Ich vermute, dass wir im Dunkeln in eine Falle geraten sollen, um uns vielleicht selbst zu richten. Verhalte dich vorläufig ganz ruhig! Wir wollen abwarten, was geschieht."
Rolf hatte sich der deutschen Sprache bedient, die wohl hier niemand verstand. Auch hatte er sehr leise gesprochen. Ich befolgte seinen Rat und blieb ruhig sitzen, streckte aber doch meinen rechten Fuß vor, um den Boden abzutasten. Vielleicht, dass wir beim Aufspringen in eine Grube stürzen sollten, dachte ich. Doch der Boden war fest, soweit ich dies feststellen konnte.
Minuten vergingen, eine Viertelstunde und dann noch eine. Plötzlich vernahm ich ein leises Geräusch. Ich glaubte zuerst, dass mein Freund dies verursacht habe, und wollte schon leise fragen. Doch da flammte ein Licht auf. Gleich darauf brannte eine alte Petroleumlampe, die von der Decke des Zimmers herunterhing. Sie war von einem Malaien angezündet worden, der sich schnell wieder entfernte, ohne sich um uns zu kümmern. Ich blickte schnell zu Rolf hin, der dicht neben mir saß. Er hielt die Augen halb geschlossen, was er stets tat, wenn er angestrengt nachdachte. Ich wollte ihn erneut fragen, doch er raunte mir zu: „Wir sind Gefangene des Fürsten Toeba, wenn der Mann wirklich ein Fürst ist, was ich jedoch bezweifle. Der Malaie, der soeben den Raum verließ, war einer seiner Diener. Es war derselbe, der ihm auf der Insel folgte."
„Aber das ist doch nicht der Bungalow, den ich besichtigte, Rolf", warf ich ein. „Die Einrichtung hier ist eine ganz andere. Hier scheint ein Europäer zu wohnen."

Das Zimmer war ganz gut eingerichtet. Ich erblickte einen Schreibtisch, ein Ruhelager, einen Rauchtisch und eine Bibliothek. In der Mitte des Zimmers stand ein runder Tisch und seitwärts von ihm die beiden Sessel, in denen wir saßen. Teppiche bedeckten die Wände und den Fußboden.

Der Raum wies zwei Türen auf, die sich gegenüberlagen. Durch die eine war soeben der Malaie verschwunden. Jetzt öffnete sich die andere, und herein trat Toeba, der uns mit höhnischem Lächeln begrüßte. Er ging wieder in seidene Gewänder gekleidet und trug auch seinen kostbaren Kris, den ich in dem anderen Bungalow im Zimmer auf dem Tisch hatte liegen sehen.

„Seien Sie gegrüßt, meine Herren", begrüßte er uns. „Sie haben nicht erwartet, dass wir uns so schnell wiedersehen würden, nicht wahr?" fragte er.

Da wir nicht eine einzige Waffe bei uns hatten, blieb uns nichts anderes übrig, als uns augenblicklich in unser Schicksal zu ergeben. Uns waren wenigstens die Fesseln abgenommen worden, und das deutete darauf hin, dass Toeba uns nicht ans Leben wollte. Wiederum, wenn er unser Gegner war, verstand ich es nicht, warum er uns die Bewegungsfreiheit zurückgab.

„Dass wir uns wiedersehen würden, wusste ich", erwiderte mein Freund ruhig, „nur ahnte ich nicht, dass es in so kurzer Zeit geschehen würde. Sie scheinen mit den – Banditen in gutem Einvernehmen zu stehen, Toeba."

Das Gesicht des Malaien verfinsterte sich sofort. „Die Männer sind meine Agenten, meine Werkzeuge, mehr nicht. Toeba steht mit keinem Halunken in Verbindung."

„Das scheint aber doch der Fall zu sein, denn Sie begrüßten die Männer nicht wie – Agenten oder Untergebene, sondern wie gute alte Bekannte, Toeba."

Ich hätte Rolf am liebsten einen Wink gegeben, den Malaien nicht zu sehr zu reizen. Was konnte er damit schon erreichen?

Wirklich ärgerte sich der Mann derart über die Worte, dass er uns einen hasserfüllten Blick zuwarf. „Alle weißen Männer taugen nichts", erklärte er. „Toeba hasst die weiße Rasse."

„Aber Sie haben uns ja eingeladen, wie ich sehe; Sie wollen uns auch gar nicht wieder fortlassen. Wenn Sie uns hassen, dann – "

„Ich hasse Sie mehr als alle anderen Weißen. Sie sollen nicht meine Gäste, sondern meine – Sklaven sein. Sie werden mich persönlich zu bedienen haben. Weigern Sie sich, dann ist es Ihre

Schuld, wenn ich Mittel anwende, die Ihnen nicht angenehm sein werden. Und versuchen Sie zu fliehen, dann lasse ich Sie aufhängen, wie es die weißen Männer tun, wenn sie Menschen hinrichten."

„Und worin besteht sonst noch unsere Tätigkeit bei Ihnen, Toeba?"

„Das wird Ihnen mein Diener zeigen, dem Sie ebenfalls zu gehorchen haben. Er wird Sie bewachen und beaufsichtigen. Sie werden mithelfen, mein neues Haus zu bauen. Toeba wird in kurzer Zeit heiraten."

„Etwa die weiße Frau?" entfuhr es meinem Freund. Das Gesicht des Malaien verzog sich wieder zu einem höhnischen Grinsen. Jedes Wort stark betonend, erwiderte er: „Ja, die weiße Frau, die Sie schreien hörten. Ich heirate die weiße Frau, um sie gleichzeitig ebenfalls zu meiner Sklavin zu machen."

Nach diesen Worten klatschte der Malaie in die Hände. Sofort betrat der Diener das Zimmer. Toeba sagte etwas auf malaiisch zu ihm, was wir nicht verstanden. Der Diener verneigte sich tief und blickte dann uns an. Toeba gab uns einen Wink, dem Diener zu folgen. Laut erklärte er: „Tido ist euer Herr, ihr habt ihm zu gehorchen. Folgt ihm, er wird euch zeigen, was ihr zu tun habt und wo ihr wohnen werdet."

Uns blieb nichts anderes übrig, als diesem Befehl Folge zu leisten. Mir kam die ganze Geschichte wie ein Possenspiel vor. Ein malaiischer Diener sollte fortan unser Herr sein, und wir sollten gezwungen werden, beim Hausbau mitzuhelfen, damit Toeba die weiße Frau heiraten konnte. Ich lächelte still vor mich hin, als wir den Raum verließen. Tido schritt uns würdevoll voraus. Wir gelangten auf die Veranda des Bungalows und von hier auf einen freien Platz, der mit Blumen bepflanzt war. Der Mond leuchtete hell vom Himmel, so dass wir unsere nächste Umgebung gut erkennen konnten.

„Wir befinden uns anscheinend auf einer anderen Insel", raunte mir Rolf zu. „Hier scheint die eigentliche Residenz Toebas zu sein. Auf der anderen Insel traf er sich wahrscheinlich nur mit seinen ‚Agenten'."

Tido drehte sich zu uns um. In gebrochenem Englisch verbot er uns, uns zu unterhalten. Er führte uns weiter über den Platz und schlug einen breiten Pfad ein, der durch einen dichten Wald führte.

Da er uns immer noch voraus schritt, wäre es eine Kleinigkeit gewesen, ihn zu überfallen und schnell unschädlich zu machen. Ich wunderte mich, dass er uns gegenüber so sorglos tat. Ich drehte mich unwillkürlich um und erschrak. Uns folgten lautlos noch vier Malaien, die alle ihre Waffen in den Händen trugen.

Nun wusste ich, weshalb Tido uns gegenüber so sorglos sein konnte. Wir erreichten eine zweite Lichtung, die künstlich angelegt worden war. Viele Bäume waren gefällt worden. Sie lagen umher und waren zum Teil schon bearbeitet worden. Mit diesen Baumstämmen sollte wahrscheinlich das neue Haus erbaut werden.

Tido führte uns auf einen langgestreckten Schuppen zu und öffnete eine Tür. Dann ging er allein in den Raum hinein, entzündete eine Lampe und winkte uns, ihm zu folgen.

Der Raum war nur klein, er war durch eine Bretterwand von einem zweiten abgetrennt worden. Zwei dürftige Lager waren am Boden ausgebreitet. Tido wies darauf und bestimmte: „Die weißen Männer hier schlafen werden. Sie nicht fliehen dürfen, sie sonst aufgehängt werden."

„Ist gut, mein Junge", sagte Rolf. „Wann werden wir geweckt?"

„Tido zur Zeit kommen wird."

Damit wandte sich der Malaie ab, verlöschte das Licht und ging hinaus. Vor der Tür standen noch die anderen Malaien, auf die Tido nun einsprach. Er schloss die Tür und schob von außen einen Riegel vor.

Dunkelheit umgab uns. In dem kleinen Raum befand sich kein Fenster. Nur durch einige Ritzen schimmerte von draußen das Mondlicht herein.

Ich trat schnell an eine dieser Ritzen und spähte hindurch. Ich erkannte die vier Malaien, die vor dem Schuppen Aufstellung genommen hatten.

Ihnen fiel wahrscheinlich die Aufgabe zu, uns während der Nacht zu bewachen.

„Eine fatale Lage, Rolf", meinte ich ärgerlich. „An Flucht dürfen wir nicht denken, sonst werden wir einfach aufgeknüpft. Und doch bleibt uns nichts anderes übrig, als sie zu wagen. Aber du siehst ja unsere Bewachung, da wird schwer etwas zu machen sein."

„Dieser Schuppen ist kein festes Gefängnis, Hans. Wenn wir

wollten, wären wir in fünf Minuten draußen. Uns stören nur die vier Wächter, die uns sofort niederhauen würden. Aber versuchen müssen wir es auf jeden Fall. Wir haben sogar keine Minute zu verlieren, denn nun wissen wir ja, wo sich die weiße Frau befindet."

„Das weißt du schon, Rolf?" fragte ich erstaunt.

„Du etwa nicht? Die Frau ist hier auf der Insel. Ob sie nun im Bungalow untergebracht ist oder anderswo, das müssen wir erst herausbekommen. Ich hatte gerade eine Idee: Die Malaien scheinen nur vor der Tür Wache zu halten, darum bleibt uns nichts anderes übrig, als durch die Rückwand des Schuppens zu gehen. Wir wollen aber noch nicht entfliehen, sondern wieder hierher zurückkehren, um morgen mit unserer Arbeit zu beginnen. Wir müssen heute nur auskundschaften, wie die Dinge hier auf der Insel liegen und wo die weiße Frau wohnt. Auch wäre es ganz angenehm zu wissen, wo wir unsere Waffen finden; denn ohne sie möchte ich die Insel nicht verlassen. Toeba hat uns alles abgenommen, was wir bei uns trugen."

„Und Pongo?"

„Er wird ebenfalls auf der Insel sein, nur wird er wahrscheinlich schärfer bewacht werden als wir. Toeba hat ihn als kräftigen Menschen erkannt, und er wird seine Arbeitskraft sicher ausnutzen wollen. Vielleicht, dass er Pongo sogar zu seinem Leibdiener und Beschützer macht."

Wir hatten ganz leise gesprochen und inzwischen die Malaien beobachtet. Die hatten sich an der Vorderwand niedergelassen und unterhielten sich gleichfalls im Flüsterton, was uns ganz recht war.

Nun konnten wir an die Arbeit gehen. Wir mussten versuchen, ein Brett an der Rückwand zu lösen, um uns einen heimlichen Ausgang zu schaffen.

4. Kapitel: Vorbereitungen zur Flucht

Wir schlichen zur Rückwand des Schuppens und untersuchten sie. Die Bretter waren ziemlich fest aufgenagelt, und wir hätten irgendein Werkzeug benötigt, um eines davon zu lösen. Aber wo sollten wir ein solches herbekommen? Wir tasteten unser Gefängnis ab, fanden jedoch nichts.

Ich befand mich gerade an der Zwischenwand zu dem anderen Raum des Schuppens, als ich ein leises Kratzen hörte. Ich hielt inne und lauschte.

Im nächsten Augenblick erwiderte ich das Kratzen durch ein vorsichtiges Klopfen, denn ich hatte deutlich das geflüsterte Wort „Massers" verstanden. Hier nebenan lag also unser Pongo gefangen.

Ich machte meinen Freund darauf aufmerksam. Im stillen wunderte ich mich, dass sie ihm keine Wache gegeben hatten wie uns. Er war doch eigentlich viel gefährlicher als wir.

Ich tastete auch die Wand ab. Fast hätte ich einen Ruf der Freude ausgestoßen, als ich ein Brett entdeckte, das nur lose aufgenagelt war. Ich konnte es vorsichtig abziehen. Nur musste ich vermeiden, dass irgendein lautes Geräusch entstand.

Pongo merkte, dass wir „bei der Arbeit" waren, und verhielt sich ganz ruhig. Da er uns nicht entgegenarbeitete, ahnte ich, dass er gefesselt war. Deshalb hatte man ihm keine Wache gestellt.

Rolf half mir nun. Langsam und behutsam lösten wir das Brett los.

Eine schmale Lücke war entstanden, durch die ich mich gerade hindurchzwängen konnte. Nahe der Wand lag Pongo.

Er war an Händen und Füßen schwer gefesselt. Wir befreiten ihn sofort von seinen Banden. Er dehnte die Arme, um das Blut wieder zirkulieren zu lassen.

„Massers, Pongo wieder frei ist", raunte er uns zu, „Massers nun auch bald wieder frei sein werden."

Ich lachte leise vor mich hin. Pongo war immer so siegesgewiss. Ich war aber überzeugt, dass er sich ein zweites Mal von diesen Malaien nicht fangen lassen würde. Deshalb riet ich ihm, jetzt noch nichts zu unternehmen. Rolf setzte ihm unseren Plan auseinander. Wir hatten nicht die Absicht, schon in dieser Nacht zu entfliehen, wir wollten erst auskundschaften, wo sich die weiße Frau befand und wo unser Eigentum lag.

„Massers allein gehen müssen, Pongo anderes vorhat", teilte er uns mit. „Massers und Pongo sich hier wieder treffen zwei Stunden vor Anbruch des Tages."

„Dann haben wir nicht mehr viel Zeit. Wir haben auch noch nicht ein Brett an der Rückwand des Schuppens gelöst, da uns das Werkzeug fehlt."

„Hier viele Werkzeuge liegen, Masser Warren", gab Pongo uns
bekannt. „Schuppen zur Aufbewahrung der Werkzeuge dient.
Hier neues Haus erbaut werden soll. Pongo auch mithelfen muss
morgen."

Ich machte mich sofort auf die Suche nach einem geeigneten
Werkzeug und fand auch bald eine Zange und ein Brecheisen.
Damit machten wir uns leise an der Rückwand des Schuppens
zu schaffen. Zehn Minuten später hatten wir ein Brett gelöst und
eine Öffnung geschaffen, durch die wir leicht schlüpfen konnten. Ich überzeugte mich nochmals, dass die Malaien noch auf
ihren Plätzen waren, dann gab ich das Zeichen zum Aufbruch.

Da der Schuppen nahe am Wald stand, hatten wir nur wenige
Schritte zu gehen, um zwischen den dichten Büschen zu verschwinden. Pongo führte uns um die Lichtung herum. Wir sahen
auf der anderen Seite die Malaien jetzt den leeren Schuppen bewachen.

Dann betraten wir den breiten Pfad, über den wir mit Tido gekommen waren.

In kurzer Zeit erreichten wir die andere Lichtung. Hier blieben
wir einige Zeit beobachtend stehen. Im Hause regte sich nichts.
Toeba hatte sich anscheinend niedergelegt.

Ein Gedanke durchzuckte mich: Wenn wir ihn wieder gefangen
nahmen und ihn erneut als Geisel benutzten, dann musste er sowohl die weiße Frau als auch uns freilassen. Ich teilte diese Absicht meinem Freund mit, der sich jedoch nicht dazu äußerte.
Pongo trennte sich von uns.

Was er vorhatte, wussten wir nicht. Und wir fragten ihn auch
nicht, weil wir überzeugt waren, dass er nichts falsch machen
würde. Er schlich nach links davon, während wir uns nach
rechts wandten, um Toebas Bungalow von der Rückseite her zu
erreichen.

Als wir uns ihm näherten, wobei wir uns ständig hinter den
dichten Büschen hielten, erkannten wir, dass dieses Haus viel
größer war als der Bungalow auf der anderen Insel. In ihm befanden sich meiner Schätzung nach vier bis fünf Räume.

Das Haus war etwa zehn Meter von uns entfernt und lag im hellen Mondschein. Ich erkannte, dass eines der Fenster, die nach
dieser Seite gingen, stark vergittert war. Mich durchzuckte sofort ein freudiger Schreck: Sollte dort die weiße Frau gefangen

gehalten werden? Ich brauchte meinem Freund meine Gedanken nicht zu verraten, er erkannte die Lage gleichfalls.

„Wir müssen an dieses Fenster schleichen, Hans", sagte er leise, „und wollen versuchen, uns mit der Frau in Verbindung zu setzen, damit sie sich für die Flucht vorbereitet. Warte du hier hinter den Büschen und warne mich, falls du etwas Verdächtiges bemerkst! Ich will sofort hinüber, eine bessere Gelegenheit werden wir wohl so bald nicht finden!"

Ich hätte zwar meinen Freund gern begleitet, aber ich sah ein, dass Rolf recht hatte.

Rechts vom Bungalow tauchte jetzt ein Malaie auf, der langsam das Haus umschritt. Er musterte die Umgebung und ging ruhig weiter. Minuten später verschwand er wieder nach der anderen Seite.

„Die Nachtwache, Hans!" raunte mir Rolf zu.

Das war fatal. Schon wollte ich vorschlagen, diesen Mann verschwinden zu lassen, aber das wäre am nächsten Tage aufgefallen. Geduldig warteten wir. Es vergingen zwanzig Minuten, dann tauchte der Mann erneut auf. Wieder umschritt er das Haus. Als er verschwunden war, flüsterte mir mein Freund zu: „Jetzt warten wir sein nächstes Erscheinen ab. Kommt er wieder nach zwanzig Minuten, dann wissen wir, wie lange ich Zeit habe, mit der Gefangenen zu sprechen. Sowie er verschwunden ist, husche ich hinüber zum Haus."

Mit fieberhafter Ungeduld warteten wir. Als zwanzig Minuten um waren, tauchte pünktlich der Malaie wieder auf, um gleich darauf um die nächste Ecke zu verschwinden. Eine Minute später stand Rolf neben dem vergitterten Fenster, das aus Drahtgaze bestand. Leise rief er etwas in den Raum hinein. In den nächsten Sekunden musste es sich nun entscheiden, ob wir in eine Falle gegangen waren oder nicht. Fest heftete ich meine Augen auf das Fenster. Ich vernahm kein Geräusch und hörte auch kein Wort von Seiten meines Freundes. Doch dann sah ich plötzlich eine helle Gestalt, die hinter dem Fenster auftauchte. Ein freudiger Schreck durchzuckte mich. War das die Frau?

Ja, sie musste es sein, denn nun erkannte ich, dass Rolf mit ihr sprach. Schnell, viel zu schnell verging die Zeit. Eine Viertelstunde war schon vorüber, und bald musste nun der Posten wieder erscheinen. Ich begann, unruhig zu werden.

Am liebsten hätte ich meinem Freund ein Zeichen gegeben, aber das wagte ich nicht, weil der Malaie es hören konnte. Da atmete ich auf. Mein Freund huschte vom Fenster fort und stand im nächsten Augenblick hinter den Büschen neben mir.

Keine zwei Minuten später kam der Malaie und schritt nichtsahnend an dem Fenster vorüber.

„Willst du nochmals hinüber?" erkundigte ich mich, als der Posten verschwunden war.

„Nein, ich habe genug gehört. Die Frau erwartet uns morgen Nacht. Dann wollen wir sie befreien. Wie wir das machen, weiß ich noch nicht, aber wir werden es schon schaffen. Jetzt komm, wir wollen zurück."

„Hast du erfahren, woher sie ist?" forschte ich, als wir den breiten Pfad erreicht hatten.

„Ja, sie ist aus Singapur. Toeba hat sie dort bei einer Festlichkeit gesehen und versuchte sie zu überreden, seine Frau zu werden. Sie ist die Tochter eines englischen Majors, der in Singapur tätig ist. Wie sie entführt wurde, weiß sie selber nicht. Sie fuhr mit einem Wagen durch die Stadt und muss unterwegs das Bewusstsein verloren haben. Als sie wieder erwachte, befand sie sich in den Händen Toebas, der sie nochmals aufforderte, seine Frau zu werden. Sie weigerte sich. Sie hörte uns im Bungalow auf der anderen Insel sprechen und rief um Hilfe. Aber sie wurde sofort von den Malaien ergriffen. Die warfen ihr einen Sack über den Kopf und trugen sie fort. Dann wurde sie auf diese Insel hier geschafft."

„Und wie heißt sie?"

„Victoria Mitchell."

Ich schwieg und dachte an den Kapitän Larrin und unsere Sturmfahrt.

Das Schicksal hatte es gut mit uns gemeint und uns dazu ausersehen, ein junges Mädchen aus den Händen eines brutalen Mannes zu befreien, der glaubte, dass er alles durch Gewalt erreichen könnte. Er hatte sich zu diesem Zweck mit Larrin und dem Bärtigen verbündet und ihnen wahrscheinlich eine hohe Belohnung für den Raub des Mädchens gezahlt.

Wenn wir wieder freikamen, dann wollte ich alles daran setzen, diesen beiden Banditen das Handwerk zu legen. Wir erreichten ungesehen den Schuppen. Da Pongo noch nicht zurückgekehrt war, warteten wir voller Ungeduld. Noch war zwar die Zeit, die er selbst bestimmt hatte, nicht abgelaufen, trotzdem wurden wir schon unruhig. Ein Zufall konnte ja alles verderben.

Da tauchte Pongo plötzlich an der Rückwand auf und zwängte sich durch die Lücke, die wir sofort wieder schlossen. Dabei gingen wir so vorsichtig zu Werke, dass nicht das geringste Geräusch zu hören war. Während wir Pongo dann wieder fesselten, berichtete er uns, dass er den „Hafen" Toebas ausfindig gemacht hatte. Toeba besaß ein großes und sehr schnelles Motorboot, mit dem er sich ruhig auf das Meer hinaus wagen konnte. Es wurde von zwei Malaien bewacht, aber Pongo war der Ansicht, dass er diese Männer innerhalb weniger Augenblicke erledigen würde. Die Hauptsache war, dass das Motorboot genügend Treibstoff enthielt, um eine weite Strecke zurücklegen zu können. Um ganz sicher zu gehen, hatte Pongo eines der kleineren Ruderboote gestohlen und im Dickicht versteckt. Auch damit konnten wir notfalls entfliehen, nur war es dann möglich, dass wir, ehe wir ein anderes Fahrzeug antrafen, von Toebas Motorboot eingeholt wurden. Wir hatten noch Zeit, uns alles gut zu überlegen. Die Hauptsache für uns war, dass es uns gelang, die Frau zu befreien und unser Eigentum zurückzuerlangen. Mit diesen Gedanken im Kopf warfen wir uns auf die Lager, um noch einige Stunden zu schlafen.

Ich war aber nicht müde und dachte über unsere bevorstehende Flucht nach. Endlich fielen mir dann doch die Augen zu, und ich schlief ein.

5. Kapitel: Die Flucht

Kaum war der Tag angebrochen, als auch schon die Tür unseres „Gefängnisses" aufgeschlossen wurde und Tido erschien. Zwei Malaien brachten uns Essen, das wir innerhalb einer Viertelstunde verzehren mussten. Dann wurden wir von anderen Malaien in die Mitte genommen und zu unserem Arbeitsplatz geführt. Ich sah mich nach Pongo um und bemerkte ihn in einiger Entfernung. Pongo war dazu angestellt worden, die dicksten Baumstämme zu fällen, was er jedoch spielend bewältigte, wobei er uns oft lachend zunickte. Auch wir erhielten Sägen und Äxte und mussten Bäume fällen. In unserer Nähe standen stets vier Malaien, die uns scharf bewachten.

Sie schien sich zu freuen, dass sie untätig herumstehen konnten, während zwei weiße Männer, Tuans, die schwere Arbeit verrichten mussten. Und es war auch eine schwere Arbeit in der drückenden Hitze. Heiß brannte die Sonne vom Himmel und dörrte uns aus. Der Schweiß floss in Strömen von unseren Körpern. Schon nach einer Stunde verspürte ich heftigen Durst. Doch wir bekamen nichts zu trinken, wir mussten bis zur Mittagszeit durchhalten.

Es war eine Qual für uns, und ich schwor Toeba innerlich Rache. Ich wollte es ihm zeigen, was es hieß, Menschen zur Sklavenarbeit heranzuziehen. Kurz vor dem Mittagessen erschien er selbst auf dem Platz. Rolf, der sofort erkannte, was ich beabsichtigte, ermahnte mich, mich ja ruhig zu verhalten und dem Mann nicht zu zeigen, wie es um uns stand. Ich hätte ihn nämlich gern gepackt und ihm einen ordentlichen Denkzettel gegeben. Doch der Gedanke an die weiße Frau, die wir dann nicht hätten befreien können, bezwang meinen Zorn.

Ich arbeitete also ruhig weiter, auch als Toeba neben uns stehenblieb und uns lächelnd zuschaute. Dann war endlich die Mittagspause da. Eine volle Stunde konnten wir uns ausruhen. Mit uns arbeiteten noch einige Malaien auf der Lichtung, die sich natürlich nicht so sehr anzustrengen brauchten wie wir.

Wir erhielten zu essen und zu trinken. Es war eine Wohltat für mich, als das köstliche Nass durch meine Kehle rann. Noch nie hatte mir ein Schluck Wasser so gut geschmeckt wie jetzt.

Die Mittagspause ging viel zu schnell vorüber. Wir machten uns wieder an die Arbeit, und da die Sonne nun nicht mehr so heiß auf uns niederbrannte, hatten wir es nicht mehr so schwer wie am Vormittag. Auch arbeiteten wir jetzt im Schatten.

Der Gedanke, dass es für uns der einzige Tag war, den wir hier zubringen würden, hielt uns aufrecht. Baum um Baum wurde von uns niedergelegt und sogleich entästet. Ich war so eifrig bei der Arbeit, dass ich verwundert aufblickte, als plötzlich das Signal „Feierabend" gegeben wurde.

Wir schleppten unsere Werkzeuge in den Schuppen und erhielten unser Abendessen.

Die arbeitenden Malaien verließen den Platz, nur wir drei, Rolf, Pongo und ich, blieben zurück. Pongo wurde nach dem Essen wieder gefesselt und eingeschlossen. Auch hinter uns tat sich die Tür zu, und der Riegel wurde vorgeschoben. Müde warf ich mich auf mein Lager, um wenigstens noch einige Stunden zu ruhen. Noch konnten wir ja nichts unternehmen, noch war es draußen hell. Wir hatten beschlossen, bis Mitternacht zu warten. Dann wollte ich mit Rolf durch eines der unvergitterten Fenster an der Rückseite des Bungalows in diesen einsteigen. Toeba schlief sicher nach vorn heraus. Ihn mussten wir vor allen Dingen überwältigen, denn in seinem Zimmer lagen bestimmt unsere Sachen, die wir nicht zurücklassen wollten. Deshalb musste uns auch Pongo helfen. Alles sollte völlig geräuschlos vor sich gehen, damit Toebas Leibwache nicht geweckt wurde.

Ich grübelte über das bevorstehende Abenteuer nach und – schlief dabei ein.

Auch meinem Freund erging es so. Aber pünktlich um Mitternacht erwachte ich. Auch Rolf fuhr kurz darauf aus seinem Schlaf auf.

Wir überzeugten uns zunächst, dass die vier Malaien noch vor der Tür saßen, dann schlichen wir zu Pongo hinüber, den wir von seinen Stricken erlösten. Zehn Minuten später befanden wir uns schon wieder hinter den dichten Büschen im Wald und umschlichen die Lichtung.

Ich warf noch einen Blick zurück auf die Malaien. Die Leute taten mir leid, denn wahrscheinlich erhielten sie am Morgen schwere Strafen, weil sie nicht genügend aufgepasst hatten. Doch dafür konnten wir nichts. Ungehindert erreichten wir wieder den Bungalow. Nun standen wir hinter den Büschen und beobachteten den Posten, der alle zwanzig Minuten vorüber kam. Pongo wollte ihn jetzt am liebsten verschwinden lassen, aber Rolf war der Ansicht, dass sein Fehlen sofort auffallen würde.

Als der Posten das zweite Mal an uns vorübergegangen war, huschte Pongo zum Bungalow hinüber. Er trat an das vergitterte Fenster. Sofort wurde die weiße Gestalt sichtbar. Das junge Mädchen hatte schon auf uns gewartet. Dann trat mein Freund an das Nebenfenster, das nicht vergittert war.

Er hantierte daran herum und – und war plötzlich verschwunden. Ich folgte ihm sofort nach, fand das Fenster offen und kletterte, ohne zu überlegen, hinein. Nach mir tauchte sogleich unser Pongo auf.

Mein Freund hatte sich inzwischen überzeugt, dass sich in diesem Zimmer niemand aufhielt. Er hatte das Gazefenster einfach durchstoßen und dann den Riegel zurückgezogen. Nun schloss er ihn wieder. Das kleine Loch konnte dem Posten nicht auffallen.

„Toeba schläft im Vorderzimmer", flüsterte Rolf. „Geh du voraus, Pongo, aber hüte dich, an einen Gegenstand zu stoßen. Das Lager Toebas befindet sich links hinter der Tür, wie mir die Gefangene mitteilte."

Pongo schlich zur Tür.

Ich hielt den Atem an und lauschte. Ich hörte nicht das Öffnen der Tür, auch nicht, wie Pongo in das Vorderzimmer schlich. Doch dann war ein gurgelnder Laut zu vernehmen, der sofort erstarb. Noch einige Laute drangen an unsere Ohren, dann war alles wieder still.

„Massers!" Kaum hörbar war dieser Ruf erklungen. Wir eilten schnell in das Vorderzimmer. „Erledigt, Pongo?" fragte mein Freund.

„Ja, Massers, Pongo Mann noch fesseln und ihm einen Knebel geben wird. Massers inzwischen Raum durchsuchen können."

Wir tasteten umher, fanden jedoch nichts. Plötzlich fiel mir der im Nebenzimmer stehende Schreibtisch ein, den wir bei unserem Eintreffen hier gesehem hatten. Ich machte Rolf darauf aufmerksam.

Im Dunkeln tasteten wir uns zur Tür und drangen in den Nebenraum ein. Der wurde von den Mondstrahlen fast taghell erleuchtet, so dass wir jeden Gegenstand unterscheiden konnten.

Mit drei Schritten war ich am Schreibtisch, doch der Schlüssel steckte nicht.

Da ging Rolf wieder hinaus und durchsuchte die Kleidung Toebas.

Nach kurzer Zeit kam er mit einem Schlüsselbund zurück. Einer der Schlüssel passte.

Im ersten Fach, das wir aufzogen, lagen unsere Sachen, die Revolver, die Taschenlampen und unser sonstiges Eigentum. Schnell steckten wir alles zu uns. Nun fehlten uns nur noch die Büchsen. Doch wir wussten nicht, ob Kapitän Larrin sie Toeba ausgeliefert hatte. Wir wollten jedenfalls noch danach suchen. Und wir fanden sie schließlich auch.

Im Mittelfach machten wir dann noch eine wichtige Entdeckung. Wir fanden Briefe, die mit „Larrin" unterschrieben waren und in denen er seine Dienste für den beabsichtigten Raub anbot.

Rolf steckte die wichtigen Beweispapiere zu sich.

Dann gingen wir hinüber zu der Kammer, in der die weiße Frau untergebracht war. Wir fanden die Tür verschlossen, doch auch hier passte einer der am Schlüsselbund hängenden Schlüssel.

Die Frau wäre uns am liebsten vor Freude um den Hals gefallen. Rolf musste sie erst beruhigen, so aufgeregt war sie. Wir übergaben ihr einen unserer Revolver, damit sie im Notfall eine Waffe besaß.

Nun waren wir fertig zur Flucht. Wir beobachteten wieder den Posten, der noch immer ahnungslos um das Haus marschierte.

Vor der Veranda machte er stets eine Pause von einer Viertelstunde.

Als er an den Hinterfenstern vorüber war, öffnete Rolf wieder dasjenige, durch das wir eingestiegen waren. Pongo kletterte als erster hinaus und nahm das junge Mädchen in Empfang, das er zum Wald hinüber trug. Wir folgten ihm schnell.

Als dann der Posten wieder vorüber war, drangen wir unter Pongos Führung zum kleinen Hafen vor. Pongo wollte es übernehmen, die beiden Malaien, die das Motorboot bewachten, zu überrumpeln. Deshalb schlich er voraus, sobald wir den Weg zum Hafen nicht mehr verfehlen konnten.

Doch auch ein Pongo kann Pech haben. Zwar glückte es ihm, einen der Malaien zu fassen und geräuschlos unschädlich zu machen.

Als er sich jedoch dem zweiten näherte, wurde er gesehen. Der Malaie erhob sofort ein lautes Geschrei. Doch da hatte Pongo ihn schon gepackt und schlug ihn nieder. Aus der Richtung, aus der wir gekommen waren, vernahmen wir laute Rufe. Die Malaien waren alarmiert. Da mussten wir uns allerdings beeilen. Wir sprangen in das Motorboot, und Pongo durchschnitt schnell das Halteseil. Dann stieß er das Fahrzeug vom Ufer ab. Rolf und ich beschäftigten uns sofort mit dem Motor. Wir fanden alles in Ordnung.

Und als am Ufer gerade die ersten Malaien auftauchten und ein großes Geschrei erhebend sich in die kleinen Boote schwangen, sprang auch der Motor an. Rolf schaltete die Schraube ein, und in flotter Fahrt fuhren wir rückwärts aus dem Hafen hinaus. Dann legte mein Freund das Steuer um.

Das Boot beschrieb einen kleinen Bogen und schoss dann auf das offene Meer hinaus. Nun waren wir gerettet.

Uns konnte niemand mehr einholen, denn der Motor zog gut durch und gab dem Fahrzeug eine erhebliche Geschwindigkeit. Die Insel hinter uns verschwand mehr und mehr im Dunkel der Nacht, und wir atmeten befreit auf. Rolf hielt südwestlichen Kurs. Ich fragte ihn, wohin er zunächst wolle. Da lachte er mir ins Gesicht und erklärte: „Mit diesem Motor machen wir die Reise nach Singapur leicht in einem Stück. Das sind nicht ganz dreihundert Kilometer. In neun bis zehn Stunden können wir den Hafen erreicht haben. Jetzt ist es zwei Uhr in der Frühe. Gegen Mittag laufen wir also in den Hafen ein. Die Kajüte des Bootes ist groß genug, so dass wir abwechselnd schlafen können. Es wird nicht notwendig sein, dass wir ein Schiff anrufen. Vielleicht gelingt es uns, in Singapur Kapitän Larrin zu stellen."

Larrin! Dieser Name erfüllte mich mit neuer Wut. Ihm musste unbedingt das Handwerk gelegt werden. Er hatte sich an der Entführung der jungen Dame beteiligt, ja, er führte die Tat wohl ganz allein aus. Schwere Strafe stand ihm bevor, wenn er gefasst wurde. Und ich wollte nicht eher ruhen, als bis ich ihn den Händen der englischen Polizei übergeben hatte. Ich lernte jetzt Victoria Mitchell kennen. Sie war der Typ einer echten Engländerin, rotblond und etwas rundlich, aber doch sehr attraktiv. Ihre blauen Augen blickten uns voller Dankbarkeit an.

Sie hatte sich auf dem Sofa in der Kajüte niedergelegt, und ich breitete nun auf dem Boden Decken für uns aus. Rolf wollte vorerst das Motorboot allein steuern, so dass ich mich jetzt zwei Stunden niederlegen konnte. Pongo schlief schon vorn im Bug des Schiffes. Rolf hatte sich überzeugt, dass der Treibstoff für eine Fahrt bis Singapur ausreichen würde, so dass wir unterwegs keine „Zwischenlandung" vorzunehmen brauchten.

Ich war fest eingeschlafen und erwachte erst wieder, als Rolf mich weckte. Mein Freund hatte sich neben mir ausgestreckt. Pongo hatte die Führung des Bootes schon vor Stunden übernommen.

Obgleich er kein Seemann war, konnten wir ihm das Fahrzeug ruhig anvertrauen, denn hier gab es ja keine Riffe oder Klippen. Er brauchte das Boot nur im gleichen Kurs zu halten.

Ich löste Pongo um acht Uhr früh ab. Er bereitete uns unser Frühstück zu. In der kleinen Vorratskammer des Motorbootes hatte er Konserven gefunden, die wir aber kalt verzehren mussten. Sie schmeckten uns trotzdem ausgezeichnet.

Wir begegneten vielen Schiffen, die teils nach Singapur unterwegs waren, teils von dort kamen. Niemand kümmerte sich um uns.

Meine Uhr zeigte zwölf Uhr dreißig mittags, als wir in den Hafen von Singapur einliefen. Jetzt hieß es für uns aufpassen.

Wir wollten nicht zu früh von Kapitän Larrin erkannt werden, um ihm keine Möglichkeit zur Flucht zu geben. Deshalb legten wir sofort am ersten freien Dock an und gingen an Land. Pongos scharfe Augen hatten sofort den havarierten Schoner entdeckt, der abseits von den anderen Schiffen lag.

Kapitän Larrin befand sich also tatsächlich hier. Er besaß die Frechheit, sich hier nochmals sehen zu lassen. Ich ballte heimlich die Fäuste. Pongo erhielt den Auftrag, im Motorboot zu bleiben, um den Schoner heimlich zu beobachten. Wir aber wollten inzwischen Victoria Mitchell zu ihrem Vater begleiten. Wir nahmen einen Wagen und ließen uns zu den militärischen Anlagen fahren. Der Posten wollte uns nicht durchlassen, weil es verboten war, dass Fremde die Stationen besuchten.

So waren wir gezwungen, den Major Mitchell rufen zu lassen.

Wir mussten ziemlich lange warten. Wir hatten das Auto verlassen und gingen langsam auf und ab, während das junge Mädchen im Wagen sitzen geblieben war. Endlich tauchte der Major auf. Er musterte uns misstrauisch, und es hätte nicht viel gefehlt, dann hätte er uns wegen der Störung angebrüllt, denn wir sahen nach unserem Abenteuer nicht gerade salonfähig aus. Doch da rief Victoria Mitchell laut nach ihren Vater. Der Major blieb zuerst wie angewurzelt stehen, dann aber eilte er zum Wagen und hielt im nächsten Augenblick seine Tochter in den Armen, wobei Freudentränen in seinen Augen glänzten.

Er nahm sich sofort dienstfrei und brachte uns in seine Wohnung. Von hier aus rief er die Polizei an. Der Polizeipräsident von Singapur versprach sofort, selber zu kommen. Er wollte noch nichts bekanntgeben, damit Larrin nicht entkommen konnte. Auch wollte er zunächst genau hören, was vorgefallen war.

Die Polizei hatte tagelang nach dem jungen Mädchen gesucht, denn ihr Vater setzte Himmel und Hölle in Bewegung. Und nun war seine Tochter plötzlich da.

Am liebsten wäre der Major persönlich zum Hafen geeilt und

hätte sich den Kapitän Larrin vorgenommen. Aber er bezwang sich und wollte alles der Polizei überlassen. Wir mussten unser Erlebnis zu Protokoll geben. Der Polizeipräsident verabschiedete sich von uns und versprach uns bald Nachricht zu geben.

Wir waren die Hauptzeugen gegen den Kapitän Larrin. Rolf bat mich, zum Hafen zu gehen und Pongo Bescheid zu sagen. Ich tat dies. Pongo hatte auf dem wracken Schoner noch nichts bemerkt. Aber gerade jetzt tauchte eine Motorbarkasse mit Polizisten auf, die das Schiff beschlagnahmten. Als ich dann die Wohnung des Majors erreichte, traf auch gerade der Polizeipräsident wieder ein. Er teilte uns mit, dass er seinen ganzen Fahndungsapparat in Bewegung gesetzt habe, um Larrin zu fangen. Ebenso waren alle Zollbehörden beauftragt worden, nach dem zweiten Schoner zu suchen. Gleichzeitig hatte sich die englische Behörde mit der niederländischen in Verbindung gesetzt, um dem Treiben Toebas auf einer der Anambas-Inseln ein Ende zu bereiten.

Zwei Tage vergingen. Wir sorgten uns sehr um Hasting, der spurlos verschwunden war. Kapitän Larrin konnte schon am nächsten Tag in einer Kaschemme des Chinesenviertels ermittelt und festgenommen werden. Er versuchte zuerst zu leugnen, gestand jedoch dann alles ein, als wir ihm gegenübergestellt wurden. Hasting hatte er bei Bekannten in Singapur untergebracht, wo er auch aufgefunden wurde. Der Polizeipräsident sorgte persönlich für dessen Unterbringung im beste Krankenhaus Singapurs. Aus den Aussagen Larrins ging hervor, dass er, nachdem er dem angeblichen Fürsten Toeba die Engländerin ausgeliefert hatte, mit seinem Schiff eine Schmuggelfahrt zur Malakka-Küste unternommen hatte. Dort meuterte seine Besatzung wirklich, weil Larrin sich weigerte, mit seinen Leuten die von Toeba gezahlte Belohnung zu teilen. Sie überfielen ihn und ließen ihn gebunden in der Damenkajüte zurück. Über sein Schicksal machten sie sich kein Kopfzerbrechen.

Als dann jedoch Fragen wegen des zweiten Schoners an ihn gestellt wurden, weigerte er sich, eine Auskunft zu geben. Er wollte den Namen des „Bärtigen" nicht kennen und behauptete auch, dass dieser nur zufällig in die kleine Bucht eingelaufen sei. Jetzt versuchte er, unsere Gefangennahme auf das Konto des „Unbekannten" zu schieben. Das wurde ihm natürlich nicht geglaubt. Die Berichte der Zollbehörden wiesen darauf hin, dass tatsächlich ein kleiner Schoner existierte, der im Verdacht stand, Schmuggelfahrten auszuführen. Bisher war es aber der Wasserpolizei nicht gelungen, das Schiff abzufangen. Als dann Larrin einsah, dass er nun viele Jahre hinter Gefängnismauern verbringen würde, entschloss er sich doch, den Namen des Bärtigen anzugeben. Der Mann sollte Jim Colly heißen und schon seit Jahren Schmuggel treiben. Larrin wollte sogar von ihm verleitet worden sein, mit seinem Schoner an diesen Schmuggelfahrten teilzunehmen.

Jim Colly sollte ferner ein sehr gefürchteter Mann sein und als Oberhaupt einer ganzen Bande eine große Macht besitzen. Er arbeitete viel mit Chinesen zusammen. Larrin wollte auch gehört haben, dass Jim Colly in Singapur im Chinesenviertel eine Teestube besäße, die mit einer berüchtigten Opiumhöhle in Verbindung stand. Ob das jedoch wahr sei, konnte Larrin nicht sagen. Nun wurde nach Jim Colly gefahndet. Tage vergingen, doch sowohl Jim Colly als auch dessen Schiff blieben verschwunden.

Englische Zerstörer kreuzten an den Küsten und suchten alle kleinen Buchten auf, um das Versteck des Schoners ausfindig zu machen. Aber alle Bemühungen waren vergeblich.

Und auf der bewussten Insel wurde Toeba ebenfalls nicht mehr angetroffen.

Nach unserer Flucht zog er es vor, schnell zu verschwinden. Er ließ seine Bungalows in Brand stecken und alles vernichten, was eventuell als Beweismittel hätte dienen können.

Als die Behörden die Insel betraten, fanden sie sie unbewohnt. Wir bedauerten, dass der Mann nicht gefasst werden konnte.

Abenteuer 007: Der Tiger von Singapur

1. Kapitel: Lord Abercrombie erzählt

Wir wollten es nicht versäumen, auch Lord Abercrombie unseren Besuch abzustatten, nachdem wir einige Tage in Singapur verbracht hatten. Als wir an einem Nachmittag seinen Bungalow betraten, fanden wir den Aristokraten in ernster Stimmung vor. Bei unserem Anblick heiterte sich jedoch sein Gesicht sofort auf. Er kam uns mit ausgestreckten Armen entgegen und schüttelte uns die Hände, als wolle er sie gar nicht wieder loslassen.

„Das ist wirklich eine große Überraschung für mich", sagte er. „Ich glaubte Sie noch im Inneren Sumatras auf der Nashornjagd. Gerade heute habe ich an Sie gedacht. Nehmen Sie Platz und erzählen Sie mir, was Sie erlebten!"

Seine Freude war ehrlich. Wir erkundigten uns zunächst nach seiner Tochter Ellen, die wir mit Pongos Hilfe aus den Händen von chinesischen Banditen befreien konnten.

„Meine Tochter ist leider nicht hier, sie ist nach Bombay zu meinem Bruder gefahren", erklärte der Lord. „Sie will sich erst wieder ordentlich erholen und alles vergessen. Jene Stunden, die sie in der Gefangenschaft der gelben Bande zubrachte, waren für sie schrecklich."

„Und inzwischen haben wir wieder etwas erlebt, was Sie interessieren wird, Lord. Haben Sie nicht die Geschichte von Kapitän Larrin erfahren?"

„Larrin, dessen Schoner in einen Taifun geriet und der dann durch zwei Weiße als Schurke entlarvt werden konnte? Meinen Sie ihn?" fragte Abercrombie.

„Ja, und diese beiden Weißen waren wir, mein Freund Hans und ich. Und auch hier hat uns unser treuer Pongo wieder geholfen."

Lord Abercrombie machte ein erstauntes Gesicht. „Erzählen

Sie!" bat er. „Aber warten Sie noch, ich lasse erst Erfrischungen bringen."

Er klatschte in die Hände. Sofort erschien ein chinesischer Diener, dem er Anweisungen gab. Kurze Zeit darauf standen die Erfrischungen, eisgekühlte Limonade, vor uns. Der Lord bot uns noch Zigarren an, und als sie brannten, setzte er sich bequem und meinte: „So, nun bin ich ganz Ohr, bitte berichten Sie mir, was sich zugetragen hat. Ich weiß schon jetzt, dass ich etwas Interessantes zu hören bekommen werde."

Knapp und kurz schilderte ihm Rolf unsere Erlebnisse seit dem Augenblick, als wir uns in Singapur von ihm verabschiedeten, um auf Sumatra das seltene Schuppennashorn zu jagen. Er sprach von unseren Kämpfen mit den feindlichen Bata, von der Flucht an die Küste, von dem Auffinden des verlassenen Schoners mit dem gefesselten Kapitän und der verborgenen Kajüte. Dann kam er auf unser letztes Abenteuer zu sprechen und schilderte unsere Sturmfahrt im Taifun, die Landung auf der einsamen Insel, das Zusammentreffen mit dem Malaien Toeba und die Auffindung der weißen Frau. Gespannt lauschte der Lord, als mein Freund unsere Flucht und die Verhaftung des Kapitäns Larrin beschrieb. Er unterbrach Rolf mit keinem Wort. Erst als dieser geendet hatte, schüttelte er verwundert den Kopf.

„Ganz verrückt ist das alles, Mister Torring. Sie scheinen die Abenteuer zu lieben und suchen sie wohl geradezu. Mit Ihnen zu reisen, scheint nicht ungefährlich zu sein. Doch jetzt bleiben Sie hoffentlich wieder einige Tage in Singapur, und ich erwarte, dass Sie meine Gäste sein werden, Sie, meine Herren, und auch Ihr Pongo."

Wir sagten gern zu, zumal uns das Leben im Hotel nicht zusagte. Lord Abercrombie war ein interessanter Plauderer, der uns wohl manchen Abend die Zeit vertreiben helfen würde. Auch spielte er sehr gut Schach, was für mich von besonderem Reiz war. Auf eine solche Schachpartie freute ich mich schon sehr, aber – wir sollten nicht dazu kommen.

„Sie machten ein so ernstes Gesicht, als wir kamen, dass ich schon befürchtete, es sei mit ihrer Tochter wieder etwas geschehen, Mylord", meinte Rolf. „Haben Sie Sorgen? Darf ich mich danach erkundigen? Sie wissen, Mylord, ich tue es nicht aus Neugierde, aber vielleicht können wir Ihnen helfen."

Lord Abercrombie lächelte verschmitzt. „Sie haben recht, meine

Herren, und ich sagte schon, dass ich gerade heute an Sie dachte. Ja, ich war sogar der Ansicht, dass Sie, wenn Sie hier wären,
mir helfen könnten, mir und dem Polizeikommissar Barrington.
Letzterer ist ein guter Freund von mir, und meine Sorge gilt
mehr ihm als mir. Ich habe ja eigentlich mit der Sache nichts zu
tun, aber – " „Na, ich sehe schon, ich habe richtig geraten", unterbrach mein Freund den Lord, als dieser eine kleine Pause
machte. „Sagen Sie uns offen, worum es sich handelt, dann kann
ich Ihnen auch gleich erklären, ob wir Barrington helfen können
oder nicht."
„Hm, aber bitte lachen Sie mich nicht aus, meine Herren, denn
das, was ich Ihnen erzähle, klingt vielleicht ein bisschen un-
glaubwürdig. Barringtons Vorgesetzter hält meinen Freund für
einen Narren, weil Barrington einen bestimmten Verdacht hat.
Es handelt sich nämlich um – den ‚Tiger von Singapur'."
„Worum?" erkundigte sich Rolf erstaunt. Der Lord lachte.
„Sie haben schon richtig verstanden, Mister Torring, ich sagte
um den Tiger von Singapur. Nun lassen Sie sich alles erzählen!
Haben Sie schon von ihm gehört?"
Wir mussten das verneinen. Darauf fuhr der Lord fort: „Hier in
Singapur existiert eine Bande, die alle möglichen Schandtaten
begeht, in der Hauptsache handelt es sich um Schmuggel. Viele
Mitglieder dieser Bande wurden schon gefasst, aber noch keiner
von ihnen hat verraten, wer das Oberhaupt dieser weitverzweig-
ten Organisation ist. Ich nehme nämlich an, dass sich die Bande
auch mit dem Handel von Rauschgiften wie Opium, Kokain und
dergleichen beschäftigt.
Kommissar Barrington, der im Geheimdienst der Polizei arbeitet, hat nun ermittelt, dass das Oberhaupt dieser Bande tatsächlich in Singapur sitzt. Der Mann wird Ti T'ai genannt, was, richtig übersetzt, General heißt. Dieser General oder, wie ich ihn bezeichnen will, Ti T'ai hat eine große Macht. Die Chinesen, die
uns beim Schmuggel und bei Diebstählen in die Hände fielen,
würden sich lieber zu Tode prügeln lassen, was natürlich nie geschehen ist, als dass sie Ti T'ai verrieten. Sie behaupten stets,
diesen Namen nie gehört zu haben. Und doch ist Barrington da-
hintergekommen, dass dieser Ti T'ai auch ‚der Tiger von Singapur' genannt wird. Barrington hat überall seine Agenten, die ruhig ihren Berufen nachgehen, dabei aber die Augen offenhalten.
Seit Monaten schon bemüht sich Barrington nun, diesen ‚Tiger

von Singapur' zu fangen. Seine Vorgesetzten wurden schon ärgerlich, dass ihm das nicht gelingt. Er wäre längst seines Postens enthoben worden, wenn er nicht zwischendurch seine außergewöhnliche Tüchtigkeit bewiesen hätte, jedoch stets in anderen Fällen, mit denen Ti T'ai nichts zu tun hatte. Aber an diesen Mann kommt er nicht heran, er kann es anfangen, wie er will. Vorgestern Abend saß er mir hier gegenüber und klagte mir sein Leid. Dabei sprachen wir auch von Ihnen, meine Herren. Barrington äußerte gleichfalls den Wunsch, dass Sie hier sein möchten. Er war derart niedergeschlagen, dass ich ihm tüchtig zureden musste. Er wollte schon seinen Posten aufgeben. Das war, wie gesagt, vorgestern. Gestern Abend wollte er mich wieder besuchen, um mich über seine Unternehmungen zu unterrichten. Aber seit vorgestern Nacht fehlt jede Spur von ihm. Barrington ist wie vom Erdboden verschwunden. Seit er dieses Haus verließ, hat ihn kein Mensch mehr gesehen. An seinem Verschwinden trägt sicherlich Ti T'ai die Schuld."

Lord Abercrombie schwieg und blickte gedankenverloren über die Brüstung der Veranda in den Vorgarten.

„Wissen Sie, was Barrington in der Nacht vorhatte, Lord?" forschte Rolf. „Wollte er von hier aus nach Hause gehen, oder beabsichtigte er noch etwas zu unternehmen?"

„Er berichtete mir von seinen Plänen. Er hatte die Absicht, während der Nacht das Chinesenviertel aufzusuchen. Er kennt dort ein Haus, in dem sich eine Teestube befindet. Dieses Haus kam ihm schon immer verdächtig vor. Er wollte auch in dieser Nacht die Teestube aufsuchen und dort vorsichtig Erkundigungen einziehen. Ich riet ihm davon ab, aber er wollte nicht hören. Schließlich, als er sah, dass ich mir seinetwegen Sorgen machte, gab er scheinbar nach. Aber heute bin ich fest davon überzeugt, dass er seine Absicht doch ausführte und das Chinesenviertel aufsuchte."

„Hat die Polizei davon Kenntnis, Lord?"

„Natürlich, ich habe alles angegeben. Die Polizei forschte auch in jenem Haus nach, aber, wie zu erwarten war, vergeblich. Diese Chinesenstadt ist ja ein richtiger Fuchsbau. Die Häuser sind untereinander durch geheime Gänge verbunden, was schon oft für kriminelle Machenschaften genutzt wurde. Der Chinese liebt nun einmal das Geheimnisvolle, er fühlt sich stets sicher, wenn er einen Gang kennt, durch den er notfalls schnell verschwinden kann. Damit will ich natürlich nicht sagen, dass alle Chinesen so sind, es gibt unter ihnen auch hochstehende, sehr geachtete, die in Singapur kleine Paläste bewohnen. Aber wer in dem Chinesenviertel haust, dem ist nicht zu trauen. Wie viele weiße Männer und hauptsächlich weiße Frauen verschwanden früher auf unerklärliche Weise! Die englische Polizei ist eine der besten. Wir haben sie hauptsächlich hier in Singapur derart ausgebildet, dass uns nichts nachgesagt werden kann. Die tüchtigsten Beamten werden einige Zeit hergeschickt, um hier Dienst zu versehen. Aber alle Beamten haben vor dem Chinesenviertel einen gewissen Respekt. Die Polizisten tun dort nur ungern Dienst.“

„Das habe ich auch schon gehört. Viele Menschen wissen noch nicht, wie schwer der Polizeidienst gerade in Singapur ist. Hier trifft man ja Menschen aus aller Herren Ländern an. Viele von ihnen sind gescheiterte Existenzen, die sich auf irgendeine Art und Weise wieder einen Verdienst verschaffen wollen. Die Polizei hat es wirklich nicht leicht“, gab Rolf zu.

„Wenn Sie es wünschen, melde ich Sie bei Barringtons Vorgesetztem an, meine Herren, er kann Ihnen vielleicht noch einige Winke geben, falls Sie sich für diese Sache interessieren. Ich habe das Gefühl, als könnte es Ihnen glücken, Licht in diese Angelegenheit zu bringen. Es täte mir unendlich leid, wenn mein Freund Barrington sein Pflichtgefühl hat mit dem Leben bezahlen müssen.“

„Kennen Sie das Haus, das Ihr Freund meinte, Mylord?“

„Er hat es mir nur beschrieben. Jetzt fällt es mir auf, dass er sogar eine ganz genaue Beschreibung gegeben hat. Vielleicht ahnte er, dass ihm etwas zustoßen könnte. Die Polizei hat auch das Haus und die Teestube sofort gefunden. Haben Sie etwa die Absicht, das Haus aufzusuchen? Ich würde mich an Ihrer Stelle vorher lieber mit der Polizei in Verbindung setzen.“

Rolf schüttelte den Kopf. Er steckte sich eine neue Zigarre an und blies den Rauch bedächtig von sich.

„Nein“, sagte er dann, „wir wollen mit der Behörde überhaupt nicht darüber sprechen. Ihr Freund würde mir da vielleicht recht geben. Nach dem, was wir von Ihnen hörten, muss dieser Ti T'ai überall seine Spione haben. Wahrscheinlich sitzen sogar einige auf der Polizeistation.“

„Das kann ich mir nicht denken, Mister Torring. Bedenken Sie, die Leute, die eingestellt werden, werden auf Herz und Nieren geprüft.“

„Es ist im Leben nichts unmöglich, Lord, das werden Sie doch zugeben, nicht wahr?“

„Das stimmt allerdings, aber – Na, ich sehe, Sie beschäftigen sich bereits in Gedanken mit der Sache, und das ist ein großer Trost für mich. Sie bleiben meine Gäste und wollen mich stets davon unterrichten, was Sie zu unternehmen beabsichtigen. Vielleicht kann ich dann im Notfall auch eingreifen. Sie müssen auch Ihren Pongo hier bei mir einquartieren, er muss doch stets in Ihrer Nähe bleiben.“

Rolf dankte dem Lord für dieses Angebot. Mein Freund schickte sofort einen Boten in das kleine Hotel, in dem wir abgestiegen waren, und beauftragte Pongo, mit unseren Sachen zu Lord Abercrombies Bungalow zu kommen. Mein Freund war also entschlossen, Nachforschungen nach dem verschwundenen Barrington anzustellen.

„Und dann noch eins, Lord“, meinte Rolf, als wir alles besprochen hatten. „Sie dürfen zu keinem Menschen darüber sprechen, dass wir uns mit der Sache beschäftigen wollen. Wir beabsichtigen, ganz im geheimen zu arbeiten. Ein Besuch unsererseits in jener Teestube wird nicht auffallen, weil viele Fremde, die nach Singapur kommen, das Chinesenviertel interessehalber aufsuchen.“

„Aber nehmen Sie sich in acht, meine Herren! Lassen Sie sich nicht durch die sogenannten Schlepper verleiten, eine Opiumhöhle aufzusuchen! Es ist vorgekommen, dass Fremde am nächsten Morgen ausgeplündert im Rinnstein irgendeiner Gasse aufgefunden wurden und nicht mehr angeben konnten, wo sie sich überhaupt aufgehalten hatten. Die Polizei fragt dann auch nicht viel, weil sie genau weiß, wie zwecklos es wäre. Diese Opiumhöhlen, die verboten sind, besitzen geheime Zugänge. Wird eine doch einmal ausgehoben, dann verschwindet der Besitzer meist schnell, weil er eine hohe Strafe zu erwarten hat.“

„Da fällt mir etwas ein – wir haben festgestellt, dass in Singapur eine aufgeregte Stimmung herrscht, Mylord, hauptsächlich unter den Chinesen. Worauf ist das zurückzuführen?“ forschte Rolf.

„Es ist gut, dass Sie mich daran erinnern, meine Herren“, erwiderte der Lord. „Die Chinesen feiern in diesen Tagen – genau weiß ich das Datum nicht – ihr Neujahrsfest, das vierzehn bis sechzehn Tage dauert. Die Hauptsache dabei ist das Abbrennen von Feuerwerk. Stellen Sie sich vor: sechzehn Tage lang das Geknatter und Geknalle mit anhören zu müssen! Die Polizei steht diesem Treiben machtlos gegenüber, und um es nicht zu argen Ausschreitungen kommen zu lassen, gibt sie lieber gezwungenermaßen ihre Erlaubnis dazu.“

„Jetzt um diese Zeit wird die Jahreswende bei den Chinesen gefeiert?“ wunderte sich Rolf.

„Ja, das Jahr der Chinesen dauert infolge kaiserlicher Entscheidung, je nachdem, ob es gut oder schlecht ist, länger oder kürzer. Ist es ein gutes Jahr, lässt man es eben länger dauern. Für uns aber bedeuten diese Neujahrsfeiern eine Qual, man kommt oft nicht zum Schlafen, weil man immer wieder durch den Lärm aus dem Schlaf geschreckt wird. Eine oder auch zwei Nächte lang sieht man sich wohl das Treiben an, aber dann hat man übergenug davon.“

„Dann wäre ja das die beste Gelegenheit, unsere Ermittlungen anzustellen“, warf mein Freund ein. „Wenn überall gefeiert wird, dann sind auch viele Europäer unterwegs, nicht wahr?“

„Das will ich meinen, trotzdem rate ich zur Vorsicht. Jetzt aber wollen wir an unser Abendessen denken. Wie ich sehe, erscheint schon Ihr Pongo. Ihn werde ich zuerst einmal begrüßen. Der Mann ist der Retter meiner Tochter, das werde ich ihm nie vergessen.“

Als Pongo die Veranda betrat und Lord Abercrombie ihm die Hand reichte, wurde er verlegen. Wir aber freuten uns, denn Pongo hatte uns allen gezeigt, was für einen gerechten Sinn er besaß. Er wollte sich überhaupt nicht mehr von uns trennen. Seine Menschenscheu war nach und nach von ihm abgefallen, weil wir stets freundlich und kameradschaftlich zu ihm waren. Er kam sich nicht mehr wie ein verachteter Mensch vor. Lord Abercrombie wies uns unsere Zimmer an. Pongo erhielt für sich eine eigene Kammer. Und wie er nun einmal war – er konnte nicht ohne Beschäftigung sein. Er half sofort überall, wo es etwas zu helfen gab. Die chinesischen Diener hatten allerdings eine gewisse Furcht vor ihm und taten alles, um ihn bei guter Stimmung zu halten, worüber sich unser schwarzer Begleiter sehr amüsierte.

2. Kapitel: Erste Ermittlungen

Als wir gegen Mitternacht unsere Zimmer aufsuchten, wusste ich, dass uns wieder ein Abenteuer bevorstand. Der Gedanke an den „Tiger von Singapur" war mir jedoch nicht besonders angenehm. Ich kannte die Verschlagenheit der Chinesischen Verbrecherbanden zur Genüge und wusste, dass sie alle Mittel anwendeten, um ihre Gegner verschwinden zu lassen. Das bewies das spurlose Untertauchen des Kommissars Barrington. Mein Freund zeigte große Lust, schon in dieser Nacht das Chinesenviertel aufzusuchen. Ich riet jedoch davon ab. Wir sahen uns lieber erst mal am Tag dort um, dann würde es nicht so auffallen, wie wenn wir mitten in der Nacht die Teestube betraten.
Rolf gab schließlich nach. Wir schliefen bis zum nächsten Morgen ungestört und erwachten erst, als wir von Pongo geweckt wurden. Wir wollten nämlich noch mit Lord Abercrombie das Frühstück einnehmen, ehe er in seinen Dienst fuhr. Dann waren wir bis zum Mittagessen, das hier erst am späten Nachmittag eingenommen wurde, allein und konnten tun und lassen, was wir wollten.
Als wir dem Lord gegenüber saßen, erkundigte sich mein Freund: „Sie sprachen gestern davon, dass Ihr Freund Barrington einen bestimmten Verdacht ausgesprochen habe. Was meinten Sie damit, Mylord?"
„Nun, ich kann es Ihnen ja sagen, aber, offen gestanden, ich bin der Ansicht, dass mein Freund sich irrt und sich arg blamieren würde, wenn er seinen Verdacht laut ausspräche. Er meinte, dass der reiche und geachtete Chinese Tien Tsü, der in einer der vornehmsten Straßen Singapurs einen kleinen Palast bewohnt, mit diesem Ti T'ai in Verbindung stehe, ja, vielleicht selbst der ‚General' sei. Diesen Verdacht, den er nicht begründen konnte, hatte Barrington seinem Vorgesetzten mitgeteilt, der ihn daraufhin für verrückt erklärte. Ich weiß auch nicht, wie Barrington auf diese Idee verfallen ist. Er sagt nie etwas ohne bestimmten Grund, aber er war nicht zu bewegen, mir etwas Näheres anzudeuten, weil ihn die Worte seines Vorgesetzten sehr verletzt hatten."
„Wer ist dieser Tien Tsü, Lord? Betreibt er irgendein Geschäft?"
„Ja, er handelt mit orientalischen Altertümern und besitzt in Sin-

gapur zwei Geschäfte. Eines davon liegt in der Hauptstraße, dem Londoner Hof gegenüber, und das andere befindet sich in einer engen Gasse in der Nähe des Chinesenviertels. Außerdem besitzt Tien Tsü einen Dampfer und zwei Dschunken. Mit diesen Schiffen ex- und importiert er seine Waren. Er verkehrt in der vornehmen Gesellschaft von Singapur und gibt oft große Feste, die stets gut besucht sind. Dort findet man dann alle Honoratioren der Stadt."

„Hm, dann ist es allerdings Barringtons Vorgesetztem nicht zu verdenken, dass er einen solchen Verdacht schroff zurückwies", meinte Rolf sinnend. „Aber – nichts ist unmöglich, Mylord."

„Um Gottes willen, wollen Sie etwa auch in dieser Richtung etwas unternehmen, Mister Torring? Tun Sie es nicht. Sie blamieren sich und vielleicht auch mich, weil ich Sie um Ihre Unterstützung gebeten habe. Hätte ich doch nur – "

„Beruhigen Sie sich, Mylord, ich unternehme nichts, was ich nicht verantworten kann. Ich denke noch gar nicht daran, diesen Tien Tsü zu verdächtigen oder mich mit ihm zu beschäftigen. Bewahrheitet sich aber, was Ihr Freund vermutete, dann – wollen wir zugreifen."

„Aber erst die Beweise haben, Mister Torring! Ach was, dieser Verdacht ist unsinnig. Denken Sie nicht mehr daran! Der ‚Tiger von Singapur' ist ganz woanders zu suchen."

Rolf nickte. Geschickt lenkte er dann das Gespräch auf einen anderen Gegenstand, bis Lord Abercrombie den Bungalow verlassen musste. Er wünschte uns für den Tag gute Zerstreuung und gab der Hoffnung Ausdruck, uns am Abend gesund und munter anzutreffen. Als der Lord abgefahren war, saß mein Freund noch lange in Gedanken versunken auf der Veranda. Ich fragte ihn schließlich, ob er immer noch an diesen Tien Tsü denke.

„Ja, Hans, an ihn denke ich. Gerade solchen Leuten wird es sehr leicht gemacht, ein Doppelleben zu führen. Aber noch glaube ich nicht daran. Meine Gedanken galten zwar diesem Tien Tsü, doch war ich weit davon entfernt, ihn als den ‚Tiger von Singapur' zu verdächtigen. Ich habe auch das Gefühl, als habe sich Barrington diesmal sehr geirrt."

„Was willst du nun unternehmen, Rolf? Hast du die Absicht, die Teestube aufzusuchen?"

„Ja, wir werden sogleich aufbrechen. Wir geben uns wie fremde

Touristen, die sich Singapur ansehen wollen. Obwohl wir jetzt schon zum dritten Mal hier sind, haben wir einen richtigen Eindruck dieser Stadt noch immer nicht gewonnen. Unsere Ermittlungen können wir gleichzeitig dazu benutzen, uns die Stadt anzusehen, das heißt, die drei Stadtteile: das Europäerviertel, das Chinesenviertel und das malaiische Dorf. Möglich wäre es nämlich auch, dass wir in letzterem ein Spur dieser Bande finden, obgleich Barrington nicht davon sprach."
Lord Abercrombie hatte uns eine Karte von Singapur überlassen. Sie lag ausgebreitet zwischen uns auf dem Tisch. Mein Freund studierte sie jetzt sehr genau. Mit einem Bleistift zog er kleine Kreise und markierte einige Kreuze. Erklärend meinte er: „Hier liegt der Stadtteil, der ganz nach europäischem Muster gebaut wurde. Du kennst ja die breiten Straßen mit den vorzüglichen großen Hotels und den Wohnräumen der Klubs. Und hier außerhalb der Stadt auf einem höheren Terrain stehen die Bungalows der Weißen, ganz in der Nähe des Botanischen Gartens gelegen. Weiter nördlich siehst du hier das Chinesenviertel, das von annähernd zweihundertfünfzigtausend Söhnen des Himmels bewohnt ist. Und dieser Fleck kennzeichnete das malaiische Dorf mit seinen strohgedeckten Hütten, die noch meist auf Pfählen stehen. Du kannst hier erkennen, wie Singapur einst aussah, die ‚Löwenstadt', wie ihr Name sagt. Dieses Dorf stammt noch aus dem Jahr 1819, als Sir Stamford Raffles, der englische Gouverneur von Java, das die Briten den Holländern wieder zurückgeben mussten, die Halbinsel Singapur auf eigene Verantwortung von einem einheimischen Fürsten für etwa hunderttausend Pfund erwarb. Singapur war, wie du weißt, früher ein berüchtigtes Seeräubernest. Die Engländer haben es verstanden, aus diesem malaiischen Dorf einen der bedeutendsten Welthäfen zu machen.
„Und du glaubst, dass wir in diesem malaiischen Dorf Spuren von Barrington finden könnten, Rolf?"
„Ich sagte: Es ist möglich, Hans. Hast du noch nie etwas von den chinesischen Geheimbünden gehört? Lord Abercrombie erzählte mir, dass sich früher der englische Gouverneur von Singapur und die geheimen Gesellschaften der Chinesen die Herrschaft über diese malaiische Halbinsel teilten. Diese Geheimbünde waren einst mächtig, denn ihre Schmuggel-Dschunken nahmen die Hälfte der Zolleinnahmen weg. Die Regierung hat

alles mögliche versucht, um diesem Treiben ein Ende zu bereiten. Aber noch heute gibt es eine Unmenge Schmuggel-Dschunken. Die breite Straße von Malakka wimmelt davon. Es sind
kleine, schlecht besegelte Boote mit breitem Heck, auf die sich
ein europäischer Schiffer wohl nicht einmal bei dem ruhigsten
Wetter wagen würde. Aber die Chinesen fahren mit ihren stets
Wasser ziehenden Fahrzeugen bis Celebes, sogar bis Hongkong
oder Shanghai. Jeder Taifun vernichtet Hunderte dieser Dschunken, und noch mehr gehen an Altersschwäche zugrunde, fallen
einfach auseinander und saufen ab. Diese Dschunken sind nirgends registriert, die Besitzer zahlen keine Steuern und machen
ihre Geschäfte mit geheimen Schmugglerbanden. Niemand
weiß, wo sie landen und wo sie löschen. Die flachen Boote
brauchen keinen Hafen. Zwischen Singapur und Java liegen
mehr als tausend Inseln im Äquatormeer, voll von Klippen,
Grotten und Verstecken. Ich war deshalb gar nicht überrascht,
dass Barrington von einer Geheimbande berichtete, die vom ‚Tiger von Singapur' geleitet werde. Der Name sagt uns, dass der
Mann hier in der Stadt seinen Aufenthalt hat. Ob er nun im Chinesenviertel wohnt oder als reicher Handelsherr im Europäerviertel oder vielleicht in beiden zugleich, das zu ergründen, soll
unsere nächste Aufgabe sein. Ich nehme jedenfalls den Kampf
mit dem ‚Tiger von Singapur' auf.“
Rolf hatte zum Schluss sehr ernst gesprochen. Ich sah es sehen
Augen an, dass er sich diesen Kampf nicht leicht vorstellte. Eine
chinesische Geheimbande zu bekämpfen, erfordert Nervenkraft,
und es kam vor allem darauf an, den Kopf dieser Bande, den
Leiter und Organisator, unschädlich zu machen.
Da Pongo mit seinem Aussehen und seiner kräftigen Figur überall auffiel, beschlossen wir, ihn vorerst im Haus zu lassen. Als
wir ihm diesen Entschluss mitteilten, machte er ein enttäuschtes
Gesicht, nickte aber bestätigend. Wir sagten ihm dann das Ziel
unserer Wanderung durch Singapur.
Es war mittlerweile halb elf Uhr vormittags geworden, als wir
endlich aufbrachen. Ein Wagen brachte uns in schneller Fahrt
bis zur Innenstadt. Zu Fuß gingen wir weiter, besahen uns die
breiten, schattigen Boulevards und die hübschen Schmuckplät-
ze, die einen ganz festlichen Eindruck machten. Dabei richteten
wir es so ein, dass wir uns immer mehr dem Chinesenviertel näherten. Obgleich ich mir sagte, dass kein Mensch unsere Absicht

kennen konnte, blickte ich mich unterwegs oft verstohlen um. Mein Freund lachte mich schließlich aus. Doch er wurde sogleich ernst, als ich ihn auf einen jungen Chinesen aufmerksam machte, der uns schon eine ganze Weile gefolgt war. Rolf war zuerst der Ansicht, dass ich mich getäuscht hätte, weil die Chinesen einander glichen wie ein Ei dem anderen. Doch als wir dann vor einer Auslage stehenblieben und den Mann beobachteten, zeigte es sich, dass der Asiate ebenfalls nicht weiterging und plötzlich ein großes Interesse für ein Schuhgeschäft bekundete.

„Das sieht allerdings verdächtig aus", sagte Rolf leise zu mir. „Ich kann mir aber nicht denken, warum uns der Mann folgt, denn er kann keine Ahnung von dem Zweck unseres Spazierganges haben."

„Du vergisst, dass die Sache mit dem Kapitän Larrin in allen Zeitungen gestanden hat, Rolf; dabei wurden auch unsere Namen erwähnt. Larrin gehörte vielleicht auch einer dieser Geheimorganisationen an, und wir stehen deshalb unter ständiger Bewachung."

Mein Freund zog die Augenbrauen hoch. „Du könntest recht haben, Hans", erwiderte er. „Dieser Gedanke ist mir bisher noch nicht gekommen. Larrin war gleichfalls ein Schmuggler übelster Sorte. Unsere Aufgabe sieht plötzlich ganz anders aus. Wenn uns der Bursche tatsächlich beobachtet, dann können wir nicht mehr, ohne Aufsehen zu erregen, in die Teestube gehen. Versuchen wir ihn abzuschütteln. Ihn zu stellen, hat keinen Zweck, da wir ihm nichts beweisen können."

Um den Chinesen zu täuschen, gingen wir wieder zurück. Der Mann blieb ruhig vor der Auslage stehen, und erst, als wir ihn fast erreicht hatte, drehte auch er sich um und – schritt uns voraus. Wir machten sofort kehrt und verschwanden gleich darauf um die nächste Ecke. Hier blieben wir stehen, um den Mann zu erwarten. Doch er kam nicht. Als wir dann vorsichtig in die andere Straße hinein spähten, war von ihm nichts mehr zu sehen.

„Wir haben uns doch getäuscht, Hans", meinte Rolf, erleichtert aufatmend. „Nun wollen wir aber machen, dass wir zur Teestube kommen. Ich möchte mir das Haus von außen unauffällig ansehen. Barrington soll einer der tüchtigsten Beamten der hiesigen Polizei gewesen sein. Wenn er das Haus verdächtigte, dann muss schon etwas dahinterstecken. Es heißt also für uns, die Augen offenzuhalten.“

Wir eilten durch mehrere schmale und winklige Gassen, wobei wir uns wiederholt umschauten. Aber jetzt war kein Verfolger mehr festzustellen. Kurze Zeit darauf erreichten wir das Chinesenviertel und standen Minuten später vor dem bewussten Haus. Wir gingen auf der gegenüberliegenden Seite langsam an ihm vorüber und musterten es unauffällig. Man muss schon eine der Gassen im Chinesenviertel gesehen haben, um sich ein richtiges Bild davon machen zu können. Die kleinen, hellblau getünchten Fachwerkhäuser sind völlig wirr an- und ineinander geschachtelt. Ein Goldschmied arbeitet im Zimmer neben einer Matrosenschenke, und im ersten Stock mündet derselbe Eingang zur Familie eines Rikschaführers und ins Magazin eines Seidenhändlers. In Regennächten schlafen die Kulis einfach auf den Treppenabsätzen. Unter dem Dach arbeitet ein chinesischer Zahnarzt neben einem malaiischen Wäscher. Durch alle Stuben und über alle Gänge laufen und kriechen nackte Kinder in jeder Schattierung zwischen Weiß, Gelb und Braun. Betritt man aber eines dieser Häuser, so schlägt einem ein fürchterlicher Gestank entgegen, der durch die drückende Äquatorhitze noch verstärkt wird.

Fast alle Häuser sind untereinander mit Verbindungsgängen versehen, so dass selbst der tüchtigste Polizist verzweifeln müsste, versuchte er hier einen Verbrecher zu fangen. Die einzelnen Häuserblocks bilden einen richtigen Fuchsbau, aus dem es unzählige Ausgänge gibt. Das Haus, das wir heimlich betrachteten, sah genauso aus wie die anderen. Eine schnelle Durchsuchung hätte zu nichts geführt. Wurde Barrington hier wirklich versteckt gehalten, so hätten wir ihn wohl kaum gefunden. Wir waren bis ans Ende der Gasse gegangen und machten nun wieder kehrt. Wir nahmen den Weg zurück auf der anderen Seite und blieben vor der Teestube unschlüssig stehen. Es hatte den Anschein, als berieten wir, ob wir eine Tasse Tee trinken sollten, wenigstens glaubten wir diesen Eindruck zu erwecken. In Wirklichkeit spähten wir unauffällig durch die schmutzige Scheibe, die aus dünnem Glaspapier bestand. Doch nur undeutlich vermochten wir im Inneren des Hauses etwas zu erkennen. Wir betraten alsdann die Teestube. Hinter einer winzig kleinen Bar stand ein dicker Chinese, der uns bei unserem Eintritt sofort entgegenkam, die Hände in seinen weiten Ärmeln versteckend. Lächelnd grüßte er uns und lud uns, rückwärts schreitend, ein, in dem kleinen Nebenraum, der nicht so stark besetzt war, Platz zu nehmen.

Das war uns ganz angenehm, konnten wir doch von diesem Raum aus die eigentliche Teestube, die gut besucht war, genau überblicken. Chinesen und Malaien schienen sich hier ein Stelldichein gegeben zu haben. Nur drei Matrosen – wie ich vermutete Holländer – hatten gegenüber der kleinen Bar Platz genommen. Rolf bestellte beim Wirt zwei Tassen Tee. Dienernd verschwand der Mann. Minuten später wurde uns das Getränk von einem anderen Chinesen gebracht. Ich hätte beinahe meine Überraschung verraten, als ich den Mann wiedererkannte, der uns heimlich durch die Stadt gefolgt war. Ich muss wohl meinen Gesichtsausdruck nicht ganz in der Gewalt gehabt haben, denn als sich der Mann wieder entfernt hatte, erkundigte sich mein Freund sofort, was ich entdeckt hätte.

Ich teilte es ihm mit. Ungläubig schüttelte Rolf den Kopf. „Du siehst Gespenster, Hans. Der Chinese war uns nicht mehr gefolgt, das stellten wir einwandfrei fest. Woher soll er nun so plötzlich kommen? Nach uns hat niemand mehr die Teestube betreten."

„Deshalb war ich auch so überrascht, Rolf. Aber ich möchte meinen Kopf wetten, dass es der Chinese war, der uns folgte. Ich erkannte ihn an der Narbe auf der rechten Wange wieder. Auch trägt er dieselbe Kleidung."

Rolf schüttelte immer noch ungläubig den Kopf. „Es kann wohl sein, dass wir infolge von Larrins Entlarvung beobachtet werden", meinte er. „Aber – " Rolf hielt plötzlich inne und blickte interessiert durch die Tür zur Bar hinüber. Ich tat das gleiche-sund sah, dass der junge Chinese, der uns den Tee gebracht hatte, eifrig mit dem Wirt tuschelte und mehrmals eine Kopfbewegung zu uns hin machte. Und diese Kopfbewegungen waren meinem Freund aufgefallen.

„Jetzt sieht die Sache doch anders aus", flüsterte Rolf. „Du scheinst dich nicht verguckt zu haben. Die Männer sprechen von uns. Wir müssen vorsichtig sein. Trink lieber nicht von dem Tee! Wir sind schon erkannt worden, bevor wir überhaupt etwas ermitteln konnten. Es wäre das beste, wenn wir die Teestube sogleich wieder verließen. In dem hinteren Raum ist es plötzlich merkwürdig still geworden, die Leute flüstern nur noch."

„Willst du das Feld schon räumen, Rolf?" fragte ich ärgerlich.

„Wenn wir verschwinden, können wir uns hier nicht so bald wieder sehen lassen. Und doch müssen wir hier mit unseren Ermittlungen beginnen."

„Und wie willst du das angesichts dieses Spions tun, Hans?"

Das wusste ich im Augenblick allerdings auch nicht. Aber ich war der Ansicht, dass uns jetzt am Tag hier nichts zustoßen konnte. Einige Schüsse würden sofort die nächsten Polizisten herbeirufen.

Ich zuckte also die Achseln und hob meine Tasse, um wenigstens an dem Tee zu riechen. Rolfs Blick warnte mich, davon zu trinken.

Im selben Augenblick stieß mein Freund seine Tasse um. Sie fiel zu Boden und zerbrach in Scherben. Wie aus dem Boden gewachsen stand sofort der junge Chinese neben unserem Tisch. Er bückte sich schnell und hob die Porzellanstücke auf. Dabei machte ich noch eine überraschendere Entdeckung. Der Mann trug unter seiner Kleidung an der Innenseite die Erkennungsmarke der englischen Geheimpolizei. Seine Kleidung hatte sich beim Bücken etwas verschoben, so dass ich die Marke deutlich erkennen konnte. Fast wäre mir ebenfalls die Tasse aus der Hand gefallen. Aber nun führte ich sie schnell zum Mund und – trank. Rolf sah mich fast entsetzt an, doch ich lächelte nur und stellte die Tasse wieder auf den Tisch zurück. Der Chinese hatte sich entfernt, kehrte jedoch sofort mit einer frischen Tasse Tee zurück, die er Rolf vorsetzte. Ich beugte mich zu ihm vor und raunte ihm zu: „Sie sind von der Polizei?"

In dem Gesicht des Chinesen las ich Erschrecken, er wurde verlegen und fragte mich vorsichtig: „Woher wissen Sie das, Sir?"

„Ich habe es erkannt, Sie müssen vorsichtiger sein. Sie tragen die Erkennungsmarke der englischen Geheimpolizei."

Unwillkürlich legte der Chinese die Hand auf die Brust, wo unter der Kleidung die Marke befestigt war. „Ja, ich bin Geheimpolizist, Sir", erwiderte er leise.

„Sie folgten uns heute, nicht wahr?"

„Ja, Sir, ich habe Sie erkannt und weiß, dass es für Sie gefährlich ist, durch die Straßen von Singapur zu gehen. Sie haben den Kapitän Larrin entlarvt. Es gibt Männer, die Ihnen dafür Rache geschworen haben. Da ich auch weiß, dass Sie gestern zum Lord Abercrombie übergesiedelt sind und der Lord ein Freund meines Vorgesetzten Barrington ist, vermutete ich, was Sie ins Chinesenviertel trieb. Sie schlugen die Richtung hierher ein. Ich wusste, dass ich Sie hier treffen würde, und eilte Ihnen voraus."

„Und wie kommt es, dass Sie hier Kellner spielen?" warf Rolf ein.

„Liung, der Wirt, ist mein Onkel. Er steht auf gutem Fuß mit der Polizei, obgleich hier fragwürdige Gestalten verkehren."

„Wissen Sie etwas von Barringtons Verschwinden?" forschte ich weiter.

„Ich arbeite Tag und Nacht, Sir, um sein Verschwinden aufzuklären. Niemand darf ahnen, dass ich mit der Polizei in Verbindung stehe, ich würde sonst gleichfalls spurlos beseitigt werden."

„Dann müssen Sie in Zukunft vorsichtiger sein, das riet ich Ihnen schon. Was haben Sie in Bezug auf Barrington ermittelt?"

„Ich weiß, dass er eine der berüchtigsten Opiumhöhlen besuchte und darin verschwand."

„Wo liegt die Kaschemme?"

„Das weiß ich noch nicht, Sir, wenn ich den Eingang ermittelt hätte, hätte ich schon der Polizei einen Wink gegeben. Heute Nacht jedoch will ich versuchen, die Höhle zu finden. Ich als Chinese erhalte schwerer Einlass als die fremden Weißen. Sie würden also eher eingelassen werden als ich."

„Wir wissen doch aber nicht, wo die Opiumhöhle liegt, also können wir sie nicht finden", meinte Rolf.

„Sir, wenn Sie mir helfen wollen, kann ich bald ans Ziel kommen. Ihnen würde der Eingang sofort gezeigt werden. Sie brauchen nur des Nachts durch die Gassen zu gehen, die Schlepper halten Sie auf und bringen Sie zur Opiumhöhle. Heute wäre ein günstiger Tag, weil morgen das Neujahrsfest beginnt. Da sind die Opiumhöhlen meist geschlossen."

Rolf warf mir einen fragenden Blick zu. Ich nickte sofort, denn ich war entschlossen, in Barringtons Interesse eine solche Opiumhöhle aufzusuchen. Wir hatten ja unsere Pistolen bei uns und würden uns schon einen Weg zurück bahnen.

„Sie wollen uns bei dem Besuch einer Opiumhöhle unterstützen?" fragte Rolf.

„Ja, Sir, ich muss alles versuchen, um eine Spur meines Vorgesetzten Barrington zu finden.“

„Gut, wir werden heute Abend kommen. Wo können wir Sie erwarten?“

„Hier in der Teestube meines Onkels, Sir, ich sage Ihnen dann Bescheid.“

„Um wieviel Uhr?“

„Zwischen elf und zwölf Uhr nachts, Sir.“

„Abgemacht.“ Rolf warf dem Chinesen ein Geldstück auf den Tisch und erhob sich. Ich stand gleichfalls auf. Es hatte ja jetzt keinen Zweck mehr, uns noch länger in der Teestube aufzuhalten, vielleicht hätte uns das nur geschadet. Der Chinese dienerte und begleitete uns bis an die Tür.

Auf der Gasse lachte mein Freund kurz auf.

„Die erste Spur, Hans“, sagte er.

„Ja, aber noch keine deutliche, Rolf“, erwiderte ich.

„Hoffentlich haben wir heute Nacht Glück.“

„Wenn wir aufpassen und uns einen Plan zurechtlegen, könnte es klappen.“

„Und wir hätten diesen Chinesen beinahe für einen Verbrecher gehalten, Rolf. Nun ist er unser Verbündeter, der uns – “

„ – den Hals abdrehen möchte, Hans. Du bist und bleibst doch ein sorgloses Huhn. Hast du schon mal gehört, dass die englische Polizei Chinesen in den Geheimdienst einstellt und sie mit Erkennungsmarken versieht? Die Kommissare stehen nur mit Spionen in Verbindung. Der Mann aber hatte die Erkennungsmarke eines Kommissars, wahrscheinlich die Marke, die er Barrington abgenommen hat.“

Ich blieb verblüfft auf der Straße stehen. Rolf jedoch packte mich schnell am Ärmel und zog mich weiter. „Komm nur, wir besprechen zu Hause alles. Wir werden jetzt genauso beobachtet wie auf dem Herweg. Verrate also nicht deine Überraschung und zeige lieber ein freudiges Gesicht! Die Geschichte wird sehr ernst werden. Ich bin fest davon überzeugt, dass dir der Halunke mit Absicht die Erkennungsmarke gezeigt hat. Er hat einen großen Fehler begangen, denn wir brauchten uns ja nur auf der Polizeistation zu erkundigen, ob es einen jungen chinesischen Kommissar gibt. Der Bursche folgt uns jetzt wahrscheinlich und wird uns auch während des Nachmittags nicht aus den Augen lassen. Unsere Gegner wissen also schon, dass wir den Kampf eröffnet haben, und werden alles versuchen, uns ebenfalls spurlos verschwinden zu lassen."

„Und trotzdem willst du die Opiumhöhle aufsuchen, Rolf?" fragte ich verwundert. „Du willst dich in die berühmte Höhle des Löwen wagen?"

„Wir müssen den Ort auskundschaften, Hans. Ob es nötig ist, die Opiumhöhle zu besuchen, müssen wir erst sehen. Auf jeden Fall gehen wir ohne ausreichende Rückendeckung nicht hinein."

3. Kapitel: Tien Tsü der Großhändler

Wir waren auf dem geradesten Wege zum Bungalow Lord Abercrombies zurückgekehrt und saßen nun beratend auf der Veranda. Da erfuhren wir, dass unser Pongo gleich nach uns das Haus verlassen hatte und bisher noch nicht zurückgekehrt war. Mein Freund lächelte.

„Pongo hat uns gleichfalls beschattet, Hans", meinte er. „Er glaubte an eine Gefahr für uns und folgte uns wahrscheinlich. Du ersiehst daraus, wie treu er ist. Er hätte es aber einrichten können, vor uns hier zu sein."

„Vielleicht zieht er ohne unser Wissen Erkundigungen ein. Er kennt Singapur. Ich denke augenblicklich an den ‚Blauen Hai', in den er uns und die Polizei führte. Seine Ortskenntnisse waren verblüffend."

„Und deshalb nimmst du an, er kenne auch das Chinesenviertel, Hans?"

„Es könnte sein. Du hast ihm das Haus, das wir aufsuchen wollten, ziemlich genau beschrieben." Rolf nickte. Es war mittlerweile Nachmittag geworden, und wir erwarteten Lord Abercrombie bald zurück. Doch bevor er eintraf, fuhr vor dem Garten ein eleganter Wagen vor, dem ein vornehm gekleideter Chinese entstieg. Ich dachte sofort an Tien Tsü, den Großhändler, und ich sollte mich auch nicht getäuscht haben. Der chinesische Diener Lord Abercrombies ließ den Mann eintreten und führte ihn zu uns auf die Veranda. Wir erhoben uns. Der Chinese stellte sich tatsächlich als Tien Tsü vor. Auch wir nannten unsere Namen und baten ihn, Platz zu nehmen. Tien Tsü wollte den Lord sprechen. Er musterte uns interessiert. Mit dem ewigen Lächeln des Chinesen fragte er uns: „Sie sind also die Herren, die den Kapitän Larrin entlarvten? Ich freue mich, Sie kennenzulernen, meine Herren. Darf ich Sie für morgen Abend in mein bescheidenes Haus einladen? Sie wissen, dass wir das Neujahrsfest feiern, und es würde mir zur Ehre gereichen, Sie ebenfalls meine Gäste nennen zu dürfen."

Der Mann sprach wie ein Europäer. Er ließ alle bei den Chinesen üblichen Schmeicheleien fort. Zu meinem Erstaunen sagte mein Freund sofort zu. Tien Tsü blickte darauf gedankenverloren in den Vorgarten. Ich merkte es ihm an, dass er etwas auf dem Herzen hatte. Und wirklich erkundigte er sich eine Weile später: „Sie kennen Lord Abercrombie schon lange, Mister Torring?"

„Ja, schon einige Zeit. Wir befreiten seine Tochter aus den Händen einer Verbrecherbande."

„Kennen Sie auch den Kommissar Barrington? Ich weiß, dass er ein Freund von Lord Abercrombie ist."

„Wir kennen ihn nicht, wir haben nur gehört, dass der Kommissar spurlos verschwunden ist, Herr Tien."

„Und Sie wollen ihn suchen?"

Die Frage wurde ohne besonderes Interesse gestellt. Und doch glaube ich, einen lauernden Ton aus den Worten herauszuhören. Ich hätte meinem Freund am liebsten einen Wink gegeben, nichts zu verraten. Aber da sagte Rolf schon: „Was in unseren Kräften steht, wollen wir gern tun, um den Aufenthalt des Kommissars zu ermitteln. Ob es uns allerdings gelingen wird, ist sehr fraglich. Der Kommissar soll in einer berüchtigten Opiumhöhle verschwunden sein."

„In einer – Opiumhöhle?" Das Gesicht des Chinesen drückte offensichtlich Erstaunen aus. „Wer hat Ihnen das gesagt?"

„Ein junger chinesischer Kommissar."

„Ein chinesischer Kommissar? Mister Torring, Sie müssen sich verhört haben, es gibt bei der englischen Polizei keinen chinesischen Kommissar. Sie wurden wahrscheinlich getäuscht."

Jetzt war ich an der Reihe zu staunen. Ich hatte einen starken Verdacht gegen Tien Tsü, ja, ich hielt ihn, offen gestanden, für den „Tiger von Singapur". Und nun sagte er uns, dass wir getäuscht worden seien. Warum tat er das? Wenn er das Oberhaupt einer Bande war, so musste ihm daran gelegen sein, uns gleichfalls spurlos verschwinden zu lassen. Rolf tat erstaunt.

„Daran habe ich noch nicht gedacht, Herr Tien. Wissen Sie genau, dass es keine chinesischen Kommissare gibt?"

„Bei der englischen Polizei jedenfalls nicht", verbesserte sich der Chinese. „Erzählen Sie mir bitte, was Sie erlebt haben!"

Mein Freund tat es. Der Chinese hörte ruhig zu. Als Rolf geendet hatte, riet er uns: „Seien Sie vorsichtig, meine Herren, Sie sollen wahrscheinlich in eine Falle gelockt werden. Ich kenne die chinesischen Geheimbanden wohl besser als jeder andere, ich weiß, welche Mittel angewandt werden, um unbequeme Leute verschwinden zu lassen. Ihre Absicht ist den Leuten schon bekannt, und ich will ganz offen zu Ihnen sprechen. Ich bin heute zu Lord Abercrombie gekommen, um mit ihm Barringtons wegen zu sprechen. Barrington soll, was mir erst jetzt mitgeteilt wurde, einen schweren Verdacht gegen mich ausgesprochen haben. Hat Ihnen Lord Abercrombie das mitgeteilt?"

„Das hat er."

„Und Sie wollten mich nun auch überwachen, nicht wahr?"

„Das hätten wir vielleicht getan, Herr Tien, solange wir Sie nicht kannten. Jetzt aber, da Sie uns aufgesucht haben, entfällt natürlich jeder Verdacht gegen Sie. Darf ich erfahren, wer Ihnen die Mitteilung machte?"

„Darüber möchte ich schweigen, meine Herren, ich gab das Versprechen, den Mann nicht zu verraten."

„Gut, der Name tut auch nichts zur Sache. Sie sind also nur gekommen, um mit Lord Abercrombie über den Verdacht Barringtons zu sprechen, nicht wahr?"

„Ja. Wenn das Gerücht immer mehr verbreitet wird, werde ich derart geschädigt, dass ich geschäftlich große Verluste erleide. Noch wollte ich mich nicht an die Polizei wenden, weil ich befürchtete, dass gerade dadurch das Gerücht, ich sei der ‚Tiger von Singapur', noch mehr verbreitet würde."

„Sie können beruhigt sein, Herr Tien. Bisher wissen nur wenige Personen davon. Das ist der Vorgesetzte Barringtons, Barrington selbst, Lord Abercrombie und wir, mein Freund und ich. Mit Ihnen und dem Übermittler der Nachricht also sieben Personen."

Wieder schaute der Chinese sinnend in den Garten. In diesem Augenblick fuhr Lord Abercrombie vor. Er eilte schnell durch den Garten und betrat grüßend die Veranda. Er kannte Tien Tsü, da er schon bei zwei seiner Feste zu Gast gewesen war. Trotzdem wunderte er sich, den Mann hier in seinem Haus zu sehen. Tien Tsü klärte ihn schnell auf.

Lord Abercrombie lachte. „Ich habe ja gleich gesagt, dass alles Unsinn ist, Herr Tien. Barrington hat sich schwer geirrt. Wer weiß, was ihn auf den Gedanken gebracht hat. Sie können überzeugt sein, dass von unserer Seite die Nachricht nicht weiter verbreitet wird."

Tien Tsü nickte. „Davon bin ich nun überzeugt, meine Herren", erwiderte er. „Ich darf also damit rechnen, dass auch Sie, Lord Abercrombie, morgen zum Neujahrsfest mein Gast sein werden?"

„Ja, gerne, ich werde meine Freunde begleiten, Herr Tien."

Der Chinese wandte sich nochmals an uns: „Beachten Sie meine Warnung, meine Herren! Sie sind heute einem Betrüger auf den Leim gegangen. Es gibt keinen chinesischen Kommissar, das wird Ihnen Lord Abercrombie auch bestätigen können. Sie sollen in eine Falle gelockt werden. Also nochmals Vorsicht!"

Gleich darauf verabschiedete er sich. Er bestieg wieder seinen Wagen und fuhr davon. Rolf sah ihm mit einem eigentümlichen Blick nach.

„Was meinte Tien Tsü mit seinen letzten Worten?" erkundigte sich der Lord. „Wer soll in eine Falle gelockt werden?"

Mein Freund erzählte ihm von unserem Erlebnis. „Donnerwetter, da hat Tien Tsü ganz recht, der Bursche war bestimmt ein Betrüger. Aber er konnte sich doch denken, dass Sie seinen Betrug sofort durchschauen würden. Warten Sie, ich frage sicherheitshalber einmal bei der Polizei an, der Präfekt ist ein guter Bekannter von mir."

Lord Abercrombie ging ins Haus und ließ sich telefonisch mit der Polizeistation verbinden. Wir hörten ihn undeutlich sprechen. Mein Freund saß während der ganzen Zeit nachdenklich auf seinem Sessel und starrte vor sich hin. Ich aber wartete voller Spannung, was Lord Abercrombie erfahren würde.

Als er die Veranda wieder betrat, nickte er uns zu. „Die Sache wird immer merkwürdiger. Es existiert tatsächlich ein junger Chinese, der ausnahmsweise die Erkennungsmarke erhalten hat. Er hat sich verpflichtet, den ‚Tiger von Singapur' aufzuspüren. Nur aus diesem Grund und weil Barrington sich dafür einsetzte, erhielt er das Erkennungszeichen, damit er sich überall sofort Hilfe holen kann. Haben Sie den Namen des Mannes erfahren?"

„Nein. Wissen Sie, wie der Mann heißt, Mylord?“

„Ja, ich erfuhr es soeben, er nennt sich Li Chang.“

„Den Namen wollen wir uns merken, ich werde mich, wenn wir heute mit ihm zusammentreffen, sofort erkundigen, ob es stimmt. Sagte man nicht, wie er aussieht?“

„Ja, er soll auf der rechten Wange eine Narbe haben.“

„Dann ist er es“, rief ich erleichtert aufatmend aus, „das ist unser Mann.“

„Na, dann haben Sie noch Glück gehabt, ihn heute getroffen zu haben, meine Herren. Hoffentlich geht nun heute Nacht alles gut. Haben Sie schon einen Plan gefasst?“

Mein Freund setzte ihm alles auseinander. Wir hatten die Absicht, uns durch Pongo „beschatten“ zu lassen. Gerieten wir in eine Falle, so sollte er sofort die englische Polizei benachrichtigen.

„Und wenn ihm auch etwas zustößt, Mister Torring?“

„Das glaube ich nicht, an Pongo wird sich so leicht niemand heranwagen.“

„Denken Sie an den ‚Blauen Hai'! Ihr Pongo tötete mehrere Mitglieder der Bande und wird wahrscheinlich auch längst auf der schwarzen Liste stehen. Die Chinesen rächen sich stets, und sie lassen sich Zeit, ihre Rache auszuüben.“

„Pongo hätte schon längst wieder zurück sein können“, warf ich ein.

Rolf und Lord Abercrombie blickten überrascht auf. „Allerdings, wenn er Ihnen gefolgt ist“, bestätigte der Lord. „Hoffentlich ist ihm nichts zugestoßen.“

In diesem Augenblick läutete das Telefon. Lord Abercrombie erhob sich sofort und ging ins Haus. Abermals hörten wir ihn sprechen. Seine letzten Worte verstand ich deutlich, da er sie erregt und etwas lauter sprach: „Wir kommen sofort, in zehn Minuten sind wir bei Ihnen, Herr Kommissar.“

Mit schnellen Schritten kehrte er zu uns zurück.

„Meine Herren, Ihr Pongo wurde leblos in einer der Gassen im chinesischen Viertel aufgefunden. Wir sollen sofort zur Polizei kommen. Ihr schwarzer Freund ist den Beamten noch gut in Erinnerung, die Sache mit dem ‚Blauen Hai' wird von ihnen nicht so schnell vergessen werden.“ Wir sprangen auf.

Lord Abercrombie rief schon nach seinen Dienern und ließ seinen Wagen vorfahren. Minuten später saßen wir darin. Lord

Abercrombie steuerte ihn selbst. In rascher Fahrt ging es in die Stadt, und es waren noch keine zehn Minuten nach dem Telefongespräch vergangen, als wir auch schon vor der Polizeistation hielten.

Wir wurden sehr höflich empfangen. In einem kleinen Raum lag Pongo auf einer Pritsche.

Als wir zu ihm traten, schlug er die Augen auf und blickte uns überrascht an. Dann richtete er sich mit einem Ruck auf.

„Ah, Massers, gut, dass Massers kommen, Pongo von hinten niedergeschlagen wurde, als kleines Haus betrat. Pongo viel entdeckt hat", flüsterte er uns leise zu, damit die hinter uns stehenden Polizisten ihn nicht verstanden.

„Bist du verletzt, Pongo?" erkundigte sich mein Freund besorgt.

„Pongo nicht verletzt, ist, Pongo nur Licht verloren hat durch Schlag. Pongo aber Mann fassen wird, der geschlagen hat."

Da stand er nun wieder vor uns und tat, als sei nichts geschehen. Der leitende Kommissar wollte durchaus wissen, wo und warum unser schwarzer Begleiter niedergeschlagen wurde.

Pongo grinste verlegen.

„Schlägerei", sagte er lakonisch. „Chinesen Afrikaner nicht leiden können."

Solche Schlägereien waren wohl schon oft im Chinesenviertel vorgekommen, denn der Kommissar maß ihr keine große Bedeutung bei. Er ermahnte Pongo nur, das nächste Mal vorsichtiger zu sein, weil sonst die Sache einmal richtig schlecht ausgehen könne.

Wir nahmen Pongo im Auto mit und fuhren zurück zum Bungalow des Lords. Unterwegs wurde nicht gesprochen. Erst als wir wieder auf der Veranda saßen, musste Pongo von seinem Erlebnis berichten. Er erzählte in seiner knappen Art.

Er war uns wirklich heimlich gefolgt und hatte auch bemerkt, dass wir von einem jungen Chinesen beobachtet wurden. Er sah uns in der Teestube verschwinden. In geringer Entfernung wartete er dann auf unser Wiedererscheinen. Als wir auftauchten und auf die Stadt zugingen, wollte uns Pongo erneut folgen. Doch da machte er eine merkwürdige Entdeckung: Zwei Chinesen, die aus einem gegenüberliegenden Hause traten, blickten uns nach und eilten dann zur Teestube hinüber, aus der der angebliche chinesische Kommissar herauskam.

Alle drei drückten sich in einen Winkel des Hauses, so dass sie von uns, wenn wir uns umblickten, nicht gesehen werden konnten. Der junge Chinese (der Kommissar) sprach erregt auf seine Landsleute ein, dann verschwand er wieder in der Teestube. Die beiden anderen Männer jedoch eilten davon.

Pongo hatte sich gleichfalls in einer Hausnische versteckt und folgte nun den beiden, die tiefer in das Chinesenviertel hineingingen. Vor einem Haus blieben sie stehen und sahen sich aufmerksam um. Dabei musste ihnen Pongo wohl aufgefallen sein. Aber sie unternahmen nichts, sondern verschwanden im Haus.

Pongo ging vorüber. Er sah, dass sich auch hier eine Schenke übelster Art befand, die den Namen „Zum gelben Drachen" führte.

Pongo dachte sich nichts weiter dabei, diese Schenke zu betreten. Durch das Fenster hatte er auch andere Ausländer im Innenraum bemerkt.

Als er das Gastzimmer betrat, verstummte sofort der Lärm. Alle Gäste blickten ihn überrascht und erschrocken an. Pongos Figur und sein Gesicht flößten ihnen Furcht ein.

Da Pongo keinen Alkohol trank, bestellte er sich Tee, was ein allgemeines Gelächter hervorrief, das jedoch sofort abbrach, als er sich wütend umschaute. Der Wirt behauptete nun, keine Teestube zu haben und Pongo deshalb keinen Tee ausschenken zu können. Er bot ihm Schnaps an, den Pongo jedoch zurückwies. Selbst ein anderes alkoholfreies Erfrischungsgetränk konnte Pongo nicht erhalten.

Da war er gezwungen, die Schenke wieder zu verlassen. In dem Augenblick aber, als er die Gasse betrat, fielen mehrere Chinesen, die draußen auf ihn gewartet zu haben schienen, über ihn her. Pongo schlug zwei nieder. Seiner Ansicht nach mussten sie das Aufstehen überhaupt vergessen haben.

Er wäre auch mit den anderen fertig geworden, wenn er nicht einen schweren Schlag mit dem Sandsack auf den Kopf erhalten hätte. Im Zusammenbrechen gelang es ihm aber noch, einen Chinesen zu packen, der sich jedoch wieder von ihm losriss. Pongo behielt einen Fetzen Stoff in der Hand.

Dann verlor er das Bewusstsein.

Nach seinem Erwachen auf der Polizeistation fühlte er in seiner Hand noch den Zeugfetzen. Er wollte ihn behalten, um den Mann im Chinesenviertel zu suchen, denn er war es seiner Ansicht nach gewesen, der ihm den Schlag versetzt hatte.

Er zeigte uns das kleine Stück gelben Stoff und wollte es wieder in seiner Tasche verschwinden lassen, als mein Freund heftig danach griff.

Rolf breitete es dann auf dem Tisch aus und strich es glatt. Ich erkannte auf der Innenseite eine kleine rote Figur und darunter eine Nummer in derselben Farbe. Nummer 38, las ich. Die Figur stellte einen – Tiger dar.

„Der ‚Tiger von Singapur'", entfuhr es mir. „Das war der Mann nicht, aber er gehörte zur Bande", erwiderte mein Freund. „Pongos Entdeckung ist sehr wichtig, wir haben jetzt einen neuen Anhaltspunkt."

Und sich an unseren schwarzen Freund wendend, erkundigte er sich: „Würdest du das Haus, vor dem du niedergeschlagen wurdest, wiederfinden, Pongo?"

„Pongo weiß, wo es steht", war die Antwort.

„Dann werden wir auch dieses Haus beobachten müssen", schlug Rolf vor. „Aber vorerst wollen wir uns mit dem chinesischen Kommissar treffen. Ich nehme nämlich an, dass die beiden Chinesen, mit denen er sprach, seine Agenten sind."

„Hast du die Leute in jener Schenke gesehen, Pongo?" fragte ich dazwischen.

„Nein, Masser Warren, Männer nicht in Schenke gesessen haben, Männer Schenke auch nicht verlassen haben durch Haupttür. Sie durch andere geflüchtet sind."

„Hm, die Männer scheinen im Haus bekannt zu sein", war Rolfs Ansicht. „Das sagt uns, dass sie auch mit den Hausbewohnern in Verbindung stehen. Sie scheinen richtige Spione zu sein, die sowohl zu der Bande halten als auch zu dem chinesichen Kommissar."

„Das ist leicht möglich, sonst könnte der junge Chinese auch nicht in die Geheimnisse der Bande eindringen", überlegte der Lord. „Wenn ich ganz offen sein soll, so will mir dieser chinesische Kommissar, der im englischen Dienst stehen soll, gar nicht gefallen."

„Mir auch nicht", bestätigte ich.

Rolf zuckte nur die Achseln. Da wir durch den leitenden Kommissar erfahren hatten, dass es tatsächlich einen chinesischen Kommissar gab, der auf der Wange eine Narbe hatte, so musste es schon wahr sein. Trotzdem trauten wir ihm nicht.

Es war inzwischen immer später geworden, und Lord Abercrombie drang nun darauf, dass wir endlich zu unserem Mittagessen kamen. Er ließ es auftragen. Dabei besprachen wir unsere Pläne für den Abend. Es war für uns eine gefährliche Sache, Nachts das Chinesenviertel aufzusuchen. Den Überfall auf Pongo erklärten wir uns allerdings mit der Aushebung des „Blauen Hais". Wahrscheinlich glaubten sie ihn tot und schleppten ihn in eine andere Gegend, denn er wurde nicht vor dem „Gelben Drachen" aufgefunden. Pongo war anscheinend im „Gelben Drachen" erkannt worden.

„Ich würde an Ihrer Stelle doch lieber polizeilichen Schutz mitnehmen", riet der Lord.

„Dann würden wir auffallen und nichts erreichen. Sie wissen, wohin wir uns wenden. Sollten wir und auch Pongo nicht bis zum Morgen zurück sein, so bitte ich Sie, die Polizei zu benachrichtigen. Wir werden zuerst in der Teestube mit dem Chinesen zusammentreffen, wohin wir dann gehen, wissen wir leider noch nicht. Aber unser Pongo wird das feststellen und Ihnen Nachricht bringen."

„Und wenn er wieder niedergeschlagen wird, Mister Torring?"

Da mischte sich Pongo, der an der Brüstung der Veranda stand, ein.

„Pongo von Chinesen nicht wieder niedergeschlagen wird, Masser Lord", sagte er. „Pongo Chinesen niederwerfen wird."

Rolf nickte lächelnd.

Für Pongo war das eine gute Lehre, und er würde sich nun bei einem Überfall zuerst den Rücken decken. Da die Chinesen fast nie mit Schusswaffen arbeiteten, war nicht anzunehmen, dass es ihnen ein zweites Mal gelingen würde, unseren Schwarzen zu überrumpeln.

4. Kapitel: Die Krallen des Tigers

Es war elf Uhr nachts, als wir heimlich den Bungalow des Lords verließen. Wir nahmen den Ausgang durch den hinteren Garten, um Spione abzuschütteln. Pongo hatte die Gegend schon vorher abgesucht und nichts Verdächtiges gefunden. Er führte uns auf einem Umweg zur Stadt und wählte enge, unübersichtliche Gassen, durch die wir bis zum Chinesenviertel gelangten. Pongo fühlte sich in diesem 'Stadtdschungel' genauso wohl wie in einem Urwald.

Kurz vor dem Ziel trennten wir uns. Jetzt wussten wir wieder, wo wir waren, und wollten auf dem kürzesten Wege die Teestube Liungs erreichen. Wir fanden sie auch. Die Gassen des Chinesenviertels waren fast leer. Die Beleuchtung ließ sehr zu wünschen übrig. Wenn wir einem Chinesen begegneten, bemerkten wir ihn erst, wenn er uns schon fast erreicht hatte. Auf der anderen Seite der Gasse huschten ab und zu dunkle Schatten entlang, die spurlos in den winkligen Häusern verschwanden. Es war eine unheimliche Gegend, durch die wir mussten. Ich atmete erleichtert auf, als wir endlich vor der Teestube standen.

Rolf nickte mir aufmunternd zu. Vorsichtig betraten wir das Gastzimmer. Zu unserer Überraschung fanden wir es fast leer. Nur drei Chinesen saßen im hinteren Bereich der Gaststube. Sie achteten nicht auf uns und tranken in Ruhe ihren Tee. Liung, der Wirt, kam uns wieder entgegen und führte uns in den Nebenraum. Dabei flüsterte er uns zu, dass sein Neffe bald kommen werde. Rolf bestellte Getränke, die der Wirt selbst brachte.

„Wie heißt eigentlich Ihr Neffe?" erkundigte sich mein Freund, „wir haben seinen Namen vergessen."

„Li Chang, Sir", erwiderte der Wirt ruhig. Rolf nickte. Der Name stimmte also. Wir hatten den jungen Chinesen anscheinend in einem falschen Verdacht gehabt. Um so erfreuter waren wir jetzt. Vielleicht war es ihm gelungen, Barringtons Aufenthaltsort festzustellen. Dann wollten wir alles versuchen, diesen zu befreien. Notfalls musste eben die englische Polizei eingreifen. Li Chang hatte sie wahrscheinlich noch nicht alarmiert, weil er befürchtete, dass beim Erscheinen der Polizisten die Chinesen sich in ihre Schlupfwinkel zurückziehen und somit nichts erreicht werden würde. Der Wirt war in den Gastraum zurückgegangen und stand hinter seiner kleinen Bar. Wir tranken von dem Tee, der uns herrlich mundete. Befürchtungen brauchten wir ja nun nicht mehr zu haben.

Eine Viertelstunde später tauchte Li Chang auf. Er kam nicht sofort zu uns, sondern wartete, bis sein Onkel uns neuen Tee brachte. Dabei ließ dieser einen kleinen Zettel auf den Tisch fallen, auf dem englische Worte standen. Li Chang schrieb uns, dass wir die Gasse hinuntergehen sollten, um dann in die dritte Quergasse einzubiegen. Dort würde ein Chinese warten, der sich anbieten würde, uns eine Opiumhöhle zu zeigen. Wir sollten zusagen und dem Mann folgen. Er, Li Chang, werde stets in unserer Nähe bleiben und scharf aufpassen.

Rolf schob mir den Zettel zu. Als ich ihn gelesen hatte und aufblickte, war Li Chang verschwunden. Rolf hatte ihm schon bestätigend zugenickt.

Wir erhoben uns und zahlten. Dann verließen wir die Teestube. Ich blickte mich auf der Straße unauffällig nach Pongo um, konnte ihn jedoch wegen der schlechten Beleuchtung nirgends entdecken. Langsam, wie Menschen, die kein bestimmtes Ziel haben, gingen wir weiter. Als die dritte Quergasse vor uns auftauchte, bogen wir in sie ein. Schon nach wenigen Schritten stand plötzlich wie aus dem Boden gewachsen ein Chinese vor uns. „Sir, Opiumhöhle?" fragte er in gebrochenem Englisch.

„Wo?" forschte Rolf.

„Nicht weit, Sir, nur wenige Schritt. Sir gut bedient wird, gute Unterhaltung. Viele Europäer da sind."

Rolf schien zu überlegen. Der Chinese drängte erneut und pries uns das Lokal nochmals lebhaft an. Wir wussten jedoch, dass er uns beschwindelte und wir dort keine Unterhaltung finden würden, es sei denn die Unterhaltung mit den Opiumpfeifen. Endlich gab mein Freund nach.

„Gut, führe uns, aber ich warne dich, uns in einen Hinterhalt zu locken."

Der Chinese tat entrüstet und behauptete, kein Bandit zu sein, er wollte nur einige englische Shillinge für seine Dienste. Er schritt uns voraus, wobei er es stets so einrichtete, dass er im Schatten der Häuser blieb. Die Gasse wurde immer dunkler. Ich hatte das Gefühl, als sei die Beleuchtung unseretwegen ausgemacht worden, und wollte meinen Freund warnen. Doch da leuchtete es plötzlich vor uns auf. Wir näherten uns einem Lokal. Meist waren ja solche Opiumhöhlen mit einer Schenke verbunden. Als wir das Haus erreichten, wollte uns der Chinese sofort in den Gastraum führen. Rolf trat jedoch zurück und musterte das Haus. Er nickte und flüsterte mir in deutscher Sprache zu. „,Zum Gelben Drachen', Hans."

Ich erschrak und wollte meinen Freund zurückhalten, doch der war schon dem Chinesen gefolgt, der die Tür für uns offenhielt. Gleich darauf standen wir in dem Gastraum, der trotz der späten Nachtstunde sehr gut besucht war. Ich erkannte auch einige Matrosen der in Singapur ankernden Schiffe. Sie schienen mit den Chinesen Freundschaft geschlossen zu haben, denn sie sangen und waren guter Dinge.

Der Chinese, der uns führte, tauschte mit dem Wirt, ebenfalls einem Sohn des Himmels, ein Zeichen aus. Daraufhin zog unser Führer einen neben der Theke angebrachten Vorhang beiseite und ließ uns dahinter treten. Wir befanden uns in einem kleinen Raum, in dem zwei kleine Tische und einige Sitzgelegenheiten standen. Doch sollten wir hier nicht Platz nehmen. Der Chinese machte sich an der Rückwand des Raumes zu schaffen. Eine kleine verborgene Tür sprang auf. Ich sah eine alte Holztreppe, die in die Tiefe führte. Mit einer einladenden Handbewegung deutete der Chinese nach unten und hielt gleichzeitig seine Hand auf, um damit anzudeuten, dass hier seine Dienste beendet seien und er ein Trinkgeld verlange.

Rolf hatte jedoch keine Lust, allein mit mir diese alte Treppe hinunterzusteigen. Er schüttelte den Kopf. Da der Chinese den Vorhang hinter uns wieder fallengelassen hatte, konnten wir von den anderen Gästen des Lokals nicht beobachtet werden.

„Geh voraus!" befahl Rolf.

„No, Sir, unten auch Chinese wartet, er Sie führen wird", erklärte der Mann, seine Hand immer noch aufhaltend.

„Führe uns wenigstens die Treppe hinab!" schlug mein Freund vor.

Ehe der Chinese antworten konnte, wurde der Vorhang etwas beiseite geschoben, und vor uns stand Li Chang. Der Chinese schaute ihn verblüfft an, nickte aber dann, als er ihm einige Worte auf Chinesisch sagte. Er verschwand nun sofort in den Gastraum, nachdem ihm Rolf einige Münzen gegeben hatte.

„Ich habe ihm gesagt, dass ich ein Freund von ihnen bin und ebenfalls rauchen möchte," flüsterte Li Chang uns zu. „Kommen Sie, diesen Eingang kenne ich noch nicht, obgleich ich mich mehrmals bemühte, ihn hier zu finden. Wir wollen schnell handeln, meine Herren."

Er stieg zuerst die Treppe hinab. Nun hatten wir keine Bedenken mehr, es gleichfalls zu tun. Um ganz sicher zu gehen, fühlte ich nach meiner Pistole. Sie steckte griffbereit in der Tasche.

Ich zählte unwillkürlich die steilen Stufen. Es waren fünfunddreißig. Wir waren demnach etwa sieben bis acht Meter hinuntergestiegen. Vor uns lag nun ein schmaler Gang, der aus altem

Mauerwerk bestand. Er war etwa anderthalb Meter breit und nur zwei Meter hoch. Hinten im Gang brannte eine trübe Lampe. Wir schritten auf sie zu. Dabei zählte ich wieder die Schritte, die wir zurücklegten. Ich machte genau einhundertunddrei. Dann standen wir in einer kleinen Erweiterung des Ganges. Aus einer Nische trat ein alter Chinese vor, der sich dienernd vor uns verneigte. Er klopfte gegen die Wand, die sich gleich darauf wie von Zauberhand auftat. Die Tür war hier so geschickt angebracht, dass man sie im Mauerwerk nicht hätte finden können.

Eine dumpfe, süßliche Luft schlug uns entgegen. Ich roch sofort das Opium. Hinter der Tür lag wieder ein kleines Vorzimmer, in dem ein in seidene Gewänder gehüllter Chinese saß.

Wir mussten einige Shillinge zahlen, dann durften wir den Vorhang auf der anderen Seite zurückschlagen und in den nächsten Raum treten. Nun standen wir in der eigentlichen Opiumhöhle.

Das war ein recht schmaler, aber langer Raum, der einem Korridor glich. Er wurde durch dünne Papierwände in drei bis vier Abteilungen geteilt. In jeder dieser Kabinen standen hölzerne Pritschen, auf denen die Raucher lagen. Stöhnen und unartikulierte Laute drangen an unsere Ohren. Matt leuchteten die Papierlampen von den Decken. Sie genügten nicht, um die Rauchenden und Schlafenden zu erkennen. Nur dunkle Gestalten erblickten wir.

Ein Chinesenjunge kam uns geräuschlos entgegen und wies uns eine leere Kabine an, die durch einen Vorhang abgeschlossen wurde. Im Gegensatz zu den anderen Kabinen war diese besser ausgestattet. Die Ruhelager waren weicher und mit seidenen Kissen belegt. In der Mitte stand ein niedriger runder Tisch, und von der Decke hing eine rosa leuchtende Lampe herab.

Der Chinese bat uns durch eine Handbewegung, Platz zu nehmen. Wir taten es. Darauf verschwand der Gelbe wieder. Wir blickten uns in dem kleinen Raum um. Ich klopfte vorsichtig gegen die Seitenwände und stellte dabei fest, dass sie nicht wie bei den anderen Kabinen aus Papier, sondern aus Holz bestanden. Die Rückwand war aus Stein gemauert, und die Vorderwand schloss der dicke seidene Vorhang ab.

Der Chinese brachte uns Tee und Opiumpfeifen. Er wollte sie sogleich in Brand setzen, jedoch Li Chang winkte ab und sprach mit ihm einige Worte, die wir nicht verstanden. Als der Chinese verschwunden war, sagte Li Chang leise zu uns: „Die Pfeifen dürfen wir nicht rauchen, aber den Tee können wir unbesorgt trinken." Mit diesen Worten führte er seine Tasse an den Mund und nahm einige kleine Schlucke. Auch ich wollte trinken, aber Rolf hielt mich davon ab.

„Man kann nie wissen", meinte er.

Mir war es, als flamme es in den Augen Li Changs auf. Doch dann sagte ich mir, dass ich mich getäuscht haben müsse. Lauschend blieben wir sitzen. Langsam vergingen die Minuten.

„Wollen wir hier sitzen bleiben und die Wände anstarren?" fragte schließlich mein Freund. „Was erhoffen Sie hier, Li Chang?"

„Wir müssen noch etwas warten, meine Herren. Ich werde später nach hinten schleichen und die Räume durchsuchen. Ich bin der Ansicht, dass von hier ein Gang in noch tiefer gelegene Räume führt. Dort vermute ich Barrington."

„Und wie wollen Sie dorthin gelangen? Glauben Sie denn, dass die Chinesen nicht aufpassen werden?"

Li Chang grinste. „Ich besitze ein Mittel, um mir meine Landsleute vom Hals zu halten."

Er griff in die Tasche und holte eine kleine Schachtel hervor, die er behutsam öffnete. Er hielt sie uns hin, damit wir einen Blick hineinwerfen konnten. Als wir uns vorbeugten, blies er in die Schachtel hinein. Eine weiße Staubwolke flog uns ins Gesicht. Ich zuckte zurück und wollte sofort meine Pistole ergreifen. Aber meine Gedanken verwirrten sich, kraftlos sank ich in mich zusammen und verlor das Bewusstsein...

Als ich wieder zu mir kam, saß ich in einem nach chinesischen Begriffen vornehm ausgestatteten Raum. Ich war nicht gefesselt, sondern lag in einem bequemen Sessel, dessen Seidenbezug sehr kostbar war. Chinesische Einrichtungsgegenstände standen überall um her. Die weichen Ruhelager mit den seidenen Kissen und Polstern luden dazu ein, sich lang auszustrecken und zu schlafen. Den Boden bedeckte ein wunderbarer dicker Teppich, ebenso waren die Wände mit seidenen Stoffen bekleidet. Von der Decke hing eine chinesische, mit Seide bespannte Ampel herab, deren mattes Licht dem Raum ein anheimelndes Gepräge gab. Ich rieb mir verwundert die Augen. Noch war ich sehr müde und konnte mich im ersten Augenblick nicht darauf besinnen, was mit mir geschehen war. Erst allmählich kam ich darauf. Ich erhob mich. Mein Freund Rolf lag in einem zweiten

Sessel. Er schlief noch fest. Ich griff zuerst nach meiner Hüfttasche. Gott sei Dank, die Pistole war noch da. Mir schien überhaupt nichts geraubt worden zu sein, denn auch meine Brieftasche befand sich an ihrem Platz.
Ich versuchte Rolf zu wecken. Es gelang mir. Auch er schlug verwundert die Augen auf und blickte mich derart erstaunt an, dass ich trotz unserer merkwürdigen Lage lächeln musste.
„Was ist geschehen, Hans?", fragte er.
„Ja, wenn ich das selber wüsste, lieber Rolf! Ich bin auch eben erst aufgewacht."
Mein Freund erhob sich und blickte sich um. „Ich ahnte, dass Li Chang trotz aller Zusicherungen der Polizei ein Betrüger ist, der im Dienst des ‚Tigers von Singapur' steht", meinte Rolf nun. „Er hat uns geschickt überlistet. Erst versuchte er es mit dem Tee. Ich nahm an, dass seine Tasse kein Betäubungsmittel enthielt. Als er sah, dass wir keinen Tee trinken wollten, griff er zu seinem Pulver."
In dem Raum war weder eine Tür noch ein Fenster zu entdecken. Wahrscheinlich war aber doch eine Geheimtür vorhanden, die nur besonders gut verborgen war. Wir waren zwar nicht gefesselt, aber trotzdem Gefangene.
Rolf hatte sich gleichfalls davon überzeugt, dass er seine Pistole noch bei sich trug. Wir waren also bewaffnet und brauchten unsere Gegner nicht zu fürchten, wenn sie uns offen und ehrlich entgegentraten. Da wir jedoch die Hinterlist der gelben Banden kannten, machten wir uns auf alle möglichen Überraschungen gefasst.
Wir begannen die Wände genauer zu untersuchen. Wir klopften sie leise ab, um festzustellen, ob sie hohl klangen.
„Die Herren haben ausgeschlafen?", erklang hinter uns eine Stimme.
Rolf und ich fuhren herum. An der gegenüberliegenden Wand stand – Li Chang, der uns lächelnd zunickte. „Ich freue mich, dass ich Sie wieder wohl und munter antreffe", fügte er hinzu.
Meine Hand fuhr zur Hüfttasche, und ich hielt im nächsten Augenblick den Revolver schussbereit in der Hand. „Ihr Spiel ist aus, Li Chang", rief ich wütend aus, „nehmen Sie die Arme hoch, aber schnell!"
Der Chinese grinste immer noch und blieb unbeweglich stehen. Er hielt seine Hände in den Ärmeln seiner Kleidung verborgen.

„Regen Sie sich nicht auf, Mister Warren", sagte er. „Wenn Sie schießen wollen, dann tun Sie es. Aber dieses Zimmer werden Sie trotzdem nicht verlassen können."
Mich packte die Wut.
„Hände hoch!" brüllte ich ihn nochmals an. Unbeweglich blieb der Mann stehen und – grinste. Da zielte ich auf sein Bein und drückte ab.
Es gab jedoch nur ein lautes Klicken, in meiner Waffe befand sich keine Patrone mehr.
Li Chang lachte nun über mein verdutztes Gesicht. Ich wäre dem Mann am liebsten an die Kehle gesprungen. Er schien das zu ahnen, denn er zog jetzt seine Hände aus den Ärmeln und hielt in jeder einen blinkenden Revolver.
„Die sind geladen, meine Herren, darauf können Sie sich verlassen", betonte er. Das glaubten wir ihm ohne weiteres.
„Nehmen Sie wieder Platz, meine Herren!" fuhr der Chinese fort. „So schlau Sie die Sache anzustellen glaubten, so gut haben wir alles durchschaut. Ich habe Sie hierher bitten lassen, weil mein Chef, der ‚Tiger von Singapur', Sie zu sprechen wünscht. Ich bin nur gekommen, ihn anzumelden."
Wir hatten uns nicht wieder gesetzt. Tausend Gedanken gingen mir durch den Kopf. Ich dachte an Pongo. Er musste beobachtet haben, dass wir in den „Gelben Drachen" gingen. Aber würde er die verborgene Tür finden? Würden die Polizisten den Wirt zwingen können, sein Geheimnis zu verraten?
Ich hatte jetzt keine Zeit, weiter darüber nachzudenken. Li Chang zog sich wieder zurück. Er hatte hinter sich eine verborgen angebrachte Tür geöffnet und war rückwärts schreitend hinausgegangen. Gleich darauf sprang die Tür abermals auf, und herein trat – Tien Tsü. Er begrüßte uns, als wären wir Gäste in seinem Palast. Er bat uns, Platz zu nehmen und keine Dummheiten zu machen.
„Ich trage keine Waffen bei mir", erklärte er, „aber Sie können überzeugt sein, dass jede Ihrer Bewegungen überwacht wird. Sie werden mich nicht erreichen, falls Sie die Absicht haben sollten, mich anzufallen. So, bitte, nun können wir uns unterhalten."
Wir setzten uns. Tien Tsü nahm uns gegenüber Platz. Ein kleiner Tisch, der mit Zierrat und einer Bronzevase geschmückt war, stand zwischen uns.
„Sie suchen den Kommissar Barrington, nicht wahr, meine Her-

ren?" erkundigte sich Tien Tsü. Er sprach ruhig, als unterhielten wir uns über eine gleichgültige Sache.

„Sie wissen es, Tien Tsü. Wollen Sie uns nicht sagen, wo wir ihn finden?"

„Das weiß ich selber nicht, meine Herren. Das Meer ist weit und tief. Sie werden ihm aber bald Gesellschaft leisten."

„Wollen Sie damit sagen, dass auch wir – ermordet werden sollen?"

„Sie gebrauchen einen hässlichen Ausdruck, Mister Torring. Ich morde nicht, ich lasse meine Feinde nur verschwinden. Sie haben uns schon großen Schaden zugefügt. Der ‚Tiger von Singapur' weiß seinen Gegner zu fassen und zu vernichten. Sie haben noch zwei Stunden Zeit. Wenn Sie noch etwas zu erledigen haben, bin ich gern bereit, Ihnen diesen Wunsch zu erfüllen."

Rolf schüttelte lächelnd den Kopf.

„Ist Barrington wirklich tot, Tien Tsü?" fragte er, den Chinesen scharf ansehend.

„Er ist so tot, wie Sie es in zwei Stunden sein werden."

„Wo befinden wir uns?" forschte mein Freund weiter.

„In Singapur, und Singapur ist groß", lautete die Antwort. „Ich werde Sie in einer halben Stunde nochmals fragen lassen, ob Sie einen Wunsch haben, den ich Ihnen erfüllen kann. Sie haben Zeit, es sich zu überlegen. Ich bin nur zu Ihnen gekommen, um Ihnen zu beweisen, dass ich es nicht dulde, wenn sich Europäer in meine Angelegenheiten mischen. Leben Sie wohl, meine Herren! Ich wünsche Ihnen eine gute Reise."

Tien Tsü erhob sich, verbeugte sich höflich vor uns und verließ den Raum. Er drehte uns dabei den Rücken zu. Ich wollte aufspringen und mich auf ihn stürzen, aber mein Freund hielt mich zurück. „Bleib sitzen", raunte er mir zu.

Nur widerwillig gehorchte ich. Tien Tsü war verschwunden.

„Da sitzen wir nun in einer schönen Patsche", fuhr es mir heraus. „Warum hast du mich zurückgehalten, Rolf? Ich hätte den Mann erreicht und ihn zu Boden geworfen."

„Du hättest ihn nicht erreicht, Hans, du wärst schon vorher zusammengebrochen. Oder meinst du, der Chinese sei ohne Schutz hierher gekommen!"

„Aber was sollen wir nun tun! Wir haben nur noch zwei Stunden Zeit, Rolf."

„In einer halben Stunde wird die Entscheidung fallen, Hans. Ich

habe eine Idee. Wahrscheinlich wird Li Chang nochmals hierherkommen. Wenn er eintritt, musst du deine Geschicklichkeit beweisen. Wir tragen noch unsere Revolver bei uns, die zwar nicht geladen sind, aber du kannst den deinigen als Wurfgeschoss benutzen. Zertrümmere mit einem geschickten Wurf die Ampel, damit es im Raum dunkel wird. Alles weitere überlass dann mir. Ich will versuchen, Li Chang zu überlisten." Wir hatten Deutsch gesprochen, und zwar so leise, dass niemand uns verstehen konnte. Da man uns auch die Armbanduhren gelassen hatte, konnten wir genau die Zeit feststellen. Jetzt war es drei Uhr in der Frühe. Um halb vier würde also ein Mann hier erscheinen, um nach unserem letzten Wunsch zu fragen.
In großer Spannung verfolgten wir die Zeiger unserer Uhren. Kurz vor halb vier gab mir Rolf einen Wink. Ich nahm unauffällig meinen Revolver zur Hand, hielt ihn jedoch so versteckt, dass er von dem Eintretenden nicht gesehen werden konnte. Abermals gespanntes Warten.
Da erklang ein leises Schnappen, und gleich darauf ging geräuschlos die kleine verborgene Tür auf. Li Chang tauchte mit grinsendem Gesicht auf. Er trat in den Raum. Er hatte die Hände wieder in den Ärmeln seiner Kleidung verborgen.
„Es tut mir leid, meine Herren, aber auch ich muss gehorchen. Ich bin gekommen, um Ihren letzten Wunsch zu hören."
„Ja, wir haben einen letzten Wunsch, Li Chang, und der ist, dass Sie vor uns zur Hölle fahren."
Das war das Stichwort. Mein Arm zuckte zurück, und der Revolver flog gegen die Ampel. Sie war mit Petroleum gefüllt und zersplitterte sofort. Im selben Augenblick vernahm ich einen hellen Aufschrei. Rolf hatte gleichfalls seine Waffe geschleudert. Sie flog Li Chang ins Gesicht. Der Mann taumelte zurück und griff sich an den Kopf. Da war aber Rolf schon bei ihm. Er schlug den Mann nieder und entriss ihm beide Revolver. Einen überreichte er mir. Dann standen wir schon an der Tür und traten hinaus auf den Gang. Ein anderer Chinese wollte sich uns entgegenstellen. Er war ebenfalls mit einem Revolver bewaffnet, den er auf uns anschlug. Eine Kugel meines Freundes streckte ihn nieder. Jetzt durften wir keine Rücksicht mehr nehmen, denn es ging um unser Leben. Im Hause wurde es lebendig. Schreie erklangen, und großer Lärm kam von oben. Wir sahen eine Treppe und eilten auf sie zu. Chinesen kamen herunter-

gestürzt, machten jedoch sofort wieder kehrt, als wir zu schießen begannen. Hinter uns drang Rauch durch den Gang. Das
Zimmer, in dem wir gefangen gehalten worden waren, brannte.
Wir vernahmen die Angstschreie Li Changs, konnten uns aber
um ihn nicht kümmern. Wir eilten die Treppe hinauf und – standen plötzlich vor Pongo. Um Pongo lagen drei Chinesen, die er
niedergeschlagen hatte.
„Polizei im ‚Gelben Drachen' ist , Massers", rief er uns erfreut
zu, „Massers schnell kommen, Ausgang hier sein." Er deutete
auf einen schmalen Gang. Ich rannte schnell hinein und glaubte,
dass Pongo und Rolf mir folgen würden. Hinter mir vernahm ich
lautes Brüllen der Chinesen. Ich erreichte eine Tür, riss sie auf
und blieb verwundert stehen. Ich befand mich in einem kleinen
Keller, von dem aus Stufen zur Straße führten. Als ich mich
nach meinen Freunden umdrehte, um sie zu schnellerem Handeln anzufeuern, bemerkte ich, dass mir niemand gefolgt war.
Zuerst war ich verblüfft. Dann wollte ich schnell zurücklaufen.
Doch aus dem Gang drang so dicker Qualm, dass ich kaum zehn
Schritte tun konnte. Mich ergriff eine furchtbare Angst um meinen Freund und um Pongo. Ich wusste nicht, was ich tun sollte.
Dann rannte ich die Kellertreppe hinauf und befand mich auf
der Straße.

5. Kapitel: Eine große Überraschung

Doch wie sah es hier aus! Aus allen Häusern waren Chinesen
und Malaien aufgetaucht, die heftig gestikulierten und hin und
her rannten. Ich blickte mich um. Ich stand unmittelbar vor dem
„Gelben Drachen", um mich herum Polizisten, die vor dem Lokal Wache hielten. Die Schenke selbst war von der Polizei besetzt und ausgehoben worden.
Jetzt kamen die Polizisten aus dem Lokal gestürzt. „Feuer!"
brüllten sie, „schnell die Feuerwehr alarmieren!"
Im Hintergrund des Lokals sah ich Flammen aufzüngeln, die
überall reiche Nahrung fanden. Im Nu war der Gastraum ein
Flammenmeer.
Und ich stand vor dem Haus wie versteinert. Meine Freunde be-
fanden sich noch darin, und es war unmöglich, sie zu retten.
Das Haus war wohl das höchste der ganzen Umgebung, es wies

drei Stockwerke auf. Die Flammen fraßen sich schnell durch die Decken, und schon leuchtete es in der zweiten Etage auf. Das Brüllen der Chinesen und Malaien auf der Straße verstärkte sich.

Da sah ich plötzlich etwas Furchtbares. Im zweiten Stockwerk tauchte am Fenster der Kopf eines Weißen auf, der jedoch sofort wieder verschwand. Aber ich hatte meinen Freund erkannt. Ich rief laut um Hilfe und deutete nach oben. Die Polizisten umstanden mich ratlos und erklärten, dass jeden Augenblick die Feuerwehr eintreffen werde. Doch hier war jede Sekunde kostbar. Mein Freund Rolf war ins Zimmer zurück gerissen worden, und die Flammen der ersten Etage würden sich nun bald durch die Decke fressen und das obere Stockwerk in Flammen setzen. Dann war mein Freund verloren.

Eine brüllende Stimme erklang vom Dach des Hauses: „Masser Warren, Pongo Seil hinabwirft. Masser schnell klettern nach oben. Pongo Seil halten muss. Masser Torring im dritten Stockwerk ist."

Schon fiel von oben ein Seil herab, das Pongo stets um die Hüften gewickelt trug. Ich drängte die Polizisten, die mich zurückhalten wollten, beiseite, ergriff das feste Manilahanfseil und turnte schnell nach oben. Aus der ersten Etage schlugen schon die Flammen, aber zum Glück ergriffen sie nicht das Seil. Aus dem Fenster des dritten Stockwerkes drang dicker Qualm. Gleich mussten auch hier die Flammen aufzüngeln.

Ich erreichte das Fenster. Im selben Augenblick tauchte mein Freund Rolf wieder auf. Er wollte mir etwas zurufen, brach jedoch am Fenster zusammen und blieb mit dem Kopf auf der Fensterbrüstung liegen. Hinter ihm tauchte ein Chinese auf. Sein Gesicht war wutverzerrt. Ich erkannte Tien Tsü. Er versuchte, Rolf wieder ins Zimmer zu zerren.

Da riss ich den erbeuteten Revolver heraus und gab einen Schuss auf den Mann ab. Er krümmte sich vor Schmerzen und stieß wilde Verwünschungen aus.

Ich nahm alle Kraft zusammen. Im Hintergrund des Zimmers leuchtete es schon hell auf, die Flammen hatten sich also durch die Decke gefressen. Ich durfte nun keine Sekunde mehr zögern. Doch gerade, als ich Rolf packen wollte, tauchte erneut eine Gestalt am verqualmten Fenster auf. Ich wollte abermals schießen, doch zum Glück erkannte ich noch Pongo.

„Masser Warren schnell machen, Masser Torring nehmen auf Schulter. Pongo Seil festgebunden hat." Er özog den leblosen Körper meines Freundes hinaus und legte ihn mir über die Schulter. Langsam glitt ich hinunter. Als ich die Straße erreichte, wurde mir die Last sofort von den Polizisten abgenommen. Auch ich brach fast zusammen.

Nach mir kam Pongo herunter geturnt. Auch er trug einen leblosen Körper und legte ihn unten auf die Straße nieder. „Der ‚Tiger von Singapur'", sagte er. Ich erkannte Tien Tsü. Mein Schuss hatte ihn schwer verletzt, aber er lebte noch. Die Polizisten übernahmen ihn. Inzwischen hatte ich mich um Rolf bemüht. Er kam bald wieder zur Besinnung und erholte sich rasch.

„Barrington ist noch im Haus, Hans, ich hörte ihn laut um Hilfe rufen. Wir müssen nochmals hinein, um ihn zu retten."

„Das geht nicht, das ist ganz ausgeschlossen, Rolf", erklärte ich. „Das Haus brennt an allen Ecken und Enden."

„Es muss gehen, Hans. Schnell, hole Pongo!"

Pongo trat schon zu uns. Mein Freund erklärte ihm, was er vorhatte. Pongo nickte nur. Er musterte das Haus, trat an das Seil und – turnte wie eine Katze nach oben. Die Polizisten und Chinesen schrien auf, als sie seine Absicht erkannten.

Auch das zweite Stockwerk brannte nun. Pongo musste bis zum dritten hochklettern. Dort verschwand er durch eines der Fenster.

In diesem Augenblick kam mit lauten Sirenensignalen die Feuerwehr angebraust. Feuer im Chinesenviertel war stets eine große Gefahr. Im Nu wurde die Gasse von Menschen gesäubert, und die Männer begannen mit ihrer schweren Arbeit. Es galt vor allen Dingen, die Nebenhäuser zu retten, um eine Verbreitung des Feuers unmöglich zu machen.

Ich achtete nicht auf die Arbeit der tapferen Feuerwehrleute, ich sah nur nach oben und wartete auf das Erscheinen unseres Pongo. Das Seil hatte schon Feuer gefangen und verbrannte. Pongo war also der Rückzug abgeschnitten.

Doch da wurden schon mechanische Leitern angesetzt. Die Feuerwehrmänner kletterten hinauf und begannen mit der Löscharbeit. Minute um Minute verging. Nun brannte auch das dritte Stockwerk und gleich darauf der niedrige Dachstuhl. Das Haus war nicht mehr zu retten und brannte bis auf die Grundmauern nieder. Rolf und ich standen wie versteinert da. Unser treuer

Pongo und mit ihm wahrscheinlich auch Barrington waren in den Flammen umgekommen. Dieses Ende erschütterte uns. Wir konnten uns nicht von der grausigen Stätte trennen. Immer wieder starrten wir in die Flammen, die allmählich zusammenfielen und schließlich nach Stunden ganz gelöscht wurden.

Da entschlossen wir uns endlich, zum Bungalow Lord Abercrombies zurückzukehren. Wir hatten Tien Tsü ganz vergessen, aber der befand sich ja in den Händen der Polizei, und die würde schon dafür sorgen, dass er nicht entkam. Außerdem war er ja schwer verletzt. Wir nahmen einen Wagen und fuhren von der Brandstelle fort. Als wir endlich das Haus des Lords erreichten und durch den Vorgarten gingen, blieben wir plötzlich erschrocken stehen. Wir glaubten Geister zu sehen. Auf der Veranda saßen Lord Abercrombie, Pongo, noch ein Weißer und – Tien Tsü.

Rolf und ich blickten uns derart verblüfft an, dass wir schließlich beide lachen mussten.

Langsam betraten wir die Veranda. Lord Abercrombie bemerkte uns zuerst.

„Ah, da kommen Sie ja, meine Herren. Ihr Pongo hat wieder einmal ein Meisterstück geleistet. Darf ich die Herren bekannt machen? Mister Barrington, der im letzten Augenblick von ihrem Pongo gerettet und hierher gebracht wurde – Mister Torring und Mister Warren.“

Wir drückten dem Mann, der einen zerrissenen und beschmutzten Anzug trug, die Hand. Dann blickten wir Tien Tsü verwundert an. Der Chinese erhob sich, verbeugte sich vor uns und sagte ruhig: „Ich weiß schon, was geschehen ist, meine Herren, aber der Mann, den Sie sahen und niederschossen, war nicht ich, sondern – mein Zwillingsbruder. Mister Barrington hatte ihn einmal in einer der chinesischen Kaschemmen gesehen und glaubte mich vor sich zu haben. Als ich gestern zu Ihnen kam, ahnte ich, was hinter der Sache steckt. Doch ich wollte meinen Bruder nicht verraten, obgleich ich ihn aus meiner Familie ausgestoßen habe.“

Wir glaubten ihm ohne weiteres und drückten ihm die Hand. Lord Abercrombie versprach ihm, mit dem Polizeipräsidenten zu sprechen, damit der Name Tien Tsü nicht mit dem „Tiger von Singapur“ in Verbindung gebracht wurde.

Nun erfuhren wir auch, wie es Pongo ergangen war. Er hatte das dritte Stockwerk erreicht und traf hier mit einem flüchtenden Chinesen zusammen, den er sofort beim Genick packte. Der Mann winselte um Gnade. Pongo fragte ihn nach Barrington. In seiner Angst verriet der Chinese alles. Barrington war im Garten des Grundstückes in einem Keller untergebracht gewesen. Pongo zwang den Chinesen, ihm den Weg dorthin zu zeigen. Da das hintere Haus noch nicht ganz brannte, gelang es beiden, von einem Balkon zum anderen nach unten zu turnen und den Garten zu betreten. Pongo fand das Versteck Barringtons und sprengte die Tür auf. Er holte den Gefangenen heraus, der zuerst glaubte, einen Feind vor sich zu haben – doch Pongo klärte ihn schnell auf.

Barrington, der von allen Mitgliedern der Bande gehasst wurde, wollte sich nicht an der Brandstelle zeigen. Es sollte das Gerücht in Umlauf gesetzt werden, er sei bei dem Brand ums Leben gekommen. Dann wollte er in aller Heimlichkeit gegen die Bande vorgehen, deren Schlupfwinkel er nunmehr entdeckt hatte. Der „Gelbe Drache" war nur der Sitz des „Tigers von Singapur" gewesen, seine Bande verfügte aber noch über eine ganze Reihe weiterer Schlupfwinkel.

„Sie wollen sich also noch nicht der Behörde zeigen, Mister Barrington?" erkundigte sich mein Freund.

„Doch, aber nur meinem Vorgesetzten. Er soll mir Leute zur Verfügung stellen. Mein Verdacht gegen Tien Tsü war berechtigt, das müssen Sie doch zugeben, meine Herren, denn auch Sie glaubten, ihn vor sich zu haben, nicht wahr?"

Wir bestätigten das.

Da wir alle übermüdet waren, beschlossen wir, uns vorerst niederzulegen. Lord Abercrombie wollte aber sofort zur Polizeistation fahren und dort die Sache mit Tien Tsü in Ordnung bringen, um dessen Namen zu schonen. Gleichzeitig sollte er dem Vorgesetzten Barringtons Mitteilung von dessen Rettung machen.

Wir schliefen fest bis in den Vormittag hinein. Als wir dann beim Frühstück auf der Veranda saßen, berichtete uns der Lord, dass alles vorbereitet sei, um einen großen Schlag gegen die Bande des „Tigers von Singapur" zu führen. Der Zwillingsbruder Tien Tsüs war noch in der Nacht seinen schweren Verletzungen erlegen. Er hatte schließlich zugegeben, der „Tiger von Singapur" zu sein.

Der Name „Tien Tsü" sollte in dieser Sache nicht genannt werden, um den angesehenen Kaufmann nicht zu schädigen.

Nun stellte sich auch heraus, dass Li Chang tatsächlich von Barrington versuchsweise die Erkennungsmarke erhalten hatte. Aber der Kommissar hatte dem Mann trotzdem misstraut. Es war ein verzweifelter Versuch von ihm, auf die Spur des „Tigers von Singapur" zu kommen. Aber er war dabei hereingefallen; Li Chang hatte ihn gleichfalls mit dem weißen Pulver überlistet.

Den ganzen Tag blieben wir im Haus des Lords, der heute nicht zum Dienst gegangen war. Wir warteten die Nacht ab.

Als es endlich soweit war, forderte uns Barrington, der schon unruhig geworden war, auf, ihm zu folgen. Die Verhandlungen mit der Polizei hatte ja der Lord geleitet, und keiner der am Abend gestellten Polizisten wusste, dass Barrington die nächtliche Razzia leiten würde. Um so erfreuter waren sie, als der Kommissar plötzlich an der verabredeten Stelle auf sie zutrat.

Er erteilte den Sergeanten Anweisungen. Dann lief er mit uns und einigen Polizisten ins Chinesenviertel. Es ging wieder zum „Gelben Drachen", der jedoch nun nicht mehr existierte. Nur die Grundmauern des Hauses standen noch.

Doch Barrington wollte diesen Schutthaufen nicht besichtigen, sondern drang überraschenderweise in das gegenüberliegende Haus ein. Er erhielt von allen Seiten Verstärkung. Die Gassen wurden von der Polizei abgeriegelt und kein Chinese heraus- oder hereingelassen. Im Haus selbst fand ein furchtbarer Kampf statt. Die Bandenmitglieder hielten gerade wegen des Brandes eine Versammlung ab, an der die Führer und Unterführer teilnahmen. Als dann plötzlich die Polizei erschien, war es zu spät, zu flüchten. Die Chinesen verteidigten sich mit dem Mut der Verzweiflung, sie wussten, dass sie verloren waren, wenn sie gefangen genommen wurden. Es gab viele Tote. Die Bande wurde restlos ausgehoben.

Die wenigen Mitglieder, die entkamen, zählten nicht, denn ihnen war es unmöglich gemacht, sich wieder zu organisieren und eine neue Bande zu gründen. Auf vielen Lastkraftwagen wurden die Gefangenen zur Polizeistation gebracht. In ganz Singapur herrschte am nächsten Tag große Aufregung, zumal das Neujahrsfest in vollem Gange war. Barrington hatte einen großen Erfolg erzielt und wurde überall gelobt.

Wir glaubten nun, Singapur wieder verlassen zu können, doch

der Kommissar bat uns, noch einige Tage zu bleiben. Er wollte uns etwas unterbreiten, was uns bestimmt sehr interessieren würde.

Und als wir von der Geschichte erfuhren, waren wir sofort bereit, uns daran zu beteiligen.

Abenteuer 008: Das Auge Buddhas

1. Kapitel: Barrington als Geisterseher

„Meine Herren, ich habe Sie zu mir gebeten, um mit Ihnen eine Angelegenheit zu besprechen. Ich weiß zwar schon jetzt, dass Sie mich auslachen werden, doch versichere ich Ihnen, dass sich alles so verhält, wie ich es erzähle. Zuvor jedoch eine Frage: Glauben Sie an Geister?"
„Nein, lieber Barrington, Geister gibt es nicht", entgegnete mein Freund lächelnd.
„Diese Antwort habe ich von Ihnen erwartet, Mister Torring. Aber Sie werden vielleicht später doch anderer Ansicht sein, wenn Sie meine Geschichte gehört haben. Ich habe auch nie an Geister, an Spuk und dergleichen geglaubt, bin jedoch heute im Zweifel, ob es nicht doch etwas zwischen Himmel und Erde gibt. Sie sehen, ich drücke mich schon ganz vorsichtig aus, doch – "

„Lieber Barrington, wozu die lange Vorrede? Fangen Sie an zu erzählen! Sie haben uns neugierig gemacht, und wir möchten nun gern Ihre Geschichte hören, die sehr wahrscheinlich von – Geistern und Spuk handeln wird." Lächelnd nickte mein Freund dem Kommissar zu.
Wir hatten den Kommissar Barrington aus einer gefährlichen Lage erretten können, als er im Kampf mit einer chinesischen Bande gefangen genommen worden war, und hatten in ihm einen Menschen kennengelernt, der uns auf den ersten Blick sehr sympathisch gewesen war. Barrington war ein Mann, der vor nichts zurückschreckte und von seinen Taten nicht viel Aufhebens machte. Er blieb stets der bescheidene Mensch, der nur seine Pflicht kannte. Er hatte uns eingeladen, ihn am Abend in seinem Bungalow, der außerhalb der Stadt Singapur lag, zu besuchen. Dass er etwas auf dem Herzen hatte, ahnten wir, denn sei-

ne Andeutungen ließen das vermuten. Dass er uns jetzt mit Geister- und Spukgeschichten kam, enttäuschte uns ein wenig.

Barrington zündete sich umständlich seine erloschene Zigarre wieder an. Bei dieser Beschäftigung beobachtete ich ihn eingehend. Ich stellte fest, dass seine Gedanken nicht bei dem Gegenstand, also bei der Zigarre, waren, sondern weit fort. Ja, er ließ sogar das erloschene Zündholz zu Boden fallen, was nicht sehr umsichtig war. Barrington war sonst ein ordnungsliebender Mensch.

„Ja, meine Herren, ich weiß wirklich nicht, wo ich beginnen soll. Die Sache betrifft mich persönlich und liegt schon ziemlich weit zurück. Es geht um etwas, das ich ‚Das Auge Buddhas' genannt habe."

Gedankenverloren blickte der Kommissar über die Brüstung der Veranda in den herrlichen Vorgarten, in dem es in allen Farben leuchtete. Barrington beschäftigte sich nämlich in seinen Mußestunden viel mit der Gärtnerei.

Wir warteten geduldig, dass er fortfahren würde. Er strich sich jetzt mit der rechten Hand durch das Haar und zuckte schließlich die Achseln. Seine Zigarre war schon längst wieder ausgegangen.

„Ja, das ‚Auge Buddhas'", sagte er nickend. „Sie glauben nicht, wie viele schlaflose Nächte es mir schon bereitete. Ich wollte bereits meinen Dienst aufgeben und Singapur verlassen. Und das alles um eines Edelsteins willen, den ich vor einem Jahr unter merkwürdigen Umständen fand. Der Stein lag hier auf dem Tisch, als ich eines Morgens auf die Veranda hinaustrat."

Barrington machte abermals eine Pause. Rolf blickte mich lächelnd an. Noch war Barrington nicht auf den Kern der Sache zu sprechen gekommen. Ich gewann den Eindruck, es falle ihm schwer, uns den wahren Sachverhalt mitzuteilen. Wieder warteten wir geduldig. Endlich begann er erneut zu sprechen: „Es war also vor einem Jahr, meine Herren. Ich hatte diesen Bungalow von einem Engländer erworben, der Singapur verlassen wollte, um nach London zurückzukehren. Das Haus war ein Jahr zuvor erbaut worden, und wie Sie sehen, befindet es sich heute noch in gutem Zustand. Da mein Beruf sehr aufreibend und gefährlich ist, bin ich Junggeselle geblieben. Die Wirtschaft leitete mir damals eine Frau, die morgens kam und gegen Abend wieder ging. Ich erwähne das alles, damit Sie sich ein klares Bild von meinem Leben machen können. Ein junger Polizist, Tellwan, war mir als Bursche und Hilfskraft zugeteilt worden. Tellwan schlief ebenfalls hier im Haus, ich hatte ihm eine kleine Kammer neben der Küche eingerichtet. Mir war das ganz lieb, denn als Gegner der Unterwelt Singapurs allein in einem Haus zu schlafen, ist kein angenehmes Gefühl. Tellwan war ein kluger und intelligenter Mensch. Er war in meinem Haus ‚Mädchen für alles'. Ihm machte es nichts aus, ob er mich Nachts auf meinen Streifzügen als verkleideter Chinese begleitete oder das Haus reinigte, er tat eben alles, was erforderlich war. Er war nie mürrisch. Seine sorglose Heiterkeit tat mir wohl. Ich lebte hier also recht zufrieden und freute mich über meinen Besitz, obgleich er von den anderen Bungalows etwas abgelegen ist, was Sie ja auch schon festgestellt haben. Etwa vier Wochen nach meinem Einzug in dieses Haus erwachte ich plötzlich eines Nachts durch ein Geräusch in meinem Schlafzimmer. Ich richtete mich leise auf und lauschte. Das Geräusch wiederholte sich nicht. Um so erschrockener war ich, als plötzlich eine Stimme aus dem Dunkel des Zimmers zu mir sprach. Es war eine dumpfe, hohle Stimme, die, wie ich erst später feststellte, einen Klang hatte, als käme sie aus dem Grab."

Der Kommissar schwieg, er sah das leise Lächeln auf Rolfs Gesicht. Er ärgerte sich jedoch nicht darüber, sondern meinte nur erklärend: „Sie entschuldigen, Mister Torring, wenn ich so ausführlich berichte, aber wie ich schon betonte, muss ich das tun. Im ersten Augenblick, als ich die Stimme hörte, kam sie mir nicht so geheimnisvoll und wie aus dem Grab tönend vor, das fiel mir erst später auf, als ich sie nochmals hörte.

Die Stimme sagte zu mir: "Bleiben Sie liegen, Barrington, Sie können mich doch nicht sehen, denn ein Toter spricht zu Ihnen." Durch solche Worte ließ ich mich natürlich nicht einschüchtern. Ich schaltete das Licht ein und sah mich blitzschnell im Zimmer um. Hinter mir erklang ein ironisches Lachen. Ich fuhr herum. Kein Mensch außer mir befand sich im Zimmer. Die Türen und Fenster waren wie üblich fest verschlossen.

Ich durchsuchte den Raum ganz genau. Selbst in das kleinste Versteck schaute ich. Nichts war zu entdecken. Und doch hatte ich soeben klar und deutlich die Stimme gehört. Sie konnte nicht von draußen zu mir gedrungen sein, ebenso wenig das Lachen.

Ich läutete nach Tellwan, der in einer halben Minute erschien, und erzählte ihm den Vorfall. Tellwan war zuerst der Ansicht, ich hätte geträumt. Aber das war nicht der Fall, wie ich später beweisen konnte. Um ganz sicher zu gehen, durchsuchten wir das Haus. Wir fanden jedoch nichts. Tellwan bot an, außerhalb des Hauses den Rest der Nacht Wache zu gehen. Ich war damit einverstanden und legte mich wieder nieder. Noch eine Viertelstunde blieb ich bei brennendem Licht liegen und dachte über den Vorfall nach. Unwillkürlich blickte ich auf die Wanduhr. Es war halb ein Uhr nachts, also die Geisterstunde.

Bei diesem Gedanken musste ich damals auch lachen, meine Herren. Ich schaltete das Licht aus und versuchte wieder einzuschlafen. Draußen vor dem Hause stand ja Tellwan, der alle Viertelstunden mein Grundstück abschreiten wollte.

Ich war wieder am Einschlafen, als ich abermals das spöttische Lachen hörte. Von welcher Seite es kam, konnte ich jedoch nicht sagen. Meine Hand lag am Schalter, aber ich ließ das Licht noch nicht aufflammen. Und da hörte ich wieder die Worte, die mich vorher so erschreckt hatten, dieselbe Stimme begann abermals: ‚Sie können mich nicht sehen, Barrington, denn ein Toter spricht zu Ihnen. Machen Sie kein Licht, denn von meiner Seite geschieht Ihnen nichts. Sie haben das ganze Haus durchsucht und nichts gefunden. Ich aber bin hier in Ihrem Zimmer. Bei Licht darf ich nicht sprechen. Ich habe Ihnen eine Botschaft zu übermitteln. Morgen – ‘ Knack – machte mein Schalter. Das Licht flammte auf und durchflutete den Raum. Nun war die Stimme nicht mehr zu hören. Die Fenster und Türen waren immer noch verschlossen.

Ich sprang erregt aus dem Bett, griff zum Revolver und stürzte hinaus auf die Veranda. Etwa zehn Meter vom Haus entfernt schritt Tellwan ruhig auf und ab.

‚Die Stimme war schon wieder da“, rief ich ihm zu. Der junge Polizist kam zu mir und schüttelte verwundert den Kopf.

‚Ich kann es nicht glauben, Mister Barrington', meinte er bescheiden. ‚Ihre Nerven sind erregt.'

‚Zum Teufel, meine Nerven werden jetzt erst erregt', brüllte ich ihn an. ‚Im Hause spukt es.'

Tellwan blickte mich verwirrt an. Ich forderte ihn auf, mit in mein Zimmer zu kommen und sich dort ein Lager zurechtzumachen. Er tat es und legte sich in dem Glauben nieder, dass ich phantasierte. Ich schloss die Türen und kroch wieder in mein

Bett. Nachdem ich das Licht ausgelöscht hatte, lauschte ich in die Dunkelheit hinein.

Da fuhren wir beide wieder auf. Ein lautes Lachen war an unsere Ohren gedrungen, ein Lachen, das so schaurig klang, dass mir fast die Haare zu Berge standen. Es verstummte sofort, als ich das Licht wieder aufflammen ließ. Im selben Augenblick schlug die Uhr eins, die Geisterstunde war vorüber.

Tellwan saß mit verstörtem Gesicht auf seinem Lager und – zitterte leicht. Er, der sonst Mutige, hatte plötzlich Furcht bekommen. Ich wollte ihn auslachen, aber ich brachte keinen Ton heraus, da ich selbst so erschrocken war. Wir nahmen beide auf der Veranda Platz und erwarteten dort den Anbruch des Tages. Keiner von uns konnte mehr schlafen. Ich grübelte während der ganzen Stunden über das Gehörte nach. Schließlich war ich der Ansicht, dass sich jemand einen schlechten Scherz mit mir machen wollte; wie er das zuwege brachte, konnte ich allerdings nicht feststellen.

Merkwürdigerweise dachte ich am Tag dann ganz anders darüber. Ich untersuchte die Wände meines Zimmers, den Boden und die Decke. Nichts war zu finden, nicht das kleinste Loch, durch das vielleicht hätte gesprochen werden können.

In der nächsten Nacht vernahm ich wieder die Stimme. Meine Uhr hatte gerade die Geisterstunde verkündet, als ich das leise ironische Lachen vernahm. Ich schaltete diesmal das Licht nicht ein, sondern wartete. In der Hand hielt ich den Revolver schussbereit. Ich habe diese Ereignisse aufgeschrieben, nicht zuletzt die Worte des ‚Geistes', wie ich den Besitzer der Stimme vorläufig bezeichnen will. In der zweiten Nacht sagte er zu mir, dass mir in einigen Tagen etwas gebracht würde, was ich am Morgen auf dem Tisch der Veranda finden würde. Ich sollte den Gegenstand gut aufheben und ihn nur dem Besitzer aushändigen. Wie ich den Besitzer erkennen sollte, würde ich später durch den ‚Geist' erfahren.

Als die Stimme schwieg, schaltete ich das Licht ein. Es war niemand zu sehen. Ich schlich zu Tellwan in die Kammer und stellte fest, dass er fest und tief schlief. Kopfschüttelnd kehrte ich in mein Zimmer zurück und legte mich wieder nieder. Noch zwei Stunden lag ich im Dunkeln mit wachen Augen. Niemand meldete sich mehr. Dann schlief ich ein und erwachte erst am Morgen. Ich sprach nicht über den Vorfall, denn ich wollte mich nicht lächerlich machen. Mit großer Spannung erwartete ich die nächste Nacht. Aber alles blieb ruhig, der ‚Geist' meldete sich nicht mehr. Mehrere Tage vergingen, und ich gewann immer mehr die Ansicht, dass ich von irgendeiner Seite genarrt worden war.

Vier Tage später lag morgens auf dem Tisch der Veranda ein kleiner Pappkasten. Sofort fiel mir die geisterhafte Stimme wieder ein. Sie hatte mir ja verkündet, dass ich hier etwas finden würde, was ich aufheben sollte, um es später seinem rechtmäßigen Eigentümer zurückzugeben. Vorsichtig griff ich nach dem Kasten und öffnete ihn. Mit großen Augen blickte ich auf den herrlichen Edelstein, der darin lag. Es war ein blauer Diamant von der Größe eines Taubeneis. Sein Feuer war sprühend, da ihn gerade die Morgensonne traf. Ich nahm ihn heraus und betrachtete ihn von allen Seiten.

Der Stein war echt, das erkannte ich auf den ersten Blick. Er stellte ein Vermögen dar. Dieser Stein war mir von unbekannter Seite auf den Tisch gelegt worden.

Tellwan erschien. Ich schloss schnell den Deckel und steckte das Kästchen ein. Ich wollte Tellwan nichts davon sagen. Vielleicht stand er mit dem ‚Geist' in Verbindung. Das konnte ich allerdings nicht glauben, denn noch nie hatte ich ihn bei einer Lüge ertappt. Tellwan war ehrlich und würde mich nicht betrügen.

Trotzdem zeigte ich ihm den Stein nicht und sprach auch nicht mehr über die nächtliche Stimme, die ich noch verschiedene Male hörte. Sie ermahnte mich in der nächsten Nacht, das ‚Auge Buddhas' ja recht gut aufzuheben und es zu schützen. Wenn ich es verlöre, würde ich dafür verantwortlich gemacht werden. Lange überlegte ich, was ich unternehmen sollte. Ich entschloss mich endlich abzuwarten, ob ein Diebstahl bei der Polizei angezeigt werden würde. Ich nahm den Edelstein mit in die Stadt, mietete ein kleines Tresorfach und schloss den Stein darin ein. Und nun kommt das Merkwürdigste bei der ganzen Sache, meine Herren: Ein volles Jahr hörte ich nichts mehr über den Stein. Kein Diebstahl oder Verlust wurde angezeigt, niemand meldete sich, auch der ‚Geist' schwieg. Langsam geriet der Stein bei mir in Vergessenheit.

Ein Jahr ist eine lange Zeit, und Sie werden mich verstehen, wenn ich Ihnen sage, dass ich unendlich erschrak, als eines

Nachts wieder die ‚Geisterstimme' erklang. Es war dieselbe Stimme wie vor einem Jahr. Sie fragte mich, ob ich den Edelstein, ‚das Auge Buddhas', noch besäße. Dann sollte ich ihn auf den Tisch der Veranda legen, um ihn somit dem Besitzer zurückzustellen. Das tat ich natürlich nicht – “

„Einen Augenblick, Mister Barrington“, unterbrach mein Freund schnell. „Wann war das, wann hörten Sie die Stimme wieder?“

„Vor etwa vier Wochen, Mister Torring. Ich freue mich, dass Sie sich anscheinend für die Geschichte interessieren.“

„Fahren Sie fort, Mister Barrington, ich sage Ihnen später, was ich davon halte. Also es hat dann bei Ihnen gespukt, nicht wahr?“

„Woher wissen Sie das, Mister Torring? Ich – “

„Später, lieber Barrington“, winkte Rolf ab. „Jetzt möchte ich die Geschichte zu Ende hören. Also was geschah vor vier Wochen?“

„Da ertönte, wie ich schon sagte, nachts wieder die Stimme, die mich aufforderte, den Stein auf den Tisch der Veranda zu legen. Das tat ich aber nicht, außerdem hätte ich den Stein erst aus dem Tresorfach nehmen müssen, was ich ja nachts gar nicht tun konnte. Zwei Tage später wurde ich nochmals aufgefordert, und als ich noch nicht gehorchte, weil ich mit dem Besitzer des Edelsteins sprechen wollte, begann der ‚Geist' zu drohen.“

„Sie sprachen mit dem Geist?“

„Ja, ich konnte mich mit ihm unterhalten. Acht Tage vergingen. Als ich eines Abends im Dunkeln auf meiner Veranda saß – Tellwan hatte ich in die Stadt geschickt, um etwas zu besorgen – stand plötzlich eine dunkle Gestalt vor mir. Sie war aus dem Inneren meines Hauses aufgetaucht. Leider hatte ich meine Waffe abgelegt. Trotzdem erhob ich mich schnell und wollte mich auf die Gestalt stürzen. Doch da fuhr mir der blanke Lauf eines Revolvers entgegen. Und diesen Revolver umklammerte eine – Knochenhand.“

Rolf brach in ein schallendes Gelächter aus. Er beruhigte sich erst nach einer ganzen Weile und bat dann wegen seiner Heiterkeit um Entschuldigung.

„Da gibt es wirklich nichts zu lachen, Mister Torring“, erklärte der gekränkte Kommissar. „Ich sah die Knochenhand ganz deutlich und habe – “

„Das glaube ich Ihnen ohne weiteres, Mister Barrington. Soll ich Ihnen nun die Geschichte weitererzählen, wie ich sie mir denke?"

„Kennen Sie sie denn, Mister Torring? Das ist doch ganz ausgeschlossen, ich habe bisher zu keinem Menschen darüber gesprochen."

„Und doch weiß ich jetzt, was kommt. Der ‚Geist' mit der Knochenhand" – Rolf konnte ein abermaliges Lächeln nicht unterdrücken – „drohte, Sie umzubringen, wenn Sie den Edelstein nicht zurückgäben. Sie sagten, dass Sie ihn nicht hätten, und wollten auch das Versteck vorerst nicht verraten. Da verließ Sie der ‚Geist', nachdem er Ihnen gegenüber nochmals Drohungen ausgestoßen hatte. Er trat wieder in – Ihr Haus und verschwand darin, nicht wahr?"

Barrington machte ein so erstauntes Gesicht, dass auch ich jetzt zu lachen begann. Er gab zu, dass sich alles so verhielt.

„Und Sie glaubten nun an den ‚Geist', Mister Barrington, Sie, als aufgeklärter, mutiger Mensch?"

„Ich wusste nicht mehr ein noch aus. Ich wollte am liebsten den Stein zurückgeben, aber eine innere Stimme warnte mich. Auch wollte ich über diesen ‚Geist' Aufklärung haben. Ich behielt also den Stein. Aber seitdem ich mich weigerte, ihn herauszugeben, habe ich während der Nächte keine Ruhe mehr. Schreie durchtönen mein Haus, Flüche werden gegen mich ausgestoßen, und oft war in allen Zimmern ein Gepolter, als wären alle Geister bei mir zusammengetroffen, um sich hier ein Stelldichein zu geben. Ich habe sogar von zwanzig Polizisten mein Haus umstellen lassen, und trotzdem ging der Hexensabbat vor sich. Ich rief die Polizisten herein, die das Haus durchsuchten. Niemand konnte entkommen. Aber was wurde gefunden? Nichts. Die Leute schüttelten verwundert den Kopf, denn auch sie hatten, als sie draußen standen, die Schreie und den Lärm vernommen. Ich konnte ihnen nicht sagen, dass dieser Radau von Geistern herrühre, sonst wäre ich am nächsten Tage als verrückt in ein Sanatorium gebracht worden."

„Das glaube ich auch", warf mein Freund ein. „Doch wie ist nun der Schluss Ihrer Geschichte?"

„Die Zustände in meinem Haus wurden derart, dass ich gezwungen war, es zu verlassen. Es wurde in meiner Abwesenheit eingebrochen. Nun konnte ich wenigstens dauernd hier Polizisten aufstellen, ohne den wahren Sachverhalt angeben zu müssen. Ich wagte es sogar wieder, mein Haus zu beziehen. Doch schon in der ersten Nacht, heute vor einer Woche, warnte mich die Stimme abermals und erklärte, dass ich innerhalb von acht Tagen ein toter Mann sein würde, wenn ich ‚das Auge Buddhas' nicht herausgäbe. Ich weigerte mich dennoch. Inzwischen kam die Geschichte mit der chinesischen Bande, die meine ganze Tatkraft erforderte. Ich wurde gefangen genommen und durch Sie gerettet. Diese Schurken haben aber sicher nichts mit der Sache zu tun. Gestern bezog ich nun nach meiner Befreiung mein Haus wieder. Sogleich war in der Nacht auch die rätselhafte Stimme wieder da. Sie erklärte mir, dass ich in der nächsten Nacht, also in dieser Nacht, sterben müsse.

Barrington schwieg und blickte uns erwartungsvoll an. Rolf lachte nicht mehr, er war nachdenklich geworden. „Also in dieser Nacht?" sagte er halblaut. Barrington nickte.

„Ich habe keine Furcht, meine Herren", betonte er. „Aber die ganze Geschichte geht mir jetzt auf die Nerven. Als ich Sie kennenlernte, wusste ich sofort, dass ich mich Ihnen anvertrauen könnte. Sie wissen, wie Sie eine Sache anzupacken haben. Nun sagen Sie mir, was Sie von der Geschichte halten!"

„Wo befindet sich der Edelstein?" erkundigte sich Rolf, ohne auf die letzte Frage des Kommissars einzugehen.

„Immer noch im Tresor, Mister Torring."

„Gut. Ist es möglich, ungesehen während der Nacht in Ihr Haus zu gelangen?"

„Nein, das ist unmöglich, da alle Fenster und Türen durch Alarmvorrichtungen gesichert sind."

„Wir möchten aber ungesehen ins Haus gelangen."

„Gut, Sie müssten dann durch den Hintergarten kommen."

„Wer schläft außer Ihnen noch im Haus?"

„Tellwan."

„Schicken Sie ihn unter irgendeinem Vorwand in die Stadt, er soll dort übernachten. Können Sie das einrichten?"

„Ja, das geht zu machen."

„Gut. Dann werden wir jetzt zur Stadt zurückkehren. Es ist acht Uhr abends, um zehn sind wir wieder da und kommen durch den Hintergarten. Wollen Sie uns dort erwarten?"

„Selbstverständlich, ich werde aufpassen."

„Und dann noch eins: Verhalten Sie sich während unserer Abwesenheit ganz ruhig, verstecken Sie sich möglichst, denn es könnte sein, dass der Angriff auf Sie schon früher unternommen wird, als ich erwarte."

„Daran habe ich soeben auch gedacht. Ich werde im Hintergarten bleiben, dort kann mich niemand überraschen. Aber nun sagen Sie mir, was Sie von der Sache halten, Mister Torring!"

„Es geht um ‚das Auge Buddhas', Mister Barrington. Ich vermute, dass der Edelstein nicht aus der Schatulle eines reichen Bürgers, sondern aus einem Tempel gestohlen wurde. Buddhistische und hinduistische Tempel bergen oft große Schätze, die über die Jahrhunderte von frommen Anhängern zusammengetragen wurden. Diese Schätze werden geheimgehalten, um keine Diebe anzulocken, und nur wenige Auserwählte wissen darüber Bescheid. Und doch kann es geschehen, dass ein Außenstehender davon erfährt, in den Tempel eindringt und den Schatz raubt. Ich ahne auch, wer das in diesem Fall getan haben könnte. Mehr möchte ich jetzt nicht sagen, ich muss erst selbst Gewissheit erlangen."

Barrington wollte noch mehr fragen, aber Rolf erhob sich und verabschiedete sich von ihm. Mir war aufgefallen, dass er sehr leise gesprochen hatte, als er ihm unsere Hilfe für die Nacht anbot. Ich hatte äußerst scharf aufpassen müssen, um seine Worte verstehen zu können. Barrington stellte uns seinen Wagen zur Verfügung, den Tellwan steuern sollte. Der Kommissar begleitete uns noch bis an den Gartenzaun und winkte uns abschiednehmend zu.

Wir wohnten nicht mehr bei Lord Abercrombie. Der Oberst hatte verreisen müssen, hatte uns jedoch während seiner Abwesenheit seinen Bungalow zur Verfügung stellen wollen. Mein Freund hatte das abgelehnt, da wir bald wieder die Stadt verlassen wollten. Wir hatten in einem kleinen Gasthaus Quartier bezogen. Hier erwartete uns unser treuer Pongo.

2. Kapitel: Barrington verschwindet

„Was hältst du von der Sache?" fragte ich Rolf, als wir in unserem Zimmer allein waren.

„Meiner Ansicht nach handelt es sich um einen ganz raffinierten

Plan, der schon seit längerer Zeit vorbereitet wurde. Dass ausgerechnet Barrington den Bungalow kaufte, war wohl Zufall."

„Was hat das mit der Sache zu tun, lieber Rolf? Glaubst du denn, dass der sogenannte ‚Geist' sich sonst einem anderen bemerkbar gemacht hätte?"

„Ja, denn nur in diesem Bungalow kann er ‚spuken'." Rolf lächelte bei diesen Worten vielsagend. Ich konnte mir kein klares Bild machen, doch mein Freund schien schon alles erraten zu haben. Ich wagte nur noch die Frage, wie es möglich sei, dass Barrington die Stimme hörte.

„Darin liegt eben das Geheimnis des Bungalows, Hans. Denk nach, dann wirst du auch auf den richtigen Gedanken kommen. Wir leben doch heute in einem aufgeklärten Zeitalter, im Zeitalter der Technik. Wunder gibt es nicht mehr."

„Aber die Erscheinung des ‚Geistes' mit der Knochenhand?"

„Der ‚Geist' kann zur Hintertür hereingekommen und dort wieder hinausgegangen sein. Und eine Knochenhand können wir uns auch anschaffen, um jemandem einen Streich zu spielen."

„So ungefähr hatte ich mir diese ‚Geistergeschichte' auch vorgestellt, Rolf. Ich wundere mich nur, dass Barrington darauf hereingefallen ist."

„Der Kommissar wurde durch die nächtliche Stimme schon ganz nervös und zermürbt, weil er sich die ‚Grabesstimme' nicht erklären konnte."

„Aber du weißt schon, wie sie zustande kam?"

„Es gibt nur eine Lösung, Hans. Im übrigen: traust du Tellwan?"

„Ich habe mir über Tellwan noch keine Gedanken gemacht, Rolf", wich ich aus. „Barrington scheint auf ihn zu schwören."

„Und mit Recht. Ich halte den jungen Burschen auch für ehrlich und anständig, er macht sich um seinen Herrn große Sorgen. Ich wundere mich, dass er bisher über die nächtlichen Vorfälle zu keinem Menschen gesprochen hat. Ein anderer wäre wohl nicht bei Barrington geblieben."

„Das könnte man nun wieder anders auslegen, Rolf."

„Das habe ich auch erwogen. Doch wir wollen uns jetzt für heute Nacht fertig machen. Pongo wird uns begleiten. Er wird die Überwachung des Bungalows von außen übernehmen. Hauptsächlich der hintere Garten muss ständig beobachtet werden."

„Du rechnest mit einem Überfall, Rolf?"

„Ja, und deshalb wollen wir die Nacht bei Barrington bleiben.
Mit Pongo sind wir vier kräftige Männer, die sich zu verteidigen
wissen. Auch bin ich gespannt, den ‚Geist' kennenzulernen."
Ich lachte. „Glaubst du denn, dass er sich dir vorstellen wird,
Rolf?"
„Er wird sich mir nicht vorstellen, aber ich möchte ihn überraschen. Ich könnte dir seinen Namen schon aufschreiben, wenn
du mir versprichst, ihn nicht eher zu lesen, als bis ich dir die Erlaubnis dazu gebe."
Ich versprach es. Rolf riss aus seinem Notizbuch einen kleinen
Zettel, schrieb zwei Worte darauf, faltete ihn zusammen und
reichte mir das Papier. Ich steckte es in meine Brieftasche. Rolf
blickte auf seine Uhr.
„In einer Stunde bin ich wieder zurück, dann wollen wir aufbrechen, Hans. Ich habe noch etwas zu erledigen. Vergiss deine Revolver nicht, wir werden sie wahrscheinlich heute dringend
brauchen, auch zusätzliche Munition solltest du dabei haben."
Ich verzichtete darauf, meinen Freund nach dem Ziel seines
Ganges zu fragen, denn er hätte es mir doch nicht verraten. Er
liebte Überraschungen.
Während seiner Abwesenheit unterrichtete ich Pongo über das,
was er während der Nacht zu tun hatte. Ich erzählte ihm kurz die
Geschichte, vermied es jedoch, von einem „Geist" zu sprechen.
Pongo war wie seine Stammesgenossen sehr abergläubisch.
Noch bevor die Stunde abgelaufen war, erschien Rolf wieder.
Ich sah es seinem Gesicht an, dass er Erfolg gehabt hatte. Er
holte aus der Tasche einen kleinen Pappkarton heraus, öffnete
ihn und zeigte mir den Inhalt. Ein falscher Edelstein von der
Größe eines Taubeneies lag darin, ein kunstvoll geschliffenes
Stück Kristallglas von blauer Farbe.
„Das Glasauge Buddhas", lachte mein Freund.
Jetzt verstand ich ihn. Trotz der späten Abendstunde war es ihm
geglückt, in einem Geschäft einen ähnlichen Stein aufzutreiben,
wie Barrington ihn beschrieben hatte. Ich ahnte, was Rolf vorhatte. Er wollte den „Geist" täuschen und ihm den unechten
Stein zurückgeben. Bei dieser Gelegenheit mussten wir dann
den „Geist" zu sehen bekommen.
Auch ein Telefongespräch hatte Rolf geführt und bei der Polizei
einige Erkundigungen eingeholt. Die Uhr zeigte jetzt halb zehn
Uhr nachts. Es war Zeit, dass wir aufbrachen. Wir verließen das

Gasthaus, nahmen an der nächsten Ecke einen Wagen und ließen uns zur Europäersiedlung fahren. Natürlich vermieden wir es, zu nahe bei Barringtons Bungalow auszusteigen. Auf einem Umweg wollten wir dorthin gelangen. Wir verließen das Gefährt schon beim Botanischen Garten und gingen zu Fuß weiter. Als das Taxi verschwunden war, wandten wir uns seitwärts einem dichten Waldgürtel zu. Hier konnten wir nicht gesehen werden. So leise und vorsichtig wie möglich gingen wir weiter. Nach zwanzig Minuten erreichten wir den Garten hinter dem Haus des Kommissars. Hier blieben wir wartend stehen. Der Garten war ziemlich groß und von dichten Büschen bewachsen. Er bot viele Verstecke. Barrington sollte uns hier erwarten. Wenn er aufgepasst hatte, musste er uns schon bemerkt haben.

Im Hause brannte kein Licht, so dass der Anschein erweckt wurde, es halte sich kein Mensch darin auf. Und doch sollte Barrington zeigen, dass er anwesend war, sonst würden vielleicht seine Gegner den Angriff auf ihn nicht eröffnen.

Leise erteilte Rolf unserem schwarzen Begleiter Anweisungen. Pongo verließ uns. Wir warteten noch etwa zehn Minuten. Als sich Barrington dann noch nicht zeigte, drängte Rolf zur Eile.

„Komm, Hans, die Sache sieht verdächtig aus. Barrington wollte uns hier um zehn erwarten, jetzt ist es ein Viertel nach zehn. So unpünktlich ist kein Kommissar, wenn es sich um eine wichtige Sache handelt.“

Wir öffneten vorsichtig die kleine Gartenpforte. Im selben Augenblick war es mir, als schlüge im Haus eine Glocke an. Rolf stieß eine Verwünschung aus.

„Daran habe ich nicht gedacht“, murmelte er, „wir hätten den Zaun übersteigen sollen. Aber nun hilft es nichts mehr, wir müssen uns beeilen.“

Wir huschten durch den Garten. Fast hatten wir schon das Haus erreicht, als plötzlich aus dem Dickicht drei Gestalten auf uns zusprangen. Da wir auf einen Überfall vorbereitet waren, flogen unsere Pistolen sofort hoch. Zwei Schüsse krachten. Die Gegner duckten sich und – verschwanden sofort wieder in den Büschen. Minuten später stand Pongo neben uns, der sofort herbeigeeilt war. „Wir müssen die Büsche durchsuchen, hier scheinen die Kerle zu stecken“, raunte ich meinem Begleiter zu. „Es waren Tempelpriester, fanatische Inder, Hans. Jetzt sind sie wahrscheinlich schon entflohen. Der Angriff galt offenbar Barrington. Die Inder haben wohl erkannt, dass sie sich irrten, sonst hätten sie nicht von uns abgelassen."

„Tempelpriester?" flüsterte ich, „Priester, die das ‚Auge Buddhas' suchen, Rolf?"

„Wahrscheinlich."

Pongo war in die nächsten Büsche eingedrungen, kehrte jedoch schon nach kurzer Zeit wieder zurück.

„Menschen verschwunden sind", erklärte er ruhig. „Massers keinen Überfall mehr zu befürchten brauchen."

Wir gingen weiter zum Haus, das in seiner Stille einen unheimlichen Eindruck auf uns machte. Als Rolf an die Hintertür trat, fand er sie zu seinem Erstaunen offen. Seine Taschenlampe blitzte auf und erhellte den schmalen Gang, der durch das ganze Haus bis zur Veranda führte. Die Vordertür war geschlossen.

Wir blieben einige Minuten lauschend stehen. Nichts regte sich im Haus, es herrschte eine unheimliche Stille. Ich wollte vortreten, doch Rolf hielt mich am Arm zurück.

„Vorsichtig!" mahnte er.

Ich blieb stehen und zuckte fragend die Achseln. „Es scheint niemand im Haus zu sein, Rolf, wir wollen es schnell durchsuchen", schlug ich vor.

Mein Freund achtete kaum auf meine Worte, die ich ihm zugeflüstert hatte. Irgend etwas musste seine Aufmerksamkeit erregt haben. Er schaltete seine Taschenlampe wieder aus, verließ jedoch seinen Lauscherposten noch nicht. Schließlich wandte er sich an Pongo, der hinter uns stand. „Schleich mal um das Haus und beobachte die Veranda, ob sich dort jemand aufhält, Pongo." Lautlos verschwand der Schwarze.

„Ich verstehe dich nicht, Rolf. Wir – " Eine energische Handbewegung meines Freundes ließ mich verstummen.

Was hatte er nur? Kein Laut drang aus dem Haus zu uns, und doch tat Rolf so, als hätte er etwas bemerkt. Da zuckte ich zusammen. Aus einem der Zimmer drang ein leises ironisches Lachen zu uns, das sofort wieder verstummte.

Rolf zögerte. Erst jetzt betrat er den Gang. Er ließ wieder seine Taschenlampe aufflammen und ging Schritt für Schritt weiter. Als ich ihm folgen wollte, gab er mir ein Zeichen, an der Hintertür stehenzubleiben. Ich tat es. Unwillkürlich blickte ich mich um. Ich hatte plötzlich das Gefühl, als würden wir beobachtet; waren es die indischen Priester, die uns angegriffen hatten? Ich konnte im Garten nichts entdecken. Leise raschelte es in den Büschen. Doch das war nur der Nachtwind, der kaum merklich durch die Zweige fuhr. Rolf hatte inzwischen die Tür erreicht, die in Barringtons Schlafzimmer führte. Hier blieb er wieder lauschend stehen, das Ohr gegen das Holz geneigt. Dann stieß er kurz entschlossen die Tür auf und leuchtete in das Zimmer hinein.

Da war wieder das rätselhafte leise Lachen. Ich sah nur noch den Rücken meines Freundes, der schon halb ins Zimmer getreten war. Jetzt verschwand er ganz. Der Schein seiner Lampe huschte geisterhaft umher, das Lachen war verstummt.

Ich wartete und wartete. Da plötzlich erlosch die Taschenlampe meines Freundes. Ich vernahm ein lautes Poltern, als wenn ein Stuhl umgeworfen würde. Dann wurde es still, so still, dass ich die plötzliche Ruhe als beängstigend empfand. Ich wäre am liebsten Rolf gefolgt, um zu sehen, was vorgefallen war.

Minute um Minute verging, und alles blieb ruhig. „Rolf!"

Ich rief den Namen meines Freundes durch das Haus. Keine Antwort. Da riss ich kurz entschlossen meine Taschenlampe hervor und schaltete sie ein. Mit wenigen schnellen Schritten erreichte ich die Türöffnung, durch die mein Freund verschwunden war. Vor mir lag das Schlafzimmer Barringtons und nahe dem Bett die Gestalt Rolfs lang ausgestreckt am Boden.

Ich wollte zu ihm stürzen, aber ein leises ironisches Lachen hielt mich an der Tür zurück. Rolf regte sich nicht, er lag mit dem Gesicht nach unten, neben ihm seine Taschenlampe, deren Glühbirne zerschmettert war. Das Lachen verstummte wieder. Der Schein meiner Lampe glitt durch den Raum. Niemand außer meinem Freund hielt sich darin auf. Die Fenster waren dicht geschlossen, und ich stand an der einzigen Tür, die in dieses Zimmer führte.

Mit zwei Schritten war ich bei meinem Freund und drehte ihn schnell um. Hastig untersuchte ich ihn. Gott sei Dank, er lebte noch, sein Herz schlug. Eine Wunde war nicht zu entdecken.

Was aber war mit ihm geschehen?

Ich fuhr herum, denn ich hatte hinter mir ein leises Geräusch vernommen. Ich sah eine mit einem langen dunklen Gewand bekleidete Gestalt soeben aus der Tür verschwinden. Sofort riss ich meine Taschenlampe, die ich bei der Untersuchung meines Freundes neben mich gelegt hatte, hoch und sprang auf. In diesem Augenblick klappte die Tür zu, und als ich sie erreichte, fand ich sie von außen verschlossen.

Eine Verwünschung entfuhr meinem Mund. Ich hatte in der Gestalt einen Inder erkannt. Wahrscheinlich war es gleichfalls ein Priester gewesen, der sich eingeschlichen hatte. Was aber hatte er mit meinem Freund getan? Nochmals leuchtete ich umher und suchte jeden Winkel ab. Nein, hier hielt sich niemand weiter auf. Beruhigt wandte ich mich wieder Rolf zu. Ich sah auf dem kleinen Tisch neben dem Bett eine Karaffe mit Wasser stehen, benetzte damit mein Taschentuch und rieb Rolfs Gesicht ab.

Da schlug er plötzlich die Augen auf und fragte mit leiser Stimme: „Was ist geschehen, Hans?"

Ich berichtete schnell, was ich beobachtet hatte und dass wir jetzt Gefangene waren, wenn wir die Tür nicht aufbrechen könnten.

„Ich – ich muss hinterrücks niedergeschlagen worden sein, Hans", sagte Rolf. „Der Mann scheint hinter der von mir aufgestoßenen Tür gestanden zu haben. Ein harter Gegenstand war es nicht, von dem ich getroffen wurde, ich vermute, dass ein kleiner Sandsack benutzt wurde."

„Ich erkannte einen Inder, Rolf. Leider vermochte ich ihm nicht zu folgen, da er die Tür zuwarf und von außen abschloss. Er wird nun das Haus verlassen haben."

Als mein Freund darauf etwas erwidern wollte, ertönte abermals das ironische Lachen. Wir sahen uns blitzschnell im Zimmer um. Niemand war anwesend, außer uns. Rolf nickte mir müde lächelnd zu und meinte: „Lass das Suchen, Hans! Hier in diesem Zimmer wirst du den Mann nicht finden. Wir wollen lieber versuchen, hinauszugelangen. Barrington hält sich nicht in diesem Haus auf."

Wir gingen zur Tür und untersuchten sie. Sie war natürlich von außen verschlossen. Mein Freund wandte sich den Fenstern zu. Dabei meinte er achselzuckend: „Die Leute wissen ja doch, dass wir uns im Haus befinden, Hans. Wir wurden beobachtet. Nehmen wir also den Weg durch das eine Fenster, und suchen wir Pongo auf! Dann wollen wir das Haus durchsuchen. Vielleicht können wir feststellen, wohin Barrington gebracht wurde."

„Gebracht wurde!" wiederholte ich. „Du nimmst an, dass er hier überwältigt und verschleppt wurde, Rolf?"

„Ja."

Rolf hatte vorsichtig das Fenster geöffnet. Bevor er es aufstieß, löschte ich meine Taschenlampe. Spähend blickte er hinaus. Draußen lag heller Mondschein. Deutlich konnten wir den in einiger Entfernung liegenden Wald erkennen.

In dem Garten, der den Bungalow umgab und der am Zaun mit dichten Büschen bewachsen war, war niemand zu sehen. Mein Freund schwang sich hinaus. Er blieb auf dem Weg, der unter dem Fenster vorüber führte, stehen und wartete, bis ich ihm gefolgt war. Dann huschten wir gebückt bis zur Veranda, die die Vorderseite des Hauses einnahm.

Seitlich der Veranda löste sich aus dem Dickicht eine Gestalt. Es war Pongo. Er kam schnell auf uns zu. Hinter den Büschen versteckt, hatte er den Vordergarten und die Veranda beobachtet, doch nichts bemerken können. Wir betraten die Veranda. Mein Freund rüttelte an der Vordertür, die ins Haus hineinführte. Sie war verschlossen. Er beauftragte Pongo, von der Rückseite in den Bungalow einzudringen und die Vordertür aufzuschließen. Er warnte ihn jedoch vor dem Inder, den ich gesehen hatte, und händigte ihm meine Taschenlampe aus, damit Pongo sich schnell zurechtfinden konnte.

Kurze Zeit darauf hörten wir den Schlüssel im Schloss knacken, dann sprang die Tür auf.

Rolf und ich gingen ins Haus hinein. Wir öffneten die Tür zum Schlafzimmer Barringtons, dann betraten wir auch dessen Herrenzimmer. Ebenso durchsuchten wir die anderen Räume. Sie waren alle leer, kein Mensch hielt sich hier auf.

Nun verschlossen wir die Hintertür, schoben auch noch den festen Riegel vor und nahmen auf der Veranda Platz. Es war kurz vor Mitternacht.

„Willst du hier untätig sitzenbleiben, Rolf?" fragte ich leise, als mein Freund keine Anstalten traf, weiter nach Barrington zu suchen.

„Wir müssen abwarten, Hans. Noch wissen wir nicht, was geschehen ist. Hast du ganz die ‚Geisterstimme' vergessen? Das Lachen hörten wir schon." Ja, an das ironische Lachen hatte ich infolge der Aufregungen nicht mehr gedacht.

„Was war das nur, Rolf, woher kam das Lachen?" fragte ich verwundert. „Niemand befand sich außer uns im Raum."

„Eine nette Einrichtung, Hans. Wir werden in einigen Minuten

wieder das Zimmer aufsuchen, vielleicht meldet sich dann
der ‚Geist' noch einmal. Ich möchte mit ihm sprechen."
„Mit ihm sprechen?" Ich blickte Rolf an, als zweifelte ich an
seinem Verstand. Hatte der Schlag derart gewirkt, dass er –
„Ja, Hans, ich denke, dass wir mit ihm reden können. Du
brauchst nicht zu denken, dass ich irre rede, ich weiß, was hier
gespielt wird. Ich habe doch mit der Polizei telefoniert und Erkundigungen eingezogen. Ich fragte nach dem Vorbesitzer dieses Bungalows. Es ist ein Mann namens Fred Korten. Seinen
Beruf kennt niemand, doch wurde mir mitgeteilt, dass er ein
Sammler gewesen sei und viel mit Edelsteinen gehandelt habe.
Kannst du dir ein Bild machen?"
„Du meinst das ‚Auge Buddhas', Rolf?"
„Natürlich. Der Mann, der das ‚Auge Buddhas' dem Kommissar
zur Aufbewahrung übergab, war meiner Ansicht nach Fred Korten, der Edelsteinhändler."
„Dann verstehe ich aber nicht, warum er diesen kostbaren Dia-
manten so sorglos auf den Tisch der Veranda legte, um ihn Bar-
rington zu übergeben? Das ist mir ein Rätsel."
Rolf lachte leise.

3. Kapitel: Die Stimme des „Geistes"

Ohne mir eine weitere Antwort zu geben, erhob sich mein
Freund und winkte mir, ihm zu folgen. Die Uhr zeigte jetzt bereits die Mitternachtsstunde an. Wir betraten wieder das Schlafzimmer Barringtons. Nachdem wir uns überzeugt hatten, dass
sich hier inzwischen niemand eingeschlichen hatte, verriegelten
wir die Tür, nahmen in den bequemen Korbsesseln Platz und
löschten dann die Taschenlampen.
Pongo war draußen auf der Veranda geblieben. Er sollte dafür
sorgen, dass niemand das Haus betrat, weder durch die Vorder-
noch durch die Hintertür. Geduldig warteten wir. Eine Viertelstunde verging. Da vernahm ich plötzlich ein vertrautes Knacken. Ich konnte jedoch im Augenblick nicht angeben, weshalb
mir der Klang bekannt vorkam. Ich wurde auch sofort abgelenkt. Wieder ertönte das leise ironische Lachen, dann sagte eine
dumpfe Stimme: „Barrington, die Zeit ist abgelaufen. Haben Sie
das ‚Auge Buddhas' mitgebracht?"

Mir lief ein leichter Schauer den Rücken hinunter. Die Stimme klang wirklich sehr unheimlich, und Barrington hatte recht, wenn er behauptete, sie erwecke den Eindruck, als käme sie „aus dem Grab".
„Ja, ich habe den Stein hier in der Tasche", erwiderte Rolf, so gut es ging die Stimme Barringtons nachahmend. Einen Augenblick Stille, dann wieder die Stimme: „Wer spricht da? Das ist nicht die Stimme Barringtons. Wer sind Sie?"
„Fred Korten, warum treiben Sie diese Komödie? Sie wissen wohl nicht, was vorgefallen ist. Die Priester waren hier, und Barrington ist verschwunden", erwiderte mein Freund ernst.
Wieder unheimliche Stille. Erst nach geraumer Zeit fragte die Stimme erneut: „Ist das wahr, was Sie sagen? Wer sind Sie?"
„Freunde Barringtons. Sie drohten ihm, ihn heute zu töten, wenn er den Edelstein nicht herausgäbe. Ich nehme an, dass Sie das nur getan haben, um den Stein zurückzuerhalten. Da aber Barrington verschwunden ist, fällt jetzt auf Sie der Verdacht, ihn getötet zu haben. Morgen wird die Polizei nach Ihnen suchen, Herr Korten."
„Ich – ich habe wirklich nur gedroht – aber das war doch gar nicht so gemeint", klang die Stimme zaghaft. Sie hatte jetzt einen ganz anderen Ton, deutlich hörte ich Angst heraus.
„Kommen Sie zu uns, wir wollen uns auf der Veranda treffen, Korten. Barrington muss gefunden und befreit werden."
„Ich – ich möchte nicht kommen. Sie werden mich bei der Polizei anzeigen. Ich darf mich nicht sehen lassen. Geben Sie mir den Stein heraus, dann will ich Singapur verlassen."
„Kommen Sie zu uns, wir müssen Sie sprechen, Korten", drängte Rolf. „Sehen Sie denn nicht ein, was Sie angerichtet haben? Soll ein Mann, den Sie vorschoben, unschuldig getötet werden? Es handelt sich um fanatische Priester, das wissen Sie ebenso gut wie wir."
Wieder Stille. Dann endlich erklärte sich die Stimme bereit zu kommen. Der Mann stellte jedoch die Bedingung, dass er ungehindert wieder gehen könne, wenn er wolle. Rolf versprach ihm das. Dann vernahm ich wieder das bekannte Knacken. Und nun wusste ich: es war ein Lautsprecher, der irgendwo geschickt in einer Zwischenwand angebracht worden war.
Wir erhoben uns und gingen hinaus auf die Veranda.

„Na, Hans, was sagst du nun?" fragte mich mein Freund ironisch. „Glaubst du auch an den ‚Geist'?"
„Der Mann hat die Sache sehr geschickt gemacht, Rolf, es wäre
wohl jeder darauf hereingefallen."
„Ich habe den Schwindel gleich erkannt. Vielleicht deshalb,
weil ich absolut nicht an Geister glaube ... Noch weiß ich jedoch
nicht, was Korten damit bezweckt. Hat er nun die Anlage einbauen lassen, als ihm der Gedanke kam, den Bungalow zu verkaufen, oder war die Gegensprechanlage zu einer anderen Stelle
schon früher da? Hoffentlich klärt uns der Mann darüber auf."
„So spielte er auch den Geist mit der Totenhand, nicht wahr?"
„Natürlich, Barrington hatte vergessen, die Alarmvorrichtung
der Hintertür einzustellen, oder sie wurde auch von Korten unbrauchbar gemacht, der noch einen Schlüssel zu dieser Tür besaß. So konnte er ganz leicht ins Haus eindringen und es auf
demselben Wege wieder verlassen."
„Das sieht jetzt alles so einfach aus, Rolf, ich wundere mich,
dass Barrington nicht auch darauf gekommen ist."
„Bist du darauf gekommen, Hans?" Rolf ahmte das leise ironische Lachen nach, das mir auf die Nerven ging. Auf Rolfs
Wunsch musste sich Pongo wieder in den Büschen verstecken.
Dann warteten wir. Eine halbe Stunde verging. Korten hatte
nicht angegeben, wann er auf der Veranda erscheinen würde.
Ich wurde schon ungeduldig. Ich wollte etwas sagen, doch da
hob Rolf plötzlich warnend die Hand.
Aus dem Haus drang ein leises Geräusch zu uns. Dann stand
wie aus dem Boden gewachsen eine vermummte Gestalt vor
uns. Ich hatte aber gesehen, dass sie aus der Tür getreten war.
Ein weiter dunkler Umhang mit einer Kapuze verhüllte den
Mann, von dem nichts weiter zu sehen war als eine Hand, die einen Revolver hielt. „Bewegen Sie sich nicht, meine Herren!"
warnte uns der Mann. „Ich muss vorsichtig sein. Geben Sie mir
den Stein heraus, dann will ich schnell verschwinden."
„Sie haben heute die Knochenhand vergessen, Herr Korten", erwiderte Rolf. „Ich soll Ihnen den Stein herausgeben, und Sie
warnen uns, uns zu bewegen. Wie soll ich Ihnen da den Stein
aushändigen?"
„Wo haben Sie ihn?"
„Hier in der rechten Tasche. Sie müssen schon selber hinein fassen, wenn Sie das kleine Paket haben wollen."

„Nehmen Sie die Arme hoch!"

Da Rolf gehorchte, tat ich ein gleiches. Langsam näherte sich uns der Mann. Er bemerkte nicht, dass hinter ihm ebenfalls eine dunkle Gestalt aufgetaucht war – unser Pongo!

Zwei Riesenfäuste umklammerten plötzlich den Hals des Mannes. Er versuchte sich zu wehren, er wurde jedoch nach hinten gerissen und verlor den Halt. Rolf war gleichzeitig aufgesprungen und hatte ihm mit einem schnellen Griff den Revolver entwunden. Dann riss er ihm die Kapuze vom Kopf. Das Gesicht eines etwa vierzig Jahre alten Mannes zeigte sich.

„Guten Abend, Mister Korten, bitte, setzen Sie sich", sagte mein Freund, dem Mann lächelnd zunickend. „Ihr Spiel hier ist aus. Bei der geringsten Bewegung überlasse ich Sie dem hinter ihnen stehenden Mann, gegen den Sie nichts unternehmen können. Zuvor möchte ich Sie aber auf weitere Waffen durchsuchen."

Korten – er war es wirklich – hatte noch einen zweiten Revolver bei sich. Er musste nun am Tisch Platz nehmen und saß so, dass er nicht entfliehen konnte. Außerdem wurde er ständig von Pongo beobachtet. „So, Mister Korten, jetzt erzählen Sie uns mal Ihre Geschichte, aber bitte, ohne zu schwindeln! Es geht hier um ein Menschenleben. Sie wollen doch nicht, dass der Inspektor Barrington für Sie sterben muss, nicht wahr?"

„Ich will alles erzählen, meine Herren. Aber zuvor versprechen Sie mir, mich nicht der Polizei anzuzeigen. Ich will alles tun, um Barrington zu retten."

„Wir haben keine Zeit zu verlieren, Mister Korten, berichten Sie also, was Ihr Handeln für einen Hintergrund hatte. Ich kann Ihnen nichts versprechen, ich muss erst wissen, wie weit Sie sich strafbar gemacht haben. Sie haben ‚das Auge Buddhas' aus einem Tempel gestohlen, das ist schon eine strafbare Handlung."

„Nein, ich habe den Stein nicht gestohlen, ich – ich habe ihn gekauft."

„Das werden wir später feststellen. Also was sollte die ganze Geschichte bedeuten?"

„Meine Herren, ich besitze noch ein zweites Haus, einen zweiten Bungalow, der dort drüben im Wald mitten im Dickicht steht. Ich hatte das Haus damals, als dieses hier errichtet wurde, ebenfalls erbauen lassen, um dort stets einige Zeit ganz ungestört leben zu können. Dort gefiel es mir dann so gut, dass ich nach einem Jahr diesen Bungalow verkaufte. Ich hatte nun zwi-

schen beiden Häusern eine Sprechanlage gelegt, damit ich mich
mit meinem Diener zu jeder Tages- und Nachtzeit verständigen
konnte. Das hatte seine Gründe – Ich wollte den Eindruck erwecken können, ich befände mich in meinem Zimmer, während ich
in Wirklichkeit im anderen Bungalow war. Wozu – das tut
nichts zur Sache. Bei dem Lautsprecher, der in der Zwischenwand eingebaut ist, befindet sich ein kleines Mikrofon. Die Anlage ist Ihnen doch verständlich, nicht wahr?"
Rolf nickte nur. Darauf fuhr Korten fort: „Als ich diesen Bungalow verkaufte, ließ ich die Anlage bestehen. Damals ahnte ich
noch nicht, dass ich sie einst brauchen würde, um einen ‚Geist'
zu spielen. Ganz zufällig kam ich darauf, und daran war das
‚Auge Buddhas' schuld. Ich stand mit einem Mann in Verbindung, der mir oft Edelsteine zum Kauf und Verkauf anbot. Woher der Mann die Steine hatte, war mir gleich, ich vermute jedoch, dass er sie aus Tempeln stahl. Der Mann nannte sich Gibson. Ob es sein richtiger Name war, kann ich nicht sagen. Eines
Nachts klopfte nun jemand an der Tür meines Bungalows. Mein
malaiischer Diener öffnete und weckte mich sofort. Gibson war
eingetroffen. Er war sehr erregt und hatte es eilig. Er gestand
mir, dass er verfolgt wurde. Einige Inder waren hinter ihm her.
Er bot mir ‚das Auge Buddhas' an. Ich wollte den Stein nicht er-
werben, eine innere Stimme warnte mich davor. Gibson jedoch
drängte mir den Edelstein auf, er sagte, dass ich ihn nicht gleich
zu bezahlen brauchte, wir könnten später abrechnen. Er legte
mir den Stein auf den Tisch und – verließ in aller Eile das Haus.
Ich war verblüfft. Mein Diener hatte hinter Gibson das Haus
wieder verschlossen und kam zu mir, um nach meinen weiteren
Wünschen zu fragen. Da fiel sein Auge auf den Edelstein. Der
Mann erschrak derart, dass er am ganzen Körper zitterte. ‚Das
Auge Buddhas', stammelte er. ‚Herr, nimm ihn nicht, ‚das Auge
Buddhas' ist gestohlen. Die Priester werden kommen und dich
töten.' Ich lachte den Mann aus. Er begann jedoch zu betteln und
zu flehen, so dass ich schließlich ärgerlich wurde. Ich schickte
ihn schlafen und untersuchte nun erst einmal den Stein gründlich. Ich erkannte seinen überaus hohen Wert und schloss ihn in
meinen Tresor ein. Am nächsten Morgen erzählte mir Thogo –
das ist mein Diener –, dass während der Nacht dunkle Gestalten
mein Haus umschlichen hätten. Ich lachte den Malaien wieder
aus. Als ich dann jedoch einen Spaziergang unternahm, tauchte

plötzlich ein Inder vor mir auf, der einen langen Dolch in der Hand trug. Ich war aber schneller als er, hatte schon meinen Revolver zur Hand und schoss, bevor er mich attackieren konnte. Ich verwundete den Mann an der Schulter, der daraufhin floh. Eiligst kehrte ich in meinen Bungalow zurück. Ich hatte das Haus, da ich stets sehr wertvolle Steine darin aufbewahrte, sehr fest erbauen lassen. Ich beauftragte Thogo, alles fest zu verschließen und niemanden hereinzulassen. Jetzt erkannte ich auch die Gefahr, in der ich wegen des Steines schwebte. Thogo flehte mich nochmals an, den Stein zurückzugeben, dann würde mich die Rache der Priester nicht treffen. Ich war auch schon willens, es zu tun. Doch als ich den Edelstein hervorholte und ihn erneut betrachtete, brachte ich es nicht über mich, ihn fortzugeben. Außerdem wollte ja Gibson zurückkehren und mit mir abrechnen. Er würde mir nicht glauben, wenn ich ihm erzählte, dass ich den Stein zurückgegeben hätte. In der Nacht nun umschlichen wieder dunkle Gestalten mein Haus. Mehrmals wurde der Versuch gemacht, durch eines der Fenster einzudringen. Die Fenster sind aber vergittert. Ich verscheuchte die Leute. Doch ich fand nun keine Ruhe mehr. Ich wurde buchstäblich belagert. Am nächsten Tag fand Thogo in einem Dickicht die Leiche Gibsons. Dieser war erwürgt worden. Nochmals kämpfte ich mit mir, aber ich konnte mich von dem Stein nicht trennen. Als dann plötzlich Thogo spurlos verschwand und in der Nacht wieder die Gestalten mein Haus umschlichen, kam ich auf den Gedanken, den Stein fortzugeben. Ich hätte ihn nach Singapur bringen und dort einschließen können, aber auf dem Wege dorthin wäre ich bestimmt überfallen worden. Mir fiel die geheime Radioanlage ein. Mit ihr hätte ich wohl den Kommissar um Hilfe bitten können, aber dann wäre ich gezwungen gewesen, alles einzugestehen.

Als ich Nachts wach lag und nochmals überlegte, kam ich auf den Gedanken, den ‚Geist' zu spielen. Fiel Barrington darauf herein, so war es gut. Auf jeden Fall war dann der Edelstein bei ihm besser aufgehoben als bei mir. Ich konnte den Indern mein Haus öffnen und ihnen beweisen, dass ich den Stein nicht besaß. Ich ließ also eines Nachts meine Stimme im Schlafzimmer Barringtons ertönen. Durch das Gebüsch hindurch konnte ich sehen, ob im Schlafzimmer das Licht angeschaltet war – so konnte ich alles noch unheimlicher machen. Ich erklärte ihm, dass er eines

Morgens auf dem Tisch seiner Veranda einen Gegenstand finden würde, den er aufheben sollte. Ich hatte die Absicht, mich zu Barringtons Bungalow zu schleichen und dort den Stein abzulegen. Aber ich konnte diese Absicht in der nächsten Nacht noch nicht ausführen, weil die Inder immer zudringlicher wurden. Erst später gelang es mir. Es machte mir großen Spaß, Barrington durch das Mikrophon zu hören. Die ganze ‚Geistergeschichte' war ihm ein Rätsel, und noch rätselhafter wurde sie ihm, als er den Stein fand. Als mir die Sache mit den Indern zu bunt wurde, machte ich, dass ich fortkam. Ich hatte sie das ganze Haus durchsuchen lassen, aber sie hörten trotzdem nicht auf, mich zu bedrohen und belästigen. Ich verschwand deshalb eines Tages und kehrte erst nach einem Jahr zurück. Nun glaubte ich, dass die Inder die Sache aufgegeben hätten. Da ich nicht wusste, was Barrington mit dem Edelstein getan hatte, beschloss ich, die Radioanlage wieder in Betrieb zu nehmen und mich von neuem als Geist zu melden. Ich forderte also den Stein zurück. Barrington weigerte sich. Ich begann zu drohen. Er wollte, dass ich den Stein selbst abholen sollte. Schließlich erklärte ich ihm, dass er an einem bestimmten Tage sterben würde. Dieser Tag war heute. Ich hatte jedoch nicht die Absicht, ihn zu töten, ich wollte nur Druck auf ihn ausüben, um wieder in den Besitz des kostbaren Edelsteines zu gelangen. Eines Nachts war ich ihm in derselben Kleidung wie jetzt erschienen. Um den Spuk glaubwürdig zu machen, hatte ich von dem Skelett eines Affen, das ich besitze, die Knochenhand gelöst und den Revolver daran gebunden. Ich betrat das Haus durch die Hintertür, von der ich noch einen Schlüssel besaß. Später verschwand ich auf demselben Weg wieder. Heute Nacht hoffte ich nun Barrington so weit zu haben, dass er mir den Stein herausgeben würde. Ich erkannte aber sofort, dass es nicht Barringtons Stimme war, die zu mir sprach. Ihre Mitteilung, dass der Kommissar verschwunden sei, erschreckte mich. Ich wollte alles tun, um ihm zu helfen. Auf dem Wege hierher kam mir jedoch der Gedanke, dass diese Mitteilung nur ein Bluff gewesen sein könnte. Deshalb wollte ich Sie hier überraschen, den Stein an mich nehmen und schnell wieder verschwinden."

„Und jetzt, da Sie wissen, dass der Kommissar tatsächlich vermisst wird, Mister Korten?"

„Jetzt bleibe ich hier und stelle mich Ihnen ganz zur Verfügung.

Sie kennen meine Geschichte. Ich frage Sie: Habe ich mich strafbar gemacht, als ich den Stein hier ins Haus des Kommissars schmuggelte?"

„Das zu beurteilen, wollen wir Barrington überlassen. Ich hoffe, ihn zu finden und aus den Händen der Priester zu befreien. Hätten wir den Stein, so dürften wir ihn jetzt zurückgeben, nicht wahr?"

„Jetzt würde ich mich des Kommissars wegen gern von ihm trennen, meine Herren. Das Leben Barringtons ist sicher mehr wert als ein toter Gegenstand."

„Sie wissen nicht, woher der Edelstein stammt, Mister Korten?"

„Leider nicht. Mein Diener Thogo sagte es mir nicht, er sprach nur vom ‚Auge Buddhas'."

„Wir müssen uns genau erkundigen. Heute haben uns Inder überfallen, als wir auf dem Weg zum Bungalow waren."

„Die – die Inder – sind wieder hier?" Erschrocken blickte Korten meinen Freund an.

„Ja, und Barrington ist verschwunden. Die Inder müssen also wissen, dass er den Edelstein in Verwahrung hat. Hoffentlich gibt ihn der Kommissar heraus, wenn er erfährt, dass er gestohlen ist."

„Ich wünschte es auch", murmelte Korten. „Wir können nun in der Nacht nichts unternehmen, wir müssen den Tag abwarten. Kennen Sie einen Mann, der Kenntnisse von den indischen Tempeln hat, der uns sagen könnte, woher das ‚Auge Buddhas' stammt?"

„Da käme wohl der Polizei-Wachtmeister Baika in Frage. Er ist zwar ein Thai, aber er steht im Dienst der englischen Polizei. Er kennt fast alle Tempel und könnte uns zumindest Hinweise geben."

„Es ist schade, dass wir ihn jetzt nicht erreichen können. Eigentlich müsste ich das Verschwinden Barringtons der Polizei melden, aber in mir ist immer noch die Hoffnung, dass der Kommissar nicht überfallen wurde, sondern sich freiwillig entfernte, um vielleicht einer Spur nachzugehen. Ich schließe das daraus, dass wir überfallen werden sollten. Wäre der Kommissar überwältigt worden, hätten uns die Inder nicht auch noch angegriffen."

Ich war anderer Ansicht. Für die Inder kam es nur darauf an, den Stein zu erhalten. Da Barrington ihn nicht bei sich trug, hatten sie wahrscheinlich den Bungalow durchsucht, den Stein aber nicht gefunden. Nun erschienen wir und wurden angegriffen. Nur unserem schnellen Handeln war es zu verdanken, dass wir nicht ebenfalls in die Hände der Inder fielen.

4. Kapitel: Der Dschungeltempel

Wir verbrachten die Nacht auf der Veranda. Pongo wachte für uns, während wir schliefen. Wir wollten am nächsten Tage nicht übermüdet sein und hatten uns deshalb in den bequemen Liegestühlen ausgestreckt. Als die Sonne aufstieg, bereitete uns Pongo in der kleinen Küche ein Frühstück. Eine Stunde später tauchte Tellwan auf. Wir berichteten ihm, was vorgefallen war. Der Polizist schien sehr erschrocken. Er riet uns sofort, Baika, den siamesischen Polizisten, rufen zu lassen. Rolf ließ sich mit der Polizei verbinden. Er erzählte dem diensthabenden Kommissar, was vorgefallen war, verschwieg jedoch die Erklärung Kortens. Barrington selbst sollte später entscheiden, was er unternehmen wollte. Der Kommissar versprach uns schnelle Hilfe. Vorerst wollte er uns Baika schicken. Auch sollten einige Polizisten kommen, die die Umgebung des Bungalows abzusuchen hatten. Der Kommissar war der Ansicht, dass Barrington etwas unternommen hatte, was wir nicht wussten, dass er also nicht überfallen worden war. Eine halbe Stunde später fuhr Baika auf einem Motorrad vor dem Bungalow vor. Wir beschrieben ihm den Diamanten. Baika hörte aufmerksam zu. Seine Augen verrieten, dass er etwas wusste. Als Rolf dann schwieg, nickte er.
„‚Das Auge Buddhas' stammt aus einem Dschungeltempel", sagte er. Wir horchten auf.
„Wo ist dieser Tempel gelegen, Baika?" erkundigte sich mein Freund. „Ist er weit von hier?"
„Sehr weit, Tuan, viele Stunden zu fahren mit Motorrad."
„Du wirst uns begleiten, wir nehmen einen Wagen", bestimmte Rolf.
Der Polizist machte ein ängstliches Gesicht.
„Baika Tempel nicht betreten darf, Tuan", murmelte er leise.
„Du sollst uns ja nur den Weg weisen, du kannst später zurückbleiben, Baika. Wir müssen deinen Kommissar Barrington fin-

den. Glaubst du auch, dass er überwältigt und mitgenommen
wurde?“

„Ja, Tuan, Baika es glaubt. Baika alte Sekte kennt, die sehr
grausam ist. Kommissar getötet werden soll durch Feuer.“
Wir blickten uns entsetzt an. Rolf sprang auf.

„Dann haben wir keine Zeit mehr zu verlieren, wir müssen sofort einen Wagen haben. Wann kommen die Polizisten her, Baika?“

„Sie schon unterwegs sind, Tuan, sie bald hier eintreffen müssen.“

„Dann werde ich nochmal mit der Polizeistation sprechen.“ Rolf
ließ sich verbinden. Als er wieder die Veranda betrat, fuhr gerade das Polizeiauto vor, dem ein Sergeant und fünf Polizisten
entstiegen. Rolf wandte sich sofort an den Sergeanten.

„Ich habe soeben mit dem Kommissar Sullivan gesprochen, Sergeant, Sie können ihn anrufen, wenn Sie wollen. Sullivan stellt
uns das Polizeiauto zur Verfügung. Baika und noch ein Polizist,
den Sie uns empfehlen wollen, sollen uns begleiten. Sie selbst
und die anderen Einsatzkräfte können inzwischen die Spuren
der Nacht sichern und den Bungalow Barringtons bewachen.
Sullivan wünscht es so.“

Der Sergeant, der uns kannte, salutierte. „Brauche nicht anzuru-
fen, Mister Torring, weiß schon, dass alles in Ordnung ist. Gebe
Ihnen Thomson mit, er ist ein intelligenter Mensch, und ihm
macht es Spaß, mit den indischen Fanatikern mal abzurechnen.
Ich hoffe, dass Sie Barrington finden werden.“

„Mit dem Auto holen wir den Vorsprung, den die Inder haben,
bald wieder ein. Der Tempel liegt nicht auf der Insel Singapur,
sondern auf dem Festland.“

„Da müssen Sie vorsichtig sein, meine Herren. Ich weiß schon,
welche Gegend Baika meint. In dem Urwaldgürtel, der sich dort
meilenweit erstreckt, hausen noch Tiger.“

„Die sollen uns nicht schrecken, wir nehmen unsere Pistolen
mit. Außerdem besitzt Barrington auch einige gute Gewehre, da
brauchen wir nicht erst zur Stadt zu fahren, um unsere zu holen.
Jetzt wollen wir uns nur noch mit Proviant versorgen, dann kann
es losgehen. Ist genügend Benzin im Tank?“

„Er ist ganz gefüllt. Es wird für die Fahrt sicher reichen, Mister
Torring.“
Eine halbe Stunde später fuhren wir los. Thomson, der Polizist,

war ein ausgezeichneter Fahrer, der es verstand, die schwierigsten Wege zu nehmen. Er kannte auch die Strecke, die Baika angab. Er war den Hauptweg schon mehrmals gefahren.

Drei Stunden später befanden wir uns auf dem Festland. Hier begann sogleich das Dschungelgebiet, das in seiner Urwüchsigkeit noch unberührt zu sein schien. Nur ab und zu stießen wir auf Niederlassungen einheimischer Bauern. die dem schnellen Wagen erschrocken und verwundert nachblickten.

Wir machten keine Rast, denn wir wollten so schnell wie möglich die Gegend erreichen, in der der Dschungeltempel stand.

Gegen Mittag gab Baika, der siamesische Polizist, das Zeichen zum Halten. Wir waren bisher der Hauptstraße gefolgt, einem Weg, den man eigentlich nicht als Straße bezeichnen konnte. Es war mehr ein breiter Urwaldpfad, der sich nordwärts zog.

An der Stelle, wo Baika den Wagen abstoppen ließ, mussten wir die Straße verlassen. Da der Weg bis zum Dschungeltempel noch weit war, erbot sich Thomson, den Wagen noch eine Strecke in das Urwalddickicht hineinzufahren. Er hatte keine Furcht vor den Tigern, die in dieser Gegend noch den Wald durchstreiften. Bisher hatten wir allerdings keinen zu sehen bekommen.

Noch eine volle Stunde fuhren wir „durch dick und dünn“. Der Pfad wurde oft so uneben und unzugänglich, dass ein Weiterkommen fast unmöglich schien. Und doch brachte es Thomson fertig, das Auto über alle Hindernisse zu bringen.

Endlich gab Baika auf einer versteckten kleinen Lichtung abermals ein Zeichen zum Halten. Hier mussten wir nun den Wagen verlassen. Wir glaubten, dass uns der siamesische Polizist noch weiterführen würde, sahen uns darin aber getäuscht. Der Mann war nicht dazu zu bewegen, auch nur einen Schritt zu tun.

Er beschrieb uns genau die Stelle, wo der Dschungeltempel lag. Wir hatten demnach noch eine volle Stunde zu laufen, um ihn zu erreichen. Wir mussten einem schmalen Wildpfad folgen.

Rolf, ich und Pongo, der im Auto geschlafen hatte, machten uns also auf den Weg. Wir bestimmten, dass Thomson genau vierundzwanzig Stunden warten sollte. Waren wir in dieser Zeit nicht zurückgekehrt, sollte er nach Singapur zurückfahren und unser Verschwinden melden. Die Fahrt hierher hatten wir ja auf eigene Gefahr unternommen, weil der diensthabende Kommissar nicht an eine Verschleppung Barringtons glaubte.

Wir folgten dem schmalen Pfad. Immer dichter und undurchdringlicher wurde der Wald. Dazu kam noch, dass wir uns einem Sumpfgebiet näherten. Der Boden unter unseren Füßen begann nachzugeben, und manchmal sanken wir bis zu den Knöcheln ein. Nur mühsam kamen wir weiter. Kurz vor unserem Aufbruch von der kleinen Lichtung hatten wir eine Mittagsrast gemacht. In unseren Taschen führten wir nur wenig Proviant mit uns, da wir hofften, bis zum Abend die zurückgelassenen Polizisten wieder zu erreichen. Eine halbe Stunde verging. In den Zweigen der Bäume und Büsche lärmten die Vögel und Affen. Kreischend flatterte bei unserem Näherkommen eine ganze Papageienfamilie auf. Einige neugierige Affen turnten bis zu uns heran und begannen uns mit Aststücken und Früchten zu bewerfen. Ich hätte auf sie am liebsten einen Schuss abgegeben, um ihrem Gekreisch ein Ende zu bereiten. Nur allmählich ließen sie wieder von uns ab. Wir kamen an verschiedenen anderen Wildpfaden vorüber, die den von uns eingeschlagenen kreuzten. Baika hatte uns jedoch gesagt, dass wir von der eingeschlagenen Richtung nicht abweichen sollten, sonst würden wir den Dschungeltempel nicht finden.

Pongo, der uns einige Schritte vorausging, blieb plötzlich lauschend stehend. Dabei hob er warnend den Arm. Irgend etwas musste ihm aufgefallen sein. Obgleich auch wir unsere Ohren anstrengten, vermochten wir nichts festzustellen.

„Massers, Mann kommt", raunte uns Pongo zu, als wir ihn erreichten. „Mann aus Gegend wie Massers kommt." Er zeigte den Pfad zurück, über den wir gekommen waren.

Die Tiere des Waldes vollführten noch immer einen Heidenlärm, so dass wir nichts Genaues hören konnten. Pongo jedoch behauptete nach einer Weile, dass der Mann schon viel näher gekommen sei und uns nun bald erreicht haben müsse.

„Massers schnell auf Baum klettern", riet er uns, auf einen am Weg stehenden Baum weisend. „Massers schnell machen müssen."

Er stellte sich am Baum auf, um uns beim Klettern behilflich zu sein. Rolf und ich überlegten auch nicht lange. In die dichten Büsche konnten wir nicht eindringen, dabei hätten wir unsere Kleidung zerrissen. Darum ließen wir uns von Pongo hochheben, ergriffen die untersten Äste des Baumes und schwangen uns hinauf. Dann turnten wir schnell höher, bis uns das Laub völlig verdeckte. Pongo war uns geschickt gefolgt. Er bog einige

Zweige fort, so dass wir den Pfad, den wir gekommen waren, gut übersehen konnten. Noch einige Minuten vergingen, dann tauchte bei einer Krümmung des Pfades ein seltsames Paar auf.

Ein alter Inder, mit einem langen weißen Gewand bekleidet, schritt langsam den Pfad herauf. An seiner Seite trottete an einer Leine ein ausgewachsener großer Tiger.

Tastend bewegte sich der Inder vorwärts.

„Er ist blind", flüsterte Rolf mir zu, „der Tiger scheint ihn zu führen."

Diesen Eindruck erweckte das Paar auch auf mich. Voller Spannung beobachtete ich das Näherkommen des Inders. Eine Mutmaßung stieg in mir auf: Dieser Mann gehörte wahrscheinlich zu dem Dschungeltempel. Langsam, mit müden, kurzen Schritten ging der Mann an der Seite des Tigers unter unserem Baum vorüber. Ich hegte schon die Befürchtung, dass uns die Raubkatze wittern werde, aber das war zum Glück nicht der Fall. Der Tiger lief immer etwas voraus, bis sich der kurze Strick, den der Inder in der Hand hielt, straffte. Dann blieb er einige Sekunden stehen und wartete, bis sein Herr ihn erreicht hatte.

Bald waren beide um die nächste Biegung verschwunden.

„Fatal", meinte Rolf leise. „Der Tiger wird uns verraten, wenn wir ungesehen in den Tempel eindringen wollen. Damit haben wir nicht gerechnet."

„Wir haben ja unsere Gewehre und Pistolen bei uns, Rolf", erklärte ich. „Werden wir von dem Tier angegriffen, müssen wir eben von unseren Waffen Gebrauch machen."

„Was ich jedoch vermeiden möchte, Hans. Der Tiger ist sehr wahrscheinlich von dem Priester großgezogen worden und dient ihm nun wie ein Hund. Es wäre schade um das Tier."

„Es geht hier um Barrington, Rolf, wir müssen unter allen Umständen versuchen, ihn zu befreien."

„Noch wissen wir ja gar nicht, ob er überhaupt hierher verschleppt wurde, Hans. Wir haben das ‚Auge Buddhas' mit dem Dschungeltempel nur in Verbindung gebracht, weil Baika uns diesen Tempel nannte. Wir wollen vorerst einmal feststellen, ob sich Barrington überhaupt hier befindet."

Nach etwa einer Viertelstunde verließen wir den Baum wieder. Pongo schlich uns abermals voraus. Wir konnten uns auf ihn verlassen, wir wussten, dass er uns rechtzeitig warnen würde, wenn uns eine Gefahr drohte. Der Pfad lief in vielen Biegungen dahin. Er führte oft um vom Sturm gefällte Urwaldriesen herum. Der Boden wurde wieder etwas fester, so dass wir nun ganz gut vorwärts kamen.

Plötzlich zuckten wir zusammen. Ganz in unserer Nähe war das Brüllen eines Tigers erklungen. Im Nu hatten wir unsere Büchsen zur Hand und machten sie schussfertig. Pongo hob jedoch die Hand zum Zeichen, dass wir keine Überraschungen zu erwarten hätten.

„Zahmer Tiger gewesen ist, Massers", sagte er leise zu uns. „Dschungeltempel in der Nähe ist."

Jetzt wurden wir noch vorsichtiger. Pongo musste nun stets bis zur nächsten Biegung des Pfades vorausgehen, und wir folgten erst, wenn er uns ein Zeichen gab, dass die Luft rein war.

Zwei solcher Stellen hatten wir schon passiert, als Pongo uns Zeichen machte, dass wir am Ziel unseres Marsches angelangt waren. Vor ihm lag auf einer Lichtung des Urwaldes, zwischen einzelnen hohen Bäumen, der Dschungeltempel.

Es war nur ein kleines Gemäuer, das mehr wie eine Ruine aussah. Das Dach war stellenweise schon eingefallen. Der Tempel machte einen verlassenen Eindruck auf uns. Nie hätten wir geglaubt, dass sich hier noch Menschen aufhielten, fanatische Menschen, die in aller Heimlichkeit ihrer Gottheit huldigten.

Uns unmittelbar gegenüber lag das alte bronzene Tor, das zu unserem Erstaunen weit offen stand. Wir konnten ins dämmerige Innere des Tempels hineinsehen, vermochten jedoch nur verschwommen etwas zu erkennen. Ich sah Säulen aufragen und im Hintergrund eine Statue, die die Rückwand der Halle einnahm. Von dem Inder und dem Tiger war nichts zu sehen. Wir standen hinter den dichten Büschen gut gedeckt und überlegten, was wir nun unternehmen konnten. Sollten wir schnell in den Tempel eindringen und die anwesenden Priester zwingen, uns die Wahrheit über Barrington zu sagen? Hatte es Zweck, uns mit den Leute zu einigen und ihnen das „Auge Buddhas" zu versprechen? Oder waren es Fanatiker, die vor allen Dingen den Raub des Kleinods rächen wollten?

Das waren Fragen, die wir uns vorerst nicht beantworten konnten. Rolf und ich wussten, dass solche alten Tempel viele Geheimnisse bargen. Es gab darin verborgene Türen, Fallgruben und dergleichen, um jeden fremden Eindringling unschädlich zu machen, da solche Tempel oft kostbare Dinge enthielten, die schon immer die Habgier der Menschen erregt hatten.

„Wir müssen es wagen, Hans", raunte mir Rolf zu. „Ich werde schnell hinüber springen und den Tempel betreten. Halt du deine Büchse schussbereit, falls ich von dem Tiger angegriffen werde. Ich gebe dir dann ein Zeichen, mir zu folgen. Pongo muss zurückbleiben, um uns den Rücken zu decken."

Unser schwarzer Begleiter nickte nur. Er sah ein, dass er als „Rückendeckung" für uns sehr wertvoll war. Im Tempel konnte er doch nichts ausrichten, es sei denn, dass uns die Priester angriffen.

Rolf nickte mir zu, dann teilte er vorsichtig die Büsche, zwängte sich hindurch und sprang schnell zum Tempel hinüber. Gleich darauf stand er im offenen Portal. Suchend glitten seine Augen umher, dann tat er einige Schritte und verschwand im Inneren. Ich sah seinen Schatten nach links verschwinden.

Ich wartete und wartete. Mich packte plötzlich große Unruhe. Warum kam mein Freund nicht zurück und gab mir das verabredete Zeichen? War ihm irgend etwas zugestoßen?

Noch drei Minuten wartete ich, dann raunte ich Pongo zu, dass ich ebenfalls hinüber springen wolle. „Masser vorsichtig sein müssen", erwiderte Pongo. „Masser Torring nicht genug aufgepasst hat."

„Folge mir erst, wenn ich dich rufe, Pongo, nicht früher!" sagte ich ihm noch, dann zwängte ich mich gleichfalls durch die Büsche und huschte über die Lichtung. Vor dem Portal blieb ich unschlüssig stehen. Meine Augen versuchten das Halbdunkel im Inneren zu durchdringen. Ich blickte hauptsächlich nach der Seite, wo Rolf verschwunden war. Von ihm war aber nichts zu sehen. Ich hatte die Büchse über die Schulter geworfen, um nicht behindert zu sein. Jetzt griff ich zu meiner Taschenlampe und schaltete sie ein. Ihr greller Strahl durchdrang die vor mir liegende Finsternis.

Ich sah die alte Tempelhalle und im Hintergrund ein Standbild, das wohl Buddha darstellen sollte. Deutlich erkannte ich, dass das rechte Auge fehlte, obwohl mein Blick nur kurze Zeit darauf geruht hatte. Wo aber war Rolf geblieben?

Die Halle war weit und leer, niemand hielt sich darin auf. Meiner Ansicht nach war mein Freund nicht bis zum Hintergrund der Halle gegangen. Aber vielleicht stand er hinter einer der vielen dicken Säulen, die das gewölbte Dach trugen?

Ich trat einige Schritte vor. Dann sah ich mich schnell noch einmal nach Pongo um. Er kauerte immer noch hinter den Büschen. Ich wusste, dass er sprungbereit dastand, um mir bei der geringsten Gefahr zu Hilfe kommen zu können.

Diese Gewissheit gab mir den Mut, weiter in die Halle hineinzugehen. Ich wandte mich gleichfalls nach links. Ich erreichte die erste dicke Säule und schritt um sie herum. Niemand war dahinter. Der Schein meiner Taschenlampe glitt über die Wände bis hinauf zur Galerie. Da vernahm ich plötzlich hinter mir ein leises Knacken. Ich wollte herumfahren, aber da wurde es plötzlich dunkel um mich. Ein schwerer dicker Sack war mir blitzschnell über den Kopf gezogen worden. Ich versuchte, mich zu wehren und rief laut nach Pongo, aber ich war überzeugt, dass er mich nicht mehr hören konnte. Ich wurde nach hinten gerissen und sank dann in die Tiefe. Ich war wohl drei Meter gefallen und knickte unten in die Knie. Der Anprall war nicht sehr hart, weil der Boden mit einer dicken Schicht verwelkten Laubes bedeckt war. Ich versuchte mich zu befreien. Mir war der Revolver entfallen, den ich schussbereit in der Hand getragen hatte, ebenso die Taschenlampe. Nun packten mich mehrere Hände und schnürten mir die Arme und Beine zusammen. Dann wurde der Sack von meinem Kopf entfernt. Ich holte tief Atem. Erst jetzt kam es mir so recht zum Bewusstsein, dass ich dem Ersticken nahe gewesen war. Die Hände ließen von mir ab. Ich lag nun gebunden auf dem weichen Laub, und tiefe Dunkelheit umgab mich. Tappende Schritte entfernten sich, dann gab es ein Geräusch, als würde eine dicke Tür zugeworfen.

„Hans?“

Ich fuhr halb auf. Das war Rolfs Stimme gewesen.

„Ja, du bist auch hier, Rolf?“ fragte ich verwundert auf Deutsch.

„Wie du hörst; ich wurde ebenfalls blitzschnell überwältigt. Wir müssen beobachtet worden sein, als wir uns dem Tempel näherten. Es wäre wohl besser gewesen, bis zum Anbruch der Nacht zu warten. Wo ist Pongo?“

„Ich ließ ihn im Dickicht zurück, Rolf. Leider konnte ich keinen Ruf mehr ausstoßen, um ihn zu warnen oder herbeizurufen.“

„Das war vielleicht ganz gut, er hätte wahrscheinlich auch nichts ausrichten können. Bist du stark gefesselt?“

„Ja, an Händen und Füßen.“

„Wir müssen versuchen, uns zu befreien, Hans. Komm, wir wälzen uns so, dass wir Rücken an Rücken liegen. Dann will ich versuchen, deine Handfesseln zu lösen."

Das Laub unter uns raschelte. Es galt jetzt, schnell zu handeln, denn sicher würden die Priester uns so bald wie möglich verschwinden lassen, weil sie die englische Polizei fürchteten. Aus unserem Hiersein ersahen sie, dass uns und wahrscheinlich auch der englischen Polizei die Lage des Dschungeltempels bekannt war. Rolf befühlte meine Fesseln. Er konnte zum Glück seine Finger bewegen und die Knoten meiner Stricke langsam lösen. Ich fühlte, dass sich die Fesseln lockerten. Dann hatte ich plötzlich die Hände frei.

Nun war es für mich eine Kleinigkeit, auch die Stricke meines Freundes zu lösen, was gar nicht lange dauerte. Auch unsere Fußfesseln streiften wir nach kurzer Zeit ab. Aber nun hieß es für uns, aus diesem Gefängnis herauszukommen. Ich befühlte meinen Gurt und – und stieß einen erfreuten Ruf aus. Die Inder hatten in der Eile vergessen, meinen zweiten Revolver an sich zu nehmen. Das konnte unsere Rettung bedeuten.

Auch Rolfs Taschenlampe befand sich noch in seiner Kleidung. Er ließ sofort einen grellen Lichtstrahl aufflammen und beleuchtete unseren Kerker.

Ja, es war tatsächlich ein Kerker, in dem wir uns befanden. Dicke Quadermauern umschlossen uns. Der Raum war etwa vier Meter breit und ebenso lang. Eine Tür war nirgends zu entdecken. Dafür erkannten wir an der kaum zwei Meter hohen Decke eine viereckige Klappe, die wohl in die hohle Säule führte, durch die wir hinunter befördert worden waren. Aus dieser Säule waren auch unsere Angreifer hinterrücks hervorgesprungen, um uns die Säcke über die Köpfe zu streifen.

„Schnell hinauf!" raunte mir Rolf zu. „Versuche die Klappe zu öffnen!"

Ich stieg auf die Schultern meines Freundes und hantierte an der Klappe. Sie saß jedoch fest im Mauerwerk und schien nur von oben zu öffnen zu sein. Sie mit Gewalt zu sprengen, konnte uns kaum gelingen. Ich stieg wieder herunter.

„Wir müssen eben warten, Hans. Die Priester werden wahrscheinlich hierher kommen, um uns zu holen, lange wird es wohl nicht mehr dauern. Dabei wollen wir sie überraschen. Wir tun so, als lägen wir noch gefesselt am Boden, springen jedoch im geeigneten Augenblick auf."

Ich sah ein, dass das wohl die einzige Möglichkeit war, aus diesem Kerker herauszukommen. Unsere Geduld wurde jedoch auf eine harte Probe gestellt. Die Nacht musste schon längst hereingebrochen sein, und noch immer ließ sich niemand bei uns sehen.

Da endlich ein leises, knackendes Geräusch. Rolf hatte seine Taschenlampe ausgeschaltet, und wir lagen im Dunkeln am Boden. Plötzlich drang ein schwacher Lichtschein zu uns herein. Ich sah, dass ein dicker Quaderstein in der uns gegenüberliegenden Wand sich verschoben hatte und eine Öffnung freigab. Durch diese Öffnung kroch jetzt ein Inder zu uns herein, dem ein zweiter mit einer alten Laterne folgte. Er stellte sie auf den Boden und wollte sich gleich seinem Begleiter mit uns beschäftigten. Doch da fuhren wir auf. Der Kolben meiner Waffe sauste auf den Kopf des Mannes nieder, der sich über mich gebeugt hatte. Mit einem stöhnenden Laut brach er zusammen.

Rolf hatte seinen Gegner ebenfalls unschädlich gemacht. Mit den Stricken, mit denen wir gefesselt gewesen waren, banden wir nun die Inder und ließen sie auf dem welken Laub liegen. Dann krochen wir durch die Maueröffnung. Ein alter, breiter Gang, dessen Seitenwände gleichfalls aus dicken Quadersteinen bestanden, lag vor uns. Mein Freund drehte sich um und schob den in Steinangeln beweglichen Quaderstein wieder in die Öffnung hinein. Deutlich erkannten wir jetzt den Mechanismus, der es uns ermöglichte, notfalls diese Öffnung wieder herzustellen. Rolfs Taschenlampe erhellte den Gang, der meiner Ansicht nach etwa fünf Meter unter der Erde liegen musste. Ganz hinten erkannten wir eine Steintreppe, die nach oben führte. Auf sie gingen wir zu, musterten aber unterwegs die Seitenwände des Ganges scharf. Rolfs Augen entging nicht der winzige Hebel, der aus einer Fuge zwischen den Steinen hervorragte. Er drückte ihn langsam nach unten.

Ein anderer Quaderstein, der ebenfalls in Angeln lief, löste sich aus der Mauer. In die nun entstandene Öffnung glitt der Schein von Rolfs Taschenlampe hinein. Er selbst beugte sich weit vor und – stieß plötzlich einen leisen erfreuten Ruf aus. „Barrington!"

„Mister Torring?" erklang die fragende Antwort zurück. „Ja, ich komme schon, Sie zu befreien, warten Sie eine Sekunde!"

Mein Freund kroch durch die Öffnung. Ich wartete in großer

Ungeduld. Plötzlich vernahm ich seitwärts von mir ein Geräusch. Da Rolf die Taschenlampe mitgenommen hatte, duckte ich mich unwillkürlich nieder und sprang dann zur Seite. Etwas sauste durch die Luft, prallte klirrend an die Wand neben mir und dann auf den Boden. Undeutlich bemerkte ich jetzt eine dunkle Gestalt, die sich schnell entfernte.
Ich rief nach Rolf. Er tauchte im nächsten Augenblick auf und leuchtete den Gang ab. Niemand war zu sehen. Am Boden lag ein langer indischer Dolch, der offenbar auf mich geschleudert worden war.
Hinter meinem Freund tauchte Barrington auf. Er drückte mir stumm die Hand. Das Auftauchen des Mannes, der den Dolch auf mich geschleudert hatte, machte uns allen große Sorge. Jetzt war unsere Flucht entdeckt. Wir rannten zur Steintreppe und sprangen sie schnell hinauf. Wir hatten befürchtet, hier unten eingeschlossen zu werden, sahen uns aber darin getäuscht. Vorsichtig stießen wir die Tür auf und erkannten vor uns die weite Halle, in der die Statue stand. Etwa zwölf Priester hatten sich hier versammelt. Fackeln knisterten an den Wänden und gaben der Halle ein gespensterhaftes Aussehen. Die Schatten der reglos dastehenden Inder schienen zu leben, sie bewegten sich und riefen den Eindruck hervor, als wäre die Halle von viel mehr Menschen angefüllt. Die Blicke aller Inder waren auf uns gerichtet. Erst jetzt erkannte ich, dass sie lange Dolche in den Händen hielten. Sie schienen nur auf ein Wort zu warten, um zum Angriff gegen uns vorzugehen.
Ich sah aber noch mehr. Auf dem Sockel der Statue, unmittelbar zu ihren Füßen, lagen unsere Waffen, die meines Freundes und meine mir entfallene Pistole sowie die Revolver Barringtons. Diese Waffen mussten wir unter allen Umständen haben, denn im Augenblick besaß nur ich einen Revolver, mit dem ich gegen diese Übermacht nichts ausrichten konnte. Unbeweglich standen wir da und blickten auf die Inder – und diese wieder auf uns.
Da gellte plötzlich ein Ruf durch die Halle. Im selben Augenblick stürzten die Inder vor. Sie hoben ihre langen Dolche und drangen mit solcher Rücksichtslosigkeit auf uns ein, dass wir gezwungen waren, uns schnell zurückzuziehen. Ich gab zwei Warnschüsse ab, erreichte damit jedoch nur, dass die Inder zu toben begannen. Jetzt musste ich Ernst machen, wollten wir nicht diesen Fanatikern zum Opfer fallen.

Ich verwundete zwei Inder, die laut schreiend zu Boden stürzten. Gleich darauf mussten wir uns über die Treppe zurückziehen. Ich befürchtete, dass sie die Tür nun doch schließen und wir keinen Ausgang mehr finden würden. Doch das Vordringen der Inder stockte plötzlich. In der Halle ertönte ein derartiges Gebrüll, dass uns selbst fast die Haare zu Berge standen. So konnte nur ein Gorilla brüllen, wenn er seinen Kampfruf ausstößt. In dieses Brüllen mischten sich die Schreckensschreie der Inder, die nach allen Seiten auseinander liefen. Blitzschnell verschwanden sie.

Wir betraten vorsichtig die Halle und – brachen in ein lautes Gelächter aus.

Am Eingang stand unser treuer Pongo. Er sah in der Beleuchtung wie ein richtiger Teufel aus und hatte durch sein Gebrüll die Inder derart erschreckt, dass diese an ein überirdisches Wesen glauben mussten. Pongo war zur rechte Zeit aufgetaucht und hatte uns aus einer fatalen Lage errettet. Wir nahmen nun schnell unser Eigentum an uns und verließen die Tempelhalle.

Es war wirklich schon Nacht geworden, doch Pongo versicherte, dass er uns auch im Dunkeln führen könne. Von den Indern wurden wir nicht mehr verfolgt. Wir erreichten nach einem langen, beschwerlichen Fußmarsch Thomson und machten sofort alles zur Abfahrt bereit. Thomson brachte es auch wirklich fertig, mit Hilfe seiner guten Scheinwerfer das Auto durch den nächtlichen Wald zu steuern. Als wir dann die Landstraße erreichten und in flotter Fahrt auf Singapur zustrebten, berichtete uns Barrington sein Abenteuer.

Er hatte sich eine halbe Stunde vor unserem Erscheinen im Garten versteckt und war hier plötzlich von den Indern überwältigt worden. Er hatte nicht mehr Zeit gehabt, sich zu verteidigen oder gar um Hilfe zu rufen. Er wurde gefesselt und fortgetragen. Die Inder lösten sich unterwegs im Tragen ab und brachten ihn in den Dschungeltempel. Hier wurde er von einem alten blinden Priester aufgefordert, das „Auge Buddhas" herauszugeben, was er natürlich nicht tun konnte. Er versprach dem Priester, es ihm auszuhändigen, wenn er sofort freigelassen würde. Darauf gingen die Inder jedoch nicht ein.

Erst gegen Morgen, kurz vor Anbruch des Tages, erreichten wir Barringtons Bungalow wieder. Korten atmete erleichtert auf, als er Barrington erkannte, ebenso die Polizisten, die der Kommissar sofort mit dem Wagen nach Singapur zurückschickte. Als sie verschwunden waren, ließ sich Barrington nochmals Kortens Geschichte erzählen. Dieser bat den Kommissar zum Schluss, keine Anzeige gegen ihn zu erstatten, da er ja nicht die Absicht gehabt habe, Barrington zu schädigen. Und der Kommissar drückte beide Augen zu, zumal Korten ihm auch den zweiten Bungalow billig zum Kauf anbot. Korten wollte die Gegend für immer verlassen.

Barrington setzte sich mit seiner vorgesetzten Behörde auseinander und gab nur so viel bekannt, dass es sich um einen versteckten indischen Tempel handelte, der auf dem Festland lag. Er wollte dafür sorgen, dass diesen Fanatikern das Handwerk gelegt wurde.

Doch der Kommissar änderte bald seine Absicht. In der nächsten Nacht, als wir plaudernd auf der Veranda saßen, stand plötzlich jener alte blinde Priester vor uns, der von seinem Tiger begleitet wurde. Der Priester bat in kurzen Worten um das „Auge Buddhas". Er hob beschwörend die Arme gen Himmel und versprach, mit seinen Anhängern jenen versteckten Tempel zu verlassen. Und Barrington, der den kostbaren Edelstein aus dem Tresor geholt hatte, um ihn uns zu zeigen, überreichte ihn dem Priester. Darüber wunderten wir uns derart, dass wir ganz still dasaßen. Erst als der Priester verschwunden war und mit ihm der Edelstein, riss Barrington plötzlich die Augen weit auf und blickte sich erstaunt um.

„Was war das eben?" fragte er erschrocken. Wir klärten ihn schnell auf.

„Er war also wirklich hier, und ich habe ihm den Edelstein ausgehändigt?" rief er aus. Auch das mussten wir bejahen.

Da sprang Barrington auf und lief in der Richtung davon, die der Priester eingeschlagen hatte. Er kehrte jedoch schon nach kurzer Zeit wieder zurück. „Es nützt nichts mehr, meine Herren. Der Priester hatte mich anscheinend hypnotisiert. Ich verspürte den innigen Wunsch, ihm das ‚Auge Buddhas' herausgeben. Den Mann jetzt wiederzufinden, wird unmöglich sein, aber ich werde den Dschungeltempel aufsuchen und ihn ausheben lassen."

Am nächsten Tag ließ Barrington eine große Einsatzgruppe zusammenstellen und fuhr mit mehreren Fahrzeugen zu dem Tempel, fand dort jedoch keinen Menschen mehr vor. Er stellte nur fest, dass auch das zweite Auge Buddhas verschwunden war.

Wir blieben noch einige Tage seine Gäste und besuchten ihn noch einmal in seinem Arbeitszimmer in der Stadt. Gerade, als wir dort waren, meldete eine Ordonanz eine Dame, die Barrington zu sprechen wünschte. Wir wollten uns schnell verabschieden, doch Barrington hielt uns zurück.

„Vielleicht ist das gerade etwas für Sie", meinte er scherzend, ohne zu ahnen, wie wahr seine Worte werden sollten.

In diesem Augenblick öffnete sich die Tür, und der Polizist meldete laut den Namen der Eintretenden: „Frau von Valentini!"

Und dann stand uns die Frau gegenüber, die unser Geschick für die nächsten Zeiten bestimmen sollte, und der Weg, den wir dabei gehen mussten, führte durch die schlimmsten Höllen.

Eine schlanke, große Frau war es, die mit federnden Schritten an den Tisch des Kommissars trat. Ihr hübsches Gesicht verriet einen seelischen Schmerz, und jetzt füllten sich auch ihre Augen mit Tränen, als sie flehend sagte: „Helfen Sie mir, Mister Barrington, mein Mann ist verschwunden."

Ich hatte der Dame einen Stuhl zurechtgerückt, auf dem sie nun Platz nahm. Barrington musterte die Frau eingehend.

„Ja", meinte er, „das ist leider nicht meine Angelegenheit, Frau von Valentini, da müssen Sie sich an die Vermisstenzentrale wenden."

Die Dame holte ihren Pass aus der Tasche und überreichte ihn dem Kommissar. Barrington sah ihn schnell durch und nickte.

„Erzählen Sie uns immerhin, was vorgefallen ist, Frau von Valentini, vielleicht kann ich Ihnen wenigstens einen Rat geben, bevor Sie sich an die Vermisstenzentrale wenden."

„Mein Mann reiste vor sechs Wochen nach Thailand, nach Bangkok. Er schrieb mir regelmäßig. Aber dann ließ er plötzlich nichts mehr von sich hören. Auch sein letztes Schreiben hatte schon einen ganz merkwürdigen Eindruck auf mich gemacht. Darin schrieb er nämlich, dass unsere Trennung nun doch wohl länger dauern würde, aber ich solle mir keine Sorgen machen. Er gab darin auch keine neue Adresse an, wohin ich meinen nächsten Brief hätte schicken können."

Barrington strich sich über den Kopf, was er stets tat, wenn er nicht genau wusste, wie er reagieren sollte. Er wollte dieser Frau wohl gern helfen, aber es war nicht seine Angelegenheit, nach einem verschwundenen Ehemann in Thailand zu suchen.

„Haben Sie sich schon an das Konsulat in Bangkok gewandt?"
erkundigte er sich.

„Ja, doch ich erfuhr nur, dass mein Mann plötzlich ins Landes-
innere abgereist sei."

„Woher kam seine letzte Nachricht?"

„Von Tschainat am Maenam-Fluss."

„Hm, ich weiß wirklich nicht, was ich da – " Frau von Valentini
unterbrach Barrington.

„Da ist noch eine Sache, Mister Barrington. Ich habe aus Bangkok einen Brief erhalten, in dem nichts weiter lag als ein kurio-
ses Stück Seide. Wer es mir geschickt hat, weiß ich nicht, aber
ich habe das Gefühl, dass es nicht von meinem Mann ist. Auch
ist die Adresse nicht von seiner Hand geschrieben."

„Haben Sie das Seidenstück bei sich, Frau von Valentini? Lag
kein Schreiben dabei?" erkundigte sich der Kommissar.

„Nein, es lag kein Schreiben bei, aber das Seidenstück habe ich
mitgebracht. Jedesmal, wenn ich es betrachte, bekomme ich ein
so beängstigendes Gefühl, dass ich es am liebsten wegwerfen
möchte. Aber dann bringe ich es doch nicht fertig."

Die Dame hatte aus ihrer Handtasche ein handgroßes Stück roter
Seide hervorgeholt, das mit weißer Stickerei bedeckt war und
reichte es dem Kommissar. Kopfschüttelnd betrachtete dieser es
und gab es dann uns. Auch wir konnten uns keinen Reim darauf
machen und fragten uns, ob das nicht ein fach ein schlechter
Scherz war. Barrington drückte auf einen Klingelknopf und befahl dem eintretenden Polizisten, Baika zu schicken. Gleich darauf stand der siamesische Polizist vor seinem Vorgesetzten.

Barrington zeigte ihm das Stück Seide. Doch kaum hatte der
Thailänder einen Blick darauf geworfen, als er heftig zusammenzuckte. Und sein sonst immer ruhiges Gesicht drückte plötzlich Furcht, regelrechte Angst aus. Mit vorgestreckten, gespreiz-
ten Fingern taumelte er zurück und rief aus: „Tuan, böser
Geist!"

„Was soll das?" knurrte Barrington aufspringend. „Baika, nimm
dich zusammen! Was ist mit dem Seidenlappen los?"

Der Thailänder starrte den Kommissar an und sagte mit tonloser
Stimme: „Tuan, ich kann nicht helfen, ich kann nicht in mein
Land. Dieser Gott ist gegen uns. Bleibt hier, denn er ist schreck-
lich und wird euch vernichten."

„Aber Baika", sagte Barrington nun mit sanftem Vorwurf, „du

bist doch aufgeklärt. Meinst du wirklich, dass euch ein Gott schaden kann?"

Doch Baika war durch den Anblick des Seidentuches so aus der Fassung gebracht, dass er nur immer wieder sein „Böser Geist" stammelte. Und es war nicht aus ihm herauszuholen, was eigentlich los war. Auch weigerte er sich ganz entschieden, mit nach Thailand zu fahren, um nach dem Verbleib des Herrn von Valentini zu forschen. Keine Versprechungen und keine Drohungen halfen.

„Na, dann nicht", brummte der Kommissar. „Aber was soll nun werden? Was meinen Sie dazu, meine Herren?" Diese Frage war an uns gerichtet. Rolf nickte Barrington lächelnd zu.

„Wir könnten nach Bangkok reisen und Herrn von Valentini suchen", erklärte er, „vorausgesetzt, jemand kommt für die Reisekosten auf."

Die Dame stieß einen Freudenruf aus und ergriff dankbar die Hand meines Freundes. Die Finanzierung der Reise stelle für sie gar kein Problem dar.

Rolf erkundigte sich noch, wann das Seidenstück eingetroffen sei. Als er erfuhr, dass der Brief vor vier Wochen aus Bangkok abgeschickt worden war, drängte er: „Dann haben wir keine Zeit zu verlieren und müssen schleunigst aufbrechen, sonst sind alle Fährten kalt, bis wir eintreffen. Geben Sie uns Ihre Adresse an, Frau von Valentini, damit wir Sie benachrichtigen können. Auch können Sie uns jetzt noch einige Aufklärungen geben."

„Ich begleite Sie, meine Herren", erklärte sie bestimmt, „ich kann nicht untätig in Singapur zurückbleiben, wenn Sie nach meinem Mann suchen. Ich komme mit."

Und sie war durch keine Überredungskünste meines Freundes von ihrem Vorhaben abzubringen. Zwei Tage später bestiegen wir den Dampfer, der uns nach Bangkok bringen sollte. Frau von Valentini begleitete uns und ebenso unser treuer Pongo. Wir fuhren Abenteuern entgegen, so sonderbar und gefährlich, wie ich sie nie erwartet oder geahnt hätte.

Ende von Sammelband 1.
Die Reihe wird mit Sammelband 2 fortgesetzt.

Maurice Leblanc

Die Abenteuer des Arsène Lupin

Neuausgabe der Romanreihe:

Die Dame mit den grünen Augen
Die Insel der dreißig Särge
Der Kristallstöpsel
Der blaue Diamant
813
Der Zahn des Tigers

(weitere Bände in Vorbereitung)